FIRE AND BLOOD

血与火

坦格利安王朝史 第一卷

BEING A HISTORY OF THE
TARGARYAN KINGS OF WESTEROS

[美] 乔治·R.R.马丁/著   屈 畅 赵 琳/译

GEORGE R.R. MARTIN

Three days later, in the Starry Sept, His High Holiness himself anointed Aegon with the seven oils, placed a crown upon his head, and proclaimed him Aegon of House Targaryen, the First of His Name, King of the Andals, the Rhoynar, and the First Men, Lord of the Seven Kingdoms, and Protector of the Realm.

Fire & Blood
Copyright © 2018 by George R.R.Martin
Illustrations copyright © 2018 by Penguin Random House LLC
This edition arranged with The Lotts Agency Ltd.
through Andrew Nurnberg Associates International Limited
Simplified Chinese edition copyright © 2020 Chongqing Publishing House Co., Ltd.
All rights reserved.

版贸核渝字(2017)第133号

图书在版编目(CIP)数据

血与火 /(美)乔治·R.R.马丁著;屈畅,赵琳译.
—重庆:重庆出版社,2020.2
(坦格利安王朝史;第一卷)
ISBN 978-7-229-14578-1

Ⅰ.①血… Ⅱ.①乔…②屈…③赵… Ⅲ.①长篇小说—美国—现代 Ⅳ.①I712.45

中国版本图书馆CIP数据核字(2019)第268360号

血与火:坦格利安王朝史(第一卷)
XUE YU HUO:TANGELI'AN WANGCHAO SHI(DIYI JUAN)
[美]乔治·R.R.马丁 著
屈 畅 赵 琳 译

责任编辑:邹 禾 唐弋淄 许 宁
装帧设计:谢颖设计工作室
封面图案设计:陈越林
责任校对:刘小燕

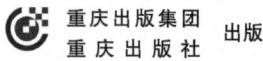
重庆出版集团 出版
重庆出版社

重庆市南岸区南滨路162号1幢 邮政编码:400061 http://www.cqph.com
重庆出版社艺术设计有限公司 制版
重庆豪森印务有限公司 印刷
重庆出版集团图书发行有限公司 发行
E-MAIL:fxchu@cqph.com 邮购电话:023-61520646
全国新华书店经销

开本:700mm×1000mm 1/16 印张:37 字数:502千
2020年2月第1版 2024年4月第2次印刷
ISBN 978-7-229-14578-1
定价:180.00元

如有印装质量问题,请向本集团图书发行有限公司调换:023-61520678

版权所有 侵权必究

目录
contents

前言

伊耿的征服　001

龙王之治——伊耿一世国王的战争　020

龙有三个头——伊耿一世国王的政策　031

龙王的儿子们　040

从王子到国王——杰赫里斯一世的崛起　085

"三新娘之年"——征服四十九年　098

多头政治　114

考验的时代——重铸王国　138

杰赫里斯一世国王时代的生育、死亡与背叛　154

杰赫里斯与亚莉珊——他们的成就与悲剧　181

杰赫里斯与亚莉珊——漫长的统治、后代及痛苦　216

龙的继承人——顺位之争　268

巨龙之死——"黑党"与"绿党"　310

巨龙之死——以子偿子　327

巨龙之死——红龙与金龙　339

巨龙之死——雷妮拉的胜利　364

巨龙之死——雷妮拉的失败　401

巨龙之死——伊耿二世国王短暂而苦涩的统治　436

余波——"狼时"　452

摄政时期——"兜帽首相"　470

摄政时期——战争、和平与"奶牛展"　491

摄政时期——"橡木拳"埃林的大航海　514

"里斯之春"与摄政时期的终结　528

附录

血与火

维斯特洛的坦格利安诸王史

第一卷

从伊耿一世("征服者")

到伊耿三世("龙祸")的摄政期

旧镇学城葛尔丹博士著

(乔治·R.R.马丁译)

前 言

经过种种波折，《血与火·坦格利安王朝史》简体中文版终于得以问世，译者感到莫大欣慰！

《血与火·坦格利安王朝史》是《冰与火之歌》系列的最新作品，以虚构历史的方式呈现，上市后长时间位居《纽约时报》畅销书排行榜前列，亦将成为HBO大型电视剧集《龙王家族》的原著蓝本（正如《冰与火之歌》是《权力的游戏》电视剧集的蓝本）。关于本书的创作理念、写作侧重点以及着力塑造的角色等等，这些内容还请读者诸君在欣赏完本书之后，参阅乔治·马丁本人的访谈（本书精装版已全文翻译，作为后记补充），由作者亲自为您详细解答。

身为译者，我想在您开卷之前，谈谈《血与火·坦格利安王朝史》的定位和阅读情趣之所在。众所周知，自HBO改编电视剧《权力的游戏》上映，林林总总的衍生读物层出不穷，相关的漫画、解析、指南、艺术集乃至菜谱目不暇接，以致于很多历史书、山寨书也打着《权力的游戏》的名号……而除了正规出版物，网络上各种音频、视频更是无法计数，它们往往都标明了自己的正统性（甚至引用了别人所不知道的"黑材料"）。那么，对爱好者或新读者来说，如何准确便利地进入《冰与火之歌》系列（或其改编的《权力的游戏》），享受最大乐趣呢？我认为至关重要的一点不是先关注他人的科普，而是认准原典著作，即乔治·马丁亲自写作的部分。它们不但提供了认识维斯特洛的"史料"，更有乔治·马丁强悍且流畅的文笔加成，阅读感受无疑大大优于低廉的"剧透"。好比现在无数作者可以给你戏说刘邦、项羽那些事，但它们无一不是把《史记》或《资治通鉴》的某个侧面嚼烂了给你看罢了，与原典著作不可相提并论。

就《冰与火之歌》系列而言，其原典目前包含且仅包含以下作品：《冰与火之歌》小说前五卷、前传小说集《七王国的骑士》《冰与火之歌官方地图集》《冰与火之歌的世界》和《血与火·坦格利安王朝史》。《血与火·坦格利安王朝史》作为原典作品群的最新作品，详尽而完整地叙述了小说中核心势力之一坦格利安家族的来龙去脉，并有若干线索与小说正文连接，不但可说是目前理解《冰与火之歌》世界观不可或缺之书，而且独立成章、可供专门阅读，更是您观看HBO电视剧《龙王家族》的宝典。

乔治·马丁选择以生活在维斯特洛世界内的学者的口吻（而非上帝视角）来写作本书，为之增添了风味，加上其人博览群书的见识，对历史规律敏锐与成熟的把控，使得笔下王朝的治乱兴衰、人物的悲欢离合栩栩如生，高度契合现实世界，不但放在西方的中世纪背景下毫不违和，乃至可与中国的封建王朝作一类比。本书的文学品质恰与奇幻领域泛滥成灾的从游戏或商业角度出发，以不着边际的空想、五花八门的拼凑乃至屡屡"吃书"而恶名昭彰的设定集、故事集等形成鲜明对比，显得卓尔不群，亦备受赞誉。

具体到结构上，《血与火·坦格利安王朝史》第一卷的正文共有二十三章，可分为四大部分：第一部分为一至四章，讲述坦格利安王朝创业阶段，交代了开国之君伊耿一世的征服事迹和治国功绩，其后继者伊尼斯一世和梅葛一世时期发生的战乱，对比中国历史则可比拟朱元璋建立明朝，随后建文帝和永乐帝两代的血腥内战，最终王朝得以巩固；第二部分为五至十一章，讲述坦格利安王朝的圣君杰赫里斯一世长达半个多世纪的统治历程，对比中国历史则可比拟清朝的康熙皇帝，身为一代明主让王朝走向盛世；第三部分为十二至十八章，讲述坦格利安王朝承平日久，因争夺继承权最终走向同室操戈的内战，导致作为统治象征的巨龙陨落，对比中国历史则可比拟西晋的八王之乱；第四部分为十九至二十三章，讲述坦格利安王朝刚刚经历内战的残酷浩劫，又因幼主年幼陷入摄政权的纷争，对比中国历史则可比拟董卓乱政或多尔衮专权的纠葛。

值得注意的是，这本是《血与火·坦格利安王朝史》的第一卷，它讲述了坦格利安王朝最初的一百三十六个年头以及更早期王朝草创的历史（坦格利安王朝到被劳勃·拜拉席恩推翻为止共维系了二百八十三年，这也恰与中国古代各封建王朝的维系时间相似），末尾不免有戛然而止之感。它并未涉及王朝此后的中兴、再次踏上征服之路、二度内战以及最终的衰败等内容，因此从结构上说，将来还有很大的发挥余地和空间。

　　本书原著出版于2018年11月，因种种原因，译者几乎直到图书出版才拿到文本研读，并陆续投入工作，最终用九个月左右时间完成初稿和改定稿。由于本书设定在架空世界，出场人物纷繁复杂、难以求证，在较局促的时间限制内不得不奋力为之。除了长期合作者赵琳女士一如既往的努力之外，在校对上还得到网友reddit、冰火版版主zionius、维基编辑dhpike及"学城枢机会"等的无私协助，在此一并感谢。

　　是为序。

屈　畅

伊耿的征服

编纂维斯特洛历史的学城学士历来以伊耿对维斯特洛的征服作为过去三百年间的纪年标准，历史人物的生卒年月、战争和其他事件均以"征服某某年"（AC）和"征服前某某年"（BC）标注。

但治学严谨的学者清楚这样的纪年体系难称精确。要知道，伊耿·坦格利安征服七大王国并非一蹴而就，从他的登陆到旧镇加冕有两年多时间……即便那时，征服也没有真正完成，因为多恩领不曾屈服。伊耿国王在其整个统治期内一直断断续续地尝试归并多恩，他的儿子们继承了他的政策，所以征服战争结束的准确日期实难界定。

连纪年开始的时间也存在诸多误解。许多人错误地认为，伊耿·坦格利安一世的统治始于他在黑水河口的三座丘陵下——此地日后形成君临城——登陆之日。这不正确。伊耿国王及其后嗣子孙的确会庆祝登陆日，但事实上"征服者"认为其统治始于他在旧镇繁星圣堂被七神教会的总主教涂抹圣油并加冕那一日。加冕式离登陆有两年间隔，远在伊耿赢得征服战争的三大战役之后，也即是说，伊耿的征服基本发生在征服前二年和征服前一年。

坦格利安家族拥有纯正的瓦雷利亚血统，乃是上古的龙王世家。瓦雷利亚"末日浩劫"发生的十二年前（征服前一百一十四年），伊纳尔·坦格利安卖掉在自由堡垒和长夏之地的家族产业，带着所有妻子、财富、奴隶、魔龙、兄弟姐妹、亲属和儿女来到龙石岛——狭海中一座荒凉的冒烟火山岛，这里有瓦雷利亚人修建的堡垒。

全盛期的瓦雷利亚是已知世界最伟大的城市，是文明的中心。在那些闪耀的高墙背后，四十个大家族在宫廷和议事会中争权夺利，竞逐荣耀，进行着永无休止、精巧微妙、时而也变得残忍的拼斗，并随之沉浮不定。坦格利安家族绝非最有权势的龙王家族，其迁往龙石岛的举动被对手视为懦弱和投降的表示，但事实上，伊纳尔大人的童贞女儿丹妮思——后世称为"梦行者"丹妮思——预见到瓦雷利亚将毁于烈火。于是十二年后"末日浩劫"发生时，坦格利安家族成为硕果仅存的龙王家族。

"末日浩劫"前的两个世纪，龙石岛是强大的瓦雷利亚最西边的前哨站。它横跨喉道，扼住出入黑水湾的要津，使得坦格利安家族和他们的亲密盟友——潮头岛的瓦列利安家族（一个较为低等的瓦雷利亚家族）——通过征收过往商旅的通行税发了财。瓦列利安家族的舰队在另一个瓦雷利亚盟友家族——蟹岛的赛提加家族——协助下，控制了狭海中部水域，而驭龙的坦格利安家族是空中霸主。

饶是如此，在瓦雷利亚毁灭之后那个世纪（恰如其分地得名"流血世纪"）的大部分时间，坦格利安家族的目光始终落在东方而非西方，对维斯特洛的事务没多大兴趣。"梦行者"丹妮思的兄弟和丈夫盖蒙·坦格利安继"流亡者"伊纳尔为龙石岛之主，他被后世称为"光荣的"盖蒙。盖蒙的子女伊耿和依伦娜在他死后一起统治，这两人又把大位传给儿子梅耿，接下来是梅耿的弟弟伊里斯，往后依次是伊里斯的三个儿子伊里克、贝尔隆和戴米昂。戴米昂在三兄弟中最小，其子伊利昂之后继承了龙石岛。

以"征服者"和"龙王"之称青史留名的伊耿于征服前二十七年出生在龙石岛，他是龙石岛主伊利昂与瓦列利亚家族的瓦莱安娜夫人——这位夫人从母系上讲有一半坦格利安血统——唯一的儿子和第二个孩子。伊耿有两个嫡亲姐妹：姐姐维桑尼亚和妹妹雷妮丝。瓦雷利亚龙王们长久以来的传统是兄妹通婚，以保持血统纯正，伊耿则走得更远——他同时娶了姐姐和妹妹。照传统，他只该迎娶姐姐维桑尼亚，将妹妹同时纳为第二个妻子虽非没有先例，但非常罕见。有人说伊耿为责任娶了维桑尼亚，为欲望娶了雷妮丝。

兄妹三人婚前已是驭龙者。"流亡者"伊纳尔最初从瓦雷利亚带来的五条龙中只有一条活到伊耿时代，那便是巨兽"黑死神"贝勒里恩。另外两条龙——瓦格哈尔和米拉西斯——较为年轻，是在龙石岛上孵化的。

民间流传的说法（通常能在无知者口中听到）误以为伊耿·坦格利安在扬帆征服之前从未踏足维斯特洛的土地。这不正确。事实上，龙石岛主伊耿早已下令雕绘地图桌，那是一块长过五十尺的巨大木板，雕成维斯特洛大陆的形状，桌面描绘出七大王国各处森林河流和堡垒城镇。显然，伊耿对维斯特洛蓄谋已久。另一方面，许多可靠记载表明，伊耿和他姐姐维桑尼亚年轻时曾一同造访旧镇学城，还应雷德温伯爵之邀到青亭岛鹰狩，甚至可能去过兰尼斯港——记载在这一点上并不一致。

伊耿年轻时的维斯特洛分裂为七个争斗不休的王国，几乎任何时候都至少有两三个王国处于交战状态。辽阔、寒冷、多石的北境由临冬城的史塔克家族统治；马泰尔家族的列位亲王公主是多恩沙漠的主宰；盛产黄金的西境臣服于凯岩城的兰尼斯特家族；肥沃的河湾地归属高庭的园丁家族；谷地、五指半岛和明月山脉在艾林家族治下……但伊耿时代最好战的是离龙石岛最近的两位国王："黑心"赫伦和"骄傲的"亚尔吉拉。

杜伦登家族的风暴王们坐镇雄伟的风息堡，一度统治着从风怒角到螃蟹湾的维斯特洛东半部，但近几世纪以来势力衰微。列位河湾王孜孜不倦地从西方蚕食其国土，多恩人自南方骚扰，而"黑心"赫伦及其铁民将风暴王国的势力逐出了三河流域、一直赶到黑水河以南。亚尔吉拉国王是杜伦登家族最后的传人，曾一度遏止颓势。他尚未成年便上阵打退过一次多恩入侵，后又横渡狭海加入反击瓦兰提斯扩张派"虎党"的大同盟，还在二十年后的"夏原之战"中击杀河湾王贾尔斯·园丁七世。但亚尔吉拉老矣，他著名的漆黑鬈发已然转灰，力气和战技也大不如前。

黑水河以北的河间地此时由霍尔家族嗜血的河屿之王"黑心"赫伦统治，这片广阔的领地是赫伦的铁种祖父"强手"哈尔文从亚尔吉拉的祖父亚列克手中夺来的（亚列克的先祖数世纪前歼灭最后的河流王，吞并河间地）。赫伦的父亲将领土东扩到暮谷镇和罗斯比城，赫伦本人则将他近四十年的漫长统治期几乎全用来修建神眼湖畔的巨城。眼下赫伦堡接近竣工，铁民很快就能腾出手来进行新的征服。

"黑心"赫伦是维斯特洛最让人畏惧的君王，其残忍的名声广为流传，风暴王亚尔吉拉对此最为忌惮。身为杜伦登家族最后的传人，这位老战士只有一个童贞女儿作继承人，因此他向龙石岛的坦格利安家族提出婚约，许诺把女儿嫁给岛主伊耿，并以神眼湖以东、三叉戟河以南、黑水河以北的所有土地作为嫁妆。

伊耿·坦格利安回绝了风暴王的提议，他指出自己已有两个妻子，不需要第三个，而对方许诺的土地早在一两代人以前便统统归属霍尔家族，亚尔吉拉无权赠予。显然，年迈的风暴王是想让坦格利安家族落脚黑水河畔，作为自己和"黑心"赫伦之间的缓冲。

龙石岛主提出反建议：只要亚尔吉拉肯在既有"嫁妆"的基础上再割让马赛岬，外加黑水河以南、直到文德河及曼德河源头之间的森林和平原，两家便可结盟；盟约将由亚尔吉拉国王之女亚尔洁娜和伊耿岛主的童年密友及代理骑士奥里斯·拜拉席恩的婚姻底定。

"骄傲的"亚尔吉拉愤怒地拒绝了这些条件。传言奥里斯·拜拉席恩乃伊耿岛主的私生兄弟，而风暴王绝不愿让不名誉的私生子牵他女儿的手。单单这条反建议就令他大发雷霆，于是他命人砍下伊耿的使者的双手，装进盒子还给伊耿。"你家的野种只能从我这里得到这双手。"亚尔吉拉写道。

伊耿没有回应，他转而召唤朋友、封臣和主要盟友前来龙石岛会商。应召而来的人不多。潮头岛的瓦列利安家族和蟹岛的赛提加家族原本效忠于坦格利安家族；从马赛岬来了尖角的巴尔艾蒙家族和石舞城的马赛家族，这两家虽隶属风息堡，但跟龙石岛的关系更紧密。伊耿岛主及其姐妹听取他们的意见，还到城堡圣堂向维斯特洛的七神祷告，虽然此前伊耿从不是一个虔诚的人。

会商的第七天，龙石岛的塔楼中飞出一大群渡鸦，将伊耿岛主的宣言带给维斯特洛七大王国。它们不仅飞到七位君王那里，还飞向旧镇学城和王国其他大小城堡，携带着同样的信息：从今往后，维斯特洛将只有一个国王，向坦格利安家族的伊耿屈膝臣服者可保留领地和爵禄，反抗者将被推翻、贬黜和消灭。

伊耿及其姐妹从龙石岛扬帆出发时带着多少战士，记载不一。有说三千人，也有说为数仅几百人。这支规模不大的坦格利安军队在黑水河口北岸森林覆盖的三座丘陵下一个小渔村登陆。

在"百国争雄"时代，许多小国王统治过黑水河口，包括暮谷镇的达克林家族、石舞城的马赛家族及古老的河流王们——穆德家族、费舍尔家族、布雷肯家族、布莱伍德家族和豪克家族。三座丘陵上不时建起塔楼和堡垒，旋即又毁于战乱，当时只剩下碎石堆和荒草掩盖的遗址来迎接坦格利安家族。尽管风息堡和赫伦堡同时宣称对河口的所有权，这里实际并无防御，附近城堡亦由兵微力弱的小诸侯盘踞，远处较有影响的领主也并不爱戴他们名义上的主人"黑心"赫伦。

伊耿·坦格利安迅速在最高的丘陵顶上用木材和泥土围起一道栅栏，并派遣姐妹们去降服附近城堡。罗斯比城不战而归顺于雷妮丝及其骑乘的金眼巨龙米拉西斯。在史铎克渥斯堡，几名十字弓手放箭射击维桑尼亚，瓦格哈尔旋即将城堡屋顶点燃，这里也便投降了。

"征服者"经历的第一场真正考验来自暮谷镇的达克林伯爵和女泉镇的慕顿伯爵，两人合兵一处，集结起三千兵力，南下要把入侵者赶回大海。伊耿命奥里斯·拜拉席恩正面迎击，自骑"黑死神"从空中来袭。两位伯爵都死在这场一边倒的战斗中，随后达克林的儿子和慕顿的弟弟献出城堡，宣誓效忠坦格利安家族。当时的暮谷镇是狭海维斯特洛一侧最重要的港口，经由贸易赚得盆满钵满。维桑尼亚·坦格利安禁止士兵劫掠镇子，将其作为财源，极大资助了征服者的事业。

继续叙述之前，我们或许应该先来探讨伊耿·坦格利安及其姐妹们（亦为其王后）不同的性情。

维桑尼亚是三兄妹中的大姐，一位和伊耿一样伟大的战士，她披盔戴甲犹如穿丝戴银一样自如。她拥有瓦雷利亚钢剑"暗黑姐妹"，从小和弟弟一起训练，剑术高妙。她从瓦雷利亚血统中继承了标志性的银金色头发和紫色眼瞳，但她虽然外表美艳，性格却冷若冰霜、难以亲近。即便最爱戴她的人也认为她严厉、苛刻、缺乏仁恕之心，有人甚至说她修习毒药和黑魔法。

雷妮丝是三兄妹中的小妹，性情和大姐截然相反。她顽皮、好奇、冲动任性、追求时髦。雷妮丝并非真正的战士，她喜欢音乐、舞蹈和诗词，资助过许多歌手、戏子与木偶师。相传她在龙背上的时间比姐姐和哥哥加起来还多，只因她最爱飞翔，甚至说临死前一定要骑着米拉西斯飞过落日之海，去看西方的彼岸。无人怀疑维桑尼亚对她弟弟和丈夫的忠诚，然而雷妮丝身边总不乏俊朗青年，甚至（私下谣传）在伊耿与大姐同床的夜晚，她会把一些年轻人招进卧室。尽管流言纷纷，但宫中一致认定国王与雷妮丝共寝的日子是与维桑尼亚的

十倍。

伊耿·坦格利安本人则是个谜，一个令人称奇的谜，无论从前还是现在。他拥有瓦雷利亚钢剑"黑火"，身居当时最伟大的战士之列，却不爱舞刀弄枪，从未参加长枪比武或团体混战。他的坐骑乃"黑死神"贝勒里恩，但他只骑它上战场，或作为迅速旅行的交通工具。他的王者风范吸引了大批追随者，但他没有私人密友——除开童年伙伴奥里斯·拜拉席恩。女人当然也被他吸引，他对姐妹们的忠诚却始终如一。伊耿称王后给予御前会议和两个姐妹极大的信任，将王国日常事务交给他们打理……但必要时也会毫不犹豫地亲自出马。他对叛徒和反贼十分严厉，又对屈膝臣服的对手极为慷慨。

上述最末一点特质在伊耿堡——这座粗糙的土木堡垒建在日后将被永远铭记为伊耿高丘的丘陵顶上——刚落成时得到了初次展现，那时伊耿已控制了周边十几座城堡，确保了黑水河口两岸的安全。他命令被打败的领主们前来觐见，当领主们把佩剑放到他脚边时，他拉他们起来，确认他们的领地和头衔。他赐给早期支持者们新的荣誉："潮汛之主"戴蒙·瓦列利安被任命为海政大臣，指挥王家舰队；石舞城伯爵崔斯顿·马赛被任命为法务大臣；克里斯皮·赛提加被任命为财政大臣；奥里斯·拜拉席恩则被伊耿称为"我的盾牌、支柱和坚强右手"——学士们据此认定其为第一任国王之手（御前首相）。

维斯特洛大陆上的领主早已形成纹章传统，但古代瓦雷利亚的龙王并无类似习俗。现在伊耿的骑士们展开他巨大的丝质战旗——黑底红色的三头喷火巨龙——一众诸侯将此视为伊耿真正归化的标志，乐意尊奉他为维斯特洛独一无二的至高王。维桑尼亚王后将一圈镶红宝石的瓦雷利亚钢王冠戴在弟弟头上，雷妮丝宣布他为"伊耿一世，维斯特洛全境之王和全境人民之盾"，三头巨龙齐声咆哮，领主和骑士们欢呼喝彩……但喊得最响亮的是老百姓，是那些渔民、农夫和他们的妻子。

"龙王"伊耿意图征服的七位国王就没什么好心情了。赫伦堡的"黑心"赫伦与风息堡的"骄傲的"亚尔吉拉业已召集封臣；在西方，河湾地的孟恩国王沿滨海大道北上凯岩城，前去与兰尼斯特家族的罗伦国王商议；多恩公主派了一只渡鸦去龙石岛，提议协助伊耿攻打风暴王亚尔吉拉……但是作为平等盟友，并非下属；鹰巢城的小国王罗纳·艾林也愿结盟，承诺出动谷地的军队支持伊耿讨伐"黑心"赫伦，但小国王的母亲索要三叉戟河的支流绿叉河以东所有土地作为报酬；即便远居北境临冬城的托伦·史塔克国王，也彻夜和封臣及顾问们讨论如何应对这个可能的威胁。全国上下屏息以待伊耿的下一步行动。

加冕式之后仅仅数日，伊耿再次出兵，其主力在奥里斯·拜拉席恩指挥下渡黑水河南下风息堡，雷妮丝王后骑金眼银鳞的米拉西斯与之同行；戴蒙·瓦列利安率坦格利安舰队驶离黑水湾，北上海鸥镇和谷地，维桑尼亚王后骑瓦格哈尔与之同行；国王本人直取西北方的神眼湖和赫伦堡——这座巨城代表了"黑心"赫伦国王的骄傲与执念。

三支坦格利安军队都遭遇了顽强抵抗。风息堡的封臣埃洛尔伯爵、费尔伯爵和布克勒伯爵趁奥里斯·拜拉席恩渡过文德河时对其先头部队发起突袭，杀死上千人后遁入森林；艾林家族紧急召集舰队，加上十几艘布拉佛斯战舰助阵，于海鸥镇的外海遭遇并击败了坦格利安舰队，伊耿的海军统帅戴蒙·瓦列利安此役战死；伊耿本人在神眼湖南岸两度遇袭，"芦苇之战"纵然由坦格利安一方胜出，但"哀柳之战"中赫伦国王的两个儿子蒙住长船桨叶，横渡大湖攻击伊耿的后卫，造成了严重损失。

然而挫折都是暂时的，最终决定胜利天平的是龙。谷地人击沉了坦格利安舰队三分之一的舰船，又捕获了近三分之一，随后维桑尼亚王后从天而降，点燃了他们的船；埃洛尔伯爵、费尔伯爵和布克勒伯爵躲进熟悉的森林里，直到雷妮丝王后让米拉西斯在林中燃起一道火墙，将树木逐次化为火炬；"哀柳之战"的胜利者从湖上撤回赫伦堡，不料贝勒里恩自晨旭中现身，赫伦的长船纷纷着火，他的两个儿子都被烧死。

伊耿的对手还要面对其他敌人。"骄傲的"亚尔吉拉屯重兵于风息堡，石阶列岛的海盗便来风怒角海岸趁火打劫，多恩的掠袭队也纷纷窜出赤红山脉，扫荡边疆地；在谷地，小国王罗纳不得不面对三姐妹群岛的叛乱，"姐妹男"宣布破除对鹰巢城的一切义务，自立玛拉·桑德兰侯爵夫人为他们的女王。

然而以上种种与"黑心"赫伦面临的麻烦相比尚属癣疥之疾。要知道，霍尔家族吞并河间地虽已历三代，三叉戟河的原住民依然对铁民统治者毫无好感。"黑心"赫伦修筑巨城赫伦堡不仅累死数千工人，他还在三河流域大肆掠夺材料、搜刮黄金，将领主和百姓都搞得一贫如洗。现在河间诸侯在奔流城的艾德敏·徒利伯爵带领下揭竿而起。艾德敏·徒利本来应召戍守赫伦堡，却转而投效坦格利安家族，不仅率先在家堡上空升起三头龙旗，还亲统麾下骑士和弓箭手与伊耿合兵一处。他的榜样感染了其他领主，于是三河诸侯一个接一个地宣布与赫伦断绝关系，效忠"龙王"伊耿。布莱伍德家族、梅利斯特家族、凡斯家族、布雷肯家族、派柏家族、佛雷家族、斯壮家族……纷纷举兵攻向赫伦堡。

"黑心"赫伦国王陡然发现寡不敌众，于是躲进自以为难攻不破的巨城避难。赫伦堡是维斯特洛有史以来最大的城堡，拥有五座巨塔和取之不竭的水源，庞大的地窖中储存了充足的补给，黑石砌成的高墙云梯攀不上、撞锤撞不破、投石机也砸不开。赫伦带着剩下的儿子们和支持者一道闭门死守。

龙石岛的伊耿不打算强攻。他与艾德敏·徒利及其他河间诸侯包围赫伦堡后，派一名学士打着和平帜来到城门前要求谈判。赫伦亲自出来会面——赫伦已是老人，鬓发灰白，但身穿黑甲的他依然威风凛凛。两位国王都带着掌旗官和学士，他们的交谈得以流传后世。

"立刻投降，"伊耿开口，"你仍能统治铁群岛。立刻投降，你仍能传位子嗣。我在城外有八千人马。"

"你在城外有多少人马与我无关。"赫伦回答，"我的城墙坚固厚实。"

"你的城墙无法抗拒巨龙。龙会飞。"

"我修的是石头城，"赫伦又答，"石头不会烧。"

伊耿说："太阳落山时，你必断子绝孙。"

据说赫伦听了吐口唾沫，转身回城。回去后他立刻把所有人手派上城垛，备好长矛、弓箭和十字弓，许诺无论是谁，只要击落巨龙，就赐予大片领地和大笔财富。"假使我有女儿，屠龙者还可牵她的手。""黑心"赫伦许诺，"现在我会赐他徒利的一个女儿——喜欢的话，三个全要也行——或者布莱伍德的小闺女，或者斯壮的。总而言之，那帮毫无信义的黄泥巴三河领主的女儿可以随便挑"。"黑心"赫伦布置妥当后返回自己居住的塔楼，和剩下的儿子们共进晚餐，贴身卫队在旁紧密保护。

最后一缕日光褪去时，"黑心"赫伦的部下瞪着聚集的黑暗，抓紧长矛与十字弓。巨龙始终没现身，许多人无疑认为伊耿是虚张声势，谁知伊耿·坦格利安驾驭贝勒里恩高飞在天，藏身云层，龙一直往上飞，直至从地面看来不过是月面上的苍蝇。接着它猛然俯冲，冲进城内，黑如沥青的翅膀与夜色融为一体。"黑死神"咆哮着喷出满腔愤怒，用黑色龙焰与鲜红的火舌沐浴身下的赫伦堡巨塔。

诚如赫伦夸口的那样，石头不会烧，但他的城堡并非全是石头。木材、羊毛、麻绳、稻草、面包、咸牛肉和谷物统统起火。赫伦麾下的铁民也不是石头，他们被烈焰包围，浑身冒烟，惨叫着在庭院中奔逃或从城墙走道上绊下来摔死。当火焰达到高温，连石头也开裂融化，城外的河间诸侯后来形容赫伦堡的巨塔仿如黑夜里五根火红的巨蜡烛……它们也像蜡烛一样扭曲熔解，熔化的石料犹如溪流淌下塔身。

赫伦和他剩下的儿子们在当晚吞噬巨城的烈焰中丧生，霍尔家族随之绝嗣，铁群岛对河间地的统治亦就此终结。第二天，在赫伦堡的冒烟废墟外，伊耿国王接受了奔流城公爵艾德敏·徒利的忠诚誓言，命其总督三叉戟河流域。其他河间诸侯也纷纷上前宣誓效忠，既向伊耿国王，也向封君艾德敏·徒利。余烬冷却到能让人平安入城后，失败者们的长剑——其中许多被龙焰粉碎、熔化、扭曲成了钢条——被收集起来，用马车运回伊耿堡。

在维斯特洛东南部，风暴王的封臣远比赫伦国王的封臣忠实，"骄傲的"亚尔吉拉得以在风息堡集结起一支大军。这座杜伦登家族的家堡也是世间罕见的雄城，外墙厚度甚至胜过赫伦堡，亦被认为难攻不破。然而赫伦国王的结局很快传到老对手亚尔吉拉国王耳中，费尔伯爵和布克勒伯爵抵挡不住挺进的敌军（埃洛尔伯爵战死），也送信警告国王小心雷妮丝王后和她的龙。老迈的战士国王怒吼说自己绝不会学赫伦的样——在自家城堡里如嘴含苹果的乳猪般被烤熟——身经百战的他要手握长剑、主宰命运。于是"骄傲的"亚尔吉拉最后一次自风息堡出发，与敌人在开阔地决战。

风暴王的行动并未出乎奥里斯·拜拉席恩等人意料，因雷妮丝王后骑着米拉西斯在天上侦察，亲眼目睹了亚尔吉拉出兵，并向国王之手详细通报了敌军数量及部署。奥里斯在铜门城南的山丘上占据有利阵地，于高处掘壕固守，静候风暴地人的到来。

两军交战那日，风暴地呈现出恰如其名的气象，从早晨起就持续不断地下雨，中午更是狂风呼啸。亚尔吉拉国王的封臣们劝他待明日雨停后再战，但风暴王自恃军队总数有近二比一的优势，骑士和重骑兵更接近对手的四倍。目睹湿漉漉的坦格利安旗帜飘荡在属于他的山丘上让他怒火中烧，这位身经百战的老战士更注意到此时吹的是南风，雨被直接刮进山丘上的坦格利安官兵眼里。因此"骄傲的"亚尔吉拉下令进攻，被后世称为"最后的风暴"的战役就这样开始了。

战斗持续直到深夜，血流成河，它不像伊耿征服赫伦堡那样是一边倒的胜利。"骄傲的"亚尔吉拉率麾下骑士朝拜拉席恩的阵地三度发起冲锋，可惜坡地太陡，雨水又将地面变得松软泥泞，艰难跋涉的战马不断滑倒，冲锋失去了组织与势头。但随后风暴地的长矛兵步行上山扳回一城：山上的入侵者被雨水迷乱了眼睛，直到对手走近方才发觉，而他们弓弦被雨水打湿，难以射击。一座山丘沦陷，接着又是一座，风暴王趁机发起了第四次、也是最后的冲锋，带领骑士们突破了拜拉席恩军的阵线中央……直直地撞上雷妮丝王后和米拉西斯。地上的巨龙依然无比强大，指挥前锋部队的狄肯·莫里根与黑港的私生子双双被龙焰吞噬，亚尔吉拉国王的近卫骑士们也牺牲了。战马在紧张与恐慌中四散奔逃，撞进身后的骑兵队中，瓦解了冲锋，风暴王本人亦被掀下坐骑。

但亚尔吉拉没有放弃。奥里斯·拜拉席恩率军冲下泥泞的山丘发起反攻时，他发现老国王正独自迎战六七个对手，脚边还躺着六七具尸体。"你们让开，"拜拉席恩喝令，他下马徒步面对风暴王，并给了对手最后一次投降的机会。亚尔吉拉回以诅咒，于是两人开始决斗。白发苍苍、年事已高的战士国王对上乌黑髯须、凶悍刚猛的国王之手，据说他们各自给对方留下一道伤口，而杜伦登家族最后的传人最终得偿所愿：死时手握长剑、嘴里喝骂不休。国王的死令风暴地人士气崩溃，一待亚尔吉拉倒下的消息传扬开去，领主和骑士们纷纷丢下武器、逃离战场。

随后几日，人们担心风息堡会遭遇赫伦堡的下场，因亚尔吉拉的女儿亚尔洁娜闭门抗拒乘胜挺进的奥里斯·拜拉席恩和坦格利安军，自命为风暴女王。雷妮丝王后骑米拉西斯入城谈判时，亚尔洁娜宣称风息堡宁愿战至最后一人也决不屈膝，她说："你可以夺走我的城堡，但只会得到骨骸、鲜血和灰烬。"虽然亚尔洁娜慷慨激昂……守城士兵却不想送死，他们当晚便升起和平旗帜，打

开城门，将赤身裸体、塞住嘴巴、戴上镣铐的亚尔洁娜小姐送进奥里斯·拜拉席恩的军营。

据说拜拉席恩亲自为亚尔洁娜小姐解开镣铐，用自己的斗篷裹住她，替她倒酒，温柔地缅怀她父亲的英勇和壮烈殉国的方式。随后，为荣耀已故国王，奥里斯接受杜伦登家族的家徽和箴言，以宝冠雄鹿为纹章，以风息堡为家堡，迎娶了亚尔洁娜小姐。

现在"龙王"伊耿及其盟友控制了河间地和风暴地，维斯特洛剩下的几位国王明显感受到威胁。临冬城的托伦国王传令召集封臣，然而北境辽阔，集结大军需要时间；谷地的夏拉太后——她儿子罗纳的摄政王——躲到鹰巢城上组织防御，并调兵驻守血门，扼住进入艾林谷的要道。夏拉太后年轻时被誉为"山地之花"，乃七国上下最美貌的少女。她或许打算用美貌打动伊耿，因她送去一幅自己的画像提议联姻，只要国王立罗纳为继承人。画像最终送到了目的地，伊耿·坦格利安有否答复却不得而知。毕竟他有两位王后，而夏拉·艾林已是残花败柳，且年长他十岁。

与此同时，西方两位伟大的国王结成同盟，召集群臣，誓要把伊耿彻底打垮。河湾王园丁家族的孟恩九世率大军从高庭出发，在罗宛家族的金树城下与凯岩王罗伦·兰尼斯特一世的西境军汇合。两国联军是维斯特洛有史以来最庞大的军队，足有五万五千人，其中包括六百位大小领主和五千多名马上骑士——"我们的铁甲钢拳，"孟恩国王夸口，他的四个儿子全都随行出征，他的两个年轻的孙子也都来参战，担任他的侍从。

两位国王并未在金树城多所逗留，如此庞大的军队必须保持移动，否则会吃空周边乡野。于是联军集结完毕后立刻出发，向东北偏北方向进军，一路穿过长草草场和金色麦田。

伊耿驻军神眼湖畔，得知敌人动向便整军迎战。他的军队只有两位国王的五分之一，且多为河间诸侯的部下，对坦格利安家族的忠诚未经考验、殊为可疑。然而伊耿规模较小的军队比对手行动快得多，在石堂镇，两位王后骑龙赶来汇合——雷妮丝从风息堡，维桑尼亚从蟹爪半岛（她刚在那里接受许多地方领主狂热的忠诚誓言）——于是坦格利安军在三条巨龙的空中掩护下渡过黑水河源头，向南疾行。

两军最终在黑水河南的沃野平畴上相遇，战场离日后黄金大道穿过的地方不远。接获关于坦格利安军人数和部署的侦察报告后，两位国王信心满满，他们不仅有五比一的人数优势，领主和骑士方面的差距更大，况且战场开阔平坦，目力所及均为草场和麦田，适合重骑兵冲锋。伊耿·坦格利安并未像奥里斯·拜拉席恩在"最后的风暴"一役中那样占据高地之利，这里的土地坚实而不泥泞，且没有雨水困扰。决战之日虽起了风，却万里无云，实际上，战前半月此地都没下雨。

由于孟恩国王的军队是罗伦国王的一倍半，他索要了指挥中军的荣誉，他的长子继承人艾德蒙则负责前锋部队。右翼由罗伦国王及其骑士组成，左翼统帅是奥克赫特伯爵。坦格利安军阵线左右均无天然屏障，两位国王决意伸开两翼扫荡，直捣伊耿的后方，中路则由"铁甲钢拳"发起势不可挡的冲锋，这是贵族领主和装甲骑士们组成的巨大楔形骑兵阵。

伊耿·坦格利安草草布下新月阵，步兵挺起长矛长枪在第一线防御，弓箭手和十字弓手贴近步兵靠后布置，轻骑兵在两翼。他把军队委派给女泉镇伯爵琼恩·慕顿指挥——这是最早倒戈归顺的领主之一——自己和两位王后在空中迎战。伊耿当然也注意到此地多日无雨，草场茂盛，麦子结实累累……它们都干透了。

坦格利安军耐心等待两位国王吹响前进喇叭，在海潮般的旗帜簇拥下开始推进。骑金色战马的孟恩国王亲率中军发起冲锋，他儿子加文在他身边高举战旗——白底上一只巨大绿手。在号角和喇叭的催促下，园丁和兰尼斯特两大家族的臣属们咆哮着尖叫着，冲过如云箭雨，扑向敌人，迅速粉碎了坦格利安长矛兵的阵列。

就在这时，伊耿及其姐妹出动了。

伊耿骑在贝勒里恩身上，掠过敌人的队列，迎着风暴般来袭的长矛、石弹与飞矢，来回俯冲喷火，雷妮丝和维桑尼亚前后策应，将敌军上下风向全部点燃。干草和等待收获的麦子一点即燃，风助火势，卷起滚滚浓烟吹在两位国王麾下挺进的官兵们脸上。燃烧的气息让马匹紧张不安，随着烟雾渐浓，坐骑和骑手什么也看不清，只见四周升起火墙，于是雄壮的骑兵阵土崩瓦解。慕顿伯爵的部队位于这片熔炉地狱的上风向，只需好整以暇地用弓箭和长矛解决跌跌撞撞逃出来的浑身着火的敌人。

后世称此役为"怒火燎原"。

超过四千人被烧死，另有一千人死于剑、矛和飞矢。数万人被烧伤，其中很多人将终生带着丑陋的伤疤。国王孟恩九世及其儿孙兄弟、堂亲表亲们一道灰飞烟灭，只有一个外甥撑了三天。此人最终因烧伤而死后，园丁家族就此消亡。凯岩城的罗伦国王活了下来，他见势不妙，便调转马头穿过火墙和浓烟，得以幸免。

坦格利安军只损失了不到一百人，维桑尼亚王后肩头中了一箭，但很快痊愈。三条龙用死尸展开盛宴时，伊耿命令收集死者们的剑，运往下游。

第二天，罗伦·兰尼斯特被俘。凯岩王将宝剑和王冠放在伊耿脚边，屈膝臣服。伊耿谨守承诺，扶起手下败将，确认对方的领地和爵禄，宣布其为凯岩城公爵和西境守护。罗伦公爵的封臣们旋即有样学样，自龙焰中幸存的河湾地诸侯很快也纷纷投降。

但西方的征服并未完成，所以伊耿国王离开姐妹们，火速赶往高庭，以防被人捷足先登。他发现高庭此刻掌握在总管哈兰·提利尔手中，而提利尔一族世代为园丁家族服务。不过哈兰·提利尔未经一战便献出城堡钥匙，宣誓效忠"征服者"。作为回报，伊耿将高庭城堡和河湾地区的统治权赐给他，任命他为南境守护和曼德河流域总督，园丁家族从前的封臣都要效忠于他。

伊耿本欲继续南下，一举压服旧镇、青亭岛和多恩领，但驻跸高庭期间，新的挑战传到他耳中：北镜之王托伦·史塔克业已穿过颈泽，进入河间地，麾下有一支由三万北方蛮子组成的大军。伊耿立刻北上抗击，他骑"黑死神"贝勒里恩飞在军队前头，并送信给两位王后及在赫伦堡和"怒火燎原"之役后屈膝臣服的领主和骑士们。

托伦·史塔克来到三叉戟河北岸时，发现数目等于他军队一倍半的敌军等在南岸。河间地人、西境人、风暴地人、河湾地人……统统赶到，而贝勒里恩、米拉西斯和瓦格哈尔在敌营上空不断盘旋。

托伦的斥候见证了赫伦堡的废墟，红色火苗依然在瓦砾堆中闷燃。北境之王还听取了很多"怒火燎原"之役的目击报告，他知道若是强渡，也许将遭遇同样命运。许多北方诸侯敦促他不顾一切地进攻，坚持认为北方人的英勇足以扭转战局；其他人则请求他撤回卡林湾，在北境的土地上抗敌。国王的私生兄弟布兰登·雪诺自告奋勇，提议在夜色掩护下独自摸过河，暗杀熟睡的巨龙。

托伦国王的确派布兰登·雪诺渡过三叉戟河，但不是去杀龙，而是带上三位学士去谈判。整晚消息往来不绝。第二天早晨，托伦·史塔克亲自过河，在南岸向伊耿屈膝，将冬境之王的古老王冠放在"征服者"脚边，宣誓效忠。他起身时失去了国王身份，被赐封为临冬城公爵和北境守护。从那日直到今天，托伦·史塔克都被冠以"降服王"之名……但由于他的降服，三叉戟河畔没有留下北方人的烧焦尸骨，伊耿收集的史塔克公爵及其封臣的长剑也未经扭曲、弯折或熔化。

现在伊耿·坦格利安和王后们再次分开。伊耿再度南下，进军旧镇，他的两位姐妹骑龙分头出发——维桑尼亚二度前往谷地，雷妮丝飞赴阳戟城和多恩沙漠。

夏拉·艾林早已加强海鸥镇的防御，并调遣大军驻守血门，还把守护鹰巢城的三座沿途堡垒——危岩堡、雪山堡和长天堡——的卫兵加到平时的三倍，然而这些措施都无法阻止维桑尼亚·坦格利安。瓦格哈尔扇动皮翼，载着王后高飞于所有守卫之上，着陆在鹰巢城内院。谷地摄政王带着十几名卫士匆匆跑出来应对，却发现维桑尼亚将罗纳·艾林抱在膝上，小国王惊奇地瞪着巨龙，问道："妈妈，我可以和这位女士一起飞吗？"没有威胁的言语，也没有愤怒的质问，两个女人只是心照不宣地一笑，便礼貌攀谈起来。夏拉太后随即叫人找来三顶王冠（她的摄政王小头冠、她儿子的小王冠和千年来列位艾林先君拥有的山谷的猎鹰王冠），外加卫士们的佩剑，一并献给维桑尼亚王后。据说事后小国王如愿以偿地绕着巨人之枪的峰顶飞了三圈，着陆时成了小公爵。维桑尼亚·坦格利安就这样为她弟弟的王国带来了艾林谷。

雷妮丝·坦格利安却遇到麻烦。多恩长矛兵组成的军队保卫着赤红山脉的门户亲王隘口，但雷妮丝并未与之纠缠。她高飞过隘口，飞掠红沙地与白沙地，降落在万斯城，企图首先逼降此地，却发现城堡早已人去楼空，城下的镇子只剩老弱妇孺。她询问领主去向，本地人答道："走了。"

雷妮丝顺流而下来到艾利昂家族的家堡神恩城，发现这里也被抛弃。她继续飞，直到绿血河入海口的板条镇，该镇由数百条撑篙船、小渔船、驳船、船屋和废船以绳索、铁链及木板连接而成，堪称阳光下的浮城，但米拉西斯当空盘旋时，镇内亦只有零星几位老妪和小孩出来观瞧。

王后最终飞到马泰尔家族古老的家堡阳戟城，发现多恩公主在被抛弃的城堡里等她。学士们说，梅瑞拉·马泰尔当时已是八十高龄，统治多恩长达六十年。她眼睛瞎了，身体极端肥胖，且几乎秃顶，皮肤灰黄松垮。"骄傲的"亚尔吉拉称她为"多恩的黄蛤蟆"，但年龄和眼盲并未影响公主的头脑。

"我不跟你打，也不向你屈膝。"梅瑞拉公主告诉雷妮丝，"回去告诉你哥哥，多恩没有国王。"

"我会告诉他的，"雷妮丝回答，"然后我们会回来。公主殿下，下一次，我们将带着血与火回来。"

"这是你们的族语，"梅瑞拉公主道，"但请记得我们的：不屈不挠。你们尽可以放火来烧，夫人……但我们不会屈膝、不会鞠躬、不会投降。这里是多恩，你们在这里不受欢迎。若是你们回来的话，必定会付出代价。"

王后和公主就此分别，多恩的征服宣告失败。

伊耿·坦格利安在西方得到远为热烈的欢迎。旧镇是全维斯特洛最大的城市，不仅有厚墙保护，由河湾地最古老、最富有、最有权势的领主参天塔的海塔尔家族统治，还是教会的中心。总主教——教会之父、新神之音——驻跸于此，统辖全维斯特洛数百万虔诚信徒（除开北境，那里旧神依旧占据优势），控制着被老百姓称为"圣剑骑士团"（又称战士之子）和"星辰武士团"（又称穷人集会）的教团武装。

但伊耿·坦格利安率军来到时，却发现旧镇城门大开，海塔尔伯爵正等着屈膝臣服。原来伊耿登陆的消息刚刚传来，总主教便把自己锁在繁星圣堂内闭关祷告七日七夜，以求获得诸神指引。据说这期间他只用了面包和清水，把所有清醒的时间都用于祈祷，在七神的祭坛间辗转来回。第七天，老妪举起金灯为他指引前路，总主教大人发现，若反抗"龙王"伊耿，旧镇市区必然被焚，学城、参天塔和繁星圣堂都难免毁于一旦。

身为旧镇之主的曼佛德·海塔尔伯爵是个虔诚而谨慎的人，他有一名排行靠后的儿子在战士之子服役，另一名儿子则刚宣誓成为修士。总主教讲述了老妪预示的景象，海塔尔伯爵便决定不以武力对抗"征服者"，由是，尽管海塔

尔家族是高庭园丁家族的封臣，旧镇却没派一兵一卒参加惨烈的"怒火燎原"之役。待伊耿赶到，曼佛德伯爵更骑马出城欢迎，献上佩剑、城市和效忠誓言（有人说海塔尔伯爵还献上了自己的小女儿，但伊耿婉拒了，以免冒犯两位王后）。

三天后，在繁星圣堂，总主教大人亲手把七种圣油涂抹在伊耿额上，为其加冕，宣布其为伊耿·坦格利安一世，安达尔人、洛伊拿人和先民的国王，七国统治者暨全境守护者（"七国"只是虚衔，因多恩并未屈服。不仅当时，且在此后一百多年间亦是如此）。

伊耿在黑水河口的第一次加冕式只有少数领主参加，但第二次加冕式有数百位领主到场观礼，仪式完成后，伊耿骑在贝勒里恩背上掠过旧镇，街上又有数万百姓欢呼喝彩。参加伊耿第二次加冕式的包括学城的学士与博士们，或许正因如此，这个日子——而非伊耿在伊耿堡的加冕或他的登陆日——被视为伊耿统治的开始。

"征服者"伊耿及其姐妹就是这样凭借自己的意志，将维斯特洛七大王国合而为一。

许多人以为战后伊耿国王将定都旧镇，也有人认为他会留在坦格利安家族古老的岛屿要塞龙石岛统治，但国王出人意料地宣布要把宫廷设在黑水河口三座丘陵下方兴未艾的小镇，那是他和他的姐妹们最初登陆维斯特洛的地方。这个新兴小镇将被称为君临，"龙王"伊耿在这里坐在一把危险的金属巨椅上治理天下，那把椅子由他的敌人熔化、扭曲、弯折和破碎的刀剑铸就，很快被全世界称为"维斯特洛的铁王座"。

龙王之治

伊耿一世国王的战争

伊耿·坦格利安一世国王的漫长统治期（征服元年至征服三十七年）总体而言是和平的……尤其在后半段。但"龙王的和平"——学城学士们如此称呼其统治期后半段的二十年——达成之前，首先进行的是"龙王的战争"，其中最后一场仗算得上维斯特洛爆发过的最残忍血腥的冲突之一。

虽说征服战争名义上以伊耿在旧镇的繁星圣堂被总主教涂抹圣油后加冕而告终，但此时维斯特洛全境并非都归顺于伊耿。

在咬人湾，三姐妹群岛的领主们利用伊耿征服引发的乱局，自行宣布独立，并立桑德兰家族的玛拉为他们的女王。由于艾林家族的舰队泰半毁于征服战争，国王遂令新任北境守护，即临冬城的托伦·史塔克，前去平定"姐妹男"的叛乱。北境军队不久便在沃里克·曼德勒爵士的指挥下，乘坐雇来的布拉佛斯划桨船自白港出发。这支舰队的到来，加上维桑尼亚王后和瓦格哈尔在姐妹屯上空的突然出现，让"姐妹男"丧失了勇气。他们迅速废黜了玛拉女王，拥立其弟，而这位史蒂芬·桑德兰重新对鹰巢城宣誓效忠，向维桑尼亚王后屈膝，并献出两个儿子作为人质担保往后的顺从——其中一个儿子由曼德勒家族收养，另一个儿子由艾林家族收养。他的姐姐，即被废黜的女王，遭到流放和囚禁。五年后，她的舌头被拔掉，余生只能加入静默姐妹的行列，负责照料贵族死者。

在维斯特洛另一头，铁群岛正陷入大乱。霍尔家族已统治铁民许多个世纪，却在赫伦堡的一夜之间，被伊耿胯下贝勒里恩的火焰烧尽了所有直系后嗣。"黑心"赫伦及其诸子尽数殒命，而哈尔洛岛的科林·沃马克——其祖母是赫伦的祖父之妹——据此自封为列代"黑血国王"的合法继承人，企图得到王位。

但并非所有铁种都肯接受他。在老威克岛，淹神牧师们聚集在海龙娜伽的肋骨下，将浮木王冠戴在自己人中的一员头顶——那个赤脚圣人名为罗德斯，自称是淹神在世的儿子，传闻能施行奇迹。大威克岛、派克岛和橡岛也纷纷出现了企图成王的人选，他们各自的追随者在陆地和海上厮杀了一年多。据说当时群岛间的水域遍布尸体，以至海怪们被鲜血吸引，数以百计地现身。

伊耿·坦格利安结束了这场混战。征服二年，他骑贝勒里恩来到群岛，一同到来的还有青亭岛、高庭和兰尼斯港的舰队，甚至托伦·史塔克也从熊岛派来几艘长船助阵。铁民们的抵抗十分微弱，最近一年的自相残杀已令其元气大伤……甚至有不少人欢迎巨龙的到来。伊耿用"黑火"斩杀了科林·沃马克，但允许其尚在襁褓的儿子继承领地和城堡；老威克岛的牧师国王罗德斯——传说中的淹神之子——召唤大海深处的海怪们升上洋面、掀翻入侵者的战船未果后，便将长袍装满石子，走进大海"去与我父商议"。数千人追随他而去，此后数年间，他们被螃蟹啃过的肿胀尸体不断被冲刷到老威克岛岸边。

混战平息之后，剩下的问题是由谁来替国王统治铁群岛。许多人建议让铁民做奔流城的徒利家族或凯岩城的兰尼斯特家族的臣属，有人甚至提出把他们交给临冬城管辖。伊耿听取了所有建议，但最终允许铁民们自行决定其统治者——他们不足为奇地选了一位自己人：派克岛掠夺者之首维肯·葛雷乔伊。维肯大王向伊耿国王宣誓效忠，"龙王"便带着舰队离开了。

但葛雷乔伊家族的统治范围仅包括铁群岛本土，维肯大王公开放弃了对霍尔家族在大陆上夺得的所有领地的权利。随后，伊耿将已成废城的赫伦堡及其周围大片领地赐给了龙石岛教头昆廷·科何里斯爵士，命其接受奔流城的艾德敏·徒利公爵为封君。新晋的昆廷伯爵有两个强壮的儿子和一个胖嘟嘟的孙子，家族兴旺似乎高枕无忧，他的夫人三年前因斑疹热而死，此次额外应承迎娶徒利公爵的一个女儿为续弦妻。

随着三姐妹群岛和铁群岛的臣服，长城以南的维斯特洛全境已在伊耿·坦格利安治下——唯独多恩领例外。"龙王"顺理成章地将注意力转向多恩。他首先试图用言辞来降服多恩人，于是派出一支由大贵族、学士和修士组成的使团前往阳戟城，与"多恩的黄蛤蟆"梅瑞拉·马泰尔谈判，向对方陈述并为大一统国度的好处。这场谈判持续了大半年，但毫无收获。

一般认为,"第一次多恩战争"始于征服四年雷妮丝·坦格利安重返多恩领,她正如从前威胁的那样带着血与火回来了。王后骑着米拉西斯冲下湛蓝的晴空,点燃了板条镇,火势在船只间蔓延,直到绿血河口完全被燃烧的漂浮物堵塞,升起的烟柱之高,以至远达阳戟城都能看见。水上市镇的居民们纷纷跳入水中避难,当日实际死的还不到一百人,且多数死于溺水而非龙焰。但无论如何,第一滴血就此洒下。

奥里斯·拜拉席恩率领一千名精挑细选的骑士进犯骨路;伊耿本人亲率三万大军杀向亲王隘口,其中包括近二千名马上骑士和三百位大小领主。据说南境守护哈兰·提利尔公爵曾豪言,即便没有伊耿及其胯下的贝勒里恩,这支大军也足以粉碎任何敢于螳臂当车的多恩军队。

他有理由得出这样的结论,却无从在战场上证明,因为多恩人始终避而不战。他们在伊耿国王的大军面前退却,同时烧光田野里的作物,并在每一口水井中下毒。入侵者发现赤红山脉中的多恩瞭望塔已被统统放弃,各个关口则用绵羊尸体组成的肉墙堵住通路——那些羊已然剪去所有羊毛,肉质也腐败不堪食用。等走出亲王隘口、来到多恩沙漠,国王大军的食物和草料已感匮乏。伊耿在此兵分两路,他命提利尔公爵南下对付狱门堡伯爵乌瑟·乌勒,自己调头向东,围攻福勒伯爵的山间要塞天及城。

那是秋季的第二年,冬天按理已经不远,入侵者据此盼望沙漠里的暑气能够消减,取水则更加容易。但在提利尔公爵扑向狱门堡的一路上,多恩的太阳丝毫没有松懈。在那样的酷暑中,人体需要补充更多水分,无奈行进路线上的每一个水潭和绿洲都被下了毒。马匹开始死去,一天比一天更甚,接着轮到失去马匹的骑手。骄傲的骑士们被迫抛弃了旗帜、盾牌乃至铠甲。提利尔公爵在多恩沙漠中失去四分之一的部队和几乎所有马匹才终于抵达狱门堡,却只见到一座被抛弃的空城。

奥里斯·拜拉席恩的境况也同样糟糕。他的骑兵队费尽九牛二虎之力才通过狭窄扭曲的隘口中那许多的多石陡坡,在某些最陡峭的路段——多恩人将阶梯直接凿刻在山岩上——过不去的马匹不得不被放弃。如雨的落石从上方砸向首相麾下的骑士们,风暴地人从未见过这等阵势。在骨路跨越维尔河的地方,多恩弓箭手在骑兵队过桥时突然现身,射出几千支冷箭。奥里斯公爵喝令部下

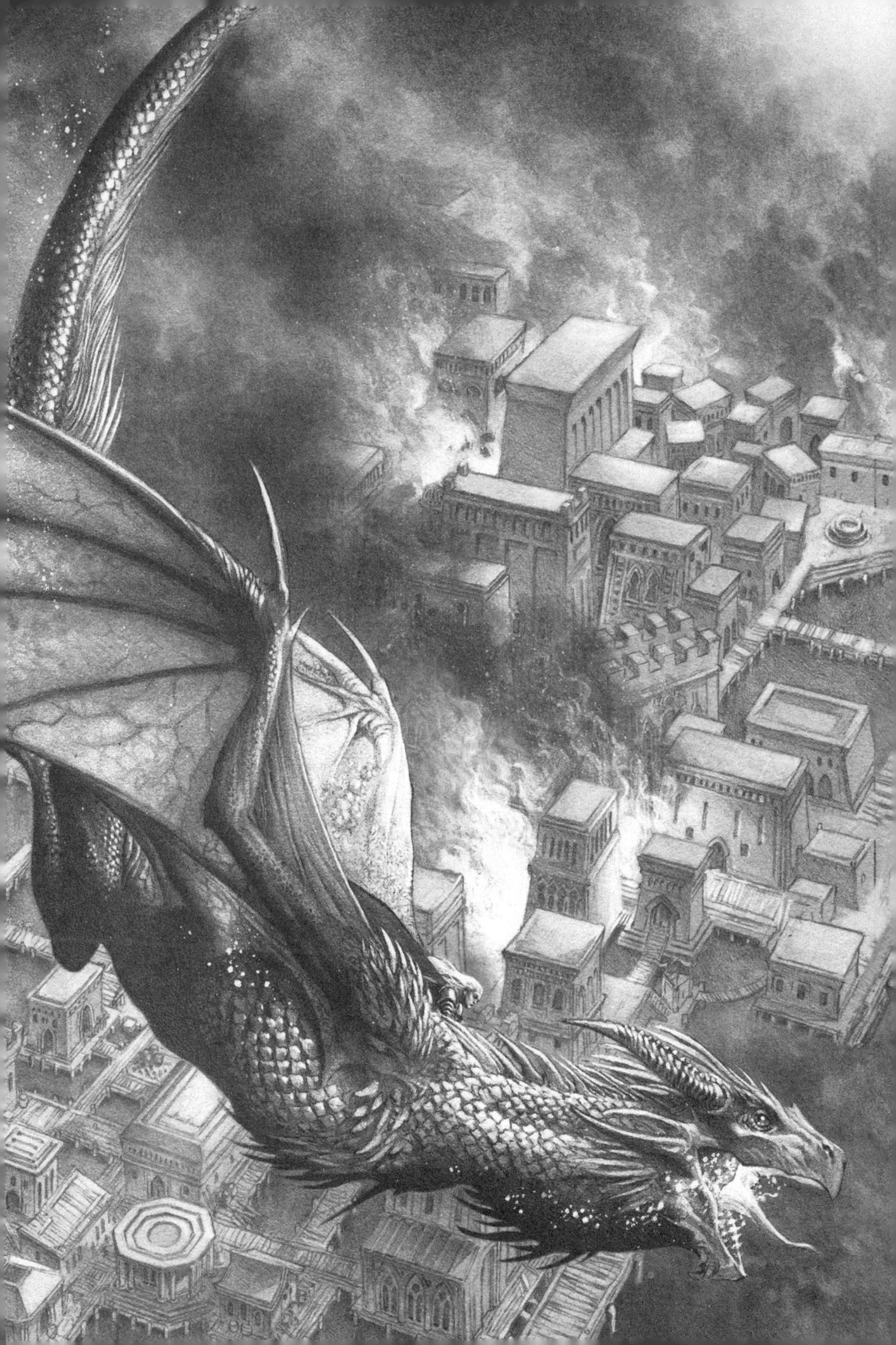

退避，退路却被一场惊天动地的山崩所阻。风暴地人进退维谷，像猪圈里的牲畜般听任宰割，最后被放过的只有奥里斯·拜拉席恩本人和其他十几位被认为赎金高昂的诸侯——他们成了野蛮的山间领主、维尔城的"寡妇爱人"维尔伯爵的俘虏。

　　伊耿国王那一路取得了更多进展。他沿山脚边的丘陵地带向东进军，高山流下的溪水提供了充足的水源，峡谷里也有丰富的猎物。他强攻拿下天及城，又经短暂围城拿下伊伦伍德城，而托尔城伯爵新逝，该城总管未经一战就降了。国王继续向东，在魂丘城下，托兰伯爵派代理骑士向国王挑战，伊耿接受了挑战并在决斗中击杀对方，却发现那并非托兰真正的代理骑士，而是其身边的弄臣。托兰伯爵趁机逃之夭夭。

　　当伊耿国王骑着贝勒里恩降临阳戟城时，多恩公主梅瑞拉·马泰尔也学了托兰伯爵的样。伊耿在这里见到了早一步赶到的妹妹雷妮丝——焚烧板条镇后，王后依次拿下柠檬林、斑木林和臭水堡，接受了老妪和儿童们的致意，但从未找到真正的多恩军队，就连阳戟城外的影子城也半空了，留下来的人没一个能透露多恩众领主及公主的去向。"黄蛤蟆融进了沙子里。"雷妮丝王后告诉伊耿国王。

　　伊耿的回应是宣告胜利。他在阳戟城的大厅招来所有剩下的多恩显贵，宣布将多恩领收归大一统的王国，要他们做自己的忠实臣属。他将他们从前的主人斥为叛徒和反贼，并为这些人的头颅开出高额赏格，尤其是"黄蛤蟆"梅瑞拉·马泰尔公主。他任命琼恩·罗斯比伯爵为阳戟城代理城主和沙漠守护，以国王之名统治多恩，被征服的其他领地和城堡也各自任命了总管和代理城主。随后伊耿国王率领大军原路返回，向西穿过丘陵地带，然后通过亲王隘口北上。

　　他们尚未抵达君临，多恩全境便掀起了暴乱。多恩长矛手犹如沙漠中雨后绽放的花朵，四处凭空出现。天及城、伊伦伍德城、托尔城和魂丘城在不到半月时间里被多恩人夺回，那些地方的王家驻军全部就戮，伊耿任命的总管和代理城主则在经历了长久的折磨后方才被允许死去。据说多恩诸侯曾互相下注，看谁在肢解俘虏时能让俘虏活得更久。阳戟城代理城主和沙漠守护罗斯比伯爵较多数人幸运：当多恩人涌出影子城、夺回城堡后，他被捆住手脚，拽到长矛塔顶，由年事已高的梅瑞拉公主亲手抛出窗外。

现在多恩全境只剩提利尔公爵和他的军队，他们是被伊耿国王指定留下来的。狱门堡作为硫磺河边的坚固要塞，被认为足以抵挡任何叛乱，可惜河水含硫，河中捕到的鱼让高庭人患病。沙石城的科格尔家族一直没有屈服于伊耿，他们的长矛兵将向西出行太远的提利尔征粮队和巡逻队统统消灭；万斯城的万斯家族则消灭了东行的提利尔军分队。待阳戟城抛窗事件的消息传到狱门堡，提利尔公爵集结起剩下的官兵，向沙漠进军。他宣称自己意图先征服万斯城，再顺流而下，夺回阳戟城及其影子城，惩罚谋害罗斯比伯爵的凶手。但在狱门堡以东的红色沙漠中，提利尔及其全军消失无踪，再没有谁见过这支军队中的任何一人。

伊耿·坦格利安不接受失败，于是战争又延续了七年。但在征服六年以后，大规模陆上战事退化为无数血腥的暴行、掠夺和报复，伴随着几段较长的停滞期、十几次短暂的休战和难以计算的谋害与暗杀。

征服七年，奥里斯·拜拉席恩及随其在骨路被俘的领主们以体重相当的黄金被赎回君临，但迎接他们的人发现"寡妇爱人"砍掉了每位俘虏的持剑手，让他们再也没法拿起武器与多恩为敌。为了报复，伊耿国王亲自骑着贝勒里恩飞到维尔家族的山间要塞，将该地的六七座堡楼和瞭望塔尽数化为融化的瓦砾堆。可维尔家族躲进山中的洞穴和隧道避难，"寡妇爱人"此后又活了二十年。

征服八年天旱少雨，多恩掠袭者渡过多恩海——一位石阶列岛的海盗王提供船只——洗劫了风怒角南岸的六七个市镇与村庄，还放火烧掉半个雨林。"以火还火"，据说梅瑞拉公主如此宣称。

如此的挑衅坦格利安家族当然会予以回击。当年晚些时候，维桑尼亚·坦格利安飞赴多恩，将瓦格哈尔的火焰喷洒在柠檬林、魂丘和托尔城。

征服九年，维桑尼亚再次出动，伊耿也一同前来，他们烧掉了沙石城、万斯城和狱门堡。

多恩人于次年展开报复。福勒伯爵率军杀出亲王隘口，其行动迅疾如风，在边疆地领主们作出反应前焚毁了十几座村庄，乃至夺取了雄伟的边境城堡夜歌城。消息传到旧镇，海塔尔伯爵派长子亚当率大军前去夺回夜歌城，此举正中多恩人下怀——在乔佛里·戴恩爵士带领下的第二支多恩军队自星坠城出发，乘虚进攻旧镇。旧镇城墙十分坚固，多恩人奈何不得，但戴恩爵士烧掉了城市方圆二十里格内的田野、农场和村落，还杀死了领军出战的海塔尔伯爵的次子加尔曼。另一方面，亚当·海塔尔爵士赶到夜歌城后发现福勒伯爵已将城堡付之一炬，处决了城内守军，并把卡伦伯爵夫妇及其子嗣作为俘虏带回多恩。亚当爵士未予追击，而是飞速赶回旧镇解围，但等他赶到，乔佛里爵士的部队也早已遁入群山之中了。

此事发生后不久，年迈的曼佛德·海塔尔伯爵去世，亚当爵士继位为海塔尔伯爵，而旧镇舆情沸腾，人人呼吁着复仇。伊耿国王乘贝勒里恩赶往高庭与南境守护商议，但年轻的席奥·提利尔公爵鉴于其父遭遇的悲剧，不愿重启对多恩的陆上入侵。

于是国王再次用巨龙开战。伊耿亲自飞向天及城，发誓让福勒家族的家堡成为"第二个赫伦堡"；维桑尼亚骑着瓦格哈尔，把血与火带到星坠城；雷妮丝骑着米拉西斯，返回狱门堡……悲剧就在此发生。坦格利安家的龙生来就被训练参战，历经无数飞矛箭雨的考验，很少受到伤害。成年龙的龙鳞比钢铁更坚硬，即便飞矢偶尔刺穿鳞甲，也不能带来严重后果——除了点燃巨兽的怒气。但米拉西斯在狱门堡上空盘旋时，城堡最高的塔楼上的一名守军扣动蝎子弩，射出一码长的铁矢，正中王后胯下那条巨龙的右眼。米拉西斯没有当即毙命，它在极度的痛苦中坠落在地，临死前的挣扎掀翻了那座高塔和狱门堡很大一部分外墙。

雷妮丝·坦格利安是否比她的坐骑活得久？历来争论不休。有人说她在空中被抛离鞍座摔死了；又有人说她在城堡庭院里被米拉西斯压碎；少数几份记载声称王后自巨龙的坠落中幸存，却在乌勒家的地牢里被慢慢折磨致死。个中详情也许永远不得而知，但雷妮丝·坦格利安，伊耿一世国王的妹妹和妻子，的确于伊耿征服后第十年陨落于多恩领的狱门堡。

随后两年被称为"龙之怒"。贝勒里恩和瓦格哈尔一次又一次地出击，多恩领几乎每座城堡都被焚烧过三次。"黑死神"的吐息如此灼热，乃至狱门堡周围的沙砾多处融成了玻璃。多恩领主们不得不东躲西藏，即便如此也难保平安——福勒伯爵、万斯伯爵、托兰伯爵夫人和四位前后继位的狱门堡主都被谋杀，因铁王座为所有多恩领主的人头开出了堪比领主赎金的赏格。另一方面，

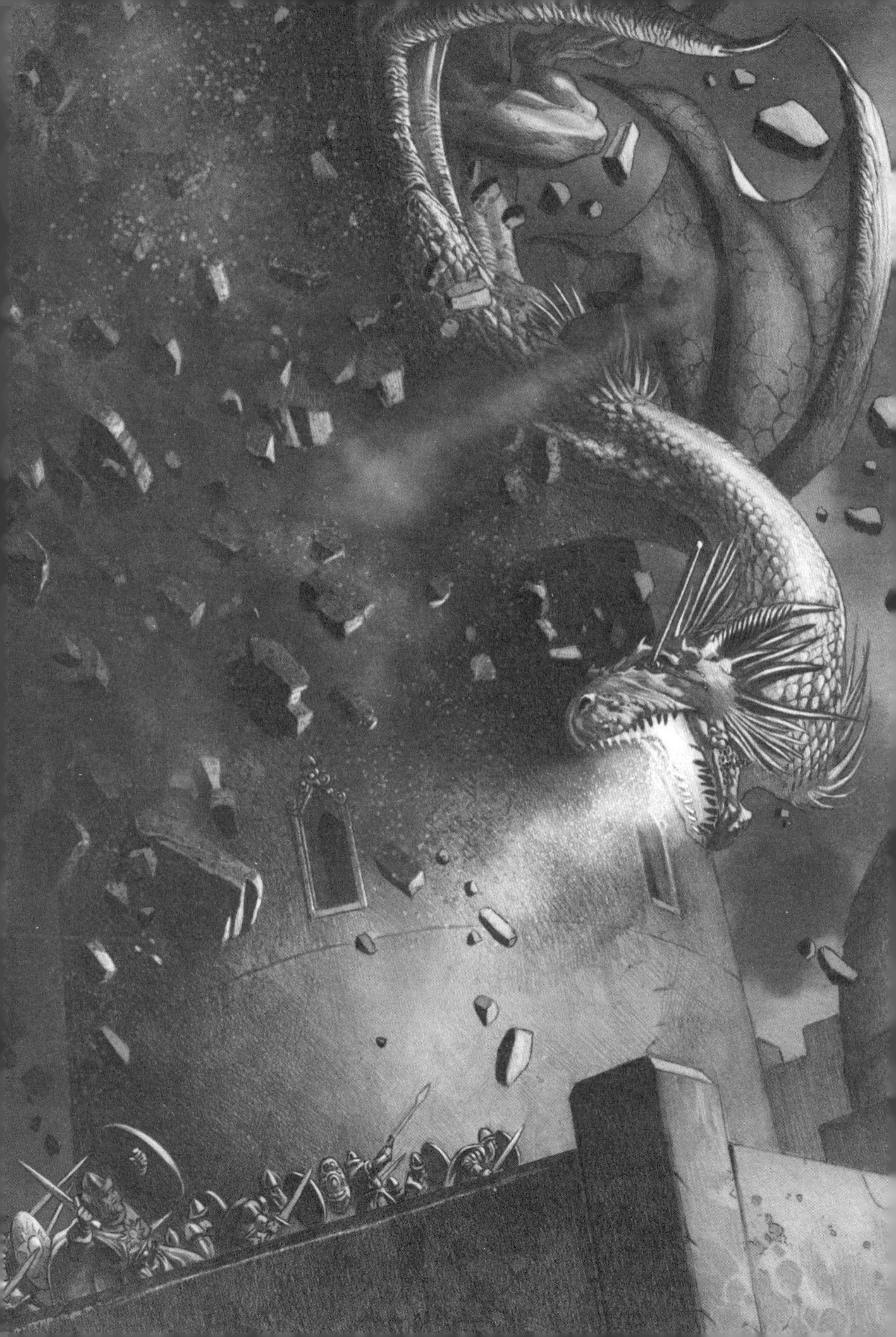

只有两名杀手活着领到了赏金，而多恩人也以牙还牙，展开血腥的报复：鹫巢堡的克林顿伯爵打猎时遇害，雾林城的梅泰林伯爵阖家被一桶多恩红酒毒死，费尔伯爵在君临的妓院里教人闷毙。

坦格利安家族自身亦成了暗杀目标。国王三度遇刺，其中两次全赖护卫才得以保命。维桑尼亚王后也在君临的某个夜晚遭到伏击，她用"暗黑姐妹"亲手将敌人斩尽杀绝，但损失了两名护卫。

这段血腥时期中最臭名昭著的恶行发生于征服十二年，维尔城的维尔——也就是那位"寡妇爱人"——不请自来地现身于幼鹿屯的继承人琼恩·卡伏仑爵士和古橡城伯爵之女亚丽·奥克赫特的婚礼现场。维尔是买通一名卑劣的仆人，从一扇边门进来的，他和他的手下杀害了奥克赫特伯爵和大部分婚礼宾客，又当着新娘的面阉割了新郎。随后他们还轮奸了亚丽小姐及其侍女，并把她们掳走，卖给密尔奴隶主。

此时的多恩成了一片冒烟的沙漠，饱受饥荒、瘟疫和干旱之苦，自由贸易城邦的商人形容那里是"被诅咒的土地"，但马泰尔家族依然坚守"不屈不挠"的族语。有一名被俘的多恩骑士在维桑尼亚王后面前坚称，梅瑞拉·马泰尔宁可看着臣民全部死绝，也不愿他们成为坦格利安家族的奴隶，王后的回应是她和她弟弟很乐意替公主达成愿望。

幸而耄耋的寿岁和每况愈下的健康状况达成了巨龙和大军都难以达成的事。征服十三年，"多恩的黄蛤蟆"梅瑞拉·马泰尔在床上过世（她的众多敌人坚称她是与壮硕青年交欢时咽气的），其子尼莫尔继位为阳戟城主和多恩领亲王。新任多恩亲王时年已有六十，身体不佳，且受够了杀戮。他继位后即刻派遣使团前往君临，归还米拉西斯的头骨，并向伊耿国王提出和平条件。他更让自己的长女继承人戴蕊拉作为使团代表。

但尼莫尔亲王的和平倡议在君临遭遇了强烈反弹。维桑尼亚王后立场坚定地宣称"不降不休"，而她在国王御前的朋友们纷纷出声附和。近年来心理饱受折磨、乃至变得扭曲的奥里斯·拜拉席恩建议剁下戴蕊拉公主一只手，再把她还给她父亲。奥克赫特伯爵送来一只渡鸦，提议将多恩公主卖入"君临最下等的妓院，供城内所有乞丐好好享用"。伊耿·坦格利安否决了这些提案，戴蕊拉公主是打着和平旗帜作为使节而来，伊耿发誓保证她的安全。

所有人心知肚明,国王同样厌倦了战争,但若不能降服多恩便停战,等于宣告挚爱的妹妹雷妮丝死得毫无价值,为此牺牲的所有鲜血和性命也统统白费。御前重臣们进一步告诫国王,在这种情形下达成的任何和平都将被视为虚弱的表现,可能诱发新的叛乱,届时不得不出兵镇压。伊耿知道河湾地、风暴地和边疆地在多年的拉锯战中受害极深,当地人既不会原谅、也不会遗忘多恩人的侵犯,即便在君临,国王也不敢让多恩使团未经严密保护便走出伊耿堡,唯恐城内百姓将他们撕成碎片。后世的卢坎国师写到,基于种种理由,国王几乎就要回绝多恩人的提议,继续战争。

就在这时,戴蕊拉公主将她父亲的密信呈给了国王,"只给您一人看,陛下"。

伊耿国王坐在铁王座上,当着满朝文武的面阅读尼莫尔亲王的信。他脸色铁青,一言不发,人们说他读完起身时拿信的手在滴血。他烧掉了信件,从此再没有提它,当晚又骑上贝勒里恩飞越黑水湾,回到冒烟火山边的龙石岛城堡。次日清晨返回时,伊耿·坦格利安同意了尼莫尔的条件,很快签下与多恩领的永久和平协议。

时至今日,没人清楚戴蕊拉带来的信上写了什么。有人宣称那不过是父亲对父亲的吁求,恳切的言辞打动了伊耿国王的心;又有人认定那是一份长长的名录,列举出所有死于战火的领主和骑士;某些修士甚至断言信上文字有迷乱效果,乃是"黄蛤蟆"临死前用一瓶雷妮丝王后的血作为墨水手书而成,国王无法抗拒这歹毒的魔法。

多年后来到君临服务的克莱格国师得出结论,当时的多恩领已无力再战。他设想尼莫尔亲王出于绝望,或许在信中威胁国王:倘若拒绝和平条件,就联络布拉佛斯的无面者出手刺杀伊耿的长子继承人——也是雷妮丝王后留下的唯一后代、年仅六岁的伊尼斯。实情也许如此……但没人能真正确定。

总而言之,第一次多恩战争(征服四年至十三年)就这样落下了帷幕。

"多恩的黄蛤蟆"达成了"黑心"赫伦、两位西方国君和托伦·史塔克都没能达成的目标,她战胜了伊耿·坦格利安和他的龙。但在赤红山脉以北,她的策略为她引来了无尽的嘲讽,在伊耿的国度里,骑士和领主们从此用"多恩人的勇气"来讽刺怯懦行为。一名书记写道"蛤蟆一旦感受到威胁,就会立刻蹦回洞穴"，另一名书记的记录中则说"梅瑞拉只会用娘们儿的方式打仗，借助谎言、背叛和巫术"。多恩人的"胜利"（我们姑且称为胜利）被视为不荣誉的成果，战争的幸存者以及死难者留下的儿孙兄弟们向彼此保证，有朝一日必定会报仇雪恨。

但他们的报复需要等待若干代人的时间，等到一位非常年轻也非常嗜血的国王登上宝座。至于"征服者"伊耿，他在随后二十四年的统治生涯中，再也没有发动战争。

龙有三个头

伊耿一世国王的政策

伊耿·坦格利安一世不止是声名卓著的战士和维斯特洛有史以来最伟大的征服者，许多人更相信他最重要的成就是在和平年代取得的。人们说，钢铁、烈火和恐惧铸就了铁王座，但它冷却之后却为维斯特洛全境主持了正义。

作为国王，伊耿一世的政策基石是将七大王国融入坦格利安家族治下的大一统。为此他作出巨大努力，吸纳王国各地的男性贵族（甚至包括少数女性）加入自己的朝廷和御前会议。他鼓励从前的对手送子嗣（主要是排行靠后的儿女，诸侯们大都宁愿把继承人留在身边）入宫，男孩被任命为侍者、侍酒和侍从，女孩作为两位王后的侍女和女伴。这些少男少女在君临亲眼见证了国王如何治理天下，逐渐将自己视为一个大国的忠实臣仆，而不只是西境人、风暴地人或北境人。

坦格利安家族还为国内相隔遥远的贵族家族达成了许多联姻，以期促进各被征服地区间互通有无，最终将七国合而为一。伊耿的两位王后维桑尼亚与雷妮丝尤其乐于牵线搭桥。经由她们的努力，鹰巢城公爵罗纳·艾林娶了临冬城公爵托伦·史塔克的女儿，凯岩城罗伦·兰尼斯特的长子继承人娶了青亭岛雷德温家的姑娘。塔斯的"暮之星"生了三胞胎女儿，雷妮丝王后替她们分别安排了与科布瑞家族、海塔尔家族和哈尔洛家族的婚约。维桑尼亚王后更铸就了布莱伍德家族与布雷肯家族间的双重婚约，这两家的恩怨根深蒂固、延续千百年之久，这次分别用一个儿子迎娶对方的一个女儿，以期达成和解。当在雷妮丝身边服务的罗宛家女孩与厨工私通并怀上孩子后，王后找来一位白港的骑士娶了她，又找到一位兰尼斯港的骑士情愿收养她的私生子。

伊耿·坦格利安无疑在所有国家大事上持有终极权柄，但放眼其整个统治期，维桑尼亚和雷妮丝始终是其得力的左膀右臂。或许除杰赫里斯一世国王之妻、"善良王后"亚莉珊之外，七国历史上还没有别的王后能像"龙王"的姐妹们那样在国策上发挥如此重要的作用。国王无论去哪里旅行，通常都会带上一位王后，而让另一位王后留守龙石岛或君临——被留下的王后往往会坐上铁王座，处理呈上来的一应事务。

伊耿虽然指定君临为王都，将铁王座安置在伊耿堡烟雾缭绕的长厅内，却不过只有四分之一的时间在此逗留。他在龙石岛上先祖们的城堡中度过了同样多的日夜——龙山下那座城堡比伊耿堡大上十倍，也更为舒适、安全和熟悉，"征服者"有一次甚至声称自己喜爱龙石岛的气味，那里带咸味的空气总是弥漫着烟雾和硫磺的味道。总体而言，伊耿每年中会有半年待在两座居城，在两边的时间各占一半。

剩下的半年他用于无穷无尽的王家巡游，把宫廷从一座城堡带到另一座城堡，依次拜访各大家族。海鸥镇、鹰巢城、赫伦堡、奔流城、兰尼斯港、凯岩城、秧鸡厅、古橡城、高庭、旧镇、青亭岛、角陵城、岑树滩、风息堡和暮临厅都有幸多次招待国王，但伊耿并不拘泥于此，他兴之所至，可以把王家巡游队伍——有时多达一千名骑士、领主和贵族仕女——带到任何地方。他去过铁群岛三次（两次去派克岛，一次去老威克岛），征服十九年在姐妹屯待了半个月，还六度造访北境（三次在白港开庭理事，两次在荒冢屯，一次在临冬城，那也是国王于征服三十三年的最后一次王家巡游）。

"平叛的最好方法是扼杀它于摇篮之中"，当有人对伊耿的不断出行提出疑问时，他说出了这句名言。伊耿认为，只消让蠢蠢欲动的诸侯看到他威风堂堂地骑着"黑死神"贝勒里恩，身边有数百名穿丝披甲、光鲜耀眼的骑士护卫，就足以打消异志。国王还补充说，君主和王后也需要不时在民众面前露面，让老百姓知道他们有机会伸冤诉苦。

他真的做到了这点。尽管几乎每次巡游都免不了伴随着宴会、舞会、打猎和鹰狩——每位领主都试图在气派和好客程度上胜过他人——但伊耿同时也坚持走到哪里就在哪里开庭理事，无论是借用大诸侯城堡中的高台，还是就着农田里的青苔石板。国王随身带了六名学士，负责解释地方律法、风俗和历史，并记录作出的谕令与判决。多年以后，"征服者"告诫儿子伊尼斯：领主需要了解其领有的土地。事实上，伊耿本人正是经由不断旅行，从而深深了解了七

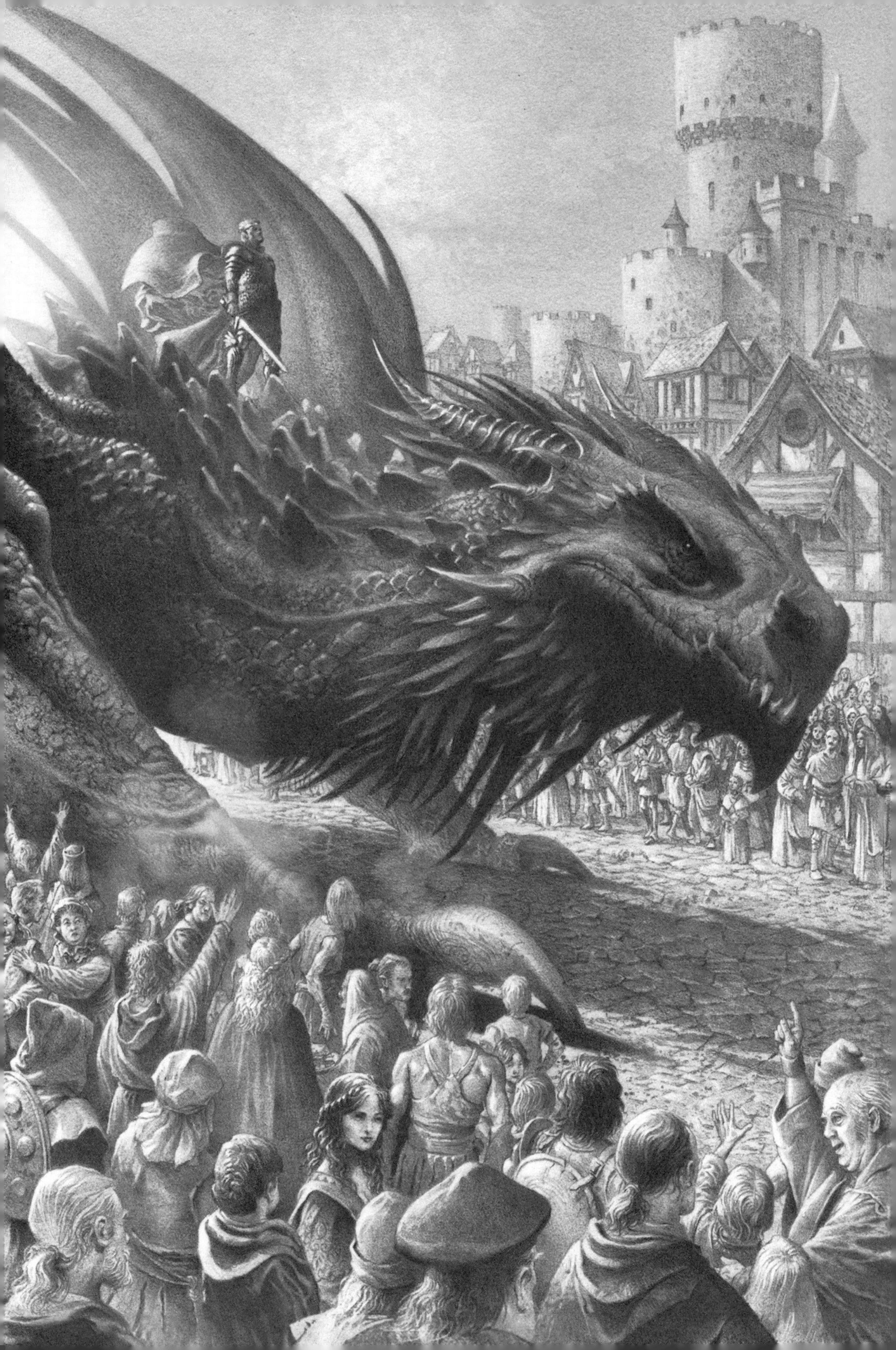

大王国及各地人民。

每个被征服的王国都拥有自己的法律和传统，国王对此甚少干预，他允许领主们以旧有方式继续统治，保留同样的权力和特权。关于继承更替的律法未做变动，既有的封建结构被予以承认，大小诸侯继续在领内享受城壕与绞架的权利①，而只要是之前允许初夜权的地方，现在照旧如此。

伊耿的首要考虑是维护和平。征服战争前，维斯特洛各国间的战争可谓司空见惯，几乎没有哪一年不发生两国或多国间的交战，即便是那些没参战的王国，国内的领主们也往往选择用武力来解决边界争议。伊耿上台后禁止这些行为。小领主和有产骑士现在必须把争议带给他们的封君权衡，并遵守其裁断；大家族间的争吵则由王室裁定。"全境的第一律法就是以国王之名维护和平，"伊耿国王昭告天下，"任何未经我允许私自开战的领主将被视为叛逆和铁王座的敌人。"

伊耿国王在全国各地颁布了若干旨在澄清关税、义务和税收的谕令，改变了之前每座港口和每个领主自行其是地压榨佃户、平民和商人的状态。针对教会，国王宣布，大凡神职男女及其占有的土地和财产均予免税，他还承认教会拥有对所有修士、修女和会所教众的违法行为的审判权和处刑权——作为坦格利安王朝的开国之君，伊耿称不上虔信七神，但一直很注意拉拢教会及旧镇的总主教。

君临城倚仗伊耿及其宫廷发展起来，占据了黑水河口附近那三座山丘和山丘间的土地。最高的山丘很快改称伊耿高丘，不久后，两座较矮的山丘也分别被称为维桑尼亚丘陵和雷妮丝丘陵，它们的旧名已遭遗忘。伊耿征服之初迅速修筑的那座粗糙的山寨式堡垒完全不能满足国王和宫廷的需要，无论在规模还是装饰上都不值一提，于是早在征服战争结束前夕就开始扩建。高达五十尺的新主堡被搭建起来，建筑材料全部采用原木，主堡下方有个巨型长厅，外庭对面用石头（以防失火）另砌了一间石瓦屋顶的厨房。堡内设了多间马厩，随后搭出一个谷仓，紧接着一座全新的瞭望塔也应运而生，高度是老瞭望塔的两倍。伊耿堡迅速占满了栅栏墙内的所有空间，于是新的栅栏被竖立起来，圈住

---

① "城壕与绞架的权利"源自现实世界里中世纪苏格兰领主的审判权，一般男罪犯会被绞死，女罪犯会被淹死。

丘顶的更多空间——这些空间被用来增设一座兵营、一座军械库、一座圣堂和一座筒状塔楼。

　　三座丘陵下的河岸边，码头和仓库开始兴起，原本只有几艘渔船的黑水河口，如今来自旧镇和自由贸易城邦的商船与瓦列利安家族和赛提加家族的长船毗邻而泊。商贸活动逐渐从女泉镇和暮谷镇转移到君临。河边出现了一座渔市，山丘间出现了一座布料市场，一座海关也搭建起来。人们在黑水河畔利用一艘老旧平底船的船壳设立了简易圣堂，很快又在岸边用篱笆建造出更为坚固的、真正的圣堂。再往后不久，君临城的第二座圣堂拔地而起，比岸边这座要大上两倍，宏伟程度更犹有过之，它建于维桑尼亚丘陵顶，有赖总主教的资助。到这时，商铺和住家已如雨后春笋般到处现身，有钱人在山坡上建起带围墙的豪宅，穷苦人则聚在丘陵间的低地中那些泥巴和稻草敷成的肮脏茅屋里。

　　无人规划过君临城，它就这样自然地生长……并迅速拓展开去。伊耿第一次加冕时，它不过是山寨式堡垒俯瞰下蜷缩在河边的小渔村，到伊耿的第二次加冕式，它已成为拥有数千人口的兴旺市镇。征服十年，君临初具城市规模，几乎堪比海鸥镇或白港。征服二十五年，它超越前两者，成为王国第三大城市，仅次于兰尼斯港和旧镇。

　　但君临与那些前辈城市的一个显著不同点是没有城墙。据说部分居民曾放言君临不需要城墙，因为没人敢挑战坦格利安家族和他们的巨龙。或许国王本人起初也这么想，但妹妹雷妮丝及其坐骑米拉西斯在征服十年的陨落，以及针对他本人的袭击，无疑让他心生疑惑……

　　伊耿征服后第十九年，流言传到维斯特洛，说是一支海盗舰队对盛夏群岛发动大胆的袭击，洗劫了高树镇，不仅抢得无数财宝，还掠走一千名妇女儿童作奴隶。这场袭击的相关报告让国王深感困扰，他意识到对足够狡猾的敌人来说，他和维桑尼亚缺席时的君临就跟高树镇一样脆弱。有鉴于此，国王下令沿君临城修筑城墙，其高度和强度要比照旧镇和兰尼斯港城墙的标准。筑城工作交由加文大学士和时任首相奥斯蒙·斯壮爵士负责。为荣耀七神，伊耿谕令修建七道城门，每道城门由一座雄伟的城门楼和若干防御塔保护。工程于次年正式启动，征服二十六年竣工。

　　奥斯蒙爵士是伊耿的第四任国王之手。如前所述，首任首相为奥里斯·拜拉席恩公爵，他是国王的私生兄弟和童年伙伴。但奥里斯大人在多恩战争中被俘并失去了持剑手，被赎回后他主动向国王请辞。"国王之手总得有手，"他说，"我可不愿被称为国王的残肢。"伊耿召唤的接替人选是奔流城公爵艾德敏·徒利，公爵于征服七年至征服九年间在任，随后其妻因生产而死，公爵认为孩子们比国家更需要他，遂乞返河间地。蟹岛伯爵阿尔顿·赛提加代替徒利公爵成为得力的御前首相，直到征服十七年病故，之后国王任命了奥斯蒙·斯壮爵士。

加文大学士则是第三任国师。早在龙石岛主时期，伊耿·坦格利安就和父亲及祖父一样，身边始终带着一名学士。事实上，维斯特洛各大诸侯——外加许多小领主和有产骑士——都接纳了旧镇学城训练的学士，充当医生、书记和顾问。学士在贵族们的城堡中培育渡鸦用来传递信件（也替那些不识读写的领主代笔），帮助贵族们的总管料理家族账目，并教育贵族们的子嗣。征服战争期间，伊耿和他的两个姐妹各带了一名学士，战争结束后，国王通常雇佣多达六名学士来协助自己处理政务。

但放眼七国，最有智慧和学识的要数学城的博士们，他们每人都在某个学术领域拥有绝对权威。征服五年，伊耿国王认定王国需要借助他们的智慧，遂邀请枢机会派一名成员来他身边，在一应国家大事上提供谏言和建议。就这样，出于伊耿国王的意愿，大学士（即国师）一职得以设立。

最先担当这一职务的是奥利丹博士，作为历史学家，他的戒指、权杖和面具是青铜制品。奥利丹的学识极为渊博，无奈身体也极度老迈，成为大学士不到一年就与世长辞。枢机会选出的继任者为莱昂思博士，他的戒指、权杖和面具是黄金制品。莱昂思比前任更有活力，他在君临服务到征服十二年，那时他在泥泞中滑倒摔碎了骨盆，很快因此去世。枢机会又选了加文大学士。

至于御前会议制度，迟自"和解者"杰赫里斯国王的时代才得以最终确定，但这并不意味着伊耿一世御前缺少顾问。众所周知，伊耿经常听取历任国师的建议，也不忘征求宫廷学士们的意见。至于税款、债务和收入问题，他求助财政大臣。他在君临宫中保有一名修士，在龙石岛有另一名，还不时就各类宗教问题给旧镇的总主教写信，每年的王家巡游也均会造访繁星圣堂。当然，伊耿国王最倚重的还是国王之手以及两个姐妹——雷妮丝王后和维桑尼亚王后。

雷妮丝王后是七国的诗人和歌手的慷慨赞助者，她赐给讨她欢心的人许多金钱和礼物。尽管维桑尼亚王后认为妹妹此举是彻头彻尾的浪费，但事实上，这除了能满足雷妮丝对音乐的热爱，还有更精巧的目的：王国上下的歌手争相竞逐王后的青睐，因此为坦格利安家族和伊耿国王写下无数赞歌，并在从多恩边疆地到长城的每个城堡、庄园和村庄里到处传唱。由是征服战争成了世人眼中的荣耀壮举，"龙王"伊耿则被视为英雄王。

雷妮丝王后对平民也关爱有加，尤其对妇女儿童。她在伊耿堡开庭理事期间处理过一桩棘手的案件，事因是个男人受控殴死妻子。死者的兄弟们要求严惩，男人却辩称自己只是伸张丈夫的合法权利，因他发现妻子与人通奸。在七大王国（除开多恩领），丈夫有权惩罚越轨妻子的观念已然深入人心，男人更进一步声明，他用来鞭打妻子的棍子还不及自己的拇指粗——他甚至当场呈上那根棍子，作为证据。可当王后询问他打了妻子多少下时，做丈夫的无法回答，死者的兄弟们则坚称他打了一百下。

与学士和修士们商议后，雷妮丝王后作出裁决：七神创造女人，要求她们对丈夫忠实和服从，妻子不贞乃是对七神的冒犯，故而必须受罚。但真神只有七面，因此惩罚限定在六下（第七下属于陌客，而陌客代表死亡）。男人打妻子的前六下是合法的……其余九十四下则冒犯了诸神和世人，必须受到通常的惩罚。从那天起，"六下原则"和"拇指尺寸"就成了七国习惯法的一部分（做丈夫的被带到雷妮丝丘陵下，由死者的兄弟们以合乎规定尺寸的棍子打了九十四下）。

维桑尼亚王后没有妹妹对音乐歌谣的热爱，但并不缺乏幽默感，多年来她养着自己的弄臣——一个浑身是毛、被称为"猴脸伯爵"的驼背——此人的滑稽怪态常逗得她乐不可支。"猴脸伯爵"被一枚桃核噎死后，王后又找来一只猿猴，让其穿上弄臣的旧衣服。"新的比老的更机灵。"她常说。

不过维桑尼亚·坦格利安同时也有阴暗面。在绝大多数人眼里，她始终板着战士般的严峻脸孔，苛刻而不知变通，连她的崇拜者也承认她的美貌带有锋芒。作为龙的三个头中最年长的一个，维桑尼亚最终活得比弟弟和妹妹都久，谣传她晚年不再用剑，而是潜心钻研黑暗技艺，学习配制毒药及施放恶毒的法术，有人甚至指控她是个弑君者和弑亲者——当然，这没有任何证据。

假设上诉指控为真，个中反讽可谓残酷，因在保护国王一事上，没有谁比风华正茂时的维桑尼亚更积极。她曾在伊耿身边两次挥舞"暗黑姐妹"抵御设伏的多恩杀手，而出于愈演愈烈的怀疑和焦虑，除弟弟之外她不肯信任任何人。她在多恩战争期间日夜身着链甲衫，乃至在朝服之下也穿，还力促国王照做——伊耿的拒绝令她怒火中烧。"即便'黑火'在手，你也不过是一个人，"她告诫他，"而我没法时刻待在你身边。"国王指出自己身边有许多侍卫，维桑尼亚当即抽出"暗黑姐妹"，抢在侍卫们作出反应前在弟弟脸上飞速划了一道。"你的侍卫又懒又慢，"她评论，"我可以就这样一剑杀了你。你需要更好的保护。"脸上流血的伊耿国王只得同意。

国王通常由英勇的代理骑士保卫，而维桑尼亚决定，伊耿贵为七国之君，理当拥有七位代理骑士。御林铁卫由此诞生，它是全国最优秀的七位骑士组成的兄弟会，配备纯白的披风和铠甲，一心只为保护国王，必要时不惜牺牲自己的性命。维桑尼亚依照守夜人的誓言创作了御林铁卫的誓言，和长城上的黑衣乌鸦一样，白剑骑士也是终身职，他们必须放弃所有领地、头衔和财产，一生侍奉君王、谨守规章，唯一的回报则是荣誉。

如此众多的骑士申请成为御林铁卫，以至伊耿国王考虑召开一场盛大的比武会来选出最有价值的人。但维桑尼亚严辞拒绝，她指出御林铁卫需要的绝不只是武艺精湛，无论在团体混战中表现得多么出色，她也不会把忠诚可疑的人安排到国王身边。她要亲手挑选合格的骑士。

由她选出的铁卫年龄有老有少，身材有高有矮，肤色有黑有白。他们来自王国四面八方，其中既有领主排行靠后的儿子，也有放弃继承权前来侍奉国王的古老家族继承人，甚至包括一名雇佣骑士及一个私生子。他们的共同点是敏捷、强壮、忠实，不仅枪盾技巧娴熟，还绝对忠诚于国王。

《白典》记载了伊耿国王御前七铁卫的姓名：里查德·鲁特爵士；玉米城的私生子安迪森·希山爵士；格雷果·戈德爵士和格里佛斯·戈德爵士，他俩是兄弟；"戏子"亨佛利爵士；罗宾·达克林爵士，人称"黑罗宾"；还有御林铁卫队长，科利斯·瓦列利安爵士。历史证明维桑尼亚·坦格利安作出了明智的选择：首届铁卫的七人中有两位为保护国王而牺牲，所有人都光荣地履行职责直到最后。自此而始，许多勇士追随他们的榜样披上白袍，在《白典》上留下姓名。时至今日，御林铁卫的名号早已成为荣誉的代名词。

从"龙王"去世到劳勃起兵颠覆王朝，共有十六位坦格利安坐上铁王座。他们有的智慧有的愚钝，有的残忍有的温和，有的一心向善有的卑劣邪恶。但若按留下的遗产、确定的法律、建立的制度和带来的改变来评价这些龙之君主的功过是非，伊耿一世无疑在其中数一数二，无论是他发动的战争，还是由他建设的和平。

龙王的儿子们

伊耿一世国王同时娶了姐姐和妹妹。雷妮丝和维桑尼亚同为驭龙者，同样拥有银金色头发、紫色眼眸和纯正坦格利安血统带来的美貌，但除此以外，两人可谓天差地别……或许，她们还有一点相似：她们都给了国王一个儿子。

伊尼斯是长子。征服七年，他由伊耿年纪较轻的妻子雷妮丝所生，生来瘦小多病。据说伊尼斯出世时四肢细瘦，小眼睛泪水汪汪，总是号哭不止，国王御前的学士们甚至担心他能否存活。他不肯喝奶妈的奶，只愿吸吮母亲的乳头，传闻断奶时整整尖叫了半个月。总而言之，他跟伊耿国王的差别之大，乃至少数人敢于断言他并非国王的种，而是雷妮丝王后与其诸多英俊宠臣的后代，出自某个歌手、戏子或默剧演员。王子发育得也很慢，直到人们把小龙闪银——王子出生当年于龙石岛上孵化的龙——给了他，他才开始茁壮成长。

伊尼斯王子三岁那年，生母雷妮丝王后及其坐骑米拉西斯在多恩遇难，这让小王子陷入无法安抚的狂悖之中。他停止进食，甚至开始像一岁婴儿那样爬行，似乎忘记了如何走路。父亲对他无可奈何，宫中谣传伊耿国王将再娶一位妻子，因雷妮丝已逝，而维桑尼亚无子，很可能身体不孕。在这类问题上，国王一向自有主张，因此没人说得清他当时的真实想法，但许多大诸侯和高贵骑士都趁机带着自己的童贞女儿进宫，她们一个比一个漂亮。

然而骚动在征服十一年戛然而止——维桑尼亚王后突然宣布自己怀了国王的孩子。她自信满满地断言这是个儿子，事实也果然如此。小王子于征服十二年呱呱坠地，学士和产婆们均认同梅葛·坦格利安是他们见过最有活力的新生儿，他出世时的体重几乎是哥哥的两倍。

这对同父异母兄弟的关系并不亲密。伊尼斯王子是王位继承人，伊耿国王总把他带在身边，随自己周游全境，从一座城堡走到另一座城堡；梅葛王子则留下来陪伴他母亲,当她开庭理事时坐在她身旁。伊耿国王在统治中后期与维桑尼亚王后分多聚少,不在外巡游时他会回到君临和伊耿堡,而维桑尼亚带着儿子待在龙石岛。因此缘故,诸侯与百姓开始称梅葛为"龙石岛亲王",该头衔后来成了王朝惯例。

维桑尼亚王后在儿子三岁时就将长剑塞进他手中。传闻梅葛·坦格利安用那把剑做的第一件事是宰了城堡里的一只猫……尽管这种说法更像是多年以后对头们的恶意中伤,但王子自幼习武确属事实。母亲为三岁的他挑选的教头是加文·科布瑞爵士,其人在七国上下罕逢敌手。

伊尼斯王子长期待在父王身旁,他的骑士技艺多半由伊耿的御林铁卫们传授,有时伊耿也亲自下场教导。导师们一致认可王子勤勉用功,也不缺乏勇气,无奈体格和力量方面与父王的差距太大,哪怕国王时而将"黑火"交他手中,他最终也只能成为一介平凡战士。导师们相信伊尼斯不会在战斗中蒙羞,却也不会有哪首歌谣赞颂他的勇猛无双。

伊尼斯另有天赋。他是个出色的歌手,歌喉深沉甜美。他谦恭而富于个人魅力,聪明而不沦于书生气。他交友广泛,也非常受年轻女性欢迎,无论对方出身高贵与否。伊尼斯还热爱骑乘,父亲赐给他许多跑马、驯马和军马,但他最喜爱的坐骑无疑是巨龙闪银。

梅葛王子也爱骑乘,只是对马、狗之类动物没有兴趣。他八岁时在马厩被一匹驯马踢到,便将马儿当场刺死……还削去了应声赶来的马童的半边脸。这位龙石岛亲王多年来有过许多伙伴,但没一个是他真正的朋友。他少年时代就好争吵,易怒而不易恕,一旦发作就怒不可遏。不过他的武艺高超,常人难及,八岁时借此当上侍从,十二岁时已能在比武会上连续挑翻比自己大上四五岁的青年,在校场中毫不留情地教训经验丰富的老兵。征服二十五年,梅葛十三岁命名日那天,他母亲维桑尼亚王后将自己的瓦雷利亚钢佩剑"暗黑姐妹"赐予了他……这也是他成婚的半年以前。

坦格利安家族的传统是族内通婚,理想情况是兄妹通婚,否则便寻求叔侄通婚、姑侄通婚、舅甥通婚等等。这项传统可追溯到古老的瓦雷利亚,在那里的世家大族中非常普遍,尤其是那些育龙驭龙的家族。俗话说"真龙血脉必须保持血统纯正",许多巫术王子甚至乐意一夫多妻,虽然这比近亲结婚鲜见。

智者们写道,"末日浩劫"前的瓦雷利亚固然尊荣上千个神,却没有一个受人畏惧,龙王们的习俗遂大行其道、无从干预。

但维斯特洛并非如此,教会在此拥有至高无上的权威。除了旧神依然主导的北境和淹神信仰为本的铁群岛,全国各地均尊奉七面一体的真神,而真神在地上的代言人是旧镇的总主教。教会发源于安达斯,根据其无数个世纪流传下来的法典,坦格利安家族奉行的瓦雷利亚婚俗早已被宣判有罪。通奸被认定是丑恶罪孽,无论父女之间、母子之间、兄妹之间,此等结合生下的后代都将被视为诸神和世人眼中的孽种。

事后观之,教会与坦格利安家族的冲突其实无法避免。实际上,早在征服战争时期,许多大主教就希望总主教能公开否定伊耿与其姐妹的婚姻,不料教会之父转而劝说海塔尔伯爵放弃对抗"龙王",甚至亲自主持伊耿的第二次加冕、为之祝福并涂抹圣油,许多人感到十分失望。

常言道:习以为常。为伊耿加冕的总主教出任教会牧首直至征服十一年,在他去世时,王国已逐渐习惯了国王拥有两个王后、她们还是他姐妹的事实。伊耿国王一直小心翼翼地尊崇教会,承认其传统权利与特权,将其财富和产业划归免税范围,并承诺受指控的修士、修女及其他神职人员只能由教会自己的法庭审判。

教会与铁王座之间的默契在伊耿一世的整个统治期维系不变。从征服十一年到征服三十七年,有六位总主教相继戴上水晶冠,国王对他们均十分友善,每次造访旧镇都不忘拜访繁星圣堂。但乱伦婚配的合法性问题并未得到真正解决,它就像埋藏在一派祥和之下的毒药。伊耿时期的列位总主教从未反对国王兄妹通婚,但也没予以首肯。至于教会的下级成员——乡村修士、神圣姐妹、乞丐帮兄弟和穷人集会等——他们依旧认为兄妹交配或一夫多妻是不伦的罪恶。

所幸"征服者"伊耿没有女儿,埋藏的问题不至于立刻激化。"龙王"的两个儿子均无姐妹可娶,只好另寻对象。

伊尼斯王子首先成婚。征服二十二年,他娶了国王的海政大臣和海军上将、"潮汐之主"伊斯恩·瓦列利安伯爵的童贞女儿阿莱莎小姐。阿莱莎年方十五,与王子同岁,也同样银发紫眼,因瓦列利安家族亦是出自瓦雷利亚的古老世家。伊耿国王的生母便出自瓦列利安家，这场婚配被视为表亲间的联姻。

这段婚姻幸福美满、枝繁叶茂。结婚次年，阿莱莎即产下一女，伊尼斯王子命名为雷妮亚，以纪念自己的母亲。女儿和父亲一样，出世时颇为瘦小，但与父亲不同，她是个健康快乐的孩子，有一对活泼的淡紫色眼睛和闪耀银箔般的头发。史籍所载，伊耿国王在第一次抱起孙女的刹那流下了眼泪，从此便格外溺爱她……或许她让他想起了自己永远失去的雷妮丝王后，就连她的名字也表达着对王后的缅怀。

雷妮亚出世的好消息传遍四方，王国上下欢欣鼓舞……也许，只有维桑尼亚王后除外。所有人都认同，伊尼斯王子是无可争议的铁王座第一继承人，现在的问题是梅葛王子在继承顺位上是保持第二，还是排到新出世的公主之后成为第三。为解决这个问题，维桑尼亚王后提议把女婴雷妮亚许配给当时刚满十一岁的梅葛，但伊尼斯和阿莱莎均表反对……消息传到繁星圣堂，总主教更送来一只渡鸦警告国王，教会不会接受这种婚约。总主教为梅葛提出另一个新娘人选：他本人的侄女瑟蕾茜·海塔尔小姐，即旧镇伯爵曼佛德·海塔尔（注意将此人与其祖父区分）的童贞女儿。伊耿国王一直很注意笼络旧镇及其统治家族，他认识到总主教的提议是明智之举，便同意了这场婚配。

征服二十五年，龙石岛亲王梅葛·坦格利安在旧镇的繁星圣堂迎娶了瑟蕾茜·海塔尔小姐，仪式由总主教亲自主持。梅葛年仅十三，新娘比他大十岁……但所有参与闹洞房的贵族一致认可，王子是个欲求旺盛的丈夫。梅葛本人更夸口在新婚之夜履行了丈夫职责十余次。"昨晚我为坦格利安家族添了一个儿子。"次日早餐时他公布道。

第二年，坦格利安家族的确添了一个儿子……但这个以祖父之名命名为伊耿的孩子，却是伊尼斯王子与阿莱莎王妃所生。七大王国再次沉浸在欢庆中，小王子健壮又凶悍，他的祖父"龙王"伊耿亲口赞许他"有战士之姿"。梅葛王子与侄女雷妮亚在继承顺位上孰先孰后固然存在争议，但伊耿作为伊尼斯的首要继承人却毫无疑问，正如伊尼斯是伊耿一世的首要继承人。

随后数年，坦格利安家族陆续增口添丁……伊耿国王对此欣喜万分，维桑尼亚王后则不尽然。征服二十九年，伊尼斯王子有了次子韦赛里斯，伊耿王子多出一个弟弟。征服三十四年，阿莱莎王妃生下第四个孩子——也是第三个儿子——杰赫里斯。征服三十六年，王子王妃迎来了次女亚莉珊。

亚莉珊出世时，其大姐雷妮亚公主已有十三岁，据加文大学士观察，"姐姐很高兴能有这个小妹妹，她表现得如此兴奋，甚至让旁人以为她才是母亲"。伊尼斯和阿莱莎的长女原本性情羞怯，平素轻声细气，比起和其他孩子交流，反倒更钟意动物。她小时候只要遇见陌生人，就会习惯性地藏到母亲的裙子后面或是抓紧父亲的大腿……但她喜欢喂食城堡里的猫，床上也总有一两只小狗。母亲为她相继安排了许多合适的女伴，那些都是大小领主的女儿，但雷妮亚与她们的关系并不密切，宁愿与书籍为伴。

然而雷妮亚九岁那年，一条在龙石岛的坑洞里孵化的小龙被带到她面前，她与这条被她命名为"梦火"的小龙立刻结成纽带。公主有了龙之后，慢慢告别了羞怯的童年。她十二岁时首度飞上天空，之后虽依旧是个安静的女孩，但再没人说她胆小怕事。没过多久，她交到第一个密友：表亲拉瑞萨·瓦列利安。有段时间，两个女孩形影不离……直到拉瑞萨被突然召回潮头岛，嫁给塔斯岛"暮之星"的次子。但年轻人的优势就是有活力，公主很快又找到新伴侣：时任首相之女萨曼莎·史铎克渥斯。

故老相传，正是雷妮亚公主将龙蛋放进亚莉珊公主的摇篮，正如她两年前把龙蛋放进杰赫里斯王子的摇篮。如果我们相信这些故事，从这两颗蛋中孵化的龙便是银翼和沃米索尔，它们的名字会被将来的史籍大书特书。

然而雷妮亚公主对弟弟妹妹们的疼爱，以及王国上下为每一个坦格利安后嗣诞生所迸发的喜悦，并未触及梅葛王子及其母维桑尼亚王后，因每一个新生儿都把梅葛在继承顺位上推后，还有人不依不饶地认为伊尼斯的女儿也比梅葛优先。雪上加霜的是，梅葛始终没有后代，瑟蕾茜夫人婚后多年不孕。

但在比武会和战场上，梅葛王子取得了远比哥哥亮眼的成绩。征服二十八年于奔流城举行的大比武会上，梅葛在长枪比武中连续挑翻三名御林铁卫，直至败在最终的冠军手中，随后的团体混战他则势不可挡地赢得了胜利。赛后他被父亲当场册封为骑士，用的正是族剑"黑火"，年方十六的梅葛遂成为当时七大王国最年轻的骑士。

成为骑士后，他继续建立功业。征服二十九年和征服三十年，梅葛两度随奥斯蒙·斯壮和伊斯恩·瓦列利安出征石阶列岛，扫荡里斯海盗王萨拉索·桑恩，期间参与了多场血战，证明了自己的无畏与强大。征服三十一年，他又在河间地猎杀了臭名昭著的强盗骑士"三叉戟河的巨人"。

但迄至此时，梅葛还不是驭龙者。伊耿一世统治后期，龙石岛的火山中孵出了十几条小龙，它们都被提供给王子，他却一一拒绝。眼看身为侄女的雷妮亚年仅十二岁就骑着梦火飞上蓝天，君临人开始议论梅葛的无能。某日在宫中，阿莱莎王妃就曾大声取笑他，"小叔是不是怕龙呢？"梅葛王子听了怒气勃发，他冰冷地回应说世上只有一条龙配得上他。

"征服者"伊耿统治的最后七年风平浪静。在令人失望的多恩战争之后，国王接受了多恩领的独立，还在和平协议签署的十周年骑贝勒里恩飞往阳戟城，与当时的多恩统治者戴蕊拉·马泰尔公主一起庆祝，举行"友谊的盛宴"。伊尼斯王子骑闪银随行，梅葛则留在龙石岛。伊耿用血与火统一了七大王国，但在征服三十三年庆祝过自己第六十个命名日后，他把心思转向了砖与泥。此后每年仍有长达半年的王室巡游，但从一座城堡旅行到另一座城堡的换成了伊尼斯王子和阿莱莎王妃，国王本人则留在两座居城：君临和龙石岛。

伊耿登陆的小渔村业已演变为十万人口的都市，它肆意拓展，臭气熏天。仅从规模上讲，国内唯有旧镇和兰尼斯港比它更大，但就其他很多方面来说，君临仍不过是一座超大规模的军营，其城区可用肮脏、恶臭、毫无规划及混乱不堪来形容，而已占据半个伊耿高丘的伊耿堡在七国上下所有城堡中，其丑陋程度也可谓登峰造极。伊耿堡的外围本是老旧的原木栅栏墙，而今杂乱无章的木制、土砌和砖块建筑早已挤到围墙范围之外。

这无疑与一位伟大国王不相匹配。征服三十五年，伊耿将整个宫廷迁往龙石岛，命令将伊耿堡推倒重建，在原址修筑一座崭新的城堡。根据他的谕令，新城堡必须用石材建筑。国王任命御前首相埃林·史铎克渥斯（奥斯蒙·斯壮爵士已于一年前去世）和维桑尼亚王后为新城堡的总设计师和工程监督（宫中戏言，国王将红堡的监工责任交付维桑尼亚，是因无法忍受她出现在龙石岛）。

征服三十七年，"征服者"伊耿中风驾崩于龙石岛。去世之前，国王正在图桌厅为孙子伊耿和韦赛里斯详述自己的征服故事。梅葛王子也在龙石岛，父亲的遗体于城堡庭院火化时，乃是由他念出悼词。国王身披战铠，链甲包裹的双手紧握"黑火"的剑柄，自古瓦雷利亚时代以来，坦格利安家族一直保持火

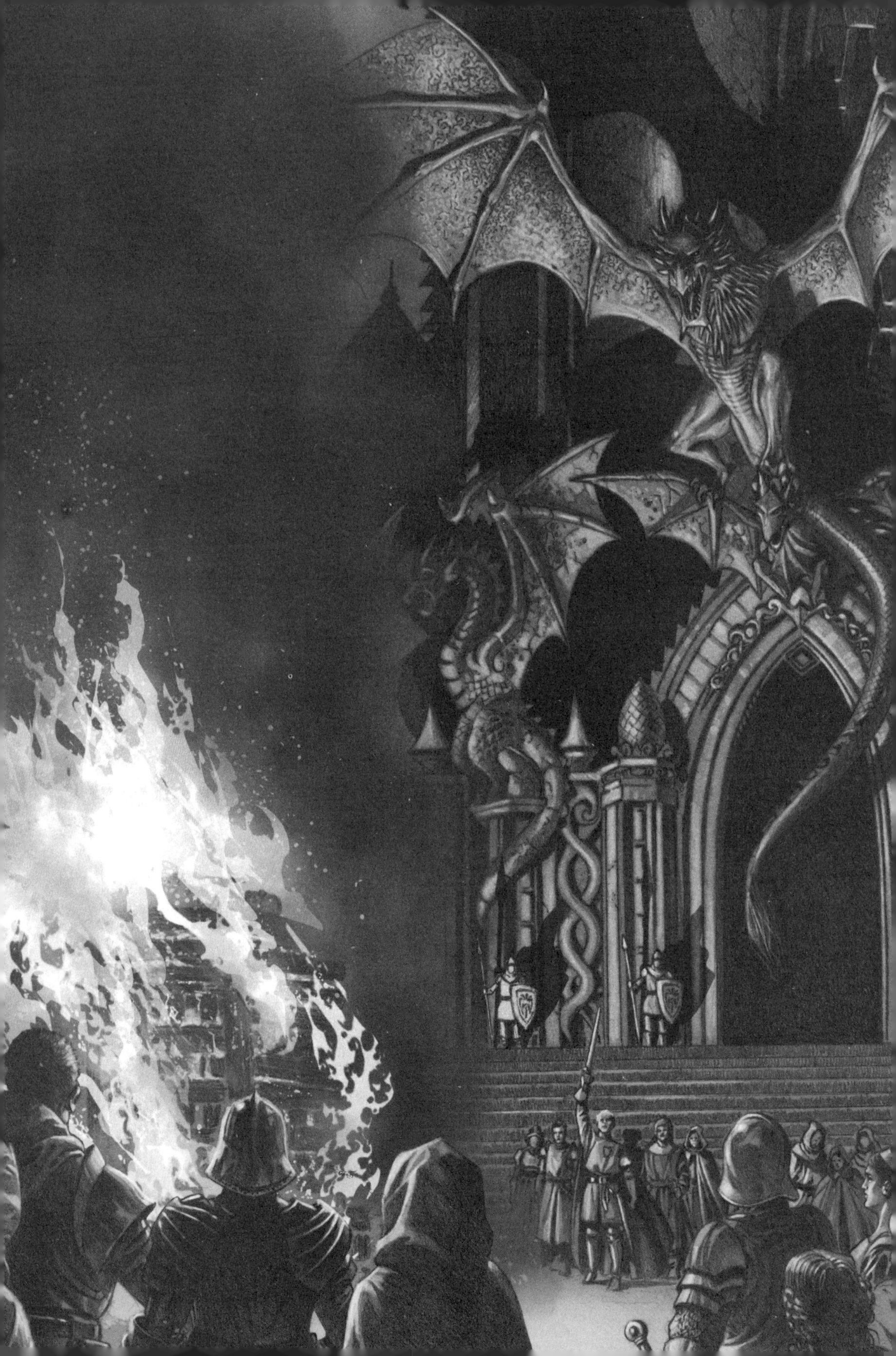

葬传统，并未实行土葬。瓦格哈尔喷火点燃火葬堆，"黑火"与国王一同浴火，事后被梅葛取回。"黑火"的剑身变得更加沉暗，却丝毫未损，因为寻常火焰伤不了瓦雷利亚钢。

"龙王"留下了姐姐维桑尼亚、儿子伊尼斯与梅葛，外加五个孙子孙女。父王驾崩时，伊尼斯王子三十岁，梅葛王子二十五岁。

伊尼斯正在高庭巡游，得知父王死讯立刻骑闪银返回。葬礼结束后，他戴上父亲的瓦雷利亚钢红宝石王冠，加文大学士宣布他为坦格利安家族的伊尼斯一世，安达尔人、洛伊拿人和先民的国王，七国之君暨全境守护者。来到龙石岛向先君告别的贵族纷纷在伊尼斯御前跪地行礼，轮到梅葛王子时，伊尼斯亲手把他扶起，吻了他的双颊，说道："弟弟，你无需再对我屈膝。从今以后，我们兄弟俩将并肩统治。"说完国王又把父亲的佩剑"黑火"赐给了弟弟。"你比我更适合它。用它为我服务，我便心满意足。"

（历史证明，这项馈赠颇为不智。维桑尼亚王后先前已将"暗黑姐妹"赠给儿子，这下梅葛王子等于同时拥有坦格利安家族的两把瓦雷利亚钢族剑。不过从此他只用"黑火"，而将"暗黑姐妹"挂在龙石岛自己房间的墙上。）

善后事毕，新王带着宫廷航往君临。然而铁王座依旧矗立在大堆泥土和瓦砾中，旧的伊耿堡已被推翻，山丘上挖出无数坑洞与隧道，它们会成为将来红堡的地窖和地基，至于上层建筑，这会儿还无从谈起。但无论如何，当伊尼斯国王登上父亲的王座时，依然有数千人为他欢呼喝彩。

新王随即前往旧镇接受总主教的祝福。若骑乘闪银，他可在短短几天内抵达，但他宁愿走陆路，由三百名马上骑士及骑士们的随从陪伴。阿莱莎王后带着年纪最大的三个王子公主同行：雷妮亚公主时年十四，貌美如花，每一个见过她的骑士都为她倾心；伊耿王子十一岁；韦赛里斯王子八岁（较小的杰赫里斯与亚莉珊被留在龙石岛，因母亲认为婴儿不适宜长途旅行）。国王的队伍离开君临先向南去风息堡，然后才向西穿过多恩边疆地抵达旧镇，并在沿途每座城堡做客。根据国王的谕令，返程时他还将经过高庭、兰尼斯港和奔流城。

整场旅行中总有成百上千的百姓出来围观，为新国王和新王后欢呼，为小王子和小公主欢呼。伊耿王子和韦赛里斯王子被群众的热情感染，同时也开心地享受着每座城堡为国王及王室准备的宴席和表演，雷妮亚公主却再度变得羞诶不语。在风息堡,奥里斯·拜拉席恩的学士甚至写道:"公主殿下似乎根本不想待在这里,她对所见所闻都不满意。她几乎不吃东西,不参加打猎或鹰狩,而被邀请献唱时——人们说她有甜美的歌喉——她粗暴地拒绝后回房了。"出行前,公主就极不乐意与坐骑梦火以及驾前新宠、河间地的红发少女梅丽儿·派柏分别。母后阿莱莎不得不让梅丽儿小姐加入巡游,雷妮亚才勉强同意随行。

在繁星圣堂,总主教依前朝旧例为伊尼斯·坦格利安加冕。他呈上一顶黄金王冠,冠上镶嵌着在翡翠和珍珠中雕刻的七神面孔。但哪怕教会之父为伊尼斯送上祝福时,也有人质疑伊尼斯坐上铁王座的资格。他们窃窃私语,说维斯特洛需要一位战士,而梅葛显然是"龙王"的两个儿子中更强大的。这些心怀不满者的代表便是维桑尼亚太后。"答案一目了然,"据说她如此声言,"伊尼斯本人也十分清楚,否则他怎会把'黑火'给予我儿?他知道,梅葛才有统治天下的气力。"

对新王的"气力"的考验比任何人想象的都来得快。征服战争在全国各地都留下了伤疤:儿子们长大后渴望为先父报仇;骑士们念念不忘凭手中长剑、胯下战马和身上铠甲就能发财致富、赢得荣耀的日子;诸侯们耿耿于怀的则是如今需要国王恩允才能征税或杀敌。"'龙王'的枷锁可以被打破,"蠢蠢欲动的家伙彼此鼓励,"我们可以赢回自由。现在是最好的机会,因为新王是个弱者。"

最初的公开叛乱发端于河间地巨大的废城赫伦堡。伊耿将该城赐予自己的老教头昆廷·科何里斯爵士。征服九年,科何里斯伯爵坠马而死,爵位传给其孙戈根。戈根是个肥胖而愚蠢的人,对年轻女孩的胃口大得出奇。他被百姓称为"婚宴客"戈根,因他当上伯爵后很快便在领内每场婚礼上出现,尽可能地享受领主的初夜权——他就这样成了最臭名远扬、最让人厌恶的客人……不只如此,他还对仆人们的妻女上下其手。

伊尼斯还在返回君临的巡游途中,由奔流城的徒利公爵招待,噩耗便即传来:一名被戈根伯爵"荣耀"过的少女的父亲不堪受辱,遂打开赫伦堡的一道边门放盗匪入城。匪首名为"红心"赫伦,自称"黑心"赫伦之孙。强盗们将伯爵拖下床榻,一路拖到城中的神木林,赫伦在那里阉了他,还将割下的性器

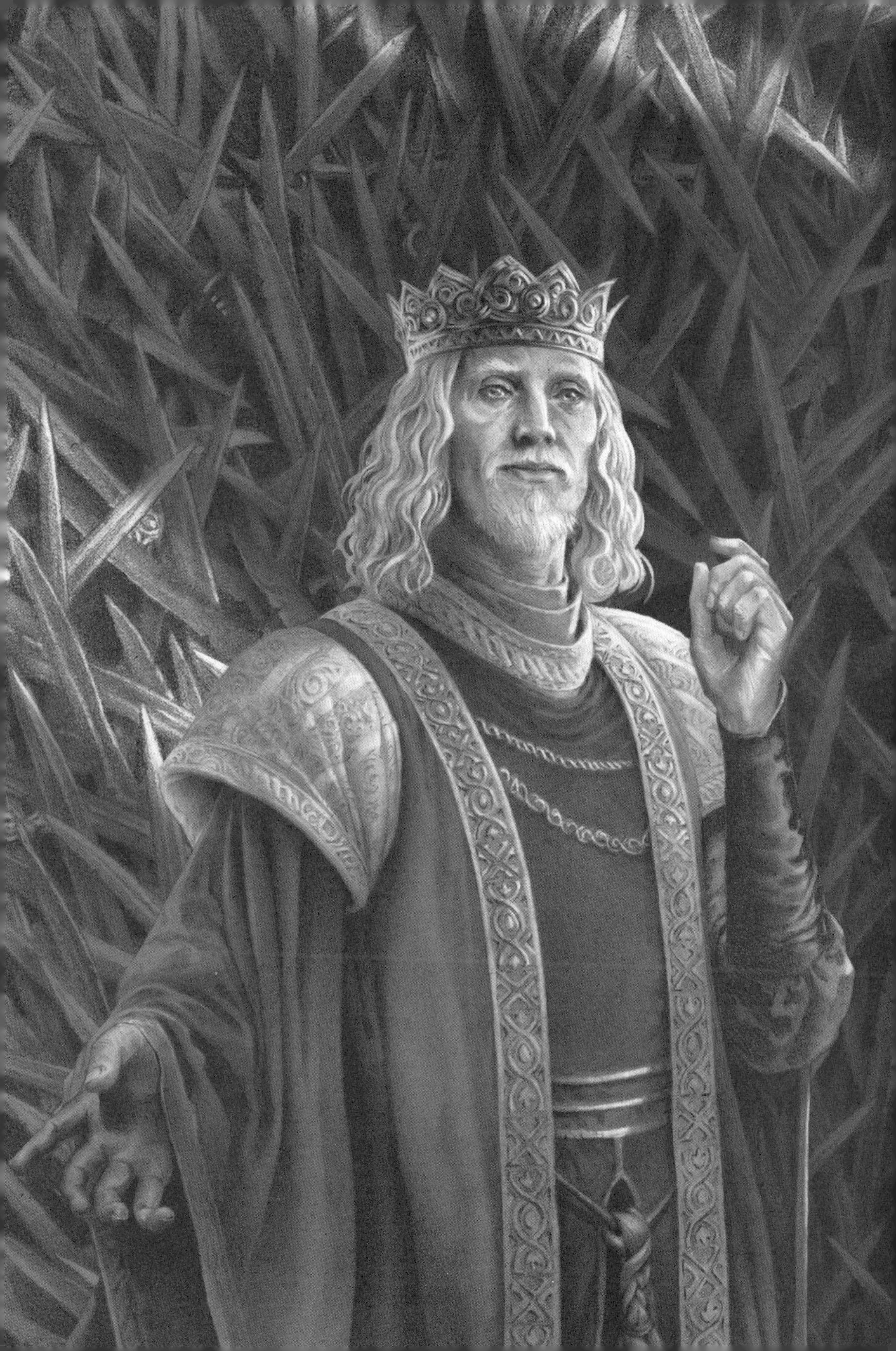

扔去喂狗。少数忠诚的士兵被杀，其他人同意加入赫伦的队伍，后者旋即自封为赫伦堡之主和河流王（他自称"黑心"赫伦之孙，实际并非铁种，未敢提出对铁群岛的权利要求）。

消息传到奔流城，徒利公爵力促国王即刻骑上闪银，从天而降攻击赫伦堡，一如其先父所为。国王许是顾虑母亲在多恩遭遇的不幸，反命徒利公爵召集封臣，自己留在奔流城等待。直到聚集了上千人马，伊尼斯才出兵讨伐……但等抵达赫伦堡，那里已是空空如也，唯有满地尸体——"红心"赫伦的匪帮杀光了戈根伯爵的仆人们之后，再度遁入森林。

伊尼斯回到君临时，局势继续恶化。在谷地，罗纳·艾林公爵之弟杰诺斯囚禁并废黜了对王室忠心耿耿的哥哥，自立为山谷之王；在铁群岛，另一位牧师国王从大海中走来，自称是淹神之子、"双淹人"罗德斯，当初入海拜访父亲，如今终于回归；在多恩领高耸的赤红山脉，一位被称作"秃鹰王"的僭主凭空出现，他号召所有正直的多恩人为坦格利安家族对多恩施加的暴行复仇。尽管戴蕊拉公主谴责了这位"秃鹰王"，誓言她和她忠诚的多恩子民只要和平，依然有数千人聚到此人旗下。他们从丘陵和沙漠间深入群山，又沿着山中的山羊小道侵入河湾地。

"这个'秃鹰王'疯疯癫癫，其追随者也都是无组织无纪律的乌合之众。他们从不洗澡，"哈慕·唐德利恩伯爵写信报告国王，"我们在五十里格外就能闻到。"但没多久，伯爵口中的"乌合之众"便攻下了伯爵的家堡黑港。"秃鹰王"亲手割掉唐德利恩伯爵的鼻子，又将黑港付之一炬，继续挺进。

伊尼斯国王明白必须尽快平息这些叛乱，却不知如何下手。根据加文大学士的记录，国王无法理解桩桩祸事发生的原因。老百姓不是很爱戴他吗？杰诺斯·艾林、新的罗德斯、"秃鹰王"……他可曾亏待过他们？他们若受了委屈，为何不来他御前申诉？"我会倾听事由、秉公处理。"国王打算派使者与各地叛党沟通，了解对方起兵的原委。由于"红心"赫伦在逃，国王担心君临也不安全，便让阿莱莎王后带着较小的几个孩子待在龙石岛。他又命御前首相埃林·史铎克渥斯组织舰队和陆军，准备航往谷地讨伐杰诺斯·埃林，为其兄罗纳复位。但舰队正待出发的最后时刻，国王又改了主意，担心史铎克渥斯的离去让君临空虚。于是他让首相仅带上几百人去追捕"红心"赫伦，认定自己需要召开一次大议会来研究平叛对策。

国王犹豫不决之际，诸侯们已展开行动。他们有的自行其是，有的与太后联手。在谷地，符石城的阿拉德·罗伊斯伯爵召集了四十多位忠诚的封臣进军鹰巢城，轻而易举地击败了自立为山谷之王的叛逆。但当胜利者要求对方释放他们的合法封君时，杰诺斯·艾林的回答是把亲哥哥扔出月门。罗纳·艾林，这位曾在龙背上三次绕飞巨人之枪的公爵，就这样迎来了悲惨的结局。

以寻常手段论，鹰巢城的确攻不破，所以杰诺斯"国王"及其死党敢于负隅顽抗，还大肆嘲讽山下的忠诚派……直至梅葛王子骑着贝勒里恩出现在空中——"征服者"的次子终于骑上了巨龙，而且是所有龙之中最庞大的"黑死神"。

鹰巢城守军不愿沐浴贝勒里恩的龙焰，当场拿下他们的"国王"，打开月门投给罗伊斯伯爵，弑亲者杰诺斯就这样以对等的方式为哥哥偿了命。不过他那些临阵倒戈的手下虽躲过了龙焰之劫，仍不免被处死——梅葛王子在鹰巢城作出裁决，一个叛徒也不放过，并且叛徒没资格享受斩首的荣誉，统统处以绞刑，地位再高也不例外。于是束手就擒的骑士们被扒光了衣服，腿脚无助地踢打着，慢慢吊死在鹰巢城城墙上。已故艾林兄弟的堂亲胡伯特·艾林被拥为新的鹰巢城公爵，他的妻子出自符石城的罗伊斯家，夫妇已有了六个儿子，艾林家族的延续就这样被确定下来。

在铁群岛，派克岛掠夺者之首葛恩·葛雷乔伊同样迅速地击败了罗德斯"国王"（或称罗德斯二世）。他召集一百条长船，攻向对方的支持者最多的老威克岛和大威克岛，屠杀了好几千人。事后他把牧师国王的人头用盐水腌过，送往君临。伊尼斯国王如此满意这份礼物，以至让葛雷乔伊随意选择一项恩惠——这是极不明智的冲动之举，葛恩大王渴望证明自己是淹神的真正子孙，遂要求国王授予他驱逐领内所有修士修女的权利。这些神职人员本是征服战争后来到铁群岛，力图让铁民归化七神信仰的。国王别无选择，只能同意。

对王国而言，声势最大也最有威胁的叛乱还数多恩边疆地的"秃鹰王"。尽管戴蕊拉公主从阳戟城发出一份又一份谴责，许多人仍旧怀疑她在耍两面派，因她不但没有出兵平叛，据谣传反而为叛军提供人员、金钱和补给。无论谣言是真是假，的确有数百名多恩骑士和数千名经验丰富的长矛手加入"秃鹰王"的部众，使得那支队伍的规模急剧膨胀，乃至超过了三万人。正因麾下部众太多，"秃鹰王"才作出错误的分兵决定：他自率一半人马向西攻打夜歌城和角陵城，另一半人马在"寡妇爱人"之子沃尔特·维尔伯爵的带领下，东进扑向史文家族的家堡石盔城。

两支部队都遭遇惨败。奥里斯·拜拉席恩——如今被称作"独手"奥里斯——最后一次从风息堡率军出击，在石盔城下粉碎了多恩人。负伤的沃尔特·维尔被带到他面前，奥里斯公爵说："你父亲取走我的手。父债子偿。"他说着便砍下沃尔特伯爵的持剑手，又砍下对方的另一只手，然后是双脚，充作"利息"。拜拉席恩公爵返回风息堡途中离奇地因战伤发作而死，其子戴佛斯总说父亲走得很安详，看着洋葱串般挂在帐篷上的腐烂手脚含笑而去。

"秃鹰王"本人的结局也同样糟糕。他拿不下夜歌城，只能撤围而去，继续西进。卡伦伯爵夫人随即出兵追击，与被"秃鹰王"弄成残废的黑港伯爵哈慕·唐德利恩合兵一处，唐德利恩伯爵麾下此时已有了一支边疆地人的强大联军。与此同时，角陵的山姆威尔·塔利伯爵率几千骑士和弓箭手，突然拦住多恩人的去路。这位伯爵人称"蛮人"山姆，他在随后爆发的血战中用瓦雷利亚钢巨剑"碎心"亲手砍倒好几十个多恩人，证明了自己的名头。"秃鹰王"的部众是三路对手相加的两倍，无奈大都未经训练、纪律松懈，在铁甲骑士的前后夹击下迅速崩溃。多恩人丢下长矛和盾牌，拔腿就跑，朝远方的山脉逃窜，边疆地众领主不依不饶地追击和屠杀他们，这场追逐被称为"秃鹰大猎杀"。

叛军首领，那个自称"秃鹰王"的男人，最后被生擒活捉。"蛮人"山姆·塔利剥光了他的衣服，把他绑在两根柱子之间。歌手们传唱，"秃鹰王"名副其实地被自己外号中那种猛禽光顾，撕成了碎片，但事实上他死于干渴和日晒，鸟儿直到他死后才来享用尸体（后来的岁月中，又有多人自称"秃鹰王"，没人说得清他们是否为此人的后代）。"秃鹰王"毙命通常被视为第二次多恩战争的结束——这场战争的名称容易让人误会，事实上"秃鹰王"并非多恩领主，而戴蕊拉公主从始至终都在谴责他，并未参与军事行动。

最初的叛乱直到最后方才平定。四处流窜的"红心"赫伦终被堵截在神眼湖西的一个村庄，但这位土匪国王并未束手就擒，他在最后一战中击杀了国王之手埃林·史铎克渥斯伯爵，继而被首相的侍从伯纳·布伦所杀。心怀感激的伊尼斯国王册封布伦为骑士，赐予戴佛斯·拜拉席恩、山姆威尔·塔利、"没鼻子"唐德利恩、艾莲·卡伦、阿拉德·罗伊斯和葛恩·葛雷乔伊许多金子、职位和荣誉，最重大的赏赐他留给了弟弟——伊尼斯国王以英雄凯旋的规格迎接返回君临的梅葛王子，当着欢呼的群众的面拥抱了弟弟，并提拔对方为国王之手。当年岁末，龙石岛的火山中又孵出两条小龙，这被认为是吉兆。

但好景不长。

或许龙王的两个儿子本无法和平共处，因为两兄弟的个性截然不同。伊尼斯国王热爱妻子、孩子和人民，而他唯一的愿望就是对方也能回报以同样的爱。他登基后对宝剑和长枪失去了一切兴趣，转而研习炼金术、天文学和占星术，欣赏音乐和舞蹈，穿戴最好的丝绸、锦绣和天鹅绒，喜与学士、修士和智者们为伴；梅葛比哥哥更高大魁梧，体魄极为强健，他对哥哥的爱好毫无兴趣，他是为战争、比武和角斗而生的人。他被正确地视为维斯特洛最出色的骑士之一，尽管他在战场上的野蛮程度和对待手下败将的严苛无情也同样令人侧目。伊尼斯国王总想讨好他人，遇到阻碍也总是轻言软语，梅葛的回应则永远是铁和火。加文大学士说伊尼斯相信所有人，梅葛却谁也不信，据他观察，国王很容易受他人影响，行事如风中芦苇一样东摇西摆，往往采纳的是最后传入耳中的意见；与之相对，梅葛极为固执，犹如坚硬的铁棍，不肯屈从于人。

虽然性情迥异，龙王的两个儿子还是和谐共治了近两年。征服三十九年，阿莱莎王后为伊尼斯国王再添了一个继承人，一个被她命名为瓦莱拉的女婴。虽然这孩子不久后遗憾地死于襁褓，但王后的丰饶多产或许终于刺痛了梅葛王子，让他作出出格的大事……无论出于何种原因，王子突然宣布瑟蕾茜王妃体质不孕，因此他已迎娶新晋赫伦堡伯爵之女亚丽·哈罗威为二房，这让国王和王国上下都大为震惊。

婚礼是早先于龙石岛上、在维桑尼亚太后庇护下举行的。由于城堡的修士拒绝主持仪式，梅葛和他的二房新娘只能按照瓦雷利亚风俗，"以血与火联姻"。这场婚姻没得到伊尼斯国王的认可，国王甚至毫不知情，别提到场参与。消息传开后，两个同父异母的兄弟吵得不可开交。勃然大怒的不只是国王，瑟蕾茜王妃的父亲曼佛德·海塔尔伯爵也向国王提出强烈抗议，要求废黜这位亚丽"夫人"。旧镇繁星圣堂的总主教走得更远，他宣布梅葛的再婚是通奸和犯罪，将王子的新娘称为"哈罗威妓女"。他义正辞严地声明，七神看顾下任何正直的男女都不会容忍这桩罪行。

但梅葛王子不肯让步。他强硬地指出，自己的父亲就娶了两个妻子，而教会的条款或许能约束世人，却管不了"龙王"的血脉。这些顽固的言论造成了如此严重的伤害，以至伊尼斯国王此后再也没能弥合被撕开的伤口，七国上下许多虔诚的领主坚决否认这场婚姻，并开始公开谴责"梅葛的妓女"。

恼羞成怒的伊尼斯国王给了弟弟一个选择：要么放弃亚丽·哈罗威，回到瑟蕾茜王妃身边；要么流放海外五年。梅葛王子选择流亡，征服四十年，他带着亚丽夫人、坐骑贝勒里恩和族剑"黑火"去了潘托斯（据说伊尼斯要弟弟归还"黑火"，梅葛王子的回应是"陛下可以试试从我手中取回"），瑟蕾茜王妃被抛弃在君临。

首相之位再度出缺，伊尼斯国王起用了墨密森修士，据说这位虔诚修士的触摸可以治病（国王让新任首相每晚将手放在瑟蕾茜王妃的肚子上，唯愿弟弟的合法妻子能因此变得丰饶，促使弟弟幡然悔悟。但王妃很快厌倦了日复一日的夜间仪式，离开君临回到旧镇参天塔的父亲身边）。国王满以为自己的选择能取悦教会，事态发展却大出他意料。墨密森修士既无法改善瑟蕾茜·海塔尔的身体，也无法抚平王国全境沸腾的情绪。总主教继续大发雷霆，而各地领主对国王的软弱议论纷纷。"他连自己的弟弟都管不了，谈何治理七大王国？"诸侯们心怀疑问。

唯有国王对国内的骚动视而不见，他只看到和平再度降临，惹事的弟弟被驱逐到狭海对岸，而伊耿高丘上一座崭新而伟岸的城堡正在逐步落成：国王的新居城完全由淡红色石头建筑，有着雄伟的城墙、碉堡和塔楼，比龙石岛上那座城更大更华丽，足以抵挡任何外敌。君临人称这座城堡为"红堡"，相应的营建工程占据了伊尼斯的全部注意力。"我的子孙后代会在这里统治千年。"国王宣称。或许正因考虑到后继问题，伊尼斯·坦格利安于征服四十一年作出了一个灾难性的决定：他宣布有意让长女雷妮亚嫁给她的弟弟、即铁王座继承人伊耿。

公主当年十八岁，王子十五岁，他们打小就很亲，长大后更成为亲密玩伴。尽管伊耿还没有自己的龙，但曾多次与姐姐一起骑着梦火飞上天空。他苗条、英俊，每年都在长高，许多人说他与他祖父同龄时简直一模一样。三年的侍从生涯锻炼了他的剑、斧技巧，他在长枪上的造诣更被公认是少年一代中最优秀的。许多少女对他着迷，而伊耿并非不为所动。"王子殿下若不尽快结婚，"加文国师在给学城的报告中写道，"国王陛下或许就要应付私生孙子的问题了。"

雷妮亚公主身边也不乏追求者，但与弟弟不同，她从未假以辞色。她更喜欢弟弟妹妹、小猫小狗——以及她的新宠，符石城伯爵之女阿莲·罗伊斯……阿莲是个胖乎乎的女孩，相貌平凡，雷妮亚却离不开她，以至常带她骑梦火飞翔，跟从前带弟弟伊耿上天一样。当然，雷妮亚自己上天的次数更多，她度过十六岁命名日后便迫不及待地宣布自己已是成年女人，"想飞去哪里就飞去哪里"。

她的确飞去了很多地方，远至赫伦堡、塔斯岛、符石城和海鸥镇都目睹过梦火的身影。传说（但从未得到证实）雷妮亚在某次飞行旅途中将贞操给了一个出身低贱的情人。有的故事说那人是个雇佣骑士，有的故事说那人是个歌手，又有说是铁匠之子，乃至乡村修士。由于这些故事流传甚广，有人猜测伊尼斯一心要让女儿成婚或许是为了避免绯闻。无论真相如何，十八岁的雷妮亚的确到了适婚年龄，她比父母结婚时还要年长三岁。

按照坦格利安家族的传统与习俗，伊尼斯国王认为让他最年长的两个孩子成亲是理所当然。雷妮亚与伊耿的感情众所周知，两人对这场婚姻均无反对，事实上，他俩似乎从在龙石岛和伊耿堡度过的婴儿时代开始，就已在期待彼此的结合。

然而国王的宣告引发了一场空前强烈的政治风暴，让王室措手不及，尽管睿智之人或许早已看出失控的迹象。教会曾宽恕了——至少是故意忽略了——"征服者"与其两个姐妹的婚姻，但不愿为"征服者"的孙子孙女再次让步。繁星圣堂发出空前严厉的声明，认定姐弟通婚为乱伦。总主教特意指出，如此结合生出的任何后代都将被视为"诸神与世人眼中的孽种"，七国上下上万名修士复诵了这份声明。

伊尼斯·坦格利安以优柔寡断著称，但在此事上——尽管面对教会的怒火——却格外坚定和固执。维桑尼亚太后向他提出两个方案：要么放弃既定婚配，为儿女另寻对象；要么骑上闪银飞往旧镇，烧光繁星圣堂，干掉总主教。伊尼斯国王哪个也没选，他只是单纯地坚持既定安排。

婚礼当天，思怀圣堂——这座圣堂建在雷妮丝丘陵，以纪念"龙王"陨落的王后——外的街道上站满了身披闪亮银甲的战士之子，他们记下了每一位到场宾客的名字，无论对方是走路、骑马还是坐轿。那些明智的领主预见到了危险，纷纷选择缺席。

到场宾客不只见证了婚礼，还目睹了其他变故：仪式后的婚宴中，伊尼斯国王雪上加霜地将龙石岛亲王的头衔授予王位继承人伊耿王子。他说出这番话时大厅鸦雀无声，所有人都知道这头衔迄今为止一直属于梅葛王子。高桌边的维桑尼亚太后霍然起身，未经国王允许便扬长而去。她连夜骑上瓦格哈尔飞回龙石岛，据史书记载，当她的龙掠过月亮时，月球呈现鲜红的血色。

伊尼斯·坦格利安似乎不理解这一系列举措已让自己四面树敌，陷入难以收拾的境地。急于挽回民心的他谕令新婚的王子夫妇展开一场全境巡游，无疑是联想到登基时那场巡游到处所受的欢迎。或许就连雷妮亚公主也比父亲明智，她要求在旅途中带上自己的龙梦火，但伊尼斯拒绝了——由于伊耿王子还不是驭龙者，国王担心领主和百姓们看见自己的儿子骑马、女儿骑龙，便会轻贱王子。

国王完全错判了维斯特洛的世事人情、民心向背和总主教的深厚威信。伊耿和雷妮亚的队伍自出发第一天起就遭到虔诚民众的嘲弄。在女泉镇，慕顿伯爵为他们举办的接风宴上，竟找不到一个修士来念诵祝词；在赫伦堡，卢卡斯·哈罗威伯爵闭门不纳，除非他们承认他的女儿亚丽为梅葛真正与合法的妻子。尽管王子和公主拒绝让步，虔诚的百姓也没因此善待他们，巡游队伍只能在"黑心"赫伦的巨城的高墙下扎营，度过一个湿冷的夜晚；在河间地的某座村庄，许多穷人集会成员甚至向王子夫妇投掷污物，伊耿王子忍不住要拔剑出击，却被随行保护的骑士们阻止，因巡游队伍的人数与对方不成比例。雷妮亚公主大胆地骑到民众面前声言："我明白了，你们很会欺负骑马的女孩。不过下次我会骑着龙，有种再冲我扔东西试试。"

与此同时，国内其他地方的局势也在恶化。为主持乱伦婚礼的缘故，时任首相墨密森修士已被教会革出教门，伊尼斯国王亲笔致信总主教，恳求对方原谅"我那位善良的墨密森",并长篇累牍地解释古瓦雷利亚兄妹通婚的传统。总主教的回复如此怨毒,以至国王读信时面无血色——教会的牧首不但没有让步,反将伊尼斯斥为"孽物国王",说他是个僭主和暴君,无权统治七大王国。

虔诚民众倾听了总主教的呼声。不到两周后,墨密森修士坐轿穿过都城时,一帮穷人集会成员突然从巷子里涌出,用斧头将他剁成碎片。战士之子开始加强雷妮丝丘陵的守备,把思怀圣堂变成他们的堡垒。由于红堡还需多年才能完工,国王认为自己在维桑尼亚丘陵上的居所过于脆弱,计划带着阿莱莎王后及其他孩子返回龙石岛——这是明智之举,出发的三天前,两个穷人集会成员翻越王家宅院的外墙,闯入国王的卧室。幸得御林铁卫及时保护,伊尼斯才没有死于非命。

国王离开维桑尼亚丘陵,换来了活生生的维桑尼亚。太后在龙石岛上用这段著名的话来迎接国王:"我的侄儿,你是个白痴和胆小鬼,试问谁敢这样冒犯你父亲?你胯下有龙,你正该骑它飞往旧镇,把繁星圣堂变成第二个赫伦堡。若你没胆,就让我去替你烧烤那个惺惺作态的小丑。"伊尼斯不肯听从,转而将太后锁进海龙塔上她自己的房间里,禁止出入。

到征服四十一年底,针对坦格利安家族的公开叛乱已在国内四处蔓延。"征服者"伊耿驾崩后迅速崛起的四个自立为王者与这些新威胁相比不值一提,如今的叛乱者坚信自己是七神的战士,正参与推翻不信神的暴君的圣战。

七国上下有数十位虔诚的诸侯响应教会的呼吁,扯下国王的旗帜,宣告为繁星圣堂而战。战士之子夺得君临的各道城门,控制了都城内外出入,还赶走营建红堡的工人。数以千计的穷人集会成员在全国各地的道路上游荡,强迫旅行者声明自己支持"诸神还是孽种",他们还堵住许多领主的城堡大门抗议,直到那些领主宣布反对坦格利安国王。在西境,伊耿王子和雷妮亚公主被迫放弃巡游,躲进秧鸡厅避难。一位被布拉佛斯铁金库派往旧镇、与新任海塔尔伯爵及旧镇之音马丁·海塔尔(其父曼佛德伯爵短短数月前离世)会晤的使者,在给家乡的联络中形容总主教为"维斯特洛真正的国王,无冕之主"。

新年到来时,伊尼斯国王依旧逗留在龙石岛,笼罩在恐惧和犹疑中。国王才三十五岁,传说外貌却像六旬老人,根据加文大学士的报告,其入睡时常伴随腹泻和胃痉挛。大学士治不好国王,于是太后接过担子,伊尼斯的状况似乎暂时得到好转……但接获儿子和女儿被数千穷人集会成员团团包围、无奈只能困居秧鸡厅的消息时，他的身体突然垮了，并于三日后不治驾崩。

伊尼斯·坦格利安一世和他父亲一样于龙石岛城堡的庭院火化。伊尼斯十二岁的儿子韦赛里斯、七岁的儿子杰赫里斯和五岁的女儿亚莉珊参加了葬礼，新寡的阿莱莎太后为他唱了一首挽歌，然后他挚爱的坐骑闪银点燃火葬堆——另据记载，沃米索尔和银翼这两条龙也参与了点火。

维桑尼亚太后却不在场。国王驾崩后，她即刻骑上瓦格哈尔，东越狭海，迅速带回了骑贝勒里恩的梅葛王子。

梅葛在龙石岛稍事停留，用以举行加冕式。他放弃了伊尼斯钟意的带有七神雕像的华美金冠，选择了父亲那顶血红宝石瓦雷利亚钢王冠。他母亲亲手将王冠戴到他头上，聚集于此的领主和骑士们纷纷下跪，然后他自封为坦格利安家族的梅葛一世，安达尔人、洛伊拿人和先民的国王，七国统治者暨全境守护者。

唯有加文大学士敢于抗议。年迈的国师坚称，无论根据维斯特洛何地的继承法——这些律法在征服战争后得到"征服者"本人的确认——铁王座理应传给伊尼斯国王的长子伊耿。"铁王座理应传给有力量得到它的人。"梅葛回应。他立刻判处大学士死刑，并用"黑火"干净利落地砍下了加文灰发苍苍、皱纹遍布的脑袋。

阿莱莎太后和她的孩子们也没留下来见证梅葛国王的加冕式。丈夫的葬礼结束不过几小时，她就带着孩子们离开龙石岛，去左近潮头岛上她父亲的城堡避难。梅葛得知后耸了耸肩……他忙于在图桌厅对一名学士口述给国内大小诸侯的信件。

当日有上百只渡鸦飞出龙石岛。次日，梅葛本人也骑上贝勒里恩，与骑瓦格哈尔的维桑尼亚太后一起越过黑水湾飞往君临。巨龙的回归引起都城骚乱，成百上千人急于逃离，却发现城门紧闭。战士之子控制了城墙、红堡的建筑工地和雷妮丝丘陵，他们将雷妮丝丘陵上的思怀圣堂作为据点。坦格利安一方则在维桑尼亚丘陵上升起旗帜，召唤忠诚的支持者，数以千计的人起而响应。维桑尼亚·坦格利安当众宣布她的儿子梅葛为他们的国王。"他才是真正的王者，身上流淌着'征服者'——我的弟弟、丈夫与挚爱——的血液。谁要质疑他对铁王座的权利，就站出来证明自己的指控吧！"

战士之子很快接受了挑战：七百名银甲骑士由圣剑骑士团团长达蒙·莫里根爵士（外号"虔诚的"）带领，骑下雷妮丝丘陵来会梅葛。"不必做口舌之争，"梅葛说，"凭本事分个高下。"达蒙爵士赞同对手的提议，声称诸神会把胜利赐予践行正义之人。"每边各选七名代理骑士，一如古安达斯的旧制。你能找到六个与你并肩战斗的同伴吗？"他知道伊尼斯将御林铁卫扫数带去了龙石岛，此时梅葛身边并无护卫。

梅葛转向支持者们，"谁愿与国王并肩战斗？"许多人因为害怕扭开了头，还有人假装没听见，毕竟战士之子威名远扬。许久才有一个人站出来，但此人并非骑士，只是自称"豆子"狄克的一介小兵。"我生是国王的人，"他说，"死也该作国王的鬼。"

有狄克作榜样，这才有第一位骑士出场。"这颗豆子让我们无地自容！"那位骑士高喊，"这里难道就没有一位真正的骑士吗？没有一个懂得忠诚的人吗？"出声的正是伯纳·布伦爵士，他曾以侍从身份杀死"红心"赫伦、并因此被伊尼斯国王亲手册封。他的训斥激励了其他人纷纷站出来，梅葛从中挑选了四个，他们的名字在维斯特洛历史上被大书特书：雇佣骑士黑壳镇的布拉蒙爵士；雷佛德·罗斯比爵士；盖伊·罗斯坦爵士，外号"贪嘴"盖伊；路西法·马赛爵士，他是石舞城伯爵。

战士之子派出的七名骑士也同样名垂青史：达蒙·莫里根爵士，号称"虔诚的"达蒙，他是战士之子的团长；李勒·布雷肯爵士；哈瑞斯·霍普爵士，人称"骷髅头哈瑞"；伊耿·安布罗斯爵士；狄肯·佛花爵士，他是毕斯柏里家的私生子；"流浪者"威廉爵士；"七星"加尔巴德爵士，他既是修士又是骑士。据记载，"虔诚的"达蒙带领战友们祈祷，恳求战士赐他们的手臂以力量。祈祷完毕后，太后下令审判开始，双方立刻交手。

甫一交手，"豆子"狄克就被李勒·布雷肯砍倒，但随后的经过各种记载大相径庭。一位编年史家说极度肥胖的"贪嘴"盖伊爵士被对手劈开肚子时，四十张尚未消化的派涌了出来，又有人声称"七星"加尔巴德爵士边打边唱了一首圣歌。许多记录提及马赛伯爵砍下哈瑞斯·霍普的一条胳膊，某份文献还说"骷髅头哈瑞"把战斧从被砍的手甩到另一只手中，转而劈进马赛伯爵的双眼之间，不过在其他编年史家笔下哈瑞斯爵士就这么死了。有人认为战斗持续了几小时，另一些人表示混战不过片刻，绝大部分参战者就要么断气、要么奄奄一息。所有人都说这场战斗打得很英勇，留下了许多值得歌颂的事迹，最后剩下梅葛·坦格利安一人对抗"虔诚的"达蒙和"流浪者"威廉两个。不过两名战士之子均身负重伤，梅葛还持有"黑火"。饶是如此，双方也几乎同归于尽，威廉爵士倒下时给梅葛的头部狠狠一击，那一击砸扁了头盔，令梅葛倒地后人事不省。许多人以为梅葛也死了，直到他母亲取下他那顶破碎的头盔。"陛下还有呼吸，"她宣布，"陛下还活着。"梅葛就这样赢得了比武审判。

最强大的七位战士之子陨落了，其中包括他们的指挥官，但他们还有超过七百名全副武装的骑士，这些人群聚在维桑尼亚丘陵顶见证了审判。维桑尼亚太后下令把儿子送给学士们照料，轿子抬着梅葛下山时，教会的骑士们纷纷下跪，以示敬意。太后要他们返回雷妮丝丘陵顶上加固过的圣堂待命。

梅葛·坦格利安于生死之间弥留了二十七天，学士们为拯救他使用了各种药剂药膏，修士们则在他的床头祈祷。战士之子也在思怀圣堂里祈祷，同时为前途争论不休。许多人认为教团武装别无选择，既然诸神赐予梅葛胜利，便只能尊他为王；也有人坚持必须履行对总主教的誓词，战斗到底。

这期间，御林铁卫从龙石岛赶到了君临，旋即依太后之命负起指挥城内数千名坦格利安忠诚部众的职责，包围了雷妮丝丘陵。在潮头岛，新寡的阿莱莎太后宣布自己的儿子伊耿才是真正的国王，但很少有人响应。王子毕竟尚未成年，且被穷人集会和虔诚的农民困在千里之外的秧鸡厅，这些人几乎都把他当作十恶不赦的怪物，他的吉凶委实难卜。

旧镇的博士们召开枢机会，讨论大学士的后继人选，最终选出梅罗思为继任者。成千上万的穷人集会成员涌向君临，西境方面由哈利斯·希山爵士带领，南境方面则跟随一位宛若巨人、人称"伐木工"渥特的斧手。秧鸡厅外扎营的乌合之众也加入了这场大进军，伊耿王子和雷妮亚公主因此得以脱困。他们放弃了王家巡游，投奔凯岩城，林曼·兰尼斯特公爵答应提供庇护。据林曼公爵的学士记载，公爵之妻、出自塔贝克家族的约卡斯塔夫人首先发现雷妮亚公主已有身孕。

"七子审判"后第二十八日，一艘船乘晚潮从潘托斯赶到，载来两个女人和六百名佣兵——哈罗威家族的亚丽，梅葛·坦格利安的二房妻子，终于返回维斯特洛……而她并非船上唯一的女性，同行还有一位鸦黑头发、苍白皮肤的美人，称作"塔城"的泰安娜。许多人说这女人是梅葛的情妇，另一些人说她是亚丽夫人的情人。身为某位潘托斯总督的私生女，泰安娜原本是个旅馆舞者，后来成了交际花，谣传还是毒师和女术士。围绕她此前就有许多奇特的传说……但她刚一来到，维桑尼亚太后就遣散了儿子身边所有的学士和修士，把他交给她照料。

第二天太阳初升时，梅葛醒了。他登上红堡城墙，站在亚丽·哈罗威与潘托斯的泰安娜之间，群众为他疯狂喝彩，全城一片欢腾——但这场狂欢为时不长，梅葛很快便骑上贝勒里恩，降到雷妮丝丘陵顶上，七百名战士之子正在加固的圣堂里举行晨祷。龙焰点燃了圣堂，而弓箭手和长矛兵在圣堂外等着捕杀逃出来的人。据说被焚者的惨叫絮绕全城，浓烟笼罩长达数日。战士之子的精华就此烟消云散，尽管骑士团在旧镇、兰尼斯港、海鸥镇和石堂镇还有分部，但再也不复往日气象。

梅葛国王与教团武装的战争就此拉开帷幕，并将贯穿他整个统治期。梅葛登上铁王座后的第一道谕令就是要求朝都城汹涌而来的穷人集会放下武器，否则人人得而诛之。鉴于此谕无效，梅葛随即命令"所有忠诚的臣民"拿起武器，镇压衣衫褴褛但人多势众的教团武装。作为回应，旧镇的总主教召唤"诸神真正的虔诚子孙"为维护教会揭竿而起，推翻"恶龙、怪物与孽种"的王朝。

第一场恶战在河湾地的石桥镇展开。在那里，九千名穷人集会成员由"伐木工"渥特带领渡过曼德河时，遭遇六镇诸侯从不同方向的截击。渥特的部众一半在河南一半在河北，首尾难顾，遂被打得溃不成军。他那些未经训练也欠缺纪律的追随者，穿着煮沸皮甲、粗布袍及零散的生锈铁甲，多数人的武器仅是伐木斧、削尖木棍和农具，在战场上无法抵挡重甲铁骑的冲锋。惨烈的屠杀据说染红了二十里格的曼德河水，此后战斗发生的这座镇子及镇子旁边的城堡就改称"苦桥"。渥特本人被生擒前杀了六名骑士，包括国王军统帅草谷的梅斗伯爵，这位巨人随后以铁链锁拿押送君临。

但另一支规模更大的教团武装已在哈利斯·希山爵士带领下来到黑水河的

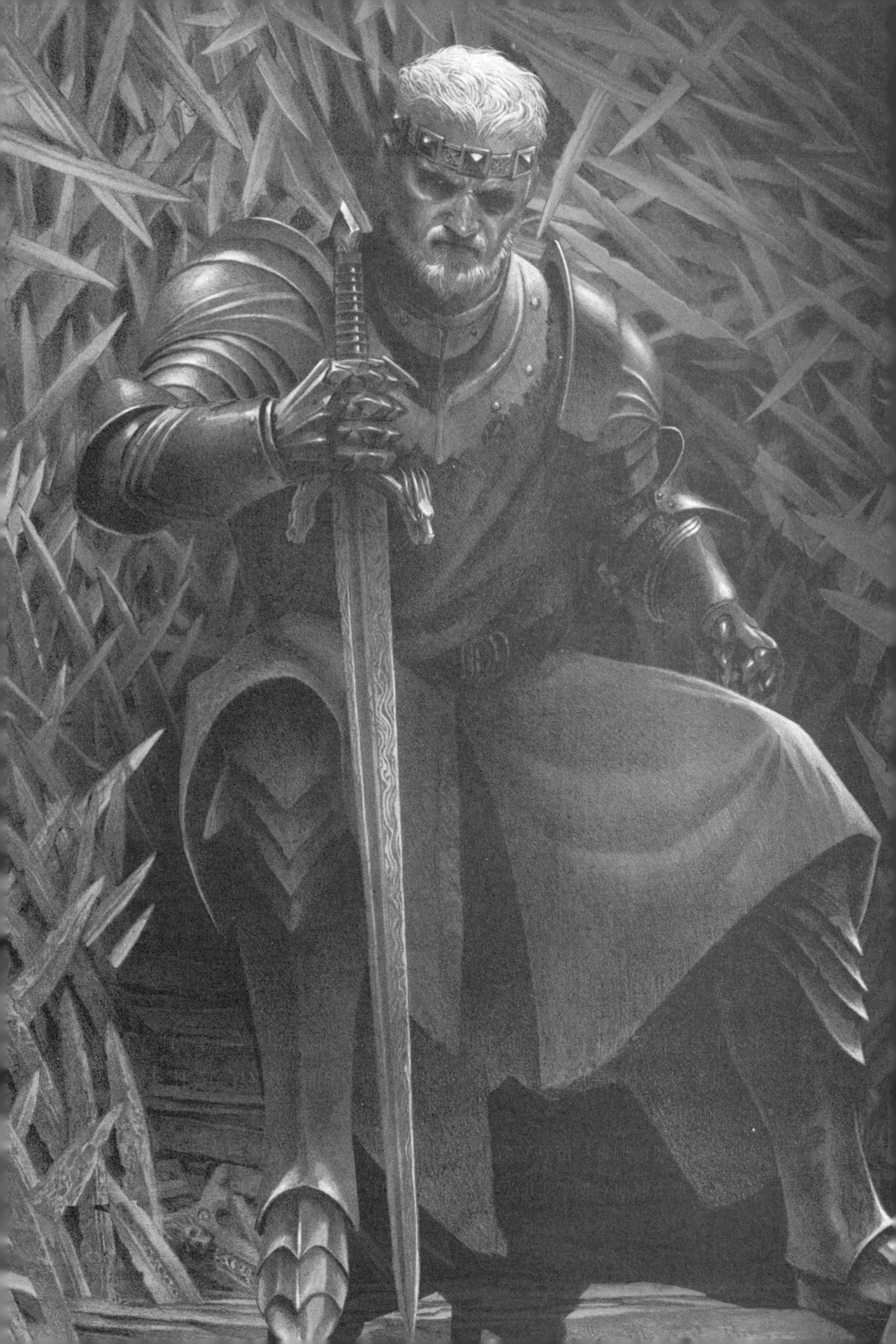

大分岔口，这支军队包括近一万三千名穷人集会成员，外加石堂镇赶来的二百位战士之子的马上骑士，还得到河间地和西境十多位叛乱领主带来的亲随骑士和征召步兵的支援。著名的"武痴小丑"卢伯特·法威尔伯爵成为响应总主教号召的虔诚贵族们的首领，与他为伍的有莱昂诺·洛奇爵士、埃林·塔瑞克爵士、特里斯蒂芬·韦恩伯爵、琼恩·莱彻斯特伯爵及其他许多著名骑士。教会一方总计约达两万人。

梅葛国王的军队人数与之相仿，但铁甲骑兵几乎是对手的两倍，还有大批长弓手压阵，梅葛本人亦骑着贝勒里恩参战。尽管如此，这仍是一场恶斗。"武痴小丑"杀了两名御林铁卫才被女泉镇伯爵砍倒。梅葛一方的大琼恩·霍格开战后不久就被一剑划瞎了眼睛，但他继续鼓舞部下，最终带领冲锋突破教会军阵线，击溃穷人集会。一场大暴雨削弱了贝勒里恩的吐息，却无法将之浇灭，于是梅葛国王骑着巨龙在烟火和惨叫中一次又一次下降，泼洒死亡的烈焰。入夜时分，大势已去的穷人集会终于丢下武器，向四面八方逃窜。

大获全胜的梅葛回到君临，重新登上铁王座。披枷戴锁的"伐木工"渥特被带到他面前，依旧不肯屈服，于是梅葛提起这位巨人的战斧，亲手枭其四肢，又命学士们保其性命，"以便参加我的婚礼"。梅葛随即宣布有意迎娶"塔城"的泰安娜为三房妻子。据说梅葛的生母、当朝太后维桑尼亚对那个潘托斯女术士并无好感，但只有梅罗思国师敢公开出声反对。"您唯一合法的妻子正在参天塔等您。"梅罗思说。梅葛静静地听完，然后走下王座，抽出"黑火"，□地杀害了他。

没多久，梅葛·坦格利安与塔城的泰安娜便在雷妮丝丘陵顶上完了婚，仪式现场位于不久前被活活烧死的战士之子们的尸骨间。据说梅葛处死了十几个修士才终于找到一个愿意前来主持仪式的修士。无手无脚的"伐木工"渥特活着见证了婚礼。

伊尼斯国王的遗孀阿莱莎太后也来了，带着儿子韦赛里斯和杰赫里斯，以及女儿亚莉珊。维桑尼亚太后此前骑瓦格哈尔造访潮头岛，迫使阿莱莎太后离开那个避难所，返回宫廷，并带领瓦列利安家族的兄弟及亲属们向梅葛输诚效忠，承认其为真正的国王。这位新寡的太后甚至被迫参加婚宴后的庆祝活动——一众宫廷仕女在梅葛的二房妻子亚丽·哈罗威的指挥下剥掉梅葛的衣袍，将梅葛送入洞房完婚。闹完洞房后，阿莱莎和其他仕女离开了，亚丽却留下来加入梅葛国王及其新婚三房，度过肉欲的夜晚。

在千里之外的旧镇，总主教继续高调抨击"孽物和他的妓女"，而梅葛的正妻海塔尔家族的瑟蕾茜坚称自己才是唯一合法的王后；在西境，龙石岛亲王伊耿·坦格利安及其妻雷妮亚公主同样不肯服从梅葛。

由梅葛登基引发的大混乱中，伊尼斯国王的长子长女一直待在凯岩城，部分原因是雷妮亚有了身孕。陪伴他们进行那场倒霉的王家巡游的绝大多数骑士及年轻领主抛弃了他们，急急忙忙转投君临去对梅葛屈膝。就连雷妮亚的侍女和女伴们也纷纷找借口走了，她身边只剩密友阿莲·罗伊斯和旧爱梅丽儿·派柏——后者带着兄弟们赶来兰尼斯港，代表派柏家族誓言效命。

伊耿王子生来就是铁王座继承人，如今突然发现自己不但被虔诚民众唾骂，又遭许多原以为的忠实朋友抛弃。梅葛的支持者似乎每天都在增加，他们面无愧色地形容伊耿为"他父亲的儿子"，暗示他带有让伊尼斯国王不得善终的那种软弱品格。这些人振振有词地指出，王子未曾驭龙，而梅葛骑上了贝勒里恩，哪怕王妃雷妮亚公主，十二岁时也拥有了梦火。至于阿莱莎太后出席梅葛的婚礼，更被视为伊耿遭到生母抛弃的最好证明。尽管凯岩城公爵林曼·兰尼斯特坚决抵制了梅葛要他把伊耿及其姐姐押赴君临的指示——"如有必要，用铁链锁来"，梅葛声称——但也不敢起兵支持年轻的王子。人言可畏，世人开始称伊耿为"伪王"和"无冕者"伊耿。

正当此时，雷妮亚公主在凯岩城为伊耿诞下一对双胞胎女儿，命名为艾瑞亚和雷哈娜。繁星圣堂很快又传来一份义正辞严的声明，总主教宣布这两个孩子也都是孽物，是欲望和通奸的果实，被诸神所诅咒。据在凯岩城帮助接生的学士记载，雷妮亚公主此后恳求丈夫带一家人去狭海对岸的泰洛西、密尔或瓦兰提斯躲避，只求逃过叔叔的魔爪，她说"为了让你称王，我乐意付出自己的性命，但我不能失去我们的孩子"。然而伊耿王子无视她的恳求和眼泪，一心一意只想伸张自己与生俱来的权利。

征服四十三年初，梅葛国王在君临站稳了脚跟。他亲自主持红堡的营建，许多已完工的工程被推翻重来或作出修改，新的建筑师和工匠被引入，伊耿高丘的底下挖出无数秘密的通道和隧道。城堡的红石塔楼纷纷落成后，梅葛又命增建一座城中之城，那是一座干涸护城河环绕的加固塔堡，很快被世人称为"梅葛楼"。

同年，梅葛任命亚丽王后的父亲卢卡斯·哈罗威伯爵为御前首相……然而这位首相在御前无甚影响。人们悄声议论，梅葛统治着七大王国，可他自己又被三个女人统治着：生母维桑尼亚太后、情人亚丽王后和潘托斯女巫泰安娜王后。泰安娜辅佐梅葛，得到"情报总管"的名号，又因乌黑的头发被称为"国王的乌鸦"。据说她能与老鼠和蜘蛛交流，君临城内所有鬼鬼祟祟的动物入夜后都会向她报告，任何非议梅葛的冒失鬼都逃不过她的耳朵。

数以千计的穷人集会成员依然在河湾地、三叉戟河流域和谷地的道路上和荒野中游荡，星辰武士团已无力再纠集大军与梅葛正面交手，转而开展游击战。他们袭击旅人，攻打市镇、村庄和防御薄弱的城堡，到处杀害梅葛的支持者。哈利斯·希山爵士自大分岔口一战中逃得性命，但失败和逃亡让他声名受损，因此追随者不多。穷人集会新近崛起的首领包括"破烂"赛拉斯、月亮修士和"跛子"丹尼斯等，他们实与土匪无异，其中最歹毒者是人称"麻脸"简妮·普厄的女子，她那支凶残匪帮让君临和风息堡之间的森林成为诚实旅行者不敢涉足的禁区。

战士之子选出新团长"山丘的红狗"乔佛里·多吉特爵士，乔佛里爵士决心让骑士团恢复往日的荣耀。他从兰尼斯港出发去旧镇寻求总主教的祝福时，有一百名同伴骑马同行，而等抵达旧镇，他身边的骑士、侍从和自由骑手已达两千人之多。

除开这些教团武装，全国各地还有其他心怀不满的领主和虔诚之人蠢蠢欲动，密谋推翻巨龙的王朝。

国内的骚动没有逃过君临的注意。渡鸦飞到王国各个角落，召唤所有值得怀疑的领主和有产骑士前往都城屈膝输诚，并献出一个儿子或女儿作为忠诚的担保。星辰武士团和圣剑骑士团则被宣布为非法组织，其成员全部判处死刑，总主教被勒令前往红堡自首，接受叛国罪的审判。

繁星圣堂的总主教不甘示弱，反而严令梅葛前来旧镇，为犯下的罪孽与暴行恳求诸神饶恕。许多教会人士应和了他的声明，而最终也只有少数虔诚领主前往君临输诚效忠、献上人质，其他人置若罔闻，借着人多势众和家堡坚固拒不服从。

　　梅葛国王一心扑在红堡的建设上，让骚动自行酝酿了近半年。最先出击的是他母亲：维桑尼亚太后骑上瓦格哈尔，把血与火带到河间地，一如她往日对付多恩领。仅仅一夜之间，班树家族、塔瑞克家族、戴丁斯家族、莱彻斯特家族和韦恩家族的家堡便尽数被焚。接着梅葛亲自出动，他骑贝勒里恩飞向西境，烧毁了布鲁姆家族、法威尔家族、洛奇家族及其他许多拒绝召唤的虔诚领主的城堡。他最后来到多吉特家族的家堡，把那里完全化为灰烬，大火不但烧死了多吉特爵士的父母与妹妹，还夺去堡内所有誓言骑士及仆人们的性命，焚尽了全部财产。西境和河间地到处浓烟滚滚，瓦格哈尔和贝勒里恩转向南方。征服战争期间，另一位海塔尔伯爵接受另一位总主教的规劝，打开旧镇城门，但如今维斯特洛规模最大、人口最多的城市似乎在劫难逃了。

　　巨龙来临前夜，成千上万人鱼贯逃离旧镇，有的通过城门，有的坐船远走高飞，另有成千上万人在街上纵酒狂欢。"这是欢歌畅饮的堕落之夜，"他们彼此说着，"明天，圣人将和恶棍一起烈火焚身。"其他人则聚到圣堂、神殿和古老的树林里祈祷躲过灾厄。在繁星圣堂，总主教雷霆震怒，大声呼唤诸神对坦格利安家族降下怒火。学城的博士们召开了枢机会。城市守备队备下无数沙袋水桶，以应灭火之需。城墙沿线的垛口安排了无数十字弓、蝎子弩、喷火弩和投枪机，以期狙杀巨龙。旧镇伯爵之弟莫甘·海塔尔爵士率两百名全副武装的战士之子自他们的旧镇分部出发，围住繁星圣堂，保卫总主教。马丁·海塔尔伯爵在参天塔上燃起惨绿色的烽火，召集封臣。如是这般，整个旧镇屏息以待黎明和巨龙的到来。

　　黎明时分，巨龙如期而至。先到的是瓦格哈尔，它在太阳初升时飞抵，贝勒里恩迟至午前方才现身。两条巨龙发现城门大开，城墙空无一人，坦格利安家族、提利尔家族和海塔尔家族的旗帜在城上并肩飘扬。维桑尼亚太后首先得知消息：在刚刚过去的那个漫长而恐怖的夜晚，在黎明前最黑暗的时刻，总主教死了。

　　总主教时年五十三岁，无所畏惧又不知疲倦，他以身强体壮著称，所有人都说他死前非常健康。他曾不止一次地整日整夜布道，中间不吃不睡。他的猝死震惊了旧镇，也让支持者们非常失望，其死因至今存疑。有人说总主教是自杀，要么是不敢面对梅葛王的怒火，要么是为拯救旧镇的善男信女免遭龙焰之劫而做出的高贵牺牲；也有人说七神因他的骄傲、自大、异端和叛逆而降下天罚，将他击倒。

可大多数人相信他是被谋害的……不过，凶手为谁？有人认为莫甘·海塔尔爵士奉兄长之命下了毒手（莫甘爵士被人目睹在当晚进出过总主教的私人房

间）；有人指出马丁伯爵的童贞姑妈帕特丽丝·海塔尔小姐是个远近闻名的女巫（此人的确在总主教出事前的黄昏觐见过总主教，但离开时总主教并无大碍）；更有人怀疑学城的博士们，诸多说法包括他们使用黑魔法、雇请杀手或是送去涂毒的卷轴（信使们委实整晚在学城和繁星圣堂间往来不绝）；还有一撮人相信其他人均与总主教之死无涉，凶手只可能是那位传言已久的女术士，即维桑尼亚·坦格利安太后。

真相也许永远不得而知……但参天塔上的马丁伯爵得知消息后作出反应之快，委实令人惊叹。他立刻派出骑士去解除战士之子的武装，并将之当场逮捕，其中包括自己的亲弟弟。城门全部打开，城头火速升起坦格利安的旗帜，而早在瓦格哈尔飞抵前，海塔尔伯爵的部下已把主教们一个个从床上唤醒，用长矛驱赶到繁星圣堂去选举下任总主教。

主教们只用一轮投票就选出继任者，明智的神职男女心照不宣地推举了潘特尔修士。新任总主教已是九十高寿，双目盲瞎，弯腰驼背，身体极为虚弱，但为人以通融和蔼著称。他戴上水晶冠时，几因承受不住冠冕的重量而当场昏厥……但他高高兴兴地以国王之礼祝福了赶到繁星圣堂的梅葛·坦格利安，为其额上涂抹圣油——尽管他忘了应该念诵的祷词。

维桑尼亚太后很快骑着瓦格哈尔返回龙石岛，梅葛国王则于旧镇逗留近半年，在此开庭理事、主持审判。他给了被捕的战士之子们一个选择：愿意破除对骑士团的忠诚誓言的人被允许前往长城，余生成为守夜人军团的弟兄；拒不让步的顽固分子将为捍卫信仰而死。四分之三的俘虏选择披上黑衣，余众全部就戮——其中七人是著名的骑士抑或领主之子，享受了梅葛国王用"黑火"亲自斩首的荣誉，其他人被判处由从前的战友们下手。只有一人得到完全的王家赦免，那便是莫甘·海塔尔爵士。

新任总主教正式解散了战士之子和穷人集会，并以诸神之名命两大教团武装的残部放下武器。总主教声称，七神已不再需要战士，今后铁王座将捍卫教会。梅葛国王则谕令以年底为限，要教团武装反正自首，执迷不悟者将被立下赏格：战士之子的头颅值一枚金龙，穷人集会成员"满是虱子"的头皮值一枚银鹿。

新任总主教和大主教们均未反对。

梅葛驻跸旧镇期间还与正室达成和解。瑟蕾茜王后乃此地的主人海塔尔伯爵之妹，她现在答应接受梅葛其他的妻子，待之以礼，不再肆意抨击。梅葛则承认瑟蕾茜为自己明媒正娶的王后，发誓恢复其应得的一切权利、收入和优待。为兹庆祝，参天塔举办了盛宴，欢庆活动甚至包括闹洞房和"二度结合"，好让所有人知道这是充满爱意的真正和解。

梅葛国王原定于旧镇停留多长时间已不可知，因征服四十三年末，王位的又一大威胁浮出水面：梅葛长期离开君临让侄儿伊耿王子看到了机会。"无冕者"伊耿终于自凯岩城出动，他与妻子雷妮亚带着少数随从，快速穿过河间地，在一堆玉米袋的掩护中偷偷潜入君临。由于追随者太少，他不敢坐上铁王座，心知自己保不住它。他们的目标是雷妮亚的坐骑梦火……王子本人还打算骑上父亲的坐骑闪银。这次行动十分大胆，得到了宫中那些对梅葛的残酷愈发不满者的支持。王子和公主进城时藏在骡车里，出城时骑在龙背上——两条龙并肩飞翔。

伊耿和雷妮亚随即赶往西境聚集兵马。由于凯岩城的兰尼斯特家族依然不愿公开支持，王子只能将派柏家族的家堡红粉城当作根据地。红粉城伯爵琼恩·派柏已对王子宣誓效忠，但人们普遍相信，伯爵与其说出于自愿，不如说是拗不过性情火热的妹妹，即雷妮亚的亲密女伴梅丽儿。在红粉城，伊耿·坦格利安骑上闪银从天而降，宣布叔叔梅葛为暴君和篡夺者，号召天下的正直人士前来支持自己的事业。

响应号召的多为西境和河间地的领主，包括塔贝克伯爵、鲁特伯爵、凡斯伯爵、查尔顿伯爵、佛雷侯爵、培吉伯爵、帕伦伯爵、法曼伯爵和维斯特林伯爵等，此外谷地的科布瑞伯爵、北境荒冢屯的私生子和风暴地鹰巢堡伯爵的第四个儿子也来参战。从兰尼斯港来了五百兵丁，他们打着林曼·兰尼斯特的私生子泰勒·希山爵士的旗号——精明的凯岩城公爵通过这种方式支援年轻的王子，同时不让自身牵涉其中，以防梅葛胜出后被问罪。值得注意的是，派柏家族的部队并非由琼恩伯爵或其诸位弟弟们统领，指挥官是其妹梅丽儿，她穿上男人的锁甲，提起长矛。"无冕者"伊耿出发时麾下计有一万五千人，大军穿过河间地，由骑着伊尼斯国王爱骑闪银的王子亲自带领，决心夺得铁王座。

伊耿王子军中不乏经验丰富的将领和名噪一时的骑士，可惜没有一位公爵肯为他撑腰……然而留守君临的情报总管泰安娜王后写信警告梅葛,提到风息堡、鹰巢城、临冬城和凯岩城与他哥哥的寡妇阿莱莎太后均有秘密联络。这些大诸侯希望在为龙石岛亲王起兵以前得到前途的保证,因此伊耿急需一场胜利。

梅葛当然不想给侄儿胜利的机会。于是哈罗威伯爵从赫伦堡出发截击,徒利公爵从奔流城出动,御林铁卫戴佛斯·达克林爵士率五千官兵自君临西进。河湾地的培克伯爵、玛瑞魏斯伯爵和卡斯威伯爵也征召领内士卒,北上助阵。伊耿王子的大军移动缓慢,结果陷入几面受敌的境地,尽管每一路敌人都比他的军队人数少,合起来的声势却让年轻的王子(年仅十七岁)无所适从。科布瑞伯爵建议他赶在敌人汇合前各个击破,伊耿却不肯分兵,他最终选择直取君临。

就在神眼湖以南不远处,戴佛斯·达克林的君临部队拦住王子的去路。伊耿王子发现戴佛斯爵士的队伍已架好矛墙,还占据高地之利,与此同时斥候回报说玛瑞魏斯伯爵和卡斯威伯爵正从南方赶来,徒利公爵和哈罗威伯爵则自北方杀到。王子下令冲锋,指望在侧翼受到威胁前击破君临部队。他骑上闪银,身先士卒,但刚飞上天就听见人们的尖叫,地面上的部属纷纷手指南方的天空:"黑死神"贝勒里恩来了。

梅葛国王及时驾到。

自瓦雷利亚"末日浩劫"以来,巨龙之间首次发生空战,地上的陆战也同时展开。

闪银的身形只有贝勒里恩的四分之一,不是那条远为凶悍的老龙的对手,它喷出的苍白火球在对手一波又一波的黑色烈焰面前不值一提。交手后不久,"黑死神"便从上方扑到它身上,利齿咬住它的脖子,爪子撕下它一边翅膀。年轻的母龙惨叫连连,冒着烟下坠,伊耿王子也一同坠落①。

地上的陆战同样短暂,流的血却多得多。一见伊耿陨落,叛军顿时士气崩溃,丢盔弃甲地逃窜,然而国王军已将他们几面包围,轻易难以脱身。那天结束时,伊耿方面总计死了二千人,梅葛一方才死了一百人。死者包括埃林·塔贝克伯爵、荒冢屯的私生子丹尼斯·雪诺、罗纳·凡斯伯爵、威廉·惠斯勒爵

---

① 此役发生在神眼湖以南不远,因而被称为"神眼之下"之战。

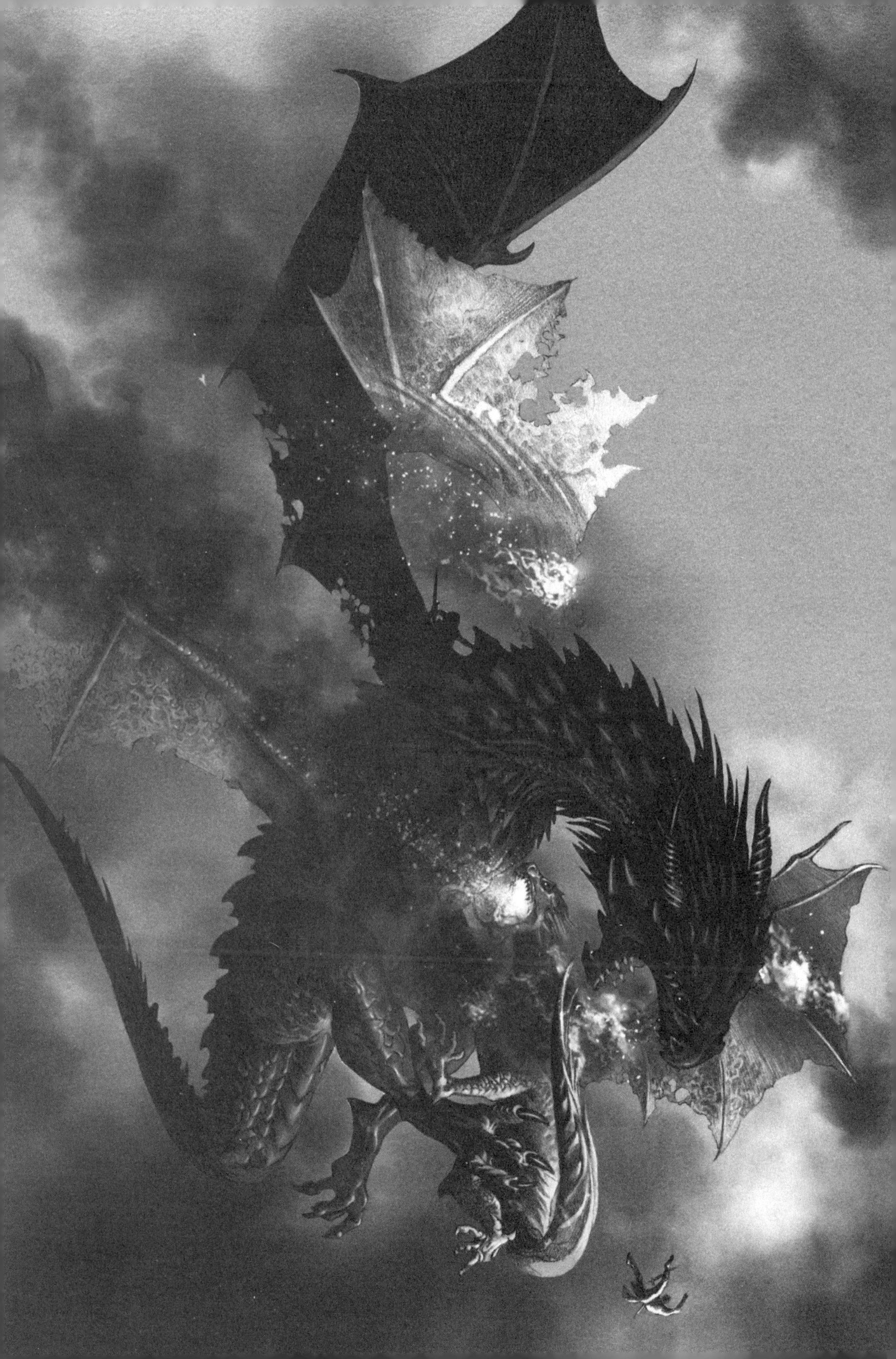

士、梅丽儿·派柏及其三个兄弟……当然还有龙石岛亲王,即坦格利安家族的"无冕者"伊耿。梅葛一方阵亡的唯一一个重要人物是御林铁卫戴佛斯·达克林爵士,他死于科布瑞伯爵的族剑"空寂女士"之下。战后是长达半年的审判与处决,维桑尼亚太后规劝儿子饶恕部分犯上作乱的诸侯,但最终即便被梅葛放过的领主,也失去了许多领地和头衔,并被迫交出人质。

有一位显赫之人既未阵亡也未被俘,那便是伊耿王子的姐姐和遗孀雷妮亚·坦格利安。众所周知,她并未随伊耿进军——至今仍有人争论此举究是奉伊耿之命,还是出于她自己的选择——而是和女儿们一起留在红粉城,还留下了坐骑梦火。假设有两条龙,王子能取胜吗?我们不得而知……但前代学者早已明确指出,雷妮亚公主并非战士,梦火又比闪银更小更年轻,对"黑死神"贝勒里恩构不成真正威胁。

败报传到西方,雷妮亚公主得知丈夫伊耿和密友梅丽儿小姐均已丧命。据说她面无表情、一言不发地听完消息。"您不为他们哭泣吗?"有人问。她的回答是:"我没时间流眼泪。"出于对叔叔怒火的惧怕,她立刻带上女儿艾瑞亚和雷哈娜逃命。她向西先到兰尼斯港,随即渡海抵达仙女岛。在岛上,刚继位伯爵的马柯·法曼(其人的父兄均命丧伊耿王子的"神眼之下"一役)庇护了她,发誓在他的屋檐下绝对安全。于是仙女岛民战战兢兢地望着东方,时刻担心看见贝勒里恩黑色的龙翼,但梅葛终究没有追来。再度获胜的梅葛回到君临,他拼命想给自己造出一个继承人。

伊耿征服后第四十四年相对前几年堪称平静……但当时记录编年史的学士们说空气中血与火的味道依旧浓烈。梅葛·坦格利安一世坐上了铁王座,红堡在他周围不断兴建,但他的宫廷却如此阴郁凝重,尽管他有三位王后……或者说,正因他有三位王后。每晚他都召唤一位王后来侍寝,却始终无法让她们怀上孩子,根据继承顺位的安排,他的继承人只能是哥哥伊尼斯的儿女们。他被称作"残酷的"梅葛和"弑亲者"梅葛,虽然被他听见这么说的人都难逃一死。

在旧镇,老朽的总主教故去,一位新人取而代之。尽管新当选的总主教对梅葛及其三位王后未有诋毁之词,王室与教会间的敌意却持续弥漫着。数百名穷人集会成员遭到追捕和猎杀,头皮送到君临请赏,但他们还有十倍以上的同党继续徘徊在七大王国的森林、树篱和荒地间，无时无刻不在诅咒坦格利安王朝——其中一伙人甚至加冕了自己的总主教，那是一个满脸胡须的莽夫，被称作月亮修士。战士之子的残部也在"山丘的红狗"乔佛里·多吉特爵士带领下继续活动。圣剑骑士团相继被王室和教会宣布为非法、并勒令解散后，已然无力正面抗争，因此"红狗"让部下伪装成雇佣骑士，前去猎杀坦格利安王朝的忠臣和"教会的叛徒"。他们的头一个目标便是前战友莫甘·海塔尔爵士，此人在前往蜂巢城途中被砍倒格杀。第二个遇害的是老玛瑞魏斯伯爵，然后是培克伯爵的长子继承人，戴佛斯·达克林年迈的父亲，乃至瞎眼的大琼恩·霍格。尽管战士之子人头的赏格高达一枚金龙，平民百姓却乐意藏匿和保护他们，因为大家还记得骑士团的好处。

在龙石岛，维桑尼亚太后愈发消瘦憔悴，形销骨立。阿莱莎太后及其子杰赫里斯、其女亚莉珊也在岛上，名为贵宾，实为囚徒。伊尼斯和阿莱莎的次子韦赛里斯王子则被梅葛召进宫去，他年方十五，是个前途无量的青年，深受百姓爱戴。他被赐封为梅葛国王的侍从……梅葛让一位御林铁卫日夜跟着他，以防他参与阴谋与叛乱。

征服四十四年有一小段时间，梅葛国王似乎终要得到期待已久的子嗣。亚丽王后宣布自己身怀六甲，宫中一片欢腾。亚丽的肚子逐渐大起来之后，戴斯蒙国师便不让她下床，而是亲来床边照料，并得到两名修女、一名产婆及亚丽的妹妹简妮与汉娜的协助。梅葛执意要另两个妻子也来帮忙。

然而亚丽卧床的第三月，她的子宫大出血，导致流产。梅葛国王赶到后惊骇地发现那死产婴儿是个怪胎，四肢扭曲，头大得出奇，还没有眼睛。"这东西不可能是我的儿子！"梅葛痛苦地大喊。悲伤很快转为狂怒，他命令立刻处决照料亚丽的产婆与修女，然后又杀了戴斯蒙大学士，仅仅放过亚丽的两个妹妹。

据说梅葛捧着大学士的人头坐在铁王座上，泰安娜王后适时出现。她告诉梅葛他上当了，那孩子不是他的种。她说亚丽·哈罗威眼见被接回宫中的瑟蕾茜王后年老色衰、郁郁寡欢又无子嗣，担心自己遭遇同样的命运，因此决心为梅葛国王"产子"。亚丽找自己的父亲，即当朝首相帮忙，每当梅葛国王与瑟蕾茜王后或泰安娜王后同床的夜晚，卢卡斯·哈罗威就派人去与女儿共寝，好让她怀上孩子。梅葛起初拒绝相信，他指控泰安娜是个不孕不育、因而满怀嫉妒的女巫。说到怒从心起之时，梅葛还把大学士的人头朝她丢去。"蜘蛛不会撒谎。"情报总管镇静地回应，递给梅葛国王一份名单。

名单上有二十个男人，据说都曾把种子给予亚丽王后。其中有老有少，有英俊帅气之人也有相貌平庸之辈，有骑士、侍从、领主、仆人，甚至包括马夫、铁匠与歌手。御前首相的网似乎撒得很大，这些人尽管身份迥异，却有一个共同点：他们都无可争议地生出过健康的孩子。

经过严刑拷打，名单上只有二人不肯招供。招供的人里有一位是十二个孩子的父亲，他还留着哈罗威伯爵付给他的金子。由于审讯秘密展开且雷厉风行，因此哈罗威伯爵和亚丽王后对梅葛国王的怀疑一无所知，直到御林铁卫实施抓捕。亚丽王后被拖下床铺，眼睁睁看着两个试图保护她的妹妹被就地杀死。她父亲正视察首相塔，却教人从塔顶掷下，摔死在石地上。哈罗威伯爵的儿子、兄弟和外甥们也纷纷就擒，然后抛到环绕梅葛楼的干涸护城河中的铁刺上，有的人挣扎了好几个钟头才死，弱智的霍拉斯·哈罗威甚至弥留了几天。接下来死的是泰安娜王后名单上那二十个人，随后又有十几人遇害，他们是被之前那二十人供出的。

亚丽王后的下场最凄惨，梅葛把她交给同为王后的泰安娜折磨致死。个中细节恕我在此省略，有的事最好还是被埋藏和遗忘。后人只需知道她被折磨了近半个月，而梅葛始终在场监视，见证她受苦的全程。亚丽断气后，尸体被剁成七块，分插在都城七道城门顶端的长矛上，直到彻底腐烂。

梅葛国王仍不肯罢休，他点起大批骑士和士兵，浩浩荡荡杀向赫伦堡，誓要彻底毁灭哈罗威家族。神眼湖畔的巨城守卫不多，代理城主——他是卢卡斯伯爵的外甥和已故亚丽王后的表亲——开城接驾。然而他的恭顺毫无帮助，梅葛国王依然把守卫全部处死，连同所有沾有一丝哈罗威家族血统的男女老少。赫伦堡的屠杀结束后，梅葛又马不停蹄地赶往三叉戟河畔哈罗威伯爵的小镇，在那里进行新一轮杀戮。

由于几桩惨案接连发生，赫伦堡遭到诅咒的流言不胫而走，说是占有它的世家贵胄都难逃血腥的结局。饶是如此，梅葛国王御前的许多野心家依然垂涎着"黑心"赫伦这座巨大的居城和城堡周围富饶辽阔的领土……想得到它的人如此之多，以至于梅葛国王厌倦了他们的请托，谕令将把赫伦堡赏赐给麾下最强大的骑士。最后，梅葛御前共有二十三位骑士在哈罗威伯爵的小镇鲜血浸染的街道中用剑、长枪和钉头锤交手，胜出的是沃顿·塔尔斯爵士，梅葛遂赐封其为赫伦堡伯爵……但这场团体混战过于野蛮，沃顿爵士没能享受到冒险的成果，半个月后伤重不治。赫伦堡传给他的长子，但所属领地已大为缩减，因梅葛将哈罗威伯爵的小镇赏给了阿尔顿·巴特威伯爵，哈罗威的其他产业则给了多诺德·戴瑞伯爵。

等梅葛返回君临、再次坐上铁王座，丧报几乎同时传来：他的生母维桑尼亚太后驾崩。更糟的是，在太后驾崩的混乱中，阿莱莎和她的孩子们趁机逃出了龙石岛，还骑走巨龙沃米索尔与银翼……去了哪里，没人说得清。他们甚至把"暗黑姐妹"也盗走了。

梅葛国王命令火化母亲的遗体，其骨灰与"征服者"的骨灰混合。葬礼结束后他要御林铁卫立刻逮捕自己的侍从韦赛里斯王子。"把他戴上镣铐，关进黑牢，严加审问，"梅葛命令，"务必问出他母亲的去向。"

"他也许不知情。"一位御林铁卫——欧文·布什爵士——申诉道。

"那就让他去死，"这是梅葛国王流传于世的回答，"或许那婊子会赶来参加他的葬礼。"

韦赛里斯王子对母亲的去向的确一无所知，哪怕潘托斯的泰安娜用上所有见不得光的手段也无济于事。他经历整整九天的审问之后断了气，按梅葛国王的命令，他的尸体又被曝置于红堡庭院长达十四天。"让他老妈来收尸。"梅葛声言。但阿莱莎太后始终没现身，梅葛最后只能把侄儿的尸体烧掉。韦赛里斯王子逝世时年仅十五岁，他受到贵族和平民的共同爱戴，全国上下为之深感不平。

征服四十五年，红堡终于落成，梅葛国王邀请所有曾出力的建筑师和工人前来欢宴庆祝，奉上海量的烈性葡萄酒和各式蜜饯果脯，还从都城最好的妓院雇来妓女。但整整三日狂欢后，梅葛国王突然翻脸，他派骑士将与会者全部杀害，以防其泄露红堡的秘密。死难者的尸骨就埋在他们生前营建的城堡底下。

城堡落成后不久，瑟蕾茜王后也突然染病去世。宫中谣传王后言语粗鲁，顶撞了梅葛国王，梅葛便命欧文爵士割她的舌头。故事里更说，由于王后使劲挣扎，致使欧文爵士的匕首打滑，结果割到喉咙。这个故事本无凭据，时人却坚信不疑，时至今日，绝大多数学者相信这是梅葛国王的敌人为抹黑他而作出的诽谤。无论真相为何，正室的过世让梅葛只剩下一个王后，即黑发黑心的潘托斯女人、情报总管泰安娜，她被所有人畏惧和仇恨。

红堡刚刚竣工，梅葛又下令把雷妮丝丘陵顶上思怀圣堂的废墟、包括惨死于此的战士之子们的尸骨清理干净。他颁布谕令，要在圣堂旧址营建巨大的石制"龙厩"，一座专为贝勒里恩、瓦格哈尔及它们的后代准备的巢穴。后世所称的"龙穴"就此动工。也许不足为怪的是，寻找建筑师、石匠和劳工极为困难，逃亡此起彼伏。梅葛国王最终不得不从密尔和瓦兰提斯请来建筑师，让他们监督都城地牢里的犯人施工。

征服四十五年末，梅葛国王再次出马，对拒不降服的教团武装残部发动新一轮清剿。他把泰安娜王后留在君临，与新任首相埃德威尔·赛提加伯爵一起执政。在黑水河以南的大森林中，国王军抓住了上百名藏匿于此的穷人集会成员，其中若干人被发配长城服役，拒绝披上黑衣的则就地正法。但这支队伍的首领，人称"麻脸"简妮·普厄的女子，凭借对森林驾轻就熟的了解坚持抵抗，始终没有落网，直至被三个随从出卖——这三个卖主求荣的家伙因此获得赦免，并被册封为骑士。

梅葛国王亲征时带来三名修士，他们宣布"麻脸"简妮为女巫，梅葛随即下令把她活活烧死在文德河畔的空地。火刑当天，三百名她的追随者——穷人集会成员和普通平民——从森林中冲出来营救。但梅葛早有预料，他让官兵们做好准备，借机将营救者一网打尽。这批人中最后一个死的是他们的首领哈利斯·希山爵士，他三年前在大分岔口一战中逃得性命，这回却不走运。

然而在其他地方，梅葛国王的运势开始下降。诸侯和平民对他的残暴心怀不满，许多人悄悄帮助他的敌人。月亮修士——穷人集会推选的"总主教"（用来对抗旧镇中被他们称为"大马屁精"的正统总主教）——在河间地和河湾地肆意横行，每次钻出森林来抨击梅葛都能吸引大批听众。金牙城以北的山丘地实际被"红狗"乔佛里·多吉特爵士控制，他自命为战士之子的团长，无论凯岩城还是奔流城似乎都对他不闻不问。"跛子"丹尼斯和"破烂"赛拉斯也依旧逍遥法外，无论他们在何处现身，总能得到百姓的掩护，而派去捉拿的骑士与士兵往往不知所终。

征服四十六年初，梅葛国王带着两千枚头骨返回红堡，作为去岁出征的收获。他把头骨堆在铁王座前，声称全部得于战士之子和穷人集会……但外界广泛认为这堆可怕的战利品不少来自纯朴的佃户、农夫和猪倌，他们唯一的罪是信仰虔诚。

这一年，梅葛依然没有儿子，甚至连一个能划归正统的私生子都没有。泰安娜王后也丝毫没显露出能为他生下继承人的迹象，虽然她继续出任情报总管，但梅葛再没上过她的床。

梅葛的顾问们一致认同，他应续娶一位妻子……但对于选谁意见不一。本尼费尔大学士提出迎娶骄傲而可爱的星坠城伯爵夫人克蕊莉丝·戴恩，这样有望分裂多恩领，从中得到戴恩家族的领地；财政大臣阿尔顿·巴特威献上自己的寡妇姐姐，一位已有七个孩子的健壮女人，他承认其人并不漂亮，但丰饶多产是毋庸置疑；国王之手赛提加伯爵有两个童贞女儿，当年分别为十三岁和十二岁，他力促梅葛国王从中挑选一个，两个都娶也行；潮头岛的瓦列利安伯爵建议梅葛召回侄女雷妮亚，即"无冕者"伊耿的寡妇，与她结合可以归并她对王位的诉求，防止任何潜在的叛徒聚到她身边，同时她也将成为针对她母亲阿莱莎太后的人质。

梅葛国王依次听取了建议，虽然他对顾问们提出的女人大多嗤之以鼻，但其中的若干论据打动了他。他决定迎娶丰饶多产的对象，但不是巴特威体态肥胖、相貌平凡的姐姐；他也接受了赛提加伯爵要他多娶的概念，既然两个妻子能让生儿子的概率翻倍，三个妻子岂不更好？瓦列利安伯爵的建议当然也有明智之处，梅葛相信自己迎娶的妻子当中必须包括侄女雷妮亚。由于阿莱莎太后和她最小的两个孩子依然在逃（人们普遍认为她们逃到了狭海对岸，或是泰洛西，或是瓦兰提斯），对梅葛的王位及他将来可能的继承人形成威胁，迎娶伊尼斯的大女儿有助于削弱她的弟弟妹妹们对王位的权利。

雷妮亚·坦格利安丧夫后迅速逃往仙女岛，并采取了诸多措施来保护自己的双胞胎女儿。假若伊耿王子登上王位，其继承人依律便是大女儿艾瑞亚，因此从法理上讲，艾瑞亚有可能成为七大王国合法的女王……然而艾瑞亚与她妹妹雷哈娜还不过是一岁婴儿，雷妮亚知道声张她们的权利无异于宣判她们死刑。她转而染了她们的头发，为她们取了假名，把她们送离身边，托付给强大的盟友，那些盟友则安排她们住进清白的好人家，但收养者丝毫不知她们的底细。公主自己也坚持不去打听收养者的情况，以防未来经受严刑拷打暴露真相。

雷妮亚·坦格利安自己是难以销声匿迹的：她当然也可以改名、染发，套上酒馆女侍的粗布裙或修女的袍子，但她藏不住她的龙。带银色线条的淡蓝色母龙梦火身形苗条，迄今已生了两窝龙蛋，而雷妮亚从十二岁起就骑着它。

由于巨龙难以藏匿，公主便骑它飞到仙女岛，尽量远离梅葛。马柯·法曼伯爵打开仙女城接纳她。在这座白色的高塔群俯瞰落日之海的城堡里，公主休养生息、阅读祈祷，一边揣测叔叔何时会发出召唤——公主事后声称，她对自己的命运不抱幻想，问题不是梅葛"会不会"召唤她，而是"何时"。

梅葛的召唤令她深感厌恶，但好歹没有如她恐惧的那样即刻找上门。反抗毫无意义，只会让梅葛骑着贝勒里恩降临仙女岛。雷妮亚已逐渐对法曼伯爵产生了好感，对伯爵的次子安德鲁的喜爱程度犹有过之，她不愿引来血与火回报他们的善意，于是骑上梦火飞去红堡。她在那里得知自己必须嫁给杀夫凶手，也就是叔叔梅葛。她还遇见了与她同为新娘的两个女人——梅葛将一次迎娶三个妻子。

出自维斯特林家族的简妮夫人曾嫁给埃林·塔贝克伯爵，后者与伊耿王子一同命丧"神眼之下"一役。战役结束短短几月后，她为先夫产下一个遗腹子。简妮夫人高挑苗条，有一头奢华的棕发。梅葛起意时，凯岩城公爵一名排行靠后的儿子正在追求她，梅葛当然予以无视。

出自科托因家族的埃萝夫人就没这么方便了。她是席奥·波林爵士的妻子，那位有产骑士参加了去岁对穷人集会的征讨。埃萝夫人年仅十九岁，但在梅葛看上她之前已给席奥爵士生过三个儿子。最小的儿子还在母亲乳头上喝奶，御林铁卫便抓捕了作父亲的席奥爵士，指控其与阿莱莎太后串通谋害梅葛国王，好让小杰赫里斯坐上铁王座。席奥爵士拼命自证清白，最终仍被判有罪，于被捕的同日斩首。为七神的缘故，梅葛国王允许寡妇服丧七天，随后便召来成婚。

月亮修士在石堂镇严厉谴责梅葛国王的婚姻大计，数以百计的镇民为他疯

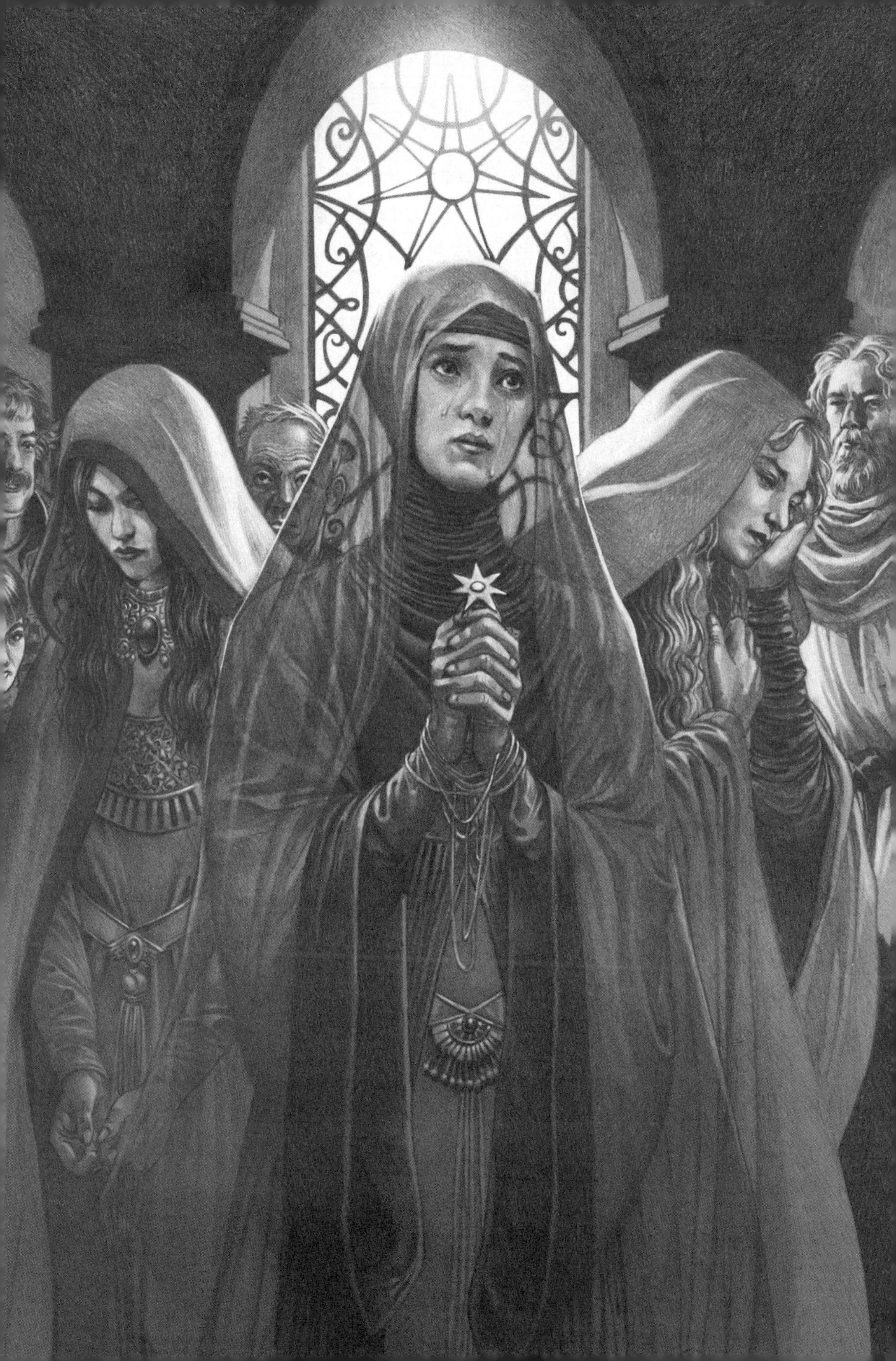

狂叫好，但除他以外，国内很少有人敢于公开抨击梅葛。总主教从旧镇坐船出发，到君临主持婚礼。伊耿征服后第四十七年一个温暖的春日，梅葛在红堡庭院内同时迎娶了三位新娘。尽管每位新娘都用父系家族的服色包裹，君临人仍称她们为"黑新娘"，因她们都是寡妇。

简妮夫人的儿子和埃萝夫人的三个儿子全部在场，这确保了她们演好自己的角色。许多人本来期望雷妮亚公主能作出抗争，但当泰安娜王后带着两个银发紫眼、身穿坦格利安家族红黑服饰的小女孩出现时，这样的希望被迎头浇灭了。"你以为能瞒过我，真是愚不可及。"泰安娜对公主说。雷妮亚只能低下头颅，用冷若冰霜的语气念诵婚姻誓词。

关于婚礼当晚的情形，素来有许多奇特又矛盾的说法，由于相隔久远，今天的我们已无法区分事实与讹传。三位"黑新娘"真如某些故事声称的那样共享一张床铺？似乎不太现实。梅葛国王依次造访三个妻子，与她们在当晚分别结合？真相或许如此。雷妮亚公主试图用藏在枕头下的匕首刺杀梅葛，正如她多年后宣称的那样？埃萝·科托因与梅葛交合时在梅葛背上抓出了道道血痕？简妮·维斯特林喝下了泰安娜王后带给她的助产药剂，还是将药水泼到了年长的女人脸上？泰安娜真的调配过这样的药剂吗？要知道，药剂这件事最早见诸记载是在杰赫里斯朝中期，那时简妮和泰安娜已死了二十年。

有一件事确凿无疑：婚后，梅葛旋即立雷妮亚的女儿艾瑞亚为自己的合法继承人，"直到诸神赐我一个儿子"，同时他将艾瑞亚的妹妹雷哈娜送往旧镇，培养为修女。在同一份谕令中，他还刻意废黜了侄儿杰赫里斯的继承权，不顾在诸多七国人士眼中，杰赫里斯本是王位的第一继承人。简妮王后的儿子被确认为塔贝克厅伯爵，并送到凯岩城做林曼·兰尼斯特的养子。埃萝王后年长的两个孩子也按同等规格分别送给鹰巢城和高庭收养，最小的孩子则交给奶妈照看，因为梅葛不喜欢埃萝喂奶。

半年后，御前首相埃德威尔·赛提加宣布简妮王后怀了身孕。简妮王后的肚子刚大起来，梅葛又亲自宣布埃萝王后有喜。他赐给两个孕妇许多礼物和荣誉，还赠予她们的父亲、兄弟和叔伯们若干领地和职位……但他的喜悦为时不长。简妮王后突发产痛，足足早产三月，生下一个和当年亚丽·哈罗威所生者几无二致的死产怪胎，胎儿不但无手无腿，还雌雄同体。做母亲的也因生产亡故。

　　流言沸沸扬扬，所有人都说梅葛背负了诅咒。他杀侄侮教，藐视牧首，违拗诸神，犯下谋杀、乱伦、通奸和强暴的罪恶，因此他的私处带有毒素，他的种子化为蠕虫，诸神永不会赐他一个健康的儿子……这是外人的说法，梅葛对此另有解释，他派欧文·布什爵士和马拉顿·穆尔爵士把泰安娜王后抓来打入地牢。审问官们准备刑具时，来自潘托斯的王后做了彻底坦白；她承认自己毒害过简妮·威斯特林和亚丽·哈罗威未出世的孩子，并承诺埃萝·科托因腹中的胎儿也将落得同样的下场。

　　据说梅葛亲手处决泰安娜，用"黑火"剜出她的心去喂狗。但"塔城"的泰安娜死后亦得以复仇，她受审时的承诺不久化为现实——两个月后，埃萝王后在深夜临盆，同样产下畸形的死产怪胎：一个没有眼睛却有一对退化翅膀的男婴。

　　此时已是伊耿征服之后第四十八年，梅葛国王统治的第六年，亦将成为他生命的终点。七国上下现在人人坚信梅葛背负了诅咒，其追随者迅速减少，犹如朝阳下蒸发的露水。君临接获报告，有人看见乔佛里·多吉特爵士进了奔流城，但不是作为俘虏，而是徒利公爵的座上宾。月亮修士再次出现，他率领数千教徒横跨河湾地，朝旧镇进军，公然宣称要让繁星圣堂里的"大马屁精"将"铁王座上的孽物"革除教门，并撤销对教团武装的禁令。奥克赫特伯爵和罗宛伯爵征召了领内兵丁，但并非前去迎击月亮修士，而是加入对方。赛提加伯爵主动辞去首相之职，返回蟹岛上的家堡。多恩边疆地传来的报告更暗示多恩人正在多个山口集结，准备入侵王国。

　　最沉重的打击来自风息堡。在这座破船湾边的坚固要塞，罗加·拜拉席恩公爵宣布年轻的杰赫里斯·坦格利安为安达尔人、洛伊拿人和先民真正与合法的国王，杰赫里斯王子随即指名罗加公爵为全境守护者和国王之手。王子的母亲阿莱莎太后和妹妹亚莉珊公主站在王子身旁，见证王子抽出"暗黑姐妹"，誓言终结篡夺者叔叔的统治，上百位风暴地的领主和骑士为他欢呼喝彩。杰赫里斯王子提出王位要求时年方十四，相貌英俊，熟习长枪长弓，亦是出色的骑手。他还骑着一头青铜色和棕褐色相间的巨龙，名为沃米索尔，他十二岁的妹妹亚莉珊也有自己的龙银翼。"梅葛只有一条龙，"罗加公爵告诉麾下封臣，

"我们的王子有两条。"

两条很快变成三条。杰赫里斯在风息堡举兵的消息传到红堡，雷妮亚·坦格利安便骑上梦火赶去加入，毫不犹豫地抛弃了自己被迫嫁给的叔叔。她还带走了女儿艾瑞亚……以及"黑火"——这是她趁梅葛睡着后从剑鞘里抽走的。

梅葛国王的反应迟缓而迷惑。他命本尼费尔大学士派出渡鸦，召唤所有忠诚的领主与封臣赶来君临勤王，结果大学士早已悄悄坐船溜去了潘托斯；他发现艾瑞亚公主失踪，便派一名使者前往旧镇索要公主的孪生妹妹雷哈娜的首级，以惩罚其母的背叛，结果海塔尔伯爵反将使者扣押。甚至有两名御林铁卫趁夜溜去投奔杰赫里斯，而欧文·布什爵士莫名横死于妓院门口，嘴里塞着自己的阳物。

最早倒戈承认杰赫里斯的领主包括潮头岛的戴蒙·瓦列利安伯爵。瓦列利安家循例出任王国的海军上将，于是梅葛一夜之间失去了整支王家舰队。高庭的提利尔家族旋即带着河湾地的大小诸侯跟进，随后是旧镇的海塔尔家族、青亭岛的雷德温家族、凯岩城的兰尼斯特家族、鹰巢城的艾林家族、符石城的罗伊斯家族……势如雪崩，诸侯们一个接一个地亮出反对梅葛的旗号。

只有近二十位较小的领主响应梅葛的召唤来到君临，包括暮谷镇的达克林伯爵、石舞城的马赛伯爵、赫伦堡的塔尔斯伯爵、旅息城的斯汤顿伯爵、尖角城的巴尔艾蒙伯爵、鹿角堡的布克威尔伯爵，以及罗斯比伯爵、史铎克渥斯伯爵、哈佛伯爵、哈特伯爵、拜奇伯爵、罗林佛德伯爵、拜瓦特伯爵和马勒里男爵。但他们的军队加起来还不满四千人，其中的骑士不过十分之一。

梅葛将勤王诸侯尽数召入红堡，彻夜商讨作战计划。当发现应召而来的人如此稀少，且其中没有任何一位大诸侯时，许多人丧失了信心。哈佛伯爵甚至规劝梅葛退位，并披上黑衣。梅葛下令将哈佛当场斩首，首级插在铁王座后的一根长枪上，继续开会。作战会议持续竟日，直到第二天深夜狼时，梅葛方才允许领主们离开。众人辞别后，梅葛国王独坐在铁王座上思索，最后见到他的是塔尔斯伯爵和罗斯比伯爵。

数小时后天刚破晓，梅葛的最后一位王后前来寻他。埃萝王后发现梅葛依旧坐在铁王座上，但脸色惨白，已然一命呜呼，袍子教鲜血浸透。梅葛的双手被铁王座参差不齐的倒刺从手腕一直划开到肘部，另有一道利刃自下巴下方的

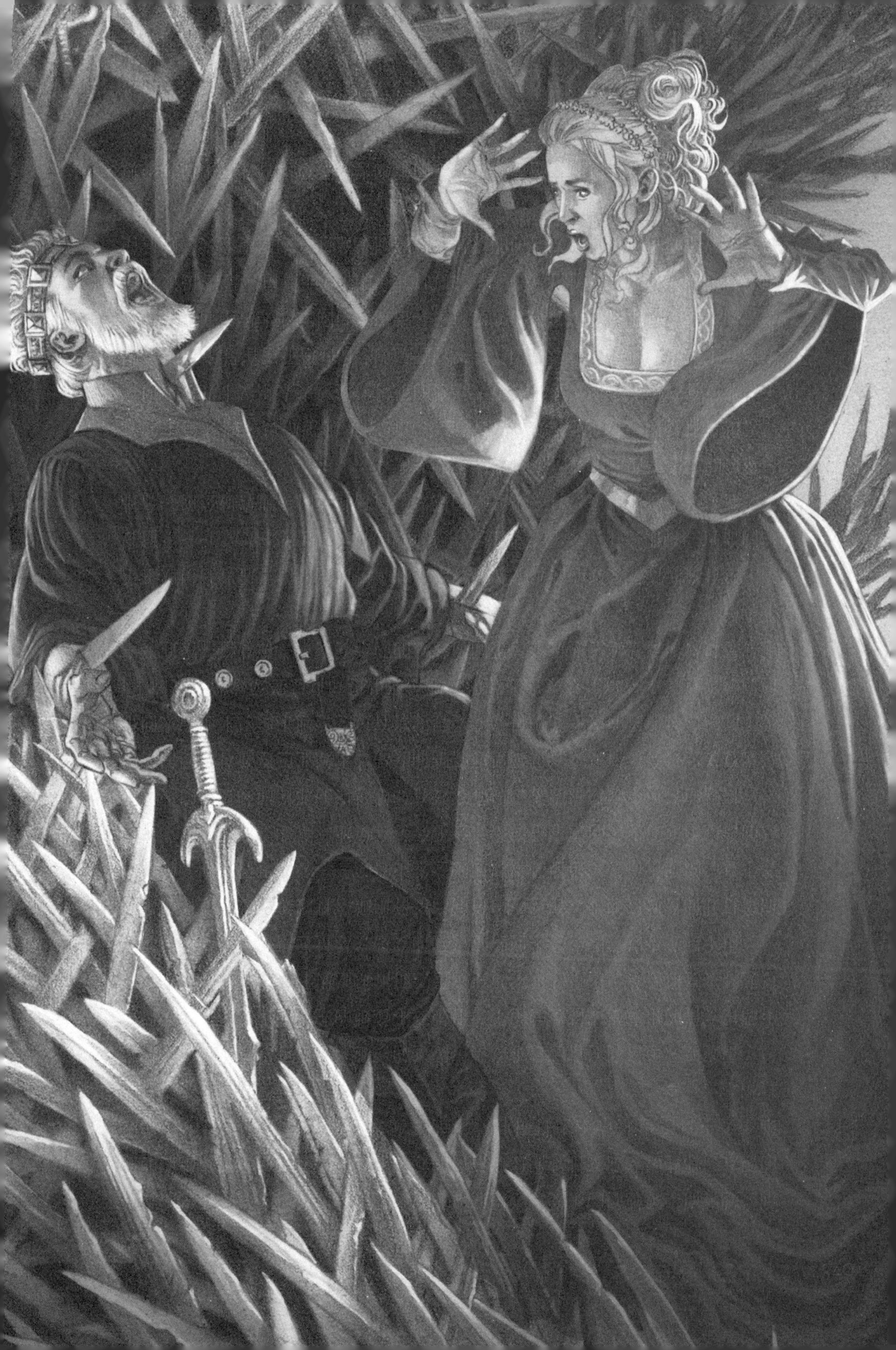

咽喉处穿出。

至今仍有许多人相信铁王座杀死了梅葛，他们的证据是罗斯比和塔尔斯离开王座厅时梅葛还活着，而厅门外的守卫发誓当晚无人进出，直到第二天黎明埃萝王后到来；又有人说正是埃萝王后将梅葛国王强按在那些倒刺和利刃上，为前夫报了仇；御林铁卫也无法洗清嫌疑，不过若是如此，非得两人合谋才行，因为每扇门外均有两人值班；还可能是迄今不为人知的个体或团队所为，他（或他们）经由秘道出入王座厅，红堡毕竟有许多死人才知道的秘密；最后，我们并不能排除这样一种可能性，即梅葛国王在夜深人静时深感绝望，遂选择自行了断，他用力扭动利刃，割开血管，以此逃避必然的失败和耻辱。

梅葛·坦格利安一世在正史和传奇中都被称为"残酷的"梅葛，他一共统治了六年零六十六天。他过世后，尸体在红堡庭院火化，后来骨灰被运到龙石岛，陈放在生母维桑尼亚的骨灰旁。他没留下子嗣，血脉就此断绝。

从王子到国王

杰赫里斯一世的崛起

杰赫里斯·坦格利安一世于征服四十八年登上铁王座,年方十四岁,于征服一百零三年寿终正寝,统治七大王国长达五十五年。杰赫里斯在其统治末期及其继承人统治时期理所应当地被称为"人瑞王",但他年富力强的盛年时代远长于精力衰退的老年,睿智的学者更愿意恭谨地称他为"和解者"。杰赫里斯驾崩一个世纪后,翁伯托博士发表了这番著名评价:"龙王"伊耿及其姐妹征服了七大王国(至少征服了其中六个),但"和解者"杰赫里斯让它们真正合而为一。

杰赫里斯登基时的局面十分棘手,之前两位国君——优柔寡断的伊尼斯与嗜血残忍的梅葛——让"征服者"伊耿的成果岌岌可危。杰赫里斯继承了一个筋疲力竭、饱经战乱、纲常崩坏、四分五裂的王国,而冲龄继位的他毫无统治经验。

事实上,连他对铁王座的主张也并非毫无疑问。杰赫里斯是伊尼斯一世国王唯一在世的儿子,但其兄伊耿此前已提出王位宣称。"无冕者"伊耿最终在"神眼之下"一役死于与叔叔梅葛的决斗,但他同妻子(亦是他的姐姐)雷妮亚此前已生下双胞胎姐妹艾瑞亚和雷哈娜。若按某些学士的意见,"残酷的"梅葛只算谋权篡位,不配列入王朝正统,那么国王就该是伊耿王子,王位则理应传给其长女艾瑞亚,而非其弟杰赫里斯。

不过这对双胞胎的性别和年龄不为人们看好。梅葛暴毙时两个女孩仅六岁,此外,根据当时流传下来的描述,艾瑞亚公主幼年十分害羞,动辄流泪、尿床,较大胆也较健壮的雷哈娜却被早早送入繁星圣堂见习,献身于教会。综合来看,两人似乎都缺乏成为女王的素质,甚至她们的母亲雷妮亚太后也跟大多数人一样,认为弟弟杰赫里斯比她们更适合戴上王冠。

还有人觉得雷妮亚本人身为伊尼斯国王与阿莱莎王后的头生孩子，乃王位最合理的继承者，甚至有人谣传将王国从"残酷的"梅葛手中拯救的正是雷妮亚太后（不过她骑梦火逃离君临后如何安排杀死梅葛？这点从未得到说明）。然而，性别依旧是最大的障碍。"这里不是多恩，"罗加·拜拉席恩公爵如此评论拥戴雷妮亚的观点，"雷妮亚也不是娜梅莉亚"。另从当事人的角度而言，两度丧夫的太后厌恶君临和宫廷，一心只想返回仙女岛，她被叔叔梅葛强娶为"黑新娘"之前曾在那里感受到慰藉。

杰赫里斯王子登基时距成年还差一岁半，于是生母阿莱莎太后代行摄政，罗加公爵出任国王之手暨全境守护者。然而杰赫里斯绝非傀儡，这位少年国王从一开始就坚持要对每个以自己名义作出的决定发表意见。

梅葛·坦格利安一世的遗体未及火化，少年国王便迎来身为国君的第一个重大决定：如何处理叔叔剩余的支持者。梅葛于铁王座上暴毙之时，国内几乎全部大诸侯和众多次等领主已背弃了他……但并非所有。梅葛剩余的支持者多为领地和城堡毗邻君临的王领贵族，出于各种原因，他们直到最后也与他共进退。其中罗斯比伯爵和塔尔斯伯爵是最后见到梅葛的人，此外还有史铎克渥斯伯爵、马赛伯爵、哈特伯爵、拜瓦特伯爵、达克林伯爵、罗林佛德伯爵、马勒里男爵、巴尔艾蒙伯爵、拜奇伯爵、斯汤顿伯爵和布克威尔伯爵。

在梅葛的尸体被发现后的混乱中，罗斯比伯爵喝下一杯毒芹汁，追随君主而去，布克威尔伯爵和罗林佛德伯爵乘船逃往潘托斯，其他人多半缩回家堡，唯独达克林伯爵、斯汤顿伯爵和塔尔斯伯爵壮起胆子留在红堡，向骑龙降临的杰赫里斯及其姐妹雷妮亚和亚莉珊投降。据官方编年史记载，少年国王从沃米索尔的背上下来后，这三位"忠臣"便跪在他面前，把长剑放到他脚边，高呼国王万岁。

"你们来得太迟了，"据说杰赫里斯平静地评论，"你们的剑还帮助敌人在神眼湖戕害了我的兄长伊耿。"他一声令下，三位倒戈的领主立刻被戴上镣铐，有人建议当场处决，但他只将他们投入黑牢。御前执法官、御前审问长、监狱总管、都城守备队队长以及梅葛国王身边剩下的四名御林铁卫很快也被陆续收押。

半个月后，罗加·拜拉席恩公爵和阿莱莎太后率军抵达，又有数百人被捕

入狱，其中既有骑士和侍从，也有事务官、修士乃至仆人，而他们的罪状全都一样：协助与支持梅葛·坦格利安篡夺铁王座，并须为此后罄竹难书的罪行、屠戮和暴政负责。连女性都不得幸免——侍奉"黑新娘"的贵族女伴纷纷被纠拿归案，还抓了二十多名出身低贱的娼妓，她们被指控为梅葛的妓女。

红堡地牢不堪重负，处理囚犯刻不容缓。阿莱莎太后认定，既然梅葛被视为篡夺者，通过不正当的方式非法上位，那所有支持他的人均犯有叛国罪，应当直接处决。太后有两个儿子丧命于梅葛的暴政，她甚至不愿让梅葛的支持者接受审判。"吾儿韦赛里斯被折磨惨死时，这帮家伙个个明哲保身、不发一言，"她说，"如今又何必再听他们解释？"

但她盛怒之下的提案遭到国王之手暨全境守护者罗加·拜拉席恩公爵的反对。公爵认可对篡夺者的手下进行惩办，但指出若是尽数处死俘虏，流窜在外的梅葛余党将拒绝屈膝，届时公爵只得率军转战四方，靠铁与火——征服。"这可以办到，但代价呢？"他反问，"势必血流成河、人心惶惶。"全境守护者建议通过审判让梅葛的手下公开忏悔叛国行径，罪无可恕者判处死刑，其余的只需送来人质保证未来的忠诚，并献出部分领地和城堡。

　　罗加公爵的明智建议得到大多数人的赞同，而杰赫里斯的亲自干预让和解在此基础上更进了一步。国王当时年仅十四岁，但他从一开始就表明自己不会得过且过、任由别人摆布。在学士、妹妹亚莉珊和几位年轻骑士的陪同下，杰赫里斯登上铁王座，召集忠诚的诸侯们前来大厅。"不会有审判，更不会有拷问和处决。"他当众宣告，"我要让天下人明白我和我叔叔不同，我的统治不当浴血而始。你们支持我也有先后之分，现在让剩下的人也加入吧。"

　　杰赫里斯并未成年，也未经加冕或涂抹圣油，因此他的宣告没有法律效力，他也无权否决御前会议或摄政太后的决定。但他的话语充满力量，他坐在铁王座上俯瞰众人的神态如此坚定，以至拜拉席恩公爵和瓦列利安伯爵当即表示支持，其他人也纷纷附和。只有姐姐雷妮拉出言不逊："王冠戴在你头上，他们自然为你欢呼——就像曾经为我们的叔叔和父亲欢呼一样。"

　　最终为这个议题盖棺定论的是摄政太后本人……阿莱莎太后虽渴望复仇，但不愿违背儿子的意愿。"否决他会让他显得软弱。"据说她告诉罗加公爵，"而他决不能表现出软弱，他父亲正是因此失势的。"大部分梅葛的支持者就这样被放过了。

　　囚犯们得到食物和水，换上干净衣服，然后七人一组押送至王座厅，当着诸神和世人的面破除对梅葛的誓言，并向其侄子杰赫里斯跪拜行礼、输诚效忠。少年国王命他们平身，赦免他们的罪行，一一恢复领地和头衔——当然，这并不表示罪行可以逃脱惩罚，领主和骑士们必须送一个儿子入朝为国王效力（同时充当人质），没有儿子的则须送来女儿。梅葛身边最富裕的一批领主割让了土地，这其中便包括那三位"忠臣"塔尔斯伯爵、达克林伯爵和斯汤顿伯爵，其他人则须为赦免缴纳罚金。

　　王家赦免并非遍及所有人。梅葛麾下的刽子手、狱卒和审问官被控协助"塔城"的泰安娜折磨并谋害曾短暂充当梅葛的继承人（同时也是人质）的韦赛里斯王子。他们的首级和双手被割下呈给阿莱莎太后，以惩罚他们对真龙血

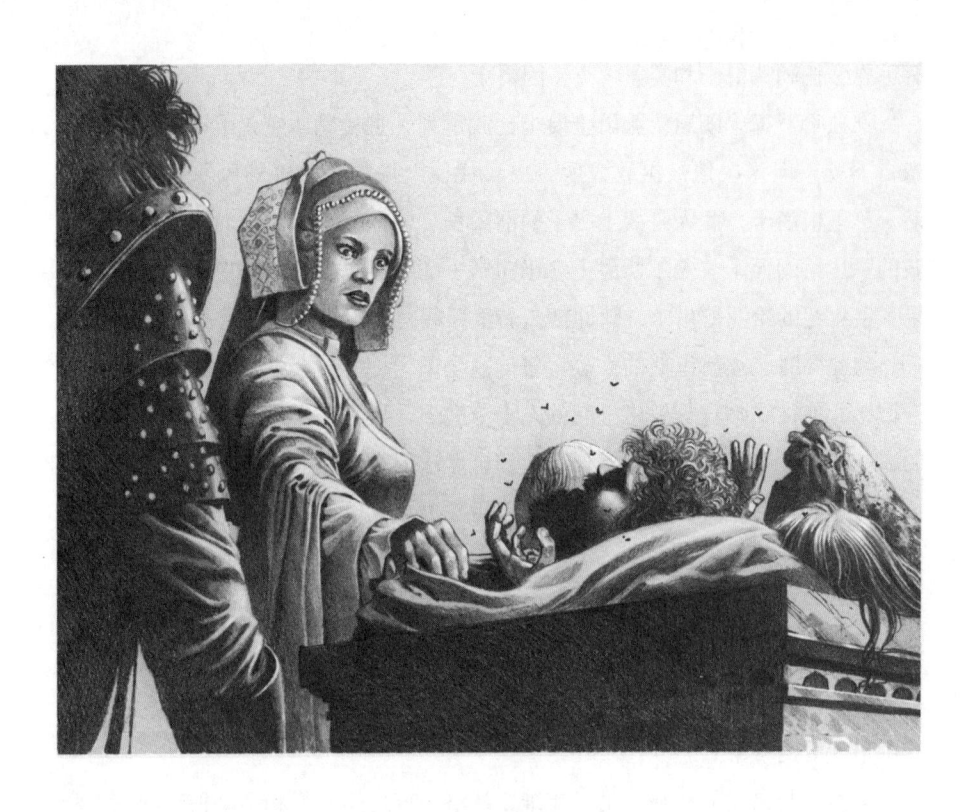

脉下手。太后宣布对这些纪念品"非常满意"。

另有一人丢了脑袋：御林铁卫马拉顿·穆尔爵士。他受控抓住梅葛的正室、出自海塔尔家族的瑟蕾茜王后，让誓言兄弟欧文·布什爵士割她的舌头，不料王后的挣扎导致匕首打滑，结果割开了喉咙（值得注意的是，马拉顿爵士坚称此事子虚乌有，瑟蕾茜王后死于"妇道有亏"。但他承认自己曾将"塔城"的泰安娜交给梅葛国王，并亲眼目睹他将她处死，因此无论如何，他手上沾了某位王后的鲜血）。

梅葛的七名御林铁卫剩下五名，其中奥莱瓦·布雷肯爵士和雷蒙德·马勒里爵士曾在梅葛倒台前转投杰赫里斯，对后者有一定帮助，但少年国王公允地评价说他们的行为打破了以生命守护国王的誓言。"我的朝廷不需要背誓者。"杰赫里斯声称，这五名御林铁卫因此都被判处死刑……但在亚莉珊的劝说下，他同意饶过他们的性命，只要他们愿将白袍换成黑衣，加入守夜人军团。其中四人接受了这份仁慈，前往长城——包括倒戈的奥莱瓦爵士和雷蒙德爵士，还有琼恩·托勒特爵士和赛蒙·克雷因爵士。

唯独哈罗德·朗斯沃德爵士要求比武审判。杰赫里斯应允了请求，并打算亲自下场，但这次他被摄政太后否决。代他上场的是年轻的风暴地骑士盖尔斯·莫里根爵士，此人是战士之子的前团长、曾在七子审判中面对梅葛的"虔诚的"达蒙的侄子。盖尔斯爵士急于向新王证明莫里根家族的忠诚，他迅速结果了上年纪的哈罗德爵士，随即被杰赫里斯赐封为御林铁卫队长。

与此同时，杰赫里斯的大赦宣告传遍全国，梅葛的余党纷纷解散军队、离开城堡，前往君临宣誓效忠。有的人十分勉强，担心杰赫里斯跟他父亲一样懦弱无能……无奈梅葛没有继承人，他们也无法团结在一面旗帜之下。然而，哪怕最狂热的梅葛支持者见到杰赫里斯以后也为之倾倒，这位少年国王展现出完美的品格，他谈吐得当、落落大方，既富于骑士精神，行为又胆色十足。本尼费尔大学士（他自我放逐至潘托斯，刚刚返回维斯特洛）在记录中称国王"若学士一样博学，像修士一般虔诚"。虽然这话多少带有恭维成分，但与事实相去不远，据说连杰赫里斯的生母阿莱莎太后也公开认定杰赫里斯是"我三个儿子中最优秀的一个"。

当然，与诸侯们和解不足以让维斯特洛一夜之间恢复和平。梅葛国王为剿灭穷人集会和战士之子所采取的诸多措施激怒了无数善男信女，他们进而对坦格利安家族怀有敌意。星辰武士团与圣剑骑士团虽遭重创，仍有成百上千的成员逃脱毒手，并得到数以万计的小领主、有产骑士和平民的庇护与供养，得以存续。"破烂"赛拉斯和"跛子"丹尼斯领着穷人集会的几支人马如幽灵般四处流窜，一遇风吹草动就消失在大森林中。在金牙城以北，"山丘的红狗"乔佛里·多吉特爵士奔走活跃于西境和河间地之间，奔流城公爵虔诚的妻子露辛达夫人为其提供方便和后援。乔佛里爵士自称战士之子团长，宣布要恢复骑士团过往的荣光，他到处招募骑士。

更严重的威胁在南方。月亮修士及其追随者驻于旧镇城下，奥克赫特伯爵和罗宛伯爵率领骑士保护着他们。月亮修士拥有令人称奇的硕大体格，又天生一副洪亮嗓门。尽管穷人集会宣称他是"真正的总主教"，但身为神职人员的他（如果他真是修士的话）行事却不带丝毫虔诚。他自豪地吹嘘《七星圣典》是自己唯一读过的书——许多人连这点都表示怀疑，因他从未引用《圣典》的箴言，也没人见他读书写字。

这位"最穷的伙计"赤脚蓄须，极为狂热，常常连续布道数小时……而他的布道总以罪孽为主题。"我是个罪人。"月亮修士每每如此开场。他委实是个罪人，他欲壑难填，好吃、贪杯又淫荡，每晚睡一个不同的女人，搞大了无数肚子，以至身边的侍僧宣扬他的种子可让不孕的子宫变得丰饶多产——愚昧无知的信徒竟信以为真，许多丈夫争先恐后地来送妻子，许多母亲也将女儿奉上。月亮修士来者不拒，没过多久，他的队伍中某些雇佣骑士和士兵甚至在盾上绘制了"月亮的老二"，雕刻成"月亮的老二"形状的木棒、手杖和挂饰也风靡一时，据说触碰这些护身符的头部能带来兴旺和好运。

月亮修士每天都在谴责坦格利安家族的滔天大罪和"大马屁精"的不闻不问，教会真正的圣父等于被禁锢在旧镇之内，甚至不敢踏出繁星圣堂的大门。很大程度上这要归咎于海塔尔伯爵，伯爵尽管拒绝让月亮修士及其追随者入城，却同样无视总主教的多次请求，并不急于派兵清剿。问及原因时，伯爵公开声明自己不愿沾染虔诚者的鲜血，但许多人认为实际上他是不愿与保护月亮修士的奥克赫特伯爵和罗宛伯爵开战。学城的学士因此称他"拖延者"唐纳尔伯爵。

罗加公爵和摄政太后一致认为，鉴于梅葛国王与教会之间的长期冲突，杰赫里斯必须由总主教亲手涂抹圣油。如此一来，处理月亮修士及其乌合之众便势在必行，杰赫里斯方能安全前往旧镇。他们本来寄望梅葛暴毙的消息能让月亮修士的追随者心满意足地散去……事实上的确有一些人离开，但为数不过几百，而那支队伍的总人数接近五千。月亮修士告诉追随者们："一条龙死了，另一条龙取而代之，有什么区别？只有杀光坦格利安家的人或把他们统统赶回海里，维斯特洛才能真正洁净。"他日复一日地演讲，要求海塔尔伯爵献出旧镇，要求"大马屁精"走出繁星圣堂、直面遭受背叛的穷人集会的怒火，要求王国的穷苦大众起来造反（同时他夜复一夜地加深自己的罪孽）。

在千里之外的君临，杰赫里斯和御前重臣们反复讨论如何除掉这个王国的心腹大患。少年国王与他的姐妹——雷妮亚和亚莉珊——都有龙，有人觉得最好是效仿当年"征服者"伊耿与其姐妹在"怒火燎原"一役中对付两大国君的办法。然而杰赫里斯对大屠杀毫无兴趣，阿莱莎太后也鉴于当年雷妮丝·坦格利安及其胯下巨龙在多恩的教训，对此严辞否决。国王之手罗加公爵不太情愿地提出亲率本部人马穿过河湾地，强行驱逐月亮修士……可这意味着风暴地大军（包括任何协助他们的军队）将陷入与罗宛伯爵和奥克赫特伯爵麾下的骑士与士兵、以及穷人集会的残部对决的境地。"我们终究会赢。"全境守护者断定，"但会付出相当大的代价。"

或许是诸神垂怜，国王和重臣们争执不下的难题却以最意想不到的方式自行化解。旧镇外的某日黄昏，月亮修士结束了一天的演讲，筋疲力尽地回到帐篷享用晚餐。他身边一如往常由穷人集会成员护卫，那都是些人高马大、胡须蓬乱的斧手。有位标致的年轻姑娘提着酒壶来到修士的帐篷前，希望将美酒献给"总主教大人"以换取祝福，护卫们立刻放她进去，心知女人想要什么祝福——在她肚子里造个孩子。

一开始，外面的人只偶尔听见月亮修士爆发的笑声，但没多久帐内传出一声呻吟，接着是女人的尖叫，然后是愤怒的吼叫。帐帘突然掀开，女人冲了出来，她半裸赤足、双眼圆睁，惊慌地往远处跑去，在场的穷人集会成员谁也没来得及阻拦。全裸的月亮修士随后也走了出来，嘴里咆哮连连，浑身被鲜血浸透。他捂着脖子上的伤口，指缝中不断涌出的血流进了胡须。

据说月亮修士踉踉跄跄走过半座营地，挣扎着从一堆营火晃到另一堆营火，一心想找出割他喉咙的贱人。他最终耗尽了旺盛的体力，瘫软在地死了，侍僧们围在他身边哀号不已。凶手逃得无影无踪，她融入夜色，从此再未现身。愤怒的穷人集会在之后的一天一夜里将营地搜了个底朝天，他们掀翻一座座帐篷，抓了好几十个女人，敢于阻拦者都挨了打……但搜索毫无成果，就连月亮修士身边的护卫对那名杀手样貌的描述也各不相同。

据护卫们回忆，女人献给修士的礼物是一壶美酒。这壶酒还剩一半，搜查完毕后，四名穷人集会成员把先知的尸体抬回帐内的床上，就着初升的太阳分喝了剩下的酒，结果没到中午全都呜呼哀哉。酒中显然有毒。

月亮修士死后，他带到旧镇的乌合之众迅速分崩离析。当初梅葛国王暴毙、杰赫里斯王子继位的消息传来，部分信徒已经陆续离开，如今涓涓细流变成滔滔洪水。修士的尸体还没发臭，就有十几个人自称继承其衣钵，他们的支持者很快打了起来。局外人或许以为月亮修士的部众会投靠保护他们的两位伯爵，但这种想法大错特错，因穷人集会极其鄙视贵族……况且罗宛伯爵和奥克赫特伯爵对调遣麾下骑士和士兵强攻旧镇一事犹犹豫豫，更让穷人集会心存怀疑。

两个自诩的继承人甚至围绕月亮修士的遗体展开争斗。这两人是"挨饿的"罗柏和"好学的"罗卡斯（他夸口能完整地背下《七星圣典》）。罗卡斯声称诸神为他送来愿景，月亮修士死后将把旧镇留给追随者。从"挨饿的"罗柏那边抢到修士的遗体后，这个"好学的"傻瓜便将那具一丝不挂、血污斑斑的腐尸绑在战马上，冲向旧镇的城门。

随他进攻的不超过一百人，大部分没跑进城墙百码范围内就死于雨点般的箭矢、飞矛和巨石之下。冲到城墙根的穷人集会成员要么被滚油浇透，要么被燃烧的沥青点燃，包括"好学的"罗卡斯本人。等这些人被全部消灭，海塔尔伯爵派麾下最胆大的十二名骑士冲出突击口，抢走月亮修士的尸体，剁下首级。伯爵随后将那颗人头鞣制填充，当作礼物献给繁星圣堂的总主教。

这次失败的进攻是月亮修士的队伍的最后挣扎。不出一小时后，罗宛伯爵就率麾下骑士和士兵撤走。第二天，奥克赫特伯爵也拔营离去。其余的士兵、雇佣骑士、穷人集会成员、随营流民和商人小贩随即向四面八方散去（并洗劫抢掠了路过的每座农场、村庄和庄园）。直等月亮修士带到旧镇的五千部众只剩不到四百，"拖延者"唐纳尔伯爵才终于鼓起勇气出城进攻，杀光了逗留于城下的人。

月亮修士的离奇遇害清除了杰赫里斯·坦格利安君临天下的最大阻碍，但从那日至今，关于行刺的幕后黑手一直争论不休。没人真的相信一个年轻姑娘会矢志毒死这位"罪人修士"，乃至计划暴露后还出手割他的喉咙。她显然只是个工具……但是谁的工具呢？她是少年国王派出的刺客，还是听命于御前首相罗加·拜拉席恩，抑或整件事由摄政太后策划？有人倾向于认为她属于无面者，来自布拉佛斯那个恶名昭著的巫师杀手团体，证据则是女人杀人后突然消失、仿佛"融入夜色"，并且月亮修士的护卫们对她长相的描述各不相同。

但聪明人和熟悉无面者行事方式的人不相信这种说法。对月亮修士的谋杀过于粗糙，与无面者的风格背道而驰，他们总会精心计划，让暗杀显得像自然死亡——这是他们引以为傲的一点，是他们技艺的基石。匆匆割向暗杀目标的喉咙、以至让其尖叫着冲进夜色中发出指控，这种方法入不了他们的法眼。时至今日，大部分学者达成的共识是杀手为一名受罗宛伯爵或奥克赫特伯爵差遣的营妓，甚至可能两人合谋。尽管月亮修士在世时两人不敢退兵，但其死后两人相当干脆地抽身离去，这说明他们的不满只针对梅葛，而非坦格利安家族……并且他们很快又回到旧镇，对杰赫里斯表示忏悔和服从，在加冕式时当众跪拜。

通往旧镇的障碍业已扫清，加冕礼遂于伊耿征服后第四十八年的年尾在繁星圣堂举行。总主教——即月亮修士企图取而代之的"大马屁精"——亲自为少年国王涂抹圣油，替他戴上他父亲伊尼斯的王冠。此后举行了长达七日的宴会，数百位大小诸侯来到杰赫里斯御前下跪、宣誓效忠。宴会来宾包括国王的姐姐雷妮亚和妹妹亚莉珊、国王年幼的侄女艾瑞亚和雷哈娜、国王的生母阿莱莎太后、国王之手罗加·拜拉席恩公爵、御林铁卫队长盖尔斯·莫里根爵士、学城的一众博士……以及"山丘的红狗"乔佛里·多吉特爵士。多吉特自封为被取缔的战士之子的团长，此次随奔流城的徒利公爵夫妇前来，出乎所有人意料……并且他没有被镣铐加身，反倒持有国王亲笔签发的通行证。

本尼费尔国师后来写道，少年国王和土匪骑士的会面为杰赫里斯的统治"奠定了基调"。乔佛里爵士和露辛达夫人劝告国王撤销叔叔梅葛的谕令，重建圣剑骑士团和星辰武士团，国王果断回绝。"教会不需要武装，"他宣称，"它将由我保护，由铁王座保护。"但他废除了梅葛针对战士之子和穷人集会的悬赏。"我不会对子民宣战，"他说，"但我也不能容忍犯上作乱。"

"起来反抗您叔叔的不仅有我，也有您自己。""山丘的红狗"挑衅地回应。

"确实如此。"杰赫里斯承认，"并且不可否认，您战斗得十分英勇。战士之子将不复存在，您对骑士团的誓言亦随之终结，但您不该就此埋没。您可以在我身边服务。"少年国王做了个震惊朝野的决定，他当场赐封乔佛里爵士为御林铁卫。据本尼费尔国师回忆，人们一时肃然无声，当"红狗"抽出长剑时，有人甚至担心他会攻击国王……但骑士随即单膝跪地，低下头颅，将长剑放在杰赫里斯脚边。许多人目睹他腮边挂着泪珠。

加冕式完成九天后，少年国王离开旧镇、返回君临。大部分宫廷成员一路随行，队伍浩浩荡荡穿过河湾地……但国王的姐姐雷妮亚走到高庭就与国王告

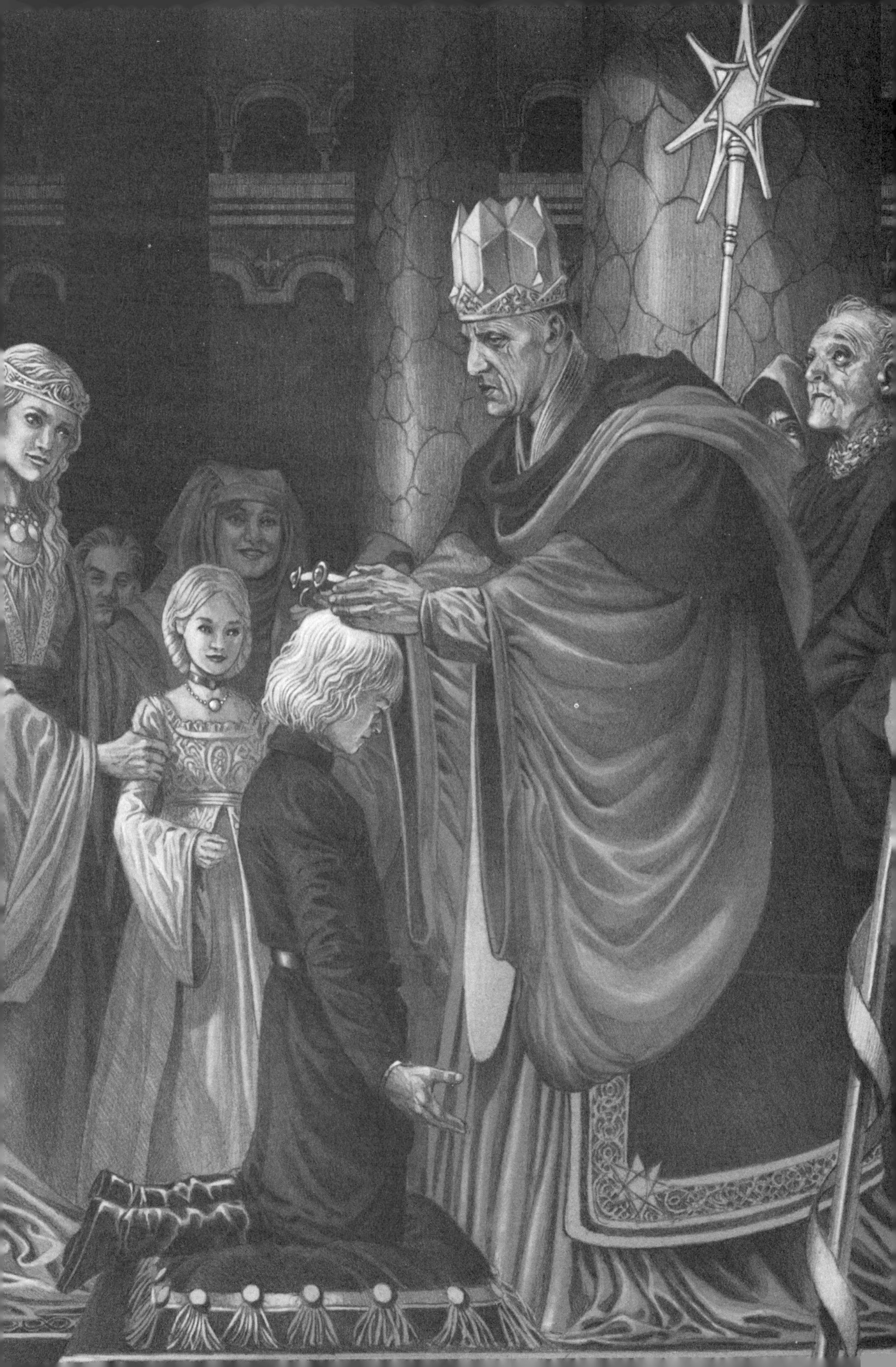

别，她骑上梦火回归仙女岛法曼伯爵的城堡，不仅离开了弟弟，还抛下双胞胎女儿。在教会见习的雷哈娜留在繁星圣堂，而其双胞胎妹妹艾瑞亚随国王回到红堡，担任亚莉珊公主的侍酒和女伴。

国王的加冕式后，雷妮亚太后的两个女儿出现了一些奇特的变化。这对双胞胎的外貌如出一辙，脾性却大不相同。据说雷哈娜是个胆大任性的孩子，对管教她的修女来说是个大麻烦，而艾瑞亚的羞怯怕生众人皆知，她总是惊慌失措、泪水涟涟。艾瑞亚最初来到君临朝廷时，本尼费尔国师便如此形容："她怕马，怕狗，怕说话大声的男孩，怕留胡子的男人，怕跳舞，而最怕的是龙。"

但这是梅葛暴毙、杰赫里斯加冕以前的事，此后留在旧镇的女孩潜心祈祷和研习，再没受过责罚，而回到君临的女孩变得活泼机敏，充满冒险精神，很快便将大把时间花在兽舍、马厩和养龙的庭院。尽管没有证据，但普遍看法是有人——可能是雷妮亚本人，也可能是她母亲阿莱莎太后——利用国王加冕的

机会将双胞胎对调。即便这是真的，人们也无异议，因在杰赫里斯诞下子嗣以前，艾瑞亚公主（或者说顶着这个名字的女孩）乃铁王座的继承人。

所有记载一致认同，国王从旧镇到君临的返程是一场凯旋。乔佛里爵士骑在国王身边，沿途挤满欢呼的民众。不时有穷人集会成员出现，这些形容憔悴、遍体脏污的家伙留着长长的胡子、提着硕大的斧头，恳求得到跟"红狗"一样的赦免。杰赫里斯宽恕了他们，条件是他们同意前往北方、加入长城的守夜人军团。成百上千人宣誓照办，其中包括"挨饿的"罗柏。

"杰赫里斯国王戴上王冠仅仅一个月，"本尼费尔国师写道，"就达成了铁王座与教会的和解，为贯穿他父亲和叔叔统治时期的流血斗争画上句点。"

"三新娘之年"

征服四十九年

伊耿征服后第四十九年，混乱纷争告一段落，维斯特洛终得休养生息。这一年风调雨顺、天下太平，更达成了几桩重要婚事，七大王国的编年史称之为"三新娘之年"。

新年刚过两星期，第一场婚礼的消息便从西方落日之海畔的仙女岛传来。雷妮亚·坦格利安与仙女岛伯爵的次子安德鲁·法曼在苍天之下举行了简朴的婚礼，男方第一次当新郎，女方则是第三次成亲。不过雷妮亚虽两度沦为寡妇，但年仅二十六岁。她的新婚丈夫比她小很多，只有十七岁，这个年轻人长相俊秀又为人和蔼，据说对新娘用情颇深。

婚礼的东道主是新郎的父亲、仙女岛伯爵马柯·法曼，主婚人为伯爵身边的修士。凯岩城公爵林曼·兰尼斯特（及其妻约卡斯塔）是唯一参加仪式的大诸侯，而雷妮亚从前的闺中密友萨曼莎·史铎克渥斯和阿莲·罗伊斯匆忙赶到仙女岛，与新郎朝气蓬勃的妹妹艾丽莎小姐一起充当伴娘。其余到场宾客都是法曼家族和兰尼斯特家族的封臣及亲随骑士。国王和宫廷对婚礼一无所知，直到婚宴举办完毕、两人圆房多日之后，凯岩城的乌鸦才飞到君临。

据君临的编年史家记载，阿莱莎太后对自己被排除在女儿的婚礼之外深感不满，这对母女的关系此后再没能回暖；罗加·拜拉席恩公爵则震怒于雷妮亚竟敢不经国王批准私自结婚……身为少年国王的首相，他自命为王权化身。不过，若是雷妮亚提出申请，这场联姻很可能无法实现，因安德鲁·法曼仅为次等领主的次子，绝大多数人认为他根本配不上曾两度成为王后、此刻又是王位继承人之母的雷妮亚（征服四十九年时，罗加公爵的幼弟尚未结婚，公爵的另一个弟弟所生的两个侄子也到了婚配年纪，论血统他们均配得上坦格利安家族的寡妇，这大概能解释国王之手为何如此暴怒以及雷妮亚太后为何秘密结婚)。杰赫里斯和亚莉珊却为婚讯高兴,他们向仙女岛送去礼物和祝福,还令红堡敲钟庆祝。

雷妮亚·坦格利安在仙女岛享受新婚时,君临的杰赫里斯国王及其母摄政太后忙于挑选接下来两年间辅佐摄政的重臣。考虑到维斯特洛因分裂留下的伤口远未愈合,他们的主导方针是和解。少年国王认为一味奖励忠臣,而把梅葛的支持者及教会排除在权力中枢之外只会让形势恶化,导致新的叛乱,他母亲也同意这一点。

有鉴于此,杰赫里斯送信给曾出任梅葛的御前首相的蟹岛伯爵埃德威尔·赛提加,邀他返回君临担任国库总管和财政大臣;他把海军上将和海政大臣的职位给了舅舅"潮汐之主"戴蒙·瓦列利安,此人身为阿莱莎太后之兄,也是第一位倒向风息堡、抛弃"残酷的"梅葛的大诸侯;奔流城公爵潘崔斯·徒利应召接掌法务大臣,一同入朝的有他令人敬畏的妻子露辛达夫人,其虔诚天下皆知;至于君临城内最强大的武装力量都城守备队,国王交给心宿城伯爵科尔·科布瑞掌管,其人曾在"神眼之下"一役与"无冕者"伊耿并肩战斗。

领导上述重臣的,自是国王之手、风息堡公爵罗加·拜拉席恩。

尽管杰赫里斯·坦格利安尚未成年,但若以为他在政务上无足轻重,那就大错特错了。少年国王几乎会列席每次御前会议(但也有被安排缺席的时候,我们稍后便会谈及),并不吝于大胆发声。当然,在摄政期内,最终权柄属于国王的母亲、摄政太后阿莱莎和国王之手罗加公爵,后者是个令人望而生畏的权臣。

罗加公爵蓝眼黑须,壮硕如牛,他是五兄弟中的长兄,其祖父为首任风息堡公爵"独手"奥里斯·拜拉席恩。奥里斯是"征服者"伊耿同父异母的私生兄弟,也是伊耿最信任的将领,他杀死最后的杜伦登——"骄傲的"亚尔吉拉——并娶了亚尔吉拉的女儿。正因如此,罗加公爵自诩血管里既流淌着真龙之血,也有风暴王的古老传承。这位公爵不喜挥剑,好用一把双刃斧上战场……他总说这把斧子"又大又沉,足以劈穿龙的脑壳"。

在"残酷的"梅葛统治时期说这种话几乎等于惹祸上身,但即便罗加·拜拉席恩惧怕梅葛的怒火,他也掩藏得天衣无缝。世人公认,庇护逃出龙石岛的阿莱莎太后及其孩子们,此后又首举义旗,拥戴杰赫里斯王子为王,的确是只有罗加公爵才干得出的事。有人甚至听罗加的弟弟鲍里斯说，罗加梦想与梅葛国王一对一决斗，用斧子亲手结果对方。

罗加公爵没能实现梦想，如愿当上弑君者，但他成了拥王者，将杰赫里斯王子成功送上铁王座。没人质疑他出任少年国王的御前首相的资格，更有人窃窃私语说应把王国完全托付给他，因为杰赫里斯不但太嫩，还有个软弱的父亲，而太后也只是个女人罢了。罗加公爵与阿莱莎太后的婚约公诸于世后，相关的传言更盛……毕竟，太后的丈夫不就该是国王吗？

罗加公爵结过一次婚，但妻子早逝，婚后不到一年高烧不治身亡。摄政太后阿莱莎时年四十二岁，已过合适的生育年纪，风息堡公爵则比她小十岁。据巴斯修士多年后的补记，杰赫里斯反对这桩婚事，少年国王将首相此举视为逾越，认定罗加迎娶太后更多是出于对权力和地位的渴求，而非真实感情。巴斯声称，当少年国王发现无论母亲本人、还是母亲的对象都不打算征求他的许可后，心中十分愤怒……但既然他没反对姐姐的婚姻，也不便阻止母亲，因此没有对外发表意见，只向几位密友流露出自己的担忧。

御前首相的勇气和力量让人景仰，又因手握重兵和战技高超而备受敬畏；摄政太后则深孚众望，女人们赞叹她"如此美丽，如此勇敢，又如此令人同情"。即便那些习惯对女人横眉怒目的领主也愿意接受她的领导，毕竟她身旁有罗加·拜拉席恩，而少年国王一年后就要迎来十六岁命名日了。

阿莱莎打小便是公认的美人，父亲为强大的"潮汛之主"伊斯恩·瓦列利安，母亲为马赛家族的阿莱拉夫人，亦是个大美人。阿莱莎的家族古老、尊贵而富有，其祖父曾是"龙王"伊耿及其两位王后的亲密老友。诸神赐予阿莱莎古瓦雷利亚血统特有的深紫色双眸和闪亮银发，让她长成仪态万方、冰雪聪明和温柔贤淑的姑娘。求婚者从四面八方涌来，但她真正的对象没人怀有疑问——这样的女孩只配嫁入王家。于是在征服二十二年，她顺理成章地嫁给了铁王座第一顺位继承人伊尼斯·坦格利安王子。

这段婚姻幸福美满、枝繁叶茂。伊尼斯王子是个殷勤周到、温柔慷慨的丈夫，并且不曾偷腥，阿莱莎则为他产下五个强壮健康的孩子，包括三男两女（准确地说有六个孩子，但一个女儿出世没多久便夭折了）。伊耿国王于征服三十七年驾崩后，伊尼斯继承王位，阿莱莎成为王后。

接下来几年，她眼睁睁看着丈夫四面树敌，统治土崩瓦解。征服四十二年，饱受摧残又广遭鄙视的伊尼斯国王驾崩，年仅三十五岁。王后没来得及哀悼，亡夫的弟弟就攫取了本属于她的长子的王座。她的长子起兵对抗，结果和胯下巨龙一同殒命，紧接着她的次子也步了后尘，被"塔城"的泰安娜折磨致死。而她和她最小的两个孩子教杀子仇人软禁起来，后来又无能为力地见证着长女被迫嫁给那个怪物。

好在她等到了云开见日的那一天，梅葛终究也在权力的游戏中栽了跟头——这很大程度上正要归功于寡妇阿莱莎太后的勇气与罗加公爵的胆识，后者曾在太后孤立无援时支持她、收留她。在诸神的看顾下，他们赢得了胜利，现在出自瓦列利安家族的阿莱莎有望再结连理、重获幸福。

雷妮亚太后的婚礼有多简朴，国王之手与摄政太后的婚礼就有多隆重。仪式于征服四十九年七月七日举行，由总主教亲自主持，地点设在此时尚未落成封顶的龙穴，那里层层递升的石凳可容成千上万人观礼。相关庆典包括盛大的比武会，持续七天的宴饮狂欢，甚至还在黑水湾中举行了一场模拟海战。

在维斯特洛人的记忆里，没有任何一场婚礼能有这场的一半隆重，七国全境和海外的大小贵族纷纷赶来参加。唐纳尔·海塔尔带着一百名骑士和七十七名主教从旧镇护送总主教前来；林曼·兰尼斯特从凯岩城带来三百名骑士；体弱多病的临冬城公爵布兰登·史塔克带着儿子沃顿和阿里克从北境长途跋涉赶到，随行还有十几位凶悍的北境封臣和三十名守夜人军团的誓言兄弟；艾林公爵、科布瑞伯爵和罗伊斯伯爵代表谷地；赛尔弥伯爵、唐德利恩伯爵和塔利伯爵代表多恩边疆地。至于境外权贵，多恩亲王派出自己的妹妹，布拉佛斯海王遣来一个儿子，泰洛西大君亲自出马，领着童贞女儿横渡狭海，同为自由贸易城邦的潘托斯则不甘示弱地送出二十二位总督组成的使团。所有人都毫不吝啬地带来致送御前首相和摄政太后的贺礼，尤其是从前梅葛的支持者们以及曾与月亮修士一同进军旧镇的瑞卡德·罗宛伯爵和托根·奥克赫特伯爵。

宾客们明面上都是来祝贺罗加·拜拉席恩与摄政太后，但这显然并非唯一目的。许多人希望与首相商谈，在他们眼中，他才是真正执掌王国的人；还有些人想借机掂量新登基的少年国王——国王没让这些人失望，他让自己的代理骑士和贴身护卫盖尔斯·莫里根爵士对外宣布，乐意接待任何有意觐见的领主和有产骑士，最终约有一百二十人接受邀请。少年国王并未在雄伟的王座厅内、高坐在威严的铁王座上接见他们，而是选择私密的书房，随侍只有盖尔斯爵士、一名学士和几个仆人。

据说他鼓励每个人畅所欲言，对王国存在的问题发表观点及提出建议。"他不像他父亲。"罗伊斯伯爵事后告诉自己的学士，口气虽勉强，但的确是称赞。旅息城的凡斯伯爵评论道："他听得多，说得少。"瑞卡德·罗宛觉得杰赫里斯温文尔雅，凯勒·克林顿认为他机智幽默，莫顿·卡伦则说他谨慎精明。"他笑口常开，哪怕是针对自己的玩笑。"琼恩·梅泰林赞许地评价，阿莱克·杭特却深感国王的严厉，托根·奥克赫特更体会到国王的冷酷。梅利斯特伯爵宣称杰赫里斯拥有超出实际年龄的智慧，戴瑞伯爵进一步断言他有可能成为"臣子以向他屈膝为荣的君主"，而最大的赞誉来自临冬城公爵布兰登·史塔克——"他让我想起了他的祖父"。

国王之手并未参与这些接见，他以自己的方式招待客人。他陪他们打猎、鹰狩、赌博、欢宴，"把王家酒窖喝个精光"。婚礼后的比武大会上，罗加公爵出席了每一场长枪比武和每一场团体混战，且始终被一帮大呼小叫、酒气熏天的大诸侯和著名骑士簇拥着。

然而在首相找的所有乐子当中，最令人侧目的发生于婚礼之日两天前。此事失载于宫廷编年史，但在仆人间流传多年，最后闹得满城皆知——据说罗加公爵的弟弟们从狭海对岸里斯最好的青楼中带回七名处女，由于阿莱莎太后的初夜许多年前就给了伊尼斯·坦格利安，罗加公爵在新婚之夜无法给她开苞，里斯处女是为了弥补这一缺憾。若后来的宫中流言可信，国王之手"连摘了四朵花"才筋疲力尽、醉不能支，随后他的弟弟、侄子和朋友们享用了另外三朵花，外加其他四十名从里斯一同渡海前来的年纪稍长的美人。

在国王之手沉溺于享乐、杰赫里斯国王忙着接见各地王公时，国王的妹妹亚莉珊公主招待了随行来到君临的贵妇们。由于国王的姐姐雷妮亚不愿出席婚礼，宁肯和新婚丈夫及闺中密友们一起留在仙女岛，而摄政太后阿莱莎被筹备工作弄得脱不开身，招待权贵们的夫人、女儿和姐妹们的责任只能落在亚莉珊身上。小公主才刚满十三岁，但出色地挑起了担子，赢得众人一致称赞。在庆典全程的七天七夜里，她早、中、晚各与一群名媛用餐，还带她们参观壮丽的红堡、泛舟黑水湾或骑马穿行都城。

亚莉珊·坦格利安是伊尼斯国王与阿莱莎王后最小的孩子，在这场婚礼以前，王国各地的领主和夫人们对她知之甚少。她的童年一直笼罩在三个哥哥和大姐雷妮亚的阴影之下，偶尔被人提起时所用的称呼也是"小闺女"或"另一个女儿"。她的体型的确很小，这点毋庸置疑，她身形纤细、骨架娇柔。人们形容她往往只说可爱，但很少谈到漂亮，尽管她出自一个以美貌著称的家族。她的眼睛颜色与其说偏紫不如说偏蓝，头发也为蜂蜜色的卷发而非银白色的直发。

然而无人能否认她的才智。后世传言亚莉珊没断奶就学会了认字，宫廷弄臣甚至编出笑话，讲述小亚莉珊如何一边吸吮奶妈的乳头一边阅读瓦雷利亚语卷轴，乃至把母乳滴在了卷轴上。巴斯修士评价说她若是个男孩，肯定会被送到学城去打造学士颈链……这位辅佐她丈夫数十年的智者敬重她更甚于她丈夫。当然，这是很久以后的事，在征服四十九年，亚莉珊只是个十三岁的女孩，但所有编年史家都承认她给见过她的人留下了深刻印象。

婚礼之日，超过四万名平民（有些观礼者认为该数字趋于保守）登上雷妮丝丘陵，来到龙穴见证摄政太后和国王之手履行仪式，另有成千上万的平民为他们夹道欢呼，这对夫妇身后跟着数百名跨骑盛装骏马的骑士以及长长几队摇铃修女。本尼费尔国师在记录中称："翻遍维斯特洛的史籍，找不到第二件如此辉煌的大事。"罗加公爵全身灿烂金衣，头戴鹿角半盔，他的新娘身披一件缀满闪光珠宝的长斗篷，斗篷上的对分纹章绣有坦格利安家族的三头火龙与瓦列利安家族的银色海马。

尽管新娘新郎光芒万丈，但真正让君临人津津乐道好多年的却是阿莱莎的孩子们莅临的方式：杰赫里斯国王和亚莉珊公主直至最后一刻方才现身，他们骑着沃米索尔和银翼自明媚的晴空中降落（这里有必要再次强调，龙穴壮观的大穹顶尚未完工）。两头龙并排落地，硕大的皮翼扬起滚滚沙尘，卷向又惊又惧的围观群众（一种广为流传的说法声称巨龙的降临让上年纪的总主教尿了裤子，但这很可能是中伤诽谤）。

关于婚礼本身，以及仪式之后的宴会和圆房就没有太多值得叙述的了。红堡宽敞的王座厅招待的是最有权势的诸侯和最富名望的外宾，次等领主则带着骑士和士兵在庭院及其他较小的厅堂中庆祝，至于君临的平民，他们聚到城内上百家旅店、酒肆、食堂和妓院里狂欢。尽管谣传罗加公爵两晚之前曾连御四女，但据可靠记载，在醉醺醺的弟弟们的喝彩声中，他这次依然精力充沛地履行了丈夫的职责。

之后是长达七天的比武大会，充分满足了贵族和平民的期待。长枪比武打得热火朝天，被公认为维斯特洛近年来最精彩的一场赛事……然而在这次庆典中，挥舞长剑、长矛和战斧进行的徒步比拼更让大众兴奋，这有着特殊原因。

前已述及，"残酷的"梅葛的七名御林铁卫死了三个，剩下的四人也被发配长城、披上黑衣，取而代之的目前只有杰赫里斯国王任命的盖尔斯·莫里根爵士和乔佛里·多吉特爵士。摄政太后阿莱莎最先提议用比武淘汰的方式来产生其余五名御林铁卫，而婚礼不正是吸引全国骑士齐聚一堂的好机会吗？"梅葛任用了一帮老头子、马屁精、懦夫和莽汉。"太后宣称，"有资格保护吾儿的骑士须是维斯特洛的佼佼者，须是忠诚和勇气无可指摘的正人君子。就让他们在大庭广众之下，用手中长枪来赢得白袍吧。"

杰赫里斯国王立刻附议，只加了一点意见——少年国王英明地指出，想担任他贴身护卫的人需要证明自己徒步作战的能力，而非赢得长枪比武。"鲜有敌人会骑马提枪冲国王杀来。"杰赫里斯说。正因如此，在摄政太后婚礼后的比武大会上，马上长枪比武的荣耀让位于野蛮血腥的团体混战，后世学士称为"白袍之争"。

数百名骑士激烈争夺御林铁卫的荣誉职位，战斗整整持续七天。有几位风格出挑的挑战者成了大众的宠儿，他们总会迎来热烈欢呼。这其中包括"醉骑士"威廉·史戴佛爵士，其人身材矮胖、大腹便便，总是一副喝醉酒的模样，似乎站都站不稳，别提打架。百姓们称他"酒桶"，一见他上场就齐声喊："必胜！必胜！小酒桶！"跳蚤窝的吟游诗人"乱弹琴"汤姆同样广受喜爱，他每场比试前都会唱低俗歌谣嘲讽敌人。某位身材苗条的神秘骑士也赢得了拥戴，大家只知其外号"绯红蛇"，但当"他"最终被打败，面具下原来是个女人——暮谷镇伯爵的私生女琼琪·达克。

然而最终这几个人都未能披上白袍，得到这份荣誉的骑士没有如此夸张的个性，其勇气、战技和骑士精神却无可匹敌。五人之中，唯有来自河湾地的洛朗斯·罗克顿爵士是贵族子嗣，另有两人为贵族身边的誓言骑士："英勇的"维克多爵士为符石城罗伊斯伯爵的随从，"黄蜂"威廉爵士在橡果厅米斯·斯莫伍德伯爵驾前服务。年纪最小的获胜者"木棒"佩特惯用长矛而非长剑，部分旁观者质疑他的骑士身份，但他的矛使得实在出神入化，于是在数百人的欢呼声中，乔佛里·多吉特爵士亲自册封这孩子为骑士。

最年长的获胜者则是须发斑白的雇佣骑士酸丘的山姆古德。此人已有六十三岁，伤痕累累，容貌沧桑，自称打过上百场仗，"请不要问我曾为谁而战，那些事只有我自己和诸神知道"。他独眼、秃头，牙也快掉光，身板跟栅栏杆子一样枯瘦，人称"酸山姆"，但他战斗时像年岁只有他一半的人那样敏捷，且怀有数十年间无数大小恶斗磨炼出的阴狠技巧。

"和解者"杰赫里斯在位五十五年，在其漫长的统治期内，曾披上白袍为其效力的骑士超过任何一位君王。尽管如此，我们仍可毫不夸张地断言，哪怕放眼整个坦格利安王朝，少年国王最初的七名御林铁卫依旧举世无双。

"白袍之争"标志着庆典的结束，这场婚礼史称"金色婚礼"。宾客们怀着由衷地赞叹踏上归途，分头返回自己的领地和城堡。少年国王赢得了诸多大小贵族的敬佩与倾慕，这些人的姐妹、妻子和女儿则对热情的亚莉珊公主交口称赞。君临的百姓也很高兴，他们的少年国王看起来是个公正、仁慈又有骑士精神的统治者，而御前首相罗加公爵在战场上英勇无畏、在朝堂下慷慨大方。当然，最开心的还数都城中的旅店老板、酿酒师、商贩、扒手、妓女和妓院老鸨，他们因客人暴增赚得盆满钵满。

征服四十九年是决定王国命运的关键年份，在当年的三场婚礼中，"金色婚礼"无疑是最奢华、最负盛名的一场，但具有最重大意义的却是第三场婚礼。

摄政太后与国王之手联姻后，便着手为杰赫里斯国王物色合适的伴侣……同时也将国王的妹妹亚莉珊的婚事提上日程。少年国王一天不结婚、一天没有后嗣，他姐姐雷妮亚的孩子便仍是继承人……但艾瑞亚和雷哈娜的年纪太小，许多人更断定她们完全不适合继承王位。

除此以外，罗加公爵和阿莱莎太后一致认为，若是雷妮亚·坦格利安从西境回到君临担任女儿的摄政太后，王国前景堪忧。虽然没人敢挑明，但两位太后显然已生嫌隙，做女儿的既没参加母亲的婚礼，也没邀请母亲参加自己的婚礼。更夸张的流言在私下流传，说雷妮亚是个女巫，她运用黑暗伎俩将梅葛杀死在铁王座上。

基于种种理由，杰赫里斯国王结婚并诞下子嗣不但势在必行，而且越快越好。

但少年国王该找谁当伴侣是个难题。首相罗加公爵一直想将铁王座的影响力拓展到狭海对岸的厄斯索斯大陆，因此建议通过联姻与泰洛西结盟，对象是大君的女儿，一位标致的十五岁少女——之前的婚礼上，她的聪明伶俐、风流举止和蓝绿色头发让在场众人为之倾倒。

首相的新婚妻子阿莱莎太后却不同意。她坚信维斯特洛人不会接受一位把头发染得稀奇古怪的外国女孩，无论其口音有多迷人。虔诚的信徒们尤其会激烈反对，众所周知，泰洛西并不信仰七神，而是供奉红神拉赫洛、因缘编织者、三首神等怪异神明。从个人角度出发，太后希望自"神眼之下"一役中支持"无冕者"伊耿的家族中为儿子选取媳妇，譬如凡斯家族、科布瑞家族、维斯特林家族或派柏家族。在她看来，忠诚理当受赏，这样的婚姻亦能表达国王对哥哥伊耿的怀念，以及对那些曾为伊耿流血牺牲者的尊重。

然而本尼费尔国师对此强烈反对，他着重指出，倘若偏爱曾为伊耿而战的家族，轻视曾支持梅葛的家族，人们就会怀疑王室的和解诚意。在他看来，最好是选一个没怎么参与叔侄之争的大家族来结亲，比如提利尔家族、海塔尔家族或艾林家族。

国王之手、摄政太后和大学士之间出现严重分歧，其他重臣也鼓起勇气提出心仪人选。裁判法官潘崔斯·徒利推举自己的小姨子艾拉·布鲁姆小姐（此人的姐姐便是徒利公爵之妻、以虔诚著称的露辛达夫人），选择她无疑会让教会满意；海军上将戴蒙·瓦列利安建议杰赫里斯迎娶出自科托因家族、正在守寡的埃萝太后。迎娶梅葛的"黑新娘"，甚至收养她第一次婚姻生下的三个儿子，有什么比这更能向梅葛从前的支持者展现国王的宽宏大量呢？何况埃萝太后早已证明自己过人的生育能力；赛提加伯爵再次推出两个童贞女儿，之前他曾向梅葛强烈举荐过她们。拜拉席恩公爵直接回绝了他。"我见过你那两个丫头，"罗加告诉赛提加，"她们没下巴，没胸脯，没脑子。"

将近一个月时间里，摄政太后和重臣们反复争论国王的婚事，却未能达成一致。杰赫里斯本人被蒙在鼓里，他没有参与讨论，而这是出于阿莱莎太后和罗加公爵的安排——国王可能拥有超出实际年龄的智慧，但毕竟是个男孩，凭欲望行事，而欲望绝不能凌驾于王国的利益之上。阿莱莎太后心知肚明，若让儿子自主择妻的话他会选谁：她的小女儿，也就是他的亲妹妹亚莉珊公主。

若干世纪以来，坦格利安家族奉行兄妹通婚，杰赫里斯和亚莉珊从小就盼着结为夫妻，就像哥哥伊耿和姐姐雷妮亚一样。亚莉珊只比杰赫里斯小两岁，两个孩子一直很亲，他们感情深厚、彼此尊敬。父王伊尼斯无疑希望两人成婚，他们的母亲本来也这么想……但丈夫去世后，阿莱莎太后见证了太多可怕的事，促使她转变思路。尽管战士之子和穷人集会已被勒令解散，并宣布为非法组织，王国境内仍残留着这两大教团武装的诸多余党，王室如若有失，这些人想必会揭竿而起。摄政太后对儿子伊耿和女儿雷妮亚宣布成婚后引发的风暴记忆犹新，心有余悸。"我们不能重蹈覆辙。"根据记载，太后不止一次地宣称。

她这种观点得到朝廷新贵马特乌斯主教的支持，他是总主教和主教团返回旧镇时留在君临的代表。马特乌斯主教大腹便便，以体态肥硕和衣着华丽著称，自诩为过去雄踞高庭、统治河湾地的古老园丁王的后裔。大众普遍认为，他极可能继任总主教。

当时的总主教正是月亮修士口中的"大马屁精"，此人行事谨慎而温和，只要他还坐镇繁星圣堂、作为七神的代言人，国王跟谁结亲都不大可能引起教会的谴责。但教会之父已不年轻，人们说前往君临为"金色婚礼"证婚几乎耗尽了他的体力。

"如若在下继任，陛下的任何选择在下都会支持，"马特乌斯主教向摄政太后及御前重臣们保证，"但在下的同僚们未必乐意。而且……在下不敢保证……不会出现新的月亮修士。前朝纠葛未平，今日又要兄妹通婚，虔诚的信徒们必然视为挑衅，只怕会大事不妙。"

太后的担忧得到了证实，罗加·拜拉席恩及一干重臣便不再考虑将亚莉珊公主嫁给她哥哥杰赫里斯的可能性。十三岁的公主刚刚迎来初潮，众人想让她赶快嫁人，避免夜长梦多，所以尽管国王的择偶问题难以定论，小公主的婚事却被迅速确定下来：她将在新年的第七天嫁给罗加公爵的幼弟奥林·拜拉席恩。

这是摄政太后、国王之手、御前重臣们及相关顾问共同做出的决策，但就像历史上许多类似事件一样，他们的如意算盘很快宣告破灭。他们完全低估了亚莉珊·坦格利安和少年国王杰赫里斯的意志与决心。

亚莉珊的婚约并未公布，她本人从何得知人们并不清楚。本尼费尔大学士推测是某个仆人走漏风声，因重臣们在太后的书房中争论时有不少仆人进出；罗加公爵则怀疑是海军上将戴蒙·瓦列利安告密，此人心性高傲，或许打算制约拜拉席恩家族，以防其取代"潮汛之主"坐上王国的第二把交椅；若干年后，当时的事件早已成为传说，百姓们又传言公主安排"墙中的老鼠"偷听了群臣的谈话，即刻得知消息。

亚莉珊·坦格利安得知自己要嫁给一个年长十岁的青年后（她几乎不认识奥林，如果谣言可信，她甚至讨厌对方）有什么想法或评论，没有任何记录，我们只知道她做了什么。换成别的女孩，多半会哭哭啼啼、大吵大闹或跑去恳求母亲，许多伤感的情歌里，被迫结婚的少女会从高塔上跳下自戕。但亚莉珊公主与众不同，她直接去找杰赫里斯。

少年国王对妹妹带来的消息非常不满。"毫无疑问，他们肯定也在为我安排婚事。"他立刻得出结论。杰赫里斯和妹妹一样，没把时间浪费在咒骂、指责或恳求上。他迅速召来御林铁卫，指示他们即刻乘船前往龙石岛，稍后与他汇合。"你们曾以宝剑发誓，为我鞠躬尽瘁，"他提醒七名铁卫，"请恪守誓言，绝不泄露我离开的消息。"

当晚在夜色掩护下，杰赫里斯国王和亚莉珊公主骑上他们的龙——沃米索尔和银翼——离开红堡，飞往龙山下坦格利安家族的古老城堡。据说少年国王落地后第一句话便是："我需要一名修士。"

国王英明地抛下了马特乌斯主教，此人无疑会破坏他的计划。龙石岛圣堂由奥斯加克修士照看，这位老修士打杰赫里斯和亚莉珊出生起就和他们熟识，并曾在他们的童年时代教授他们七神的规矩。奥斯加克修士年轻时侍奉过伊尼斯国王，早年则在雷妮丝王后身边担任见习修士。总而言之，他对坦格利安家族近亲通婚的传统习以为常，这回也立刻服从了国王的命令。

短短数日后，御林铁卫们的船抵达龙石岛。次日清晨，伴着冉冉升起的朝阳，杰赫里斯·坦格利安一世在龙石岛宽阔的庭院中，于诸神、世人和巨龙的见证下，迎娶妹妹亚莉珊为妻。奥斯加克修士主持婚礼，尽管老人的声音微弱又颤抖，但没有丝毫错漏。七名御林铁卫站在一旁，他们的白袍被风吹得猎猎作响，共同见证两人结合的还有城堡的卫兵和仆人，以及依偎在城堡高耸外墙下那个渔村的大部分百姓。

礼毕是简朴的宴会，众人举杯祝福少年国王和新王后万福安康。宴会结束后，杰赫里斯带亚莉珊来到"征服者"伊耿与妹妹雷妮丝睡过的房间就寝，但顾虑到新娘的幼小年纪略过了闹洞房的环节，也并未圆房。

这点缺憾被证明十分关键。不久，罗加公爵和阿莱莎太后乘一艘划桨战舰赶来龙石岛，随行有十二位骑士、四十名士兵、马特乌斯主教和本尼费尔大学士。后者的记录让我们得以完整了解事件经过。

杰赫里斯和亚莉珊手牵着手，并肩站在城堡大门内迎接来客。据说阿莱莎太后一见到他俩就哭了出来。"两个傻孩子。"她说，"你们可知自己做了什么？"

接着开口的是马特乌斯主教，他声若洪钟地斥责新婚的国王夫妇，并预言这番荒唐行为会让维斯特洛再次陷入战乱。"从多恩边疆地到长城，人人都会诅咒你们违悖人伦的苟合，天父与圣母的虔诚子民会视你们为造孽的罪人。"据本尼费尔记载，主教卖力地叫嚷着，激动得唾沫横飞、满脸通红。

在七大王国的史籍中，"和解者"杰赫里斯一直以冷静的态度和宽宏的气量而饱受赞誉，但若据此认为他的血液中没有坦格利安家族的火焰，那就大错特错了。当马特乌斯主教终于停下来喘气时，国王开口道："我可以接受母后的训斥，但不接受你的污蔑。闭嘴吧，胖子，你敢再说一句，我立刻把你的嘴缝上。"

马特乌斯主教不敢再说一句。

罗加公爵可没这么好吓唬，他开门见山地询问婚事是否圆满。"告诉我实话，陛下，你们圆房了吗？您占有了她的处女之身吗？"

"没有。"国王答道，"她还小。"

罗加公爵听了微笑道："很好。你们不算成婚。"他转头吩咐自君临随行而

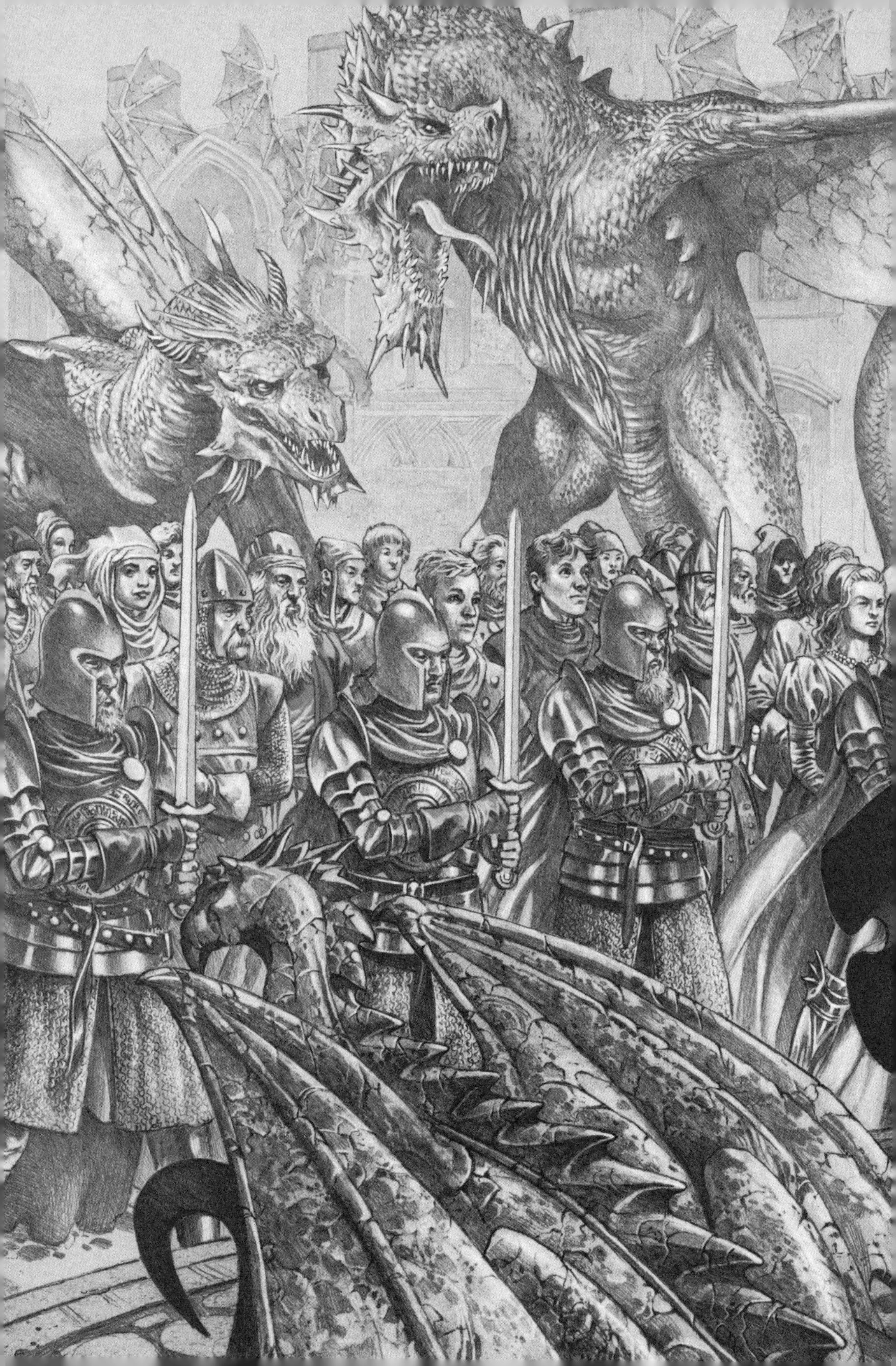

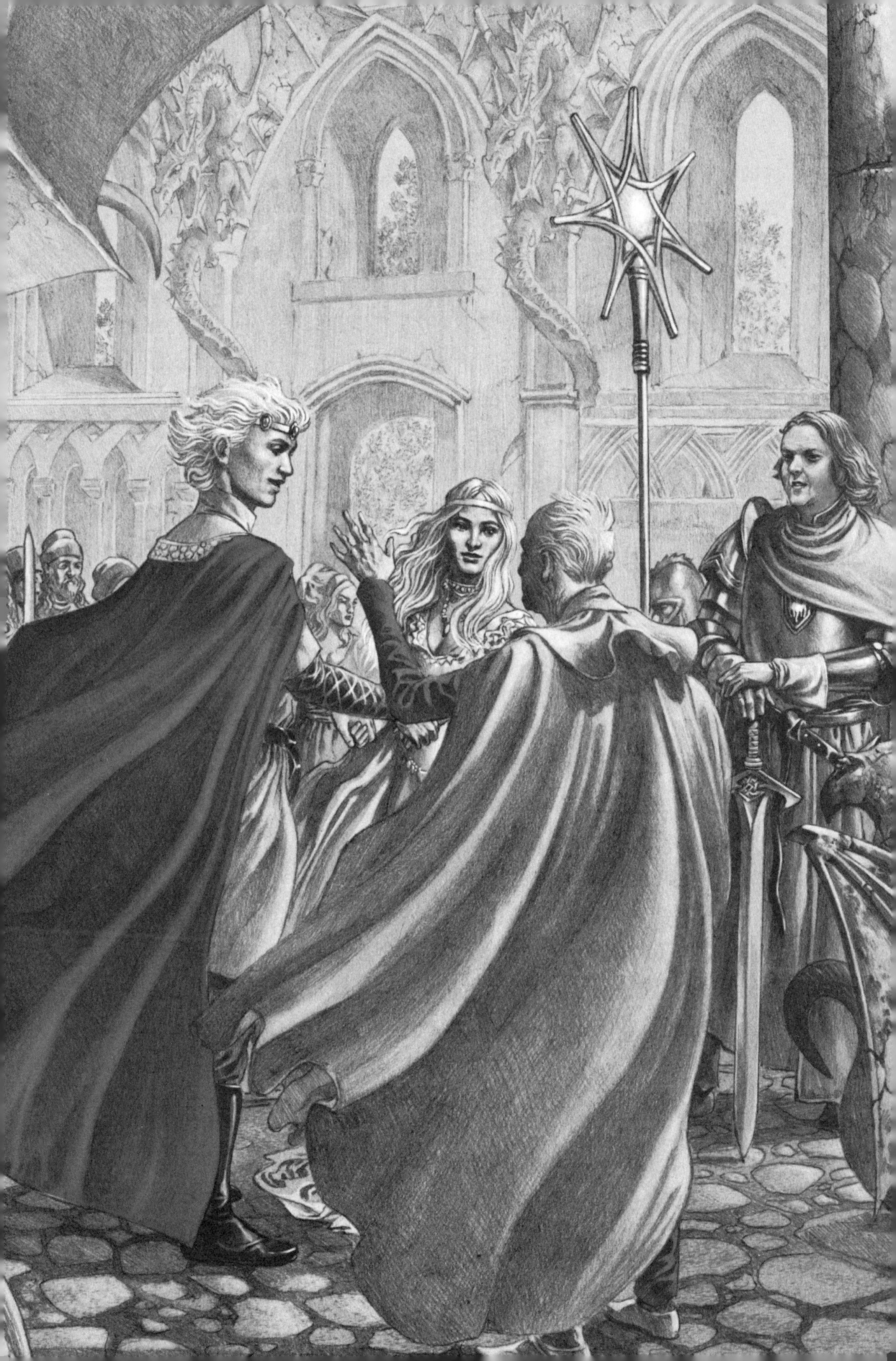

来的骑士们,"把两个孩子分开,尽量不要动粗。将公主送入海龙塔看管,将陛下带回红堡。"

他的部下应声向前,杰赫里斯的七名御林铁卫却迎上来,抽出武器。"不许过来。"盖尔斯·莫里根爵士警告,"谁敢对国王和王后出手,杀无赦。"

罗加公爵大吃一惊。"收起武器,给我让开。"他命令他们,"你们失心疯吗?忘了我是国王之手吗?"

"我们没忘。"年老的酸山姆答道,"但御林铁卫听命于国王而非首相。坐上那把铁椅子的是这孩子,不是你。"

罗加·拜拉席恩被山姆古德爵士的话气得发疯。"你们只有七个人,我身后有五十个人。我一声令下,你们就会被剁成肉酱。"

"我们或许会死。"年轻的"木棒"佩特挥舞着长矛说,"但最先死的是您,阁下,我保证。"

若非阿莱莎太后及时插手,接下来会发生什么不堪设想。"我已见证了太多死亡,"太后道,"大家都一样。请放下武器,诸位爵士,既然婚事木已成舟,我们也只能接受。愿诸神垂怜七大王国。"她又转向自己的孩子们,"我们会和平离开。不要对外透露今天的事。"

"遵命,母亲。"杰赫里斯国王将妹妹拉得更近,他环住她的肩膀,"但请不要认为可以拆散这段姻缘。我们已结成一体,任何人,甚至诸神,也无法把我们分开。"

"没错。"新娘坚定地强调,"就算把我送到世界尽头,强迫我嫁给摩苏伊的国王或是灰色荒原之主,银翼也会将我带回杰赫里斯身边。"说罢她踮起脚尖,将脸凑向国王,两人就在众目睽睽之下放肆地接吻。[1]

御前首相和摄政太后离开后,国王和他的小新娘关闭城堡大门,回到自己

---

[1] 这段在龙石岛城堡大门前的对峙,我们是根据在场的本尼费尔大学士的相关回忆记述的。从那时起直到现在,这个故事都是七国上下春心荡漾的少女与她们的情郎的最爱,许多吟游诗人歌颂过御林铁卫的英勇,传唱七位白袍骑士如何毫不退缩地面对五十名敌人——但这些说法忽视了城堡的戍守部队。我们手头的记录显示,当时龙石岛上有二十名弓箭手和同等数目的卫兵,由梅瑞尔·布洛克爵士及其子埃林与霍华德指挥。他们当时忠于哪一边?在冲突中又可能扮演什么角色?我们不得而知,但御林铁卫或许并非孤立无援。

的房间。在杰赫里斯余下的少年时光里，两人一直定居在龙石岛，将这里当作庇护所。据记载，这段时间国王夫妇甚少分开，他们始终共同进餐，还往往聊天到深夜，回顾童年时光并探讨未来的挑战。他们一起钓鱼和鹰狩，一起去码头边的酒馆与岛上居民交流，还从城堡图书馆翻出积灰的典籍给彼此朗读。他们一起接受龙石岛的学士们的教导（据说亚莉珊曾提醒丈夫："我们还有太多东西需要学习"），一起在奥斯加克修士身边祷告，还骑上巨龙绕龙山飞行，也常飞到潮头岛。

若仆人们的传言非虚，国王和他的新娘一直赤身裸体同床共枕，且无论在床上、桌边还是其他许多场合，两人总会缠绵亲吻。但他们没有真正结合，直到一年半以后，杰赫里斯和亚莉珊才初尝男女之事。

诸侯和御前重臣们有时会来龙石岛，与少年国王商谈国事，杰赫里斯则在祖父谋划征服维斯特洛的图桌厅接待他们，亚莉珊总陪伴在他身边。"伊耿和雷妮丝、维桑尼亚之间没有秘密，我和亚莉珊之间也没有。"他这么说。

我们可以相信，在新婚后的蜜月期，国王夫妇之间的确没有秘密，但两人的结合绝大多数维斯特洛人却不知情。罗加公爵回到君临后，即刻对随行前往龙石岛的人等下了封口令，违令者割舌。他并未将婚事昭告全境，当马特乌斯主教想将消息通报旧镇的总主教和主教团时，本尼费尔大学士在首相的授意下不但没放出渡鸦，反把信件烧了。

风息堡公爵试图争取时间。罗加·拜拉席恩认定国王不尊重他，对此感到十分愤怒，此外他也不接受失败。他依旧打算拆散杰赫里斯和亚莉珊。在他看来，两人的婚事圆满之前都有机会，只要秘而不宣，就能神不知鬼不觉地瓦解这段姻缘。

阿莱莎太后也想争取时间，原因却不尽相同。"木已成舟"，她在龙石岛城堡的大门前这么说，而这并非谎言……但她的另一对儿女结婚后引发的流血和混乱依然深深困扰着她，摄政太后拼命想要确保历史不会重演。

她和她的丈夫还将继续统治这个国家大半年，直至杰赫里斯在自己第十六个命名日到来后亲政。

"三新娘之年"就这样结束了，征服五十年接踵而至，维斯特洛似乎陷入了难解的死结。

多头政治

教会之父总是不厌其烦地告诫我们:"人皆有罪"。即便最高贵的国王或最侠义的骑士,也可能出于愤怒、欲望和嫉妒,做出不顾廉耻、有辱声誉的行为;与之相对,哪怕罪行滔天或穷凶极恶的男女,亦可能偶为善举,因为最黑暗的心灵也拥有爱意、同情和怜悯。巴斯修士是有史以来最睿智的国王之手,他曾写道:"我们一直是诸神造就的模样,强壮而羸弱,正义而邪恶,残忍而慈悲,英勇而自私。人类王国的统治者必须清楚这一点。"

他这番话在伊耿征服后第五十年展现得淋漓尽致。新年伊始,王国全境都在筹办盛宴、集市和比武大会,以纪念坦格利安家族统治维斯特洛五十周岁。梅葛国王统治时期的恐怖已渐渐被人遗忘,铁王座与教会言归于好,从旧镇到长城,无论百姓还是贵族,大家都爱戴年轻的杰赫里斯一世国王。只有很少一部分人意识到,暴风雨正在地平线上聚集,智者已能听见远方微弱的惊雷声。

俗话说,天无二日、国无二主。征服五十年,维斯特洛却陷入一王、一相和三后的多头政治。统治者的数量看似跟梅葛国王在世时一样……但梅葛的三个"黑新娘"均为他的配偶,听命于他,生死也在他一念之间,征服五十年的三个女人却分处三地,且个个大权在握。

坐镇君临红堡的是摄政太后阿莱莎,她是先王伊尼斯的遗孀、当今杰赫里斯国王的生母、国王之手罗加·拜拉席恩的续弦妻;在黑水湾对面的龙石岛,年仅十三岁的小王后正迅速成长,身为阿莱莎之女,她不顾母亲和继父的反对,与兄长杰赫里斯国王结为连理;在遥远西方的仙女岛,另一位太后与母亲和妹妹保持着半个维斯特洛的距离,她便是阿莱莎的长女、"无冕者"伊耿王子的遗孀、驾驭梦火的雷妮亚·坦格利安。在西境、河间地及河湾地的部分地区,人们尊称她为"西太后"。

母亲和两个女儿,这三位女性原本血浓于水,也分担了痛苦与不幸……但她们之间却横亘着旧有与新生的阴影,罅隙越来越深。共同的目标曾把杰赫里斯和他的姐姐、妹妹及母亲联合在一起,齐心协力推翻了"残酷的"梅葛,但在和平年代,他们之间的纽带却渐渐松动,长久以来的怨恨与分歧崭露头角。从杰赫里斯驾临龙石岛直到摄政期结束,年轻的国王夫妇与国王之手及摄政太后发生了严重摩擦,这种对立若延续到杰赫里斯亲政,极可能将七大王国再次拖入战乱。[1]

触发紧张局势的导火索是国王突然与妹妹秘密结婚,让首相与摄政太后措手不及,完全打乱了他们的谋划安排。但这绝非君临和龙石岛失和的唯一原因,在征服四十九年,也就是所谓"三新娘之年"里举行的另外两场婚礼也给彼此留下了伤痕。

罗加公爵从未向杰赫里斯征求与其母成婚的许可,这份疏忽被少年国王视为不敬。说到底,国王也不支持他们的结合,他后来私下对巴斯修士承认:他把罗加公爵当作有价值的朋友和顾问,但不需要一个继父,他认为自己的判断力、脾性和头脑都优于这位首相。杰赫里斯同样对姐姐雷妮亚瞒着他自行成婚有所保留,但此事伤他远没有母亲的婚事那么重。反过来从阿莱莎太后的立场出发,她则因雷妮亚在仙女岛的婚礼既未征求她同意也没邀请她参加而深受伤害。

在西方,雷妮亚·坦格利安也暗自不平。雷妮亚太后对身边的旧爱和新宠们吐露,她无法理解也难以接受母亲对罗加·拜拉席恩的欣赏。纵然罗加公爵揭竿而起、支持弟弟杰赫里斯推翻了叔叔梅葛,这让她勉强对他抱有敬意,但她更难以释怀的是前夫伊耿王子在"神眼之下"一役中迎战梅葛时罗加的袖手旁观。随着时间流逝,她还对人们不顾她本人及她的两个女儿对铁王座的权

---

[1] 我们并未忘记征服五十年还有第四位拥有王后或太后头衔的女人,那便是两度守寡、出自科托因家族的埃萝太后。发现梅葛国王死在铁王座上的正是她,而她于杰赫里斯骑龙降临前就离开了君临。她穿着忏悔者的袍子,仅由一名侍女和一名忠诚的卫兵护送,历经艰辛来到艾林谷的鹰巢城,探望她和席奥·波林爵士三个儿子中的长子,随后又去河湾地的高庭探望由提利尔公爵收养的次子。直到确认两个儿子平安,这位梅葛唯一剩下的王后方才接回幼子,返回父亲在河湾地的家堡三塔堡,宣布将平淡安宁地度过余生。然而命运和杰赫里斯国王对她另有安排,我们还将提到埃萝太后的事迹,不过征服五十年的重大事件她并未参与。

利、转而投效"我的小弟"(她一直这么称呼杰赫里斯)一事愈发愤懑不平。她开始频频强调自己才是头生孩子,也是兄弟姐妹中第一个驭龙者,却被弟弟和妹妹——"甚至包括母亲"——合谋坑害。

站在后世的角度,我们可以轻易得出结论,即在太后摄政的最后一年发生的冲突中,杰赫里斯和亚莉珊是正义的一方,阿莱莎太后和罗加公爵则扮演了反派角色。歌手们的确如此传唱,杰赫里斯和亚莉珊令人措手不及的闪婚,乃是"傻子"佛罗理安和琼琪以来最浪漫的故事。但歌谣中真爱总能战胜一切,我们却必须承认世事不可能如此单纯。阿莱莎太后对儿女结合的担忧是出自对孩子、对坦格利安王朝以及对整个国家命运的真切关怀,而她的恐惧绝非无凭无据。

罗加·拜拉席恩公爵的动机没有那么无私。他是个骄傲的人,视若己出的少年国王竟然"忘恩负义",这深深刺痛了他,也激怒了他。当着五十名手下的面,他被一个十五岁的孩子逼退,灰头土脸地离开龙石岛城堡的大门,这让他深感屈辱——作为天生的战士,罗加曾梦想与"残酷的"梅葛决斗,如何咽得下这口气?但我们对他亦不必过分苛责,不妨记住巴斯修士的评价:尽管罗加公爵在做首相的最后一年干过一些残忍、愚蠢甚至歹毒的事,但他的本心既不残忍也不歹毒,他更不是个蠢货——见证他生命中最黑暗的一年时,我们不该忘记他曾是个英雄。

与杰赫里斯那次失败的对峙之后,罗加公爵一开始满脑子想的只有自己蒙受的屈辱。他的第一反应是率领更多人马折返龙石岛,打败城堡守卫,用武力解决问题。至于御林铁卫,罗加公爵提醒御前会议,白骑士们既然发誓为国王献身,"我很乐意满足他们的愿望"。徒利公爵指出杰赫里斯可能紧闭城堡大门、避而不战,罗加公爵不为所动。"他想关门就关门,若有必要,我强攻便是。"最终是阿莱莎太后的提醒打动了暴怒的公爵,阻止了这桩愚行。"亲爱的,"她柔声说,"我的孩子们有龙,我们没有。"

摄政太后跟丈夫一样不赞成国王仓促的婚姻,她坚信婚讯会让教会和王室再次敌对。马特乌斯主教的煽风点火加剧了她的恐惧,这位主教刚从杰赫里斯那里离开、知道自己不会被缝上嘴巴后,便又开始滔滔不绝,说的不外乎是"所有虔诚子民"定会不齿于国王乱伦造孽的罪行。

倘若杰赫里斯和亚莉珊像阿莱莎太后祈祷的那样回到君临庆祝新年（她告诉御前会议："他们迟早会恢复理智，后悔干过的蠢事。"），和解尚有可能，但他们没有回来。两个星期过去，然后又两个星期，国王始终不肯还朝。阿莱莎提出单独返回龙石岛，去恳求孩子们回家，罗加公爵愤怒地予以否决。"你滚回那小子脚边，他将永远不再听你的话。"他说，"他把欲望凌驾于国家利益之上，这绝不能容忍。你想让他落得跟他父亲一样的下场吗？"太后屈服于丈夫的意志，最终没有动身。

"阿莱莎太后的善意不容置疑。"多年以后，巴斯修士写道，"遗憾的是，她往往无法明辨是非。她极度渴望被爱戴、尊敬和赞扬，她和她的第一任丈夫伊尼斯国王在这点上尤为相通。但统治者时常需要做出不受欢迎但势在必行的决定，明知会招致谩骂和指责，阿莱莎太后却很难承担这些代价。"

局势就这样僵持下去，从数日到数周，从数周到数月，双方隔着黑水湾互不相让，愈发固执己见。少年国王和小王后待在龙石岛，专心等待亲政之日的到来。阿莱莎太后和罗加公爵留在君临操控权柄，想方设法要拆散国王的婚事，以避免他们认定将会发生的灾祸。除了御前会议，他们没把龙石岛上发生的事告诉其他人，罗加公爵也早已下达封口令，用割舌来威胁随行人员。依照公爵的如意算盘，只消维斯特洛的大众不知道这桩婚事，等它被拆散以后就跟没发生过一样……关键在于保密。总而言之，只要国王夫妇没有圆房，事情都好办。

站在后世的角度，我们当然知道这是痴人说梦，但在征服五十年的罗加公爵眼中却大有可为。国王的沉默想必鼓励了他。杰赫里斯迅速与亚莉珊成婚，却未对外公布，而这绝非出于手段匮乏——龙石岛上的卡普尔学士八十岁高龄依旧精神矍铄，他从维桑尼亚王后的时代起就于此效力，如今在两名年轻学士的协助下仍然得心应手。龙石岛上还有充裕的渡鸦，只要国王一声令下，婚讯立刻能传遍王国每个角落。

但杰赫里斯一直没有公布。

学者们就他沉默的原因争论不休。他是否像阿莱莎太后希望的那样后悔贸然成婚？他是否对亚莉珊有所不满？或者他回想起伊耿和雷妮亚婚后的遭遇，日渐担心国人的反应？再或马特乌斯主教的危言耸听动摇了他，哪怕他表面不愿承认？也许……这个年方十五的少年出于一时冲动不顾后果闯下大祸后，正茫然不知所措？

人们有理由作出自己的解释，但根据我们对杰赫里斯·坦格利安一世的了解，上述设想都是无稽之谈。这位国王从小就秉承三思而后行的原则，就我们看来，他显然从未后悔这场婚姻，也决不打算解除婚约。他选择了心仪的王后，也会在适当的时机昭告天下，但那个时机要由他把控，届时他要以最容易被国人接受的形象出现：一个长大成人、手握实权的国王，而非现在这个违逆摄政太后意愿而私自结婚的男孩。

少年国王的失踪并未瞒过外界多长时间，君临城中庆祝新年的篝火余烬未冷，人们已然疑窦丛生。为平息流言，阿莱莎太后发话称国王暂时回到坦格利安家族的古老要塞，在那里休养反思……但日子一天天过去，杰赫里斯始终不见踪影，贵族和平民都开始猜测：国王病了吗？或因某种原因遭到囚禁？风度翩翩、英俊潇洒的少年国王总是自由行走在君临的民众中间，与他们打成一片，并乐此不疲，如今这突然的态度转变委实不像他的作风。

亚莉珊王后倒不急于回朝。"在这里，你的日夜只属于我，"她对杰赫里斯说，"而回去以后，我能拥有你一个小时都是侥幸，维斯特洛人人都想占用你。"龙石岛的这些日子于她宛若美梦。"多年以后，当我们垂垂老矣之时回顾这段岁月，想必会面带微笑地怀念当时的幸福。"

杰赫里斯国王当然也怀着相似的心情，但他留在龙石岛的理由不止如此。虽然他跟叔叔梅葛不同，不至于怒火上头做出不理智的事，可他也是有脾气的人，他没有忘记也没有原谅御前会议在讨论他的婚事和他妹妹的婚事时将他排除在外。他仍对罗加·拜拉席恩助他登上铁王座心怀感激，却不想受制于对方。"我只有一个父亲，"困居龙石岛期间，他曾对卡普尔学士说，"不需要第二个。"国王承认且欣赏首相的优点，但也清醒地看到对方的缺陷——尤其在筹办"黄金婚礼"期间，杰赫里斯亲自招待国内大小领主，罗加公爵却忙着打猎、喝酒和给处女开苞，他的那些缺点因之暴露得更加明显。

杰赫里斯也意识到自己的不足，在真正坐上铁王座之前，他意欲作出改进。父王伊尼斯得到软弱的风评，部分原因是他不像梅葛那样是个战士，而杰赫里斯决心把自己的勇气和战技锤炼到无可指摘的地步。在龙石岛，他可寻求城堡守卫队长梅瑞尔·布洛克爵士及其子埃林爵士和霍华德爵士、经验丰富的教头埃利加·斯卡尔斯爵士、还有七位御林铁卫——全国最优秀的战士——的指导。每天早晨，杰赫里斯都与他们在城堡庭院中练习，大喊着要他们发动更猛烈、更凶狠、更咄咄逼人的攻势，拿出所有本事来对付他。从日出直到中午，全是他与高手们实战演练的时间，他拼命磨砺自己使用剑、矛、斧和钉头锤的技艺，王后也在场旁观。

训练十分严格，乃至到残酷的程度，每次较量只有当杰赫里斯自认战死或对手宣布他战死才算结束。杰赫里斯就这样在不断"受死"中循环，以至卫兵们开起玩笑，每每在他倒下时大喊"国王驾崩！"又在他撑起身子时叫嚷"国王万岁！"杰赫里斯的对手们也开始打赌谁杀死国王的次数更多（据说最终获

胜的是年轻的"木棒"佩特爵士，他神出鬼没的长矛让国王吃了大亏）。到了晚上，杰赫里斯总是遍体鳞伤、血迹斑斑，让亚莉珊心疼不已，然而他的武艺也因之突飞猛进。即将离开龙石岛时，老埃利加爵士亲口告诉国王："陛下，您没法成为御林铁卫，但若奇迹发生，梅葛起死回生与您决斗，我赌您赢。"

某晚，在杰赫里斯经受一天的严酷训练后，卡普尔学士忍不住问他："陛下，您为何要如此虐待自己？如今正是天下太平啊。"少年国王笑着回应："我祖父驾崩时也是天下太平，但我父亲刚登上王座就烽烟四起。那些心怀不轨的人考验过他，想看他有几分斤两，他们也会来考验我。"

他没说错，尽管他面对的第一场考验与父亲面对的完全不同，他在龙石岛庭院中接受的训练压根派不上用场。那是针对他德行的考验，衡量的是他对小王后的山盟海誓。

我们对亚莉珊·坦格利安的童年知之甚少。她是伊尼斯国王和阿莱莎王后的第五个孩子，还是个女孩，朝中人士对她的兴趣远低于对继承顺位高于她的姐姐和兄长们的兴趣。从流传下来的些许描述中可见，亚莉珊聪颖但不引人注目，娇小但不体弱多病，她彬彬有礼、听话懂事、笑容甜美、嗓音可人。令父母欣慰的是，她幼时不像姐姐雷妮亚那样胆小羞怯，也不像雷妮亚的女儿艾瑞亚那样任性固执。

作为王室公主，亚莉珊打小就被众多仆从围绕。襁褓时期有奶妈给她喂奶——阿莱莎王后跟绝大多数贵妇一样，不会亲自哺乳；长到一定年龄，人们安排学士来教她读写、算数，安排修女来指导她言行举止、神学知识及教会的各种礼仪；她身边最初只有洗衣服、清夜壶的平民侍女，稍大以后则有同龄的贵族少女来做女伴，与她一同骑马、玩耍和操持女红。

亚莉珊的女伴并非由她自己挑选，全照母后阿莱莎的意愿。她们更换得颇为频繁，以确保公主不会与其中某人建立起过于深厚的感情。亚莉珊的姐姐雷妮亚曾对自己看上的女伴——其中某些人的行止有违端庄——投入过度的喜爱和关注，宫中因此流言四起，太后不希望亚莉珊重蹈覆辙。

当伊尼斯国王在龙石岛驾崩、其弟梅葛自狭海对岸回归攫取铁王座后，一切都变了。新王既不喜爱也不信任兄长的孩子们，当朝的维桑尼亚太后对他们更不待见。阿莱莎太后身边的骑士和仆从均遭遣散，她的孩子们的仆人和女伴也同样如此。杰赫里斯和亚莉珊被可怕的姨奶奶维桑尼亚收养——实质就是人质——在叔叔梅葛统治期间辗转于潮头岛、龙石岛和君临三地，直到征服四十四年维桑尼亚驾崩，阿莱莎太后趁机带着杰赫里斯、亚莉珊和宝剑"暗黑姐妹"逃出龙石岛。

关于亚莉珊公主的流亡生涯，迄今没有可靠记载，直至梅葛血腥的统治结束前的最后时日，她的名字才重新出现在史书中。其时她的母亲和罗加公爵从风息堡进军，而她、杰赫里斯还有姐姐雷妮亚骑着巨龙预先飞赴君临。

毫无疑问，梅葛毙命后亚莉珊公主身边又有了侍女和女伴，可惜她们的姓名和特征同样没有记录。我们只知亚莉珊和杰赫里斯骑龙逃离都城时把这些人都抛弃于红堡，因此在龙石岛陪伴国王夫妇的只有七名御林铁卫及城堡原有的卫兵、厨子、马夫及仆人，他俩身边并没有专门服侍的仆从。

这当然不合公主的身份，更不用说她已贵为王后。亚莉珊必须有大批仆从照应，而她母亲从这件事上看到了破坏乃至拆散这段姻缘的机会。摄政太后决定向龙石岛派出由她精心挑选的女伴和仆人，负责照料小王后的一应所需。本尼费尔大学士明确认定该计划出自阿莱莎太后……而罗加公爵乐见其成，因他立刻想到怎样利用其达成自己的目的。

上年纪的奥斯加克修士掌管龙石岛圣堂，他曾为杰赫里斯和亚莉珊主婚，但小公主照例需要一位相同性别的信仰导师。阿莱莎送去三个人，包括严厉的伊莎贝尔修女和两位出身高贵、与亚莉珊同岁的见习修女莱拉和埃蒂丝。太后又将奔流城公爵的妻子露辛达·徒利夫人送去管束亚莉珊身边的侍女和女伴，前已述及，此人以狂热的虔诚闻名遐迩。徒利夫人又带了妹妹艾拉·布鲁姆——太后和御前会议为杰赫里斯择偶时，短暂考虑过这位相貌平凡的童贞少女。曾被首相讥刺为"没下巴、没胸脯、没脑子"的赛提加伯爵的两个女儿也随行前往（"她们总得派点用场。"据说罗加公爵对她们的父亲这么讲），另外三名贵族女伴分别来自谷地、风暴地和河湾地，她们是坦帕顿家族的詹妮丝、威尔德家族的柯莱安妮和波尔家族的萝莎蒙。

阿莱莎太后当然希望女儿由年纪相当、地位相仿的女伴照料，但她的良苦用心不止于此。伊莎贝尔修女，埃蒂丝见习修女和莱拉见习修女，以及极度虔诚的露辛达夫人跟她的妹妹担负着更重要的使命：摄政太后希望这些刚正不阿的"女智者"能匡正亚莉珊——甚至杰赫里斯——让她醒悟到教会将兄妹通婚视为乱伦罪孽,对此深恶痛绝。她认为"孩子们"(阿莱莎坚持这么称呼国王夫妇)本性不坏,无奈年轻任性,但善加引导足以让他们后悔认错,从而避免兄妹通婚必将导致的王国分裂。她真心实意地盼望着。

罗加公爵的想法更加险恶。既然城堡守卫和御林铁卫无法争取,他打算在龙石岛另行安插眼线。他明确告知露辛达夫人等人,务必把杰赫里斯和亚莉珊的一切言行回报给他。他迫切想要知道国王和王后是否打算圆房,计划何时圆房——他一再强调,阻止此事乃重中之重。

……公爵的行动很可能不止于此。

叙述这部分历史时,我们不得不违心地涉及和引用一本不堪入目的淫秽书籍。这本书在我们当前探讨的事件发生约四十年后首度出现于七大王国,其抄本迄今仍在维斯特洛的底层民众间流传,往往能在特定的妓院(那些为认字的恩客准备消遣读本的妓院)或下等人使用的图书室(相关抄本通常会被妥善藏好上锁,避免被少女、孩童、主妇和誓言守贞的虔诚信徒发现)内找到。

这本书有许多名字,包括《黛粉罪》《浮沉记》《风尘传》及《姑妄天》,但所有版本的副标题都是《红闺觉迷录》。其内容是一位贵族女士的证言,讲述她少女时代如何失贞于父亲城堡里的马夫,生下一个私生子,随后继续堕落,度过了充满罪孽、痛苦和奴役的漫长一生,亲身体验了人们所能想象的一切恶业。

若作者所言不假(书中部分内容委实难以置信),她先后做过王后的随从、年轻骑士的情妇、厄斯索斯争议之地的营妓、密尔的女佣、泰洛西的演员、蛇蜥群岛海盗女王的玩物、古瓦兰提斯的奴隶(因此她脸带刺青,还被穿刺、上环)、魁尔斯男巫的女侍以及里斯青楼的老鸨……最终却又回归旧镇和教会,临终前的身份是繁星圣堂的修女。她写下生平故事以告诫少女们不要走她的老路。

我们并不关心作者的情欲人生中那些仿佛无穷无尽的淫靡细节,我们的兴趣点只在其放荡生涯早期的某个故事……因这本《红闺觉迷录》的署名作者乃柯莱安妮·威尔德,也就是被摄政太后派去龙石岛陪伴小王后的贵族小姐之一。

我们无从判断她笔下故事的真实性,甚至无法确证她便是这本声名狼藉的淫书的作者(有人言之凿凿地声称该书出自多人手笔,因各章节的文风截然不同),但书中柯莱安妮小姐的早年经历与在雨屋城效力的学士留下的记录可相互印证。据学士的记录,威尔德伯爵的小女儿的确十三岁时被在马厩工作的"粗汉"诱奸以致失贞。不过,《红闺觉迷录》把犯人形容为与作者年纪相若的英俊少年,这与学士的记录抵触,学士说此人是个满脸痘疤、年届三十的无赖,唯一特点是"老二像种马一样突出"。

无论真相为何,事情一朝败露,这个"粗汉"(或英俊少年)便被割去老二、发配长城;柯莱安妮小姐女士则遭禁足,直到产下私生子。这个男孩旋即被送到凤息堡,交由城中某位事务官及其不育的妻子抚养。

据学士的记录,私生子出生于征服四十八年。柯莱安妮小姐产后被严加管束,雨屋城的高墙外几乎没人知晓这桩丑闻。当渡鸦飞来、召她前去君临时,柯莱安妮的母亲严厉警告她绝不能提起偷生的孩子和犯下的罪孽,"在红堡,他们会把你当成处女"。她在父亲和兄弟的护送下前往君临,途中于黑水河南岸渡口旁的某家旅店过夜,却不知一位贵人正在店里等她。

事实真相至此变得更加扑朔迷离,在旅店等她的人到底是谁,就连那些相信《红闺觉迷录》具有一定真实性的学者也争论不休。

两百年间,这本书被反复抄录,文本改订日积月累。在学城抄书的学士们受过严格训练,他们会努力确保每个字都与原著相同,但民间的抄写员没这么严谨,更不用说修士、修女和神圣姐妹在为教会抄录和批注书籍时,往往会随意删除或篡改他们认为无礼、淫邪或有损教誉的段落。由于《红闺觉迷录》是本淫书,不太可能有正规的学士或修士进行抄录,以现存抄本的数量(约数百本,这还要考虑到"受神祝福的"贝勒烧掉了远多于该数目的抄本)推断,抄写者应多为因酗酒、偷窃或通奸被逐出教会的修士,学业不精、没能在学城成功打造颈链的学生,自由贸易城邦的雇佣抄写员,甚至演员(这是最糟糕的)。这些抄写者的态度远比学士随意,经常对所抄文本进行"自由发挥"(演员尤擅此举)。

针对《红闺觉迷录》的"发挥"多是继续增添淫秽情节,并将原有文本改编得更不堪入目。经过多年的添油加醋,是书已然面目全非,以至出现前面提到的情况——学城的学士们甚至连原书名都无法达成一致。在渡口旁的旅店会见柯莱安妮·威尔德的贵人为谁——倘若这场会面真的发生过——也成了《红闺觉迷录》版本辨析的重要依据。在题名《黛粉罪》和《浮沉记》的抄本中（这两个应是较古老的抄本，其篇幅也最简略），旅店里的贵人是鲍里斯·拜拉席恩爵士，即罗加公爵的二弟；在《风尘传》和《姑妄天》中，出场的却成了罗加公爵本人。

但所有抄本对随后的发展描述一致。贵人遣开柯莱安妮的父兄，命令女孩脱光衣服，由他检查身体。"他用双手摸遍我全身，"《红闺觉迷录》的作者写道，"他还要我原地转圈、弯腰伸展，要我在他面前张开双腿，直到他满意为止。"检查完毕，贵人方才透露召她来君临的真实原因：她将冒充处女被送往龙石岛，担任亚莉珊王后的女伴，届时她要便宜行事，灵活运用身体，诱骗国王上床。

"杰赫里斯多半还是处男，稀里糊涂迷上了亲妹妹。"在《红闺觉迷录》中，贵人对柯莱安妮如此解释，"但亚莉珊只是个孩子，你却是能诱惑男人的成熟女人。等陛下感受过你的魅力，他便会恢复理智，背弃那愚蠢的婚约。他指不定还会留下你，这谁说得准呢？当然，他不可能娶你为妻，但珠宝、仆人……你要多少有多少，成为国王的床伴也有丰厚回报。若亚莉珊逮住你们偷情，那样更好，她是个骄傲的姑娘，想必会立刻甩掉不忠的伴侣。不用担心，假如你因此再度怀孕，你和孩子都会得到精心照料，你的双亲也会因你对王室的贡献而得到嘉奖。"[1]

这故事有多少可信度？时至今日，距我们探讨的历史事件过去了太久，当事人早已入土，根本无从确认。除开《红闺觉迷录》作者的证言，我们没有其他证据证明渡口旁的会面确实存在。即便真有某位拜拉席恩在柯莱安妮·威尔德到达君临前秘密会见过她，我们也没法知晓他对她说了什么，他有可能只是单纯地交代她做好间谍和探子的工作，就像罗加公爵交代其他女人做的一样。

在漫长的杰赫里斯朝末年，学城的克雷博士在著述中指出所谓的旅店会面

---

[1] 在题名《风尘传》的某些抄本中，另有一段冶艳情节，描述罗加公爵和威尔德家的女孩当晚尽享鱼水之欢，"云雨竟夜"。不过这段情节几乎可以肯定是某个下流的抄写者或无良老鸨擅自添加的。

是个拙劣的谎言，意在抹黑罗加公爵，甚至认为编造谎言的就是后来和哥哥发生激烈争执的鲍里斯·拜拉席恩爵士；其他学者，比如学城中最精通历代禁书伪书和淫秽读本的鲁本学士，认定这是一则专为男孩、野种、娼妓和浪子编造，用于泄欲的故事。"就像平民百姓中，总有些淫亵之徒喜欢编排位高权重的领主和高尚尊贵的骑士糟蹋处女的谣言，"鲁本写道，"好让自己心安理得。"

这些学者的话自有道理，我们却不能忽视某些不容置疑的线索，而那些线索指向完全不同的推论：首先，雨屋城莫甘·威尔德伯爵的小女儿的确在初潮后不久失贞，还生下私生子，而罗加公爵知道这桩丑闻的可能性极大，因他不仅是莫甘伯爵的封君，那个私生子更被收养在他的家堡内；其次，柯莱安妮·威尔德被送往龙石岛、担任亚莉珊王后的女伴是千真万确的事实……而这个选择颇值得玩味。在女伴的人选上王室有太多出身高贵、年纪相当的女孩可供挑拣，那些女孩都是完璧之身，德行无懈可击。

"为什么选她？"人们一直追问。她有特殊才能？还是魅力出众？即便如此，当时也无人提及。罗加公爵或阿莱莎太后欠下她父母的人情？这同样失于记载。关于柯莱安妮·威尔德为何被看上并送去龙石岛，我们找不到任何合理解释，除了《红闺觉迷录》中那个简单又丑陋的原因：她此行并非为了侍奉亚莉珊，而是为了诱惑杰赫里斯。①

根据宫廷实录，伊莎贝尔修女、露辛达夫人及其他选定侍奉亚莉珊·坦格利安的女士于征服五十年二月七日黎明登上划桨商船"女智者号"，趁早潮驶向龙石岛。阿莱莎太后此前已派渡鸦送信，即便如此，她还是担心这些"女智者"（这些女人从此得到这个外号）会像之前那样被龙石岛拒之门外。但她的担心是多余的，小王后与两名御林铁卫专程在港口迎接来客登岸，亚莉珊还为每个人奉上亲切的笑容和礼物。

叙述此行的后果之前，让我们先把目光转向仙女岛，叙述"西太后"雷妮亚·坦格利安与她的新婚丈夫及他们的小朝廷的情况。

---

①据说一百多年后，有人在伊耿四世国王饮酒时提及此事，国王哈哈大笑，发表了自己的观点：罗加公爵如果不蠢的话，肯定对征服五十年送去龙石岛的所有处女都有交代，要她们想方设法跟国王上床。毕竟，首相并不清楚杰赫里斯会看上哪个姑娘。伊耿四世这段耸人听闻的话在平民百姓中传播甚广，但毫无根据，由此不足为信。

前已述及，阿莱莎太后对长女的第三次婚姻和对儿子的婚姻一样不满，只是前者的重要性较后者为轻。当然，对此不满的远不止太后一人，因安德鲁·法曼实在配不上真龙血脉。

安德鲁只是法曼伯爵的次子，连继承人都不是。据说他长相俊秀，生了一对浅蓝色眼睛和一头亚麻色长发，但他比雷妮亚太后足足小九岁，而连他父亲的亲随也会嘲讽地叫他"娘娘腔"，因他声音轻柔、举止温顺。他的侍从生涯非常失败，一直没能成为骑士，在战技方面与父兄差距甚远。法曼伯爵一度打算送他去旧镇打造学士颈链，直到自家学士作出评断，说这孩子不够聪明，甚至很难掌握读写。后来有人问雷妮亚·坦格利安为何选择了如此没出息的伴侣，她的回答是："他对我挺好。"

安德鲁的父亲也对她挺好。"神眼之下"一役后，梅葛国王下令抓捕她，穷人集会宣布她是邪恶的罪人，指控她的两个女儿为乱伦的孽种，在这艰难时刻，唯有法曼伯爵伸出援手，允许她躲在仙女岛。很多人猜测守寡的太后与安德鲁结婚部分是为了报答他父亲的恩情，因法曼伯爵当初亦是个没可能继承父位的次子，他上位后最疼爱安德鲁，尽管对方没什么才能。这种分析或有一定道理，但另一种推测——最先由法曼伯爵身边的学士提出——可能更接近真相。"太后在仙女岛上找到了真爱，"史迈克学士在给学城的信中写道，"那并非安德鲁，而是安德鲁的姐姐艾丽莎小姐。"

艾丽莎·法曼比安德鲁大三岁，跟弟弟一样有浅蓝色眼睛和亚麻色长发，个性却截然不同。她思维敏捷、口齿伶俐，喜欢马、狗和猎鹰。她是优秀的歌手和弓箭手，但最喜欢的是航海。仙女岛法曼家族的族语乃"御风而行"，他们自黎明纪元起就纵横于西方海域，而艾丽莎小姐完美地继承了先祖的传统。据说她童年时代在船上的时间就比在陆地上多，她父亲的船员总是乐呵呵地看着她像猴子一样在缆绳间爬来爬去。她十四岁时驾驶自己的小船环游仙女岛，二十岁时航行范围已北至熊岛、南达青亭岛。她总说毕生志愿是朝西方天际航行，去看落日之海彼岸有怎样奇妙的大地，这念头可把父母吓得不轻。

艾丽莎小姐曾两度订婚，分别在十二岁和十六岁，但她父亲最终无奈地承认，她把两个男孩都吓跑了。然而她与雷妮亚·坦格利安志趣相投，太后视她为新宠，加上旧爱阿莲·罗伊斯和萨曼莎·史铎克渥斯，四个女人几乎形影不离，在仙女岛法曼家族中形成一个小朝廷——马柯伯爵的长子福兰克林爵士挪揄地称之为"四头兽"。雷妮亚的新婚丈夫安德鲁·法曼有时也被邀请加入，但次数有限，不足以成为第五颗头——最明显的证据就是雷妮亚太后从不带他骑上梦火飞翔，而她经常带艾丽莎、阿莲和萨曼莎这三位女士上天（公平地说，太后很可能邀请过安德鲁一起翱翔天际，却被对方谢绝，因其完全缺乏冒险精神）。

雷妮亚太后在仙女城并非过着无忧无虑的逍遥生活，最起码不是所有人都欢迎她。这座偏远的岛屿仍有穷人集会存在，他们对马柯伯爵（及其父亲）庇护和帮助教会认定的敌人一事格外愤怒；梦火滞留在岛上也造成了诸多问题。巨龙世间罕见，人类对它又敬又畏，确实有不少仙女岛民自豪拥有"自己的龙"，其他人却因庞然巨兽的出现而紧张，尤其这条母龙越长越大……胃口也越来越大。喂养一条成长中的巨龙绝非易事，当梦火产下一窝龙蛋的消息传出后，一个从岛屿中部山区来的乞丐帮兄弟四处布道说仙女岛将被巨龙占领，"牛、羊和人都会被吃光"，除非有屠龙者现身，终结这场灾祸。法曼伯爵派出麾下骑士逮捕此人，让其闭了嘴，但已有数千人听过这则预言。布道者最终死在仙女城的地牢里，他的话却流传下去，令无知民众惶惶不安。

法曼家族内部也有雷妮亚太后的敌人，为首便是伯爵的长子继承人福兰克林爵士。福兰克林爵士曾参与"神眼之下"一役，他在战斗中受过伤、为"无冕者"伊耿流过血，而他的祖父和大伯均在那场战役阵亡，剩下他带着亲人们的尸骨回到仙女岛。他坚信雷妮亚·坦格利安对她带给法曼家族的损失没有做出足够补偿，尤其对他本人欠缺感激。他还对雷妮亚与他妹妹艾丽莎的友谊感到恼火，在他看来，太后理应劝说艾丽莎履行对家族的责任，找个合适的对象结婚并相夫教子，而不是鼓励对方继续任性胡为。至于"四头兽"几乎成为仙女城政治生活的中心，法曼伯爵和福兰克林爵士日益边缘化，爵士就更难接受了——公平地说，他的怨念不无道理，根据史迈克学士的记录，越来越多的西境贵族及西境之外的豪门贵胄造访仙女岛，只为觐见"西太后"，对小岛本身的小领主及其长子不闻不问。

只要马柯·法曼依旧在仙女城掌权，这些问题尚不致给太后及其女伴们带来太多困扰，因为伯爵平易近人、生性良善，疼爱着自己所有的孩子，包括任性的女儿和怯懦的儿子，也爱屋及乌地疼爱着雷妮亚·坦格利安。但太后和安德鲁·法曼结婚一周年的庆祝仪式过去不满半月，马柯伯爵突然在餐桌边被一块鱼骨呛死，享年四十六岁。他去世后，福兰克林爵士成为仙女岛伯爵。

新任伯爵雷厉风行，父亲的葬礼举行完毕的第二天，他便将雷妮亚召来城堡大厅（他才不会屈尊去见她），下了逐客令。"仙女岛既不需要你，也不欢迎你。"他对她宣布，"带上你的龙、你的朋友外加我的小弟赶紧滚——我要强迫他留下，他怕是会吓得尿裤子——但别想带走我妹妹，她必须留在这里，跟我选定的人结婚。"

正如史迈克学士给学城的信中评述的那样，福兰克林·法曼不缺勇气，他缺的是智慧，他粗暴地与太后撕破脸皮时根本没意识到这样做近乎自取灭亡。"我看见她的双眼几欲喷火。"学士写道，"在那一刻，我眼前仿佛出现了仙女城熊熊燃烧的场景，烧得焦黑的白色高塔群向大海中倾覆，火舌自每一扇窗户窜出，而巨龙在城堡上空持续盘旋喷吐。"

雷妮亚·坦格利安是真龙血脉，生性骄傲的她拒绝在不受欢迎的地方停留，因此她当晚便告别仙女岛，骑着梦火飞往凯岩城。她离开前指示丈夫和女伴们乘船跟进，带上"所有爱戴我的人"。被愤怒冲昏头脑的安德鲁想找哥哥决斗，太后立刻劝止，"他会把你剁成肉酱，吾爱。"她告诉他，"那样我就得三度守寡。人们会管我叫女巫，或扣上其他更糟的名号，让我在维斯特洛再无立足之地。"雷妮亚太后提醒丈夫，凯岩城公爵林曼·兰尼斯特庇护过她，想必会再次欢迎她。

安德鲁·法曼、萨曼莎·史铎克渥斯和阿莲·罗伊斯于次日早上启程，同行还有超过四十人，均为雷妮亚的朋友、仆从和食客——"西太后"毕竟声名在外，仍有不少人愿意追随。艾丽莎小姐也跟去了，她根本不想留下，事实上，太后的党羽们预定乘坐的便是她的"少女之梦号"。然而一行人抵达码头时，却发现福兰克林伯爵等在那里，伯爵宣称其他人尽可离开——他求之不得——只有他妹妹必须留在仙女岛上结婚。

可惜新任伯爵只带了六个人，跟昨天那番欠缺智慧的发言类似，他这次又低估了平民百姓，尤其是水手、渔民、造船工、搬运工及其他码头居民对他妹妹的感情，这些人是看着她从小长大的。艾丽莎小姐迎上哥哥，轻蔑地啐了他一脸,喝令他让路。围观群众群情激愤,伯爵却不顾民众的情绪,强行想抓住妹妹……于是人潮向前涌来,伯爵的手下没来得及拔出武器便均遭制伏,其中三人被推下大海,福兰克林伯爵本人则被扔进装满刚打捞的鳕鱼的船舱。艾丽莎·法曼和太后的其他朋友安然无恙地登上"少女之梦号",航向兰尼斯港。

当初,"残酷的"梅葛索要雷妮亚和她丈夫"无冕者"伊耿时,凯岩城公爵林曼·兰尼斯特的确庇护过他们,公爵的私生子泰勒·希山爵士于"神眼之下"一役中与伊耿王子并肩作战,公爵强悍的妻子约卡斯塔夫人(出自塔贝克家族)则在雷妮亚逗留凯岩城期间与之成了朋友,她还是首先发现雷妮亚怀孕的人。这回兰尼斯特家族也一如太后所愿,热烈欢迎她的到来,她的追随者在兰尼斯港也得到接纳。兰尼斯特家族举办奢华的接风宴会,腾出一整座马厩来安置梦火,并安排雷妮亚太后、她的丈夫及"四头兽"的其他成员住进凯岩城深处一整套富丽堂皇、安全无忧的寓所。他们在此盘桓了一月有余,尽情享受维斯特洛最富有家族的款待。

但随着时间流逝,雷妮亚·坦格利安对这份款待愈发感到不适——派来侍候她的侍女和仆人显然都是密探细作,负责将她的一举一动回报给兰尼斯特公爵夫妇。城堡里的某位修女曾询问萨曼莎·史铎克渥斯:太后和安德鲁·法曼有否圆房?如果圆过,谁是见证人?林曼公爵那个标致的私生子泰勒·希山爵士毫不掩饰对安德鲁的轻蔑,他极尽所能地在雷妮亚面前表现,反复吹嘘自己参与"神眼之下"一役的英勇事迹,炫耀在"为您的伊耿效力"期间留下的伤疤。林曼公爵本人则对太后从仙女岛带来的三颗龙蛋展现出异乎寻常的兴趣,不断打探它们如何孵化、何时孵化,他的妻子约卡斯塔夫人则私下暗示,太后可用一两颗龙蛋来表达对兰尼斯特家族收留她的感激之情。这个计划失败后,林曼公爵直截了当地提出用数目极为可观的黄金买下三颗龙蛋。

雷妮亚太后终于明白,凯岩城公爵的好客是假,那虚伪的热情之下包藏着狡诈的算计和蓬勃的野心。一方面,公爵企图让自己的私生子或嫡生子与她结婚,从而与铁王座搭上关系,使得兰尼斯特家族的地位超越海塔尔家族、拜拉席恩家族和瓦列利安家族,一跃成为王国的第二大家族;另一方面,公爵还想得到龙,将来自家若能培养出驭龙者,兰尼斯特家族便有望与坦格利安家族平起平坐。"他们曾经也是国王,"太后告诉萨曼莎·史铎克渥斯,"他对我笑脸相迎,但他是听着'怒火燎原'的故事长大的,他没有遗忘。"雷妮亚·坦格利安当然也没有遗忘血与火写就的族史,以及瓦雷利亚自由堡垒的传说。"我们不能留在这里。"她向亲信们吐露。

让我们暂别雷妮亚太后,将目光转回东方的君临城和龙石岛,继续叙述仍在冷战中的摄政太后、御前首相和少年国王。

阿莱莎太后和罗加公爵在摄政时期的烦恼远不止国王的婚事。钱,或者说缺钱,乃王室最迫切的难题。梅葛国王的战争耗资巨万,国库为之一空,前朝的财政大臣只管提高税率,不足的部分则向领主摊派,这些举措不但收效低于预期,还大大加深了诸侯们对梅葛的反感。杰赫里斯登基后的情况并无好转,少年国王的加冕式和他母亲的"金色婚礼"都办得辉煌壮丽,帮助他们赢取了贵族和平民的爱戴,但两者在财政上造成了更大困难。除此以外,王室还面临一项更大的开销:罗加公爵决心在把都城和王国交还杰赫里斯之前完成龙穴的营建,为此急需资金。

蟹岛伯爵埃德威尔·赛提加曾于"残酷的"梅葛统治时期出任首相,但无所作为,他在摄政时期得到第二次机会,担任财政大臣,却仍然庸庸碌碌。由于不愿开罪诸侯,赛提加伯爵决定向近在眼前的君临百姓下手,着力于在城内加征税项:港口税翻到三倍,特定货物进出征收出入税,旅馆老板和建筑商亦需额外纳贡。

这非但没能如预想般充实国库,反而导致建筑工程停滞、旅馆空无一人、贸易形势惨淡,商船不再驶来君临,而是去潮头岛、暮谷镇、女泉镇等其他港口,以此逃税(兰尼斯港和旧镇这两大城市也包含在赛提加伯爵的新税政策中,但谕令的执行力度较低,主要原因是凯岩城和参天塔对其置之不理,根本不愿出力)。新税政策让全城百姓痛恨赛提加伯爵,罗加公爵和阿莱莎太后也因此背负骂名。受到波及的还有龙穴,当王室无力支付费用时,大穹顶的封顶工程完全陷入停滞。

在王国的北方和南方,新一轮风暴正在酝酿。罗加公爵远在君临执政,多恩人便壮起胆子,更频繁地掠袭边疆地,甚至骚扰风暴地。谣传赤红山脉又出了一位"秃鹰王",而罗加公爵的弟弟鲍里斯和加龙声称缺乏人手和资金,没法予以剿办。

北境的情势更为险恶。征服四十九年，临冬城的布兰登·史塔克公爵参加"金色婚礼"后回去没多久就去世了，据北方人说，长途旅行消耗了他太多体力。布兰登之子沃顿继位。征服五十年，冰晶门和黑貂厅的守夜人突然叛乱，新任公爵召集人马赶赴长城，协助平叛。

叛徒多为之前被少年国王宽恕的穷人集会和战士之子的成员，为首者乃曾任梅葛的御林铁卫、后来倒戈转投杰赫里斯的两名骑士——奥莱瓦·布雷肯爵士和雷蒙德·马勒里爵士。守夜人军团总司令糊涂地任用布雷肯和马勒里去掌管那两座破败的要塞，结果两人顺势割据自立为领主。

叛乱为时不长，因忠于誓言的守夜人是叛军的十倍。在史塔克公爵及北境封臣们的支持下，黑衣兄弟夺回冰晶门，吊死了所有背誓者，只把奥莱瓦爵士留给史塔克公爵——公爵用著名的"寒冰"剑将其正法。黑貂厅的叛军闻风逃往塞外，企图与野人联手，沃顿公爵带兵追击，但北行两日后在鬼影森林的大雪中遭巨人伏击。据后来的记载，沃顿·史塔克杀了两个巨人后被拖下马鞍，身体遭其他巨人扯烂，史塔克军余部只将公爵尸体的碎块抢回了黑城堡。

雷蒙德·马勒里爵士和其他逃兵最终得到野人冷酷的"欢迎"——自由民讨厌乌鸦，无论对方是否叛逃。半年后，雷蒙德的人头被送到东海望。当守夜人问及其余逃兵的下场时，野人酋长哈哈大笑："我们吃了。"

布兰登·史塔克的次子阿里克成为临冬城公爵，后来统治北境长达二十三年，其人颇有能力但性情严苛……相当长一段时间里，他对杰赫里斯国王颇为不满，因他将哥哥沃顿之死归咎于国王的大赦，经常指责国王没能果断处决梅葛的支持者，反倒将他们送往长城。

不管怎么说，杰赫里斯国王和亚莉珊太后对当时的北境风波无能为力，他们仍在自我流放之中。国王也没有无所事事地消磨时光，他依然每天早上与御林铁卫们进行严格的训练，晚上则苦读祖父"征服者"伊耿的治国文献，期望将来予以效法。王后及龙石岛的三名学士为他答疑解惑。

日子一天天过去，越来越多的王公赶来龙石岛觐见。最先去的是石舞城的马赛伯爵，鸦栖堡的斯汤顿伯爵、暮谷镇的达克林伯爵和尖角城的巴尔艾蒙伯爵紧随其后，继而又有哈特伯爵、罗林佛德伯爵、慕顿伯爵和史铎克渥斯伯爵。罗斯比伯爵的父亲在梅葛国王驾崩后自尽明志，现在继位的小伯爵来到龙石岛，哀求少年国王的宽恕，杰赫里斯乐于顺水推舟。担任海军上将和海政大臣的戴蒙·瓦列利安虽陪着两位摄政留在君临，但这并不妨碍杰赫里斯和亚莉珊骑龙飞到潮头岛，在戴蒙的儿子科恩、约尔根和维克多的引领下参观造船厂。龙石岛的这些消息传到君临城罗加公爵耳中，公爵大发雷霆，甚至要求戴蒙伯爵调动瓦列利安家的舰队去拦截这帮竟相讨好少年国王的"墙头草"。瓦列利安伯爵的回答简单粗暴："不"——这更加剧了首相和海政大臣之间的不信任。

阿莱莎太后送给亚莉珊王后的那些女伴和侍女在龙石岛安顿下来，人们很快发现，太后寄望"女智者们"劝导小王后悬崖勒马、明白这场婚姻不甚明智且于教义有亏是完全破灭了。无论祈祷、说教还是宣讲《七星圣典》都不能动摇亚莉珊·坦格利安的信念，她认定诸神要她嫁给哥哥杰赫里斯，做他亲密无间、相互扶持的灵魂伴侣，并为其生儿育女、母仪天下。"他会成为一位伟大的国王。"她告诉伊莎贝尔修女、露辛达夫人及其他人，"我会成为一位伟大的王后。"她是如此坚定，同时又是如此温柔、体贴、充满爱心，以至"女智者们"不但没法责难她，随着时间推移甚至倒向了她。

罗加公爵拆散杰赫里斯和亚莉珊的个人计划也没能开花结果。少年国王与他的王后注定要共度人生，虽然两人在晚年爆发过众所周知的争吵并因此分居，但最终也回到了彼此身边。而据奥斯加克修士和卡普尔学士所述，杰赫里斯成年以前在龙石岛生活的两人毫无嫌隙，连重话也没说过一句。

读者诸君不禁会问，柯莱安妮·威尔德在干什么？她勾引国王以失败告终？还是根本没采取行动？或者整个旅店密谋纯属编造？这些都有可能。《红闻觉迷录》的作者用不堪入目的文字叙述了自己在龙石岛的经历，但这段叙述比是书其他部分更难采信，因其有六种互相矛盾的版本，且一个比一个荒唐。

风流的作者自然不会承认遭到杰赫里斯的拒绝或没寻到下手的机会，我们看到的是一系列光怪陆离的淫邪冒险和不堪入目的春宫细节。在《风尘传》中，柯莱安妮小姐不仅成功诱惑国王上床，还引诱了全部七名御林铁卫，书中声称国王满足欲望后将她送给"木棒"佩特享用，佩特又把她送给乔佛里爵士，以此类推；《浮沉记》略过了这些细节，却说杰赫里斯不仅欢迎柯莱安妮小姐上他的床，还让亚莉珊王后也加入他们的鱼水之欢，相关的几个章节就像是里斯臭名昭著的青楼之中的场景。

相对而言，《黛粉罪》的说法较为符合逻辑。在那个版本里，柯莱安妮·威尔德确曾将杰赫里斯国王勾引到她床上，还发现他笨手笨脚、犹豫不定，而且早泄——就跟许多同龄男孩初历性事时一样。但那时的柯莱安妮小姐已越来越尊敬和认同亚莉珊王后（"她就像我的亲妹妹"），并对杰赫里斯也生出温暖的情愫，因此她非但没有尝试拆散国王夫妇，反而为确保婚事圆满，亲自教导国王享受和给予肉体欢娱的技艺，以便他将来与小王后圆房时不至于力有不逮。

这个故事很可能跟其他故事一样天马行空，但其中包含的善意让某些学者宁愿相信它有部分真实性。不过我们必须再次强调，风流故事终究不是历史，在维斯特洛的史籍中，关于威尔德家族的柯莱安妮小姐、即《红闱觉迷录》的署名作者只有一件确凿的事迹：柯莱安妮·威尔德于征服五十年六月十五日在夜色掩护下、与城堡守卫队长的小儿子霍华德·布洛克爵士一起逃离龙石岛。霍华德爵士是已婚之身，却抛下妻子，还带走妻子大部分的珠宝。他与柯莱安妮小姐乘渔船逃到潮头岛，然后辗转前往自由贸易城邦潘托斯，此后又奔赴争议之地，在那里和某个自由佣兵团签约——该佣兵团无趣地起名为"佣兵团"。三年后，霍华德爵士死在密尔，但并非战死，而是通宵饮酒后坠马身亡。按《红闱觉迷录》的说法，孤苦伶仃、身无分文的柯莱安妮·威尔德只得挺身迎接下一场苦难和考验，并再度展开光怪陆离的淫邪冒险。我们不必再谈她的经历。

当柯莱安妮小姐偷了珠宝和汉子远走高飞的消息传入红堡的罗加公爵耳中，公爵想必明白自己的计划和阿莱莎太后的希望一样破产了，无论虔诚的教诲还是欲望的诱惑都没法拆散杰赫里斯·坦格利安和亚莉珊·坦格利安之间牢不可破的纽带。

与此同时，国王结婚的消息不胫而走。太多人见证了龙石岛城门前的对峙，后来登岛拜访的领主们也没有忽视始终陪在国王身边的亚莉珊以及两人间一望即知的感情。罗加·拜拉席恩威胁割掉证人的舌头，却对无孔不入的流言无能为力……流言甚至传到狭海对岸，潘托斯的总督们和自由团的佣兵们无疑听了不少柯莱安妮·威尔德讲述的故事。

"木已成舟，"认清事实的摄政太后终于对御前重臣们宣布，"婚事再无拆散的可能。愿七神垂怜，我们只能接受它，并倾尽全力保护他俩不受接下来可能发生的事情的伤害。"她有两个儿子死在"残酷的"梅葛手上，和长女之间又冷战不休，她不忍心疏远剩下的两个孩子。

但罗加·拜拉席恩公爵不肯就此甘休，妻子的话更增添了他的怒火。当着本尼费尔大学士、马特乌斯主教、瓦列利安伯爵和其他人的面，他轻蔑地斥责太后："你太软弱——跟你前夫一样软弱，跟你儿子一样软弱。做母亲的可以感情用事，但摄政者不行，国王更不行。拥立杰赫里斯是个错误，他只考虑自己，他会成为比他父亲更糟的君主。谢天谢地，现在还不算晚，我们必须立刻废黜他。"

听了这番宣告，屋内哑然无声。摄政太后惊恐地盯着夫君，仿佛不敢相信自己的耳朵，接着她哭了出来，眼泪无声地顺着脸颊滑落。直到这时，其他重臣才找回了声音。"你疯了？"瓦列利安伯爵质问。都城守备队队长科布瑞伯爵摇着头说："我的部下绝不会支持。"本尼费尔大学士与法务大臣潘崔斯·徒利交换了眼神，然后徒利公爵发言："你想自己登上铁王座？"

罗加公爵严词否认："绝无此事。你莫非以为我想谋权篡国？我完全是为七大王国着想。杰赫里斯不会受伤害，我们可把他送往旧镇学城。他是个爱读书的孩子，很适合戴上学士颈链。"

"那铁王座谁来坐？"赛提加伯爵询问。

"艾瑞亚公主。"罗加公爵立刻回答，"她有杰赫里斯所不具备的刚强性格。虽然她年龄还小，但我可以继续留在朝中辅佐她、塑造她、指引她，教会她所有需要了解的东西。她的继承权也更充分，因她的母亲和父亲乃伊尼斯国王的第一个和第二个孩子，杰赫里斯不过是第四个孩子。"据本尼费尔国师记载，公爵说到此处狠摇了一下桌子。"她母亲——雷妮亚太后——想必也会支持她，而雷妮亚有龙。"

本尼费尔国师继续记录了人们的反应："众人一声不吭，但怀着同样的念头——'杰赫里斯和亚莉珊也有龙'。科尔·科布瑞曾参与'神眼之下'一役，亲眼见过巨龙搏斗的恐怖场面。而我和其他人听到首相这番话，眼前不禁浮现出'末日浩劫'以前的古瓦雷利亚，龙王们为争权夺利而互相攻击，那场景太可怕了。"

阿莱莎太后流着眼泪打破沉默。"我才是摄政太后。"她提醒御前会议，"我儿子成年以前，你们都必须服从我。包括国王之手。"本尼费尔国师说，她看向夫君的双眼就像冷硬漆黑的黑曜石。"我不需要您了，罗加公爵。离开这里，回风息堡去吧，我们可以不追究您的谋逆言论。"

罗加·拜拉席恩难以置信地看着她。"臭女人，你想解除我的职务？不。"他笑了，"不可能。"

他话音刚落，科布瑞伯爵霍然起身，抽出引以为傲的族剑"空寂女士"。"是的。"伯爵将那把瓦雷利亚钢剑放到议事桌上，剑尖冲着罗加公爵。直到此时此刻，公爵方才意识到自己做得过分，不知不觉间成了孤家寡人——至少本尼费尔是这样形容的。

公爵没再多说，他脸色苍白地站起来，摘下阿莱莎太后赐予的黄金首相胸针，不屑地扔到太后面前，扬长而去。他连夜离开君临，在弟弟奥林的陪同下渡过黑水河，之后他停留了六天，等待另一个弟弟隆纳尔集齐拜拉席恩家族的骑士和士兵一同开拔。

兴许是因果报应，传言罗加公爵等待部属期间下榻的旅店，正是他——或他弟弟鲍里斯——在渡口旁会见柯莱安妮·威尔德的同一家。拜拉席恩兄弟最终带回风息堡的部队，其总人数还不到两年前出发征讨梅葛时的一半，许多人沉迷于都城的花花世界，不想回到风暴地多雨的丛林、翠绿的山丘和爬满青苔的小屋。相传罗加公爵苦涩地评论道："我在战场上损失的人马，竟不及在君临的纸醉金迷中失去的多。"

他也失去了艾瑞亚·坦格利安。公爵被解职当晚，隆纳尔·拜拉席恩爵士带着十二名手下冲进公主在红堡的房间，试图强行劫人……然而阿莱莎太后抢先一步安排女孩离开，仆人们均不知公主去了哪里。事后得知，科布瑞伯爵受摄政太后之命将她带走，他让艾瑞亚公主穿上底层平民女孩的破烂衣衫，银发染成棕黄色，摄政期结束前都在国王门旁的马厩中工作。公主当时八岁，非常喜欢跟马打交道，日后她说马厩里的生活是她生命中最快乐的时光。

遗憾的是，此后的时光对阿莱莎太后毫无快乐而言。她将丈夫解职，导致罗加公爵对她的好感——如果有过的话——烟消云散，从那天起，他们的婚姻便名存实亡了。"前夫和两个儿子的死，襁褓中夭折的女儿，在'残酷的'梅葛的阴影下度过的心惊肉跳的几年，与剩下的三个孩子间的冷战……那些都没能压垮阿莱莎·瓦列利安，但这次她挺不住了。"后来巴斯修士在回顾太后的生平时写道，"这次打击摧毁了她。"

本尼费尔国师留下的记录印证了这点。罗加公爵离任后，阿莱莎太后任命哥哥戴蒙·瓦列利安继任国王之手，并派了一只渡鸦前往龙石岛告知相关情形（但并未全盘托出），随后便退居自己在梅葛楼的住所。余下的摄政期里，她将七大王国的政务托付给戴蒙伯爵，不再抛头露面。

若罗加·拜拉席恩回到风息堡后能认识到言行失当之处，进而反省过错，严于律己，这未尝不算一件好事。可惜罗加公爵的天性并非如此，他从不屈服，而失败的滋味如鲠在喉，令他难以忍受。在战场上，只要有一口气在，他绝不会放下手中战斧……现在他把国王的婚事当成一场必须获胜的战争，顽固的性格导致他铸下最后一场大错。

事发地点在旧镇，奥林·拜拉席恩爵士突然出现在繁星圣堂旁的修女院，他带着十二名护卫和罗加公爵的密令，要求对方立刻交出见习修女雷哈娜·坦格利安。针对修女院的疑问，奥林只说风息堡的罗加公爵急着想见这位从前的公主。计谋本来可能顺利进行，无奈当日看管修女院大门的克罗林修女刚正不阿又敏感多疑，她假意派人召唤雷哈娜，以此安抚奥林爵士，实则迅速通报总主教。总主教当时已经入睡（这点很可能改变了那女孩和王国的命运，因此算是件好事），但他的总管（从前是骑士，并在战士之子中担任队长）头脑清醒，且相当警觉。

拜拉席恩的部众没见到惊恐的女孩，反而对上总管卡斯伯·斯特劳爵士指挥的三十名武装修士。当奥林亮出兵器时，斯特劳冷静地警告他有四十名海塔尔家的骑士正在赶来（这是撒谎），迫使拜拉席恩的部众缴械投降。经过审问，奥林爵士供出整个阴谋：他负责将雷哈娜带到风息堡，罗加公爵打算强迫她承认自己才是真正的艾瑞亚公主，然后推她为女王。

教会之父性情温和、意志薄弱，他听过奥林·拜拉席恩的忏悔后宽恕了对方。海塔尔伯爵却没那么手软，他立刻将拜拉席恩的部众统统打入地牢，并把事件始末详细呈报红堡和龙石岛。唐纳尔·海塔尔伯爵曾因面对月亮修士及其追随者时的踌躇被正确地称为"拖延者"唐纳尔，但这回他似乎一点也不担心关押罗加公爵的弟弟会得罪风息堡。当他的学士对前任国王之手可能的报复表示担忧时，他放言："让他来吧，随他怎么闹。他老婆罢了他的官、吓破了他的胆，很快国王还会摘他的脑袋。"

在维斯特洛另一端，罗加·拜拉席恩得知弟弟行动失败、身陷囹圄后气得七窍生烟……但并未像许多人担心的那样召集封臣，反而陷入绝望。"我完了。"他郁闷地告诉自己的学士，"若诸神保佑，我还有机会去长城，否则那小子会砍下我的头，当成礼物献给他老妈。"鉴于两任妻子均未能诞下子嗣，他命学士替他草拟遗嘱和悔过书，撇清了弟弟鲍里斯、加龙和隆纳尔与他所犯过错的关系，并乞求宽恕幼弟奥林的罪行。他指定鲍里斯爵士为风息堡继承人，还在文件末尾写道："我做过和尝试的一切，都是为了王国和铁王座的福祉。"

公爵即将面对命运的审判，摄政期也迅速接近尾声。由于失意的前任首相和摄政太后不再过问朝政，戴蒙·瓦列利安伯爵和太后的御前会议的其他成员只能勉力支撑。据本尼费尔国师描述，他们"说的少，做的更少"。

征服五十年九月二十日，杰赫里斯·坦格利安终于迎来自己第十六个命名日，宣告成人。根据七大王国的律法，他从此可以亲政，不再需要摄政者。至于他将来的表现，维斯特洛的贵族和平民正拭目以待。

考验的时代

重铸王国

杰赫里斯·坦格利安一世国王独自骑巨龙沃米索尔返回君临,五名御林铁卫提早三天抵达,已将一切安排妥当,准备接驾。亚莉珊王后并未随他还朝,考虑到他们的婚姻带来的不确定性,以及国王与母后及御前重臣之间不甚明朗的关系,谨慎起见,她暂时和那些"女智者"及剩下的两名御林铁卫留在龙石岛。

据本尼费尔大学士记载,当日的气候并不吉利,天色灰暗,绵绵细雨下了半个上午。本尼费尔等御前重臣裹着斗篷、拉起兜帽,冒雨在红堡内院等待国王,而城堡里的骑士、侍从、马童、洗衣妇及其他仆人依旧各忙各的,只是不时停下来抬头望天。良久,人们终于听到皮翼扇动声,东边城墙上的一名守卫远远瞥见沃米索尔青铜色的鳞片,欢呼声随之响起,且音量不断增大,很快便滚过红堡的高墙,滚下伊耿高丘,蔓延到整座城市,乃至乡野间也清晰可闻。

杰赫里斯没有立刻着陆。他掠过都城三次,一次比一次飞得低,好让君临城中的男女老少都有机会冲他挥手、叫喊,并为他的英姿着迷。最后他才让沃米索尔降落在梅葛楼前的院子,会见等候已久的臣属。

"他比我上次见到时改变了很多,"本尼费尔在记录中称,"飞往龙石岛的青葱少年面目全非,取而代之的是个成熟青年。他长高了好几寸,胸脯和手臂的肌肉都变得饱满。他的头发披散在肩,之前刮得干干净净的脸颊和下巴如今覆满精致的金色绒须。他的衣着打扮完全不像国王,他身穿盐渍斑斑、方便狩猎和骑乘的皮衣,外套镶钉马甲,但剑带上挂着'黑火'……那是他祖父的宝剑,王者之剑。尽管它插在鞘里,但没人会认错。看到那把剑,恐惧的战栗突然席卷我全身。这算是个警告吗?我一边思索,一边看着巨龙着陆,烟雾自它齿间升起。梅葛毙命前我逃到潘托斯,我曾担心继位者会对我不利,此时此刻，蒙蒙细雨中的我纠结着回归君临是不是个愚蠢的选择。"

青年国王——杰赫里斯已不再是少年国王——很快化解了大学士的恐惧。他优雅地滑下沃米索尔，始终面带微笑。"仿佛阳光穿透云层，"徒利公爵后来如此形容。大家向他鞠躬致敬，许多人甚至跪了下来，城市里也即时响起庆祝的钟声。杰赫里斯摘下手套，塞进剑带，然后说道："诸位大人，我们开始吧。"

有一位重要人物没在院子里迎接国王：国王的母后阿莱莎。杰赫里斯亲往梅葛楼拜见隐居的太后，这是自龙石岛对峙之后两人第一次见面，外人无从得知交谈内容，但据说没多久太后就挽着国王的手臂出现在众人面前，脸上带着哭过的红肿。卸去摄政之职的太后出席了当晚的欢迎宴会，其后各项宫廷活动也准时参与，但不再列席御前会议。"陛下依然在履行对王国和儿子的责任，"本尼费尔国师写道，"只是郁郁寡欢。"

青年国王的统治始于重组御前会议，他留下一些人，撤掉了不称职者。他首先肯定母亲任用的国王之手戴蒙·瓦列利安伯爵，也保留了科布瑞伯爵都城守备队队长的职位，但感谢过徒利公爵的贡献后，让其与妻子露辛达夫人团聚，并返回奔流城。继任法务大臣的是石舞城伯爵阿尔宾·马赛，他是最早前往龙石岛觐见杰赫里斯的领主之一。三年前，马赛还在学城努力打造学士颈链，不料一场热病夺走了他两个兄长和父亲的性命。由于脊柱不直，他只能跛行，但正如他那句名言所说："我读东西不跛，写字也不跛。"海军上将和海政大臣被国王授予青亭岛伯爵曼佛利·雷德温，伯爵带着三个担任侍从的年轻儿子劳勃、瑞卡德和莱安入朝为官，值得注意的是，这是海军上将一职首次旁落于瓦列利安家族以外。

当杰赫里斯宣布解除埃德威尔·赛提加财政大臣的职务时，君临上下一片欢腾。据说国王委婉地安抚赛提加伯爵，乃至赞扬了对方的两个女儿在龙石岛对亚莉珊王后的忠勤服务，称她们是"两件珍宝"。不过，虽然那两个女孩可以继续留在王后身边，赛提加伯爵却要立刻返回蟹岛，他制定的税收政策也随之而去——青年国王掌权仅三日就明令废止所有新近提高的税率或加增的税项。

然而寻找埃德威尔的后继者并不容易。许多人规劝杰赫里斯国王起用林

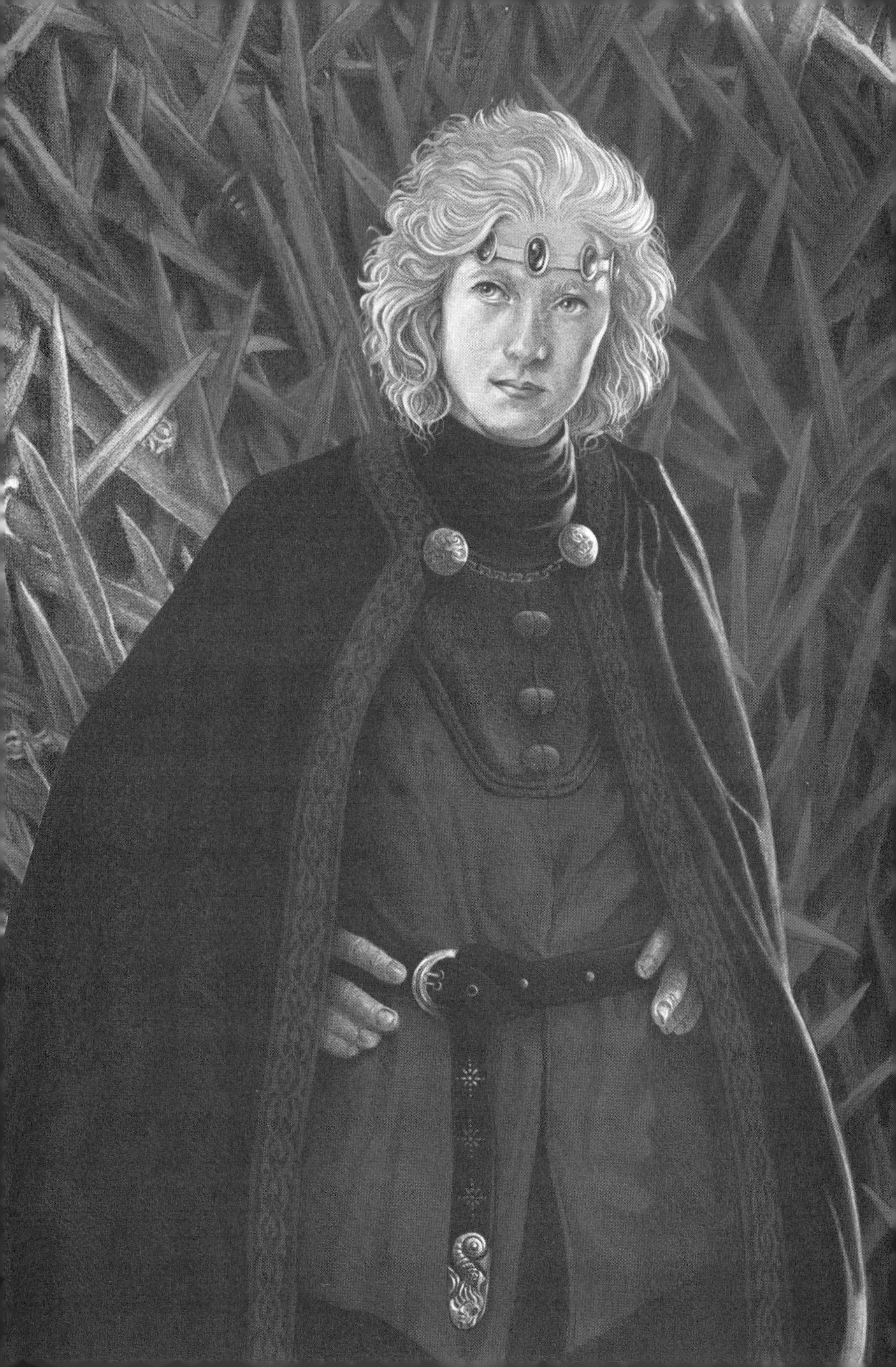

曼·兰尼斯特这位全维斯特洛最富有的领主，杰赫里斯不以为意。"除非林曼公爵能在红堡底下发掘金矿，否则他不是我寻找的答案。"国王说。他踟蹰是否征召唐纳尔·海塔尔的某位表兄或叔父，因旧镇的财富得自贸易的增进，而非自然的馈赠，但"拖延者"唐纳尔面对月亮修士时的表现让他疑惑海塔尔家族的忠诚。最终，杰赫里斯做出非常大胆的决定，从狭海对岸聘来一位能人。

里戈·德拉兹不是领主、不是骑士，甚至不是当地的总督，他是个贩子、生意人和钱币兑换商，从无名小卒奋斗成为潘托斯最有钱的人，却遭上流社会排挤，甚至不能列席总督议会，只因出身低微。德拉兹受够了同胞的蔑视，他很高兴接受国王的邀请，携家人、朋友和大笔财富来到维斯特洛。为了让他与其他重臣平起平坐，青年国王赐予他伯爵头衔，但他虽有伯爵之名，却无领地、骑士和城堡，红堡里有些人打趣地叫他"空气伯爵"，潘托斯人倒也坦然接受，"我宁肯拥有向空气收钱的能耐，那才叫名副其实"。

杰赫里斯也遣走了马特乌斯主教，那个脾气暴躁、曾激烈反对国王血亲通婚的胖僧侣。马特乌斯对被解职一事耿耿于怀，他公然宣称："没有修士辅导的国王别想得到教会的信任。"杰赫里斯早已想好答案："我们不缺修士。奥斯加克修士和伊莎贝尔修女会留在朝中，还有个高庭来的年轻人，他名为巴斯，将负责红堡的图书馆。"马特乌斯不屑于国王的说辞，他说奥斯加克是个路都走不稳当的老蠢货，伊莎贝尔是个女人，至于巴斯修士，他一无所知——针对最后这点，国王回应道："这不是你的常态吗？"（马赛伯爵那句著名评论，所谓国王用心良苦，任用三个人来平衡离职的主教大人的体重，应是紧跟着国王这句回应说出的，假设他真的说过的话）

马特乌斯主教在被解职的四天后启程返回旧镇，由于太胖骑不了马，他只能坐在镀金轮车中，由六名卫兵和十几个仆人护送。相传他从苦桥渡过曼德河时，正好遇到迎面走来的巴斯修士。巴斯孤身一人，骑了头毛驴。

青年国王的人事鼎新不局限于御前会议，他还彻底更换了其他数十个下级官员，包括四匙总管、红堡大总管及其下级总管、君临港务长（后来还更换了旧镇、女泉镇和暮谷镇的港务长）、王家铸币厂负责人、御前执法官、教头、驯兽长、马厩总管，甚至包括城堡里的捕鼠人。稍后他又下令清空红堡地牢，将囚室打扫干净，把黑牢中找到的囚犯统统带到阳光下沐浴，并给予他们向国王陈情的机会。杰赫里斯担心其中某些人是叔叔抓捕的无辜者（遗憾的是，杰赫里斯的猜想固然正确，但许多囚犯长年生活在黑暗中，几近疯癫，已无法自理生活）。

待一应事务安排妥当，新任命的官员各就各位，杰赫里斯才命本尼费尔大学士送一只渡鸦去风息堡，召罗加·拜拉席恩公爵回君临见驾。

国王的来信让罗加公爵和弟弟们产生了分歧。鲍里斯爵士素来被视为拜拉席恩家族最好斗、最沉不住气的成员，这次却表现得最冷静。"你此行凶多吉少，多半会被那小子斩首示众。"他说，"还是直接去长城吧，守夜人会接纳你。"另外两个弟弟加龙和隆纳尔则劝哥哥抗命，他们声称风息堡固若金汤，若杰赫里斯想砍哥哥的头，就让他亲自来取。罗加公爵听了哈哈大笑。"固若金汤？"他反问，"赫伦堡不也如此？不，我要去见杰赫里斯，当面把话说清楚，然后选择披上黑衣。他不会拒绝的。"次日清晨，他便在六名从小跟随的老骑士的护送下前往君临。

国王头戴王冠、坐在铁王座上接见他，御前重臣们悉数到场，御林铁卫的乔佛里·多吉特爵士和洛朗斯·罗克顿爵士站在王座底部，身着白袍和珐琅鳞甲，但舍此以外，厅内再无他人。据本尼费尔国师回忆，罗加公爵从厅门走到王座前用了很久，脚步声在厅内回荡。他还写道："国王陛下非常清楚公爵阁下的骄傲，不想强迫他在满朝文武面前屈服，那会让他受到更大伤害。"

风息堡公爵终究是屈服了，他单膝跪地，低下头颅，将配剑放在铁王座底部。"陛下，"他开口，"我应召而来，听凭您处置。我只求您放过我的弟弟们和拜拉席恩家族。我所做的一切，都是为了——"

"——你心目中的国家。"杰赫里斯抬起一只手，打断罗加公爵，"我知道你做了什么、说了什么和策划过什么。我相信你保证我和我的王后不会受伤害是真心实意的……你还有一点没说错，我确实有成为伟大学士的潜质，只不过我更希望自己成为一位优秀的国王。有人说我们是敌人，我倒觉得我们更像是意见不合的朋友。当年，我母亲向你寻求庇护时，你甘冒奇险收留我们。你完全可以用镣铐锁住我们、献给我叔叔，你却宣誓为我而战，并为此召集封臣。这些恩德我永志不忘。

"言语就像风，阁下……我亲爱的朋友……你有过谋逆言论，但并未付诸实施；你企图拆散我的婚姻，却无疾而终；你打算将艾瑞亚公主送上铁王座取代我，可至今我还好端端坐在这里；的确，你曾派你弟弟去修女院带走我的侄女雷哈娜……但目的何在？也许你只因膝下没有子女，故而想要收养她吧。

"叛国行为必遭严惩，愚蠢的言语却不然。如果你真心想去戍守长城，我不会阻拦，守夜人必定如我一样看重你这等强者，但我更希望你留下为我效力。众所周知，我是因你而坐上铁王座的，我现在仍然需要你，王国也仍然需要你。当年'龙王'驾崩、我父王初登大位，自立为王者和心怀不轨的诸侯环伺四方。而今我也要迎来同样的挑战，为着相似的原因……我的决心、意志和力量将接受考验。我母亲认为我的婚讯一旦公布，全国的虔诚信徒都会揭竿而起。或许如此。为了面对这个考验的时代，我需要优秀的人才，需要甘愿为我和我的王后而战……甚至不惜牺牲自己的战士。你是这样的人吗？"

罗加公爵被国王的话惊呆了，抬头答道："是的，陛下。"他的声音五味杂陈。

"那我原谅你之前的冒犯，"杰赫里斯说，"不过是有条件的。"说出自己的要求时，国王的声音变得严厉。"你不得再发表对我和我的王后不利的言论，从今天起，你将成为她最坚定的拥护者，只要你在场，就不能容许任何人诋毁她。此外，我不接受也不容许我的母亲遭受不幸，她要随你回风息堡，与你破镜重圆，往后你的一言一行务必敬她重她。以上你可愿意？"

"不胜荣幸。"罗加公爵说，"斗胆请问……奥林会怎样呢？"

国王迟疑片刻。"我将命令海塔尔伯爵释放令弟奥林爵士及随他前往旧镇的人，"杰赫里斯最后说，"但他们不能免于处罚。既然发配长城便不能回归，那我判他们流放十年。他们可去争议之地当佣兵，或去魁尔斯做买卖，我不会干涉……只要活下来，这期间没有其他罪过，十年以后便能回家。你意下如何？"

"我很满足。"罗加公爵答道，"陛下十分公允。"他又问国王是否需要人质以确保他此后的忠诚？他指出自己的三个弟弟膝下有子，可送入朝中。

杰赫里斯国王没有直接回答，他走下铁王座，示意罗加公爵跟上。他领公爵走出大厅，来到饲养沃米索尔的内院。一头宰杀好的公牛是巨龙的早餐，现下焦黑冒烟的牛尸正躺在石地上——龙喜欢吃烤熟的肉——任由沃米索尔享

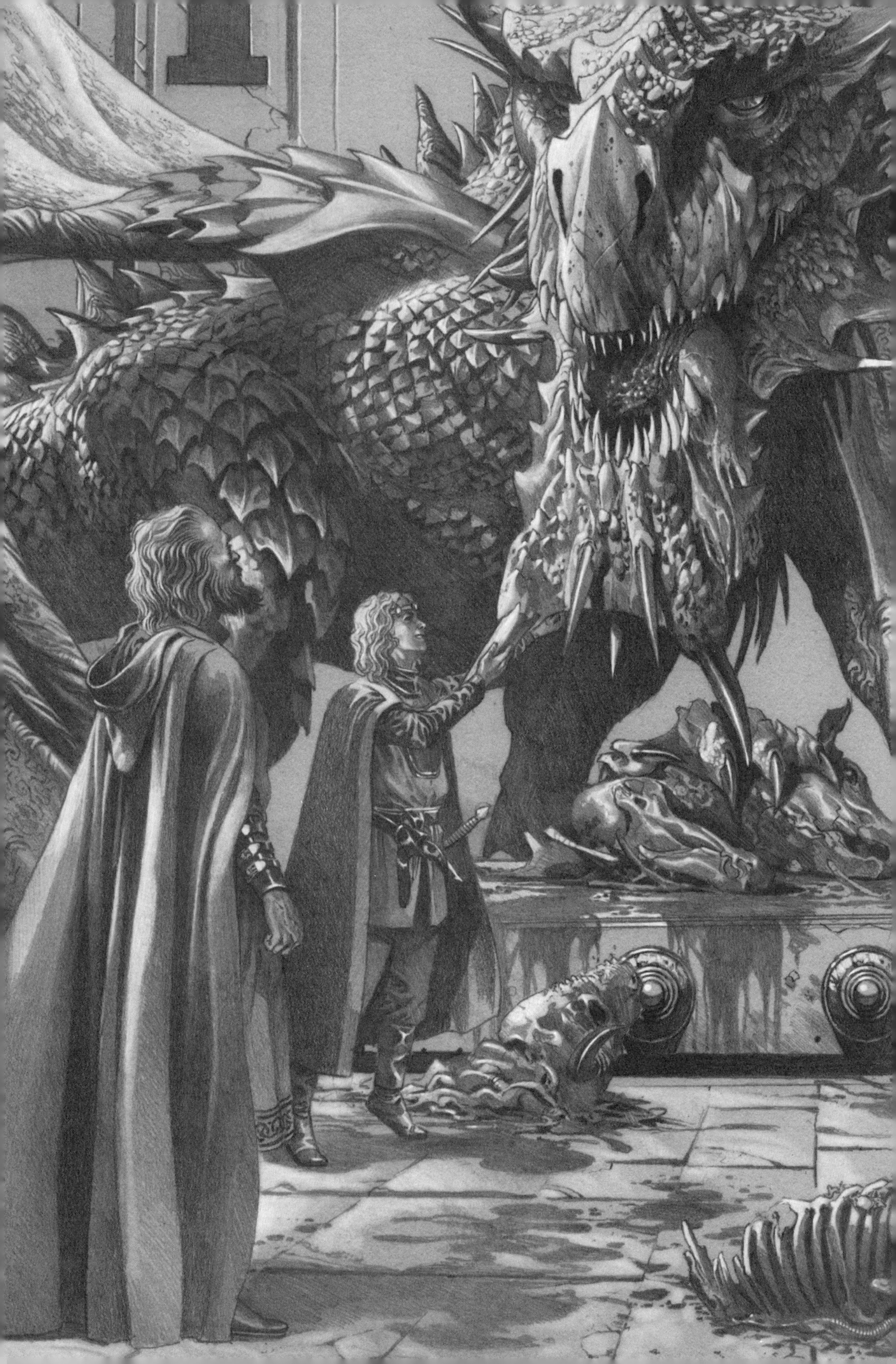

用，而它每一口都撕下大块牛肉。当国王带着罗加公爵出现时，巨龙抬起头，用溶铜池塘般的眼睛看着他们。"它每天都在长大。"杰赫里斯挠着巨兽的下巴说，"我不需要你的侄子侄女，阁下，他们有什么用？我有你对我的保证足矣。"本尼费尔国师听出并记录了国王的言下之意："陛下的意思是'当我骑上巨龙，风暴地的男女老少都是人质'，罗加公爵也听明白了。"

青年国王和前任首相就此达成和解，并由当晚大厅中的宴会正式确立。罗加公爵在席间坐回阿莱莎太后身边，以示夫妻和好，他还带头为亚莉珊王后的健康祝酒，当着在场领主和贵妇们的面表达对她的爱戴与忠诚。四天后，罗加公爵携阿莱莎太后返回风息堡，"木棒"佩特爵士率一百名士兵护送他们穿过御林。①

在君临，杰赫里斯·坦格利安一世的漫长统治期才刚刚开始。青年国王接掌七国大权后面临一系列问题，其中有两个比其余的更严峻：第一，国库亏空，王室负债日增；第二，他自己的"秘密"婚姻，随着时间流逝，知情者越来越多，这个"秘密"就像放在火炉旁的野火罐子，随时可能爆炸。以上两个问题没有回旋余地，必须立刻解决。

新任财政大臣里戈·德拉兹满足了国王对黄金的迫切需求，他从布拉佛斯铁金库及其在泰洛西和密尔的竞争对手处搞到三笔巨额贷款。利用三家银行间的敌对关系，"空气伯爵"获取了最优厚的条件，而光是贷款的保障便立刻带来正面影响：龙穴营建工程得以重启，大批建筑工和石匠再次登上雷妮丝丘陵。

但里戈伯爵和国王都明白，贷款只是权宜之计，它可以减缓流血，却不能愈合伤口。想要标本兼治，唯有制订正确的税收政策。赛提加伯爵的路子行不通，杰赫里斯不想提高港口税或剥削旅店老板，他也不想学梅葛的榜样直接伸

---

① 奥林·拜拉席恩爵士终究没能回归维斯特洛。他与他带去旧镇的那些手下渡海来到自由贸易城邦泰洛西，为大君效力。一年后，他迎娶了大君的女儿，也就是他哥哥罗加当年为达成铁王座与泰洛西的联盟，希望杰赫里斯国王迎娶的那位少女。奥林爵士的新婚妻子体态丰盈，举止迷人，还有一头蓝绿色头发。她很快诞下一个女儿，但其生父是否为奥林却难以断定，因她和自由贸易城邦的许多女性一样开放大胆。岳父的大君任期结束后，奥林无法在泰洛西立足，只能辗转前往密尔，加入了声名极其糟糕的自由佣兵团"慕女团"，不久便在争议之地与"勇气团"的战斗中战死。关于他妻女的命运，我们不得而知。

手向领主要钱,因为索要太多,势必引发叛乱。"没有什么比平叛更花钱了。"国王断言。王室需要的资金终究要由诸侯们承担,但得出于自愿,于是他决定向他们享用的外国舶来品征税。丝绸要征税,锦缎要征税,征税范围还包括金丝布、银丝布,宝石,密尔蕾丝,密尔挂毯,多恩红酒(但青亭岛的酒不在内),多恩沙地马,泰洛西、里斯和潘托斯的工匠打造的镀金头盔和金银细丝装饰盔甲……其中香料税最为沉重,胡椒、丁香、藏红花、肉豆蔻、肉桂等稀有香料来自玉海之门外,时价已超黄金,而后会变得更昂贵。"我在压榨所有曾让我发家致富的商品。"里戈伯爵自嘲。

"没人能称这为压榨。"杰赫里斯对御前会议解释,"不想缴税的人只需放弃胡椒、丝绸和珍珠,那样一个铜板都不用花。不过,豪门世族对奢侈品的渴求是无止境的,否则他们该如何比拼权势、炫富斗富呢?他们会抱怨,但也会给钱。"

向奢侈品征税并非全部,杰赫里斯国王还颁布了一项筑城法律:任何想要新建、扩建或修缮城堡的诸侯,需缴纳重金以获许可。根据国王对本尼费尔大学士的说明,这项新税有第二个目的:"城堡越大越坚固,领主越容易滋生不臣之心。你或许以为他们都从'黑心'赫伦那里学到了教训,但很多人不了解历史。税收会打消他们筑城的心思,而那些不顾一切也要修筑的人,须得自掏腰包来充实我们。"

国王尽力解决财政困难后,转而面对另一件亟待处理的大事。他终于去信给他的王后,而收到传召不过一小时,亚莉珊·坦格利安就骑着银翼离开龙石岛,此时她与国王分别已近半年。她的女伴和侍女等随后乘船抵达。纵然此时此刻,连跳蚤窝小巷里的瞎眼乞丐也知道亚莉珊和杰赫里斯业已结婚,但为得体起见,在准备第二次婚礼期间,两人还是继续分床睡了一个月。

国王不想消耗本已亏空的国库来举办另一场风光无限、举国欢庆的"黄金婚礼"。四万人见证了他母亲嫁给罗加公爵,但只有一千人来到红堡、见证杰赫里斯与妹妹亚莉珊的第二次婚礼。这次的主婚人是巴斯修士,两人就在铁王座下宣誓。

罗加·拜拉席恩公爵和阿莱莎太后到场观礼,公爵的两个弟弟加龙和隆纳尔也随他们从风息堡而来,但最引人注目的客人却是"西太后"雷妮亚·坦格利安,她骑梦火飞来参加弟弟妹妹的婚礼……并访问女儿艾瑞亚。

仪式结束时,全城钟声齐鸣,渡鸦飞向王国各个角落,宣告这场"幸福的结合"。国王的第二次婚礼还有一个关键点与第一次不同——宴会后闹了洞房。多年以后,亚莉珊王后声称是她自己坚持要这么做,她已准备好交出童贞,也不希望再被质疑是否"真的"结了婚。喝得酩酊大醉的罗加公爵领着男人们脱光王后的衣服,把她扛上婚床,王后的女伴詹妮丝·坦帕顿、萝莎蒙·波尔、普鲁登丝·赛提加、普鲁内拉·赛提加则跟其他女人一起享受了为国王解衣宽带的荣誉。在君临城红堡中梅葛楼的华盖大床上,杰赫里斯·坦格利安和妹妹亚莉珊·坦格利安的婚姻终于圆满,他俩在诸神和世人面前完成了永久的结合。

秘密不再是秘密,国王和朝廷期待着国人的反应。按杰赫里斯的分析,哥哥伊耿的婚姻招致激烈反对主要有如下几个原因:首先,他们的叔叔梅葛于征服三十九年娶了第二个妻子,这既忤逆了其兄伊尼斯国王,也冒犯了总主教,破坏了铁王座和繁星圣堂之间脆弱的信任,伊耿和雷妮亚的联姻遂被视为得寸进尺,总主教愤而发声,由此点燃烧遍全国的大火;其次,教会当时拥有圣剑骑士团和星辰武士团这两大教团武装,还有数十位惧怕诸神胜过国王的虔诚领主愿意响应;最后,伊耿王子和雷妮亚公主几乎不为百姓所知,且他们巡游时没有带龙(主要是因伊耿当时并非驭龙者),这让他们在河间地面对蜂起的暴民束手无策。

杰赫里斯和亚莉珊的情况不同。首先,他们将免于繁星圣堂的谴责,尽管部分主教仍对坦格利安近亲通婚的传统心存抵触,但现任总主教——月亮修士口中的"大马屁精"——唯唯诺诺、谨小慎微,不想唤醒"睡龙之怒";其次,圣剑骑士团和星辰武士团已遭严重打击并被取缔,目前成规模的只有戍守长城的两千名前穷人集会成员,其数目足以制造麻烦,好在他们已披上守夜人的黑衣;最后,杰赫里斯国王不打算重蹈哥哥的覆辙,他和王后打算巡游四方国土,直接了解臣民的需求。国王夫妇不但要会见各路诸侯,坦然接受他们的衡量,还要到百姓中去,听取大众的诉求……并且无论去哪儿,都会带着龙。

基于以上几点,杰赫里斯认为国人会接受他的婚姻……但他不愿被动等待。"言语就像风。"他告诉御前会议,"煽风却能点火。我的父亲和叔叔用铁

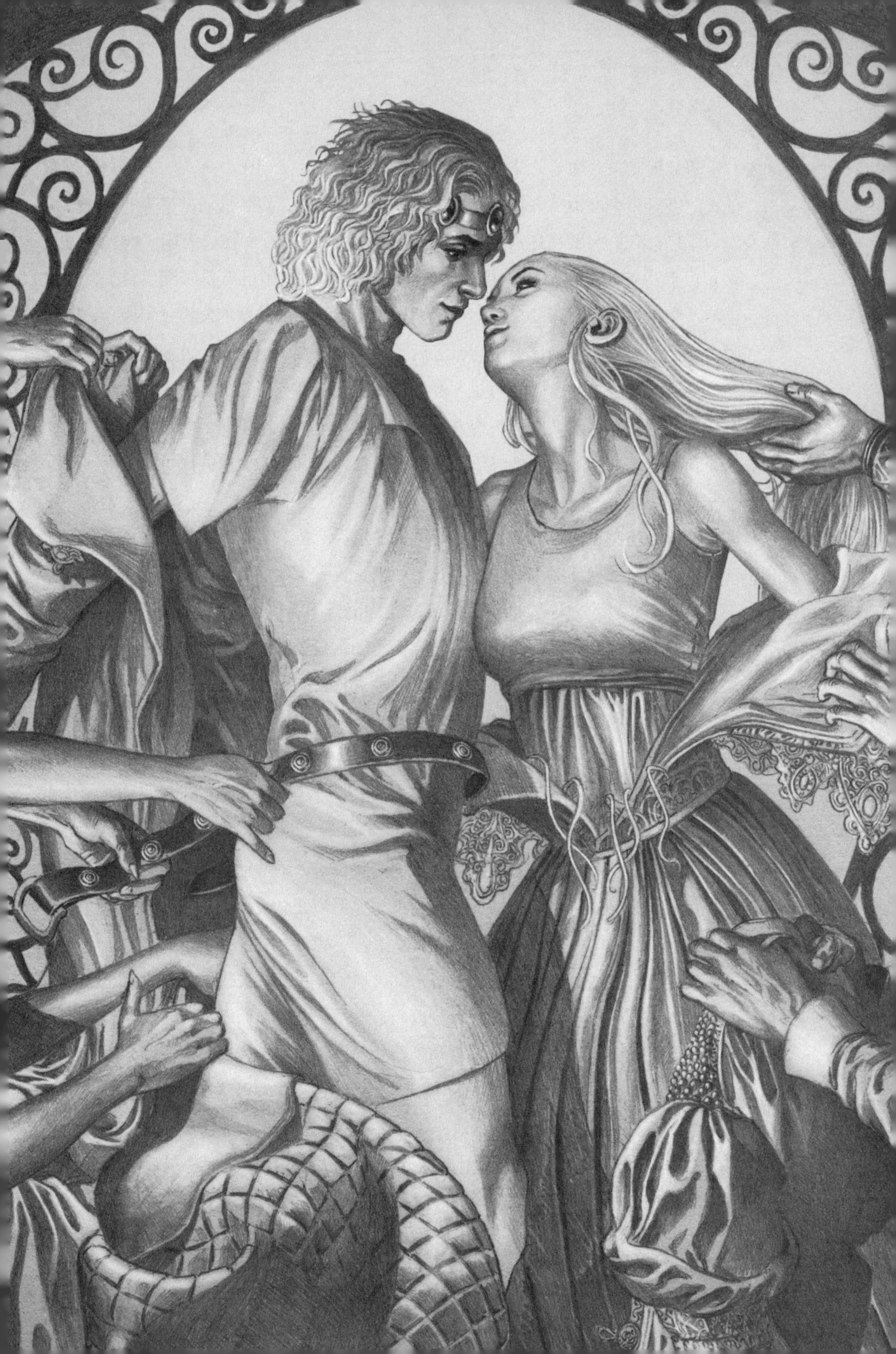

与火去对付言语，我们则要以言语来和言语战斗，在火尚未点燃前就掐灭它。"遵照这番说法，他没派出骑士和士兵，转而派出布道者，"让天下人知道亚莉珊的善良、甜美和温柔，还有她对王国子民一视同仁的热爱。"国王如此吩咐。

领命出发的共有七人，包括三男四女。这些人没有装备长剑与战斧，只凭智慧、勇气和三寸不烂之舌来征服民众。关于他们的旅行有许多故事，而他们的成就早已成为传奇（并跟所有传奇一样，在传播中越来越浮夸）。七位布道者在出发时只有一人为平民百姓所熟知：埃萝太后，即发现梅葛在铁王座上暴毙的那位"黑新娘"。科托因家族的埃萝穿着旧日王后的服装周游河湾地，用动人心魄的证言控诉前朝君主的邪恶和当今国王的光辉，她的服饰也在这过程中日益破旧……后来，她更放弃所有贵族权利加入教会，最终成为兰尼斯港大修女院的埃萝大修女。

杰赫里斯派出的其他六位布道者后来也几乎变得跟埃萝太后一样有名。他们中有两位年轻修士——机智的鲍德里克修士和博学的罗尔罗修士——还有老当益壮的阿夫因修士，不过阿夫因多年前失去双腿，出行完全依靠轿子。国王甄选的三位女士也毫不逊色：伊莎贝尔修女在龙石岛为亚莉珊王后效力时被其折服；身材娇小的薇奥兰特修女以医术著称，据说她无论走到哪里，都能展现妙手回春的奇迹；马丽丝大修女来自谷地，她在海鸥镇港内岛屿上的修女院里教导了几代无人养育的孤女。

七位布道者踏遍全国，大肆宣扬亚莉珊王后的虔诚、慷慨和她与王兄的真爱……而对那些引用《七星圣典》的段落或过去总主教的言论来提出质疑的修士、乞丐帮兄弟和虔诚贵族，他们则拿出早已备好的教义解答——这是杰赫里斯在奥斯加克修士和巴斯修士（后者的贡献尤多）的协助下、于君临亲自草拟，学城和繁星圣堂后来都将其称作"例外法则"。

解答的基本原则很容易理解。七神教会发源于古安达斯的丘陵间，后随安达尔人渡过狭海，神圣的典籍中记载了七神的律法，并由教会之父领导的修士修女们负责教化，上面明确规定兄弟不可与姐妹同床，父亲不可与女儿同床，母亲不可与儿子同床，这样的结合会产下诸神厌弃的孽种。"例外法则"承认上述要点，只提出一点例外：坦格利安家族的血脉与众不同，他们并非来自安达尔,而是源于古瓦雷利亚,遵循迥异的律法和传统。坦格利安族人的不同之处从外貌上看就一目了然,他们的眼睛、头发和形体独树一帜。此外,他们还能驭龙,自"末日浩劫"摧毁瓦雷利亚之后,全世界只有他们还具备驾驭那些可怕猛兽的能力。

"真神创造了安达尔人、瓦雷利亚人和先民,"轿子上的阿夫因修士宣讲道,"但他并未将各人种塑造成一个样。正如他创造了狮子和野牛,它们同为兽类,却被赐予不同的天赋,狮子不能像野牛那样度日,野牛也无法像狮子那样生存。对你而言,与姐妹同床共枕是莫大的罪孽,爵士……但你跟我一样不是真龙血脉。坦格利安家族只是遵从天性,而我们不能代替真神妄加评判。"

传说在某个小村庄,机智的鲍德里克修士曾面对一个魁梧的雇佣骑士(此人从前是穷人集会的成员)的质疑:"好吧,如果我也想睡我老妹,你认可吗?"修士微笑着回答:"只要您能去龙石岛驯服一条龙,那样的话,爵士先生,我很乐意为你们兄妹主婚。"

历史研究者总会面对相似的困惑：当回顾业已发生的事件时，我们满可以长篇大论地列举其产生的缘由，但讨论没有发生的事件时，我们只能依靠推测。事实是，征服五十一年的七大王国并未像十年前反对伊耿和雷妮亚的婚姻那样，群起反对杰赫里斯国王和亚莉珊王后的婚姻，具体原因则很难界定。总主教的默许无疑非常重要，贵族和平民的厌战情绪也较为明显……但若言语真的拥有力量——不管它像不像风——七位布道者同样起到了不容忽视的作用。

国王和王后的婚姻以皆大欢喜告终，但杰赫里斯的预感没错，他要迎接的考验源源不断。在重组御前会议，修复罗加公爵和阿莱莎太后的关系，实行新的税收政策从而充实了国库之后，另一个棘手难题摆在他面前：姐姐雷妮亚。

离开林曼·兰尼斯特的凯岩城后，雷妮亚·坦格利安也带着亲随发起自己的"王家巡游"，依次拜访了烙印城的马尔布兰家族、卡斯特梅的雷耶斯家族、金牙城的莱佛德家族、旅息城的凡斯家族，最后是红粉城的派柏家族。无论走到哪里，她都面临同样的问题。"他们起初都很热情，"杰赫里斯的婚礼后，两人相见时她对弟弟说，"但好景不长，要么变得冷漠，要么过于谄媚。他们对招待我和我的随从的花费颇有微词，但问题的焦点其实在于梦火。有的人怕它，更多的人想得到它，后者最让我心烦。他们渴望拥有自己的龙，而这是我决不会给他们的。我该到哪儿落脚呢？"

"来我这边，"国王建议，"回宫廷吧。"

"永远活在你的阴影下？不，我宁可拥有自己的地盘，一个没有任何领主能威胁我、驱逐我或骚扰受我保护之人的地方。我需要土地、人手和城堡。"

"我可以给你找一片土地，"国王说，"为你建一座城堡。"

"所有土地尽遭割据，所有城堡皆有主人。"雷妮亚回答，"唯有一地我本有权继承……我对它的权利甚至超过你，弟弟。作为真龙血脉，我想要父王的领地、我的诞生之所。我想要龙石岛。"

杰赫里斯国王并未立刻回答，只承诺加以考量。这个话题提交御前会议讨论时，重臣们一致反对将坦格利安家族的祖传领地送给孀居的太后，但谁都提不出更好的解决方法。

反复考量后，国王再次召见姐姐。"我可以把龙石岛送给你，"他对她说，"那的确是最适合真龙血脉的居所。但那座岛屿和岛上城堡是我赠予的礼物，而非出于你的合法继承。我们的祖父凭血与火统一了七大王国，我不能也不愿为了你裂土封疆。你拥有太后的头衔，但我是唯一的王，从旧镇到长城都要听我号令……包括龙石岛在内。这点你能跟我达成一致吗，姐姐？"

"你对那把铁椅子就这么没自信，非要血亲骨肉向你下跪才安心，弟弟？"雷妮亚反唇相讥，"就这么办吧。把龙石岛给我，并额外答应我一件事，我保证不再烦你。"

"什么事？"杰赫里斯问。

"艾瑞亚。女儿须得还我。"

"好吧。"国王应承……这可能有些草率，要知道，艾瑞亚·坦格利安这个八岁女孩当时是被国王公开承认的铁王座第一顺位继承人。但这个决定的后果要数年后才会显现，而事情就这样确定下来，"西太后"一下子成了"东太后"。

这一年余下的时间，杰赫里斯和亚莉珊积极投身于治国事务。如果王后加入御前会议引起了某些重臣的不满，他们也只是私下抱怨……而且很快连抱怨都停止了，因为小王后展现出的博闻强识与睿智聪颖，让人们在任何讨论中都乐意听取她的意见。

亚莉珊·坦格利安对叔叔梅葛掌权前的童年岁月有着美好回忆，在父亲伊尼斯和母亲阿莱莎的时代，宫中歌舞升平、艺术荟萃、美不胜收，音乐家、默剧演员和吟游诗人竞相讨取她和她父王的欢心。大家在席间畅饮青亭岛的葡萄酒，龙石岛的大厅和院子充满欢声笑语，宫廷贵妇们的珍珠宝石让人目眩神迷。与之相对，梅葛的朝廷是那样冰冷、阴暗，摄政时期也好不了多少，因伊尼斯时代的回忆令太后痛苦，罗加公爵又完全是军人做派，竟公然宣称伶人没有猴子管用，因为"他们的主业都是捣鼓跟头把式，没完没了地吵嚷，但人若饿了，至少可以吃猴子充饥"。

亚莉珊王后对父王宫中转瞬即逝的辉煌眷恋不已，决心有样学样，让红堡有所变化。她从自由贸易城邦买来挂毯和地毯，又托人制作壁画、雕像和瓷砖，用于装饰城堡的厅堂和房间。她命都城守备队搜查跳蚤窝，找出"乱弹琴"汤姆，这人的市井歌谣在"白袍之争"中曾让国王和百姓都开怀大笑——亚莉珊任命他为宫廷歌手，这一职位自此延续了数十年。亚莉珊还引入一位旧镇竖琴师，一个布拉佛斯表演团队，几名里斯舞者，甚至弄来红堡的首位弄臣。这位名为"贤妻"的胖弄臣身穿女人衣服，永远带着木头"孩子"——那是一对做工精巧的人偶，张口便是粗俗下流的惊世之语。

这些事让杰赫里斯国王非常开心，但几个月后，亚莉珊王后送了国王另一件礼物，让其他一切都黯然失色——她怀孕了。

杰赫里斯一世国王时代的生育、死亡与背叛

杰赫里斯·坦格利安一世是铁王座上最勤奋的国王。"征服者"伊耿的格言之一是君主和王后需要不时在民众面前露面，让老百姓知道他们有机会伸冤诉苦。"我要让他们看见我。"征服五十一年下半年，杰赫里斯宣布进行他的首次王家巡游时也这么说，而这将是他今后几十年间无数巡游中的第一次。在漫长的统治期内，杰赫里斯出外访问诸侯或在市集村庄开庭理事的时间，超过于龙石岛和红堡逗留的时间之和。亚莉珊通常与他一起出行，她那条银龙与他那条光亮的青铜色巨兽共同翱翔天际。

"征服者"伊耿的巡游队伍照例可多达一千名骑士、士兵、马夫、厨子和仆从，雄壮归雄壮，亦为有幸接待的领主带来了诸多困难。这么多人的食宿很难安排，而若国王想去打猎，周围的树林也将被搜刮一空。哪怕最富有的领主在国王离开后，也会发现自家酒窖干涸、粮仓空虚，而一半的女仆肚子里多了个野种。

杰赫里斯决定采用不同的方式，他规定巡游的随行人员上限为一百人，其中二十人为骑士，剩下是卫兵和仆人。"我骑着沃米索尔，不需要那么多人保护。"他说。人员的削减也让他能拜访一些小领主，那些人的城堡不够大，招待不了伊耿。杰赫里斯意在尽可能周游天下，也让天下人尽可能看到他，而他在每个地方只作短暂停留，以免成为不受欢迎的客人。

国王第一次巡游的路线设计相当简单：先去君临以北的王领，接着进入艾林谷，随后便打道回府。杰赫里斯虽要亚莉珊同行，但由于王后有孕在身，所以刻意避免旅程过于劳累。按既定路线，他们首先来到史铎克沃斯堡和罗斯比城，又沿海边抵达暮谷镇，国王在那里参观达克林伯爵的船坞，并享受了一下午钓鱼之乐，王后借机召开第一届"女庭"——这很快成为每次王家巡游的保

留项目。"女庭"只有女人可以参加，无论年龄和出身，小王后鼓励她们前来诉说自己的恐惧、担忧和希望。

一路无事，国王和王后顺利到达女泉镇，他们预定在此叨扰慕顿伯爵夫妇半个月，然后乘船渡过螃蟹湾去访问烛穴城、海鸥镇和谷地。女泉镇以甜水泉池闻名遐迩，传说那是英雄纪元时"傻子"佛罗理安初次见到琼琪洗澡的地方。和其他女人一样，亚莉珊也想沐浴琼琪泉，据说泉水拥有神奇的治愈能力，而若干世纪以前，女泉镇的领主就沿池塘建了一所宏伟的石头澡堂，将其托付予神圣姐妹管理。由于男性不能进入澡堂，所以当王后把自己浸入圣水中时，她身边只有女伴、女仆和修女（曾在伊莎贝尔修女手下见习的埃蒂丝和莱拉此时已发下誓言正式成为修女，献身教会并侍奉王后）。

小王后的优良品行，繁星圣堂的沉默，加上七位布道者的卖力宣讲让大多数神职人员站到了杰赫里斯和亚莉珊一边……但总有些人不为所动，照顾琼琪泉的神圣姐妹中就有这样三个女人，仇恨蒙蔽了她们的心灵。她们私下合计，如果任由肚内怀着国王的"孽种"的王后在此沐浴，这片圣洁的水域将遭到永久的污染，于是亚莉珊王后刚脱下衣服，她们便掏出藏在袍子下的匕首。

万幸这几个刺客没受过专门训练，也低估了王后身边的女人们的勇气。那些"女智者"尽管赤身裸体、手无寸铁，仍然毫不犹豫地用身体保护王后。埃蒂丝修女的脸被划伤，普鲁登丝·赛提加的肩膀被刺穿，而萝莎蒙·波尔被匕首扎进肚子，三日后不治身亡。所幸王后毫发未伤，搏斗发出的惊叫和呐喊引来了她的护卫们——乔佛里·多吉特爵士和盖尔斯·莫里根爵士一直守在澡堂门口，做梦都没想到危险竟在澡堂之内。

御林铁卫们迅速料理了刺客，当场格杀两人，并活捉了第三人以供审问。经过严审，那人供出另外六个神圣姐妹，她们没勇气拿起武器，只负责外围协助。慕顿伯爵吊死了所有罪人，若非亚莉珊王后调解，他还会吊死其余无辜者。

杰赫里斯雷霆震怒，他推迟了访问谷地的计划，扭头回到安全的梅葛楼。亚莉珊王后将在这里待到孩子降生，但这段经历让她久久无法平息。经过反复思考，她告诉国王："我需要自己的护卫。你的七名御林铁卫固然忠勇，但他们是男人，总有些地方男人不方便。"国王对此极表赞同，当晚便有一只渡鸦

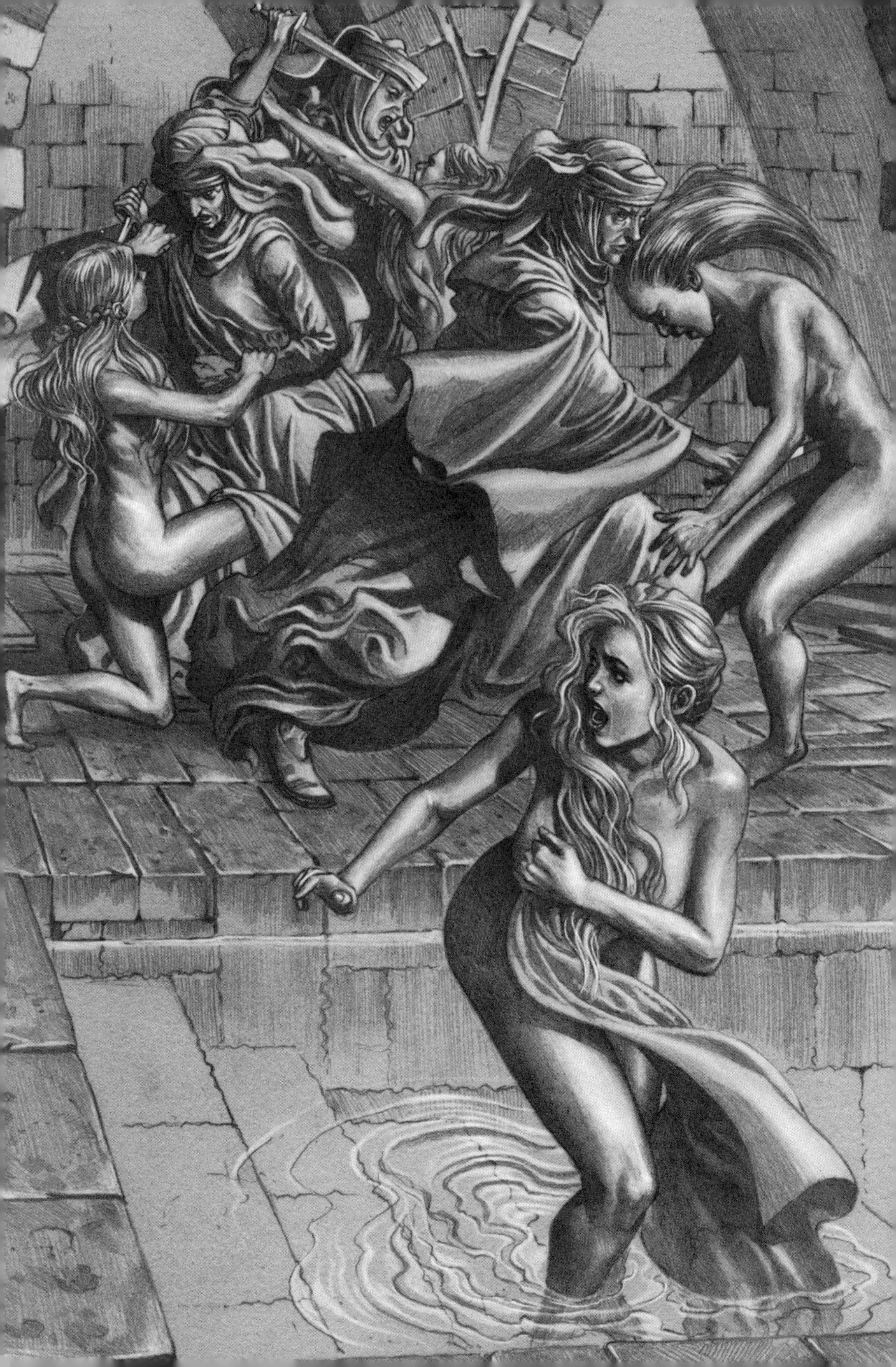

飞往暮谷镇，征召新任达克林伯爵的私生妹妹琼琪·达克入宫，此女曾在"白袍之争"中扮作神秘骑士"绯红蛇"，深受百姓喜爱。短短几天后，琼琪·达克来到君临，依然一身绯红装扮，她欣然接受了王后贴身护卫的委任。往后她将以"红影"的外号闻名天下，世人皆知她永远形影不离地保护着王后。

杰赫里斯和亚莉珊从女泉镇返回后没多久，风息堡传来匪夷所思的消息：阿莱莎太后怀孕了。太后已经四十四岁，早就过了适合生育的年纪，因此她这次怀孕被视为奇迹。在旧镇，总主教亲自宣称这是诸神之恩，"这个多灾多难的母亲表现得如此勇敢，因此得到天上圣母的赐福。"

但喜悦之中亦有隐忧。阿莱莎已不如当年强健，她担任摄政太后那段时间消耗了太多，第二段婚姻也没如她希望的那样带来幸福。好在即将诞生的孩子温暖了罗加公爵的心，促使他改正暴躁的脾气，忏悔不忠的行为，守在待产的妻子身边。阿莱莎本人十分害怕，总想着和伊尼斯国王最后所生的那个孩子，那个死在摇篮里的女婴瓦莱拉。"再有一次那种经历，我会崩溃的，"她告诉丈夫，"那将撕碎我的心。"但结果证明，这个于征服五十二年初出生的孩子强壮又健康，是一个顶着乌黑绒发、满脸红润的大胖小子，"他的哭声远到多恩或长城都能听见"。罗加公爵很早以前就绝了和阿莱莎之间有后的指望，如今喜出望外的他给儿子起名博蒙德。

诸神赐予的欢乐往往伴随着哀伤。亚莉珊王后早于母亲诞下儿子，她命名为伊耿，以荣耀"征服者"和不幸亡故的兄长"无冕者"。全国上下心怀感恩，尤其是杰赫里斯，但这个早产的小王子瘦小脆弱，不过三天就去世了。亚莉珊王后悲痛不已，学士们不由得担心她也会随之而去。往后的岁月里，她一直将儿子的死归咎于女泉镇那三个女刺客，总说当时若能在琼琪泉的疗愈圣水中沐浴，伊耿王子绝不会死。

在龙石岛，雷妮亚·坦格利安的小朝廷暗潮汹涌。岛屿周边的领主们像过去觐见杰赫里斯那样登门致意，但"东太后"与弟弟不同，她冷面以对许多来访者，甚至让一些人吃闭门羹。

雷妮亚太后虽与女儿艾瑞亚团聚，但两人相处得不好。公主对母亲毫无记忆，太后也并不了解自己的孩子，只是一味嫌弃其他小孩。艾瑞亚喜欢红堡的多姿多彩，那里王公贵妇和异乡使节络绎不绝，每天早晨骑士们在院子里操练，每天晚上歌手、伶人和弄臣争奇斗艳，而高墙外就是繁华喧嚣的君临城；她还享受着铁王座继承人带来的关注，无论是伟大的领主、英勇的骑士，还是低贱的女仆、洗衣妇或马童，他们统统赞美她、宠爱她，争相讨她欢心，而她领着一群不问出身的女孩在城堡里横行霸道。

母亲不顾她的个人意愿将她带回龙石岛后，一切都变了。跟君临相比，龙石岛死气沉沉、无聊透顶，城堡里没有年纪相仿的女孩，母亲也不准她去跟高墙下村庄里的渔民女儿厮混。实际上，母亲对她来说几乎是个陌生人，心情总是阴晴不定，还常常沉默不语，而围绕在母亲身边的那些女人对她兴趣缺缺。那些女人中公主唯一亲近的是仙女岛的艾丽莎·法曼，艾丽莎小姐总给她讲述自己的冒险故事，还承诺教她航海，而对于待在龙石岛就跟她一样不开心。艾丽莎小姐怀念宽广的西海，常说要设法回去。"带我一起去。"每当这时，艾瑞亚公主总会要求，艾丽莎·法曼听了则会开怀大笑。

龙石岛有一样君临稀见的事物：龙。在龙山阴影下的雄伟城堡中，每个月仿佛都有幼龙诞生。梦火在仙女岛产下的龙蛋一到龙石岛就开始孵化，雷妮亚·坦格利安着意安排女儿熟悉它们。"你给自己挑一个，"太后告诉公主，"有朝一日就能飞翔。"但院子里还有很多长大的龙，城墙外更有不少逃出城堡的野龙，它们在龙山远端的隐秘洞穴中筑巢。艾瑞亚公主在宫中认识了沃米索尔和银翼，但当时人们不许她靠近，而在这里她想怎么接触就怎么接触，不管刚孵出的幼龙，年轻的小龙，还是母亲的梦火……甚至龙族中的庞然巨物贝勒里恩和瓦格哈尔，这两条龙年纪大了，每天都打瞌睡，但苏醒时鼓动双翼的景象仍然震人心魄。

艾瑞亚在红堡喜欢马和猎狗，也喜欢朋友们的陪伴，而在龙石岛，除开艾丽莎·法曼，她唯一的朋友就是那些龙……她暗暗计数着日子，等待自己能骑上龙的那一天，渴望就此远走高飞。

征服五十二年，杰赫里斯国王终于完成对艾林谷的王家巡游，依次拜访了海鸥镇、符石城、红垒、长弓厅、心宿城和月门堡，最后骑沃米索尔飞到巨人之枪上的鹰巢城，就像征服战争时期维桑尼亚王后所做的那样。亚莉珊王后陪伴了部分旅程，但没有全程参与，因她的身体并未自生育中完全恢复，丧子之痛一时也难以释怀。不过，经王后的用心斡旋，普鲁登丝·赛提加小姐和海鸥镇的格拉夫森伯爵订婚了。王后还在海鸥镇举办"女庭",在月门堡又办了一次,而她在庭上的见闻将改变七大王国的法律。

今天,人们常常提及"亚莉珊王后的法律",但这种说法过于笼统,不够准确。严格来说,王后没有制定法律、签署谕令、发布公告或做出判决的权力,亚莉珊也不能跟"征服者"的两位王后雷妮丝和维桑尼亚相提并论。但小王后对杰赫里斯国王的影响巨大,他非常在意倾听她的意见……这次从艾林谷返回后就是如此。

通过"女庭",亚莉珊注意到七大王国的寡妇面临着同样的困境。在和平年代,男人往往比结发妻子活得久,盖因年轻男子主要死于战争,年轻女子却多死于生产。不管哪个阶层,鳏夫通常倾向于再娶,但续弦妻来到这个家庭却容易遭受第一任妻子的后代的怨恨。由于他们之间没有好感,一旦男主人死去,继承人会把寡妇扫地出门,致其陷入赤贫;若在贵族世家,继承人则会剥夺寡妇的一切权益、收入和仆从,将她变成可怜的食客。

为改革弊病,杰赫里斯于征服五十二年颁布《寡妇律》。律法重申了长子(没有儿子的家庭是长女)的继承权,但明确要求他们善待父亲留下的寡妇,不得降低其生活水准。大凡领主留下的寡妇,不管是二妻、三妻……都永远不许逐出城堡,不许剥夺她的仆人、衣饰和收入。不过这条法律也禁止人们为了将土地、城堡和财富传给续弦妻及其孩子,进而剥夺第一任妻子的孩子的继承权。

这一年,国王的另一大关注点在于建设。龙穴工程继续进行,杰赫里斯国王常去工地监督进度,但从伊耿高丘骑往雷妮丝丘陵的途中,他发现王都正陷入十分可悲的境地:由于拓展得太快,住宅、店铺、茅屋和斗鼠坑如雨后蘑菇一样到处滋生,致使街道逼仄脏污,房屋挤挤挨挨,乃至从一栋房屋的窗户能轻易爬进另一栋屋里。小巷跟喝醉了的蛇一般歪歪斜斜,到处是污泥和粪便。

"我真想清空都城,推倒重来,让一切焕然一新。"国王告诉御前会议。但如此庞大的工程所需的财力物力显然无法承受,他只能尽力而为。君临的街道被尽可能拓宽、拉直,铺上鹅卵石;最简陋的棚舍和茅屋被拆除;新建了广阔的中央广场,种上树木,树下设置市场和游廊。宽敞漫长、笔直如矛的街道就从这个广场延伸出去,它们是国王路、诸神路、姐妹街和黑水街(它很快被百姓改名烂泥街）。这些工程将持续多年——甚至数十年——并非一夜之间所能完成，但一切均始于征服五十二年杰赫里斯的命令。

重建都城的不菲花费令国库更为吃紧，也凸显了人们对"空气伯爵"里戈·德拉兹日益加深的不满。这位潘托斯来的财政大臣没多久就跟前任一样广受怨恨，原因却不尽相同：人们指责他贪污腐败、中饱私囊，尽管里戈伯爵觉得这种指责滑稽透顶，"我干吗偷国王的钱？他的财产加起来还没我一半多。"；人们又说他无信仰，因他不敬七神，实际上潘托斯人有许多奇怪的神灵，而德拉兹供奉着一尊守护家庭的小偶像，那塑像犹如怀孕的女人，胸部肿胀，长着蝙蝠脑袋。"她是我唯一需要的神。"他只解释过这一句；人们还骂他是个杂种，这点他无法否认。潘托斯人都有一部分安达尔血统和一部分瓦雷利亚血统，并与若干奴隶种群的血统和若干古老到已被遗忘的民族的血统混合……人们列出了无数罪状，但归根结底，德拉兹饱受怨恨的最大原因是他富甲天下又毫不掩饰，总是高调地穿着丝绸袍服，戴满宝石戒指，乘坐镀金銮轿。

然而连他的敌人也不能否认，里戈·德拉兹伯爵是个称职的财政大臣，只是在龙穴工程的同时还要重建君临，有再多的才干也难免捉襟见肘。光对丝绸、香料和筑城征税还不够，里戈伯爵不情不愿地增加了一项新税：城门税，进出城市的人要由城门守卫收取费用，马、骡、驴和牛额外收费，马车和货车更甚。凭借君临每日可观的交通流量，城门税带来不菲的收入，在满足建设之需外尚有盈余……但里戈·德拉兹本人却为此付出巨大代价，不利于他的谣言呈十倍增长。

好歹长夏、丰收以及王国内外的和平与富足消减了人们的不满。这一年快到头时，亚莉珊王后给国王带来重大喜讯：她又怀孕了。这次，她发誓决不让敌人接近她，而在得知王后怀孕后，尽管第二次王家巡游已策划完毕并对外公布，杰赫里斯却当即决定留在妻子身边，直到孩子降生。然而亚莉珊拒不接受，她坚持要国王去巡游。

国王只能独自出发。新年到来时，国王再次乘沃米索尔起飞，奔赴河间地。他巡游的第一站是赫伦堡，造访了城堡的新领主、九岁的梅葛·塔尔斯。其后，他带着随行人员依次来到奔流城、橡果厅、红粉城、亚兰城和石堂镇。按王后的要求，詹妮丝·坦帕顿与国王同行，代替王后在奔流城和石堂镇举办

"女庭"。亚莉珊本人留在红堡，于国王缺席期间主持御前会议，并坐在铁王座底部的天鹅绒座椅上临朝听政。

王后的肚子渐长，与此同时，在黑水湾对面喉道里的潮头岛，有个女人也诞下子嗣。这男孩当时没引起太多关注，日后却在维斯特洛大陆和全世界的海洋中都深深刻下印记。戴蒙·瓦列利安的长子第一次成为父亲，他将这个俊俏又健康的孩子命名为科利斯，以纪念担任首位御林铁卫队长的伯曾祖父——后来的年月里，维斯特洛人更乐意用"海蛇"的外号来称呼这位科利斯。

王后的孩子随后也足月出生。她在征服五十三年七月上了产床，诞下一个强壮健康的女婴，她命名为丹妮莉丝。国王收到消息时正在石堂镇，旋即骑上沃米索尔飞回君临。尽管他之前一直希望得到一个能继承铁王座的男孩，但第一次抱住女儿便舍不得放手了。全国上下都为小公主的降生欢欣鼓舞……除了龙石岛。

"无冕者"伊耿与姐姐雷妮亚的女儿艾瑞亚·坦格利安今年十一岁，她从记事起便一直是铁王座的继承人（除开伊耿王子在世的三天）。她任性妄为、言语泼辣、脾气火爆，非常享受由可能的女王地位带来的关注，自不高兴被新出生的公主取而代之。

她的母亲雷妮亚太后很可能也怀有相似心情，好歹并未表露出来，就连亲近的闺中密友也无从得知。不过，她的小朝廷里的麻烦已经够多了，她和她挚爱的艾丽莎·法曼之间有了嫌隙。艾丽莎的哥哥仙女岛伯爵福兰克林·法曼拒绝向她提供任何经济支持，她便向太后索要黄金，企图在潮头岛的船厂新造一艘足以在落日之海航行的大型快船。雷妮亚拒绝了请求。"我不能忍受你离开我。"她这样说，但艾丽莎小姐只听到了"不"。

站在后世的角度，我们可以清楚地看到种种不祥的征兆，预示着即将降临的诸多悲剧，但当时就连枢机会的博士们年末回顾时也毫无觉察。没人意识到未来的一年将是杰赫里斯·坦格利安一世漫长的统治期内最黑暗的年份之一。这一年充满死亡、分歧与灾难，以至学士和平民不约而同地称其为"陌客之年"。

征服五十四年的第一桩丧事发生在新年庆典期间：奥斯加克修士于睡梦中去世。老修士年事已高，身体本来不佳，但其过世仍给朝廷蒙上一层阴影。当初摄政太后、国王之手和教会的代表联合反对杰赫里斯与亚莉珊的婚姻，只有奥斯加克毅然同意为他们主婚，这份勇气值得铭记。在国王的要求下，他的遗体被安葬在他长年辛勤耕耘的龙石岛。

红堡尚未走出哀悼，打击再度降临，虽然乍看起来这是件喜事：风息堡的渡鸦令人震惊地宣布，四十六岁的阿莱莎太后再度怀孕。"第二次奇迹。"本尼费尔国师如此禀报国王，接替奥斯加克修士职责的巴斯修士却不以为然。他提醒大家，太后生下儿子博蒙德后并未完全复元，他很怀疑她是否有足够的力气再次临盆。无奈罗加·拜拉席恩被拥有第二个儿子的前景冲昏了脑，无视可能的危险，他坚称自己的妻子已生过七个孩子，第八个为何不行？

在龙石岛，矛盾终于爆发。艾丽莎·法曼小姐再也忍受不了岛上的生活，她告诉雷妮亚太后大海一直在召唤她，她离开的时候到了。"东太后"素来不擅表达情感，听罢此言也面无表情。"我曾邀请你留下，"她说，"但我不会求你。你想走就走吧。"艾瑞亚公主则没有母亲那般克制，当艾丽莎小姐前来道别时，公主哭着抱住她的腿，求她留下或带自己一起走。"我想跟你在一起，"艾瑞亚说，"我想航海，想冒险。"据说艾丽莎小姐也哭了，但最终她轻轻推开公主，告诉她："不行，孩子，你属于这里。"

次日清晨，艾丽莎·法曼便启程前往潮头岛，又在那里乘船横渡狭海来到潘托斯，其后经陆路去以造船工艺享誉盛名的布拉佛斯——雷妮亚·坦格利安和艾瑞亚公主对她的最终目的地一无所知。太后以为艾丽莎小姐顶多跑到潮头岛上闹别扭，不曾想对方却在抓紧时间拉大距离。两星期后，一直负责城堡守卫队的梅瑞尔·布洛克爵士带着三名惊恐的仆人和龙院守护者来到雷妮亚面前，报称三颗龙蛋失踪，且多日未曾寻得。询问过所有相关人士后，梅瑞尔爵士确信是艾丽莎小姐带走了它们。

爱人的背叛是否令雷妮亚·坦格利安伤心欲绝，我们不得而知，但她没有掩饰自己的怒火。她命梅瑞尔爵士继续严审仆人和马童，发现审问无果便撤了他的职，并将他和他儿子埃林爵士逐出龙石岛，同遭厄运的还有另外十多个她认为有疑点的人。她甚至召来丈夫安德鲁·法曼，质问他是否参与了妹妹的罪行，他的否认让她怒气更盛，到头来两人的争吵响彻整座城堡。她去潮头岛要人，却得知艾丽莎小姐早已乘船去了潘托斯；她派人去潘托斯，但还是晚了一步。

事已至此，雷妮亚·坦格利安只好骑梦火飞赴红堡，通知弟弟发生的一切。"艾丽莎对龙不感兴趣，"她告诉国王，"她想要的是金子，造船用的金子。她会卖了龙蛋，它们能买下——"

"——整支舰队。"杰赫里斯在书房私下接见姐姐，姐弟两人外，在场只有本尼费尔大学士。"你可知道，若这些龙蛋孵化，我们家族将不再是世上唯一的龙王。"

"它们可能不会孵化，"本尼费尔说，"至少在龙石岛外不会。孵化需要热量……众所周知，有些龙蛋最后变成了石头。"

"潘托斯的某个香料贩子的藏品中三颗价值不菲的石头。"杰赫里斯说，"但若并非如此……三条小龙降生不是容易保守的秘密，它们的拥有者势必想要炫耀。我们须在潘托斯、泰洛西、密尔等一应自由贸易城邦安插耳目，收买一切关于龙的情报。"

"你打算怎么做？"姐姐雷妮亚问。

"做我必须做的事，你也得跟我一起做，亲爱的姐姐，别以为可以安然抽身。你想要龙石岛，我给了你，你却把这个女人带到那里。这个贼。"

和平在杰赫里斯·坦格利安一世漫长的统治期内占据主导，他进行的战争寥寥无几，且均十分短促，但没人会将他和他父亲伊尼斯混为一谈。他没有丝毫软弱，做事毫不犹豫，正如他这次对姐姐雷妮亚和本尼费尔大学士展示的那样："龙蛋若是孵化，哪怕远至夷地，我们也得把龙要回来。它们是从我们手中偷走的，本属于我们。倘若遭到拒绝，我们便亲自出马抢夺，再不济也要把那些龙全杀光。刚孵化的幼龙肯定不是沃米索尔和梦火的对手。"

"那银翼呢？"雷妮亚问，"我们的妹妹——"

"——不会参与。我不想让她涉险。"

"东太后"听了笑道："我懂了，她是雷妮丝，我是维桑尼亚。"

本尼费尔国师说："您谈到跨越狭海发动战争，陛下，这代价——"

"——必须付出。我绝不允许有第二个瓦雷利亚。想想瓦兰提斯的执政官有了龙会做什么？但愿不会到那一步。"国王陛下结束了谈话，同时提醒两人此事万万不能声张。"仅限我们三人知道。"

可惜纸包不住火，盗窃事件在龙石岛几乎人尽皆知，尤其是渔民中流传甚广，而众所周知，渔民会航行到其他岛屿，流言便传播开去。本尼费尔国师遵照国王的命令，通过那位在每个港口都有代理人的潘托斯财政大臣调查狭海对岸的情况……（"我们花大钱驯养世界各地的坏蛋。"里戈·德拉兹如此形容。）以获取任何关于龙蛋、龙或艾丽莎·法曼的消息。一帮密探、间谍、廷臣和交际花制造了数以百计的报告，其中有几十条消息因别的原因对铁王座有所贡献……但所有关于龙蛋的谣言都毫无价值。

我们现在知道艾丽莎小姐假道潘托斯去了布拉佛斯，出发前还改了名。既已被赶出仙女岛，又遭哥哥福兰克林伯爵断绝关系，她便给自己发明了一个私生姓名亚丽·西山。顶着这个姓名，她顺利见到布拉佛斯的海王。海王的百兽园享誉盛名，他很乐意购买龙蛋，艾丽莎则将卖龙蛋的金子就地委托给铁金库，用于建造她多年来梦寐以求的"逐日者号"。

但当时的维斯特洛对此毫不知情，而杰赫里斯国王的新麻烦很快又接踵而至。在旧镇的繁星圣堂，总主教攀爬通往卧室的阶梯时摔倒，还没滚到底部就断气了。全国上下每座圣堂丧钟齐鸣，教会之父如今与七神同在。

国王却没时间祈祷和悲伤。总主教下葬后，主教团便会聚到繁星圣堂选出继任者，而杰赫里斯深知王国的和平取决于继任者是否愿意延续前任的政策。国王对水晶冠的继承人有属意人选：看管红堡图书馆的巴斯修士，现已成为他身边最信任的顾问之一。但巴斯修士花了半个晚上为国王分析此举的弊端：他年纪尚轻、资历浅薄，又总提出独树一帜的观点，况且连主教都不是，依正常程序绝不可能被选中。他们需要另推一位候选人，一位教会更能接受的人选。

国王和重臣们一致认为必须竭尽所能阻止马特乌斯主教当选，此人在君临的任职经历让他们难以信任，并且杰赫里斯无法原谅也不能忘记此人在龙石岛城堡大门前说的那些话。

里戈·德拉兹提出适当的贿赂或许会达成理想结果。"给那些主教足够的钱，他们甚至会选我，"他嘲弄道，"可惜我不稀罕这份工作。"戴蒙·瓦列利安和科尔·科布瑞建议武力示威，不同之处在于戴蒙伯爵希望派遣他的舰队，科尔伯爵打算领陆军前去。驼背的法务大臣阿尔宾·马赛设想可像当年清除反对伊尼斯及梅葛的那位总主教一样，为马特乌斯主教安排一桩神秘暴毙。重臣们的建议吓着了巴斯修士、本尼费尔国师和亚莉珊王后，国王也当场拒绝。他决定和王后迅速赶赴旧镇，前任总主教不但是诸神忠诚的仆人，也是铁王座坚定的朋友，他们理当前去参加葬礼。

唯一能迅速赶赴旧镇的方法是骑龙。

包括巴斯学士在内的所有重臣都不放心国王夫妇只身前往旧镇。"我还有很多兄弟对陛下颇有微词。"巴斯修士指出。戴蒙伯爵当即附和，还用王后在女泉镇的遭遇提醒杰赫里斯。当国王坚称会得到海塔尔家族的保护时，大家交换着不安的眼神。"唐纳尔伯爵城府深沉，心机叵测。"曼佛利·雷德温说，"我不信任他，您也不该相信他。他做事只考虑自身、家族和旧镇的利益，对其他人和事毫不在乎，甚至对国王也一样。"

"那我一定要让他明白，国王的利益，便是他自身、家族和旧镇的利益，"杰赫里斯说，"我相信自己能做到。"他就此结束讨论，下令把龙准备好。

从君临到旧镇，即便骑龙也要相当长的时间。国王和王后在路上只停了两次，一次在苦桥，一次在高庭，他们在这两个地方过夜，并会见当地领主。御前重臣们坚持要预备起码的保护措施，于是亚莉珊的龙载上乔佛里·多吉特爵士，杰赫里斯的龙载上"红影"琼琪·达克（这样搭配是为了让两条龙的承载相对平衡）。

沃米索尔和银翼的意外降临引得成千上万旧镇人上街指点张望。由于事先没有通知，不少人吓坏了，害怕有什么可怕的发展……最害怕的或许是马特乌斯主教，据说他得报后脸色惨白。杰赫里斯驱策沃米索尔降落在繁星圣堂外宽敞的大理石广场，而令全城上下惊得合不拢嘴的是王后驱策银翼降落在参天塔顶，巨龙的翅膀将塔上著名的烽火扇得更为亮堂。

虽然国王夫妇火速赶来参加葬礼，但等他们抵达，总主教的遗体业已葬入繁星圣堂下方的墓穴。无论如何，杰赫里斯还是在广场前，当着众多修士、学士和百姓的面发表了悼词。在讲话的最后，他表示自己和王后会在旧镇停留到总主教选定，"请求他赐福于我们"。据古德温博士后来记载，"百姓为他欢呼，学士赞许地点头，只有修士面面相觑，心里忌惮着龙。"

驻跸旧镇期间，杰赫里斯和亚莉珊住进参天塔顶唐纳尔伯爵本人的房间，

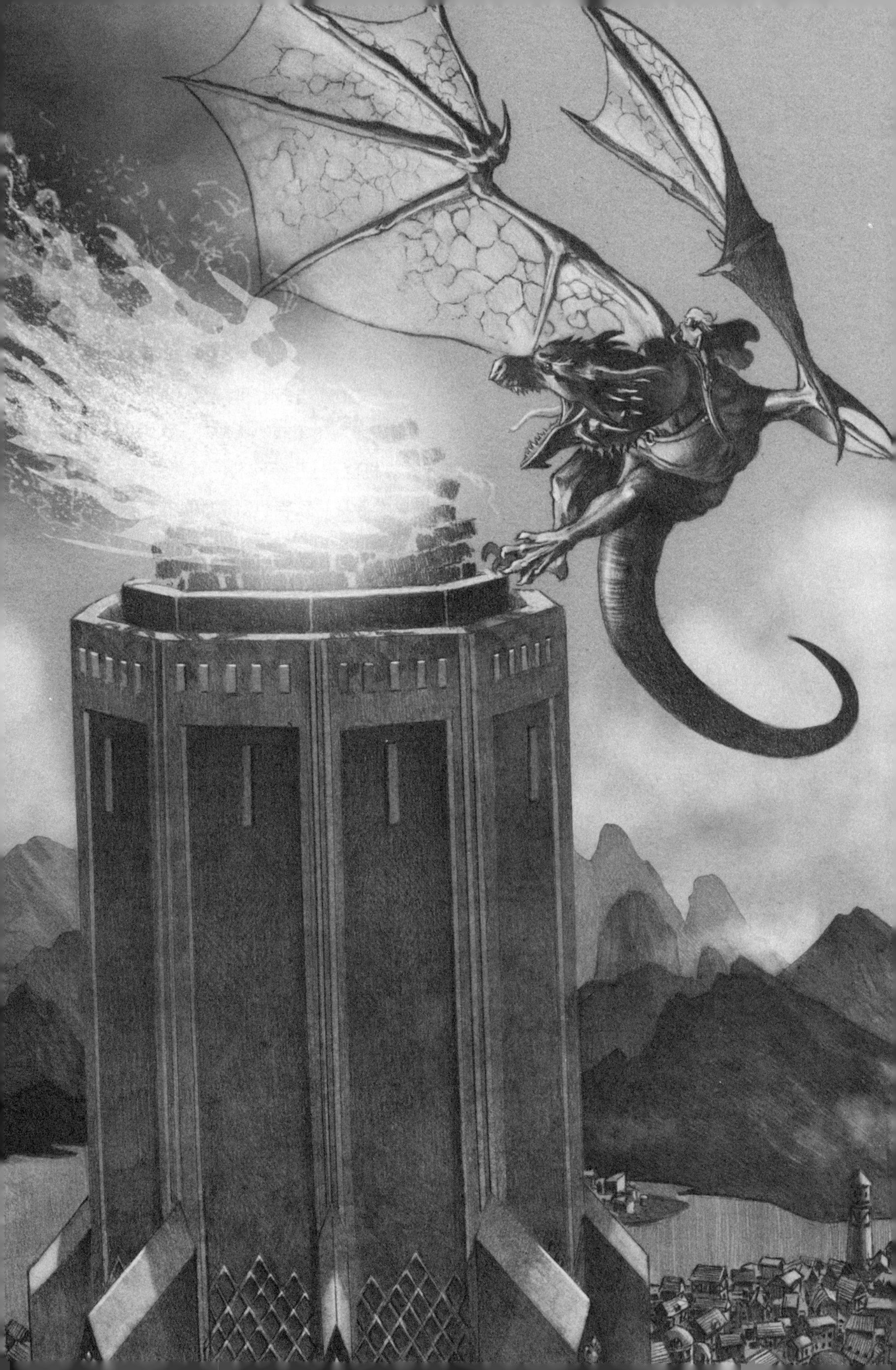

整个旧镇都在他们脚下。关于他们与伯爵的谈话，我们没有见证人，因这些讨论闭门进行，甚至没有学士在场。但若干年后，杰赫里斯国王亲自把当时的情形转述给巴斯修士，巴斯记录下梗概，补全了这段历史。

旧镇的海塔尔家族古老、强势、富有、骄傲……并且盘根错节。他们长久以来的传统就是让家族中的小儿子、弟弟、堂亲和私生子加入教会，无数世纪里，有不少海塔尔家族成员最终在教会身居高位。征服五十四年，唐纳尔·海塔尔伯爵便有一个弟弟、两个侄子及六个堂亲为教会效力，其中他的弟弟、一个侄子和两个堂亲业已披上主教的银丝法袍，伯爵希望总主教能在这四人间产生。

杰赫里斯国王不在意总主教来自哪个家族，也不在意其出身高低，他的关注点在于新任总主教必须认同"例外法则"。繁星圣堂绝不能再来质疑坦格利安家族近亲结婚的传统，国王希望新的教会之父能将"例外法则"写入正式教条。杰赫里斯对唐纳尔的弟弟及其他亲属没有意见，但对方毕竟未曾就这个话题发表声明，因此……

经过数小时讨论，国王和伯爵最终达成谅解，在接下来的盛宴上，唐纳尔伯爵热情赞美了国王的睿智，并将其介绍给自己的兄弟、叔伯、侄孙、外甥和表亲等各辈亲属。与此同时，主教团聚集在城市对面的繁星圣堂推选教会的新任牧首，大部分人不清楚海塔尔伯爵和国王安插的代理人正在积极运作。这场选举一共进行了四轮投票，首轮不出意料地由马特乌斯主教领先，但票数尚不够戴上水晶冠，随后三轮投票其得票依次递减，其他人的票数则水涨船高。

到第四轮，主教们打破传统，选出一位并非主教的修士……水晶冠落到阿夫因修士头上，他曾坐着轿子来往河湾地十余次，竭力为杰赫里斯及其王后辩护。放眼七大王国，没有谁比阿夫因更支持"例外法则"，但他也是七位布道者中最年长的，还失去了双腿，似乎随时可能被陌客带走。国王向唐纳尔伯爵保证，只要伯爵的同族在阿夫因任职期间坚定地支持"例外法则"，一旦阿夫因逝世，继任者便会出自海塔尔家。

若巴斯修士的记录不假，这便是交易的内容。巴斯修士本人不曾怀疑国王的说法，只是痛心于主教团的腐化，以至被轻易操纵。"七神亲自选择在世间的代言人是理想情况，但诸神若是沉默，君王和诸侯便会发出他们的声音。"

他写下这段话，并补充说阿夫因及随后继任的唐纳尔伯爵的弟弟都远比马特乌斯配得上水晶冠。

对于当选总主教一事，最吃惊的莫过于阿夫因修士本人。得到消息时他人在岑树滩，坐轿子足足花了两个多星期才到达旧镇。在此期间，杰赫里斯国王拜访了半圆堡、三塔堡、高地城和蜂巢城，甚至骑沃米索尔来到青亭岛，享用了好几种岛上最上等的葡萄酒；亚莉珊王后一直留在旧镇，她接受静默姐妹的邀请在她们的修女院进行了一整天的祈祷和冥想，另有一天时间与照料城内病患穷苦的修女共同度过。她在众多见习修女中见到侄女雷哈娜，认定对方是个博学、虔诚的年轻女性，"只是有些口吃，又容易脸红"。她还于学城宏伟的图书馆待了三天，埋首书堆，并倾听有关瓦雷利亚巨龙战争、水蛭放血术和盛夏群岛诸神的学术演讲。

三天过后，她在博士们的餐厅宴请他们，乃至发表了讲话。"假如我不当王后，很可能就当学士。"她告诉枢机会，"我喜欢阅读、书写和思考，我不怕渡鸦……也不怕见血。其实，许多贵族女孩都跟我一样，为什么不让她们加入学城呢？跟不上进度的女孩打发回家便好，就像对待那些不够聪明的男孩一样。只要给女性机会，你们会惊讶于她们中有多少人能铸成颈链。"博士们不愿公然反驳王后，于是个个面露微笑、轻轻点头，并表示会考虑她的提议。

新任总主教终于赶到旧镇，首先进入繁星圣堂守夜，随后正式涂抹圣油，献身七神，舍弃俗名及一应尘世挂牵。就职之后，他在一场肃穆的公开仪式上祝福了杰赫里斯国王和亚莉珊王后。

御林铁卫及宫廷近随们此时也赶到了旧镇，国王遂决定返程时取道多恩边疆地和风暴地。他接连拜访了角陵城、夜歌城和黑港城。

亚莉珊王后尤其中意黑港城。尽管跟诸多豪门的家堡相比，这座城堡狭小朴素，但唐德利恩伯爵十分好客，他的儿子西蒙则精于竖琴弹奏和长枪比武，整晚为国王夫妇演唱凄美的爱情故事和古代君王陨落的悲伤传说。王后非常喜欢他，以致巡游队伍在黑港城停留的时间比预计要久。正是在这里，他们接到风息堡的渡鸦带来的可怕消息：母后阿莱莎命在旦夕。

沃米索尔和银翼再次腾空而起，载着国王夫妇火速赶到母亲身边。巡游队伍的其余人等在御林铁卫队长盖尔斯·莫里根爵士的带领下，经石盔城、鸦巢城和鹰巢堡前往风息堡。

拜拉席恩家族宏伟的风息堡只有一座独一无二的塔楼，相传这座巨大的筒状塔楼乃英雄纪元时"神见愁"杜伦为对抗神灵的愤怒风暴而建。塔楼顶端是学士的房间和鸦巢，亚莉珊和杰赫里斯的母亲躺在下面一层。她躺在一张尿水横流的床上，浑身冷汗，骨瘦如柴，唯有肚皮鼓胀。一名学士、一位产婆和三个侍女在屋内照料，个个神情哀伤；罗加公爵垂头丧气、酒气熏天地坐在屋外，当杰赫里斯国王质问他为何不在床边陪伴妻子时，这位风息堡公爵吼道："陌客在屋子里。我能闻到。"

凯莱尔学士解释说，阿莱莎太后刚喝下一杯混了甜睡花的葡萄酒，这才得以安歇片刻，之前数小时一直痛苦不堪。"她哀号不已。"一个仆人补充道，"我们送上的食物全被她吐了出来，她承受着可怕的痛楚。"

"她不该此时生产，"亚莉珊王后哭道，"还没到产期。"

"本来还有一个月。"产婆说，"陛下，这并非生产，什么东西正从内部撕裂她的身体。婴儿快死了，势必做着垂死挣扎，而母亲的年纪太大，身子没有力气，于是孩子卡在……情况非常不妙，破晓之前恐怕两人都会性命不保……万分抱歉。"

凯莱尔学士对此没有反驳，只说罂粟花奶能缓解太后的痛苦，而他备有很多……然而罂粟花奶虽有功效，却救不了太后的命，也几乎肯定会害死她肚里的孩子。杰赫里斯询问还有什么方案，学士答道："拯救太后陛下？不，她的情况已然超出我的能力，但她肚里的孩子尚有一线生机。如果要救孩子，我必须切开陛下的肚皮，从子宫里取出。这样做孩子也许能活，也许不能，但母亲一定会死。"

听到这番话，亚莉珊王后不由得哭出声来，杰赫里斯国王语气沉重地说："她是我的母亲，也是你们的太后。"他走出去拽起罗加·拜拉席恩，将其拖进产房，又命学士重复刚才的话。"她是你的妻子，"国王提醒罗加公爵，"由你决定。"

据说罗加公爵甚至不忍看妻子一眼，最后国王粗鲁地抓住他的胳膊，用力摇晃，他才说出话来。"救救我儿子。"罗加告诉学士，随即挣开国王，再次逃了出去。凯莱尔学士低头致歉，开始准备刀具。

根据我们手头的某些资料，阿莱莎太后在学士动刀前突然醒转，尽管承受着剧痛和猛烈的痉挛，看到床边的两个孩子，她仍旧流下喜悦的泪水。亚莉珊跟她解释即将发生的事后，阿莱莎同意了这个决定。"救救我的孩子。"她轻声说，"我将与我的儿子们团聚，老妪会为我照亮前路。"如果这真是太后的遗言，我们都为此感到欣慰，但遗憾的是，另一些记录说凯莱尔学士为太后开膛破肚时，她始终闭目不醒。所有资料只有一点相同：亚莉珊一直紧握母亲的手，直至婴儿的第一声啼哭回荡在屋内。

罗加公爵未能如愿以偿地获得第二个儿子。这个女婴瘦小羸弱，产婆和学士都觉得她没法存活……但她出人意料地活了下去，一如她长大后的诸番作为那样让人吃惊。几天后，罗加·拜拉席恩终于恢复理智，他把女儿命名为乔斯琳。

但在此之前，公爵还要面对一位气势汹汹的来客。天刚破晓，阿莱莎的尸体未冷，蜷在院子里睡觉的沃米索尔陡然仰头咆哮，吵醒了半个风息堡……沃米索尔察觉到同族的到来，果不其然，片刻后梦火便降落在院子里。它迎着黎明泛红的天空展开浅蓝色双翼，银色脊鳞闪闪发光——雷妮亚·坦格利安终于赶来与母亲和解。

她来得太晚了，阿莱莎太后已然逝去。尽管国王劝她没必要查看母亲的遗体，她仍坚持掀开覆盖的被单……她久久凝视着母亲那具被学士剖腹的身躯，最后转过去亲吻了弟弟的脸颊，又抱住小妹。据说姐妹俩拥抱了很久，但产婆将婴儿递给雷妮亚时，她没有接，而是喝问："罗加在哪里？"

她在塔楼底部的大厅找到罗加。公爵膝上抱着幼儿博蒙德，周围环绕着几个弟弟和骑士们。雷妮亚·坦格利安推开众人，站到他面前，破口大骂。"你的双手沾满了她的血，"她怒吼道，"你的老二沾满了她的血。但愿你有朝一日惨叫而亡！"

罗加·拜拉席恩被她的指责激怒了。"你什么意思，臭女人？这是诸神的意愿，陌客终究会带走每个人。这与我何干？我做了什么？"

"你贪得无厌地把老二伸进她体内，难道她给了你一个儿子还不够？而你本该说'救救我老婆'，但你没有，毕竟对你这种人，老婆算什么？"雷妮亚伸手揪住公爵的胡子，将他的脸一把拽近，"听着，大人，你永远别想再婚。照顾好我母亲留给你的孩子,他们也是我的异父弟弟和异父妹妹。保证他们茁壮成长,这样我还能放你一马,但哪怕让我听到一丝谣言,说你有意迎娶哪位可怜少女,我不会放过你的,我会把风息堡变成第二个赫伦堡!"

她说完便怒气冲冲地奔出大厅,回到院子骑龙去了,而罗加公爵和弟弟们相视而笑。"她疯了。"公爵宣称,"凭她也能威胁我?威胁我?老子连'残酷的'梅葛都不怕,会怕她?"他喝下一大杯葡萄酒,叫来总管安排妻子的葬礼,又派弟弟加龙爵士去邀请国王夫妇留下参加女儿的诞生宴会。①

从风息堡回到君临的国王心情忧伤。主教们选出了合他心意的总主教,"例外法则"即将成为教会的教条,他还与强大的旧镇海塔尔家族达成协议,但母亲的去世让这些胜利味同嚼蜡。好在杰赫里斯不是自怨自艾的人,在今后漫长的统治期中,他还要面对很多类似的悲剧,而每次他都能化悲痛为力量,投身于治国大业之中。

夏去秋来,七国各地树叶飘零。赤红山脉又出了一位"秃鹰王",三姐妹群岛爆发汗热病,泰洛西和里斯到了开战边缘,一旦战争爆发,石阶列岛势必成为战场,从而阻断贸易。这些麻烦刻不容缓,而杰赫里斯国王一一沉着面对。

亚莉珊王后则在别的地方寻找慰藉。她失去了母亲,却还有女儿。丹妮莉丝公主才一岁半,但她早在第一个命名日纪念到来前很久就学会了说话(至少是以她自己的说话方式),如今又从爬行、蹒跚、步行到学会了跑步。"小家伙真心急。"公主的奶妈告诉王后。小公主生性乐天,好奇心旺盛且无所畏惧,可谓人见人爱——她是如此可爱,以至亚莉珊王后为了陪伴幼女玩耍、给她朗读太后曾读给亚莉珊本人听的故事,竟开始缺席御前会议。"她太聪明,用不了多久该轮到她给我读故事了,"王后告诉国王,"她会成为一位伟大的女王,我就是知道。"

但征服五十四年是残酷的一年,陌客并未打算就此放过坦格利安家族。在黑水湾彼端的龙石岛,迎接自风息堡返回的雷妮亚·坦格利安的是无尽的烦恼。与丹妮莉丝带给亚莉珊的快乐与慰藉截然相反,雷妮亚的女儿艾瑞亚成了她的心病。她肆意妄为、任性暴躁,拒绝听从修女、母亲和学士的管教,经常

---

① 罗加公爵终究没有再婚。

虐待仆人、无故缺席祷告、课程和餐点，还给雷妮亚的小朝廷中的男男女女起些"蠢货爵士""猪脸伯爵""放屁夫人"之类的绰号。

雷妮亚的丈夫安德鲁·法曼虽不若艾瑞亚公主这样吵吵闹闹、公然抗命，心中的怨气却不遑多让。当初阿莱莎太后病危的消息传到龙石岛，安德鲁便宣称要与妻子同去风息堡探望，他坚称自己身为雷妮亚的丈夫，理当陪在雷妮亚身边，给她安慰。可雷妮亚太后拒绝了他，且态度并不委婉，两人在她骑龙离开前大吵一顿，据说太后甚至说出"我要的那个法曼已经不在了"。征服五十四年，她这场从未热络过的婚姻彻底沦为一场闹剧。"还是没有观赏性的那种。"阿莲·罗伊斯小姐点评。

安德鲁·法曼已不再是五年前和雷妮亚结婚的那个十七岁青年，曾经清秀的小伙子现在变得脸胖肩宽、肥硕臃肿。他从未得到他人的真正尊敬，当雷妮亚在西境辗转时，他总被领主们忽视和遗忘，到了龙石岛情况也没好转。在这里，他的妻子仍是太后，但没人把安德鲁视为国王，甚至不把他当王夫对待。虽然用餐时他坐在雷妮亚太后身边，但两人并不同床——雷妮亚的密友和近宠们才有资格陪睡——他的卧室甚至不跟她的房间在同一座塔楼。宫中传言，太后曾告诉丈夫，两人分居是最好的安排，这样他想找些漂亮姑娘暖床才不会尴尬。

然而，没有任何记录表明安德鲁这样做过。

安德鲁的白天和夜晚一样空虚。虽然他成长于一座岛，现在又居住在另一座岛，但他不会航海，不会游泳，也不会钓鱼；他当侍从就不合格，无论剑、斧或长矛统统技艺不精，城堡守卫队每天早晨在院子里操练时，他选择待在床上；卡普尔学士以为他可能更喜欢读书，便想用龙石岛图书馆丰富的藏书来引起他的兴趣，那些厚重的典籍和古瓦雷利亚卷轴曾让杰赫里斯国王如痴如醉……结果学士失望地发现，太后的丈夫根本不识字；他的骑术尚可，时不时会备马在庭院里骑行，但他不曾骑出大门去探索龙山上多石崎岖的小路或前往岛屿的另一端，甚至没去过城堡下方的渔村和码头。

"他酗酒。"卡普尔学士在给学城的报告中写道，"许多人都知道他没日没夜地待在图桌厅，拿着彩绘的木头士兵在地图上走来走去，雷妮亚太后的女伴们总说他在计划征服维斯特洛——看在太后的分上，她们不会当面嘲笑他，但私下里没少讽刺。城里的骑士和士兵对他完全不在意,仆人则凭心情决定听不听他的吩咐,也根本不怕他生气。孩子通常是最残酷的,艾瑞亚公主更甚,她曾把夜壶扣在他头上,还不是因为他做了什么,只因为她生母亲的气。"

姐姐的出走令安德鲁·法曼在龙石岛更为不适。据卡普尔学士观察,艾丽莎小姐是安德鲁最亲近、甚至是唯一的朋友,因此尽管他哭着否认,雷妮亚也很难相信他没参与艾丽莎小姐偷窃龙蛋的阴谋。太后赶走梅瑞尔·布洛克爵士后,安德鲁请她任命自己接任城堡守卫队长。当时太后正和四名女伴同进早餐,听到他的请求,女伴们哄堂大笑,片刻后连太后也跟着笑起来。雷妮亚飞往君临知会杰赫里斯国王龙蛋失窃的消息时,安德鲁想陪她去,但同样遭到轻蔑地拒绝:"你去顶什么用?你除了从龙背上掉下去还能干什么?"

雷妮亚太后拒绝带他前往风息堡,这给安德鲁·法曼长年蒙受的羞辱写下了浓墨重彩的最后一笔。当雷妮亚从母亲的病床边回归后,安德鲁根本不打算安慰她,他用餐时一言不发地坐着,面色冷若冰霜,在其他场合也尽量避开太后。即便雷妮亚·坦格利安对他的愤怒有所察觉,她也表现得视若无睹,只在身边的女伴们那里寻求慰藉,其中包括萨曼莎·史铎克渥斯和阿莲·罗伊斯这样的旧爱,还有表亲丽安娜·瓦列利安、斯汤顿伯爵的漂亮女儿卡赛菈和年轻的玛丽亚姆修女这样的新宠。

然而她们带给她的安宁并未持续多久。跟维斯特洛其他地方一样,龙石岛也迎来了秋天,北方的冷风和南方狭海中汹涌的风暴同时袭来,这座古老的城堡在夏日里便十分阴郁,如今更被黑暗笼罩,连巨龙似乎都变得沮丧起来。这一年快要结束时,疾病降临到龙石岛。

卡普尔学士宣布,这不是汗热病,不是癫痫病,也不是灰鳞病。最初的症状是便血,接着是严重的腹部痉挛——卡普尔告诉太后,许多疾病都会导致这种症状,但他最终也没能确定是哪种疾病,因他在自身出现症状不到两天后,成了岛上第一个牺牲品。接替卡普尔的安赛姆学士将死因归结于年老体衰,毕竟卡普尔已经八十多接近九十岁了,身体素来又不强壮。

但第二个倒霉的便轮到卡赛菈·斯汤顿,她只有十四岁。接下来玛丽亚姆修女也病了,然后是阿莲·罗伊斯,甚至健壮活泼、喜欢鼓吹自己一辈子没生过病的萨曼莎·史铎克渥斯也被感染。这三个女人在同一晚去世,相隔不过数小时。

尽管朋友和伴侣一个接一个倒下，雷妮亚·坦格利安自身却安然无恙。安赛姆学士推测是太后的瓦雷利亚血统保护了她，就连这种可在数小时内取人性命的恶疾也奈何不了真龙血脉。但另一方面，男性似乎对这种奇怪的疾病基本免疫：除了卡普尔学士，就只有女人遭殃，龙石岛上的其他男人，无论骑士、仆人、马童还是歌手，统统安然无恙。

雷妮亚太后下令封闭龙石岛城堡的大门，既然疾病尚未传到城墙之外，她打算维持现状以保护平民。她又向君临送信通报，杰赫里斯收到消息后立刻行动，命令瓦列利安伯爵调遣舰队封锁龙石岛，确保没人将疾病散播出去。国王之手强忍悲伤、依令行事，心中记挂着跟其他女伴一起在龙石岛侍奉太后的小侄女。

丽安娜·瓦列利安没等伯父的舰队驶出潮头岛就去世了。安赛姆学士尝试了灌肠、放血，乃至冰敷，结果统统无效。她抽搐着死在失声痛哭的雷妮亚·坦格利安怀里。

"你为她哭泣，"安德鲁·法曼看着妻子脸上悔恨的泪水说道，"也会为我哭泣吗？"他的话惹怒了太后，太后当场扇了他一耳光，命令他立刻滚开，让她自己一个人哀悼。"如你所愿。"安德鲁说，"你身边已没有人了。"

直至此时，沉浸在悲伤中的太后还没意识到发生了什么。杰赫里斯召开御前会议，讨论龙石岛"疫情"，来自潘托斯的财政大臣里戈·德拉兹率先指出疑点。里戈伯爵读过安赛姆学士的记录后，皱着眉头说："疾病？这可不是疾病。肚腹抽搐，一日即亡……这是里斯之泪。"

"毒药？"杰赫里斯国王大为震惊。

"这种东西我们自由贸易城邦人早就见惯不怪了。"德拉兹笃定地回答，"这是里斯之泪，毋庸置疑。老学士很快就能分辨出来，所以他最先遇害，换我也会这么做——但我不会下毒，这么做……太卑鄙了。"

"你如何解释只有女性感染？"瓦列利安伯爵反驳。

"这说明只有女性被下了毒。"里戈·德拉兹回应。

巴斯修士和本尼费尔大学士也同意里戈的说法，于是国王送了只渡鸦去龙石岛。雷妮亚·坦格利安收到消息恍然大悟，她叫来守卫队长，下令把自己的

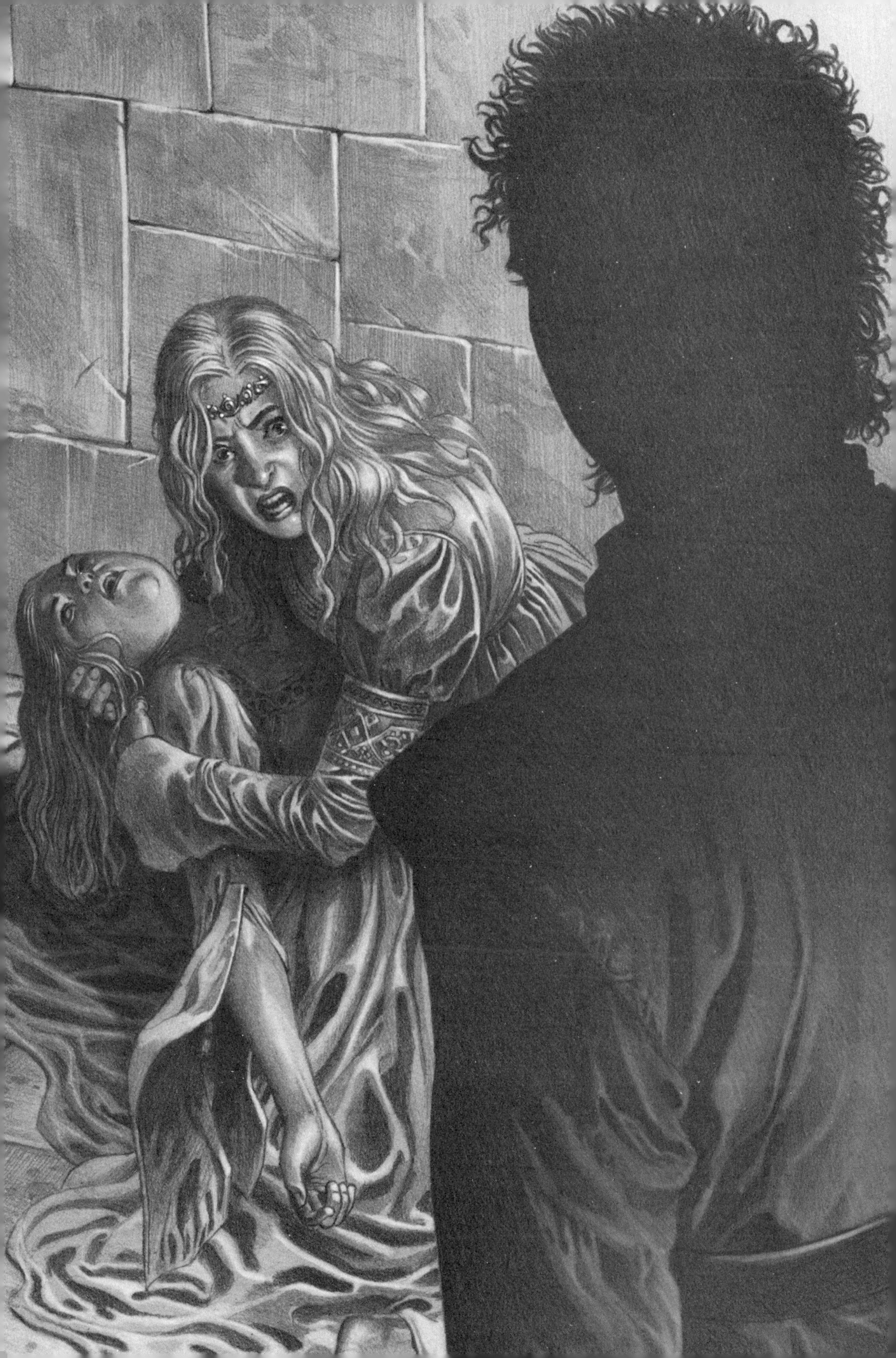

丈夫抓来。

安德鲁·法曼不在自己的卧房，也不在太后的房间。大厅、马厩、圣堂、伊耿花园，统统都找不到……然而守卫们在海龙塔的鸦巢下的学士房间发现了安赛姆学士的尸体，一把匕首插在学士的后心。由于大门紧闭，除了骑龙没有离开城堡的办法，但雷妮亚坚称："我的蠕虫丈夫没那个胆。"

最后人们在图桌厅找到了安德鲁·法曼。他手持长剑，完全不打算抵赖下毒之事，相反还颇为自得。"我把酒杯递给她们，她们就喝了，还向我道谢。为什么不呢？他们不就把我当侍酒和仆人看待吗？甜心安德鲁。笑料安德鲁。他除了从龙背上掉下去还能干什么？好吧，我本来能干成好多事。我本来能当领主；我本来能制定律法、积累经验，在你身旁细心辅佐你；我本来能为你杀敌，就像杀你朋友这般轻松；我本来能跟你生下孩子！"

雷妮亚·坦格利安根本不屑回答，她转而吩咐守卫们拿下自己的丈夫。"阉了他，但别让他失血过多。我要把他的老二和卵蛋炸了喂给他吃，他在全吃下去之前不能死。"

"不。"安德鲁·法曼冲绕过地图桌去抓他的卫兵们喊道，"我老婆能飞，我也能！"他说着朝最近的卫兵徒劳地挥了一剑，然后退向身后的窗口，一跃而下——他的确飞了，但没飞多久，很快摔得粉身碎骨，雷妮亚·坦格利安又将他碎尸万段拿去喂龙。

安德鲁·法曼是征服五十四年死的最后一位头面人物，但可怕的"陌客之年"的噩运并未就此终结。就像石头扔进池塘、激起四下扩散的涟漪，安德鲁·法曼焦黑冒烟的尸块被巨龙吞吃之后很久，由他散发的恶意依然徘徊在这片大陆，感染和扭曲了世间生灵。

第一道涟漪波及了国王的御前会议：戴蒙·瓦列利安宣布辞去国王之手。如前所述，阿莱莎太后是戴蒙伯爵的妹妹，而伯爵年轻的侄女丽安娜在龙石岛被毒死的女人之列。有人猜测，戴蒙伯爵做出决定的部分原因是与顶替他成为海军上将的曼佛利·雷德温伯爵不睦，但对一位长年尽忠、勤勉有为的人物而言，这种猜测未免过于小气。我们更倾向于采纳伯爵本人的说法，即离职是因年纪渐长，并渴望返回潮头岛陪伴儿孙们度过余生。

杰赫里斯的第一反应是在御前重臣中提拔戴蒙伯爵的接班人。阿尔宾·马赛、里戈·德拉兹和巴斯修士均才华过人，深受国王器重与欣赏，然而各自又有不妥之处。巴斯修士很可能忠于繁星圣堂胜过铁王座，况且他出身低微，各大诸侯难以容忍铁匠之子来为国王发声；里戈·德拉兹是不敬神的潘托斯人和靠贩卖香料起家的暴发户，深究的话，他的出身恐怕比巴斯修士还低；背脊扭曲、走路歪歪斜斜的阿尔宾伯爵在无知愚民眼中比前两位更可怕，伯爵本人曾亲口对国王吐露："他们都用看待奸臣的眼光看待我，我藏在暗影中才能更好地为您效力。"

放眼君临之外，杰赫里斯首先排除了召回罗加·拜拉席恩或前朝梅葛的首相；徒利公爵在摄政期的御前会议中表现平平；鹰巢城公爵暨峡谷守护者罗德利克·艾林是个年仅十岁的男孩，之前他的伯父多诺德公爵和他的父亲赖蒙德爵士为追击野人掠袭者，冲动地深入明月山脉以致战殁，罗德利克才得以意外继位；国王新近与唐纳尔·海塔尔达成谅解，但并不完全信任对方，正如他不信任林曼·兰尼斯特；高庭的伯特兰·提利尔公爵是出名的酒鬼，如果他把自己那帮野性难驯的私生子带来君临，势必让王室蒙羞；阿里克·史塔克最好还是留守临冬城，根据各种报告，此人固执、严苛、心狠而不知变通，他若列席御前会议，其他人都会惴惴不安；最后，让铁民来君临主政更无法想象。

既然大诸侯们不合适，杰赫里斯转而在下级封臣中寻找。首相最好是个长者，可用经验来弥补国王的年轻，此外，御前重臣中已不缺饱学之士，新人宜以战士为佳，久经沙场、威名远扬的强将能震慑王室的敌人。根据这些条件，十多个人选被提交上来，经筛录后最终确定为河间地的橡果厅伯爵，即米斯·斯莫伍德爵士。此人曾在"神眼之下"一役中为国王的哥哥伊耿而战，曾与"伐木工"渥特在石桥决斗，还曾在伊尼斯国王统治时期，随已故的史铎克渥斯伯爵一起出击，让"红心"赫伦伏诛。

米斯伯爵的勇武名不虚传，他的脸上和身上相应地留下了十几道骇人的伤疤。御林铁卫中的"黄蜂"威廉爵士曾在橡果厅效力，他发誓说七大王国再找不到比米斯更优秀、更勇猛、更忠诚的领主。米斯伯爵的封君潘崔斯·徒利公爵及其令人敬畏的妻子露辛达夫人也对伯爵赞不绝口。杰赫里斯国王由是认可了这个选择，一只渡鸦带着谕令飞赴橡果厅，不到两周后，米斯伯爵动身前往君临。

亚莉珊王后并未参与国王之手的甄选工作。国王和御前会议讨论得热火朝天时，王后却骑银翼离开君临，飞到龙石岛陪伴姐姐，试图安慰对方。

但雷妮亚·坦格利安不是个容易安慰的女人，一下子失去那么多密友和伴侣让她郁郁寡欢，而哪怕只提及安德鲁·法曼的名字都会令她勃然大怒。雷妮亚不欢迎妹妹，对妹妹的关心也不在乎，她反而想将对方赶走，为此不惜在半个城堡的人面前大喊大叫。当王后拒绝离开后，雷妮亚干脆退回自己的卧室，闩上房门，只有用餐时间才出来……而且出来的次数越来越少。

既然没人招待，亚莉珊·坦格利安便自行着手恢复龙石岛的秩序。她要来一位新学士，让其即刻开展工作，又任命了一位新的守卫队长掌管城堡守卫队。亚莉珊钟爱的埃蒂丝修女赶来取代了雷妮拉的新宠、惨死的玛丽亚姆修女。

既然姐姐躲着自己，亚莉珊便去找侄女艾瑞亚交流，结果迎接她的也是暴怒和拒绝。"她们死光了跟我有什么关系？反正她会找新的，她总会找新的。"艾瑞亚公主对王后嚷道。亚莉珊尝试讲述自己的童年，说起雷妮亚怎样把龙蛋放进她的摇篮，如何拥抱她、照料她，"她就像我的亲生母亲"。艾瑞亚却厉声反驳，"她没给我龙蛋，她就那样扔下我，自己飞去仙女岛"。亚莉珊对女儿的爱也激怒了公主。"凭什么她能当女王？当女王的该是我，不是她。"说到这里，艾瑞亚终于忍不住哭着恳求亚莉珊带她回君临。"艾丽莎小姐说她愿意带我离开，到头来她却一个人走了，忘记了我。我想回宫廷，回到那些歌手、弄臣、骑士和领主当中。求求你，带我一起走吧。"

公主哭得如此伤心，亚莉珊王后只得答应跟她母亲商量。但雷妮亚再次离开卧房就餐时，立刻拒绝了此事。"你什么都有了，我什么都没有，你还想带走我女儿。不，我不会把她给你。我的王位都是你们的了，你应当知足。"当晚，雷妮亚将艾瑞亚公主召入卧房，严加斥责，母女俩的咆哮声甚至传出了石鼓楼。从此以后，公主再不跟亚莉珊王后说话，多番尝试均告碰壁后，王后只得悻悻返回君临，回到杰赫里斯国王的臂弯中，回到女儿丹妮莉丝公主的欢笑中。

"陌客之年"末尾，龙穴终告落成。宏伟的穹顶就位了，沉重的青铜大门也竖立起来，这栋气势磅礴的建筑占据了雷妮丝丘陵顶端，仅次于伊耿高丘上的红堡。为兹纪念，也为欢迎新首相上任，雷德温伯爵向国王提议举办一场自"黄金婚礼"以来最盛大辉煌的比武会。"让我们把悲伤抛诸脑后，用庆典和欢乐来迎接新的一年。"雷德温力促。秋季的收成不错，里戈伯爵的税收政策带来稳定的财源，贸易也得到增进，总而言之，举办赛事的资金不成问题，庆典还将为君临带来成千上万的访客以及他们的钱包。重臣们赞成这个提议，杰赫里斯国王也相信比武大会能振奋民心，"帮助我们忘记伤痛"。

就在这个节骨眼上，雷妮亚·坦格利安突然离开龙石岛造访君临，打乱了所有准备工作。"巨龙似乎能通过某种方式感受和响应驭龙者的情绪。"巴斯修士写道，"那日，梦火犹如狂怒的风暴一般自云层中降临，沃米索尔和银翼也同时起身冲它咆哮。我和在场诸君目睹这番情景，听见这番声势，都很害怕它们会当即喷火撕咬，就像神眼湖上空贝勒里恩攻击闪银那样。"

好在巨龙们最终没打起来，不过雷妮亚跳下梦火之后，它们仍冲彼此嘶叫咆哮。雷妮亚急如星火地扑进梅葛楼，嚷着要见弟弟妹妹，人们很快明白了她暴跳如雷的原因——艾瑞亚公主离家出走。公主于破晓时分溜进院子，骑龙飞离龙石岛。那可不是普通的龙。"贝勒里恩！"雷妮亚大吼大叫，"她骑走了贝勒里恩，这疯丫头！她不要那些小龙，不，不，她非骑'黑死神'不可，那头梅葛的龙，害死她爹的怪物。她选它不就是为了伤害我吗？我怎能生下这种祸胎？你们说，我生出个何等的畜生？"

"她只是一个小女孩。"亚莉珊王后说，"一个发脾气的小女孩。"根据巴斯修士和本尼费尔大学士的说法，雷妮亚根本不理会妹妹的安慰，一味只想知道她的"疯丫头"会飞去哪里。她第一反应是君临，艾瑞亚那么渴望回到宫廷……但她没在这里，又会去哪里呢？

"我想我们很快就能知道，"杰赫里斯国王一如既往地冷静，"贝勒里恩的体型太大，不可能掩人耳目，况且它的食量也大得惊人。"他命本尼费尔大学士向七国各路诸侯送去渡鸦，"只要有贝勒里恩或我侄女的线索，务须立刻禀报。"

大批渡鸦飞出红堡，但当天没有艾瑞亚公主的消息，第二天、第三天也没有……雷妮亚一直留在红堡，心急如焚地等待，只靠甜酒方能入睡。丹妮莉丝公主特别害怕姑姑，一见到雷妮亚就哭个不停。七天后，雷妮亚认为自己不能再空等。"我要去找她。即便找不到,也比干坐着好。"她说完便骑着梦火一走了之。

这残酷的一年剩下的一点时间里,再没有这对母女的消息。

杰赫里斯与亚莉珊

他们的成就与悲剧

　　杰赫里斯·坦格利安一世国王的功绩不胜枚举，但在大多数历史研究者眼中，首屈一指的要属他在位期间维持的长久和平与繁荣。杰赫里斯并不能完全避免冲突——任何凡人君王都做不到这一点——但他参与的战争总能速战速决、得胜而归，且多发生在海上或异国他乡。"无能的国王才乐于窝里斗，让自己的王国流血、燃烧、尸积如山。"巴斯修士后来写道，"陛下显然不会那么蠢。"

　　博士们或许对具体数字各执一词，但大都认同多恩领以北的维斯特洛人口在"和解者"时代翻了一番，君临人口更四倍于前。兰尼斯港、海鸥镇、暮谷镇和白港的人口也有显著增长（纵然没有扩充到四倍）。

　　战争的减少意味着更多青壮年可投入耕作，杰赫里斯朝的土地开垦面积遂不断增加，粮食价格则稳步下跌；鱼价便宜到普通百姓亦可承受，这是因为沿海的渔村日益兴旺，更多的渔船投入使用；从河湾地到颈泽，到处都在开垦果园；牧羊人们扩大牧群，羔羊肉和绵羊肉的供应水涨船高，羊毛的质量也步步高升；贸易活动虽不免受风向、气候、战争和突发状况的影响，但总体上增长了十倍；维斯特洛的手工业也欣欣向荣，蹄铁匠、铁匠、石匠、木匠、磨坊主、制革工、纺织工、制毡工、染匠、啤酒酿造师、葡萄酒酿造师、金匠、银匠、面包师、屠夫和奶酪师全都迎来了狭海以西前所未有的好时光。

　　当然，年景总是有好有坏，但公正地讲，在杰赫里斯国王与他的王后治下，生活中积极的方面远胜消极的方面。生活在这片大地的人们总会经历风暴、灾害和寒冬，但回顾过去，大家都会自然而然地将"和解者"统治时期形容为绿意盎然、和煦温馨的长夏。

　　不过当君临庆祝征服五十五年新年的钟声敲响时，杰赫里斯还看不到时来运转的迹象。前一年是残酷的"陌客之年",它留下的伤口鲜血淋漓……国王、王后和御前会议忧心忡忡,因艾瑞亚公主和贝勒里恩依旧下落不明,雷妮亚太后发了疯似的到处找寻。

离开弟弟的宫廷后,雷妮亚·坦格利安径直飞到旧镇,寄望她那任性的女儿前去投奔双胞胎姐妹。唐纳尔伯爵和总主教分别热情接待了她,但对艾瑞亚之事全都无能为力。太后趁机见了雷哈娜,她生下的这对双胞胎外貌如此相像,性格却如此迥异……这次见面或许稍微缓解了太后的悲痛,但当她表示懊恼,悔恨自己没能当个好母亲时,见习修女雷哈娜抱住她说:"我已拥有孩子所能盼望的最好的母亲,也就是天上圣母,为此我感谢您。"

梦火载太后自旧镇北上,她先飞到高庭,然后去了从前招待过她的秧鸡厅和凯岩城。当地领主都说除了她骑的这条龙,没见过其他龙,也没有半点关于艾瑞亚公主的流言。抱着万一的希望,雷妮亚随即又来到仙女岛,再次面对福兰克林·法曼伯爵。五年时光匆匆而过,伯爵对太后敌意不改,发言也依旧欠缺智慧。"我妹妹逃离你的魔掌后,我本希望她能回家履行职责。"福兰克林伯爵说,"可惜我既没有她的消息,也没有你女儿的消息。对于公主我称不上了解,不过要我说,她能摆脱你再好不过,就像仙女岛一样。不必担心,就算她流浪到这里,我们也会像赶走她母亲那样把她赶走。"

"你确实不了解艾瑞亚。"太后答道,"如果她真的来到这里,大人,你会发现她的脾气没有她母亲这么好。噢,你想'赶走'贝勒里恩,祝你好运。'黑死神'很享受你弟弟的血肉,它肯定渴望再来一餐。"

雷妮亚离开仙女岛后的行程史籍失载,我们只知她在这年余下的时间从未返回君临和龙石岛,也没在七大王国任何领主的城堡现身。然而北至荒冢地和热浪河,南达多恩领的赤红山脉与湍流河的峡谷,皆有梦火的零星目击报告。雷妮亚和她的龙似乎刻意回避城堡和城市,她去过五指半岛,去过明月山脉,去过雾气笼罩、绿林繁茂的风怒角,甚至去过盾牌列岛和青亭岛……但总是避开人群,专挑荒蛮偏僻的地点,朔风肆虐的荒野、野草覆盖的平原、阴郁险恶的沼泽和高耸幽深的山崖成了她的栖身之地。她到底是在寻找女儿的蛛丝马迹,还是为了满足自己的独处愿望?我们无从得知。

某种程度上,雷妮亚没回君临算是件好事,因国王和御前会议对她的不满与日俱增。她在仙女岛与法曼伯爵的冲突震惊朝野。"她疯了吗，竟在别人的大厅里如此嚣张？"斯莫伍德伯爵评论，"如果是我，绝对会拔掉她的舌头。"国王对此回应道："我希望你不会这么蠢，大人。不管雷妮亚为人如何，她仍是真龙血脉，是我的亲姐姐，深受我爱戴。"值得一提的是，杰赫里斯只提醒斯莫伍德伯爵注意言辞，没有反驳他的观点。

巴斯修士后来作了说明："坦格利安家族的力量源于他们的龙，这些可怕的巨兽曾摧毁赫伦堡，并在'怒火燎原'一役中杀死两个国王。杰赫里斯国王像祖父伊耿一样清楚这种力量及其带来的威胁，同时又深知雷妮亚太后没看透的另一个真相：不说出口的威胁最有效，想让那些骄傲的诸侯服服帖帖，决不能采用侮辱的方式。聪明的国王会顾全他们的体面，只消让他们注意到巨龙的存在，其余不必多说。公然宣称要烧他们的房子，拿他们的亲人去喂龙，这只会激怒他们，以致离心离德。"

亚莉珊王后每天都为侄女艾瑞亚祈祷，因其出走倍感自责……但她更怪罪姐姐；杰赫里斯在艾瑞亚身为王位继承人那几年里没怎么关注过她，现在也为自己的粗心而内疚，但他最关心的是贝勒里恩，他深知如此强大的巨兽落到年仅十三岁的愤怒女孩手中有多危险。雷妮亚·坦格利安寻找归于徒劳，本尼费尔大学士派出的无数渡鸦只带回谎言、托词和误导，没有任何关于公主或龙的确切消息。日子一天天过去，几个月后，国王开始担心侄女是不是死了。"贝勒里恩是条任性的猛兽，想必不接受小孩子的颐指气使。"他告诉御前会议，"从没飞过的女孩直接跳到它背上，试图操纵它……而且并非在城堡上空绕行，还想飞过大海……它很可能把她甩下去，可怜的孩子，她说不定早就沉入了狭海。"

巴斯修士不这么认为。他指出巨龙生性不喜流浪，它们通常会找个隐蔽场所，比如洞穴、废城或山顶，在这些地方筑巢，以之为据点外出狩猎。若真甩脱了骑手，贝勒里恩肯定会返回巢穴。他的推论是，既然在维斯特洛大陆没人见过贝勒里恩，艾瑞亚公主很可能骑它向东飞越狭海，去了广阔的厄斯索斯大陆。王后听了表示赞同："如果那女孩死了，我会知道的。她还活着，我感觉得到。"

里戈·德拉兹派去寻找艾丽莎·法曼及失窃龙蛋的间谍细作们由此被多安

排了一项任务：寻找艾瑞亚公主和贝勒里恩。狭海对岸各处的报告很快如雪片般传来，跟之前关于龙蛋的消息一样，其中大部分是毫无根据的谣言、谎话和误报，仅为了领赏而拼凑与捏造出来。也有一些是三四手消息，或是完全缺乏细节的只言片语，诸如："我可能看见了一只龙，那也可能是某种带翅膀的大型动物。"

最有价值的消息来自潘托斯以北的安达斯丘陵，牧羊人们惊恐地述说此间有怪物出没，它会吃掉整个羊群，留下满地血淋淋的尸骨。遭遇这头猛兽的牧羊人也尽数遇害，看来它的胃口并不局限于羊肉……由于目击者没一个活下来，而所有的故事都没提到火，杰赫里斯认为贝勒里恩很可能与此无涉。无论如何，为保万无一失，他还是派出十二名勇士渡过狭海，前往潘托斯猎杀这头猛兽，带头的是御林铁卫"黄蜂"威廉爵士。

与此同时，君临有所不知的是，狭海对岸的布拉佛斯造船工造出了大帆船"逐日者号"，艾丽莎·法曼用偷来的龙蛋实现了梦想。跟每日驶出布拉佛斯兵工厂的划桨战舰有所不同，"逐日者号"没有桨，她更适合深水航行，而非在海湾、礁群和内陆浅滩活动。作为四桅帆船，她的风帆数量堪比盛夏群岛的天鹅船，且船身更宽，吃水更深，能装下更多补给，以适应更长的旅程。某个布拉佛斯人询问艾丽莎是否打算航向夷地，她大笑着回答："我可能会去……但不是按你以为的那条航线。"

"逐日者号"扬帆启航前夜，海王召艾丽莎进宫，用鲜鱼和啤酒——以及警告——来款待她。"路上小心，姑娘。"他对她说，"但你还是尽早上路吧。那帮家伙正在狭海上下到处打探你的消息，悬赏追寻你的踪迹，我可不希望你在布拉佛斯被人找到。我们的祖先来到这里是为了逃离古瓦雷利亚的统治，你们维斯特洛的坦格利安家族正是瓦雷利亚人的后裔。我祝你顺风顺水，远走高飞。"

业已更名亚丽·西山的姑娘告别布拉佛斯的泰坦巨人时，君临的朝廷依旧处于忙碌之中。杰赫里斯·坦格利安一如既往地压下挫折与失望，埋首政务，他在红堡安静的图书馆中开始了一件在后世看来具有莫大意义的壮举：经由巴斯修士、本尼费尔大学士、阿尔宾·马赛伯爵与亚莉珊王后（这四人被国王称为"我的核心班子"）的有力协助，杰赫里斯着手编纂、整理和改革王国的

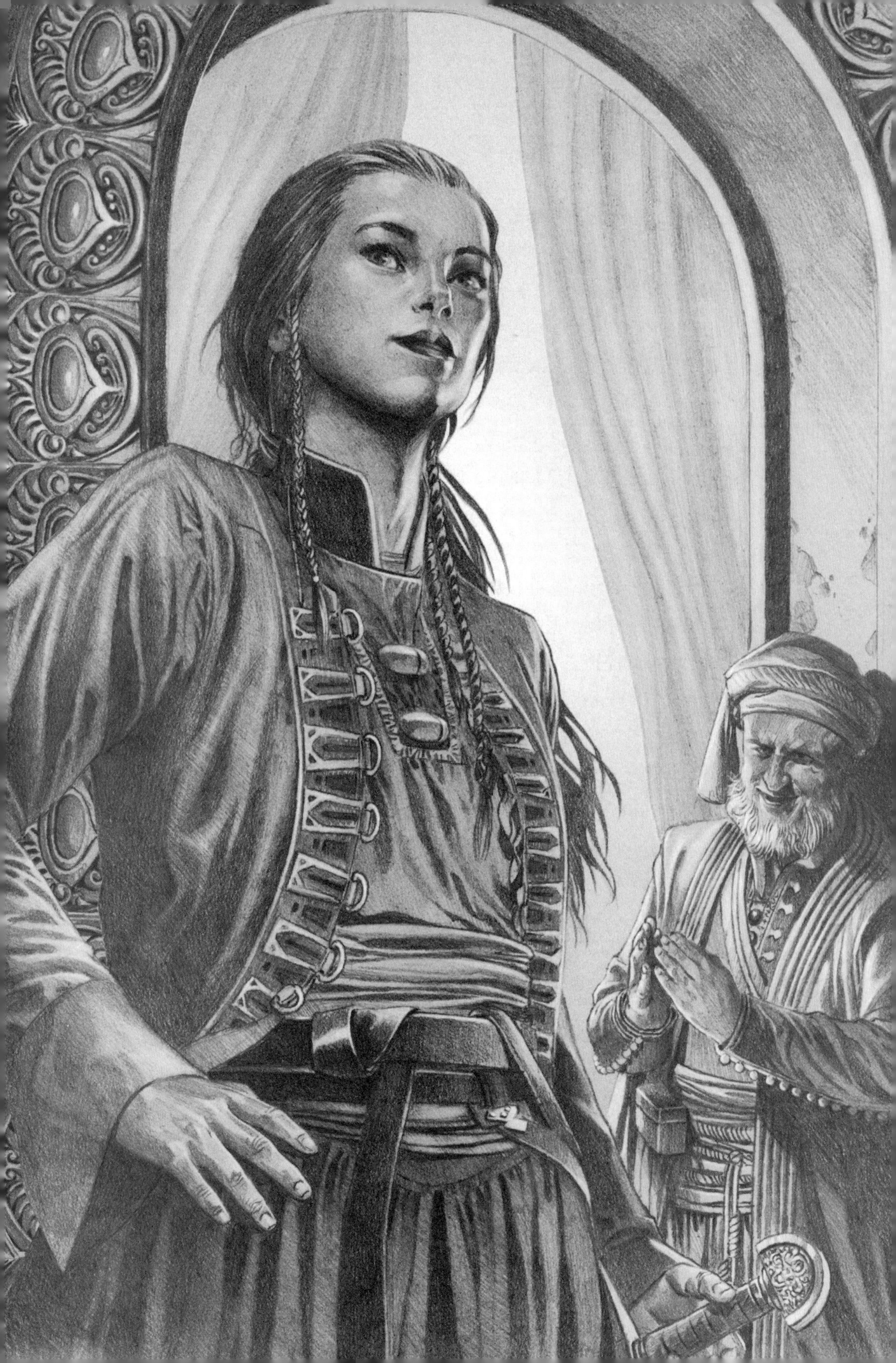

法律。

"征服者"伊耿征服的维斯特洛名副其实地由七大王国组成,每个王国有自己的法律、习俗和传统,即便在一个王国之中,地区间的差异也相当显著。诚如马赛伯爵记述的那样,"七大王国形成前有过八大王国,之前的历史时期维斯特洛还同时存在九个王国、十个王国、十二个王国甚至三十个王国,如此不断上溯……我们谈到英雄纪元时的'百国争雄',实际上有时是九十七个王国,有时又是一百三十二个王国,王国的数目永远在变,因为战争总有输赢,父亲的遗产又可能由多个儿子继承。"

法律的变迁更是常事。有的国王严苛,有的国王仁慈,有的国王向《七星圣典》寻求指引,有的国王秉持先民的古老律法,有的国王全凭心血来潮治国,有的国王清醒时一套、喝醉了另一套……结果几千年来积攒下无数互相矛盾的案例,任何拥有生杀予夺权利的领主(甚至没有这些权利的人)都能随意挑选对自身有利的先例,据此作出判决。

这种混乱与无序让杰赫里斯·坦格利安深感不满,在"核心班子"的协助下,他开始"打扫马厩"。他宣布"七大王国有了独一无二的君主,理当拥有独一无二的法律"。然而这项任务如此繁重,绝非一年时间所能完成,甚至十年都做不到,仅是收集、整理和研究现存法律就花去整整两年,之后的改订更将持续数十年,但《巴斯大法典》(巴斯修士最终对《法典》的贡献是其他任何人的三倍以上)的编纂委实始于那个秋天的征服五十五年。

国王的辛劳需要日久天长方能开花结果,但王后只需九个月。本年初,杰赫里斯国王及维斯特洛人兴奋地得知亚莉珊王后又怀孕了。丹妮莉丝公主也很高兴,她态度坚决地告诉母亲自己想要个妹妹。"你真像个女王,都开始发号施令了。"母亲笑着回答。

婚姻素来是联系维斯特洛各大家族的重要纽带,通过它可以建立联盟、消弭争端,正因如此,亚莉珊·坦格利安也像征服者的两个妻子一样热衷于牵线搭桥。征服五十五年,她促成了两场引以为豪的联姻,两场联姻的女方皆为自龙石岛时代便在她身边效力的"女智者":詹妮丝·坦帕顿小姐嫁给高地城的穆伦道尔伯爵,普鲁内拉·赛提加小姐嫁给拥有星梭城、杜斯顿伯里和白园城这三座城堡的乌瑟·培克伯爵。由于男方身份均高于女方,这被视为王后的巨大胜利。

雷德温伯爵早先提议的庆祝龙穴完工的比武大会，最终于本年年中举行。长枪比武场搭在雄狮门和国王门之间的城墙以西的空地。据说这次赛事精彩绝伦，雷德温伯爵的长子劳勃爵士凭借高妙枪法跻身王国一流强手行列，伯爵的次子瑞卡德则赢得了侍从长枪比武，并由国王当场赐封为骑士，但最终的冠军乃黑港城英俊潇洒的西蒙·唐德利恩爵士，他将爱与美的皇后的桂冠戴在丹妮莉丝公主头上，此举赢得了百姓和王后的一致赞赏。

由于龙穴还没有龙，这座巨大的建筑遂被充作大型团体混战的场地。君临人从未见过如此盛大的比试，七十七位骑士分为十一支队伍参与厮杀，选手们骑马出赛，落马后继续步战，用的是长剑、战斧、钉头锤和流星锤。场上只剩一队人马后，该队剩下的队员开始彼此攻击，直至产生最终的获胜者。

尽管选手们用的是未开刃的练习武器，战斗仍然惨烈血腥，让围观群众兴奋不已。比赛中有两人身亡，超过四十人受伤。亚莉珊王后明智地阻止了她最喜爱的琼琪·达克与"乱弹琴"汤姆参赛，但耐不住寂寞的老"酒桶"为博取群众的欢呼再次上场，而他倒下后，百姓们立刻拥戴了一位新秀——年纪轻轻就自侍从受封为骑士的哈瑞斯·霍格爵士，此人由于家族姓氏和猪首头盔得了个"火腿哈利"的称号。这场团体混战中脱颖而出者还包括曾在龙石岛效力的埃林·布洛克爵士，罗加·拜拉席恩的弟弟鲍里斯爵士、加龙爵士和隆纳尔爵士，臭名昭著的雇佣骑士"狡诈的"古莱尔爵士，以及西境代表、凯岩城教头阿拉斯托·雷耶斯爵士。但经数小时血战，最后胜出者是一位河间地的年轻人，他身形魁梧、肩膀宽阔、金发飘荡、壮硕如牛，他便是卢卡默·斯壮爵士。

比武大会结束后不久，亚莉珊王后骑龙离开君临，飞赴龙石岛待产。伊耿王子诞生三日便告夭折仍让王后耿耿于怀，她既不想置身艰辛的旅途，也不愿囿于宫廷事务，因此回到静谧的家族古堡以减轻负担。埃蒂丝修女和莱拉修女随侍左右，此外还有从一百名渴望得到陪伴王后殊荣的少女中甄选的十二位女伴。这群荣耀的少女包括罗加·拜拉席恩的两个侄女，还有艾林家族、凡斯家族、罗宛家族、罗伊斯家族和唐德利恩家族的人，甚至有一位北境人——白港席奥默伯爵的女儿玛莱·曼德勒。为丰富晚上的娱乐，王后还带去最受宠的弄臣"贤妻"（及他的玩偶）。

部分宫廷人士对王后执意搬往龙石岛表示担忧，因该岛夏日里也潮湿阴沉，秋季狂风暴雨更是常态，近期的几场悲剧又给城堡罩上一层疑云，有人甚至担心雷妮亚·坦格利安被毒死的那些朋友的鬼魂会四处作祟。亚莉珊王后认为这些想法不值一哂，她告诉质疑者们："陛下与我曾在龙石岛度过幸福时光，我认为那里最适合迎接我们的孩子降生。"

征服五十五年安排了一场前往西境的巡游，王后像怀着丹妮莉丝公主时那样，没让国王取消或推迟行程，而要他独自前往。国王骑沃米索尔横越维斯特洛大陆，在金牙城与随从队伍汇合，然后造访了烙印城、峭岩城、凯切镇、卡斯特梅、塔贝克厅、兰尼斯港、凯岩城和秧鸡厅，但刻意略过仙女岛。杰赫里斯·坦格利安不会像姐姐雷妮亚那样出口威胁，但也有表达不悦的方式。

距产期还有一个月时，国王从西境返回，陪伴王后生产。孩子准确地在学士估计的产期内降生，这是个四肢强壮、身体健康的男孩，他有一双淡紫色眼睛，而长出的头发又白又亮、宛若白金，即便在古瓦雷利亚也相当罕见。杰赫里斯给他起名伊蒙。"丹妮莉丝会跟我闹了，"亚莉珊将小王子抱到胸前，"她一心想要个妹妹。"杰赫里斯大笑着说："等下次吧。"当晚，在亚莉珊的提议下，杰赫里斯将一颗龙蛋放进王子的摇篮。

伊蒙王子的降生令国人欢欣鼓舞，一个月后，当杰赫里斯和亚莉珊返回君临时，成千上万的平民在红堡外夹道欢迎，渴望观睹新的铁王座继承人。人们热情洋溢的呐喊和祝贺感染了国王，他最后站到城堡大门的城垛上，将男孩高举过头，让所有人都能看见。据说那一刻响起的排山倒海的欢呼声，连狭海对岸都能听见。

举国欢庆之时，国王得知姐姐雷妮亚的行踪。她现身伊斯蒙家族古老的家堡绿石堡，该城堡位于风怒角外的伊斯蒙岛，而她决定在那里暂住。前已述及，雷妮亚的第一个密友是表亲拉瑞萨·瓦列利安，此人又很快嫁给塔斯岛"暮之星"的次子。此时拉瑞萨夫人的丈夫已经逝世，但两人育有一女，新近嫁给上年纪的伊斯蒙伯爵。寡居的拉瑞萨夫人没留在塔斯岛，也没回到潮头岛，而是在女儿结婚后跟去了绿石岛——雷妮亚·坦格利安显然是被她吸引的，毕竟伊斯蒙岛本身实在缺乏魅力，那里空气潮湿、狂风肆虐、荒凉贫瘠。

雷妮亚太后失去了女儿、密友和挚爱，想到童年伙伴处寻找慰藉也合情合理。

如果雷妮亚太后知道自己正与挚爱擦肩而过，想必会十分震惊（甚至暴怒）：亚丽·西山的"逐日者号"在潘托斯补给后驶到了泰洛西，那里与伊斯蒙岛隔海相望，乃是狭海最狭窄的部分。由于前方航程危险，石阶列岛海盗肆虐，亚丽小姐像许多谨慎的船长一样雇佣了十字弓手和佣兵，保护自己平安通过海峡、进入外海。习惯恶作剧的诸神让雷妮亚太后和背叛者迎头错过，"逐日者号"最终安然穿越石阶列岛，亚丽·西山在里斯解散了雇员、补给过食水后调头向西，驶向旧镇。

征服五十六年，冬季降临维斯特洛，一同降临的还有来自厄斯索斯的噩耗：杰赫里斯国王派去潘托斯以北的丘陵、调查当地出没的巨兽的队伍以身殉国。带队的"黄蜂"威廉爵士雇了一个自称知晓怪物所在的本地人当向导，结果那向导将他们领进安达斯的天鹅绒丘陵中盗贼的包围圈。尽管威廉爵士及其手下个个身怀绝技，无奈寡不敌众，最终全部牺牲。据说威廉爵士是最后倒下的，后来里戈伯爵在潘托斯的某个眼线得到了他的首级。

"根本没有怪物，"听到这个沉痛的消息，巴斯修士得出结论，"偷羊的是土匪，他们故意编故事吓人。"首相米斯·斯莫伍德力促国王惩罚潘托斯人的轻慢，杰赫里斯却不想因一些不法之徒的罪行对整个城邦宣战，此事就这样不了了之。"黄蜂"威廉爵士的事迹被记录在御林铁卫的《白典》，而为补缺，杰赫里斯将白袍赐给龙穴团体混战的获胜者卢卡默·斯壮爵士。

里戈伯爵安排在狭海对岸的眼线很快又传来消息。其中一则说巨龙在奴隶湾阿斯塔波城的竞技场出现。那条猛兽已被削去双翼，与奴隶主安排的公牛、穴熊及装备长矛和斧子的奴隶队伍对战，受到观众的狂热追捧。巴斯修士立刻驳斥了这份报告。"这无疑是一条长翼龙，"他宣称，"索斯罗斯的长翼龙经常被没见过的人当成龙。"

国王和御前会议更感兴趣的是不久前席卷争议之地的大火。由于风势强劲、长草干枯，火灾足足肆虐了三天三夜，吞没了六个村庄和一个自由佣兵团——冒险者团。该佣兵团夹在凶猛的大火和大君亲率的泰洛西军队之间，大部分人宁愿死在泰洛西人的长矛之下，也不想被活活烧死，最终全团无人生还。

起火原因不明。"肯定是龙。"米斯·斯莫伍德伯爵断言，"还能是什么？"

里戈·德拉兹不那么肯定。"闪电、炊火或是举着火把找婊子的醉鬼。"他提出假设,"这些都有可能。"

国王同意里戈伯爵的看法。"如果是贝勒里恩干的,不可能没有目击证人。"

厄斯索斯的大火对业已抵达旧镇、自称亚丽·西山的女人没有丝毫干扰,她的目光投注于地平线另一端,投向风暴肆虐的西海。"逐日者号"踩着秋天的尾巴停靠入港,亚丽小姐旋即着手搜寻船员,她打算尝试的事只有极少数勇士敢于参与——横渡落日之海,寻找世人做梦也无法想象的大陆。她不需要会轻易丧失信心、乃至与她作对的水手,这势必导致航海无疾而终,她要的是跟她一样的梦想家,而这样的人可遇不可求,哪怕在旧镇。

时至今日,无知的平民和迷信的水手仍然认定世界是平的,遥远西方的某处是世界尽头。有人说那里有火墙和沸腾的海水,有人说那里为漫无边际的黑色浓雾,还有人说那里是地狱的大门。有识之士当然不这么想。其实,任何人都能发现太阳和月亮是球体,我们身处的世界同为球体乃最自然的推论,而经过若干世纪研究,枢机会的博士们更对此确信无疑。球体说亦非维斯特洛人的独特观念,瓦雷利亚自由堡垒的龙王们坚信这一点,奎尔斯、夷地、雷岛等遥远国度的智者们也得出了相似结论。

但关于世界的大小,观点就大相径庭了,哪怕学城的博士们对此都存在很大分歧。有人认定落日之海广阔无垠,人类不可能横渡,有人却说它至多等于青亭岛和大莫拉克岛之间的夏日之海——这段距离当然不容轻视,但胆大的船长加上优良的船只还是有可能克服。从现实的角度出发,谁能找到通往夷地和雷岛的西行航线,带回香料和丝绸,则必将富甲天下……前提是这个球形世界真如某些智者想象的那么小。

亚丽·西山不认为世界会如此狭小。从她留存于世的稀少文字中,我们发现她在顶着艾丽莎·法曼这个姓名的童年时代,就提出世界"远比那些学士想象的庞大,也更加奇妙"。她并非带着商人的贪婪试图向西航至乌尔特斯大陆和亚夏,她的视野更开阔,她认定在维斯特洛大陆以西、直到厄斯索斯大陆及乌尔特斯大陆的东端,有着从未被人发现的诸多陆地和海域,那将是另一个厄斯索斯、另一个索斯罗斯和另一个维斯特洛。因此她梦想见到汹涌澎湃的江河、狂风吹拂的原野和高耸入云的群山，见到阳光照耀下青翠碧绿的岛屿、未经驯服的珍禽异兽和不曾尝试的奇特果实，见到陌生的星空下闪耀的黄金都市。

她不是第一个做这种梦的人。早在伊耿征服的几千年前，在北境仍由冬境之王统治的时代，"造船者"布兰登便建造了一支舰队，意图横渡落日之海。他亲率舰队西航，却再没回来，于是他的儿子和继承人（同样名为布兰登）焚毁了造船厂，并因此得到"焚船者"的外号。一千年后，一群铁民离开大威克岛后被风吹离航线，来到一片怪石嶙峋的岛屿，它位于已知海岸线的西北方，离最近的岛也有八日航程。这群铁民的船长此后以"法温"为家名，意为"远行者"，他在新发现的岛上建造了一座塔楼和一座烽火台，号称孤灯堡，其后代至今仍居住于此，坚守着那片海豹与人类的数量呈五十比一的岩礁。其他人，甚至包括铁民都觉得法温家疯了，有人管他们叫"海豹人"。

"造船者"布兰登及铁民们涉足的是北方海域，可怕的海怪和海龙、小岛般大小的海兽在那冷灰色的海水里巡游，冰冷的迷雾中还掩藏着浮动冰山。亚丽·西山不打算重蹈覆辙，她的"逐日者号"将采偏南的航线，穿过温暖湛蓝的水域。借助稳定的海风，她相信自己能横渡落日之海，为此必须找到一批可靠的船员。

有人嘲笑她，有人认定她是个疯子，乃至当面咒骂。"珍禽异兽，没错，"一个跟她竞争优秀水手的船长对她说，"而你多半会被它们吞下肚。"但亚丽小姐将龙蛋卖给海王所得的金子还有很大一部分安全地存在布拉佛斯铁金库的地窖里，有这笔财富作支撑，她可用三倍于其他船长的工资诱惑旧镇水手。她就这样慢慢募集到了合适人选。

她的活跃不可避免地引起了海塔尔伯爵的注意。伯爵派孙子尤斯塔斯和诺曼前去盘问……这两人都是优秀的船长，一旦察觉不妥，便会就地将她捉拿。结果两人竟出人意料地和她签约，领着自己的船只和船员加入她的计划，从此以后，水手们挤破脑袋也想加入这支探险队——既然海塔尔家的人愿意参加，说明有利可图。征服五十六年三月二十三日，"逐日者号"终于启程，她经由低语湾驶向外海，同行有诺曼·海塔尔爵士的"秋月号"和尤斯塔斯·海塔尔爵士的"玛莉提丝小姐号"。

她们离开得正是时候……因亚丽·西山其人及其对优秀船员的渴求辗转传到君临，杰赫里斯一眼便看穿了艾丽莎小姐的假名，立刻放出渡鸦传信给旧镇的唐纳尔伯爵，命他拘捕这个女人，押往红堡审问。可惜渡鸦到得太迟……或像如今许多人推测的那样，"拖延者"唐纳尔又一次展现了拖延的特性。不过为搪塞国王，伯爵在亚丽·西山和他的孙子们出发后派麾下最快的十二艘船前去追赶，但最终这些船一艘接一艘空手而归。这是必然的结果，因为唐纳尔伯爵的快船等于是大海捞针，况且风势顺遂的话，那些船无一追得上"逐日者号"。

艾丽莎·法曼逃脱的消息传回红堡，国王沉思良久，仔细考虑要不要亲自去追。他相信龙比船快，沃米索尔或能达成海塔尔伯爵的快船办不到的事。但这念头吓坏了亚莉珊，她指出龙也不可能永远在天上飞，而落日之海已知部分的海图显示那片海域既没有岛屿也没有岩礁。本尼费尔大学士和巴斯修士同意她的观点，在他们的合力反对下，国王勉强打消了念头。

征服五十六年四月十三日的清晨阴冷灰暗，肆虐的狂风从东面吹来。根据宫廷实录，当日杰赫里斯·坦格利安一世与布拉佛斯铁金库的使者共进早餐，这位使者是来收取铁王座本年的借款利息。席间发生了争执，因艾丽莎·法曼的事一直萦绕在国王的脑海，而他确信她的"逐日者号"建造于布拉佛斯。国王要求使者说明，铁金库是否为这艘船提供了资金，铁金库又是否掌握失窃龙蛋的线索，银行家自然全盘否认。

红堡别处，亚莉珊王后一上午都陪伴孩子们——丹妮莉丝公主总算对弟弟伊蒙亲热了些，虽然她还是吵着要个妹妹——巴斯修士打理图书馆，本尼费尔大学士照料鸦巢。君临城中，科布瑞伯爵正视察都城守备队东营的士兵，里戈·德拉兹则在龙穴下方的豪宅中与一位风骚迷人的年轻妓女嬉戏。

众人的余生里都难以忘怀那天刺破清晨空气的明亮号角声。"那声音就像一把冰冷的刀子顺着我的脊柱而下。"王后后来形容，"但我说不上是为什么。"孤零零地矗立于黑水湾边的瞭望塔上，一名守卫瞥见远方黑色的翅膀，随即吹响警报。当翅膀逐渐变大时，他又吹了一次，当能清晰地看到云层下的黑龙时，他第三次把号角凑到嘴边。

贝勒里恩回归君临。

"黑死神"已多年不曾盘旋在都城上空，此情此景不禁让君临人心生恐惧，仿佛"残酷的"梅葛骑着它死而复生。然而，紧紧攀附在它脖子上的并非死去的国王，而是垂死的孩子。

贝勒里恩漆黑的身影扫过红堡的庭院和厅堂，硕大的皮翼鼓动着空气，它最后降落在梅葛楼旁的内院。它刚落地，艾瑞亚公主就从它后背滑了下来，然而连宫中最熟识她的人也几乎认不出她——落地的女孩几近赤裸，只剩胳膊和大腿还缠着些碎布，她的头发纠缠成块，四肢细如木棍。"救命！"她朝围观的骑士、侍从和仆人们哭喊。看到他们朝自己跑来，她又喊道："我没想……"但没说完便瘫倒在地。

卢卡默·斯壮爵士当时在环绕梅葛楼的干涸护城河上的吊桥站岗，他推开围观者，用双臂抱起公主，穿过城堡去找本尼费尔大学士。事后他告诉所有愿意倾听的人，说当时怀中的女孩发着高烧，满脸通红、浑身滚烫，皮肤的热度甚至隔着珐琅鳞甲也能感受到。他更强调公主双眼充血，而且"她体内有什么蠕动的东西，迫使她在我怀中颤抖抽搐"（这些故事他没能多说几次。次日，杰赫里斯国王就召见他，命他不许再提公主的事）。

国王和王后闻讯立刻赶去，本尼费尔却拒绝让他们进入学士房间。"你们不会想见到她现在的样子，"他告诉他们，"让你们进去将是我的失职。"门口的守卫将仆人也都拦下，只有巴斯修士得以进入，为着主持安息仪式。本尼费尔竭尽全力拯救奄奄一息的公主，他喂她喝下罂粟花奶，还将她浸泡在冰桶中降温，但统统无效。成百上千人涌入红堡圣堂为她祈祷，而杰赫里斯和亚莉珊一直守候在学士房间门外。当太阳落山、蝠时将至时，巴斯修士走出房间，宣布艾瑞亚·坦格利安已经过世。

次日日出时分，人们将她火化，她的尸体从头到脚裹着上好的白色亚麻布，本尼费尔大学士亲自准备火葬堆——据雷德温伯爵对儿子们的说法，这项工作仿佛让大学士丢了半条命。国王宣称侄女死于高烧，要求全国上下为她祈福。君临哀悼了一段时日，然后生活恢复如常，这件事就算是落幕了。

但其中疑点重重，即便几世纪后的今天，我们对真相仍知之甚少。

曾为铁王座服务的大学士总计超过四十人，这些人的日记、信件、账簿、回忆录和宫廷日历是我们了解他们亲历之事的最好途径，但各人的用心程度不同。有的大学士产出海量的无聊信件，巨细无遗地记录国王晚餐的菜单（以及国王对每道菜的评价），还有的大学士一年到头留不下半打文书。本尼费尔在记录方面十分优秀，他的信件和日记为我们详细还原了他为杰赫里斯及其叔叔梅葛效力期间的所见、所为与所感。但在本尼费尔留下的堪称浩繁的文件中，极蹊跷地只字未提艾瑞亚·坦格利安与被她偷偷骑走的贝勒里恩回归君临之事，也没有小公主逝世情形的记载。所幸巴斯修士不若大学士这么谨慎，我们在此引用他的记录。

巴斯写道："公主走了三天，我仍难以入睡，真不知余生中还能不能安眠。我始终坚信圣母慈悲，而天父会公正地审判每个人……但从可怜的公主身上，我看不到慈悲与公正。诸神怎能如此盲目、如此冷漠，以致世间有这等惨祸发生？不，或许宇宙中当真存在其他主宰，诸如红神拉赫洛的祭司矢志不渝地警示世人的恐怖邪神，在那庞然的恶意面前，人类的君王和神灵都微不足道。

"我不知是否真是如此。我也不想知道答案。就算这种想法让我成了不虔诚的修士，那也罢了。本尼费尔大学士和我约定，不能把我们照料那个垂死的可怜女孩时的见闻泄露出去……无论对国王、王后、太后，还是对学城枢机会……然而那天的记忆如疽附骨、片刻不离地困扰着我，我只好把它们写下。假设有朝一日，有人发现并阅读了这些文字，但愿人们能更深刻地理解那种邪恶。

"我们告诉全世界，艾瑞亚公主死于高烧，笼统地讲这的确没错，但那是一种我毕生未见、也不希望再见到的高烧。女孩是在燃烧啊！她的皮肤充血通红，当我把手放到她额上试探时，感觉像是伸进沸腾的滚油里。她的骨架上几乎没有血肉，整个人枯瘦干瘪，但我们又能看出……她的身体在向外膨胀，导致皮肤不断凸起又收缩，就仿佛……不，不是仿佛，而是她体内确实有异物，某种活着的东西正不断蠕动扭曲，可能是想钻出来。那些东西带来了剧痛，连罂粟花奶也无法安抚。我们报告国王——日后也将如此禀报雷妮亚太后——公主未曾开口，但那是彻头彻尾的谎言。我祈祷自己能彻底忘记从她破裂流血的唇间传出的低语，但我做不到……啊，她无数次地哀求一死了之。

"学士的技艺对她的高烧（如果这种可怕的状况还能用'高烧'来形容的

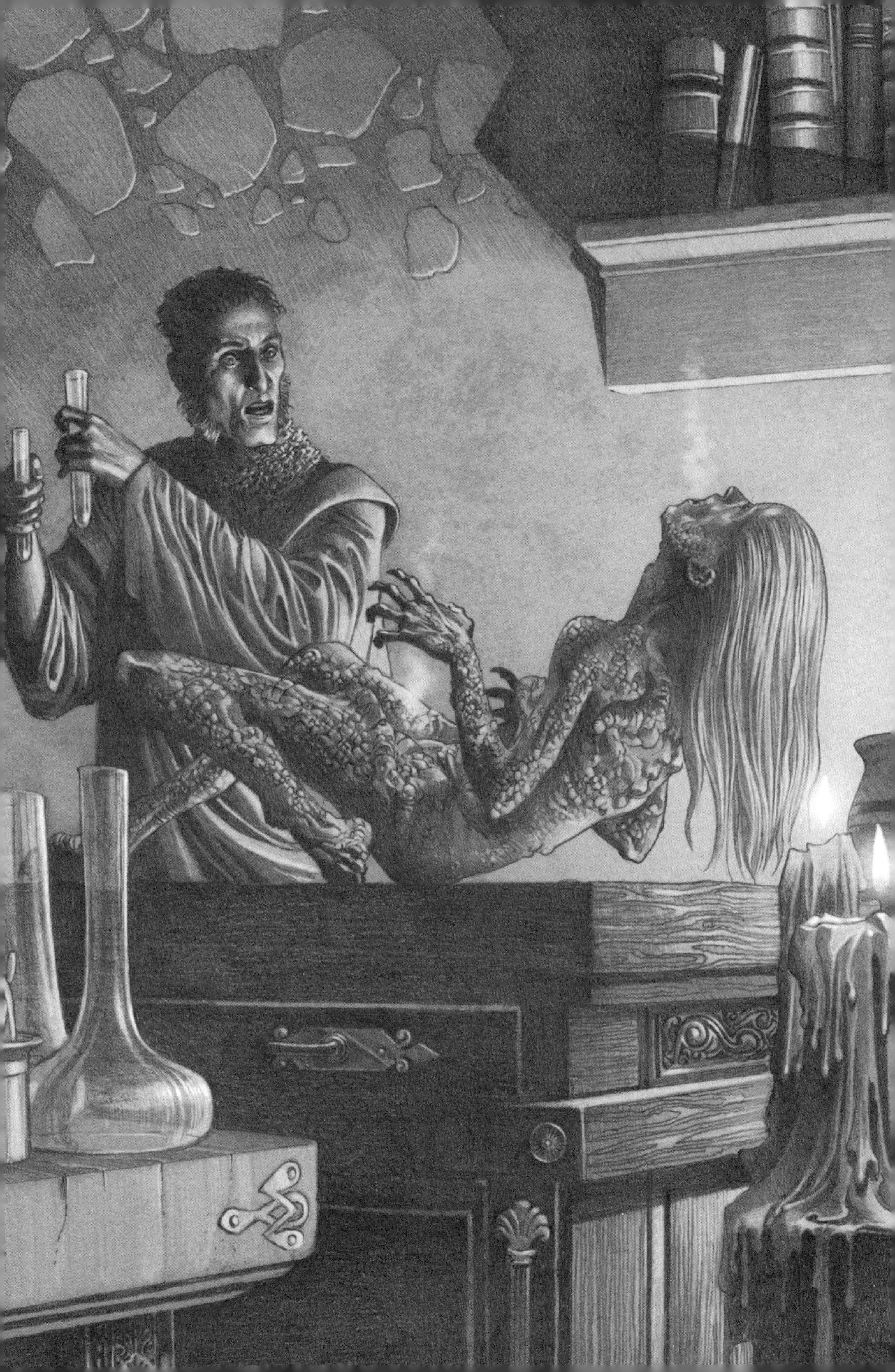

话……）完全无能为力，简单来说，这个可怜的孩子由内至外被烤熟了。她的血肉颜色越变越深，直至开始爆裂，最终她的皮肤就像，我的天啊，就像烤过的猪皮。她的口鼻以及……阴唇……都冒出盘旋的青烟。她终于不再哀求，但体内的东西还在动。她的两颗眼球经不住高温炙烤，终于炸裂开来，像沸腾已久的鸡蛋一样流下脸颊。

"我以为那就是我这辈子见过最恐怖的景象，但我很快发现自己错了，接下来发生的事更让人理智崩溃。我和本尼费尔将可怜的孩子放进桶中，用冰块覆盖，突如其来的降温让她心跳骤停，但我告诉自己这对她算是解脱……因为就在此时，她体内的东西出来了……

"那些东西……噢，圣母在上，我不知该如何形容……它们是……有脸的虫子……有手的蛇……那些扭曲、滑腻、不可言喻的生物蠕动、挣扎、翻滚着从她的血肉中一下子全钻了出来。有的不过我小指头大小，但其中一条至少跟我的胳膊一样长……噢，战士庇佑，它们发出的声音……

"幸好它们已经死了，我必须牢记这点，并反复提醒自己。无论它们究竟是什么生物，它们属于热与火，厌恶冰，噢，千真万确，谢天谢地，它们在我眼前一个接一个扑腾扭曲着死去。我不打算给它们命名……它们太恶心了。"

巴斯修士的记录第一部分到此结束。几天后，他又续写道："艾瑞亚公主虽然走了，但没被遗忘。教会日日夜夜都为她甜美的灵魂祈祷，而在圣堂之外，人们抱有相同的疑问：公主失踪超过一年，这期间她去了哪里？她经历了什么？她为何回来？贝勒里恩是传言出没在安达斯天鹅绒丘陵的巨兽吗？它的火焰引发了席卷争议之地的大火吗？'黑死神'有没有飞到阿斯塔波，成为竞技场里的玩物？不，不，不，这些都是讹传。

"排除谣言后，整件事更显扑朔迷离。艾瑞亚·坦格利安逃出龙石岛后究竟去往何方？雷妮亚太后的第一反应是她会飞来君临，公主本人也从不掩饰想要返回宫廷的愿望。发现公主没来君临，雷妮亚随即去仙女岛和旧镇寻找，这两个地方勉强可算公主的第二选择，但依然毫无收获。整个维斯特洛都寻不到蛛丝马迹，于是许多人——包括王后和我在内——认定这说明公主没有西行，而是向东飞了，应该能在厄斯索斯大陆某处找到。或许艾瑞亚认为逃到自由贸易城邦便能摆脱母亲的掌控，这种猜想尤其得到亚莉珊王后的支持，王后坚称她不只想逃离龙石岛，更想逃离母亲。可里戈伯爵的间谍和探子在狭海对岸也没探访到她的真实足迹……连那条巨龙也无迹可寻。这又是为什么呢？

"虽然没有确凿证据，但如今我可以较有把握地推断，我们之前的着眼点存在偏差。艾瑞亚·坦格利安逃离母亲城堡的那个早晨，尚未度过自己的第十三个命名日纪念，她虽对龙不陌生，但没有真正骑过龙……出于我们无从得知的原因，她选择了贝勒里恩，而不是其他小一些或温顺一些的龙。这可能是因为跟母亲的冲突，使得她只想找一条比雷妮亚太后的梦火更大更凶猛的巨兽，也可能是她渴望驯服杀死父亲及其坐骑的凶手（不过艾瑞亚公主不认识自己的父亲，我们难以断定她对父亲和父亲的横死抱有怎样的感情）。无论如何，她骑走了'黑死神'。

"如她母亲猜测的那样，公主很可能想飞往君临，或飞到旧镇找双胞胎姐妹，或去寻曾承诺带她冒险的艾丽莎·法曼小姐。无论她作何打算，最终都没有成功，因为能骑上巨龙不等于巨龙会乖乖听话，尤其是那条又老又凶的'黑死神'。我们之前的着眼点是，艾瑞亚骑贝勒里恩去了哪里？但更应该探究的其实是，贝勒里恩带艾瑞亚去了哪里？

"关于这个问题，只有一个合理答案。回顾历史，在伊耿国王及其姐妹征服维斯特洛所骑的三条龙中，贝勒里恩体型最大、年纪最长，它不像瓦格哈尔和米拉西斯那样在龙石岛孵化，而是随'流亡者'伊纳尔和'梦行者'丹妮思一起迁移而来。坦格利安家族带来了五条龙，贝勒里恩是最小的，在之后一个世纪里，四条年长的龙纷纷死去，只有贝勒里恩活下来，并愈发庞大、凶残和任性。除开某些巫师和江湖骗子的传闻（这些理应排除），它或许是世上唯一见证过'末日浩劫'之前全盛时期的瓦雷利亚的生物。

"瓦雷利亚，这就是它载着背上那个可怜又倒霉的孩子飞去的地方。我相信她肯定不情愿，但她不知道如何改变巨龙飞行的方向，也无法强迫巨龙遵从自己的意志。

"她抵达瓦雷利亚之后的经历我就难以揣度了，就她回归时的状态，我也根本不愿去探究。要知道，瓦雷利亚人不只能驭龙，还研习血魔法和其他黑暗伎俩；他们向地底深处挖掘，探寻那些最好被永远埋藏的秘密；他们将人类和野兽的血肉结合，擅自创造出怪异恐怖、不可名状的妖物。正因这些罪行，震怒的诸神才将他们毁灭。所有人都认同，瓦雷利亚遭遇了诅咒，再胆大包天的水手也会远远避开那片冒烟废墟……但我们不能据此以为废墟中没有活物。就我看来，艾瑞亚·坦格利安体内蠕动的东西正是目前瓦雷利亚的原生物种之一……当然，除开这个，那里还存在其他我们无法想象的可怖生物。我之前详述了公主的死状，实际上，还有更可怕、更骇人的征兆……

"贝勒里恩也受伤了。要知道那可是凶残庞大的'黑死神'，维斯特洛的天空无可争议的统治者，但它回到君临时带着尚未愈合的伤势，那些绝不是以前留下的。其中一道伤口位于左侧身躯，歪歪扭扭将近九尺，当时通红的血肉还翻在外面，炽热冒烟的鲜血不断涌出。

"维斯特洛贵族十分骄傲，教会的修士和学城的学士在某些方面犹有过之，但世上的确存在许许多多我们并不了解、甚至无法理解的东西。或许，这反而是种慈悲。天父让人类保有好奇心，有人说是为了检验我们的虔诚。就我个人而言，我的原罪便是凡事都禁不住刨根究底，可某些门扉最好永远关闭，艾瑞亚·坦格利安就是这样的一道门。"巴斯修士的记录到此为止，他未在其他地方提及艾瑞亚公主的命运，以上记录也被他封存在私人文件里，过了近百年才被发现。但与结尾宣称的不同，他所见证的这份恐怖反倒唤起了他的"原罪"，日后巴斯将在求知欲驱动下展开一系列调查研究，最终写成《巨龙、龙虫和长翼龙：它们的非自然演化史》，这部被学城驳斥为"新颖但充满谬误"、被"受神祝福的"贝勒下令收缴焚毁的著作。

巴斯修士很可能跟国王探讨过他的观点，因御前会议虽无相关议程，杰赫里斯却于同年晚些时候颁布王家谕令，严禁任何疑似去过瓦雷利亚岛或烟海的船只停靠七大王国的口岸和港湾，七国臣民也被禁止前往瓦雷利亚，违者处死。

此后不久，贝勒里恩成了第一条住进龙穴的坦格利安巨龙。在龙穴内部，砖块铺就的长长甬道深入山体，乃是仿造洞穴而建，且比巨龙在龙石岛上的巢穴大上五倍。继"黑死神"之后，又有三条年纪较小的龙来到雷妮丝丘陵，但沃米索尔和银翼仍留驻红堡，跟它们的主人待在一起。为确保艾瑞亚公主偷骑贝勒里恩的事不再重演，国王下令所有的龙不管住在哪里，必须日夜有人看守。一支崭新的卫队——龙卫——因此设立，这支卫队由七十七名精壮汉子组成,他们穿着寒光闪闪的黑甲,盔顶到后背装饰着一排由上至下逐渐变小的龙鳞。

雷妮亚·坦格利安听闻女儿的死讯自然便从伊斯蒙岛赶了回来。实际上,当渡鸦把消息带给身处绿石堡的太后时,公主已经火化,这位骑着梦火赶回红堡的母亲只见到女儿的骨灰。"看来,我注定每次都迟到。"太后说。国王提出将艾瑞亚的骨灰带到龙石岛,埋在伊耿国王及其他坦格利安族人身旁,但雷妮亚拒绝了。"她讨厌龙石岛,"雷妮亚提醒国王,"她渴望飞翔。"雷妮亚在孩子死后终于达成了孩子的愿望,她骑上梦火将骨灰撒到风中。

为平复哀思,杰赫里斯告知姐姐,她可继续保有龙石岛,但雷妮亚同样予以拒绝。"那里留给我的只有悲痛和鬼魂。"亚莉珊问她是否要返回绿石堡,她也摇头。"那里的亦是个鬼魂,虽然友善,却同样让人心碎。"国王又建议她留在宫中,甚至加入御前会议,姐姐闻言不由得大笑:"噢,弟弟,你的心意我领了,但恐怕我提出的建议你都不会喜欢。"

亚莉珊王后抓住姐姐的手,"你还年轻。你要是喜欢,我们可以为你找个善良温柔的领主,他将如我们这般珍视你。你还能再生孩子。"雷妮亚对此嗤之以鼻,她抽出被王后握住的手,"我让龙吃了上一任丈夫,要是你再给我找一个,我会亲自吃了他。"

最终,杰赫里斯国王安置雷妮亚的地方出乎所有人意料:赫伦堡。乔丹·塔尔斯是最后仍忠于"残酷的"梅葛的领主之一,他后来死于胸闷,将"黑心"赫伦的庞大废墟传给了自己唯一活着的儿子,那孩子以君主之名命名为梅葛·塔尔斯。梅葛的兄长们全死在梅葛国王的战争中,作为家里仅存的血脉,他自幼体弱多病、穷困潦倒,终致这座可容纳数千人的城堡只剩一名厨子和三个老兵。"赫伦堡有五座巨大的塔楼,"国王指出,"塔尔斯家的小子占用其中一座足矣,剩下的都归你。"

雷妮亚被国王的决定逗乐了,"我占用一座也够了,我的随从还没他多呢。"亚莉珊提醒她赫伦堡据说也有鬼魂出没,雷妮亚耸耸肩。"那些鬼魂跟我没关系,它们不会打扰我。"

雷妮亚·坦格利安——一位国王的女儿、一位国王的妻子和一位国王的姐姐——就这样在赫伦堡内恰好名为寡妇塔的塔楼中度过余生,而跟她隔庭相望的恐怖塔住着那个顶着她杀夫仇人之名的病弱小孩。神奇的是，据说雷妮亚与梅葛·塔尔斯后来产生了某种友谊，以至梅葛于征服六十一年去世后，雷妮亚接收了他的仆人，并一直任用，直到自己也于征服七十三年去世。

雷妮亚·坦格利安享年五十岁，她在女儿艾瑞亚死后再未造访君临和龙石岛，也不曾参与王国政治，但每年会飞往旧镇一次，看望唯一在世的女儿——繁星圣堂的雷哈娜修女。雷妮亚晚年时银金色的头发褪成了白色，河间地百姓畏她犹如女巫。那些年间，来赫伦堡请求招待的旅行者会得到面包、盐和一晚住宿，却没有谁能获得面见太后的殊荣。那些侥幸见过她的人，描述的无外是偶然瞥见城垛上的剪影，或远远看到龙背上的身姿，因雷妮亚坚持骑梦火飞翔，这是她毕生的爱好。

她去世后，杰赫里斯国王下令在赫伦堡就地火化她的遗体，并将骨灰也埋在那里。"我的兄长伊耿于'神眼之下'一役死于我叔叔梅葛之手。"在雷妮亚的火葬柴堆前，国王如此致辞，"他的妻子——我的姐姐——雷妮亚虽没与他同上战场，其实也死在那天。"雷妮亚过世后，杰赫里斯将赫伦堡及其所属领地和收入赏给鲍尔文·斯壮爵士，他是御林铁卫卢卡默·斯壮爵士的兄弟，自身也是有名的骑士。

不过这些都是很久以后的事，陌客直到征服七十三年才将雷妮亚·坦格利安带走，我们就此打住，回头继续讲述此前君临和维斯特洛七大王国发生的形形色色的事件。

征服五十七年，诸神又赐给杰赫里斯和他的王后一个儿子，两人为此欢喜不已。他们给孩子起名贝尔隆，与征服战争前的一位龙石岛主同名，后者亦是次子。新生儿出生时比哥哥伊蒙的体型小一些，但声音洪亮、精力充沛，奶妈抱怨说从没见过吸吮乳头如此有劲的孩子。在他出生前两天，白鸦从学城飞来，宣告春天的回归，贝尔隆立刻被冠以"春晓王子"的名号。

伊蒙王子当时两岁，丹妮莉丝公主四岁，姐弟俩大异其趣。公主活泼好动，生性爱笑，没日没夜地在红堡上蹿下跳，骑着最喜欢的玩具——一把扫帚扮的龙——飞来飞去。她总弄得身上泥垢点点、草汁斑斑，又总是突然不见踪影，让母亲和侍女们担心不已；伊蒙王子正相反，他天性严肃、小心谨慎、循规蹈矩。他虽然还不认字，但喜欢听别人读书，亚莉珊王后经常笑着说他学会的第一个词便是"为什么"。

随着孩子们慢慢长大，本尼费尔大学士可以更近距离地观察他们。许多年长的领主对"征服者"的儿子伊尼斯和梅葛的对立仍记忆犹新，由此带来的伤痕亦未完全愈合，本尼费尔有理由担心杰赫里斯的儿子们也可能反目成仇，让王国再度陷入血海深渊……然而事实很快证明，这种担心完全没有必要，杰赫里斯·坦格利安的两个儿子关系之亲密，就像双胞胎一样。贝尔隆能走路以后，哥哥伊蒙到哪里，他就跟到哪里，哥哥做什么，他就模仿什么。当伊蒙得到第一把木剑开始习武时，贝尔隆还太小，教头拒绝让他加入。但他并未放弃，而是自行用木棍做了把剑，不管不顾地冲进院子里向哥哥发动进攻，惹得教头忍俊不禁。从那天起，贝尔隆一直带着那把木棍剑，连上床都不放开，母亲和母亲身边的侍女都对此束手无策。

根据本尼费尔的观察，伊蒙王子起初有些怕龙，贝尔隆正相反，传闻他第一次进龙穴就打了贝勒里恩的鼻子。"他要么太勇敢，要么太疯癫。"老迈的酸山姆如此评价，于是从那天起，"春晓王子"又被称为"勇敢的"贝尔隆。

两位小王子对姐姐抱有显而易见的痴迷，丹妮莉丝也喜欢这两个男孩，"尤其喜欢指挥他们"。本尼费尔大学士还注意到另一件事：尽管杰赫里斯深爱着三个孩子，但自伊蒙出生后就将其视为继承人，这引起了亚莉珊王后的不满。"丹妮莉丝年长，"她提醒国王，"她是头生子，理应成为女王。"国王对此从不反驳，只回答说："待她和伊蒙结婚，自能荣登宝座。他们会像我们一样共治天下。"本尼费尔看出国王的话没有完全让王后信服，他在信件中特意指出了这点。

让我们继续讲述征服五十七年的事件，在这一年，杰赫里斯将国王之手米斯·斯莫伍德伯爵解职。米斯伯爵的忠诚无可挑剔，他为人勤勤恳恳，但不适合列席御前会议，诚如他自己所言："我是个马上将军，而非坐垫上的朝臣。"国王的资历和智慧均比三年前有所成长，他对重臣们表示不想再浪费半个月时间梳理几十个候选人，而要直接任用心仪的首相：巴斯修士。当科布瑞伯爵再次提请注意巴斯修士低微的出身时，杰赫里斯国王予以无视。"他父亲是打造长剑和蹄铁的铁匠，那又如何？骑士需要长剑，马匹需要蹄铁，而我需要巴斯。"

新首相上任伊始就离开君临，乘船前往布拉佛斯去与海王和铁金库谈判。随行人员包括盖尔斯·莫里根爵士和六名护卫，但只有巴斯修士本人与会。他此行怀有非常严肃的使命，是战是和全在他一念之间。

巴斯告诉海王，杰赫里斯国王非常钦佩布拉佛斯这座城市，正因如此，国王才没有亲自前来，为的是尊重布拉佛斯与瓦雷利亚及龙王们之间的历史纠葛。但若那个刻不容缓的问题无法友好地解决，国王别无选择，只能骑着沃米索尔前来，参与到"激烈的讨论"之中。海王询问"刻不容缓的问题"是什么，修士无奈地笑了，"真的有必要玩这种游戏？我们指的是三颗龙蛋。还需要解释吗？"

海王说："我没有那些蛋。假设我有的话，那也必定是用真金白银购得。"

"从贼人手中。"

"你有证据吗？这贼你抓住了吗？审问了吗？定罪了吗？布拉佛斯是一座讲求法律的城市，谁是那些蛋的合法拥有者？能出示凭据吗？"

"陛下胯骑的巨龙就是凭据。"

海王听了笑道："暗示与威胁，你的国王很擅长这个。他比他父亲强大，比他叔叔狡猾。没错，我能想象杰赫里斯将采取什么措施，布拉佛斯也是一座历史悠久的城市，我们都记得古时的龙王。不过，我们同样有反制手段，需要我详细阐述吗？还是你更喜欢暗示与威胁？"

"殿下您尽管表达。"

"那好吧。你的国王可将我的城市烧成灰烬，对此我毫不怀疑，成千上万布拉佛斯人会死于龙焰，男人、女人、孩子……我却难以对维斯特洛造成同样的伤害，我的佣兵很可能在你们的骑士军团面前四散逃命，我的舰队也许能歼灭你们的海军，但船毕竟是木头造的，木头怕火。可这座城市中有一个……姑且称为行会吧……其成员的专业技能出神入化。他们无法毁灭君临，不能让街道躺满尸体，但确实能杀人……杀死由我精心挑选的目标。"

"陛下日夜都有御林铁卫保护。"

"你指的是那些白骑士，确实如此，在外面等候你的人就是其中之一——假设他真的还在等你的话。如果我告诉你，盖尔斯爵士已经死了，你怎么做？"巴斯修士连忙起身探查，海王又挥手让他坐下。"不要轻易下结论，拜托，别着急。我说的是'假设'。我的确考虑过这么做，那些人的技能也的确如我所言出神入化，但若我真这么干了，你很可能做出不理智的举动，万千无辜者会因此而死，这可不行。说到底，我不喜欢相互威胁，你们维斯特洛人是战士，我们布拉佛斯人却是商人。做个交易吧。"

巴斯修士坐回座位。"什么交易？"

"我没有那些蛋，"海王说，"你们也没有证据。不过，假设我有的话……你瞧，它们在孵化之前不过是石头，难道你的国王连三颗漂亮石头都舍不得？除非我真的拥有三只……小鸡……否则我完全不明白他的顾虑。我说过，我很欣赏杰赫里斯，他比他叔叔优秀得多，布拉佛斯也不想得罪他。所以，我们别再谈论扫兴的石头，不如谈谈……金子。"

他们开始真正的讨价还价。

时至今日，仍有人坚持认为海王愚弄和诓骗了巴斯修士，认为新首相有辱使命。他们紧抓不放的就是巴斯返回君临时连一颗龙蛋都没有拿回来。这点的确没错。

但巴斯换得的利益绝非不值一提。由于海王出面，布拉佛斯铁金库承诺免除铁王座所欠债务的本金，王室的负债总额顿时减半。"所付的代价不过是三颗石头。"巴斯报告国王。

"海王最好祈祷它们永远是石头。"杰赫里斯说，"假设我听到任何流言……孵出了小鸡……第一个被烧毁的就是他的宫殿。"

与铁金库的交易在未来的岁月里对七大王国影响深远，其效应在数十年后愈发彰显。巴斯修士回归后，精明的财政大臣里戈·德拉兹仔细核算了王室收支，最终断定原先打算还给布拉佛斯的金钱可以安全投入到国王心心念念的建设工程，对君临实施进一步改造。

杰赫里斯此前已下令拓宽并平直城市的街道，并给原本的泥路铺上鹅卵石，但这些远远不够。君临的现状不但无法与旧镇相比，甚至赶不上兰尼斯港，更别说狭海对岸辉煌壮美的自由贸易城邦。国王志存高远，决定追上后者，因此设计出一整套排水和下水系统，好将城市的垃圾和粪便从街道下方送进河里。

巴斯修士让国王注意到更紧迫的问题：君临的水早被公认只适合饮马喂

猪，这是因为黑水河多泥沙，而新计划的排水系统会让水质变得更糟。至于黑水湾里的海水，则更咸涩难饮，甚至发齁。国王、宫廷和上流社会可饮用麦酒、蜜酒和葡萄酒，穷人却往往只能喝脏水。为解决这个问题，巴斯提议大规模凿井，一些井开凿在城内，另一些开凿在北面城墙以外，通过一系列上釉的陶制管道和水渠将新鲜的水引入城市，贮存在四座巨大的水池中，再输送到特定的广场和十字路口的公共喷泉，提供给平民。

巴斯的计划显然造价高昂，里戈·德拉兹和杰赫里斯国王都不情愿……直到下一次开会时，亚莉珊王后给了他俩每人一大杯河水，质问他俩敢不敢喝……结果那水没人敢碰，水井和水渠的建设计划迅速得以通过。整个工程花去超过十二年时间，"王后的喷泉"最终为后世的君临人提供了清洁干净的水。

上次巡游已过去了两三年，杰赫里斯和亚莉珊计划于征服五十八年首次拜访临冬城和北境。他们当然会骑龙前去，但过了颈泽以后人迹难寻、路况糟糕，而国王厌倦了总是飞到前方等待随从队伍赶上，此次便命御林铁卫、仆人和廷臣们提前出发，做好接驾准备。三艘船遵令从君临启航前往白港，那是国王和王后北境之行的第一站。

但诸神和自由贸易城邦另有打算。船只北上期间，潘托斯和泰洛西的使节来红堡觐见国王。这两座城市的战争持续了三年，如今它们渴望和平，却对谈判地点难以达成一致。由于这场冲突严重打击了狭海的贸易，杰赫里斯国王无法置之不理，他力图让双方消弭敌意。经过漫长的讨论，泰洛西的大君和潘托斯的亲王同意在君临见面解决争端，条件是杰赫里斯必须居中调停，并为最终达成的协议做保。

这项提议国王和御前会议都无从拒绝，但它势必会推迟计划好的北境巡游，而临冬城公爵的苛刻众人皆知，只怕他会将此视为轻慢。亚莉珊王后提出的解决方案是她按原计划先行出发，国王留下招待亲王和大君，待和谈结束立刻与她汇合。大家赞同这个方案。

亚莉珊王后的旅程从白港开始，数以万计的北境人在那里热烈欢迎她，他们带着景仰和些许恐惧目睹银翼从天而降。许多人是第一次见到龙，而人群的规模吓了当地领主一跳。"我不知道城里有这么多百姓，"据说席奥默·曼德勒当时感慨，"他们从哪儿冒出来的？"

曼德勒家族在北境各大家族中独树一帜，该家族若干世纪前发源于河湾地，后被竞争对手逐出富饶的曼德河沿岸，为求生存方才落脚在白刃河河口。他们对临冬城的史塔克家族极其忠诚，但也保留了从南方带来的信仰，供奉七神并延续骑士传统。亚莉珊·坦格利安一直致力于加强七大王国之间的联系，而曼德勒伯爵那人丁格外兴旺的家族让她看到了机会。她立刻着手安排联姻，待离开白港时，她身边有两名女伴和伯爵的两个小儿子订了婚，还有一个指定给伯爵的侄子，而伯爵的长女和三个侄女加入王后的随从队伍，以期陪伴王后返回南方，将来与宫中合适的领主或骑士结合。

曼德勒伯爵热情隆重地招待王后，接风宴烤了一整头野牛，伯爵的女儿詹丝茉亲自充当王后的侍酒，为她斟满浓烈的北方麦酒，王后宣称这酒比自己喝过的所有葡萄酒都好喝。曼德勒甚至以王后之名举办了一场小型比武会，意在展示麾下骑士的能耐。其中一名战士（但不是骑士）本是游骑兵们在长城以北俘虏的野人女孩，后为曼德勒伯爵驾前的一名亲随骑士收养。亚莉珊很欣赏那女孩的勇气，便命自己的护卫琼琪·达克上场，于是在北方人排山倒海般的欢呼声中，野人女孩和"红影"一人持矛、一人用剑，展开精彩的对决。

比武会结束几天后，王后又在曼德勒伯爵的大厅举办"女庭"。北境人对此前所未闻，最终有超过两百位女人和女孩前来对王后说出自己的想法、顾虑和冤屈。

王后的队伍告别白港，沿白刃河逆流而上，在湍流处下船再取陆路前往临冬城，亚莉珊则骑银翼先行。北境之王的古堡没像白港那样热情欢迎她，当她的龙降落在城门前时，只有阿里克·史塔克和他的两个儿子出来迎接。阿里克公爵恶名在外，众人异口同声地说他很难相处，严苛而不近人情，斤斤计较到悭吝的程度，并且毫无幽默感，态度异常冷漠。连身为封臣的席奥默·曼德勒也不否认这些传言，他说史塔克公爵在北境备受尊敬，但不被爱戴——曼德勒的弄臣则以另一种方式表达："照我看，公爵阁下打十二岁起就便秘，所以才顶着一张臭脸。"

亚莉珊王后抵达临冬城时感受的一切，似乎都应验了之前对史塔克家族的种种担忧。阿里克公爵甚至在下马跪拜之前就开始评论王后的穿着，"我希望您带了比身上这套更暖和的衣服。"他又宣布不希望她的龙进城堡。"我没见过赫伦堡，但我知道那里发生了什么。"但他表示会为王后的骑士和女伴安排住处，"还有国王，只要他没迷路。"条件是他们不能逗留太久。"这是北境，而凛冬将至，我们可没法长期养活一千个闲人。"王后表示国王的随从只有这数字的十分之一，阿里克公爵仍然喋喋不休，"这还不错，但再少点就更好了。"正如之前担心的那样，他对杰赫里斯国王没能与王后同行表现出明显的不快，更坦承不知该如何招待王后。"您想要假面舞会或歌舞表演的话，显然来错了地方。"

阿里克公爵三年前丧妻，王后表达无缘见到史塔克夫人的遗憾时，这个北方人却说："她出自熊岛的莫尔蒙家族，不是您这种生长在宫廷的贵妇。她十二岁时提着斧子对付狼群，杀了其中两只，并用它们的皮毛缝了条斗篷。她给我生了两个强壮的儿子，还有一个绝不逊于任何南方小姐的甜美姑娘。"

王后顺势表示乐意撮合公爵的子女与南境大诸侯联姻，又遭到史塔克公爵直截了当地拒绝。"我们北境人信奉旧神，"他告诉王后，"我的儿子娶妻必须在心树前举行仪式，而不是在南方佬的圣堂里。"

亚莉珊·坦格利安从不轻言放弃，她告诉阿里克公爵，很多南方领主同时礼敬新旧诸神，而据她所知，绝大多数城堡既有圣堂也有神木林。有的家族甚至和北境人一样从未皈依七神，其中最出名的是河间地的布莱伍德家族，除此之外还有十多个。哪怕严肃呆板到阿里克·史塔克的程度，也无力招架亚莉珊王后坚持不懈的个人魅力，公爵最终松口答应会加以考虑，和儿子们讨论这份提议。

随着亚莉珊王后在临冬城逗留时日的增加，阿里克公爵对她也渐渐热情起来。王后发现关于公爵的传言并非句句属实：他的确很在乎金钱，但决不到悭吝的程度；他并非毫无幽默感，只是他的幽默带着棱角，如刀子般锋利；此外，他的子女和临冬城的臣民非常爱戴他。初见时的冰霜融去后，公爵领王后到狼林狩猎马鹿和野猪，带她去看巨人的骸骨，又允许她在城堡简朴的图书馆内随意翻阅。他甚至愿意接近银翼，虽然始终保持警惕。临冬城的女眷与王后熟络后也被她的魅力所征服，阿里克公爵之女阿莱拉又与王后最为亲密。当王家随从队伍终于艰难地穿过无路可寻的沼泽，顶着飘飞的夏雪来到城堡大门前时，临冬城用仿佛取之不尽的烤肉和蜜酒来招待他们，哪怕国王本人仍未现身。

君临的和谈并不顺利，费时远比预期要久，这是因为杰赫里斯低估了两个自由贸易城邦之间的成见。每当国王试图达成某种平衡，两方都会指责他偏袒，而当亲王和大君在谈判桌上争论不休时，他们的手下也在君临城的旅馆、妓院和酒肆里大打出手。一名潘托斯护卫遇袭身亡，三日后，停泊港内的大君座舰莫名起火。杰赫里斯焦头烂额，启程日期一拖再拖。

在北方，亚莉珊王后等得越来越不耐烦，遂决定暂别临冬城，前去拜访黑城堡的守夜人军团。这段距离对于飞行也相当可观，于是王后又在沿途的最后壁炉城及其他几座较小的城堡和庄园降落，让当地领主又惊又喜，而巡游队伍的一部分人辛苦地跟在后方（剩下的留在临冬城）。

亚莉珊后来告诉国王，她在天上第一眼看到长城时，简直忘记了呼吸。王后原本有些担心自己在黑城堡不受欢迎，因许多黑衣兄弟乃是被坦格利安王朝取缔的穷人集会和战士之子的成员。不过史塔克公爵预先派渡鸦知会过她的到来，而守夜人军团总司令罗索·伯莱利集结起八百精锐过来迎候，当晚又用长毛象肉、蜜酒和烈啤酒为她接风洗尘，彻底打消了她的顾虑。

次日破晓，伯莱利总司令引领王后登上长城之巅。"这里就是世界的尽头，"他指着长城外茫茫无际、绿意森森的鬼影森林对王后说，又为黑城堡粗陋的饮食和住宿而道歉。"我们尽力了，陛下，"总司令解释道，"无奈这里床板坚硬，厅堂寒冷，食物——"

"——营养丰富。"王后替他说完，"这样就够了，我很乐意享用你们的饮食。"

守夜人军团的弟兄们也像白港人一样，对王后的坐骑深感震撼，只是王后发现银翼"并不喜欢长城"。时值夏季，长城"哭泣"，但风起之时，那道冰墙仍能带来凛冽的寒意，而银翼每每感受到这股气息便会嘶吼咆哮。"我骑着银翼飞到黑城堡上空三次，每次都想让它越墙北进，"亚莉珊在给杰赫里斯的信中写道，"但每次它都自行朝南调头，拒绝前行。它以前从没违拗我的意愿。我降落时故意开起玩笑，没让黑衣弟兄们看出什么不妥，但实际上此事在我心中挥之不去，至今亦是如此。"

在黑城堡，王后还第一次见到纯正的野人。某支野人掠袭队试图攀上长城，但在此之前就被发现，激战过后，十二名俘虏被关在笼子里，供王后检视。王后问起这些人的处置方式，得到的回复是他们将被割下双耳，再放回长城以北。"除了那三人。"陪同王后的黑衣弟兄指着三个没耳朵的囚犯说，"我们会砍下那三人的头。他们被抓过一次了。"他告诉王后，但愿其他人能放机灵点，把失去的耳朵当做教训，老老实实待在墙的北边。"可惜大部分人学不乖。"他又补充道。

有三位黑衣弟兄披上黑衣前是歌手，他们在晚上轮流为王后表演，献唱抒情歌谣、战争歌曲以及营房里流传的下流小调。伯莱利总司令又亲领王后进入鬼影森林考察（一百名游骑兵骑马随行护卫）。当亚莉珊表达想参观长城上其他要塞的愿望后，首席游骑兵本顿·葛洛佛带她沿长城顶部向西进发，经过风雪门，到达长夜堡，并在那里降下冰墙过夜。王后认为这是她经历过的最动人心魄的旅行，"又冷又刺激，就是长城顶上的风力太强，我一直担心我们会被吹下去。"不过她觉得长夜堡阴沉压抑，"它太巍峨了，衬得人类仿如侏儒，就像老鼠站在废弃的大厅中。"她在给杰赫里斯的信中写道，"它内部还有一种奇特的黑暗……空气中的味道……我很庆幸没在那里久住。"

需要澄清的是，王后在黑城堡并非全用旅行和享乐来打发时光。她也代表铁王座与伯莱利总司令商谈，花去很多个下午与总司令及其他高级军官讨论野人、长城、守夜人军团的需求等问题。

"王后最重要的素质是懂得聆听。"这是亚莉珊·坦格利安的名言，而她在黑城堡证明了这点。她通过各种方式聆听守夜人的需求，并用实际行动赢得了对方世世代代的爱戴。她了解到风雪门和冰痕城之间的确需要一个中继站，但现在利用的长夜堡破破烂烂、大而无当，很难发挥作用。于是她向伯莱利总司令提议不如废弃长夜堡，在更靠东面的地方建一座小城堡。总司令赞同这个提议……无奈经费短缺。这个困难亚莉珊早已料想到了，她告诉总司令，她将典当自己的珠宝为筑城提供资金。"我有很多珠宝。"她说。

新城堡历时八年落成，名为深湖居。在这座城堡的主厅外，一座亚莉珊·坦格利安的雕像至今屹立不倒。长夜堡在深湖居落成前夕被弃用，也算了却了王后的一桩心愿，伯莱利总司令更下令将风雪门改名王后门，以纪念亚莉珊的功德。

亚莉珊王后还想聆听北境女人的呼声。伯莱利总司令向她解释长城没有女人之后，她仍坚持己见……总司令最终只能不情不愿地陪同她前往长城以南被黑衣弟兄们称为鼹鼠村的村落。总司令承认在这里能找到女人，只是绝大多数都是妓女。他解释说守夜人不能娶妻，但毕竟还是男人，总有生理上的需要。亚莉珊王后表示自己不在意这些清规戒律，她就在鼹鼠村的妓女娼妇们当中召开"女庭"……而她在这里听到的一些故事，随后将永远改变七大王国的风俗。

与此同时在君临，泰洛西的大君、潘托斯的亲王和维斯特洛的杰赫里斯·坦格利安一世国王终于签署《永久和平条约》。该条约的签订堪称奇迹，主要归功于国王暗示若最终无法达成一致，维斯特洛也将参战（这种行为虽促成了谈判，却造成不良影响。据说大君回到泰洛西后痛斥君临不过是个"臭水沟"，根本算不上城市，而潘托斯的总督们对条约如此不满，乃至按城市传统把亲王献祭给当地奇异的诸神）。杰赫里斯国王终于得以骑沃米索尔飞往北方，与分离长达半年的王后在临冬城重聚。

国王的临冬城之行一开始就不顺，刚抵达目的地就被阿里克·史塔克带到城堡下方的墓窖参观他哥哥的坟墓。"正因为你，沃顿才会长眠于黑暗之中。星辰武士团和圣剑骑士团，这帮七神的走狗跟我们北境人有什么关系？你把数以千计的渣滓送来长城，守夜人根本养不活……他们当中的坏种，也就是那些背誓者趁机造反，我哥哥却为讨伐他们献出了生命。"

"惨痛的代价，"国王同意，"也是我们的无心之失。公爵大人，我想亲自向您表达我的歉意和感激。"

"我宁愿我哥哥活过来。"史塔克公爵阴郁地答道。

史塔克公爵和杰赫里斯国王没能成为亲密伙伴，沃顿·史塔克的阴影始终横亘在两人之间，只有透过亚莉珊王后的斡旋两人才能达成一致。王后巡视了"布兰登的馈赠"，那是长城以南的大片土地，由"筑城者"布兰登赠予守夜人军团以维持其日常运转。"那根本不够。"王后告诉国王，"那里的土壤贫瘠、多石，丘陵间无人居住。守夜人极度缺钱，而当冬天来临时，他们连食物都深感匮乏。"她提出的解决方案就是"新赠地"，即在"布兰登的馈赠"以南再划出一大片领土让渡给守夜人军团。

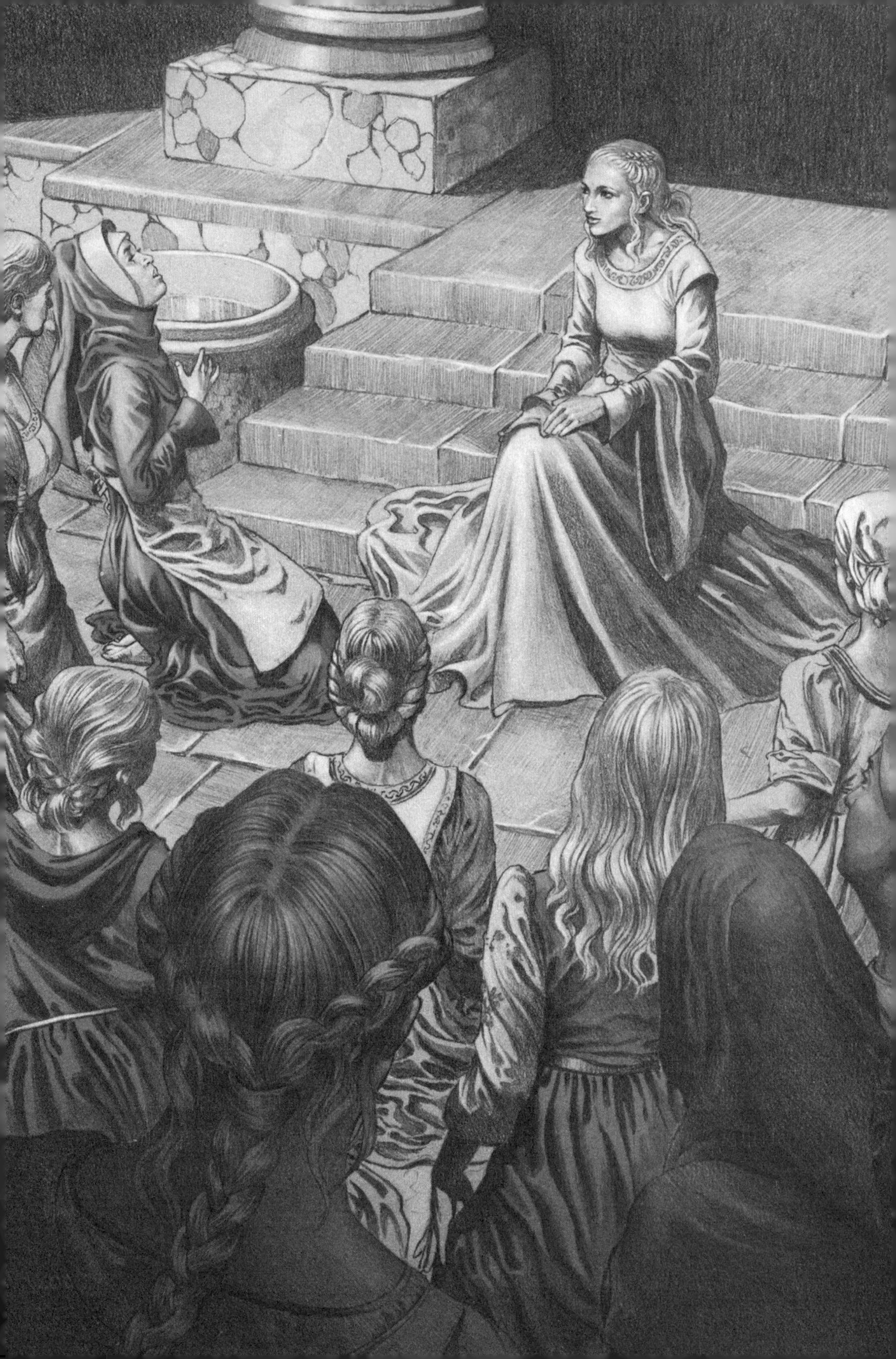

但阿里克公爵对此并不热衷，虽然他与守夜人维持着牢固的友谊，却深知王后提及的那片土地上的领主们绝不乐意封君将土地转赠他人。"公爵大人，我对您有绝对的信心，您一定能说服他们。"王后鼓励他。阿里克·史塔克最终还是折服于她的魅力，同意照办。赠地的总面积就这样扩大了一倍。

亚莉珊王后和杰赫里斯国王在北境停留的最后时光就没太多值得叙述的了。在临冬城又住了半个月后，他们前往托伦方城，接着又到荒冢屯，此地的达斯丁伯爵带他们参观"始祖王"的坟墓，还以他们之名举办了一场姑且算是比武会的赛事（但与南方的正经赛事相比显得过于穷酸）。杰赫里斯和亚莉珊在此骑沃米索尔和银翼飞向君临，随行人员则再度踏上艰苦的旅程，先由陆路前往白港，再从那里乘船返回。

随从队伍尚未抵达白港，杰赫里斯国王已在红堡召开御前会议，商议一份来自王后的请愿。巴斯修士、本尼费尔大学士和其他重臣落座后，亚莉珊讲述了自己的长城之旅，尤其是在鼹鼠村与妓女娼妇们共度的一天。

"我见到一个姑娘，"王后说，"她不比坐在你们面前的我年纪大。她很漂亮，但我认为她从前更漂亮。她父亲是个铁匠，曾把十四岁的她许配给自己的学徒，那时她还是个处女，跟那男孩两情相悦，到了定下的日子就结婚了……但两人刚说完婚姻誓词，领主便带着士兵来到现场伸张初夜权。他把女孩带回塔楼中享用，直到第二天早晨才派人送回给她的丈夫。

"她失去了童贞，也失去了小学徒的爱情。学徒不敢出手反抗领主——那多半会送命——便将气撒在妻子身上。发现她怀上领主的孩子之后，他狠狠地打她，直到她流产，并且从那时起只管她叫'婊子'。女孩忍气吞声多年，终于认定既然每天都被称作婊子，干脆真去鼹鼠村当婊子算了。这个可怜的孩子一直在那里讨生活，她的人生就这样毁了……而与此同时，王国乡下的村庄里还有无数童贞少女等待成婚，领主们也随时可能在她们身上伸张初夜权。

"这是一个悲惨的故事，但绝非个例。在白港、在鼹鼠村、在荒冢屯，许多女人提及自己的初夜。我从不知道问题如此严重，诸位大人，哦，我当然知道这项传统，即便在龙石岛，我们坦格利安家的人也会和渔民或仆人的妻子发生关系，生下孩子……"

"他们管那些孩子叫'龙种'。"杰赫里斯很不情愿地补充，"这些事并不光彩，但的确存在，而且很可能比我们愿意承认的要多。好歹由此诞生的孩子享受了优待。奥里斯·拜拉席恩就是个'龙种'，作为我们祖父同父异母的私生兄弟，他是否为初夜权的产物我无法断言，但众所周知，伊利昂大人的确是其生父，而大人赠与女方丰厚的礼物……"

"礼物？"王后用讽刺的口吻厉声打断丈夫，"这毫无荣誉可言。我知道此项陋习在数百年前屡见不鲜，但做梦都没想到它能延续至今。也可能是我不愿去想，不愿去看，幸好鼹鼠村的女人迫使我睁开了眼睛。初夜权！陛下，诸位大人，是时候终结它了。我恳请你们。"

据本尼费尔国师的记录，王后说完这番话后，众人陷入沉默。重臣们不安地在座椅上扭动，面面相觑，最终国王开口表达了同情，但也表示为难。他说王后的提议难以实施，因为国王若想维护王国的和平，便不能擅自剥夺领主们认为理所当然的东西。"他们珍视自己的领地、财产、权利……"

"……以及妻子？"亚莉珊替他说完，"我还记得我们的婚礼，陛下。假如你只是个铁匠，而我不过是个洗衣女，领主在我们宣誓结婚那天宣称要行使初夜权，夺走我的贞操，你怎么做？"

"杀了他。"杰赫里斯说，"但我不是铁匠。"

"我说的是'假如'。"王后强调，"然而铁匠和你一样也是男人，不是吗？一个只能眼睁睁看着妻子被霸占侵犯的男人，不就成了懦夫？当然，我们并不希望铁匠去杀领主，"她转向本尼费尔大学士，"但我知道戈根·科何里斯是怎么死的。'婚宴客'戈根。这样的事发生过多少次？"

"多到难以计算。"本尼费尔承认，"为防人们起而效尤，我们不常提起，但的确……"

"也就是说，初夜权已然破坏了王国的和平。"王后总结道，"它不仅是对女性的冒犯，也冒犯了她们的丈夫……以及领主们的妻子，这点也不该忘记。当领主们蹂躏处女时，他们高贵的夫人在做什么呢？缝纫？唱歌？祈祷？换作我的话，我会祈祷夫君完事回家时跌下马去、摔断脖子。"

这番话让杰赫里斯笑了起来，但笑声中明显带有不安。"初夜权是领主享有的一项古老权利，"他无力地反驳，"其渊源堪比城堡与绞架的权利。虽然据我所知，颈泽以南很少有人行使，但它的存在本身即彰显着领主的地位，那些较强势的诸侯不可能轻易放弃。你讲的道理没错，吾爱，但俗话说得好，最好不要唤醒睡龙之怒。"

"我们才是真龙血脉，"女王立刻回应，"而那些舍不得初夜权的领主不过是狗。为什么一定要在心有所属的少女身上泄欲？他们没有妻子吗？他们找不到妓女吗？他们的手不能用了吗？"

法务大臣阿尔宾·马赛伯爵开口："王后陛下，初夜权不等于泄欲，这一习俗非常古老，甚至早于安达尔人和七神教会的到来。我敢肯定，它可上溯到黎明纪元。要知道，先民是野蛮的民族，跟长城外的野人不相上下，他们只追随强者，他们的领主和国王都是战士、勇者与英雄，而他们希望自己的儿子也能成为那样的人。如果哪个战争首领肯在婚礼上为女孩撒下自己的种子，这被视作……一种祝福；新人因此怀上孩子就更好了，丈夫会以抚养英雄的儿子为荣。"

"一万年前可能如此，"王后态度坚决，"但如今想要伸张初夜权的领主绝不是什么英雄。你没听到女人们的评价，但我听到了：老头、肥佬、野兽、强奸犯、废物小子、流口水大人、疮藓男、伤疤男、疖疮男、虱子头、油腻头、半年不洗澡的猪猡……这些就是您所谓的强者。从女孩们的语气听来，没人觉得自己得到了祝福。"

"安达尔人在安达斯的时代并没有初夜权传统。"本尼费尔国师补充，"直至他们来到维斯特洛、夺取了先民的王国后，方才接触到本地习俗，并选择保留下来，就像保留心树一样。"

巴斯修士此时方才发言，他直接对国王呼吁："陛下，恕我直言，这件事王后说得对。先民或许觉得这项传统很有意义，但先民也用青铜武器战斗，还用鲜血浇灌鱼梁木。我们不是先民，不必延续他们的陋习。况且这完全违背骑士精神，我们的骑士发誓保护少女的童贞……但在他侍奉的领主想要侵犯童贞时却必须置身事外；我们在天父和圣母面前许下婚誓，承诺对彼此忠实、直到被陌客带走，而《七星圣典》没有任何一个段落提及领主不用遵守誓词。陛下的顾虑并非无源之水，部分领主会颇有微词，尤其在北境……但正如王后指出的那样，全国的少女都会感谢我们，还有所有的丈夫和父母。这肯定也能取悦教会，总主教大人毫无疑问会发声支持。"

听完巴斯修士的话，杰赫里斯·坦格利安无奈地举起双手。"我认输。好吧，就这么办。"

百姓们口中的第二项"亚莉珊王后的法律"就此颁布，它废除了领主古老的初夜权。根据法令，从今以后，一对新人无论在修士面前还是在心树之下结合，新娘的处子之身只属于她的丈夫，而在新婚之夜或其他夜晚强行占有她的人，无论领主还是农夫，统统以强奸罪论处。

伊耿征服后第五十八年行将结束，杰赫里斯国王在旧镇的繁星圣堂举行了加冕十周年的纪念典礼。当初接受前任总主教加冕的青涩男孩已经消失，站在这里的是个处处显露王者风范的二十四岁男人。他在统治初期即有意蓄须，而今稀疏的髭须长成金黄中夹杂着丝丝银白的茂密胡须，未修剪的头发则编成一根粗厚的辫子、几乎垂到腰际。杰赫里斯国王风华正茂、高挑英俊，举止潇洒，无论在舞池还是校场都应付自如，据说其笑靥足以温暖七大王国任何一位少女的心房，而一旦眉头紧锁又足以让任何诸侯都浑身冰凉。他的妹妹成了比他更受爱戴的王后，从旧镇到长城的百姓都称她"善良王后"亚莉珊。诸神还赐予他俩三个强壮的孩子，包括两位资质奇佳的小王子和一位深受国人宠爱的小公主。

这十年间，他俩共同面对过悲剧和灾祸，背叛与纷争，体会过所爱之人逝去的伤感，但他们不曾为此折腰，不曾畏难苟安，并因一切考验而变得更加强大和优秀。他们的成就不容置疑，七大王国如今一派祥和，正处于人们记忆中最繁荣的时代。

这样的时代值得庆祝，人们也举行了庆典。以国王加冕十周年的名义，君临举办比武大会，丹妮莉丝公主、伊蒙王子和贝尔隆王子与父母一同出现在王家包厢，观众为此发出经久不绝的欢呼。赛事的最大亮点要数莱安·雷德温爵士的出色表现，身为海军上将和海政大臣青亭岛的曼佛利·雷德温伯爵的幼子，他先后将隆纳尔·拜拉席恩、阿梭尔·奥克赫特、西蒙·唐德利恩，哈瑞斯·霍格（人称"火腿哈利"）及两名御林铁卫——洛朗斯·罗克顿和卢卡默·斯壮——挑下马。当年轻人风风光光地骑马来到王家包厢前，将爱与美的皇后的桂冠献给"善良王后"时，观众的情绪达到沸腾的顶点。

树叶染上褐色、橙色和金色，宫里的女士们也穿起长袍。在比武大会后的宴席上，罗加·拜拉席恩带着两个孩子博蒙德和乔斯琳出现，国王夫妇热情拥抱了他们。四方诸侯纷纷赶来祝贺，凯岩城的林曼·兰尼斯特、潮头岛的戴蒙·瓦列利安、奔流城的潘崔斯·徒利、鹰巢城的罗德利克·艾林，甚至连协助过月亮修士的罗宛伯爵和奥克赫特伯爵也联袂出场。席奥默·曼德勒从北境南下，阿里克·史塔克虽然没有亲自前往，却把两个儿子和一个女儿都派来了——满脸通红的阿莱拉就此加入王后的女伴。总主教病体缠绵，实在无法上路，但他让新近发下誓言的雷哈娜修女作代表。这位曾经的坦格利安公主仍旧害羞，却已懂得展露笑颜。据说王后看到她喜极而泣，因她的音容笑貌活脱脱是双胞胎姐妹艾瑞亚长大后的样子。

这真是一段美好时光，充满温暖的拥抱和欢声笑语，人们举杯庆祝，尽释前嫌，为新朋旧友献上如花笑靥和甜蜜亲吻。这是歌舞升平、国泰民安的金秋。

但凛冬将至。

杰赫里斯与亚莉珊

漫长的统治、后代及痛苦

伊耿征服后第五十九年的一月七日，一艘破破烂烂的船只自低语湾缓缓北上，驶入旧镇港口。她褴褛的船帆打满补丁、盐渍斑斑，船壳的彩漆斑驳褪色，主桅悬挂的旗帜业已晒得看不出标识。直等这艘破船在码头拴绳固定，人们才认出她是"玛莉提丝小姐号"，于近三年前离开旧镇，加入横渡落日之海的探险队。

船员们的模样令码头边的商人、搬运工、妓女、水手和小偷都张大了嘴：上岸的十个人里有九个为黑肤或棕肤。人们情绪高涨，莫非"玛莉提丝小姐号"真的渡过了落日之海？莫非遥远西方的神奇陆地上的土著跟盛夏群岛人一样是黑色人种？

尤斯塔斯·海塔尔爵士现身时，人们终于停止了窃窃私语。唐纳尔伯爵的孙子变得骨瘦如柴，晒痕遍布，脸上比启程时添了许多皱纹。他身边剩下的几个旧镇人是最初随他出海的船员。一名他祖父的海关官员在码头与他见面，两人作了简短交流。爵士吐露，"玛莉提丝小姐号"的船员不止是外貌像盛夏群岛人，他们确实来自盛夏群岛，此前在索斯罗斯大陆岸边受雇上船（"匪夷所思的佣金，"尤斯塔斯爵士抱怨），以填补损失的水手。此时此刻，爵士需要大批搬运工来搬运船舱里满满当当的贵重货物……但货物并非得自落日之海的彼岸。"那不过是美梦一场。"他总结道。

唐纳尔伯爵的骑士们很快奉命赶来，护送爵士前往参天塔。在祖父的厅堂中，尤斯塔斯·海塔尔爵士啜饮着美酒，讲述了自己的故事，而伯爵的书记们负责笔录。不出几日，这故事就由信使、吟游诗人和渡鸦传遍了维斯特洛。

尤斯塔斯爵士声称，航行伊始就和预想中一样顺风顺水。驶过青亭岛后，亚丽小姐让"逐日者号"转舵西南偏南方向，寻找更温暖的水域和更便捷的海风,"玛莉提丝小姐号"和"秋月号"跟随在后——要知道,布拉佛斯的大船一旦乘上风势,速度极快,海塔尔家的船很难跟紧。"一开始,七神的确对我们微笑。朝有日夜有月,风势和顺至极,最美好的期盼也不过如此。而且我们并不孤单,不时能瞥见渔船,还曾遇到一艘黑色巨船,那只可能是伊班岛的捕鲸船。还有鱼,好多好多鱼……一些海豚伴随我们游动,像是从没见过人类的船只。我们都以为自己得到了祝福。"

驶离维斯特洛后,"逐日者号"及另两艘船顺利航行了十二天,经反复测算,当时的位置几乎和盛夏群岛一样靠南,而向西行出的距离是前所未有的……至少此前没有船回报过。为庆祝这项成就,"玛莉提丝小姐号"和"秋月号"开了几桶青亭岛的金色葡萄酒,"逐日者号"的水手喝的是兰尼斯港的香料蜜酒。就算有谁注意到过去四天连一只飞鸟都没见着,也三缄其口。

修士反复告诫我们,诸神憎恶人类的傲慢,《七星圣典》也说骄傲是失败的开端。或许亚丽·西山和海塔尔家的人在汪洋大海之中高兴得太早,这场伟大的航海很快急转直下。"先是无风,"尤斯塔斯爵士对祖父的臣属们描述,"将近两周时间,连一丝微风都没有,船只只能拖拽前行。随后我们发现'秋月号'上有十几桶肉长蛆——这原本影响不大,却是个不祥之兆。某天将近日落时分,天空一片血红,海上终于起风了,但风势让人直犯嘀咕。我安慰大家说情况有所好转,但那是撒谎。果然,第二天拂晓前,星星全都消失不见,持续加剧的风势掀起翻腾巨浪。"

这是尤斯塔斯爵士提及的第一场风暴。两天后,他们经历了第二场风暴,紧接着是第三场。一场比一场可怕。"海浪比桅杆还高,四处电闪雷鸣,那些巨大的电光我毕生未见,甚至灼痛了眼睛。一道闪电直接击中'秋月号',将主桅从瞭望台直至甲板劈得粉碎。一片疯狂的混乱之中,我身边有人惊呼说看见触手从水底伸出——这是所有船长最不愿听到的事。我们完全失去了'逐日者号'的踪影,洋面上只剩我的船和'秋月号'。一道接一道起伏的巨浪冲刷过甲板,将船员从船舷的一头摔到另一头,大家只能无助地攀着绳子。我亲眼目睹'秋月号'沉没。前一刻她还在那里,尽管残破不堪,还着了火,但的确漂在海上。然后一道大浪袭来,将她整个吞没,我才眨了下眼,她便消失不见。太快了,那就是个浪头,大得离谱的浪头,但我的手下全都尖叫着'海怪，海怪！'我说什么也没法让他们平静下来。

"我不知道我们如何活过那晚的，但终究撑过来了。次日清晨，大海恢复平静，灿烂的阳光照耀着湛蓝纯净的洋面，谁也看不出它刚刚吞没了我的兄弟及其所有部下。'玛莉提丝小姐号'的状况比她的姐妹船好不了多少，船帆破损，桅杆开裂，另有九人失踪。我们为遇难者祈祷，然后尽力修补……当天下午，瞭望手看到远方的船帆，那是回来寻我们的'逐日者号'。"

亚丽小姐不只撑过风暴，还发现了陆地。狂风与怒海冲散了'逐日者号'，推着她一路往西，船上的瞭望手在破晓时分看到鸟儿绕着地平线处模糊的山峰盘旋。亚丽小姐赶紧驾船靠拢，最终找到三座小岛。"两丘拱一山。"她如此概括。"玛莉提丝小姐号"已无法航行，但靠着"逐日者号"派来的三艘小艇奋力拖拽，总算安全抵达小岛。

两艘饱经摧残的船只靠岸停留了半个多月，进行修缮和补给。亚丽小姐意气风发，因这三座岛屿比已知的任何陆地都更偏西，没有哪张海图绘制过它们。既然岛屿正好有三座，她便将它们命名为伊耿岛、雷妮丝岛和维桑尼亚岛。岛上无人居住，但不乏清泉和溪流，航海者们想装多少桶淡水就能装多少。岛上还有野猪，体大如鹿、动作迟缓的灰色蜥蜴，以及挂满果实的树木。

调查过岛上物产后，尤斯塔斯·海塔尔宣称无需继续前行。"我们的发现足够震撼了，"他说，"这里有我从没品尝过的香料，还有粉色的果实……这些宝藏属于我们，我们理应心满意足。"

亚丽·西山却认为他不可理喻。她说这只是三座小岛，面积最大的也才龙石岛的三分之一，根本不足挂齿。真正的奇观在更遥远的西方，地平线那头也许还有另外一个厄斯索斯大陆等待着她。

"也许是另外一千里格空空如也的汪洋，"尤斯塔斯爵士反驳。不管亚丽小姐如何巧舌如簧、威逼利诱，说得天花乱坠，都不能动摇他分毫。"就算我想继续，船员们也不容许。"他在参天塔禀告唐纳尔伯爵，"那帮家伙异口同声地坚称一只巨大的海怪将'秋月号'拖入海底。如果我下令前行，他们会把我扔下海，另选船长。"

于是航海者们离岛时分道扬镳。"玛莉提丝小姐号"调头东返，亚丽·西山和她的"逐日者号"继续向西逐日。尤斯塔斯·海塔尔的返乡之旅几乎跟来时一样凶险。他遭遇了更多风暴，虽然猛烈程度比不上吞噬他兄弟的那场；主风向与他作对，船只只能不断抢风航行；三只灰色大蜥蜴被带上了船，其中一只咬了舵手一口，结果被咬的那条腿迅速变绿，不得不截肢；前述事件发生的数日后，他们祸不单行地遭遇一群海兽，其中一只比船还大的白色巨兽故意撞向"玛莉提丝小姐号"，撞裂了船壳。尤斯塔斯爵士被迫改变航线，转朝盛夏群岛驶去，因那里是相对较近的陆地……但他们的位置远比他估算的偏南，最终完全错过群岛，抵达了索斯罗斯大陆沿岸。

"我们在那里待了一整年，"他告诉祖父，"努力修复'玛莉提丝小姐号'，因她所受的损伤远比想象的严重。不过那里同样有着无数宝藏，我们当然没有视而不见。绿宝石、黄金、香料，这些东西应有尽有，取之不尽。那里还有若干古怪的生物……譬如人立行走的猴子、嗥叫如猴的人种、长翼龙、蛇蜥、外加一百种不同的蛇，个个致命。我的部下会在夜里突然消失，还有的人莫名染病。有个人被苍蝇叮了一口，脖子上留了个小包，似乎没什么大碍，但三天后，他的皮肤松弛脱落，双耳、阳物和屁股缝都血流不止。喝盐水会让人发疯是水手的常识，但那里的淡水也不安全，因为水里有虫子，小得人眼几乎看不见的虫子，喝下去会在人体内产卵。还有热病……几乎每天我都有半数以上的手下无力干活。我本以为会在那里全军覆灭，幸亏被路过的盛夏群岛人发现。我相信他们比看上去更了解那个地狱，也正是在他们的帮助下，我将'玛莉提丝小姐号'驶到高树镇，又从那里返回故乡。"

尤斯塔斯·海塔尔的故事和这场伟大的冒险到此结束。

至于法曼家族的艾丽莎小姐，抑或亚丽·希山小姐，她的航程终点我们很难断定。为寻找落日之海彼岸的陆地，"逐日者号"永远消失在西方，再未出现。

除开一条线索……

多年以后，征服五十三年出生在潮头岛的科利斯·瓦列利安会驾驶他的"海蛇号"进行九次大航海，其航行范围远超维斯特洛的历代先人。在第一次大航海中，他穿越玉海之门，到达夷地和雷岛，带回大量香料、丝绸和翡翠，使得瓦列利安家族一夜暴富；在第二次大航海中，他去了更遥远的东方，成为第一个到达阴影之地旁的亚夏的维斯特洛人。那座阴郁黑暗的缚影师之城位于世界边缘,如果传说属实,科利斯爵士在那里失去了爱人和一半船员……也是正在那里——亚夏的港口内——他见到一艘破烂不堪的旧船。科利斯爵士终生都赌咒发誓说那就是"逐日者号"。

但征服五十九年的科利斯·瓦列利安还只是个六岁男孩,单纯地向往着海洋,所以我们暂且按下他不表,继续讲述这令人揪心的一年。秋天即将终结,天色昏暗,朔风涌起,冬日降临维斯特洛。

亲历者不约而同地认为,征服五十九至六十年的冬天异常残酷。北境最先遭殃,受灾也最严重,作物在田地里枯死,溪流纷纷结冻,寒风咆哮着吹过长城。虽然阿里克·史塔克公爵早已下令把每次收获的半数收成贮存下来,以抵御寒冬,但并非所有封臣都遵守命令。随着肉窖和粮仓逐渐被掏空,饥荒蔓延开去,老人向孩子道别后走进风雪中等死,好让亲族有一线生机。河间地、西境和谷地也都歉收,甚至河湾地亦没能幸免。有食物储备的人囤积居奇,七国各地的面包价格不断上涨,肉价则涨得更快,而在城镇里,水果和蔬菜已了无踪影。

颤抖症就在此时出现,陌客降临世间。

学士们了解颤抖症,他们在一百年前见过类似疾病,并将发病过程记录在案。他们认为这种病是从海外传至维斯特洛的,可能来自某座自由贸易城邦,或更遥远的地方。港口城镇通常最先遭遇病魔荼毒,伤亡往往也最惨重。许多百姓相信它靠老鼠传播——不是君临和旧镇常见的那种凶狠不怕人的灰色大老鼠,而是个头更小的黑老鼠,它们通常会从停靠码头的船只的舱室里涌出,沿系船的绳子进入市区。尽管老鼠的罪责学城并无定论,但人们谈鼠色变,一时间七国上下从最宏伟的城堡,到最简陋的农舍,对猫的需求都空前踊跃。那个冬天,在颤抖症结束以前,小猫咪甚至跟军马一样昂贵。

颤抖症的症状众人皆知。一开始只是发冷,病患会不断抱怨寒意深深,不住往火堆里添柴,或缩到毯子和毛皮下面。有人想喝热汤或热葡萄酒,乃至不合常理地索要啤酒,但不管毯子还是汤,统统不能延缓病情。病患很快会进入浑身发抖的阶段,一开始还很轻微,不过是偶尔的战栗,但病情会持续恶化。鸡皮疙瘩将一刻不停地向四肢蔓延,颤抖亦将变得非常猛烈,乃至上下牙不停磕碰,手掌脚掌抽搐扭曲。当嘴唇变成蓝色、开始咳血的时候,死期也就近在眼前。从一开始的发冷到最后的病逝，颤抖症发作奇快，有的人一天之内就会死，而五个患者中最多只有一人生还。

　　学士们清楚症状，却不知颤抖症的源头、预防措施和治疗方法。他们试过敷剂和汤药，也用了辣芥末和火龙椒，还把足以让人舌头发麻的蛇毒添进葡萄酒里作试验；他们又将病患浸入水温近乎沸腾的澡盆里；有人说绿色蔬菜是妙药，又有人说是生鱼，然后是红肉，越血腥越好，于是很多治疗者找来新鲜的肉，还建议病患喝血；吸入各种叶子燃烧产生的烟雾也被广泛尝试；某位领主干脆命手下在他周围搭起火堆，将自己置身于火墙包围之中。

　　这些手段统统无效。

　　征服五十九年的那个冬天，颤抖症从东方传来，越过黑水湾，沿黑水河向上游扩散。君临遭难以前，王领的几座岛屿已被感染。埃德威尔·赛提加是首个病故的领主，他曾任梅葛的首相，后来又在财政大臣一职上引起公愤。三天后，他唯一的儿子、即蟹岛的继承人随他而去。斯汤顿伯爵死在鸦栖堡内，接着死的是伯爵的妻子，他们的几个孩子吓破了胆，不约而同地将自己锁进卧室、闩紧门闩，却仍旧没能逃过一劫。在龙石岛，深受王后喜爱的埃蒂丝修女因病亡故。在潮头岛，"潮汐之主"戴蒙·瓦列利安于弥留边缘奇迹般地捡回性命，但他的次子和三个女儿没这等幸运。病逝者还包括巴尔艾蒙伯爵、罗斯比伯爵、女泉镇的嘉瑞尔伯爵夫人……丧钟为他们而鸣，也为众多下层男女而鸣。

　　颤抖症在七大王国扩散开去，无论高低贵贱，它一视同仁。老人和小孩固然更危险，正值青春韶华的男女也绝非高枕无忧，病魔带走的不乏强势的领主、高贵的淑女和英勇的骑士。潘崔斯·徒利公爵颤抖着死在奔流城，仅仅一日后，露辛达夫人亦与世长辞；权势熏天的凯岩城公爵林曼·兰尼斯特呜呼哀哉，追随其脚步的还有一干西境领主，包括烙印城的马尔布兰伯爵、塔贝克厅的塔贝克伯爵和峭岩城的维斯特林伯爵；高庭的提利尔公爵染病后侥幸得活，却在痊愈的第四天酗酒滥饮，结果坠马而死；罗加·拜拉席恩没有得病，他与阿莱莎太后的子女虽遭感染，但幸免于难，不过他的弟弟隆纳尔爵士未能逃过一劫，两个弟媳也惨遭不幸。

　　宏伟的港都旧镇受创极深，它失去了四分之一的人口。尤斯塔斯·海塔尔爵士非常幸运，他不但活过亚丽·西山那场多灾多难的落日之海大冒险，此次在颤抖症疫情中也安然无恙。然而他的妻子、孩子和祖父没这么走运，"拖延者"唐纳尔也无法拖延自己的死期。与海塔尔伯爵一同颤抖着死去的还有总主教、四十位主教以及学城三分之一的博士、学士、助理学士和学徒。

征服五十九年的维斯特洛丧钟齐鸣，但被病魔蹂躏最深的还数君临。国王身边损失了两名御林铁卫——年迈的酸丘的山姆古德爵士和心地善良的"英勇的"维克多爵士；御前会议也失去了三位重臣——法务大臣阿尔宾·马赛、都城守备队队长科尔·科布瑞和大学士本尼费尔。本尼费尔顶着三位前任被梅葛斩首的压力入宫服务（"真不知他是太勇敢还是太愚笨，换我在梅葛手下恐怕挨不过三天。"他尖酸刻薄的继任者如此评论），总计效力十五年，既见证过黑暗年代，也目睹了繁荣岁月。

逝者已逝，徒留哀思，而在当时，科尔·科布瑞的故去最让人痛心疾首。由于都城守备队队长空缺，大批卫兵同样感染了颤抖症，君临的大街小巷遂变得法纪松弛。暴徒洗劫店铺，强奸妇女，无辜行人的生命和财产安全均得不到保障。杰赫里斯国王派御林铁卫和亲随骑士前去维持秩序，无奈他们的人数太少，没多久便只能召回红堡。

混乱当中，国王又失去一位重臣，却非因为颤抖症，而是出于愚昧和怨恨。里戈·德拉兹从未住进红堡，尽管国王为他安排宽敞的房间，也多次发出邀请。这个潘托斯人更喜欢自己位于雷妮丝丘陵脚下丝绸街的宅邸，其上方就是龙穴。他在那里可与情妇们尽情享乐，不用承受宫廷的指责。为铁王座效力的十年间，里戈伯爵变得愈发丰满，所以不再骑马，来往城堡和宅邸时乘一顶华丽的镀金銮轿——但糊涂之处在于，他选择的路线穿过臭气熏天的跳蚤窝中心，那是全城最无法无天、肮脏丑陋的贫民窟。

事发当日，十多个跳蚤窝的混混沿小巷追逐一只猪仔，正巧撞上穿过街区的里戈伯爵。这帮混混有的喝醉了酒，且个个饥肠辘辘——他们没抓到猪仔——看到潘托斯人不禁怒从心起，他们早把面包价格飙升归咎于这位财政大臣。于是一人持剑，三人抽出匕首，剩下的人抓起石头和木棍，蜂拥而上赶走了轿夫，把伯爵拖翻在地。围观者说，里戈伯爵用谁也听不懂的语言惊叫着求助。

当伯爵举起双手抵挡雨点般的攻击时，人们发现他每根指头上都有闪耀的金戒指和宝石，这让攻击变得更加猛烈。一个女人高喊："颤抖症就是这些潘托斯杂种带来的。"一个男人从国王新铺就的鹅卵石路上撬下一块石头，冲里戈伯爵的脑袋一下下砸去，直到那颗脑袋血肉模糊、颅骨碎裂、脑浆四下流淌。"空气伯爵"就这样死于非命，被自己协助君王铺设的鹅卵石砸碎了脑袋。暴徒们还不肯甘休，他们逃走前剥去他的华服，还割下他的手指以抢占戒指。

消息传到红堡，杰赫里斯·坦格利安在御林铁卫们的护卫下亲自赶去收敛。他勃然大怒，事后乔佛里·多吉特爵士回忆道："那一刻我看着他的脸，仿佛看到了他的叔叔。"街上围满好奇的群众，有的人是想亲眼看看国王，有的人是想观睹潘托斯钱币兑换商惨不忍睹的尸体。"我要罪犯的姓名。现在说出来有赏，不配合的人统统割舌。"许多围观者闻讯赶紧开溜，但一个赤脚女孩冲上前来，尖叫着报出一个名字。

国王感谢她，命她带领骑士们去抓人。她把御林铁卫引到一家酒肆，那个暴徒正在那里，膝上抱着个妓女，手指戴着三枚里戈伯爵的戒指。经过拷问，他很快供出同伴，那些人一个不落地全部落网。其中一人自称曾是穷人集会的成员，哭号着要求披上黑衣。"不，"杰赫里斯严辞拒绝，"守夜人是荣誉的组织，你们却比老鼠更卑鄙。"根据他的判决，暴徒不会被长剑或斧头干净利落地处决，而是被挂在红堡城墙上，开膛破肚后痛苦地挣扎着等死，临死前内脏一路流到了膝盖边。

指引国王找到暴徒的女孩得以善终。亚莉珊王后派人照顾她，将她浸在热水里沐浴洗刷，烧掉她的旧衣服，修剪她的头发，给她吃热面包和培根。"你想留下的话，我们可为你在城堡内找个位置，"女孩吃饱喝足后，亚莉珊告诉她，"厨房或马厩，你自己选。你有父亲吗？"女孩儿羞涩地点头，表示自己有过父亲。"他就在被你们剖开肚子的人中间。满脸痘子、长针眼的那个。"说完她又对王后承认想去厨房工作。"那是放面包的地方。"

辞旧迎新的时刻到来了，维斯特洛各地却没有举办几场庆典来迎接伊耿征服后的第六十年。一年前的此时，公共广场上燃起大型篝火，男男女女围着它们跳舞、饮酒和欢笑，等待新年钟声敲响；一年后的今天，火堆焚烧尸体，钟声哀悼死者。君临的街道空空荡荡,夜里尤其冷清,小巷积雪深厚,长如战矛的冰溜自屋檐垂下。

伊耿高丘上,杰赫里斯国王下令将红堡大门紧闭上闩,并在城头加派一倍守卫。他和王后带着孩子们在城堡圣堂进行晚祷,回到梅葛楼吃了顿简单的晚餐便上床休息。到猫头鹰时,丹妮莉丝公主轻轻摇晃亚莉珊王后的手臂,唤醒了王后。"母亲。"公主说,"我冷。"

接下来的事人们不忍回顾。丹妮莉丝·坦格利安是王国至宝,自然用尽了所有值得尝试的疗法。人们为她祈祷,给她敷药,喂她喝热汤,让她泡滚烫的热水,替她裹上毯子、毛皮和烧热的石头,乃至熬制荨麻茶。公主已经六岁,早已断奶,但奶妈还是被找来,因为谣传母乳可治愈颤抖症。学士们进进出出,修士修女不曾中断祷告,国王宣布立刻再雇一百名捕鼠人,并为每只死老鼠悬赏一枚银鹿,不论灰鼠还是黑鼠。丹妮莉丝想要她的小猫,人们便把猫给她,但她颤抖得越来越激烈,以至小猫从她怀中挣脱,还抓伤了她的手。接近黎明时分,杰赫里斯突然站起来,大喊着要龙——他的女儿需要一条龙。渡鸦立刻飞往龙石岛,命令龙院守护者火速带一条刚孵化的幼龙赶到君临。

一切终归徒劳。在唤醒母亲、抱怨发冷之后不过一天半,小公主便离开了人世。王后倒在国王怀里,浑身不住发抖,让人以为她也染上了颤抖症。杰赫里斯带她回房,喂她喝下罂粟花奶以助入睡。接着,几乎筋疲力尽的杰赫里斯又来到院子里,骑上沃米索尔,飞往龙石岛去取消运送幼龙的安排。返回君临后,他喝下一杯梦酒,召来巴斯修士。"为什么会这样?"他质问,"她有什么罪?诸神为何带走她?为什么会这样?"纵然巴斯睿智如斯,也无言以对。

国王和王后远非唯一因颤抖症失去孩子的父母,那个冬天,成千上万或高贵或低微的双亲饱尝着同样的痛苦。但对杰赫里斯和亚莉珊来说,他们挚爱的长女的去世显得格外残酷,因这否定了"例外法则"的核心内容。丹妮莉丝公主的父母均出自坦格利安家族,她拥有纯净的古瓦雷利亚血统。作为瓦雷利亚的后人,坦格利安家族的成员仿佛鹤立鸡群,他们拥有紫色的眼睛和金银相间的头发,他们能够驭龙驰骋天际,他们凌驾于教会的教条和近亲通婚的禁忌之上……而且他们不会得病。

从"流亡者"伊纳尔来到龙石岛起,这点已成为常识。坦格利安族人不曾死于痘疹或血瘟，不会感染红斑病、棕腿疾和癫痫，他们对虫骨病、肺凝病、酸肠病等许多诸神出于未知原因向世间男女散播的疑难杂症也统统免疫。人们相信龙血有火，火能净化和焚烧瘟疫，因此纯血的公主会像普通女孩一样死于颤抖症是不可想象的。

但她确实病逝了。

杰赫里斯和亚莉珊在哀悼女儿和女儿美好的灵魂时，必须面对可怕的真相：坦格利安家族或许并不像他们自以为的那样接近于神，他们或许终归只是凡人。

待颤抖症逐渐消弭，杰赫里斯国王强忍伤悲投入政务。他的首要任务便非常沉重：填补失去的朋友和重臣。曼佛利·雷德温伯爵的长子劳勃爵士继任都城守备队队长。盖尔斯·莫里根爵士举荐了两名优秀骑士——莱安·雷德温爵士和罗宾·肖爵士——加入御林铁卫，国王尽责地为他们披上白袍。那位得力的驼背裁判法官阿尔宾·马赛很难替代，为此国王特意联络艾林谷，召来博学而年轻的鹰巢城公爵罗德利克·艾林。国王和王后最初见到这位公爵时，他仅有十岁。

学城送来本尼费尔的继任者，即毒舌的埃利萨大学士。埃利萨比前任年轻二十岁，他无时无刻都想表达自己的感受。有人觉得枢机会是忍受不了他，才把他送到君临。

杰赫里斯最举棋不定的是国库总管和财政大臣的人选。里戈·德拉兹尽管广遭怨恨，却有真才实干。"这种人是不可能在大街上随便撞见的，但说实话，从城堡里更不可能找到。"国王告诉御前会议。"空气伯爵"从未结婚，但带了三个私生子在身边学习经商，尽管国王很想选择其中一个，却也明白国人绝不会接受第二位潘托斯重臣。"我们必须选择一位领主。"他沮丧地宣布。熟悉的名字被再度提起：兰尼斯特、瓦列利安、海塔尔，这几大家族同时依靠武力与金钱。"但他们都太骄傲。"国王反对。

巴斯修士率先提出其他家族。"高庭的提利尔家族是总管出身，"他提醒国王，"而河湾地比西境更辽阔，富饶程度也相似，只是财富的种类不同罢了。将年轻的马丁·提利尔选入御前会议或是有益的补充。"

雷德温伯爵对此存疑。"提利尔家的人都是呆子。"他说，"恕我冒犯，陛下，他们是我的封君，但……他们都是呆子，伯特兰公爵还是个酒鬼。"

"就算如此，"巴斯修士没急着反驳，"但伯特兰公爵已然入土，我指的是他儿子，年轻有为的马丁。纵然我没法担保他的聪明才智，可他的妻子翡冷翠夫人出自佛索威家族，她从刚学会走路时起就开始数苹果了。他们结婚后，高庭的会计事务均由她打理，据说提利尔家族的收入由此增加了三分之一。如果我们任用她的丈夫，她当然会随同入朝。"

"亚莉珊肯定喜欢，"国王说，"她喜欢跟聪明女人在一起。"丹妮莉丝公主去世后，王后再未出席御前会议，杰赫里斯或许希望借此让她重回自己身边。"我们的好修士没出过错，就让那个娶了贤妻的呆子试试吧，但愿我忠诚的百姓不会再用鹅卵石砸他的脑袋。"

七神索取，但七神也会赐予。天上圣母或是察觉到亚莉珊王后的悲痛，同情她破碎的心，丹妮莉丝公主去世不足两月，王后又怀孕了。冬日的冰冷利爪仍然死攥着王国，王后决定小心为要，遂返回龙石岛待产。征服六十年下半年，她生下第五个孩子，并用母亲的名字将这个女儿命名为阿莱莎。"太后陛下如果在世，这份荣耀会更有意义。"新任大学士埃利萨评价道……当然，他没有当着国王的面说。

王后生产没多久，冬季便结束了。阿莱莎活泼好动，身体健康，她在婴儿时期像极了已故的姐姐丹妮莉丝，王后抱她时总因想起失去的长女而失声痛哭。不过公主慢慢长大后，相似性渐渐消弭。她的脸型较长，身材干瘦，与姐姐的花容月貌相去甚远。她顶着一头蓬乱的红金色头发，其中没有一根象征古老龙王的银色发丝，她还天生异瞳，一只是紫色，另一只竟是绿色。她耳朵太大，笑起来嘴歪，六岁时在院子里玩耍被木剑迎面打中敲断了鼻子，愈合后鼻梁是歪的。阿莱莎对这些浑不在意，待她长到六七岁，母亲已意识到她像的不是丹妮莉丝，而是贝尔隆。

正如贝尔隆从前喜欢跟着伊蒙到处跑，现在阿莱莎上哪儿都跟着贝尔隆，以至于"春晓王子"抱怨她"像小狗"。贝尔隆比伊蒙小两岁，阿莱莎却比贝尔隆小了近四岁……"还是个女孩"，贝尔隆最受不了这点。好歹公主行事完全不像个淑女，她一有机会就会穿上男孩衣服，不跟其他女孩一起玩耍，反倒乐于骑马、攀爬和木剑比试。她排斥缝纫、阅读和唱歌，也拒绝喝麦片粥。

征服六十一年，罗加·拜拉席恩离开风息堡，来到君临。这位国王的老友（也是老对手）送三个小女孩进宫，其中两个是他弟弟隆纳尔的女儿——前已述及，隆纳尔及其妻子和儿子们都死于颤抖症——另一个是公爵和阿莱莎太后的女儿乔斯琳小姐。这个在可怕的"陌客之年"降生于世的羸弱女婴业已长成高挑端庄的姑娘，她的大眼睛和头发浓黑如墨。

罗加·拜拉席恩本人的头发却变灰了，岁月对这位前首相毫不留情。他脸色苍白，皱纹密布，整个人瘦得连衣服都撑不住，仿佛那是为远比他魁梧的人定做的。他在铁王座前单膝跪下，却没法起身，借助一名御林铁卫的帮助才重新站好。

罗加公爵向国王夫妇乞恩，因乔斯琳小姐即将迎来第七个命名日纪念。"她打小就没了母亲。我的弟媳们尽可能地照料她，但从本能出发，她们还是更喜欢自己的孩子。现在，我的两个弟媳都没了，如您愿意，两位陛下，我请求您收养乔斯琳与她的堂姐妹，让她们在宫中和您的儿女一同成长。"

"我们很乐意，这是莫大的荣幸。"亚莉珊王后回应，"乔斯琳是我们的异父妹妹，血浓于水，我们从来没有忘记她。"

罗加公爵如释重负。"我还想请求您多多关照我的儿子。博蒙德会留在风息堡，由我弟弟加龙抚养。他是个好小子，身体强壮，假以时日定能威震一方。无奈他现在只有九岁，而两位陛下知道，我弟弟鲍里斯几年前离开了风暴地，博蒙德的出生令他愤愤不平，我们的关系迅速恶化。鲍里斯在密尔待过，后来去了瓦兰提斯，天知道他在搞什么……而今他突然返回维斯特洛，于赤红山脉活动，传言他已与'秃鹰王'联手，多次抢掠自己人。加龙能干又忠诚，但不是鲍里斯的对手，博蒙德又太小。我担心自己离开后，他和风暴地会遭遇不测。"

听闻此言，国王大惊失色："你几时离开？为何离开？你想去哪里，大人？"

罗加公爵的笑容展露出一丝过往的强悍。"去山里，陛下。我的学士说我快死了，我相信他的话。早在颤抖症肆虐以前，我就觉得身体疼，最近更不断加剧。学士给我罂粟花奶，那的确能缓解疼痛，但我很少喝。我不想浑浑噩噩地度过余生，不想屁股流血地死在床上。我打算找到弟弟鲍里斯，亲手料理他，外加那劳什子'秃鹰王'。加龙说这是愚行，他没说错，但我宁可手握斧子、咒骂着敌人战死沙场。您能否恩允呢，陛下？"

老友的言辞深深打动了国王，他不禁站起身，走下铁王座来到罗加公爵面前，拍了拍公爵的肩膀。"你弟弟是王国的叛徒，而这只'秃鹰'——他不配称王——为祸边疆地已久。我允许你出击，大人，并且我还要助你一臂之力。"

国王言出必行。此后的战事史称"第三次多恩战争"，但这并不准确，因多恩亲王让军队远离这场争斗。当时的老百姓管它叫"罗加公爵之战"，这反而更妥当。风息堡公爵亲率五百人马深入群山，杰赫里斯·坦格利安骑沃米索尔在空中支援。"他自称秃鹰，"国王说，"但他不会飞、只会躲。他应该被称作地鼠才对。"这个评价恰如其分。第一位"秃鹰王"统御千军万马，在战场上叱咤风云；第二位"秃鹰王"是个偶然得势的掠袭者，出自次等家族，甚至并非继承人，手下也只有几百个同样醉心于奸淫掳掠的匪徒。但他熟悉赤红山脉的地形，总能在围剿部队出现前遁走，等待合适时机再次出现。追捕他的人还冒着极大风险，因他亦擅长设伏。

但这些把戏对于从空中追猎他的人不管用。传说"秃鹰王"有一座固若金汤的山巅要塞，隐藏于云层之中，杰赫里斯却没发现什么坚固巢穴，只有十几个分散设置的简陋营地。沃米索尔将它们一一点燃，让"秃鹰王"无处可去。罗加公爵的队伍艰难跋涉上山，很快就不得不放弃坐骑，踏足山羊小道，攀登陡峭斜坡，穿过数不尽的洞穴，还要提防隐匿的敌人投掷的滚石从天而降。就在风暴地人克服万难从东方挺进时，黑港城伯爵西蒙·唐德利恩领着一小股边疆地骑士自西面进山，封死对手的脱逃路径。猎人们两面夹击，杰赫里斯则在天上监视，他像以前在图桌厅移动那些玩具兵一样指示下面的军队合适的路线。

他们最终抓住了战机。鲍里斯·拜拉席恩不像多恩人那样熟悉山间的隐秘通道，因此首先被逮到。罗加公爵的手下轻松解决了鲍里斯的手下，但兄弟两人对决前，杰赫里斯国王从天上降下来阻止。"我不会让你背负弑亲者的骂名，大人，"国王告诉自己从前的首相，"我来解决叛徒。"

鲍里斯爵士闻言大笑："与其让他成为弑亲者，不如我来当个弑君者！"他吼叫着扑向国王，但国王有"黑火"剑在手，多年前在龙石岛校场中苦习的武艺也不曾生疏。他的一记劈砍几乎斩下鲍里斯·拜拉席恩的首级，爵士的尸体颓然倒在国王脚边。

"秃鹰王"苟延残喘了一个月，最后才被堵截在一座他用于藏身的被焚巢穴里。他顽抗到底，朝国王的手下抛出雨点般的长矛和箭矢。"他是我的。"当这位自封的山地国王被镣铐锁拿带到他们面前时，罗加·拜拉席恩对杰赫里斯说。遵照公爵的命令，人们斩断土匪头子的镣铐，又给了他长矛和盾牌，罗加公爵则持斧迎战。"如果他能杀我，就放他走。"

可惜"秃鹰王"实在不争气，尽管罗加·拜拉席恩已病入膏肓、身体虚弱，又饱受疼痛折磨，仍能轻松挡开多恩人的进攻，接着将其从肩膀到肚脐劈成了两半。

决斗结束后，罗加公爵颇为失落。"看来我终究不能手握斧子战死沙场，"他不无遗憾地对国王说。他确实没能如愿。半年后，罗加·拜拉席恩——风息堡公爵，一度贵为权倾朝野的国王之手暨全境守护者——于风息堡逝世，他的学士、修士、弟弟加龙爵士和儿子兼继承人博蒙德在病床边为他送终。

"罗加公爵之战"费时不足半年，开始和结束都在征服六十一年。"秃鹰王"被消灭后，一时间多恩边疆地的掠袭活动几乎绝迹。待战况详情传遍七大王国，那些最尚武的领主也对青年国王心生敬意，仅存的些许疑虑至此烟消云散，大家一致认可，杰赫里斯·坦格利安与他父亲伊尼斯完全不同。而对国王自己，这场战争犹如一剂良药。"面对颤抖症，我无能为力，"他对巴斯修士坦白，"但面对'秃鹰'，我又变回了王者。"

　　征服六十二年，杰赫里斯国王册封长子伊蒙为龙石岛亲王，并指定他为铁王座的正式继承人，七大王国举国欢庆。

　　伊蒙王子当年七岁，个高、英俊又谦逊。他依旧每天早上在院子里和贝尔隆王子一起训练，兄弟两人既是密友，也是旗鼓相当的对手——伊蒙更高更壮，贝尔隆更快更狠。他们的比试十分精彩，经常吸引许多观众，仆人、洗衣妇、亲随骑士、侍从、学士、修士和马厩小弟们会聚在院子里，为自己支持的王子欢呼喝彩，而已故阿莱莎太后的黑发女儿乔斯琳·拜拉席恩是观众中的常客。随着日子一天天过去，她变得愈发高挑美貌，在伊蒙被册封为龙石岛亲王的庆祝宴会上，王后安排乔斯琳小姐坐在他身边，两个孩子整晚谈笑风生，完全不顾其他人。

　　同年，诸神又赐给杰赫里斯和亚莉珊一个女儿。这个被他们命名为玛格娜的女孩温柔、无私又体贴，还十分聪慧，没过多久，她便像当初阿莱莎追着贝尔隆王子一样，也开始追着姐姐阿莱莎。然而阿莱莎同过去的贝尔隆一样对此颇感厌烦，她用尽手段躲开玛格娜，也反复冲拽住自己裙子的"小屁孩"发火，贝尔隆则不时嘲笑她怒冲冲的模样。

　　我们业已谈到杰赫里斯的几项重大成就，而在征服六十二年年尾，国王展望新年及其后的岁月时，为七大王国绘制了又一幅宏伟蓝图。他已给君临铺上鹅卵石路，在城内设立贮水池和喷泉，现在他放眼都城之外，审视着从多恩边疆地直到"布兰登的馈赠"之间辽阔的原野、山川和泽地。

　　"诸位，"他对御前会议宣布，"我和王后巡游天下时骑着沃米索尔和银翼从云层中张望，看到城市和城堡，丘陵与沼泽，还有奔涌激荡的江河、湖泊和溪流。我们看到市集和渔村，看到古老的森林、山脉、荒野与草场，看到大片的羊群和丰收的麦田，看到战场的遗址、倾塌的塔楼，还有墓园与圣堂。七大

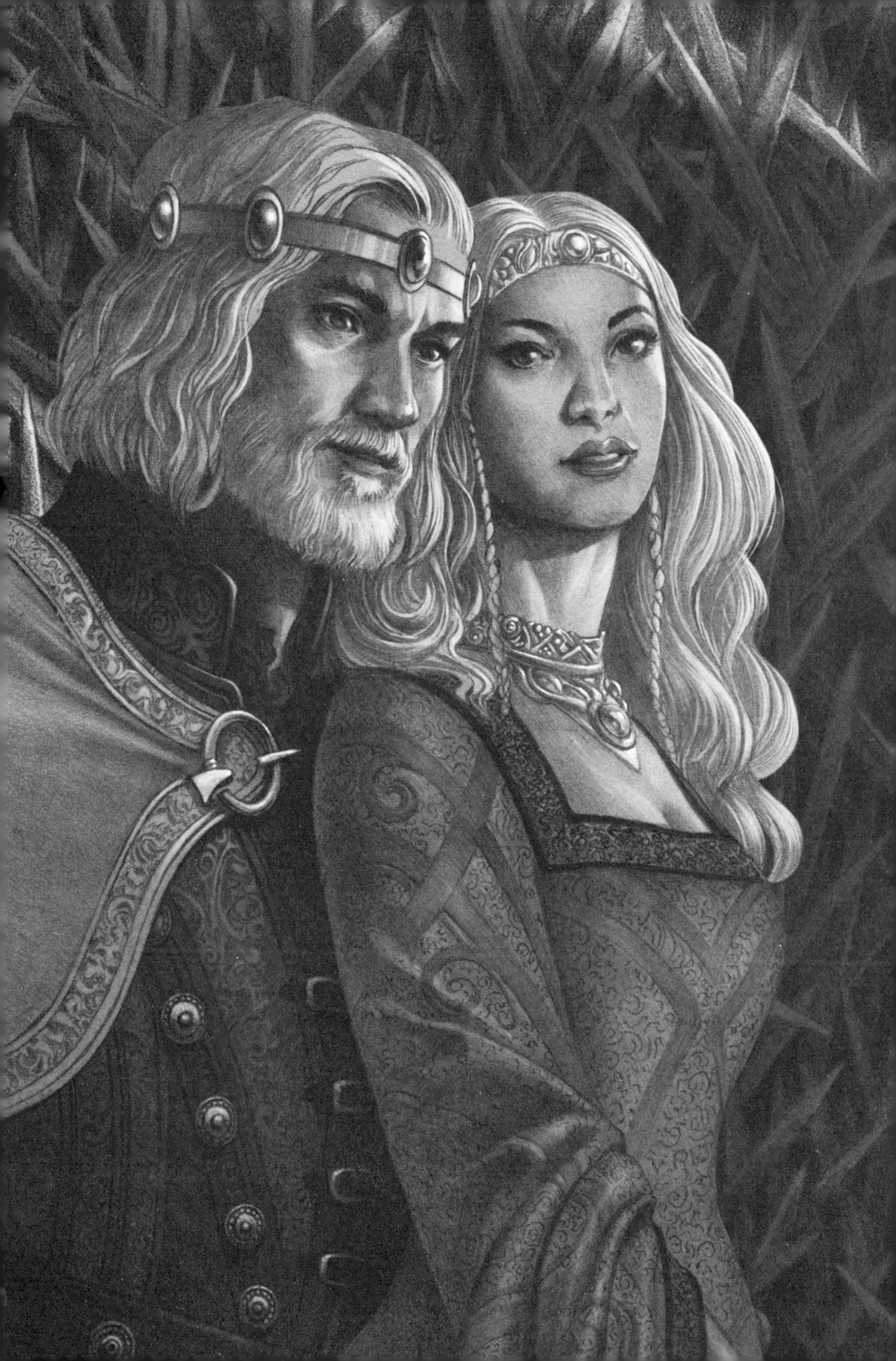

王国美不胜收，但你们知道我没看到什么吗？"国王用力一拍桌子，"道路，诸位，我没看到道路。如果我飞得够低，倒能发现一些车印或几条狩猎小径，抑或溪流边百姓踩出的便道，但我没看见正经道路。诸位，我需要道路！"

大规模筑路工程就此于红堡议定，它将在杰赫里斯余下的统治期持续进行，及至他继位者的时代。

我们不应错误地假定，在杰赫里斯上台以前，维斯特洛没有道路——事实上，这片大陆布满几百条纵横交错的道路，许多道路的历史甚至可追溯到数千年前先民的时代，而即便森林之子也有行走的路径，供他们在林木下迁移。

但这些道路的状况非常糟糕。它们狭窄、泥泞、凹陷、曲折，它们毫无规划地穿过丘陵、森林和溪流——只有很小一部分溪流架设了桥梁，而河滩附近总有士兵把守，向过桥的人勒索金钱或其他财物。部分领主会主动维护领内道路，更多人则不闻不问，一场暴雨就能让这些简易道路消失无踪。路上的旅行者还有被强盗骑士和"残人"打劫的危险，在梅葛掌权以前，穷人集会尚能为使用道路的平民提供些许保护（至少在他们没有自行打劫的时候），而当他们也遭取缔后，道路的危险程度与日俱增，连大诸侯上路前都得准备护卫队。

一举匡正所有弊病实难实现，但杰赫里斯相信千里之行始于足下。众所周知，君临城非常年轻，"征服者"伊耿及其姐妹从龙石岛率军登陆以前，这里只是三座山丘下一个小渔村，黑水河从旁流过，汇入黑水湾。很显然，没有什么值得一提的道路会以小渔村作为起点或终点，而在伊耿征服后的六十二年里，君临城飞速发展，一些粗糙狭窄、尘土飞扬的道路开始延伸出去，有的沿海岸向北连接史铎克渥斯堡、罗斯比城和暮谷镇，也有的穿过丘陵通往女泉镇——但仅此而已，七大王国的都城并未与任何城市或大诸侯的城堡连通，它更多地依托于港口地位，借助水路交通。

杰赫里斯就从这里着手改变。黑水湾南岸的森林十分古老，那里的树木浓密茂盛，适合打猎，但不易穿行。他下令在其中开辟道路，以连接君临和风息堡，这条路此后向都城北面不断延长，从黑水河到三叉戟河，再沿绿叉河岸继续北上，穿过颈泽和无路可寻的北境荒野，直到临冬城和长城。百姓们称它"国王大道"，这也是杰赫里斯修筑的所有道路中最漫长、最昂贵的一条，它最早动工、也最早竣工。

其他道路随后跟进，包括玫瑰大道、滨海大道、河间大道和黄金大道。某些路段早已存在，只是极为简陋，杰赫里斯让它们焕然一新，他派人填平沟壑，铺设石子，又在溪流上搭建桥梁；另一些路段是完全新建的。花费固然十分可观，幸得国家繁荣昌盛，而新任财政大臣马丁·提利尔有聪明的贤内助"苹果神童"扶持，政绩几与"空气伯爵"不相上下。接下来几十年间，道路一里接一里、一里格接一里格地延伸出去。"他将大地连接，让七大王国合为一体。"旧镇学城矗立着"人瑞王"的雕像，基座上有这样的铭文。

七神或许对杰赫里斯的工作格外满意，便赐给他和亚莉珊更多后嗣。征服六十三年，国王夫妇得到第七个孩子，也是第四个儿子，他们命名为维耿；一年后，他们生了女儿丹妮菈；再三年后，塞妮拉公主降生，她出世时脸膛通红、哭声洪亮；征服七十一年，王国又迎来一位公主——这是王后所生的第十个孩子和第六个女儿——漂亮的维桑瑞拉。尽管杰赫里斯和亚莉珊的这四个孩子是在十年间接连降生的，但一母同胎的他们彼此天差地别，让人咋舌不已。

维耿王子与两个哥哥相比就像黑夜与白天。他沉默寡言、从不活泼，而且颇为敏感，以致其他孩子——甚至包括宫中的许多贵族——都不喜欢他。尽管他并不懦弱，却不愿参与侍从和侍酒间的粗野游戏，对父亲的骑士们的英雄事迹也毫无兴趣。他酷爱阅读，比起校场宁可待在图书馆。

丹妮菈公主比维耿小一岁，她纤弱又害羞，容易受惊，动不动就哭，快两岁时还不会说话……长大了也总是结结巴巴。姐姐玛格娜成了她的指路明星，母后亚莉珊是她的崇拜偶像，但她害怕另一个姐姐阿莱莎，而一看到哥哥们就会捂着通红的脸躲开。

再三年后出生的塞妮拉公主从小就很难伺候。她暴躁、任性、不服管教，学会说的第一个字就是"不"，从此便把它挂在嘴边，大声说"不"成了常态。她过了四岁还不肯断奶，即便能在城堡里跑来跑去，说的话比哥哥维耿和姐姐丹妮菈加起来还多，她仍然想喝母亲的奶，如果王后打发奶妈过来，她就大发雷霆、高声尖叫。"七神在上，"亚莉珊有天晚上悄声告诉国王说，"看着她，我好像看到了艾瑞亚。"塞妮拉·坦格利安蛮横又固执，渴求他人关注，一旦得不到就闷闷不乐。

最小的维桑瑞拉公主也有自己的心思，但她从不吵闹，更不会哭泣。"狡猾"和"自负"用在她身上可谓恰如其分。男人们都承认,维桑瑞拉美貌绝伦,她具备纯正的坦格利安血统特有的深紫色眼眸和银金色头发,皮肤白皙无瑕,五官精致迷人,还有一种与年纪不符、教人隐隐发颤的女人味。某个口吃的年轻侍从说她是女神下凡,她也欣然接受。

我们将会讲述这四位幼主的经历,以及他们最终带给父母的伤痛,但眼下暂且回到征服六十八年。塞妮拉公主降生没多久,国王夫妇宣布他们的长子龙石岛亲王伊蒙与风息堡的乔斯琳·拜拉席恩订婚。丹妮莉丝公主不幸去世后,这对夫妇一度考虑让伊蒙迎娶诸位妹妹中最年长的阿莱莎公主,但亚莉珊王后最终打消了这个念头。"阿莱莎还是与贝尔隆结合比较好。"她对国王说,"她自学会走路起就一直跟着他,他俩就像你我当年那么亲密。"

两年后,即征服七十年,伊蒙和乔斯琳正式成婚,排场堪比"黄金婚礼"。十六岁的乔斯琳是享誉全国的大美人,她双腿颀长,胸脯丰满,黑如鸦羽的浓密长发直垂到腰间;十五岁的伊蒙王子小新娘一岁,但所有人都认同两人是一对般配的金童玉女。乔斯琳的身高达到五尺十一寸,这足以傲视维斯特洛的绝大多数领主,但龙石岛亲王比她还高三寸。"他们代表着王国的光明未来。"盖尔斯·莫里根爵士望着并肩而立的黑发小姐和白发王子如此评论。

征服七十二年,为庆祝年轻的达克林伯爵与席奥默·曼德勒的女儿结合,暮谷镇举行了比武大会。年长的两位王子前去参赛,还带着妹妹阿莱莎。在侍从团体比武中,伊蒙王子用战锤打败弟弟,并赢得最终胜利,随后他又在长枪比武中出人头地,因杰出表现被封为骑士,年仅十七岁。获得骑士身份后,王子的下一个目标是成为驭龙者,他回到君临没多久就第一次飞上了天。他为自己挑选的坐骑是血红色的科拉克休,这是龙穴里年轻一代龙族中最凶猛的,管理龙穴的龙卫们深知其个性,给它起了个"血虫"的外号。

在北境,征服七十二年标志着一个时代的结束。临冬城公爵阿里克·史塔克去世,他从前夸耀过的两个强壮儿子都走在他前面,因此只能由孙子艾德瑞克继位。

宫里的饶舌鬼们常说,贝尔隆王子就像伊蒙王子的跟屁虫,不管哥哥做了什么、去了哪里,他都有样学样。事实证明的确如此。征服七十三年,"勇敢的"贝尔隆紧随哥哥的榜样当上骑士,甚至比哥哥还早一年(伊蒙十七岁达成目标，贝尔隆因而决心在十六岁办到)。他穿过河湾地来到古橡城，参加奥克赫特伯爵为庆祝儿子出生举办的持续七天的比武大会。小王子扮成神秘骑士，自称"银色愚人"，相继将罗宛伯爵、埃林·岑佛德爵士、佛索威家的双胞胎和奥克赫特伯爵的长子继承人丹尼斯爵士挑下马，最终被瑞卡德·雷德温爵士打败。瑞卡德爵士扶他起身，掀开面具，然后命他当场跪下，授予骑士头衔。

当天晚宴后，贝尔隆王子即刻飞马驰回君临，奔向龙穴。他不愿活在哥哥的阴影下，早已煞费苦心地挑选出将来的坐骑，也就是那条著名的母龙——自维桑尼亚太后过世，雄壮的瓦格哈尔已二十九年没人骑过。现在她舒展双翼，仰天长啸，载着"春晓王子"冲上云霄，随后又飞过黑水湾来到龙石岛，给了哥哥伊蒙和科拉克休一个惊喜。

"天上圣母对我实在仁慈，她的祝福让我拥有众多后代，且个个聪明漂亮。"征服七十三年，亚莉珊王后宣布将让女儿玛格娜进入教会见习。"我理应给圣母献上一个孩子。"玛格娜公主年方十岁，她乐于发下修女誓言，作为生性恬静、喜欢钻研的女孩，据说她每晚临睡前都要阅读《七星圣典》。

但这个孩子才刚离开红堡，另一个孩子又呱呱坠地，圣母对亚莉珊·坦格利安的祝福似乎并未终结。征服七十三年，她诞下第十一个孩子，这个男婴被命名为盖蒙，以纪念在征服战争以前统治龙石岛的列位坦格利安领主中最伟大者："光荣的"盖蒙。可惜这是个早产儿，而漫长艰辛的生产耗尽了王后的力气，学士们甚至担心她有性命之忧。盖蒙生来过于瘦小，体型仅为十年前哥哥维耿出世时的一半。王后最终身体康复，但孩子未能活下去，他没撑过征服七十四年的年关便告夭折，当时还不满三个月。

每次痛失爱儿都令王后伤心欲绝，她反复责问自己是否犯下过错，以致盖蒙王子夭折。但自龙石岛时代就与她结下深厚友谊的莱拉修女坚决否定这种想法。"如今小王子与天上圣母同在，"莱拉告诉王后，"她来照顾他，比这个纷扰痛苦的尘世中的我们照顾得更好。"

征服七十三年间，坦格利安家族的伤痛不止如此，前已述及，雷妮亚太后亦于当年在赫伦堡逝世。

年关将近时，一桩可怕的丑闻突然大白于世，令满朝文武和市井小民都极为震惊。御林铁卫卢卡默·斯壮爵士素来和蔼可亲，深受百姓喜爱，如今却被发现他罔顾白骑士的神圣誓言，不但秘密结婚，还一连娶了三个妻子，并让她们在互不知情的前提下为他生了不下十六个孩子。

在贫民聚集的跳蚤窝，在妓女和皮条客泛滥的丝绸街，那些出身低微、德行败坏的男女暗自窃喜，他们放肆地嘲笑"好色之徒"卢卡默爵士，乐于看到涂抹圣油的骑士堕落腐化。但红堡里听不到笑声，杰赫里斯和亚莉珊原本对卢卡默·斯壮青眼有加，如今遭到愚弄的现实让他们脸上无光。

卢卡默的铁卫兄弟们更是出离愤怒。揭露丑闻的正是莱安·雷德温爵士，他将情况禀报御林铁卫队长，队长又上报国王。盖尔斯·莫里根爵士代表一干誓言兄弟发言，声称卢卡默·斯壮践踏了他们所有人的信条，要求国王将其处死。

卢卡默爵士被拖到铁王座前，他双膝下跪忏悔罪行，又向国王恳求慈悲。杰赫里斯或许打算从宽发落，然而这位待罪的骑士犯了个致命错误，竟在求情时说出"看在我的妻儿分上"。旁观的巴斯修士后来评述，这样讲等于把他的罪行甩到国王脸上。

"我兴师讨伐我叔叔梅葛的时候，他的两名御林铁卫曾倒戈助我。"杰赫里斯如此回应，"他们或许以为我大获全胜后会保留他们的白袍，甚至册封他们为领主，让他们在宫中身居高位。不，我把他们送去长城。无论当时还是现在，我身边都没有背誓者的位置。卢卡默爵士，你曾当着诸神和世人的面发下神圣的誓言，你发誓用生命来保卫我和我的家人；你发誓服从我的命令，为我而战，如有必要甚至为我而死；你发誓不娶妻、不生子，终身守节。既然您能轻易背弃誓言的一部分，我又怎能相信你会遵守誓言的其余部分？"

亚莉珊王后也开口道："你不只将御林铁卫的誓言弃之不顾，你还背弃了婚誓，而且不止一次，足有三次之多。这些女人跟你的婚姻都不合法，所以你身后的全是私生子。他们才是完全无辜，爵士。我听说，你的几个妻子不清楚彼此的存在，但她们肯定清楚你是个白骑士，也就是御林铁卫的成员。从这点上讲，她们与你同罪，有罪的还包括你找来证婚的那些喝醉酒的修士。不过他们的罪责较轻，我们或许会慈悲为怀，但是对你……我不会再让你留在我夫君身边，爵士。"

事已至此，杰赫里斯下令将虚伪的骑士卢卡默·斯壮阉割，然后戴上铁镣押赴长城。他的妻儿们站在一旁，有的呜咽哭泣，有的咒骂不休，有的一言不发。"守夜人也需要你宣誓，"国王警告，"你最好能坚守誓言，不然下次就是砍头。"

国王让王后处理卢卡默留下的三个家庭。亚莉珊宣布，卢卡默的儿子们可自愿与父亲同去长城（年龄最大的两个男孩跟去了），女儿们可自愿加入教会见习（只有一个女孩选择这条路）。剩下的孩子都不愿离开母亲。于是卢卡默的第一个妻子及其后代被遣送给卢卡默的弟弟鲍尔文，鲍尔文不到半年前刚被拔擢为赫伦堡伯爵；他的第二个妻子及其后代被送到潮头岛，由"潮汐之主"戴蒙·瓦列利安收养；他的第三个妻子所生的孩子年龄最小（其中一个还在母亲怀里喝奶），他们被送到风息堡，由加龙·拜拉席恩爵士和年幼的博蒙德·拜拉席恩公爵负责。王后还规定，这些孩子不准再姓斯壮，自即日起，他们只能使用私生子的姓氏：河文、维水和风暴。"这都要感谢你们的父亲，那个虚伪的骑士。"

杰赫里斯和亚莉珊在征服七十三年的烦恼远不止"好色之徒"卢卡默带给御林铁卫和王室的耻辱。继续讲述之前，我们首先需要厘清他们的第七个孩子维耿王子和第八个孩子丹妮菈公主之间的纠葛。

亚莉珊王后对自己牵线搭桥的能力颇感自豪，她促成了数百对新人喜结连理，联姻双方往往来自王国的天南海北。然而，她替自己年纪较小的四个孩子寻偶时却麻烦不断，这些麻烦将持续折磨她，并在她与孩子们之间制造出巨大的鸿沟（尤其在她与三个女儿之间），乃至影响她和国王的感情，带来巨大的悲伤和痛苦，使得她一度想要放弃后冠，以静默姐妹的身份度过余生。

挫败始于维耿和丹妮菈。王子和公主只差一岁，婴儿时期看来也极般配，国王夫妇相信两人最终会成婚。他们的哥哥贝尔隆和姐姐阿莱莎早已变得形影不离，婚姻大事也提上日程，维耿和丹妮菈又有何不可？"宠着你的小妹妹。"维耿五岁时，杰赫里斯国王提醒他，"有朝一日，她会是你的亚莉珊。"

但两个孩子长大后并不若理想中那样合适。王后清楚地看出，两人之间毫无温情可言——维耿能忍受妹妹的存在，但不会主动找她；丹妮菈则害怕这个迂腐木讷、喜欢读书胜于一切的哥哥。换言之，王子觉得公主愚蠢，公主认为王子刻薄。"他们还是孩子，"亚莉珊把情况告诉杰赫里斯时，他轻描淡写地答道，"日子一长，关系自然会变好。"然而日子一天天过去，他们的关系不但没变好，反而加深了厌恶。

矛盾的爆发正值征服七十三年，当年维耿王子十岁，丹妮菈公主九岁。王后御前一位新女伴打趣地询问他俩何时结婚，维耿的反应像被扇了一耳光。"我才不会娶她，"男孩当着半个宫廷的人宣称，"她几乎不认字。想生蠢孩子的领主才会娶她，那是她唯一能派的用场。"

丹妮菈公主不出意料地大哭着冲出大厅，母后赶紧追了出去。比维耿年长三岁的姐姐阿莱莎将一整壶酒倒在他头上，即便如此，王子也没有丝毫悔意。"你浪费了青亭岛上好的金色葡萄酒。"说完他就径直离开去更衣了。

风波平息后，国王和王后一致认定须为维耿另觅新娘。他们短暂考虑过两个更小的女儿，但征服七十三年时，塞妮拉公主和维桑瑞拉公主分别只有六岁和两岁。"维耿根本没看她们第二眼。"亚莉珊对国王说，"我甚至不确定他知道两个妹妹的存在。或许哪个学士把她们写进书里能让他……"

"我明天就让埃利萨大学士去写。"国王玩笑道，"他才十岁。他不关注女孩，女孩也不关注他，但不会永远如此。他长得还算英俊，又贵为维斯特洛的王子、铁王座的第三顺位继承人，再过几年，少女们会像蝴蝶一样绕着他飞舞，为他看自己一眼而面红耳赤。"

王后对此不太确定。用"英俊"来形容维耿王子实在过誉，他虽有坦格利安家族的银金色头发和紫色眼睛，但十岁就长了张长脸，肩膀也不挺拔，嘴角总是紧抿着，仿佛刚吃了柠檬。尽管从母亲的角度出发，亚莉珊可以忽视这些外貌缺点，但他的性格也着实不讨喜。"要是哪只蝴蝶敢绕着维耿飞，我真担心他会用书把它拍死。"

"他把过多时间花在了图书馆。"杰赫里斯承认，"我去找贝尔隆谈谈，让维耿下校场，给他剑和盾，这样就会改观。"

根据埃利萨大学士的记载，国王确实找过贝尔隆王子谈话，贝尔隆也很尽责地对弟弟进行了安排，亲自带他上校场，把剑放进他手中，又为他绑好盾牌，但这没让他改观。维耿讨厌习武，他不但自己练得苦不堪言，还把周围所有人都弄得苦不堪言，"勇敢的"贝尔隆也莫可奈何。

在国王的要求下，贝尔隆坚持了一年。"他练得越久，表现越糟。""春晓王子"如此评价。终于有一天，贝尔隆可能是为激发维耿的好胜心，便让妹妹阿莱莎穿上男人的锁甲，来校场跟维耿比试。然而公主不曾忘记那壶青亭岛的金色葡萄酒，她一边灵活地绕着弟弟进攻，一边大声嘲笑。她耍弄了他数十次，而丹妮菈公主就在上方的窗户里观看。最终维耿羞愤难当，扔下长剑跑出校场，再也没回来。

让我们暂且放下维耿王子和他的妹妹丹妮菈，先来叙述一些愉快的事件。征服七十四年，杰赫里斯国王和亚莉珊王后再蒙诸神祝福，迎来第一个孙辈——伊蒙王子与妻子乔斯琳夫人诞下一女，命名为雷妮丝。她降生于本年七月七日，修士们认为是天大的吉兆。她降生时身体壮硕、精力旺盛，同时拥有母系拜拉席恩家族的黑发和父系坦格利安家族的浅紫色眼睛。作为龙石岛亲王的头生子，许多人尊她为仅次于父亲的铁王座第二顺位继承人。当亚莉珊第一次抱起她时，有人听见她管这个小女婴叫"我们未来的女王"。

跟其他方面一样，"勇敢的"贝尔隆在生育上也不愿落后哥哥伊蒙。征服七十五年，红堡又举行了一场奢华的婚礼，"春晓王子"迎娶最年长的妹妹阿莱莎公主，新娘时年十五岁，新郎十八岁。和父母不同，贝尔隆和阿莱莎当即完成结合，婚宴后的圆房环节甚至成了风靡一时的下流玩笑，人们说小新娘满足的叫声远至暮谷镇都能听到。羞怯的少女可能会因此窘迫难当，但阿莱莎·坦格利安常吹嘘自己跟君临酒馆的女招待一样开放，她也的确如此。"我压在他身上，反复骑他。"次日清晨，她公然宣称，"今晚我还要再好好享受。我喜欢骑他。"

这一年，公主骑的不只是她勇敢的王子，她和兄长们一样急于成为驭龙者。伊蒙和贝尔隆分别于十七岁和十六岁上天，阿莱莎打算十五岁完成，而据龙卫们陈述，他们费尽全力才阻止她将贝勒里恩设为目标。"它又老又慢，公主。"他们如此劝诱，"您得骑一条快的。"最终载阿莱莎公主上天的是此前没人驾驭过的梅丽亚斯，一条华美的猩红色母龙。"它跟我都曾是红色处女，"公主从天上下来后大笑着夸口，"现在我俩都被骑了。"

公主从此就常去龙穴，她常说飞翔是世上第二美好的事，而第一美好的事不能当着女伴们的面说。龙卫们的推荐的确很有见地，梅丽亚斯果真是维斯特洛有史以来速度最快的龙，当阿莱莎和哥哥们一起上天时，它轻易就能超过科拉克休和瓦格哈尔。

他们的弟弟维耿依然让王后烦恼。几年时光过去，维耿逐渐成熟，国王关于蝴蝶那部分预言得以实现，宫里的年轻小姐们开始关注维耿。由于年纪增长，也由于和父兄之间几次不甚愉快的谈话，维耿总算懂得了基本的礼貌，没真让哪个女孩难堪，王后为此松了口气。但另一方面，他也从未特别在意哪个女孩，书本仍是他唯一的爱好，无论历史、地理、数学还是语言，他照单全收。不拘礼数的埃利萨大学士承认自己给过王子一本春宫图册，想用赤裸少女与男人、野兽乃至其他裸女交媾的图画来激发维耿对女性的兴趣，结果王子留下了书，却依旧我行我素。

征服七十八年，维耿王子迎来第十五个命名日纪念，只差一岁就要成年，杰赫里斯和亚莉珊向大学士提出水到渠成的解决方案："你觉得维耿能不能做学士？"

"不能。"埃利萨直截了当地回绝，"你们觉得他有耐心教导领主的孩子读写算术吗？他能容忍自己的房间养着渡鸦或其他鸟类吗？你们能想象他给患者截去伤腿，或是替小孩接生吗？这些事是学士必须做的。"大学士沉默片刻，接着又道，"维耿做不了学士……但他有成为博士的潜质。学城拥有已知世界最丰富的知识储藏，送他去那里的图书馆，或许他能发现自我——当然，他也可能在书本中迷失自我，但你们至少不用再为他烦心。"

这番话正中要害。三天后，杰赫里斯召维耿王子到书房谈话，告知两周内将送他乘船前往旧镇。"学城会照管你，"国王说，"你自己决定前途。"王子的回答一如既往地简略："遵命，父亲。这样很好。"事后杰赫里斯告诉王后，他看到维耿几乎笑了。

贝尔隆王子的笑容自结婚以来就没消失。只要不飞上天，贝尔隆和阿莱莎几乎从不分开，多数时候是在卧室。贝尔隆王子的精力格外旺盛，婚后那些年的无数个晚上，红堡厅堂中都回荡着堪比圆房之夜的愉悦叫喊，而这也很快带来众人期待的成果：阿莱莎·坦格利安的肚子一天天变大，她在征服七十七年给"勇敢的"贝尔隆生下一个儿子，命名为韦赛里斯。巴斯修士形容这个男婴是"可爱的大胖小子，我没见过这么爱笑的宝宝。他还十分贪吃，很快喝干了奶妈的奶。"他的母亲力排众议，把仅仅出生九天的他用襁褓包住系于胸前，然后骑上梅丽亚斯。事后,她声称韦赛里斯在天上一直笑个不停。

怀孕生产对年方十七、风华正茂的阿莱莎公主来说是件开心事,但对她的母后亚莉珊这种年过四十的高龄产妇就完全不同了。可以想见,王后发现自己再度怀孕时并没有太多喜悦。征服七十七年,亚莉珊产下韦莱利昂王子,但过程与四年前生盖蒙王子一样艰难,以致产后卧床半年之久。韦莱利昂也跟四年前降生的哥哥一样瘦小虚弱,且未能茁壮成长,即便换了六个奶妈也无力回天。征服七十八年,韦莱利昂在离满岁差两周时终告夭折,王后对自己的身体状况不再抱有幻想。"我已经四十二岁了,"她告诉国王,"也为你生过这么多孩子。现在的我恐怕更适合当祖母而不是母亲。"

杰赫里斯国王却不肯放弃。"我们的母亲阿莱莎太后四十六岁时生下乔斯琳。"他对埃利萨大学士指出,"或许诸神并未收回对我们的祝福。"

他的话得以应验。次年,大学士告知亚莉珊王后她再次有孕,这让王后意外又惊慌。征服八十年,王后以四十四岁高龄产下盖蕊公主,人们按降生的季节称她"冬之子"(也有人说这是形容王后的生育能力已到尽头,犹如寒冬降临)。她生下来同样瘦小、苍白、虚弱,但埃利萨大学士认定她不会重蹈哥哥盖蒙和韦莱利昂的覆辙,结果果真如此。在日夜看护的莱拉修女的协助下,埃利萨让公主平安度过了最艰难的第一年。尽管公主迎来头一个命名日纪念时仍算不上强壮,但身体健康,亚莉珊王后对诸神感恩不已。

是年,她还有一件感恩的事:第八个孩子丹妮菈公主的婚事终于有了着落。维耿的问题解决后,紧接着就该轮到丹妮菈,但这个爱哭的公主委实让人操碎了心。王后形容她为"我的小花儿"——丹妮菈跟亚莉珊一样身材娇小,踮起脚尖也才五尺两寸,且外表十分孩子气,令她看起来比实际年龄小。与亚莉珊不同的是,丹妮拉还有一种陶瓷制品般的纤弱,母后性格果断,她却总是畏畏缩缩。她曾经很喜欢一只小猫,后来那只猫抓伤了她,她从此再不敢靠近任何猫。她也害怕龙,连银翼都怕,而最温和的责备也会让她流泪。有回她在红堡的厅堂里见到一位穿羽毛斗篷的盛夏群岛王子,直吓得尖叫连连,因她以为黑肤的王子是恶魔。

她的哥哥维耿当年的评价固然残忍,却不无道理,就连她身边的修女也承认她不够聪明。她很吃力地学会了认字,但认得磕磕绊绊、一知半解,还连最简单的祷词都记不住。她嗓音甜美，却不敢唱歌，因为总是唱错词；她喜欢花朵，却不敢去花园，因为有次差点被蜜蜂蜇到。

杰赫里斯比亚莉珊更绝望。"她甚至没法跟男孩说话，这怎么嫁人？就算我们让她委身教会，可她记不住祷词，并且她的修女说要她大声朗读《七星圣典》她都会哭。"

王后总为公主辩护。"丹妮菈善良、温柔又甜美。她有一颗柔软的心。给我点时间，我会找到懂得珍惜她的领主。坦格利安家不是每个人都得挥舞长剑、驾驭巨龙。"

初潮后的几年，丹妮菈·坦格利安确实吸引了许多年轻贵族。她是国王的女儿，又正值韶华，母后又不遗余力地为她多方经营，一心指望她能觅得佳偶。

丹妮菈十三岁时被送去潮头岛拜访"潮汛之主"的孙子科利斯·瓦列利安。未来的"海蛇"年长公主十岁，当时已是名声在外的水手，旗下船舶众多。但丹妮菈公主横渡黑水湾晕了船，回家时抱怨说："他喜欢他的船超过我。"（她没说错）

她十四岁时接触了丹尼斯·史文、西蒙·斯汤顿、杰洛·坦帕顿和艾拉德·克连恩，他们都是与她年纪相若、大有前途的侍从。但斯汤顿让她喝酒，克连恩未经允许吻她的嘴唇，都令她禁不住哭了。这一年年末，她表示自己讨厌这几个少年。

她十五岁时在母亲带领下穿过河间地、来到鸦树厅（乘坐轮车，因丹妮菈怕马）。布莱伍德伯爵极尽所能地款待亚莉珊王后，他的儿子则开始追求公主。罗伊斯·布莱伍德高挑优雅，殷勤健谈，在射箭、剑术和歌唱方面很有天赋，他用自创的歌谣打动了丹妮菈的心房。一时间婚约似乎就要缔结，亚莉珊王后和布莱伍德伯爵甚至开始讨论婚礼安排，但一切都在丹妮菈得知布莱伍德家族信仰旧神、她必须在鱼梁木前发下婚誓后破灭了。"他们不信真神。"她惊恐地告诉母亲，"我会下地狱的！"

当公主的十六岁命名日纪念迅速逼近、成年前的时光所剩无几时，亚莉珊已束手无策，杰赫里斯也失去了耐心。征服八十年的新年，国王告知王后，希望丹妮菈在年底前成婚。"她乐意的话，我可以找一百个男人裸体排在她面前，让她自己选。"他说，"她能嫁给领主最好，但如果她想要雇佣骑士、商人……哪怕'猪倌'佩特，我也不在乎了，只要能把她嫁出去。"

"一百个裸体男人会吓坏她。"亚莉珊严肃地说。

"一百只没毛的鸭子都能吓坏她。"国王回应。

"假如她结不了婚呢？"王后问，"玛格娜说教会的起码要求是能念诵祷词。"

"那她只能加入静默姐妹。"杰赫里斯说，"有必要到那种地步吗？天大地大，一定能找到跟她一样善良又温柔的家伙。那种男人不会对她高声说话，不会抬手打她，却把她当作心肝宝贝，甜言蜜语宠爱她。他会保护她……不受龙、马、蜜蜂、小猫和长痘痘的男孩这些最可怕的东西伤害。"

"我尽力，陛下。"亚莉珊王后承诺。

他们最终没找来一百个男人——不管裸着还是穿衣服的——王后向丹妮菈温柔而坚定地解释了国王的命令后，给了她三个求婚对象，他们个个渴望她的青睐。亚莉珊挑选的这三个男人（其中当然没有"猪倌"佩特）要么是位高权重的大诸侯，要么是大诸侯的子嗣，丹妮菈无论选择哪个都将拥有财富和地位。

三个候选人中，博蒙德·拜拉席恩最是一表人才。二十八岁的风息堡公爵跟他父亲就像一个模子刻出来的，他满身肌肉，体格强壮，笑声洪亮，有一把茂盛的黑胡须和一头浓密的黑发。作为罗加公爵和阿莱莎太后的儿子，他是杰赫里斯和亚莉珊的异父弟弟，而他的姐姐乔斯琳早已入宫成为王妃，丹妮菈熟悉且喜欢她。这些都是博蒙德的优势。

泰蒙德·兰尼斯特爵士身为凯岩城及西境富饶金矿的继承人，论财富首屈一指。他年方二十，不但与丹妮菈的年纪更接近，容貌又冠绝七国——他身量苗条，体态轻盈，满头金发，蓄有金色长髭，还懂得用绫罗绸缎打扮。公主嫁进凯岩城能得到最好的保护，整个维斯特洛也难找到比它更坚固的城堡。但除了黄金和美貌，泰蒙德爵士名声不佳，据说他沉溺于酒色，难以自拔。

最不被看好的是谷地守护者暨鹰巢城公爵罗德利克·艾林。他颇具传奇色彩地于十岁继位，过去二十年间又一直在御前会议中担任裁判法官和法务大臣，并因之成为宫廷的熟客和国王夫妇的忠实朋友。在谷地，他是位称职的领主，强势但不失公正，和蔼而慷慨大度，受到百姓和封臣的一致爱戴；在君临，他的表现同样十分优异，他聪慧机敏、学识渊博，还富于幽默感，人们将他视为御前会议不可或缺的成员。

但艾林公爵也是三人中最年长的，时年三十六岁，足足比公主早生二十年。此外，他还当过父亲，与故去的第一任妻子有四个孩子。就连亚莉珊王后也不得不承认，这个矮小、秃头、肚子圆滚的公爵不是少女们梦想的情郎，"但他完全符合你的要求，他善良又温柔，还说喜欢我们的小宝贝好多年了。我相信他会保护好她。"王后告诉国王。

丹妮菈公主在三人中选了罗德利克公爵，让宫里所有女人大吃一惊——王后可能除外。"他看起来好心又睿智，就像天父，"公主对亚莉珊王后说，"他还有四个孩子！我会成为他们的继母！"王后对这段奇特的感想作何反应没有记载，埃利萨大学士当天的记录则只有一句话："老天保佑！"

订婚期非常短暂，遵照国王的意愿，丹妮菈公主和罗德利克公爵于本年年底正式结婚。他们只在龙石岛的圣堂举行了小型仪式，出席的都是亲戚密友，因大肆操办只会让公主不适。他们也没有闹洞房。"哦，我受不了那个，我会羞愧死的。"公主早已对丈夫说出自己的想法，罗德利克公爵便迁就了她。

婚后，罗德利克·艾林公爵带公主返回鹰巢城。"我的孩子们需要熟悉继母，我还想带丹妮菈参观谷地。那里的生活悠然而宁静，她会喜欢的。我发誓，陛下，我要让她体会到安全和快乐。"

她体会到了，至少一度如此。罗德利克公爵与前妻生下的四个孩子中最大的是女儿伊利，她甚至比继母丹妮菈还大三岁，而两人打一开始就不睦。但丹妮菈很爱其他三个孩子，他们似乎也很喜欢她。罗德利克公爵言而有信，他是个温柔细心的丈夫，一直宠爱和保护着这个被他称作"我的宝贝公主"的新娘。丹妮菈给母后的信里（这些信多由罗德利克公爵的小女儿阿曼达代笔）热情洋溢地感叹自己多么快乐，谷地多么优美，她有多喜欢公爵可爱的儿子们，还有鹰巢城的每个人对她多么友善。

征服八十一年，伊蒙王子迎来二十六岁的命名日纪念，他已证明自己无论马上厮杀还是马下治国都游刃有余。作为铁王座毋庸置疑的继承人，人们希望他加入御前会议，在国家大政中扮演更重要的角色。有鉴于此，杰赫里斯让王太子取代罗德利克·艾林出任裁判法官暨法务大臣。

"你就放手制定法律吧，哥哥，"为伊蒙王子的上任祝酒时，贝尔隆王子宣称，"我专管制造儿子就好。"他说到做到，当年晚些时候，阿莱莎公主生下"春晓王子"的次子，命名为戴蒙。做母亲的还是一如既往天不怕地不怕，她像之前生出戴蒙的哥哥韦赛里斯时那样，带着刚出生两周的婴儿骑梅丽亚斯上天。

谷地的丹妮菈就不若姐姐这般从容了。她成婚一年半后，渡鸦给红堡带来一封与以往不同的信件。那封信很短，信上是丹妮菈本人犹豫的笔迹。"我有孩子了，"信上说，"母亲，求你快来。我好害怕。"

亚莉珊王后读过信也很害怕，她几天后就骑银翼出发，迅速前往谷地。她先在海鸥镇降落，然后飞往月门堡，最后赶到鹰巢城。时为征服八十二年，丹妮菈还有三个月临盆。

尽管公主在母亲面前强露欢颜，还为送出那样一封"蠢"信而道歉，但她的恐惧显而易见。罗德利克公爵吐露，她会为一点小事哭泣，有时更毫无缘由地落泪。公爵的女儿伊利不以为然地告诉王后："她以为自己是世上头一个怀孩子的女人。"然而亚莉珊忧心忡忡，因丹妮菈身体纤弱，但腹中的孩子显得十分沉重。"她那么娇小，却挺着那样大的肚皮。"王后在给国王的信中写道，"换我肯定也害怕。"

分娩之前，亚莉珊王后一直陪着丹妮菈公主，晚上给她读书直到她入睡，细心安抚她的恐惧。"一切都会好转。"她无数次安慰女儿，"等着看吧，这一定是个女孩。你的女儿。我有预感，一切都会好转。"

王后说对了一半。经过漫长又艰苦的分娩，罗德利克公爵和丹妮菈公主的女儿爱玛·艾林提前两周降临人世。"好疼啊。"公主哀号了半个晚上，"疼死了。"但据说看到被人们抱到她胸前的女儿时，她笑了。

但事情并未好转。丹妮菈公主产后立刻发起产褥热，她渴望哺育孩子，却没有奶水，只能召来奶妈。由于公主的体温居高不下，学士认定她不能再抱孩子，这让她又哭了。她一直哭到入睡，睡着后狂乱地踢腿、挣扎、辗转反侧，体温升得更高。

她在黎明时分逝世，年仅十八岁。

罗德利克公爵泪流满面，他恳求王后恩准将"我的宝贝公主"安葬在谷地，却被一口回绝。"她是真龙血脉。她将被火化，骨灰安置在龙石岛上她姐姐丹妮莉丝旁边。"

丹妮菈的死撕碎了王后的心，事后观之，她与国王的分歧显然就此埋下了根。世人都在诸神的掌控之中，生死皆有定数，但骄傲的人类往往会怪罪他人。悲痛难抑的亚莉珊·坦格利安将女儿的死归咎于自己、艾林公爵和鹰巢城的学士……但她最怨的是杰赫里斯。如果不是他坚持要丹妮菈结婚，非得让她在征服八十年年底前选个对象……她在王后身边再当一年、两年乃至十年的小宝贝又有什么不可以？"她年纪小，身体也不强健，她不该怀孩子，"回到君临后，王后告诉国王，"我们不该强迫她结婚。"

国王的回答没有记录。

伊耿征服后第八十三年发生的最重大事件是"第四次多恩战争"……百姓更愿意叫它"马里昂亲王的疯狂"或"百烛之战"。多恩领的老亲王业已过世，其子马里昂·马泰尔在阳戟城继位。马里昂亲王年轻冲动、行事愚蠢，老亲王曾在"罗加公爵之战"中按兵不动，任由七王国的骑士进入赤红山脉剿灭"秃鹰王"，马里昂将此视为懦弱，素来愤愤不忿。掌权之后，他决意挽回多恩在"第三次多恩战争"中被"玷污"的荣誉，亲自策划了对七大王国的报复性入侵。

马里昂亲王也明白，若与铁王座正面对决，多恩不可能获胜。他打算突然袭击，一举席卷风息堡以南的风暴地，至少也要夺得风怒角。为此，他不走亲王隘口，而是从海路发难，预先把军队集结在魂丘城和托尔城，然后乘船横渡多恩海，出其不意地登陆。就算最终被打败赶走也不要紧……他发誓在回师之前要焚毁一百个镇子，拆除一百座城堡，让风暴地人得到教训，永远不敢再进犯赤红山脉（这个疯狂的计划完全脱离现实，因风怒角既没有一百个镇子，也没有一百座城堡，连这个数字的三分之一都达不到）。

自娜梅莉亚烧毁她的"一万艘船"，多恩领的海上力量便一蹶不振。好歹马里昂亲王不缺资金，他在石阶列岛的海盗、密尔的雇佣舰船及胡椒海岸的匪徒中收买到一些臭味相投的伙伴，花去大半年时间拼凑舰队，最后才亲率多恩长矛兵上船。马里昂从小耳濡目染了多恩人过去的丰功伟绩，也像许多年轻领主一样在狱门堡亲眼见过米拉西斯被太阳晒得斑驳的骸骨，因此他在每艘船安排下许多十字弓手，并装上当初射中米拉西斯的那种巨型蝎子弩。他满以为如果坦格利安家族让巨龙出击，漫天飞矢定能将之一网打尽。

这个计划蠢得令人咋舌，最可笑之处莫过于其实现基础是打铁王座一个措手不及。且不论杰赫里斯在马里昂的宫廷中安插了间谍，在一众狡猾的多恩诸侯中拥有盟友，那些石阶列岛的海盗、密尔的雇佣舰船及胡椒海岸的匪徒又如何能保密呢？花点小钱足以获得情报，当马里昂启航时，杰赫里斯国王已好整以暇地等候他半年了。

风息堡的博蒙德·拜拉席恩公爵对多恩人的动向也一清二楚，他带着人马来到风怒角，准备在多恩人上岸时举办一场血色的欢迎仪式——可惜他没机会，杰赫里斯·坦格利安及其两个儿子伊蒙和贝尔隆早已蓄势待发，只等马里昂的舰队横渡多恩海，沃米索尔、科拉克休和瓦格哈尔便一起冲出云层、扑向敌人。多恩人的惊呼响彻海面，他们用蝎子弩向空中射击，然而向巨龙开火是一回事，杀死巨龙是另一回事，那些勉强命中的飞矢纷纷被龙鳞弹开，唯有一支扎进瓦格哈尔的翅膀，却无关要害。三条龙肆意俯冲、盘旋，喷出熊熊烈火。舰船一艘接一艘被大火吞噬，直至太阳落山仍在燃烧，"海上犹如点起了一百根蜡烛"。接下来半年，不断有烧焦的尸体被冲到风怒角海岸，但没一个多恩人能活着登上风暴地。

坦格利安家族只用一天就结束并赢得了"第四次多恩战争"。此后一段时间，石阶列岛的海盗、密尔的雇佣舰船及胡椒海岸的匪徒都消停了不少，而玛莱·马泰尔代替战死的马里昂继位为多恩领的执政公主。杰赫里斯国王及其诸子回到君临时受到热烈欢迎，即便"征服者"伊耿也没有不费一兵一卒便赢得战争的记录。

同年，贝尔隆王子还迎来一桩喜事：他的妻子阿莱莎再度怀孕。他告诉哥哥伊蒙，希望这次是个女儿。

阿莱莎公主在征服八十四年上了产床，经过漫长又艰苦的生产，她为贝尔隆王子生出第三个儿子，并用"征服者"的名字命名为伊耿。"他们管我叫'勇敢的'贝尔隆。"王子在床边告诉妻子，"你却比我勇敢多了。我宁愿打十场仗，也不敢做你刚完成的事。"阿莱莎闻言大笑，"你为战斗而生，我为生育

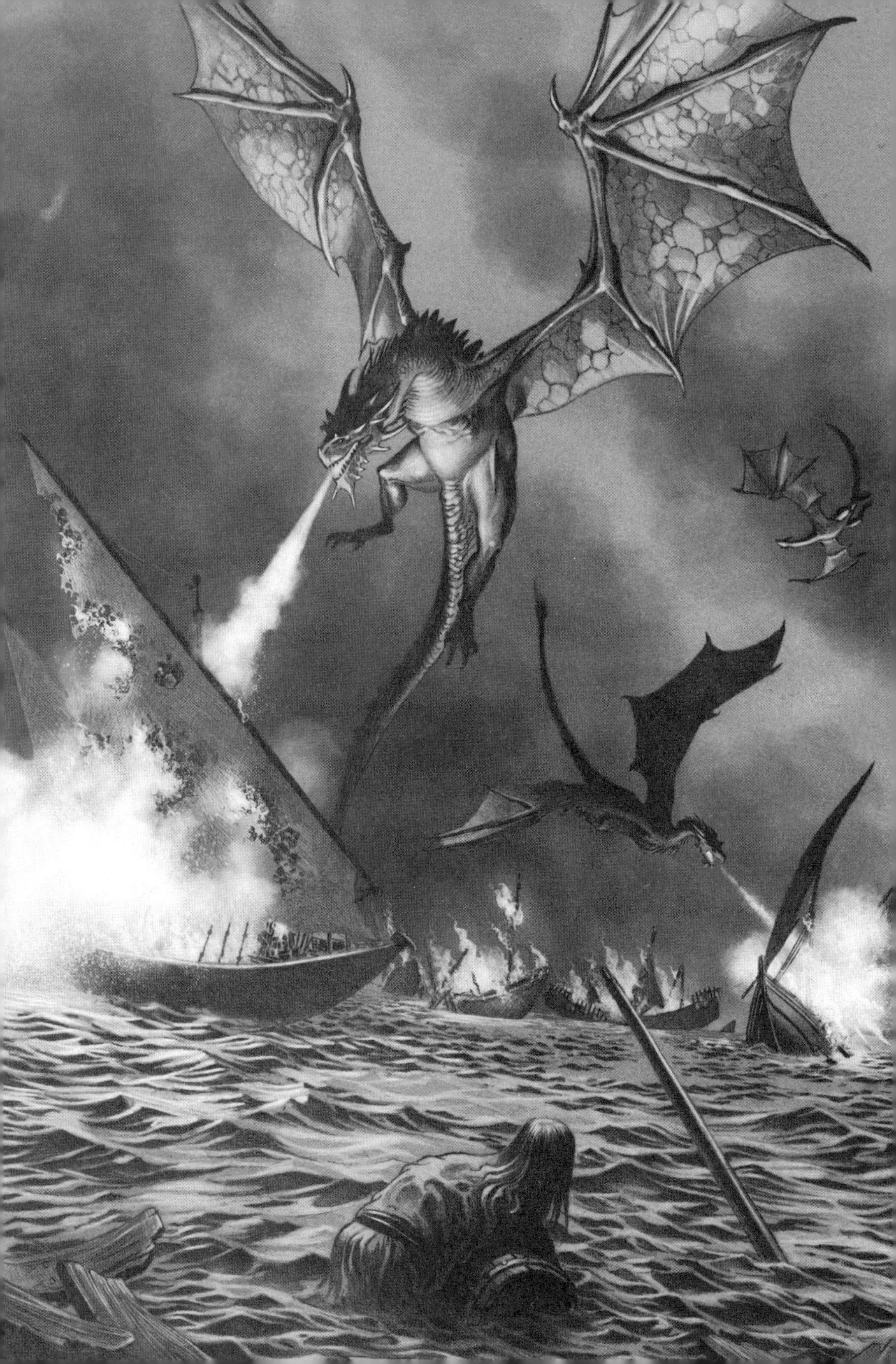

而生。韦赛里斯、戴蒙还有伊耿，我已给了你三个儿子。等我恢复以后，我们再来。我想给你生二十个儿子，生出一支完全属于你的军队！"

她没能做到。阿莱莎·坦格利安虽有一颗战士的心，却身为女子，体魄无法与心灵匹配。她产下伊耿后一直没能复原，当年便撒手人寰，年仅二十四岁。阿莱莎去世不到半年，伊耿王子也随之而去，未能满岁。尽管接连丧亲让贝尔隆伤心欲绝，但至少他还有韦赛里斯和戴蒙这两个阿莱莎留下的强健儿子，而他在余生中，始终思念着那位有歪扭鼻梁和异色双眸的可爱妻子。

接下来，我们不得不讲述在杰赫里斯国王和亚莉珊王后漫长的统治中，最令人不快和难堪的一段插曲，即围绕他们的第九个孩子塞妮拉公主的诸多麻烦。

塞妮拉生于征服六十七年，比丹妮菈小三岁。丹妮菈欠缺的勇气似乎全归了她，她还格外饥渴……无论对牛奶、食物、爱护和赞美，统统贪求无厌。她婴儿时代发出的尖叫多于哭泣，那刺耳的号啕成为红堡所有侍女的噩梦。"她予取予求，且不容片刻拖延。"征服六十九年，埃利萨大学士在笔下如此描述两岁的公主，"等她长大，我们只能求七神拯救。龙卫最好锁住所有的龙。"他不会知道自己这番预言有多准确。

征服七十九年，巴斯修士仔细观察十二岁的公主后做出了更贴切的评价："她是国王的女儿，她非常明白自己的身份。仆人会满足她的任何需求，尽管有时稍有延迟，不尽如她意；有权有势的领主和英俊潇洒的骑士向她殷勤示好，宫廷贵妇们由着她的性子，年纪相仿的女孩争相做她的朋友。塞妮拉将这一切视为理所当然。如果她是国王的头生孩子，甚或独生女儿，或许她会心满意足。然而她排行第九，尚有六个在世的兄姊，且个个比她耀眼：伊蒙是继承人，贝尔隆很可能成为哥哥的首相，阿莱莎有母后之风，维耿学识丰富，玛格娜信仰虔诚，至于丹妮菈……丹妮菈有哪天不需要安慰？而每当丹妮菈得到关注，塞妮拉就遭遇了忽视。都说她是个凶巴巴的小姑娘，不需要安慰，我认为这种说法错了，人人都需要安慰。"

艾瑞亚·坦格利安曾被认为是狂野、任性、不服管教的典范，但与童年时代的塞妮拉公主相比，艾瑞拉也几乎可成为淑女的代名词。想分清小孩的行为是天真无邪的淘气、不管不顾的胡闹还是真正恶意的伤害是很难的，但无论如何，塞妮拉公主早就突破了界限。她知道姐姐丹妮菈怕猫，却总把猫抓进姐姐的卧房，有回甚至在姐姐的便壶中装满蜜蜂；她十岁时溜进白剑塔，偷走所有能找到的白斗篷，将其染成粉色；她七岁时就知道何时用何种方式溜进厨房，能偷走蛋糕、馅饼和其他点心，十一岁时她偷的是红酒和麦酒，到了十二岁，她被召去圣堂时往往醉得没法祈祷。

国王身边那个傻乎乎的弄臣"芜菁"汤姆是她诸多玩笑的牺牲品，又在不经意间成了她另一些玩笑的帮凶。有回在众多贵族男女出席的盛大宴会上，她劝说汤姆用裸体表演来烘托气氛，结果自是一片哗然；另一次，她更残忍地告诉他，只要爬上铁王座就能成为国王，但弄臣素来笨手笨脚、容易发抖，王座将他的胳膊和大腿划得惨不忍睹。"她是个恶毒的孩子。"塞妮拉的修女事后评价——事实上，塞妮拉公主在十三岁以前换了六个修女和同样多的床伴。

公主并非没有优点。她身边的学士们都承认她非常聪明，某种程度上堪比哥哥维耿；她还很漂亮，不但远比姐姐丹妮菈高挑、健康，还跟另一个姐姐阿莱莎一样强壮、敏捷、生气勃勃；当她愿意释放魅力时，没人能拒绝她，哥哥伊蒙和贝尔隆总被她的恶作剧逗笑（但他们没见过她最可恶的那些举动）；此外，她从小就懂得在父亲那里撒娇，从而得到心仪之物，无论小猫、猎狗、马驹、猎鹰还是成年骏马（杰赫里斯终究严守底线，不同意给她大象）。好歹亚莉珊王后没那么纵容她，巴斯修士还说塞妮拉的姐妹们多多少少都有些讨厌她。

伴随如期而至的初潮，塞妮拉进入了少女时代。国王夫妇经历过为丹妮菈择偶的苦恼后，发现塞妮拉对宫中的年轻男子兴致盎然，而他们也同样对她饶有兴趣，不由得大松一口气。塞妮拉十四岁时跟国王说自己想嫁给多恩亲王或塞外之王，这样就能"像母亲一样"成为王后。当年，一位盛夏群岛商人入宫觐见，这个能将丹妮菈吓得花容失色的黑肤男子，却成为塞妮拉口中的第三个备选未婚夫。

塞妮拉公主十五岁时把这些无聊幻想统统抛诸脑后。身边的侍从、骑士和领主继承人要多少有多少，谁管那些天涯海角的君主？许多人向她大献殷勤，其中有三个最受青睐：女泉镇的继承人乔拿·慕顿、十五岁的鹰巢堡伯爵红罗伊·克林顿和人称"蜂刺"的十九岁骑士布拉克斯顿·毕斯柏里，后者的枪术为河湾地的魁首，又是蜂巢城的继承人。公主还有了闺中密友，那是两位同龄少女菲蕾安娜·穆尔和亚丽·特拔瑞，公主管她俩叫"小菲菲"和"小瑞瑞"。有一年多时间，这三男三女在每场宴席和舞会上都形影不离，他们还一起打猎、鹰狩，甚至曾同船横渡黑水湾去龙石岛。当那三个贵族少爷在校场练习马上枪术或步战剑技时，三位少女就为他们加油助威。

杰赫里斯国王总忙于招待来访领主或狭海对岸的使节，抑或坐镇御前会议处理国务，再或制订下一步筑路计划。他对公主的表现十分满意，既然三位大有前途的年轻人围在她身边，就无需再次翻遍全国替她寻偶了。亚莉珊太后却心存疑惑。"塞妮拉固然聪明，却不太明智。"她警告国王。根据王后的观察，菲蕾安娜小姐和亚丽小姐是两个徒有外表、乏味无聊、脑袋空空的小傻瓜，克林顿和慕顿也不过是青涩幼稚的少年。"我不喜欢'蜂刺'，听说他在河湾地有一个私生孩子，在君临还有一个。"

杰赫里斯不以为意。"塞妮拉又没跟谁独处，她身边有那么多仆人、侍女、马夫、卫兵……那么多双眼睛盯着，能出什么乱子？"

乱子出现时，他后悔不迭。

塞妮拉的恶作剧最终将一行人带向毁灭。征服八十四年一个温暖的春夜，一家名为"蓝珍珠"的妓院传出惨叫和哭喊，引起两名都城守备队卫兵的注意。叫声出自无助的"芜菁"汤姆，他跟跟跄跄绕着圈，想从六名赤身裸体的妓女中间逃出去，而围观的恩客们哄然大笑，一边指挥妓女继续耍弄弄臣。这些恩客中就有乔拿·慕顿、红罗伊·克林顿和"蜂刺"毕斯柏里，个个酒气熏天。红罗伊承认，他们想观赏老"芜菁"与妓女交配，乔拿·慕顿大笑着补充说这都是塞妮拉的主意，她真是个有趣的女孩。

卫兵们救下倒霉的弄臣，护送回红堡，三个贵族少爷则被带到都城守备队队长劳勃·雷德温爵士面前。劳勃爵士不顾"蜂刺"的威胁和克林顿拙劣的贿赂尝试，将三人交给国王发落。

"戳破疖子总让人恶心，"埃利萨大学士评价此事时写道，"你永远不知道会有多少脓血流出，闻起来又多么刺鼻。"戳破"蓝珍珠"流出的脓糟糕透顶。

当杰赫里斯国王从铁王座上看向他们时，三个醉醺醺的小少爷多少清醒了些，乃至摆出敢作敢当的样子。他们承认掳走"芜菁"汤姆、将其带去"蓝珍珠"的事，但只字未提塞妮拉公主。当国王要求慕顿重复在妓院说的关于公主的话时，他面红耳赤、结结巴巴，声称卫兵们听错了。杰赫里斯最终下令收押三个贵族少爷。"让他们今晚睡在黑牢，明早或许能讲出点东西。"

亚莉珊王后知道菲蕾安娜小姐和亚丽小姐跟那三个少爷极为亲近，建议此事也要找两个女孩问明白。"让我去跟她们谈，陛下。你在铁王座上瞪着她们的话，她们会吓得一个字也说不出。"

时辰已晚，王后的卫兵在菲蕾安娜小姐的卧室中找到同床的两个女孩，随即把她俩带去王后的书房。王后正告她们，三位小少爷业已被打入地牢，她们若不想跟着进去，最好实话实说。

这样的威胁对"小菲菲"和"小瑞瑞"足够了，她们争先恐后地认错，没多久又开始哭着求饶。亚莉珊王后一言不发地任由她们哀求，她就像在自己举办的上百次"女庭"上一样，深思熟虑地倾听。

"小菲菲"说，一开始只是游戏。"塞妮拉教亚丽如何亲吻，我便问她能不能也教我。男孩子每天早上都练剑，我们为何不能练习接吻呢？反正这是女孩子注定要做的事，不是吗？"亚丽·特拔瑞随声附和。"亲吻很甜美，"她说，"有天晚上，我们开始脱光衣服亲吻，这既让人害怕，又让人兴奋。我们轮流假装男孩。不，我们并不是要做什么下流事情，只是玩游戏。然后塞妮拉怂恿我去吻真正的男孩，我又怂恿'小菲菲'，接着我俩一起怂恿塞妮拉。但她说她会比我们做得更好，她会吻成年男子，会吻一个骑士。我们跟罗伊、乔拿和'蜂刺'的事情就这样开了头。"菲蕾安娜小姐补充说，后来指导所有人亲吻的是"蜂刺"。"他有两个野种，"她小声说，"一个在河湾地，一个就在丝绸街。他跟'蓝珍珠'里的妓女生下一个私生女。"

从头到尾，这是她们唯一一次提到"蓝珍珠"。"讽刺的是，这两个荡妇完全不知道可怜的'芫菁'汤姆的事，"埃利萨大学士后来写道，"她们以为王后追究的是严重得多的问题，当然，在她们口中，这些并非她们的错。"

"这期间，你们的修女在哪里？"王后听完后质问，"你们的侍女呢？那几个少爷也有人侍奉，他们的马夫呢？士兵呢？侍从和仆人呢？"

这问题让菲蕾安娜小姐十分困惑。"我们让他们在外面等，"她的语气就像在解释太阳会从东方升起，"他们只是下人，我们说什么他们就做什么。知情者都懂得保持沉默，因为'蜂刺'说过，谁敢乱讲就拔谁的舌头。再说，塞妮拉比那些修女更聪明。"

"小瑞瑞"突然哭了出来，还撕扯起自己的睡袍。她告诉王后她十分后悔，她并不想学坏，只怪"蜂刺"强人所难，塞妮拉又骂她是胆小鬼，她才想证明自己……现在她怀孕了，但不知孩子的父亲是谁，也不知自己该怎么办。

"你今晚该做的就是回房睡觉。"亚莉珊王后对她说，"明天我们给你派一位修女，让你忏悔罪孽。圣母会原谅你。"

"我母亲可不会。"亚丽·特拔瑞应道，但她还是乖乖听话了，而菲蕾安娜小姐把抽抽噎噎的朋友送回了房间。

王后将探听到的情况转述给国王，国王一个字也不信。夫妇俩连夜派出卫兵，将一干侍从、侍女和马夫带到铁王座前审问。很多人受审后被直接打入地牢，跟主人一起关押。当最后一个随从也被带走时，天已亮了，国王夫妇这才传召塞妮拉公主。

当御林铁卫队长和都城守备队队长共同护送公主前往王座厅时，她已意识到不对劲——国王坐在铁王座上问她话，不可能有好事。她被带进空荡荡的大厅，众臣之中唯有埃利萨大学士和巴斯修士被召来见证，他们分别代表学城和繁星圣堂，国王也需要他们的谏言。不得不说，那天道出的某些事，国王没让其他人在场真是避免了太多尴尬。

人们常说红堡之内没有秘密，墙中鼠能听见一切，晚上会在入睡者耳边低语。也许真是如此，因塞妮拉公主来到父亲面前时显然对"蓝珍珠"事故已一清二楚，没有丝毫窘困。"是我让他们干的，但我没想到他们真的会动手。"她轻描淡写地说，"当时肯定很有趣，'芫菁'和妓女一起跳舞。"

"不是为了汤姆。"铁王座上的杰赫里斯国王说。

"他是个弄臣啊。"塞妮拉公主耸耸肩续道，"弄臣不就是用来嘲笑的，这有什么害处呢？'芫菁'喜欢大家笑他呀。"

"这是个残忍的恶作剧。"亚莉珊王后说，"但此时此刻，我想问的是另一件事。我和你的……女伴们谈过，你知道亚丽·特拔瑞怀孕了吗？"

公主这才明白父母追究的并非针对'芫菁'汤姆的恶作剧，而是更羞耻的罪行。她一时不禁语失，但也没沉默太久，倒吸一口气后便叫道："我的'小瑞瑞'？真的吗？她……噢，她到底做了什么？噢，我亲爱的小傻瓜啊。"如果巴斯修士的证言可信，甚至有一滴泪珠顺着公主的脸颊滚下。

母亲不为所动。"她做了什么你心知肚明，你跟她是一伙。我们要听你讲真话，孩子。"公主看向父亲，但没得到安慰。"再对我们撒谎，只会让你的处境更糟，"杰赫里斯国王告诉女儿，"要知道，你那三位少爷已被关进地牢，而你接下来说什么，关系到你今晚会睡在哪里。"

塞妮拉崩溃了，她开始飞快又含糊地为自己辩护，急得上气不接下气。"她说了一个小时，从否认到抵赖到狡辩到后悔到控诉到开脱，最后演变为叛逆，只有偶尔发出的神经质的笑声和啜泣会打断话语。"巴斯修士后来记录道，"她说她没做过，那些人撒谎，没发生过那种事，他们怎能相信别人的话？……那只是游戏，只是恶作剧，谁那么说的？事情不是那样……人人都喜欢亲吻，她很后悔……'小菲菲'起的头，那实在太有趣，没人会因此受伤害，没人给她说过亲吻不好……'小瑞瑞'怂恿她的，她感到很羞愧，但贝尔隆总是亲吻阿莱莎，一旦开始她又不知该如何停下，而且她害怕'蜂刺'……圣母会原谅她，所有女孩都这样做过……第一次是因为喝醉酒，并非出于自愿，都是男方想要……玛格娜说诸神会原谅一切罪恶……乔拿说他爱她……诸神赐予她美貌，这不是她的错……从现在开始她会学好，就当一切没发生过……她可以嫁给红罗伊·克林顿……他们必须原谅她，她再也不亲任何男人了，再也不做那种事了……怀孕的又不是她，她是他们的女儿，她是他们的小宝贝……她是公主啊，而她要是王后的话就可以想做什么就做什么……他们为什么不相信她？他们从没爱过她，她恨他们，他们可以尽情鞭笞她，但她绝不是他们的奴隶……

这女孩让我窒息，放眼整个大陆，恐怕也难找到像她这样入戏的演员。但最终她精疲力尽又惶恐不安，于是面具掉了。"

"你到底做了什么？"当公主终于无话可说时，国王开口，"七神在上，你到底做了什么？你真的把贞操给了这三个人中的某个？告诉我实话。"

"实话？"塞妮拉应道。在那一瞬间，她说出这两个字时，首度流露出不屑。"好吧，我同时给了他们三个人。他们都以为自己是第一个，男孩就那么笨。"

杰赫里斯惊得目瞪口呆，但王后仍保持镇静。"我懂了，你对此引以为傲。你是个成年女人，快满十七岁了，你觉得自己非常聪明。但聪明和明智不是一码事，塞妮拉，你觉得接下来该怎么办？"

"我会结婚，"公主答道，"为什么不呢？你们在我这个年纪已经结婚了。我要结婚，要圆房，但跟谁？乔拿和罗伊都爱我，我可以随便选，可惜他们只是男孩；'蜂刺'不爱我，但他能逗我笑，有时还能让我尖叫。算了，我同时嫁给他们三个便好，有何不可？我为什么只能有一个丈夫？'征服者'有两个老婆，梅葛有六个还是八个来着？"

她这番满不在乎的答复终于点燃了杰赫里斯蓄积已久的怒气，国王霍然起身，一脸暴怒地走下铁王座。"你竟自比梅葛？你以他为榜样？"国王受够了，"带她回房，"他吩咐卫兵们，"看紧她，除非我亲自传召，否则不准她离开。"

公主听他这么说，立刻扑到他跟前，大哭大闹，"父亲，父亲！"但杰赫里斯背过身去，而盖尔斯·莫里根抓住她的胳膊，把她从国王身上拖开。她当然不肯乖乖配合，卫兵们只能将她强拽出大厅，一路上她放声啜泣、哀号着要见父亲。

巴斯修士说，即便到那时，塞妮拉公主若肯乖乖听话，老老实实待在房间思过忏悔，她仍能得到原谅、重获宠爱。杰赫里斯和亚莉珊花了一整天与巴斯及埃利萨大学士商讨对六个罪人的处理方法，尤其是如何处理公主。国王气愤难当，情绪久久无法平复，他觉得此事有辱家门，而且他忘不了塞妮拉提及他叔叔"有六个还是八个"妻子时玩世不恭的口吻。"她不是我女儿。"他不止一次地声明。

亚莉珊王后却没法如此狠心，"她永远都是我们的女儿。"她告诉国王，"没错，她必须受罚，但她还是个孩子，错误也能挽回。陛下，吾爱，你原谅过那些为你叔叔而战的领主，你宽恕了月亮修士的部众，你与教会和解，你甚至没有怨恨企图拆散我俩、并扶持艾瑞亚登基的罗加公爵，你总能饶过自己的女儿吧？"

根据巴斯修士的看法，王后温柔体贴的言辞已然打动了杰赫里斯。亚莉珊总是坚持不懈，不管国王最初的看法跟她有多远距离，她总有办法得到他最终的认同。只消有足够时间，她必将动摇他在塞妮拉此事上的立场。

可惜亚莉珊没有足够时间，塞妮拉公主在当晚便锁定了自己的命运。她没遵命待在房里，反趁上厕所的间隙偷溜出去。她披上洗衣妇的袍子，从马厩偷了匹马，逃出城堡，飞驰过半个城市赶往雷妮丝丘陵。但她想进入龙穴时被龙卫发现，带回红堡。

亚莉珊听到消息就哭了，心知再无转圜余地。这回，杰赫里斯变得心如铁石。"塞妮拉想要龙，"他只说了这句，"她是不是想要贝勒里恩？"公主不再被允许回到自己的卧房，而是被关进塔楼房间，由琼琪·达克日夜看守，连上厕所都不离身。

她那两位戴罪的女伴迅速结了婚。没怀孕的菲蕾安娜·穆尔嫁给乔拿·慕顿。"你毁了她，但你也可以救她。"国王告诉小少爷。他俩的婚姻后来十分美满，两人成了女泉镇的伯爵夫妇。怀孕的亚丽·特拔瑞较为棘手，因红罗伊·克林顿拒绝娶她。"我不会把'蜂刺'的野种视若己出，更不会让他继承鹫巢堡。"他对国王挑衅地表示。"小瑞瑞"最终被送到谷地的修女院中生产（她产下一个浅红色头发的女孩），前已述及，该修女院位于海鸥镇港内的一座小岛上，许多领主都把私生女送去那里抚养，而马丽丝大修女曾是那里的管理者。亚丽·特拔瑞后来嫁给五指半岛旁卵石岛的领主邓斯坦·普来尔。

拒绝成婚的克林顿面临两个选择：要么加入守夜人度过余生，要么流放十年。他不出意外地选择流亡海外。他到了狭海对岸的潘托斯，之后又去密尔，在那里与佣兵及从事其他低贱营生的人厮混。还有半年就能回归维斯特洛时，他在一家密尔赌场中被一个妓女捅死。

对那位骄傲的年轻骑士、人称"蜂刺"的布拉克斯顿·毕斯柏里的惩罚最严厉。"我可以阉了你，送你去长城。"杰赫里斯对他说，"我就是如此惩罚卢卡默爵士，但他比你优秀得多。我也可以剥夺你父亲的领地和城堡，然而这样做不公平，他是无辜的，你的兄弟们也是。无论如何，我们不想让你乱嚼舌根讲我的女儿，所以决定拔掉你的舌头，或许还要割去你的鼻子，以免你再引诱其他少女踏上歧途。对了，听说你对自己的剑枪造诣十分得意，我们还得把这些夺走，打断你的双手双脚之后，我的学士们会确保将它们接歪。你在可悲的余生里只能当个瘸子，除非……"

"除非？"毕斯柏里脸色惨白，"我有选择？"

"任何受控的骑士都有一个选择。"国王提醒他,"你可用性命来证明自己的清白。"

"我选择比武审判。""蜂刺"不假思索地答应。他的傲慢人尽皆知,他自负武艺精湛,便冲站在铁王座下,身披长长的白斗篷、穿着闪亮鳞甲的七名御林铁卫叫道:"你打算派哪个老家伙来与我一战?"

"我这个老家伙。"杰赫里斯·坦格利安宣布,"我这个女儿被你引诱糟蹋了的老家伙。"

决斗定在次日清晨。蜂巢城的继承人年方十九,国王则是四十九岁,但不显老态。毕斯柏里选择流星锤,或许以为杰赫里斯不习惯这种武器,国王用的当然是"黑火"剑。两人均穿戴全副盔甲,且绑有盾牌。战斗开始后,"蜂刺"立刻猛冲上前,打算用年轻人的速度和力量一举压垮国王。他把流星锤带刺的锤头舞得虎虎生风,然而杰赫里斯专心防守,用盾牌挡下每一击。布拉克斯顿·毕斯柏里很快就疲惫不堪,甚至抬不动胳膊,国王顺势转守为攻。再精良的锁甲也挡不住瓦雷利亚钢剑,况且杰赫里斯知晓甲胄的每处弱点。"蜂刺"身中六剑,浑身流血地倒下,杰赫里斯踢开他破烂的盾牌,掀起他的面甲,将"黑火"狠狠扎进了他的眼睛。

亚莉珊王后并未到场。她告诉国王,一想到他可能会死她就心如刀绞。塞妮拉公主在房间的窗口见证了这一切,看守她的琼琪·达克确保她没有转头。

半月后,杰赫里斯和亚莉珊为教会献上第二个女儿。未满十七岁的塞妮拉公主离开君临、前往旧镇,她的姐姐玛格娜修女受命照看她。根据国王的判决,塞妮拉将在静默姐妹中见习。

深知国王心意的巴斯修士后来解释,这项判决只是给女儿的教训。没人会把塞妮拉和玛格娜混为一谈,她们的父亲当然不会。塞妮拉公主当不了修女,更不用说静默姐妹,但她必须受罚。在杰赫里斯看来,几年沉默的祈祷、严格的管束和潜心的冥想对她有好处,或许足以让她踏上救赎之路。

但塞妮拉·坦格利安不愿踏上这条路。公主强忍着沉默不言的戒律、冰凉刺骨的冷水、粗糙瘙痒的袍子和没有肉食的饭菜。她被人剃光头发,被人用马鬃刷擦洗身体,而无论何时若想反抗,藤条都会让她服从。她忍了一年半……但在征服八十五年,当逃跑机会出现在眼前时,她立刻付诸实施。她趁夜深人静溜出修女院，一路逃到码头，途中曾被一位年长的静默姐妹发现，但她毫不犹豫地把对方撞下台阶，跳过对方的身体奔出门外。

塞妮拉逃走的消息传到君临，人们猜测她可能藏在旧镇之内，但海塔尔伯爵派人挨家挨户排查并未发现踪迹。人们又猜她可能返回红堡去恳求父亲原谅，结果她依然没有现身。国王推想她可能去找以前的朋友，于是通知女泉镇的乔拿·慕顿及其妻子菲蕾安娜保持警觉……直到一年后，真相终于浮出水面，有人在里斯的某家情欲园见到了还穿着见习修女服装的公主。亚莉珊听闻后忍不住哭了。"他们逼我们的女儿做妓女。"她说。"她一直都是。"国王回答。

征服八十四年，杰赫里斯·坦格利安迎来自己的第五十个命名日纪念。岁月的沧桑开始在他身上显现出来，身边的亲信们都说，自女儿塞妮拉辱没家门、又弃他而去，他就变了。他瘦到近于憔悴，发须中的灰色超过了金色。人们开始尊称他"人瑞王"，而不是"和解者"。夫妇俩共同经受的失落与悲伤也让亚莉珊心力交瘁，她越来越少参与王国政治，几乎不再出席御前会议，好在杰赫里斯还有忠诚的巴斯修士及两个儿子。"如果再有战争，"他告诉儿子们，"就该由你们去打了。我要把那些路修完。"

"他对修路比对养女儿擅长。"后来埃利萨大学士用一贯尖刻的语气写道。

征服八十六年，亚莉珊王后宣布自己十五岁的女儿维桑瑞拉与白港强悍的老伯爵席奥默·曼德勒订婚。根据国王的说法，这场婚姻会让一个北境大家族与铁王座结合，从而增进王国的团结和统一。席奥默伯爵不但年轻时以骁勇善战闻名，亦是一位精明的领主，白港在他治下兴旺发达。亚莉珊王后非常喜欢他，她一直没忘记当年初到北境时所受的热情招待。

但伯爵已亡故了四任妻子，虽然他依旧善战，身材却越发矮胖，维桑瑞拉公主根本看不上他，她理想的对象与之完全不同。维桑瑞拉打小就是众公主中最美的一个，而从小到大，上至各大诸侯和著名骑士、下至城堡里的青涩小厮，他们都争相博取她的注目，这让她的虚荣心犹如野火越烧越旺。她最大的乐趣就是挑起两个男孩之间的对立，刺激他们完成愚蠢的任务或比试。她让那些仰慕她、想在长枪比武中佩戴她信物的侍从去黑水河游泳，或者攀爬首相塔，再或放飞鸦巢里的所有渡鸦。有一次，她带上六个男孩来到龙穴，放言说谁敢把头放进龙口，就能得到她的处女之身。那日幸亏诸神慈悲，龙卫及时阻止了他们。

亚莉珊王后知道，那些侍从不可能让维桑瑞拉芳心暗许（要她为他们献出处女之身更是天方夜谭），狡猾的维桑瑞拉不会重蹈姐姐塞妮拉的覆辙。"她对亲吻游戏没兴趣，对那些孩子也没兴趣，"王后告诉杰赫里斯，"她逗弄他们就像逗弄宠物，但她不会跟狗睡一起，也绝不会跟他们上床。我们的维桑瑞拉志存高远，我见过她在贝尔隆面前花枝招展、昂首挺胸的模样。那才是她中意的丈夫。当然，她并不需要他的爱，她只想当王后。"

贝尔隆王子比维桑瑞拉公主早生十四年，征服八十六年时前者二十九岁，后者只有十五岁。不过维桑瑞拉清楚，年长贵族迎娶年轻小姐并不稀奇，难就难在阿莱莎公主已亡故两年，贝尔隆却仍对其他女人毫无兴趣。"他娶了一个妹妹，为什么不能再娶一个？"维桑瑞拉曾对自己最亲密的朋友、脑袋空空的碧翠斯·巴特威吐露。"何况我比阿莱莎漂亮多了，你见过她，她鼻子都是断的。"

公主执意要嫁给哥哥，王后却执意加以阻挠。她相中了曼德勒伯爵和白港。"席奥默是个好人，"亚莉珊告诉女儿，"他明智，心肠好，头脑活络。他的人民爱戴他。"

公主不为所动。"你这么喜欢他，母亲，干脆你自己嫁给他好了。"说完这话，她跑到父亲面前去抱怨，但杰赫里斯并未让步。"这婚事很合适。"他对她说，然后解释了加强北境与铁王座联系的重要性。他还声明，婚姻安排向来由王后负责，他从不插手。

假若宫中流言可信，维桑瑞拉在双亲那里碰壁后，转去找哥哥贝尔隆求救。某晚，她躲过卫兵溜进他的卧房，脱了衣服等他。她在等待期间肆无忌惮地享用哥哥屋里的红酒，贝尔隆王子最终出现时，发现她赤身裸体、酒气熏天地躺在床上，便将她赶了回去。公主当时连站都站不稳，靠两名侍女和一名御林铁卫的扶持才平安回房。

亚莉珊王后和她任性的十五岁女儿之间这场意志的角逐，其最终走向人们不得而知。卧室事件过去没多久，王后便安排维桑瑞拉离开君临前往白港，不料公主和侍女换了衣服，躲开负责看管她、不让她闹事的卫兵，溜出红堡去度过所谓"冻死前最后的欢笑之夜"。

她带去的都是男人，包括两个小领主和四名年轻骑士，个个嫩得像春天的小草，却又极度渴望得到她的信物。其中一人应公主要求，带她参观了城里她从没见过的部分：跳蚤窝的食堂和斗鼠坑，鳗鱼巷和临河道的旅店（那里的女招待会在桌子上跳舞），还有丝绸街的妓院。一行人畅饮麦酒、蜜酒和葡萄酒，当晚维桑瑞拉又喝得酩酊大醉。

午夜将近时，公主和剩下的几个伙伴（有几名骑士已不省人事）决定比赛谁先回到城堡，于是纵马沿街飞驰，君临的百姓慌乱不迭地让路，唯恐被撞倒或踩踏。一行人兴致高涨，嬉笑声划破夜空。但在伊耿高丘脚下，维桑瑞拉的驯马和同伴的母马相撞，后者站立不住，倒下去压断了主人的腿，公主则从马鞍上被甩飞出去，迎头撞上一堵墙，断了脖子。

在夜色最浓重的狼时，御林铁卫莱安·雷德温爵士唤醒睡梦中的国王夫妇，报称在伊耿高丘脚下的小巷里发现了他们女儿的尸体。

虽然母女俩一直针锋相对，维桑瑞拉的离世同样让亚莉珊痛不欲生。最近五年，诸神接连带走她的三个女儿：征服八十二年的丹妮菈、征服八十四年的阿莱莎和征服八十七年的维桑瑞拉。贝尔隆王子也寝食难安、倍感自责，他认为在妹妹赤身裸体投怀送抱那晚，他说的话太不中听。虽然他、伊蒙、伊蒙的妻子乔斯琳及女儿雷妮丝能为国王和王后的悲痛带来些许抚慰，但王后最需要的还是自己剩下的女儿们。

二十五岁的玛格娜修女离开圣堂，陪伴母亲度过那一年余下的日子，七岁的盖蕊公主也总是形影不离地跟随着母亲、支撑着母亲，可爱又害羞的她连晚上都与母亲同床。王后从她们身上得到了力量……心头却放不下没在身边的女儿。尽管杰赫里斯明确禁止，亚莉珊依然违抗谕令，秘密派人去狭海对岸看望那个任性的孩子。从探子发回的报告中，她得知塞妮拉还在里斯的情欲园，二十岁的她仍扮成教会的见习修女来招待恩客，许多里斯人显然乐于蹂躏一位发誓守贞的纯洁女性——尽管这份纯洁是假装的。

失去维桑瑞拉公主的痛苦依旧折磨着王后，她终于决定与杰赫里斯摊牌。为此她特邀巴斯修士同行，让老首相首先陈述宽恕的美德和时间的疗效，最后才亲自提起塞妮拉的名字。"求求你，"她恳求国王，"该让她回家了。她无疑受够了惩罚。她是我们的女儿啊。"

杰赫里斯不为所动。"她是个里斯妓女。"国王答道，"她为宫中一半的人张开双腿，她将一位老妇人撞下楼梯，她还想偷龙。有什么事她做不出？你就没想过她是怎么去里斯的吗？她身无分文，你以为她怎么付路费？"

国王的疾言厉色吓到了王后，但她不想放弃。"就算你对她没有感情，也请看在你对我的情分上，让她回家吧。我需要她。"

"你需要她，就像多恩人需要毒蛇。"杰赫里斯说，"抱歉，君临的妓女已经够多了，我不想再听到她的名字。"说完他起身离开，走到门口又停下脚步，转过来续道，"我们从孩提时代就在一起，你有多了解我，我就有多了解你。现在的你肯定心想，你不需要我许可也能带她回家，你想独自乘上银翼、飞往里斯。但去了能怎么办？上窑子找她？你觉得她会飞奔入怀、恳求原谅？她更可能赏你一耳光。况且你想带走里斯人的妓女，里斯人会袖手旁观吗？她可是他们的摇钱树啊，没错，和一个坦格利安公主上床要花多少钱？最好的情况是勒索赎金，最糟的……他们可能把你也留下，届时你又该怎么办？命令银翼烧毁他们的城市？还是说你想让我派伊蒙和贝尔隆带上大军兵临城下，看他们会不会开恩放人？你需要她，我知道，我听见了，你需要她……但她不需要你、我和维斯特洛。就当她死了，把她埋了吧。"

亚莉珊王后没飞去里斯，但她对国王的话始终耿耿于怀。国王夫妇次年的巡游安排已策划多时，那将是他们二十年来头一次访问西境。但这场争吵发生后不久，王后告知国王他必须独自前去，她打算只身返回龙石岛，哀悼他们死去的女儿。

征服八十八年，杰赫里斯·坦格利安独自飞往凯岩城及西境其他各大城堡，甚至拜访了仙女岛，因那位可鄙的福兰克林伯爵早已入土。他的行程远超最初的计划，不但着意视察了各地筑路工程，还心血来潮地降落于许多小镇和小城堡，让地方领主或有产骑士喜出望外。伊蒙王子赶来见过他几次，贝尔隆王子也见过他几次，两人都没能把他劝回红堡。"我很久没有亲眼看看自己的王国，倾听子民的诉求了，"国王告诉他们，"君临有你们和你们的母亲足矣。"

国王耗尽西境人的好客之意后也没返回君临，却转而去了河湾地。他骑沃米索尔自秧鸡厅飞到古橡城，直接展开第二场巡游。到这时，大家都注意到王后的缺席，国王发现在宴会上总有娇柔的少女或俏丽的寡妇被安排到他身边，打猎或鹰狩时她们也与他骑马并行。但他从未动心。在半圆堡，布莱巴尔伯爵的小女儿竟胆大包天地坐到他大腿上，想喂他吃葡萄，他扫开她的手，正色说道："抱歉，我还有王后，也不需要情妇。"

整个征服八十九年国王都在巡游。孙女雷妮丝公主骑"红女王"梅丽亚斯赶来高庭，陪了他一段时间，祖孙俩还联袂拜访了国王从没去过的盾牌列岛，国王特意在那里的四个岛屿上分别降落。正是在绿盾岛切斯塔伯爵的大厅中，雷妮丝公主向国王吐露了自己的意中人，并得到国王的祝福。"没人比他更配得上你。"他说。

他的巡游终结于旧镇。他在那里拜访了女儿玛格娜修女，得到总主教的祝福，接受枢机会的款待，还观看了海塔尔伯爵以他之名举办的比武大会。莱安·雷德温爵士在赛事中再次夺冠。

当时的学士将国王和王后这次争吵称为"大失和"，随着时间流逝，更由于此后发生了另一次几乎同样激烈的争吵，学士们遂将初次争吵更名为"第一次失和"，并延续至今。我们很快就会叙述"第二次失和"。

挽回失和的是玛格娜修女。"这太蠢了，父亲。"她对国王说，"雷妮丝明年要成婚，那是桩大喜事，她肯定希望亲人都能到场，尤其是您和母亲。我听闻博士们尊您为'和解者'，现在就是您和解的时候。"

这番说辞取得了成效。两周后，杰赫里斯国王终于返回君临，亚莉珊王后也结束了在龙石岛的自我放逐。两人之间的交流我们无从得知，但随后他们又变得像从前那样亲密无间，并维持了相当长一段时间。

伊耿征服后第九十年是国王夫妇所剩无几的美好时光。他们共同参加了长孙女雷妮丝公主与潮头岛的"潮汐之主"科利斯·瓦列利安的婚礼。

三十七岁的"海蛇"业已成为维斯特洛历史上最伟大的航海家，他完成了九次大航海，如今荣归故里，结婚生子。"只有你能让我离开大海，"他告诉公主，"我为你从世界尽头回来了。"

十六岁的雷妮丝是个无所畏惧的年轻美人，气魄完全不输她的水手夫君。她十三岁便驾驭了阿莱莎姑姑从前的坐骑"红女王"梅丽亚斯，连结婚也坚持骑着那条伟岸的猩红色母龙出场。她对科利斯爵士保证："我们可以一起再赴世界的尽头。不过我会比你先到，因为我能飞。"

"美好的一天，"亚莉珊王后在风烛残年提起这场婚礼时，唇边总会挂着悲伤的微笑。这一年她五十四岁，很遗憾，她的余生没有多少美好的日子。

本书有特定的叙述范围，我们不会逐年记录厄斯索斯大陆的自由贸易城邦间无尽的战争、阴谋与冲突，除非它们关系坦格利安家族和七大王国的命运。然而征服九十一到九十二年的所谓"密尔血战"的确影响了维斯特洛的历史进程。对于"血战"本身，我们将略过细节，简明扼要地说，密尔城的两个敌对派系为争夺城市主导权，采用了暗杀、暴动、投毒、强暴、绞刑、拷打、海战等诸多手段，最终一方获胜，另一方被驱逐出城。后者最初想在石阶列岛重振旗鼓，但泰洛西大君与海盗王们结盟，将他们撵出群岛。走投无路的密尔人又逃往塔斯岛，他们出其不意地登陆，打了"暮之星"一个措手不及，迅速占据整个东部岛屿。

鉴于流亡者已沦为一帮衣衫褴褛的歹徒，比海盗强不了多少，国王和御前会议都相信将其赶下海不会太困难，他们议定派遣伊蒙王子为讨伐军主将。密尔人有一定的海上力量，因此"海蛇"将率瓦列利安家的舰队南下，掩护博蒙德公爵带领的风暴地军队渡海登陆，这支军队与"暮之星"征召的人马汇合后，足以扫平塔斯岛。就算遇到意料之外的困难，伊蒙王子还有科拉克休助阵。"它乐于喷火焚烧。"王子说。

征服九十二年三月九日，科利斯伯爵率舰队驶离潮头岛，伊蒙王子则在数小时后起飞。临行前，王子与乔斯琳王妃和雷妮丝公主道别，公主声称若非自己刚刚有孕，一定会骑梅丽亚斯随父出征。"随我一起上战场？"王子答道，"那可不行，你有自己的战场。科利斯伯爵肯定想要个儿子，我也想要个孙子。"

这是他与女儿最后的对话。科拉克休在空中迅速超越"海蛇"的舰队，当先降落在塔斯岛。"暮之星"卡梅隆伯爵已撤到横亘岛屿中央的山脊线上，于一处隐蔽的山谷扎营，从那里监视下方密尔人的动向。伊耿王子与他会合，两人一起谋划，而科拉克休在旁吃掉了六头山羊。

可是"暮之星"的营地不若他以为的那般隐蔽，巨龙喷火烤肉升起的烟雾引起了两个偷偷爬上山顶的密尔斥候的注意。暮色笼罩下，一个密尔人认出了一边大步走过营地，一边和伊蒙王子交谈的"暮之星"。密尔人是平庸的水手和软弱的战士，他们习惯的武器是匕首、短剑和十字弓，往往还在上面淬毒。那个斥候装填好十字弓，躲在石头后面瞄准一百码外的"暮之星"。他扣下扳机，但昏暗的暮色和过远的距离让他稍失准头，飞矢错过卡梅隆伯爵……命中了伯爵身边的伊蒙王子。

铁制矢头穿透咽喉、扎破颈背。龙石岛亲王双膝跪倒，抓住矢杆，仿佛想把它从脖子里抽出，但已没了力气。伊蒙·坦格利安挣扎着说话，却被自己的血呛到……他去世时只有三十七岁。

对于随后席卷七大王国的伤悲、杰赫里斯国王和亚莉珊王后的痛苦、乔斯琳王妃相伴空床的苦涩泪水以及雷妮丝公主得知父亲无法拥抱她腹中之子后的哀恸，任何言语都苍白无力。我们所能描述的只有贝尔隆王子的愤怒。他骑瓦格哈尔飞往塔斯岛，发誓要报复这深仇大恨，于是密尔人的船像九年前马里昂亲王的船一样燃烧起来，"暮之星"和博蒙德伯爵也从山上冲杀下去。数千名无路可逃的密尔人被一片片砍翻，尸体留在岸边腐烂，好几天里，冲刷海岸的波涛都被染成了粉色。

"勇敢的"贝尔隆挥舞"暗黑姐妹"参与屠杀。当他奉迎哥哥的遗体回到君临时，百姓们站在街边高喊他的名字，称他为英雄。但据说他一见到母亲，就扑进她怀中哭起来。"我杀了一千个敌人，"他说，"却没法带回他。"

王后抚着他的头发："我明白，我都明白。"

时光荏苒，四季循环，时而酷热，时而温暖，还有的日子腥咸的海风拂面而来。春天的郊外鲜花遍野，金秋的午后结实累累，七国的道路继续向四方延展，崭新的桥梁跨越古老的河溪。但每个人都感觉到国王没有丝毫喜悦。"只剩下冬天了，"他某晚喝醉后对巴斯修士感叹——自伊蒙去世，他每天总要喝两三杯蜂蜜葡萄酒方能入睡。

征服九十三年，贝尔隆十六岁的长子韦赛里斯进入龙穴，骑上贝勒里恩。老龙终于停止生长，它变得神态呆滞、体型沉重，总是恹恹欲睡，在韦赛里斯的催促下才费力地上天。小王子骑龙绕城三匝，着陆后他告诉父亲，自己本打算飞向龙石岛，但感觉"黑死神"没那个力气。

不出一年，贝勒里恩就死了，前已述及，巴斯修士曾在笔下将它形容为

"世上唯一见证过'末日浩劫'之前全盛时期的瓦雷利亚的生物"。四年后的征服九十八年，巴斯修士本人亦告亡故，埃利萨大学士还比他早辞世半年，而雷德温伯爵已于征服八十九年安息，其子劳勃爵士也随之而去。新人顶替了他们的位置。杰赫里斯成了名副其实的"人瑞王"，他走进议事厅时常常暗忖："这些人是谁？我认识他们吗？"

"人瑞王"的余生都在哀悼伊蒙王子的早逝，但他做梦也没想到，征服九十二年的伊蒙之死犹如吹响了瓦雷利亚传说中的地狱号角，为所有听到它声音的人带去死亡和毁灭。

亚莉珊·坦格利安的晚年悲伤又孤独。"善良王后"年轻时关爱子民，无论高低贵贱。她热衷"女庭"，热衷倾听、学习以及参与任何能增进王国福祉的行动。她去过的地方比此前或往后任何一位维斯特洛的王后都多，她曾在上百座城堡入睡，让上百位领主为她倾倒，促成了几百桩婚姻。她喜欢音乐、舞蹈和书本，噢，她最大的兴趣是飞翔！银翼曾载她飞往旧镇、飞往长城、飞往七大王国的一千个地方，她在常人无法想象的云端俯瞰这片大地。

但人生的最后十年里，这些爱好纷纷离她而去。"我叔叔梅葛固然残酷。"有人听到她说，"年龄却更残酷。"生育、巡游和丧亲之痛让她疲惫不堪，伊蒙死后她日益消瘦虚弱。她连攀登都困难，征服九十五年又从蜿蜒的螺旋梯上跌倒，摔碎了臀部，从此只能拄拐缓行。她的听力也开始衰退，不能再欣赏音乐，与国王一起列席御前会议时，甚至有半数内容听不清。她也没力气飞了，征服九十三年银翼最后一次载她上天，当她落回地上、痛苦不堪地爬下龙背，禁不住泪流满面。

亚莉珊王后最爱自己的孩子。本尼费尔大学士被颤抖症带走之前，曾说她是世间最慈爱的母亲。王后在风烛残年反思起这句评价。"我觉得他错了。"她写道，"天上圣母显然更爱他们，所以才把他们从我身边带走。"

"母亲不该送走孩子。"王后曾在儿子韦莱利昂的火葬堆前这么说。但她为杰赫里斯国王产下的十三个孩子中只有三个比她活得久。伊耿、盖蒙和韦莱利昂出生不久即告夭折。丹妮莉丝六岁感染颤抖症。伊蒙王子被飞矢射杀。阿莱莎和丹妮菈死于生产。维桑瑞拉醉酒出事。连温柔的玛格娜修女也于征服九十六年亡故，此前数年她舍身照顾灰鳞病患者，导致自己也染上那种可怕的疾病，四肢化为石头。

最令亚莉珊王后痛心的莫过于"冬之子"盖蕊公主的离去。王后在征服八十年才生下这个女儿，当时四十四岁的她早过了适育年龄。盖蕊天性甜美，但身体娇弱，心智还有些单纯。其他孩子纷纷长大成人乃至辞别人世后，只有她长伴王后左右。征服九十九年，她突然自宫中消失，此后不久，官方宣布她死于夏季的热伤风。但直到国王夫妇去世，真相才浮出水面：原来公主被一位流浪歌手始乱终弃，还生下一个死产男婴，由于过度悲伤，她走进黑水湾溺水自尽。

人们说亚莉珊没能走出这个打击，"冬之子"是她暮年身边的唯一寄托。塞妮拉还活着，身处瓦兰提斯（她几年前离开里斯，声名狼藉却十分富有），但对杰赫里斯来说她早已是个死人，而亚莉珊多年来偷偷写给她的信都如石沉大海；维耿是学城的博士，这个冷漠疏远的儿子长成了冷漠疏远的学者，他会出于义务送来言辞恭顺的信件，其中却没有丝毫温暖，并且亚莉珊已多年没跟他见面了。

陪她到最后的孩子是"勇敢的"贝尔隆。她的"春晓王子"尽可能多地前来拜访，并总能让她展颜一笑。但贝尔隆毕竟身为龙石岛亲王和国王之手，日理万机，他必须在御前会议中坐在父亲身边，与重臣们共商国是。"你会成为一位伟大的国王，甚至比你父亲更伟大。"母子俩最后一次见面时，亚莉珊说。但她不知道未来的发展，她怎能知道？

自盖蕊公主去世，亚莉珊已无法忍受君临和红堡，再不能与国王并肩治国、分担重任，宫里又全是她连名字都不记得的陌生人。为求安宁，她回到龙石岛，回到那个她与杰赫里斯私结连理时度过宛若美梦的幸福时光的地方。"人瑞王"每每抽空过来陪她。"我成了'人瑞王'，你怎么还是'善良王后'？"他曾问亚莉珊。亚莉珊哈哈大笑，"我也称得上'人瑞'，但永远比你年轻两岁。"

征服一百年七月一日，亚莉珊·坦格利安于龙石岛与世长辞，享年六十四岁，此时距伊耿的征服战争正好过去一个世纪。

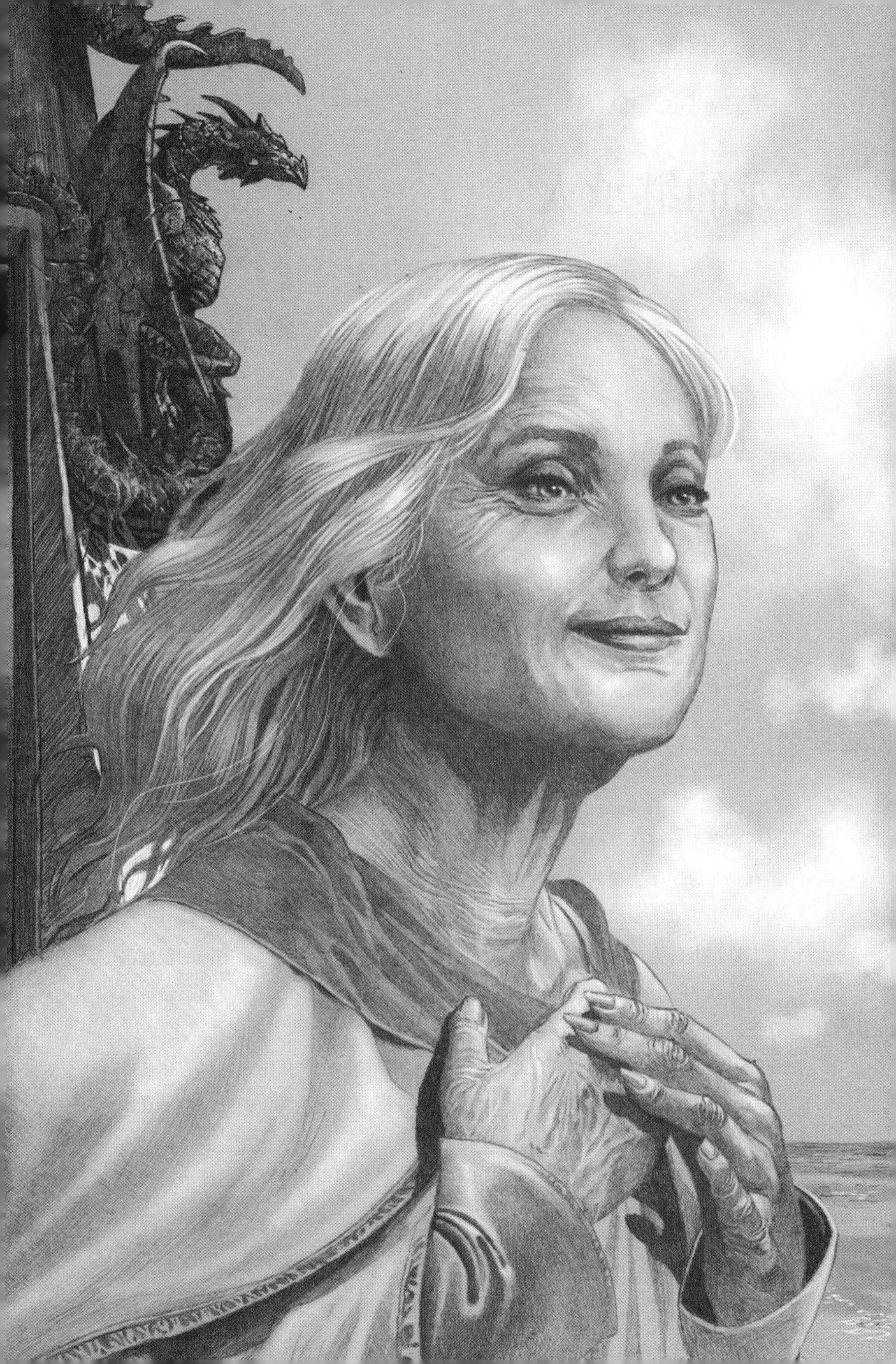

龙的继承人

顺位之争

战争播种于和平年代,这是世间真理,维斯特洛也概莫能外。征服一百二十九至一百三十一年间为争夺铁王座爆发的血腥内战——史称"血龙狂舞"——根植于半个世纪以前,孕育在"征服者"的后代最长久安泰的统治时期,即"和解者"杰赫里斯·坦格利安一世时代。

"人瑞王"和"善良王后"亚莉珊长期并肩治国(他们只有两段时间发生争吵,分别被称为"第一次失和"和"第二次失和"),直到后者于征服一百年驾崩。他们共有十三个孩子,其中四个——两男两女——长大成人,并结婚生子,形成家族的几大支脉。这是坦格利安家罕见的福分(但从某种角度亦可视为诅咒),因此前或往后,七大王国都没有过如此众多的王族后嗣。由于"人瑞王"与他挚爱的王后留下的后代众多,彼此权利纠缠,许多学士认为"血龙狂舞"或类似的冲突根本无法避免。

但在杰赫里斯统治早年,后继者的难题并未彰显,因国王同时拥有伊蒙王子和贝尔隆王子,民间称为"继承人及其替补"。他俩也是世间罕见的两个有为青年。伊蒙七岁(征服六十二年)被正式册封龙石岛亲王和铁王座继承人,十七岁当上骑士,二十岁赢得比武大会冠军,二十六岁成为父亲御前的裁判法官和法务大臣。纵然他从未晋升国王之手,那也是出于该职位一直由父亲最信任的朋友和"奋斗同志"巴斯修士占据;贝尔隆·坦格利安的成就不遑多让,作为伊蒙的弟弟,他十六岁当上骑士,十八岁结婚。他和伊蒙之间尽管存在良性竞争,但无人怀疑这对兄弟的友爱,因而在那时,继承顺位的安排似乎安如磐石。

第一道裂缝出现于征服九十二年——龙石岛亲王伊蒙在塔斯岛死于原本瞄准他身边同伴的密尔十字弓。国王夫妇悲痛万分,全国上下亦为之痛悼,而最伤心者莫过于贝尔隆王子。他即刻赶赴塔斯岛，将密尔人赶下大海，为哥哥报仇雪恨。贝尔隆返回君临时，民众以欢迎英雄的规格为他山呼喝彩，父王拥抱了他，并册封他为龙石岛亲王和铁王座继承人。这道谕令广受欢迎，不但百姓爱戴"勇敢的"贝尔隆，国内诸侯也普遍将他视为其兄理所当然的后继。

可伊蒙王子留下一个孩子，那便是征服七十四年出生的雷妮丝，她已长成聪明能干又美丽动人的年轻女性，征服九十年，她以十六岁之龄嫁给国王的海军上将和海政大臣、"潮汛之主"、瓦列利安家族的科利斯（此人因其最著名的座舰得到"海蛇"的外号）。棘手的是，雷妮丝在父亲意外过世前已有身孕。杰赫里斯将龙石岛赐予贝尔隆王子，不但略过雷妮丝，还等于抛开她（可能出世）的儿子。

国王当然不是无端作出决定，而是谨循前朝旧例："征服者"伊耿成为首位七国之君，而非大他两岁的姐姐维桑尼亚；杰赫里斯本人继篡夺者叔叔梅葛之后登上铁王座，而若按长幼排序，姐姐雷妮亚本在他之上。杰赫里斯从不轻

率行事，众所周知，他总会与御前重臣一起审慎考量。立贝尔隆为嗣他无疑征询过巴斯修士的意见，正如他在所有重大事务上做的那样，埃利萨大学士的观点也至关重要。综合来说，时年三十五岁、经验丰富又身为骑士的贝尔隆比十八岁的雷妮丝公主或她未出世的孩子（雷妮丝的后代是否为男孩尚不可知，但贝尔隆王子已有两个健康的儿子，即韦赛里斯和戴蒙）更适合统治。此外，民众对"勇敢的"贝尔隆的拥护也不可忽视。

但并非所有人都同意这个观点。雷妮丝首当其冲地提出抗议。"你剥夺了我肚内的儿子与生俱来的权利，"她手抚大肚子告诉国王，而她的丈夫科利斯·瓦列利安怒不可遏，以至辞去海军上将和御前重臣的职位，带着夫人径直返回潮头岛。雷妮丝的生母，即出自拜拉席恩家族的乔斯琳王妃，连同她令人敬畏的哥哥、风息堡的博蒙德公爵也同样愤懑。

最显赫的异议者是"善良王后"亚莉珊。她协助丈夫辛勤治国数十年，如今却要眼睁睁看着长孙女因性别原因遭到抛弃。"统治者不可或缺的是聪明的头脑和诚挚的心灵，绝非两腿间的阳物。"这是她对王夫的著名宣告，"倘若陛下真的认为女人缺乏统治能力，那显然也不需要我。"事后亚莉珊王后便离开君临，骑银翼飞往龙石岛。她和杰赫里斯国王又分居了两年，史称"第二次失和"。

"人瑞王"和"善良王后"于征服九十四年再度复合，这要归功于他们的女儿玛格娜修女的努力斡旋，但他们在继承问题上始终未能达成一致。征服一百年，六十四岁高龄的王后死于慢性病，临死前依旧坚称孙女雷妮丝及其后代被不公平地剥夺了应有的权利。那个成为纠纷焦点的"肚内的儿子"生于征服九十三年，实际是个女儿，她被母亲命名为兰娜尔。但就在次年，雷妮丝又生下一个健康的儿子兰尼诺。贝尔隆王子的继承人地位那时已成既定事实，瓦列利安家族和拜拉席恩家族却依旧把希望寄托在小兰尼诺身上，坚信他对铁王座的权利更优先，甚至还有少数人继续为兰尼诺的姐姐兰娜尔及他们的母亲雷妮丝鼓吹。

诸神在亚莉珊王后的风烛残年给了她许多残酷的打击，这些事前已述及，在此不再重复。但我们不该以为，王后这些年间承受伤悲的同时从未享受过喜乐，事实上，孙辈们为她的生活增添了不少亮色。征服九十三年，她出席了贝尔隆王子的长子韦赛里斯与艾林家族的爱玛小姐的婚礼，爱玛年方十一岁（由于新娘太小，这场婚礼并未圆房，直至新娘两年后初潮到来），乃已故丹妮菈公主的独生女。征服九十七年，"善良王后"又见证了贝尔隆的次子戴蒙迎娶罗伊斯家族的雷娅小姐，那位小姐乃谷地古老的符石城的继承人。

征服九十八年，为庆祝杰赫里斯国王登基五十周年，君临举办盛大的比武会，这无疑让王后深感欣慰，因她所有在世的儿孙乃至曾孙辈都回来与她一起欢宴和庆祝。

毫不夸张地说，这也是瓦雷利亚"末日浩劫"以来，首度有如此多的龙聚集一处。长枪比武决赛中，同为御林铁卫的莱安·雷德温爵士和克莱蒙特·克莱勃爵士折断了三十根长枪，杰赫里斯国王最后宣布他们为并列冠军，这被认为是维斯特洛有史以来最精彩的一场决斗。

然而比武会后不过半月，国王的老朋友、出任首相长达四十一年的功勋卓著的巴斯修士却在睡梦中安详去世。杰赫里斯国王任命御林铁卫队长继任首相，然而莱安·雷德温爵士与巴斯修士有天壤之别，他在长枪上的惊人造诣丝毫无助于治理天下。"不是所有问题都能用棍子捅人来解决"，这是时任大学士亚拉尔对莱安爵士的著名评价。国王无可奈何，不得不在短短一年后解除莱安爵士的职务，转而提拔儿子贝尔隆，龙石岛亲王就这样于征服九十九年当上国王之手。贝尔隆很好地履行了职责，他虽不及巴斯修士博学，但贵在知人善任，起用了许多忠诚的部属和顾问。贵族和平民纷纷认可，贝尔隆·坦格利安将来可望成为一代明君。

可惜天不佑人。征服一百零一年，贝尔隆王子在御林打猎时抱怨体侧刺痛，回到都城病情迅速恶化。他的肚子胀大变硬，剧痛迫使他卧床不起。亚拉尔国师此前中风去世，学城派来的继任者鲁内特尔国师刚刚抵达君临，他抑制了王子的高烧，又用罂粟花奶镇痛，但对病体的持续恶化无能为力。事发第五日，贝尔隆王子就死在首相塔的卧室，父王抓着他的手，坐在床边陪伴他直到最后。鲁内特尔国师解剖尸体后将死因归咎于肚腹破裂。

七国各地为"勇敢的"贝尔隆的不幸伤心落泪，最悲伤的无过于杰赫里斯国王。这一回，当他为儿子点燃火葬堆时，甚至不能得到身边挚爱的王后的安慰。"人瑞王"从未显得如此孤独。国王同时也在继承问题上陷入窘境，他的两个首要继承人业已灰飞烟灭，铁王座不再拥有明确的后继者……却有不少人提出权利要求。

贝尔隆和妹妹阿莱莎生下三个儿子，其中两个——韦赛里斯和戴蒙——在世。倘若贝尔隆登基，韦赛里斯自是无可争议的第一继承人，但四十四岁王子的不幸去世削弱了韦赛里斯的继承权。雷妮丝公主及其女兰娜尔·瓦列利安的权利又被人们提起……而就算因性别原因忽略她们，雷妮丝还有个儿子兰尼诺。兰尼诺·瓦列利安不但身为男性，且是杰赫里斯的长子伊蒙的后代，与之相比，韦赛里斯和戴蒙都是次子贝尔隆所生。

让事情变得更复杂的是，杰赫里斯国王尚有一个在世的儿子：学城的维耿博士，他的戒指、权杖和面具是黄金制品。维耿史称"无龙者"，绝大多数国人遗忘了他，但事实上他时年不满四十岁。不过他书生气浓重，他将毕生精力用在炼金术、天文学、数学和其他学术领域，以致身体苍白虚弱，而早年间喜欢他的人也不多。总而言之，没有多少人会认真考虑将他作为铁王座继承人。

但"人瑞王"最先想到的却是这位维耿博士，他把自己唯一存活的儿子召来君临。父子俩的交流我们不得而知。有人说国王将王位奉上，却被对方拒绝；也有人断言国王只想听取意见。宫中得报，一方面科利斯·瓦列利安正在潮头岛集结舰队和人手，要为儿子兰尼诺"维权"；另一方面脾气火爆又好争吵的年轻王子戴蒙·坦格利安（时年二十岁）亦着力于招兵买马，预备给哥哥韦赛里斯撑腰。依照当时情形，无论"人瑞王"指定谁为继承人，暴力冲突似乎都无法避免，这无疑是他急切地采纳了维耿博士提出的方案的原因。

杰赫里斯国王昭告天下，将通过召开大议会来商讨、辩论、并最终解决王位继承问题。维斯特洛全境的大小领主均受邀与会，大会邀请的还有旧镇学城的学士和代表教会发言的修士修女。根据国王的谕令，凡提出继承权要求的人均可在天下诸侯面前陈述，而王室将接受大议会的最终选择，无论人选为谁。

大议会定于国内最大的城堡赫伦堡召开。没人能准确估算到场人数，因维斯特洛历史上从未举办这等全境盛会，但无论如何，赫伦堡足以容纳至少五百名诸侯及其随从……然而最终来到这里的有上千名领主，他们花了半年时间方才陆续抵达（少数领主甚至是大会快结束时才赶到的）。巨大的赫伦堡也承载不了这汹汹人潮，因每位领主的到来亦伴随着大批亲随骑士、侍从、马夫、厨

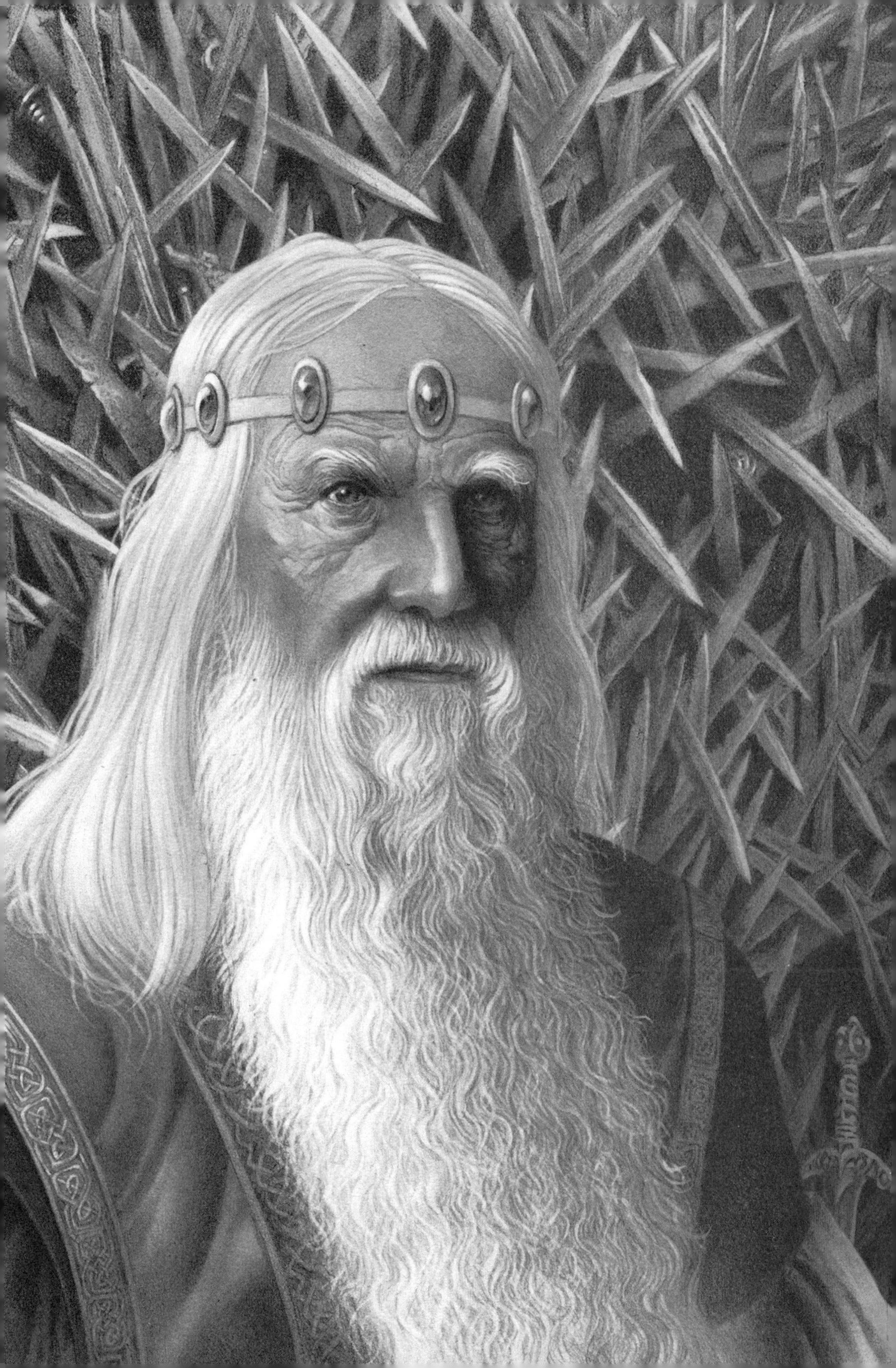

子和仆人。凯岩城公爵泰蒙德·兰尼斯特带去三百名随从，高庭公爵马索斯·提利尔的队伍甚至多达五百人。

南至多恩边疆地，北及长城的阴影之下，东起三姐妹群岛，西达铁群岛，王国四面八方的领主齐聚一堂。塔斯岛的"暮之星"来了，孤灯堡的头领也来了。临冬城来的是艾拉德·史塔克公爵，奔流城来的是葛拉佛·徒利公爵，谷地的代表为约伯特·罗伊斯伯爵——他是年幼的鹰巢城公爵夫人简妮·艾林的摄政和守卫者。连多恩人也不甘寂寞，多恩亲王派女儿和二十名多恩骑士以观察员的身份赶赴赫伦堡。

总主教离开旧镇前来祝福盛会，蜂拥而至的还有数百名大小商贩。赫伦堡为全天下的雇佣骑士和自由骑手带来了工作机会，为扒手提供了一展身手的舞台，也让老妇少女得到了求偶的绝好时宜。由于天南地北的小偷、妓女、洗衣妇、随营流民、歌手及戏子都聚到这里，城下湖边遂兴起一座方圆数里格的帐篷城市。当是时，赫伦镇一跃成为国内第四大城市，仅次于旧镇、君临和兰尼斯港。

到场诸侯考量了多达十四桩继承权要求。从厄斯索斯大陆来了三位候选者，他们乃杰赫里斯的女儿塞妮拉所生，勉强可算国王的外孙，但三人的父亲各不相同。其中一位据说和外祖父青年时代长得一模一样，另一位是古瓦兰提斯某执政官的私生子，他带来许多金子和一头矮象——他把丰厚的礼物赠给那些贫穷的领主，无疑有助于自己的要求，但那头矮象没发挥作用（塞妮拉公主时年三十四岁，在瓦兰提斯过得很滋润。她本人的继承顺位远高于这些私生子，但她对此不屑一顾。"我在这里掌控着自己的王国"，有人问她是否准备返回维斯特洛时，她如此回答）。在维斯特洛本土的候选者中，有一位呈上大捆羊皮纸卷，以兹证明自己的血统可追溯到"光荣的"盖蒙·坦格利安——他是"征服战争"以前最伟大的龙石岛主——他说自家先祖乃盖蒙的小女儿和某个小领主婚配所生，迄今已历七代；还有一位魁梧的红发士兵自称是"残酷的"梅葛的私生子，他把老母亲拉来作证，那女人是旅店老板之女，曾被梅葛强暴过一回（诸侯们承认她被强暴的事实，但不愿认可她因此怀了孩子）。

大议会的辩论持续了十三天。九个外围候选者的要求被首先排除（有个雇佣骑士自称是杰赫里斯国王的私生子，国王揭露了他的骗局，将他当场逮捕因禁）。维耿博士因其发下的学士誓言，雷妮丝公主及其女儿因性别缘故，也分别遭到排除。最后留下两位支持者最多的对手：其一是贝尔隆王子与阿莱莎公主的长子韦赛里斯·坦格利安，另一位是伊蒙王子的外孙、雷妮丝公主之子兰尼诺·瓦列利安。依辈分看，韦赛里斯是"人瑞王"之孙（但出自次子），兰尼诺是其曾长外孙，因此长幼继承法偏向兰尼诺，而血缘继承法偏向韦赛里斯。对韦赛里斯相对有利的是，他是最后一位骑上贝勒里恩的坦格利安族人……尽管"黑死神"于征服九十四年离世后，韦赛里斯再也没有驭龙，而小兰尼诺日后将驾驭被他命名为"海烟"的灰白色华美巨兽，那亦是年轻一代龙族中的骄傲。

不过国内大多数诸侯关心的是确保男性继承优先于女性继承，韦赛里斯在这点上占有巨大优势，因其继承权源自父系，而兰尼诺的继承权源自母系。抛开这点不论，韦赛里斯是二十四岁的青年，兰尼诺仅为七岁儿童，前者的综合优势非常明显，小兰尼诺所能凭借的只有双亲的巨大权势和影响力。

继续叙述之前，我们有必要专门介绍兰尼诺的父亲，即"潮汐之主"和潮头岛伯爵、瓦列利安家族的科利斯。作为歌谣和故事中赫赫有名的"海蛇"，他无疑是一代人杰。瓦列利安家族拥有悠久的瓦雷利亚血统传承，假设其族史可信，他们来到维斯特洛的时间甚至早于坦格利安家族。他们选择喉道里低洼肥沃的潮头岛（该岛得名于每天被潮水冲上海岸的浮木）为根据地，而非左近那座冒烟的火山岛。瓦列利安家族并非驭龙者，数世纪以来身为坦格利安家族最长久和最亲密的盟友，他们关注着海洋而非天空。"征服战争"中，正是瓦列利安家的舰船运载伊耿的士兵横渡黑水湾，此后他们顺理成章地成为王家舰队的主力。在坦格利安王朝的头一个世纪，如此之多的"潮汐之主"在御前会议中出任海政大臣，以至人们公认该职位是被瓦列利安家族世袭了。

科利斯·瓦列利安顶着列祖列宗的光辉名号，又干下一番青出于蓝的伟业。他不知疲倦而富有才干，他野心勃勃而酷爱冒险。按传统，海马的传人（海马是瓦列利安家族的纹章）从小就得体验海上生活，但此前或往后都没有哪个瓦列利安族人如"海蛇"那样急切。他六岁就跟叔叔一起坐船横渡狭海去潘托斯，此后年年出海，且非以旅客的身份——爬桅杆、系绳结、洗甲板、操桨、补漏、升帆降帆、瞭望侦察、导航掌舵……他什么都干，而船长们对他赞不绝口，说他是旷世奇才。

科利斯十六岁就当上船长，那是一艘在潮头岛和龙石岛之间往来的渔船，名为"鳕鱼女王号"。随后他的船变得越来越大、越来越快，航程也变得越来越长、越来越危险。他驾船绕过维斯特洛底端，造访旧镇、兰尼斯港和派克岛的君王港。他也航向里斯、泰洛西、潘托斯和密尔。在"夏日少女号"上，他南下去了瓦兰提斯和盛夏群岛；在"冰狼号"上，他北上来到布拉佛斯、东海望和艰难屯，然后调头深入颤抖海，造访罗拉斯和伊班港。后来的一次航海中，他甚至驾驶"冰狼号"继续北进，试图追寻传说中维斯特洛顶端的通路，但只遇到封冻的海面和巨大的冰山。

科利斯最著名的那些航海是他在自行设计和建造的"海蛇号"上实现的。旧镇和青亭岛的商人有时会远航到魁尔斯去交易香料、丝绸及其他珍稀货物，但科利斯·瓦列利安与"海蛇号"首度穿越玉海之门，来到夷地和雷岛，并满载丝绸和香料而回，这一次航行就让瓦列利安家族的财富翻倍。前已述及，他驾驶"海蛇号"的第二次大航海走得更远，一直来到阴影之地旁的亚夏。而在第三次大航海中，他挑战颤抖海，成为首位穿越千岛群岛的维斯特洛人，抵达了尼盖尔和摩苏伊那些荒凉冰冷的海岸。

"海蛇号"最终完成九次大航海。在最后一次大航海中，科利斯爵士驾驶"海蛇号"回到魁尔斯，用船上的金子买下二十艘船，并在这些船上装满藏红花、胡椒、肉豆蔻、大象和上等丝绸。虽然只有十四艘船得以平安返回潮头岛，并且大象都死在海上，但货物的利润之高，以致让瓦列利安家族暂时跃居七大王国首富，一度超越海塔尔家族和兰尼斯特家族。

科利斯爵士很好地运用了贸易所得的巨额财富。年迈的祖父直到八十八岁方才病逝，此后"海蛇"即位为"潮汛之主"。那时瓦列利安家族的据点仍是黑暗阴郁的潮头堡，城中总是十分潮湿，还饱受潮水之苦；科利斯伯爵在岛屿另一端筑起崭新的高潮城，它和鹰巢城一样由白石建造，拥有无数纤细塔楼，塔顶饰以在阳光下闪耀的银箔。早晚潮水时分，高潮城会被大海包围，与潮头岛仅以一条堤道连接。伯爵将古老的浮木王座（根据传说，此乃人鱼王的礼物）搬进了新城。

"海蛇"不只筑城，还大肆造船。在他出任"人瑞王"的海政大臣期间，王家舰队的规模扩展到从前的三倍。弃职而去之后，他也没有放慢造船的步伐，只不过将重心从战舰转到大肚子商船和划桨商船。在潮头堡盐渍斑斑的漆黑城墙下，三个不起眼的小渔村兴旺起来，最终连成一个大市镇，即船壳镇——从城堡往下观之，跃入眼帘的总是层层叠叠的船壳，该镇因此得名。岛屿彼端的高潮城下，另一个渔村演化为香料镇，它的码头和泊位总是挤满了从自由贸易城邦及更远的东方前来的船只。由于潮头岛扼住喉道的要津，比暮谷镇或君临更靠近狭海，香料镇也自然而然地夺走了前两者的贸易份额，使得瓦列利安家族变得愈发富有和强势。

　　科利斯伯爵生来雄心壮志，"海蛇号"的九次大航海体现了他永无止境的追求，他总是渴望抵达前人未曾涉足、地图未曾勘明的地方，而虽成就了诸多伟业，但了解他的人都清楚他不会原地踏步。他与雷妮丝·坦格利安——"人瑞王"的长子继承人的独生女——乃一对绝配，后者的活力、美貌和骄傲个性亦闻名七国，同时还是驭龙者。科利斯伯爵有理由期望自己的儿女也能翱翔蓝天，并有朝一日染指铁王座。

　　正因如此，"海蛇"对伊蒙王子去世后杰赫里斯国王略过伊蒙的女儿雷妮丝，改立伊蒙的弟弟"春晓王子"贝尔隆为储君一事愤愤不平。他把赫伦堡大议会视为匡正错误的天赐良机，遂携夫人雷妮丝公主高调前来，运用家族的财富和影响力动员各路诸侯，一心想推儿子兰尼诺为铁王座继承人。科利斯伯爵夫妇经多番努力笼络到风息堡的博蒙德·拜拉席恩公爵（他是雷妮丝的大舅和小兰尼诺的舅祖父）、临冬城的史塔克公爵、白港的曼德勒伯爵、荒冢屯的达斯丁伯爵、鸦树厅的布莱伍德伯爵、尖角城的巴尔艾蒙伯爵、蟹岛的赛提加伯爵等人。

　　但这些远远不够。纵然科利斯伯爵夫妇为儿子的未来费尽口舌，出手也极为慷慨，离争取到大议会多数的目标依旧相距甚远。聚集在赫伦堡的诸侯最终以压倒多数推举韦赛里斯·坦格利安为铁王座的合法继承人——负责计票的学士们从未披露精确数字，但事后传说票数之比超过二十比一。

　　杰赫里斯国王并未出席大议会，待表决结果呈上，他感谢与会领主的服务，并心满意足地将龙石岛亲王的头衔授予孙子韦赛里斯。风息堡和潮头岛勉强接受了决议——差距如此悬殊，令兰尼诺的父母也失去了翻盘的信心。在许多人眼中，征服一百零一年的大议会遂于继承问题上确立了一条牢不可破的先例：无论长幼，维斯特洛的铁王座传子不传女，亦不传给女人的男性后裔。

杰赫里斯国王统治的最后两年风平浪静。贝尔隆王子曾以龙石岛亲王的身份担任首相，但他去世后，国王决定不再将这两者集于一身，于是征召旧镇海塔尔伯爵的弟弟奥托·海塔尔爵士接任国王之手。奥托爵士带着妻儿入宫，在接下来的时间里忠实辅佐杰赫里斯国王。由于"人瑞王"的力气和智识逐渐衰竭，愈发不离床榻，奥托爵士十五岁的早熟女儿阿莉森遂成为国王的忘年交，平素为国王送餐、读书，甚至帮国王沐浴更衣。"人瑞王"常将她误认作自己的女儿，频频用女儿们的名字呼唤她，最后的时日里，他甚至一口咬定她便是从狭海对岸归来看望他的塞妮拉公主。

征服一百零三年，杰赫里斯·坦格利安一世国王平静地在床上与世长辞，阿莉森小姐当时正为他朗读巴斯修士的《非自然史》。国王享年六十九岁，自十四岁登上铁王座以来，统治七大王国长达五十五年。他的遗体在龙穴火化，

跟"善良王后"亚莉珊的骨灰混合后埋在龙石岛。全维斯特洛哀鸿遍野，即便是他的谕令所不能及的多恩，男男女女也为他撕破衣衫。

遵照国王的遗愿和征服一百零一年大议会的决定，"人瑞王"之孙韦赛里斯继承铁王座，是为韦赛里斯·坦格利安一世。韦赛里斯国王即位时年方二十六岁，他十年前迎娶表亲艾林家族的爱玛，爱玛是"人瑞王"杰赫里斯与"善良王后"亚莉珊的外孙女，其母为丹妮菈公主（卒于征服八十二年）。爱玛在王妃时代曾多次流产，还有一个儿子死于襁褓（许多学士认定她结婚和圆房的时间太早），最终只生出一个健康的女儿雷妮拉（生于征服九十七年）。国王夫妇素来宠爱这个独生女。

许多人将韦赛里斯一世国王时代视为坦格利安家族在维斯特洛的巅峰。显而易见，这的确是真龙血脉最昌盛的时代，坦格利安家族一方面延续着兄妹通婚、叔侄通婚和堂亲通婚等族内婚姻传统，另一方面也达成了几桩与外族的重要联姻，由之产生的后代将在未来的纷争中扮演重要角色。这也是巨龙最多的时代，母龙们定期产下龙蛋，尽管龙蛋并非总能孵化，但成功概率不低。按照传统，王子或公主的父母会将龙蛋放进他们的摇篮——该先例由前朝雷妮亚公主所创——而有幸与孵出的幼龙结成纽带的孩子，长大后都成了驭龙者。

韦赛里斯·坦格利安一世天性温和宽宏，受到贵族和平民的一致爱戴。他登基时被百姓唤作"少壮王"，其统治时期和平富足。国王的慷慨令人印象深刻，红堡上下歌舞升平，国王夫妇举办许多宴会和比武会，赐予脱颖而出的臣属黄金、职位和荣誉。

雷妮拉公主成长在这片欢笑中，集万千宠爱于一身，宫廷歌手们很快把国王这个独生女传颂为"王国之光"。尽管在父王登基时只有六岁，但雷妮拉发育早熟，如真龙血脉中最优秀的孩子那般机灵、大胆和美丽。她七岁就成为驭龙者，由被她按一位古瓦雷利亚女神之名命名为叙拉克斯的小龙载上天空。八岁时，公主当上父王的侍酒……无论在餐桌边、校场中还是宫廷内，韦赛里斯国王几乎时刻带着女儿。

与此同时，治国的繁重事务大都落到御前会议和首相的肩头。奥托·海塔尔爵士在"人瑞王"驾崩后留任国王之手，继续侍奉国王的孙子。大众认可他的能力，但有不少人认为他自负、独断和傲慢。据说奥托爵士在长期辅政中变

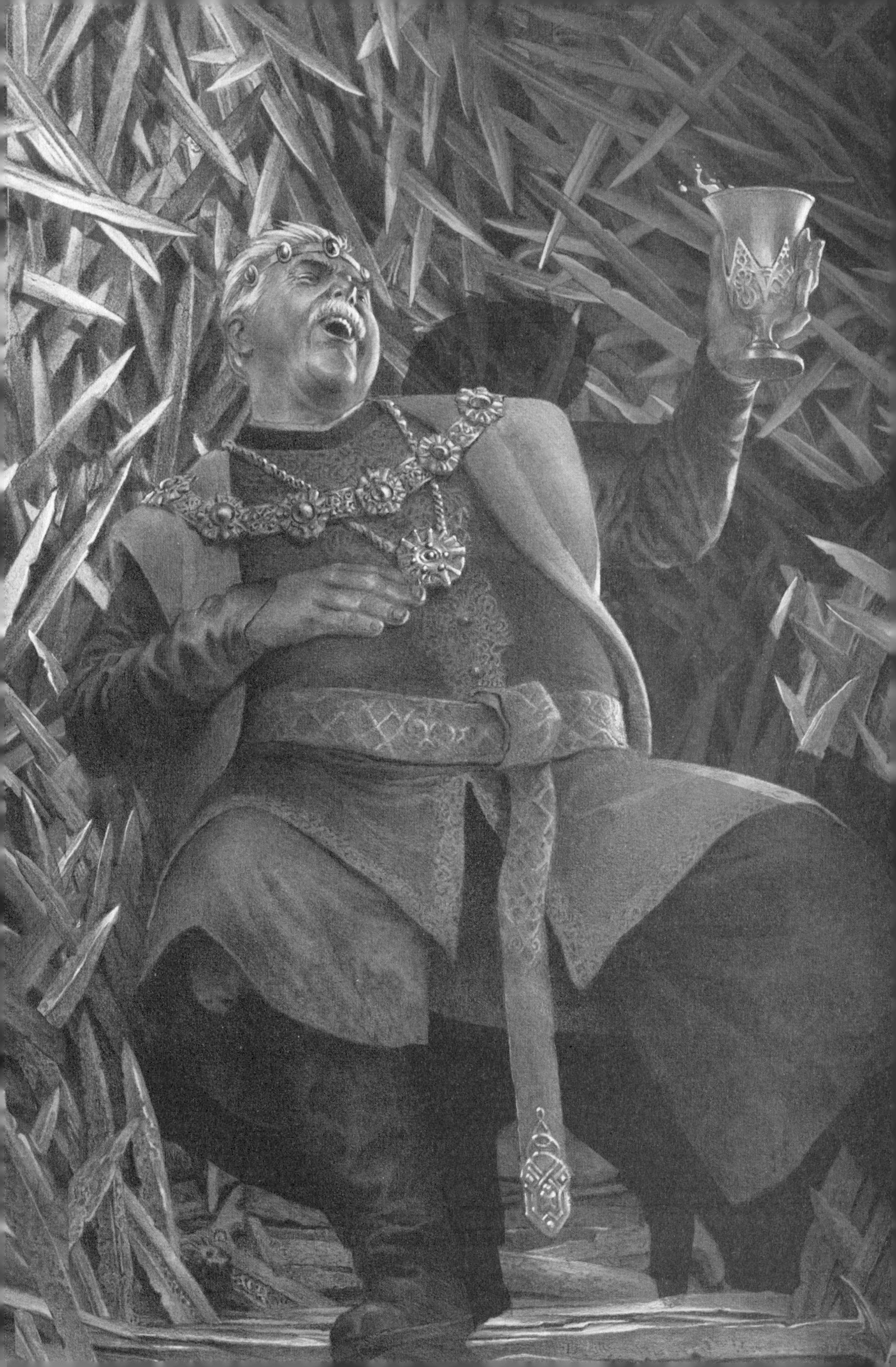

得愈发专横，他的态度惹恼了许多王公贵胄，这些人也非常嫉妒他对铁王座的把控。

奥托爵士最大的竞争对手便是戴蒙·坦格利安，即韦赛里斯国王那个野心勃勃、冲动鲁莽又喜怒无常的弟弟。

戴蒙王子的人格魅力和他的火爆脾气相当。他十六岁便成为骑士，杰赫里斯一世因其超凡武艺而亲赐瓦雷利亚钢剑"暗黑姐妹"。同样在"人瑞王"治下，戴蒙于征服九十七年与符石城的小姐成婚，但婚姻不谐。戴蒙王子认为艾林谷无聊（"谷地人跟绵羊干。"他写道，"也难怪，绵羊也比这里的女人漂亮。"），很快也厌倦了新婚妻子——他因罗伊斯家族祖传的刻有符咒的青铜盔甲而称其为"我的青铜婊子"。哥哥登上铁王座后，王子请求废除婚姻，韦赛里斯虽予拒绝，却将对方召来辅政。戴蒙由是入宫，在征服一百零三至一百零四年间出任财政大臣，又在征服一百零四年当了半年的法务大臣。

酷爱舞刀弄枪的王子并不习惯日常政务，他被韦赛里斯国王任命为都城守备队队长后倒是如鱼得水。他发现卫兵们武器简陋、服色杂乱，便为每人提供了匕首、短剑和短棍，值勤时还得身穿黑锁甲（军官配有相应的胸甲），并骄傲地披上金色长披风。从那以后，都城守备队就被称为"金袍子"。

戴蒙王子热衷于带领金袍军，常与他们一起在君临的街巷巡逻。毫无疑问，他显著改善了都城的治安，但他乐在其中的那些手段往往不近人情，譬如剁掉扒手的双手、阉割强奸犯的阳物、剜去盗贼的鼻子，他甚至在出任队长的头一年于街头混战中亲手格毙三人。没过多久，王子的大名在君临的下层人民中已无人不晓，他混迹于酒肆（没人管他要钱）和赌坑（赢的钱总比带去的多），在各家妓院享尽艳福，据说特别喜欢给处女开苞。一位里斯舞女迅速成为他的最爱，这个肤色苍白的女人自称梅莎丽亚，而她的对手和敌人管她叫"白蛆小梅"。

韦赛里斯国王当时没有顺产的儿子，戴蒙遂自认是铁王座合法继承人，时刻垂涎龙石岛亲王的头衔，只怪王兄拒绝赐封……征服一百零五年底的戴蒙王子被朋友们捧为"首都亲王"，老百姓又送他"跳蚤窝之主"的绰号，风头一时无两。国王虽无意传位弟弟，却一直加以偏袒，原谅了他的诸多冒犯。

雷妮拉公主同样迷恋叔叔，因戴蒙对她总是十分留心，无论何时驭龙飞越狭海，都会给她捎带异国他乡的礼物。韦赛里斯国王自贝勒里恩死后再未驭龙，对长枪比武、狩猎和比剑也兴趣缺缺，体格因此越发柔软肥胖；戴蒙王子对这些却样样精通，他和兄长完全不同——他精瘦强健，身手不凡，行事果敢，风格华丽，还带有一点危险气息。

继续讲述之前，我们必须插入对韦赛里斯朝史料来源的说明，因随后若干年份的重要事件大都发生在宫闱之内，关键人物在私密的楼梯井、议事厅和卧室中的言行，后人难以知悉。我们手头当然有鲁内特尔大学士及其继任者写下的编年史，外加若干宫廷实录，以及所有王家谕令和公告的原件，但这远不足以勾勒历史原貌。为弥补缺陷，我们不得不求助数十年后当事者的儿孙们的著作，主要是领主和骑士们对先祖言行的追忆，也有年长仆人的二手回忆录，其中间或提及年轻时经历的丑闻。这些材料无疑具有补证作用，但由于事件发生和落笔记录的间隔太长，因此不可避免地产生混乱。除此以外，这些回忆录之间也往往存在矛盾。

幸运的是，我们还有两份珍贵的第一手资料可供参考。其一来自尤斯塔斯修士，他在韦赛里斯朝的大部分时间服务于红堡的王家圣堂，后来晋升主教，并留下本时代最全面的一部历史著作。身为韦赛里斯国王及其前后两位王后的亲信与告解者，尤斯塔斯深悉个中内幕。尽管他不吝记述令人震惊的谣言或不堪入目的指控，但平心而论，他这部《韦赛里斯一世国王统治时期及随后的"血龙狂舞"》仍不失为冷静客观的严肃史籍。

与这部大作互为印证的是《"蘑菇"的证词》，由曾在韦赛里斯一世国王、雷妮拉公主、伊耿二世国王和伊耿三世国王御前献艺的宫廷弄臣口述（做笔录的文书并未留名）。"蘑菇"是身高仅三尺、头颅巨大（他吹嘘自己的命根子更大）的侏儒，国王、诸侯和王子们认为他是个弱智，在他面前百无顾忌。尤斯塔斯修士提及寝宫和妓院床榻上的秘密时，其笔触总是隐晦而带有谴责意味，"蘑菇"却说得活灵活现，他的《证词》充斥着五花八门的下流段子，以及各种与阴谋、背叛、下毒、勾引和放纵相关的宫廷轶闻。对一位诚实的历史学者而言，虽然《证词》有多少内容可供取信值得商榷，但我们不该忘记，"受神祝福的"贝勒国王曾下令烧掉"蘑菇"口述的每一份抄本，如今存世的寥寥几本因而显得弥足珍贵。

在特定事件的描述上，尤斯塔斯修士与"蘑菇"固然不尽相同（有时差别甚大），与宫廷实录和鲁内特尔大学士及其继任者撰写的官方编年史更是大相径庭，但他们的说法无疑有助于厘清历史的谜团。前面提到的那些二手回忆录颇能佐证这两部作品，这证明其中包含不少真实成分。说到底，关于史料鉴别，何时采纳与何处怀疑，本是学者的天职。

"蘑菇"、尤斯塔斯修士、鲁内特尔国师及其他证人在这点上高度一致：国王之手奥托·海塔尔爵士非常厌恶王弟（"蘑菇"断言戴蒙王子开了奥托爵士年轻的女儿、未来的阿莉森王后的苞，但没有其他材料能佐证这桩荒唐秽闻）。正是奥托爵士说服韦赛里斯相继解除了戴蒙王子财政大臣及法务大臣的职务——爵士很快就为此后悔，因掌握多达二千人的都城守备队后，戴蒙反倒得到更多实权。"绝不能让戴蒙王子登上铁王座，"首相在给哥哥旧镇伯爵的信中写道，"他会成为'残酷的'梅葛第二，甚至更残暴。"奥托爵士（当时）希望让雷妮拉公主继位。"'王国之光'总好过'跳蚤窝之主'。"与他观点相似者不在少数，但这些人面临一个难以逾越的障碍，即征服一百零一年大议会的先例：男人永远比女人优先。照此推论，国王若无嫡生子，王弟的权利便在公主之前，正如征服九十二年贝尔隆超越雷妮丝成为王位继承人。

所有编年史都说韦赛里斯国王性喜和平，讨厌争执。他明知弟弟的缺点，却珍爱着幼年回忆，仍把戴蒙当成那个活泼开朗、充满冒险精神的小男孩。国王常说，公主是他一生至宝，但兄弟毕竟是兄弟。他一次次地调解戴蒙王子与奥托爵士的不和，但两人在虚伪的宫廷笑颜下依然沸腾着敌意。若有人追问继承问题，韦赛里斯国王只推说王后肯定会生下儿子。征服一百零五年，他对宫廷和御前会议宣布，爱玛王后又有身孕。

在那个命运攸关的年头，克里斯顿·科尔爵士被提拔为御林铁卫，顶替刚过世的传奇骑士莱安·雷德温爵士。克林斯顿爵士乃黑港唐德利恩伯爵属下的事务官之子，时年二十三岁，生得一表人才。他在庆祝韦赛里斯国王登基于女泉镇举办的比武会上首度引起宫中注目——他先赢下团体混战，并在最后的决斗里用流星锤击飞戴蒙王子手中的"暗黑姐妹"，国王为此哈哈大笑，王子则恼怒不已；随后他把胜利者的桂冠献给七岁的雷妮拉公主，恳求在长枪比武中佩戴她的信物，得到允许后，他果然大显身手，不但再次打败戴蒙王子，还将骁勇善战的卡盖尔双胞胎——御林铁卫的亚历克爵士和伊利克爵士——挑下马，只是最终不敌莱蒙·梅利斯特伯爵。

克里斯顿·科尔爵士有淡绿色眼珠和炭黑色头发，其不俗的个人魅力很快深得宫中仕女青睐……尤其吸引了雷妮拉·坦格利安。她如此痴迷他，乃至称他"我的白骑士"，并乞求父亲让他做她的私人护卫和保护者。和其他许多事情一样，国王在此事上也迁就了公主，从此科尔爵士比武时便一直佩戴公主的信物，平时也总站在公主身边参加宴会和娱乐活动。

克里斯顿爵士披上白袍后不久，韦赛里斯国王又邀赫伦堡伯爵莱昂诺·斯壮参政，出任法务大臣。莱昂诺伯爵高大、秃顶，为人直率，以善战闻名，不知者往往把他当作一介武夫，将他的沉默寡言和缓慢语速视为驽钝。事实恰恰相反。莱昂诺伯爵早年曾在学城求学，赢得颈链的六个环节后才认定学士的生活不适合自己。他博学多闻，对七国律法的了解更是无人能出其右。身为赫伦堡伯爵，他三度结婚又三度丧偶，入宫时带来两个童贞女儿和两个儿子：女儿们成为雷妮拉公主的侍女，外号"碎骨人"的长子哈尔温·斯壮爵士在金袍军中做了个小队长，幼子"弯足"拉里斯加入国王的审问官行列。

征服一百零五年末，当积累的矛盾第一次总爆发时，君临就是这般状况。爱玛王后在梅葛楼产下韦赛里斯·坦格利安期盼已久的儿子，却因此而死，孩子（照国王的先父命名为贝尔隆）也只比母亲多活一天。国王和宫廷哀痛不已……但不包括戴蒙王子，有人发现他在丝绸街的妓院买醉，还跟贵族亲信们开玩笑说这孩子是"一日王储"。消息传到国王耳中（在故事里，走漏风声的是戴蒙膝上的妓女，但证据显示，向国王告密的其实是王子的酒友，某个渴望晋升的金袍军小队长），国王勃然大怒，终于不能再忍受弟弟的忘恩负义和私心自用。

一待为妻儿们治丧完毕，韦赛里斯国王立刻着手解决长期搁置的继承问题。他不顾杰赫里斯国王征服九十二年的裁定及征服一百零一年大议会的先例，正式册封女儿雷妮拉为法定继承人和龙石岛公主。在君临举办的盛大典礼上，"王国之光"雷妮拉坐在铁王座底部她父王的脚下，接受数百位领主的致敬，他们以荣誉起誓效忠，将来要维护她的权利。

戴蒙王子不在其列，对国王的谕令愤愤不平的他辞去都城守备队队长之职，径直离开君临，与情妇梅莎丽亚一起骑科拉克休——号称"血虫"的精瘦红龙——前往龙石岛。他在那里蛰伏了半年，这期间让情妇怀了孕。

得知梅莎丽亚怀孕后，戴蒙王子忙不迭地送上一颗龙蛋，但这次他做得太过分，以至唤醒了哥哥的睡龙之怒。韦赛里斯国王严令弟弟立刻收还龙蛋，赶走那个妓女，并回到法定妻子身边，否则视为叛逆。王子勉强从命，他将（没有蛋的）梅莎丽亚遣归里斯，自己飞回谷地符石城去寻那可恶的"青铜婊子"。然而梅莎丽亚在狭海遭遇风暴，并因此流产。消息传来，戴蒙王子嘴上不露声色，心里却对王兄改变了看法。此后他谈到韦赛里斯国王每每充满轻蔑，并开始日夜盘算争夺继承权。

雷妮拉公主已被昭告为王位继承人，但无论宫廷内外，仍有很多人希望韦赛里斯能生下男性后裔，因"少壮王"此时尚不满三十岁。鲁内特尔大学士首先建议国王再婚，甚至力荐了一个合适对象：刚满十二岁的兰娜尔·瓦列利安小姐。兰娜尔小姐性烈如火，初潮刚至的她从母亲雷妮丝那里继承了坦格利安家族的纯正美貌，又从父亲"海蛇"那里继承了一往无前的进取精神。科利斯伯爵投身远航，其女兰娜尔则酷爱飞翔，乃至驾驭了雄壮的瓦格哈尔——征服九十四年"黑死神"死后，它便是坦格利安家族最大最老的龙。鲁内特尔指出，与瓦列利安小姐联姻足以弥合铁王座与潮头岛的裂痕，兰娜尔无疑也具备母仪天下的潜质。

必须承认，韦赛里斯·坦格利安一世的意志并不坚强，他天性和蔼，耳根子软，乐于取悦他人，总是依赖身边顾问；但在婚姻大事上，国王却自有想法，任何人都无法左右。他愿意再婚……但不是跟十二岁的女孩，也不能单为了国家。他相中另一位女子，宣布有意迎娶海塔尔家族的阿莉森小姐，亦即国王之手伶俐可爱的十八岁女儿，这位小姐曾在先王杰赫里斯的病榻前为其读书。

旧镇的海塔尔家族古老高贵，血统无可挑剔，因此无人质疑国王的选择。饶是如此，却有流言说首相蓄谋已久，故而早早携女儿进宫。少数人甚至怀疑阿莉森小姐的操守，揣测她在爱玛王后过世前就与韦赛里斯国王私通（这点从未被证实，然而"蘑菇"却在《证词》中多次重复，甚至无凭无据地宣称读书并非阿莉森在病榻前为"人瑞王"的唯一服务）。据说谷地的戴蒙王子鞭打了报信的仆人，差点将其活活打死。潮头岛的"海蛇"也不高兴，因瓦列利安家族第三度遭到忽视，他的女儿兰娜尔也像他的儿子兰尼诺在征服一百零一年大议会、他的妻子雷妮丝在征服九十二年"人瑞王"的宫廷那样，被王室回绝。兰娜尔小姐本人倒看得很开。"小姐对飞翔的兴趣远多于对男孩的兴趣。"高潮城的学士在给学城的信中写道。

征服一百零六年，韦赛里斯国王和阿莉森·海塔尔正式成婚，瓦列利安家族引人注目地缺席婚礼。雷妮拉公主在婚宴上为继母侍酒服务，阿莉森王后亲吻她，称她"我的女儿"。公主还跟其他女人一起剥去国王的衣衫，将国王送入洞房与新娘交欢，当晚的红堡被爱与喜悦主宰……但在黑水湾对面，"海蛇"科利斯伯爵迎接了王弟戴蒙王子，他们联手召开作战会议。王子已无法再忍受艾林谷、符石城和他的合法妻子。"高贵的'暗黑姐妹'岂堪宰羊？"据说他对"潮汛之主"宣称,"她嗜血如命。"但王子考虑的并非起兵叛乱,他发现了另一条权力之路。

石阶列岛是多恩领和厄斯索斯大陆的争议之地间的多石岛链,长期窝藏着匪徒、流亡者、沉船打捞人和海盗。岛屿本身无甚价值,但地理位置紧要,控制了出入狭海的海上通路,岛民的财路便是过往商船。尽管如此,从总体上看,若干世纪以来此地的匪患尚不为重。

然而十年前,自由贸易城邦里斯、密尔和泰洛西抛开源远流长的敌意,携手发起对瓦兰提斯的战争。在"边陲之战"击败瓦兰提斯人后,三座胜利的城邦宣布结为"永久联盟",从而形成一个崭新的强权:三城同盟会。在维斯特洛,该同盟通常被称为"三女儿的王国"(因这三座自由贸易城邦都自认是古瓦雷利亚的女儿),或更粗俗地唤作"三婊子的王国"(尽管该"王国"没有国王,乃是由三十三位总督组成的至高议会统治)。瓦兰提斯求和并自争执之地罢兵后,"三女儿"的目光便转向西方,它派出的联军和舰队在密尔海军上将克拉哈斯·达哈尔亲王率领下横扫石阶列岛——此人将数百名被俘的海盗用木桩绑在潮湿的沙滩上,任其涨潮时淹死,得了个"螃蟹喂食者"克拉哈斯的绰号。

"三女儿的王国"征服及吞并石阶列岛起初得到维斯特洛领主们的默许,因此举以秩序取代了混乱,即便"三女儿"向一应过往船只征税,相对于海盗的掠夺,那也是可接受的代价。

然而"螃蟹喂食者"克拉哈斯及其同伙的贪婪很快令人刮目相看:通行税一升再升,到头来原本乐于付费的商人不得不像从前躲避海盗那样躲避三城同盟会的划桨战舰。外界怨气冲天,达哈尔似乎在与里斯及泰洛西的海军上将们彼此竞争,看谁能榨取更多。这其中又数里斯人最可恶,他们不只收钱,还从过往船只上随意征用女人、女孩和俊俏男童,送进他们的情欲园和青楼(被掠为奴的包括十五岁的乔汉娜·史文小姐,她那出了名的吝啬鬼叔叔是当时的石盔城伯爵。伯爵拒绝支付赎金,史文小姐遂被卖入青楼,后凭自我奋斗成为著名交际花"黑天鹅",亦是里斯的实际统治者。她的故事固然精彩,但与本书主旨无关,因此不便展开)。

维斯特洛的大小领主中,没人比"潮汛之主"科利斯·瓦列利安受害更深,正是借助海上贸易,他才聚敛起七大王国首屈一指的权势与财富。"海蛇"决心终结三城同盟会对石阶列岛的控制,而他找到的天然盟友便是戴蒙·坦格利安,后者亦渴望通过战争博得黄金与荣耀。两人一拍即合,他们不去参加国王的婚礼,却在潮头岛的高潮城制订作战计划,议定由瓦列利安伯爵指挥舰队,戴蒙指挥陆军。他们的部队人数纵然大大少于"三女儿"……但王子将骑科拉克休上阵,让敌人领教"血虫"的龙焰。

本书的叙述范围同样不容我们详细记录戴蒙·坦格利安和科利斯·瓦列利安联手在石阶列岛发动的私战。我们只需知道,战争始于征服一百零六年,戴蒙王子轻而易举地招募了一支由无地冒险者及贵族次子、幼子们组成的军团,最初的两年连战连捷。征服一百零八年,他终于和"螃蟹喂食者"克拉哈斯短兵相见,并在一对一决斗中用"暗黑姐妹"砍下其人头。

韦赛里斯国王无疑满足于能摆脱惹是生非的弟弟,于是不断送来黄金资助。征服一百零九年,戴蒙·坦格利安及其麾下的佣兵和杀手们俨然占据了除两座岛屿外的整个石阶列岛,"海蛇"的舰队则牢牢把控其间水道。在这短暂

的胜利时刻，戴蒙王子自立为石阶列岛与狭海之王，科利斯伯爵为他加冕……但他们的"王国"远远谈不上稳固，翌年，"三女儿的王国"卷土重来，这次的远征军由狡诈的泰洛西人雷查里诺·雷恩登统帅，此人堪称是史书中有案可查的最古怪、浮夸的强盗之一。多恩领也加入三城同盟会一方，于是战争继续。

石阶列岛陷入血与火的混乱，韦赛里斯国王和维斯特洛宫廷却镇定如常。"就让戴蒙去玩他的战争游戏，"据说国王如此评论，"只要不再制造麻烦。"韦赛里斯天性和平，君临城在那些年头举办了数不尽的宴会、舞会和比武会，歌手与演员争相赞颂每一位坦格利安后嗣的降生。阿莉森王后很快证明自己不但美丽，而且丰饶。征服一百零七年，她为国王生下一个健康的儿子，按"征服者"的名字命名为伊耿；两年后，她为国王生下女儿海伦娜；征服一百一十年，她生下次子伊蒙德，据说这孩子出生时个头仅为兄长的一半，凶悍程度却倍之。

国王临朝听政时，雷妮拉公主依然坐在铁王座下，父王甚至开始带她去参加御前会议。许多领主和骑士渴求她的信物，公主眼中却只有她那位年轻英勇的私人护卫，也就是御林铁卫克里斯顿·科尔爵士。"克里斯顿爵士保护公主不受敌人伤害，但谁能保护公主不受克里斯顿爵士伤害呢？"阿莉森王后曾在宫中质问。

王后与继女的亲善被证明为时不长，因她俩都想成为王国的第一女士……而尽管王后已为国王产下两个男性后嗣，韦赛里斯依然没有改变继承顺位，龙石岛公主仍是他唯一认可的王位继承人，国内又有半数领主曾宣誓维护她的权利。那些关于"一百零一年大议会的先例"的疑问统统石沉大海，在韦赛里斯国王眼中，继承问题早已澄清，他不想再生枝节。

但人们依然议论纷纷，阿莉森王后也不肯善罢甘休。在她众多的支持者中，呼声最大的就是她父亲国王之手奥托·海塔尔爵士。由于奥托爵士逼迫太甚，韦赛里斯国王遂于征服一百零九年剥夺其职位项链，交给沉默寡言的赫伦堡伯爵莱昂诺·斯壮。"我的新首相不会忤逆犯上。"国王如此评价。

奥托爵士虽被遣回旧镇，宫中"后党"并未消失，许多有权势的诸侯结交阿莉森王后，表示支持她的儿子们的权利；同时，与之针锋相对的"公主党"

也逐步形成。韦赛里斯国王同时爱着妻子和女儿，厌恶冲突与竞争，他花去大把时间居中调解，用礼物、黄金和荣誉来满足这两个女人。只要他身体健康、大权在握，依旧维持着平衡，宴会和比武会便可照常举办，王国的和平也得以延续……但眼尖的人早已发现，分属两党的巨龙只要有机会接近，便会互相撕咬，乃至喷吐龙焰。

征服一百一十一年，为庆祝国王与阿莉森王后结婚五周年，君临举办盛大的比武会。在开幕宴会上，王后一袭绿裙服，公主则引人注目地用坦格利安家族的红与黑来打扮自己。人们注意到这点，此后"后党"和"公主党"便被分别称为"绿党"和"黑党"。"黑党"在那场比武会上大出风头，尤其是佩戴雷妮拉公主信物的克里斯顿·科尔爵士，他打败了王后所有的代理骑士，包括她的两位堂亲以及她最小的弟弟加尔温·海塔尔爵士。

然而最大的亮点人物非绿非黑，而是穿金戴银——戴蒙王子终于回归。他头戴王冠，自称狭海之王，未经宣告便骑龙飞到君临，在比武场上空绕了三圈

……最终落地时,他跪在哥哥面前,除下冠冕献上,以示爱与忠顺。韦赛里斯归还了王冠,亲吻弟弟的双颊,宣布欢迎他回家。为着"春晓王子"贝尔隆·坦格利安的血脉重归于好,贵族和平民发出震天动地的欢呼——欢呼声最响亮的莫过于雷妮拉公主,心爱的叔叔从天而降令她欣喜若狂,她恳求对方别急着离开。

上述事件众所周知,但此后的发展我们不得不求助于一些不太可靠的资料。戴蒙王子在君临待了半年,这大概是无从怀疑的,根据鲁内特尔国师的说法,他甚至重新列席御前会议。但年纪增长和海外生涯都未改变戴蒙的脾性,他很快又跟金袍军中的老部下厮混,频频造访丝绸街的妓院——他是那里最有价值的主顾之一。尽管他依照王后的规格彬彬有礼地对待阿莉森,但彼此毫无温情可言。谣传王子对王后的后代格外冷淡,尤其对两个侄儿伊耿和伊蒙德,因他们的出世让戴蒙在继承顺位上更靠后了。

戴蒙对雷妮拉公主的态度完全不同,他花费很多时间陪她,讲述自己历险和战斗的故事。他送她珍珠、丝绸和书本,甚至有一顶据说曾属于雷岛女皇的玉冠。他为她读诗,陪她用餐,带她鹰狩,领她坐船,并通过嘲笑朝中"绿党"、说他们是逢迎阿莉森王后及其诸子的"马屁精"来取悦她。他当然不吝于赞扬她的美,公然宣布她是七大王国最漂亮的少女。叔侄俩几乎天天一同飞翔,叙拉克斯和科拉克休比赛谁先飞到龙石岛,再飞回君临。

请注意,我们引用的资料在这里出现了重大分歧。鲁内特尔国师只提及半年后国王兄弟再度反目,戴蒙王子随后离开君临,回到石阶列岛继续自己的战争,个中原因则语焉不详;其他人坚称是阿莉森王后劝说韦赛里斯赶走戴蒙。但尤斯塔斯修士和"蘑菇"对此另有解释……尽管他们彼此的版本也大相径庭。较为正派的尤斯塔斯记载说戴蒙王子引诱侄女,夺走了公主的贞操,却被御林铁卫亚历克·卡盖尔爵士捉奸在床,带到国王面前。雷妮拉反复声明自己和叔叔是真爱,恳求父亲准许两人结婚,韦赛里斯国王断然拒绝,他提醒女儿,戴蒙王子乃是有妇之夫。他气愤地将女儿禁足,要弟弟即刻离开,并严令两人不可泄露此事。

"蘑菇"的故事远为堕落可耻,这也是《证词》的一贯特色。那位侏儒作证说,公主想要的其实是克里斯顿·科尔爵士,并非戴蒙王子,但克里斯顿爵士是一位真正的骑士，高尚纯洁，恪守骑士誓言。虽然他日夜守护公主，却从未吻过她，更不用说向她示爱了。"他看着你，看见的是从前的小丫头，并非如今的成熟女人。"戴蒙告诉侄女，"但我可以指导你如何改变他的看法。"

"蘑菇"声称，王子对侄女的"指导"从亲吻开始，再来是如何触碰并刺激异性——这种指导很多时候需要"蘑菇"本人及其自称拥有的巨大男根来协助。戴蒙教会公主如何充满诱惑地宽衣解带，还频频吸吮公主的乳头好让它们更大更敏感。他与公主骑龙飞往黑水湾内无人知晓的孤寂礁石，在那里脱个精光，以便公主练习用嘴取悦男人。王子又嘱咐公主扮成打杂小弟，夜间将她偷偷带往丝绸街的妓院，让她在那里观察世俗男女云雨欢爱的场面，并从君临的名妓身上学习女性的"床技"。

"蘑菇"没有言明这样的指导持续了多久，但有一点和尤斯塔斯修士截然不同，他坚称雷妮亚公主并未失贞，因其盼望把初夜留给心上人。然而最终，当她用上所学的技巧前去约会她的白骑士时，却只让克里斯顿爵士厌恶和惧怕。事情的前因后果很快传扬出去——多亏了"蘑菇"本人——韦赛里斯国王起初一个字都不信，直到戴蒙王子亲口承认。"把孩子许配给我吧，"据说他告诉哥哥，"现在谁还会要她呢？"韦赛里斯国王不但严辞拒绝，还把戴蒙永远放逐，宣布他若再踏上七大王国便是死刑（国王之手斯壮伯爵争辩说应立即以叛国罪处死王子，但尤斯塔斯修士提醒国王，弑亲者会遭到最严酷的诅咒）。

关于事件的余波，我们知道这些事是确凿无疑的：戴蒙·坦格利安返回石阶列岛，继续争夺那片风暴肆虐、鸟不生蛋的岩石；鲁内特尔大学士和御林铁卫队长哈罗德·维斯特林爵士于征服一百一十二年去世，克里斯顿·科尔爵士被指名为新任铁卫队长，顶替哈罗德爵士，旧镇学城的博士们则将梅罗斯学士送来红堡接掌大学士的颈链和职位。除此之外，君临在随后两年大体保持着从前的平静……直至雷妮拉公主于征服一百一十三年年满十六岁，正式接收龙石岛并奉谕成婚。

远在雷妮拉的贞操受到质疑前，韦赛里斯国王及御前会议便着意为她择偶。许多大诸侯和光鲜的骑士如飞蛾扑火般被她吸引，竞相追求她的信物。雷妮拉于征服一百一十二年巡游造访河间地时，布雷肯伯爵和布莱伍德伯爵的继承人因她发生决斗，佛雷家族一位排行靠后的儿子甚至胆大包天地公开求婚

（此人从此被称作"傻瓜佛雷"）；在西境，杰森·兰尼斯特爵士与双胞胎弟弟泰兰·兰尼斯特爵士在凯岩城的宴会上为她争执不下；奔流城徒利公爵的儿子们、高庭的提利尔公爵、古橡城的奥克赫特伯爵和角陵的塔利伯爵也都向她求爱，她的仰慕者还包括时人口中的七大王国最强壮骑士，即赫伦堡继承人、外号"碎骨人"的哈尔温·斯壮爵士。韦赛里斯甚至谈论过将雷妮拉嫁给多恩领亲王，以促成七国的最终统一。

阿莉森王后有自己心仪的人选：她的长子、雷妮拉的异母弟弟伊耿王子。但伊耿尚未成年，比公主小十岁，且两个孩子向来不和。"正因如此，才更应让他俩结婚。"王后争辩道。韦赛里斯却不以为然。"我儿子出自阿莉森，"他告诉斯壮伯爵，"她想要的是王位。"

国王和御前会议最终达成一致，最佳人选是雷妮拉的表哥兰尼诺·瓦列利安。尽管征服一百零一年大议会否决了这个瓦列利安孩子的王位继承要求，但他毕竟是深得国人敬重的伊蒙·坦格利安王子的外孙和"人瑞王"的曾外孙。如此结合可巩固和充实王室血脉，并为铁王座赢回"海蛇"的善意及其麾下强大舰队。

唯有一个重大的棘手问题：十九岁的兰尼诺·瓦列利安似乎从未对女性产生兴趣，他身边总是围绕着许多同龄的英俊侍从，据说他更喜欢他们的陪伴。然而梅罗斯国师直截了当地打消了人们的顾虑。"有什么关系呢？"他发表了这番精辟见解，"我不喜欢鱼的味道，但鱼如果端上桌，我也照吃不误。"事情就这样决定下来。

国王和御前会议事先并未征求公主的意见，而雷妮拉证明了有其父必有其女，她只想与意中人结婚。公主对兰尼诺·瓦列利安可谓知根知底，根本不想当他的新娘。"我同父异母的弟弟们大概比我更合他胃口。"她告诉国王（公主向来会强调阿莉森王后的儿子们是"同父异母的弟弟"，绝非"弟弟"）。无论国王如何跟她说理，如何恳求她、呵斥她，称她为不孝的女儿，都无法使她让步……直到最后摆出继承权这个杀手锏。韦赛里斯指出，国王确立的安排，国王也可以取消，若她不肯乖乖从命，他便考虑让她同父异母的弟弟伊耿取代她成为铁王座继承人。这样的威胁让公主最终屈服了，尤斯塔斯修士说公主扑倒在父王膝边，恳求原谅，"蘑菇"则说她朝父王脸上吐口水。两人皆承认雷妮拉被迫答应了婚事。

我们手头的资料此后再度产生分歧。尤斯塔斯修士声称在公主屈服当晚，克里斯顿·科尔爵士偷溜进她的卧室，承认了对她的爱意。他吐露说已在海湾中备下船只，恳求雷妮拉与他一起逃到狭海对岸的泰洛西或古瓦兰提斯去结婚，那是她父亲的谕令所不能及的地方，那边也没人在意他背弃御林铁卫的誓言。凭借长剑和流星锤上的深厚造诣，他肯定能在某位商业巨子身边谋职。可雷妮拉拒绝了他，她提醒对方她乃真龙血脉，不会与一介佣兵相伴终身，况且他连御林铁卫的誓言也能抛弃，她又怎能相信他发下的婚誓？

"蘑菇"的故事完全不同。按照他的版本，是雷妮拉公主去找克里斯顿爵士，而非相反。她趁他单独待在白剑塔时溜进去，关上门，脱掉斗篷，露出一丝不挂的娇躯。"我把初夜留给了你，"她告诉骑士，"占有我吧，作为我爱情的证据。反正我的贞操对我的未婚夫一文不值，或许他得知我并非处女后还会改变结婚的主意。"

然而美艳无双的公主低声下气地求恳，也没能得到克里斯顿爵士的回应，因爵士重视荣誉、谨守誓言，哪怕公主用上从戴蒙叔叔那里学到的所有技巧，亦徒劳无功。公主遭拒后怒火中烧，她重新披好斗篷、头也不回地奔进夜色……刚好撞见从妓院欢悦归来的哈尔温·斯壮爵士。"碎骨人"垂涎公主已久，又全无克里斯顿爵士的顾忌，他就这样夺走了雷妮拉的初夜，让她的处女血洒上他的男根……"蘑菇"说破晓时发现他俩上床的正是他。

无论真相为何，无论是公主拒绝了骑士还是骑士拒绝了公主，总之从那天起，克里斯顿·科尔爵士对雷妮拉·坦格利安的爱化为了憎恶与蔑视。这个自入宫以来一直出任公主的私人护卫和代理骑士的人，最终变作她的死对头。

不久后，雷妮拉在侍女们（其中两位是首相的女儿，也就是哈尔温爵士的姐妹）、弄臣"蘑菇"和她的新晋代理骑士"碎骨人"的陪同下，乘"海蛇号"航往潮头岛。征服一百一十四年，龙石岛公主雷妮拉·坦格利安与兰尼诺·瓦列利安爵士（他刚在婚礼前半个月受封，只因舆论认为公主的配偶须得是位骑士）成婚，新娘时年十七岁，新郎二十岁，在众人眼中这是郎才女貌的一对。庆祝的婚宴和比武总共持续七日，乃是一场罕见的盛会——阿莉森王后的兄弟们、御林铁卫的五位誓言兄弟、"碎骨人"以及最得新郎宠爱的"热吻骑士"乔佛里·隆莫斯爵士纷纷参赛。雷妮拉把吊袜带赠予哈尔温爵士时，她的新婚丈夫哈哈大笑，将自己的吊袜带送给乔佛里爵士。

克里斯顿·科尔爵士此次为阿莉森王后出战，王后欣然赠予信物。佩戴崭新信物的年轻的御林铁卫队长怀着满腔忿怒，打败了所有对手。他击碎"碎骨人"的一根锁骨和一边手肘（以至"蘑菇"改称其为"骨折人"），而承受他全部怒火的无过于"热吻骑士"。科尔擅使流星锤，兰尼诺爵士的代理骑士被他雨点般一通猛砸，直打得头盔碎裂、人事不省地倒在泥地上。鲜血浸透了比武场，乔佛里爵士再未醒来，六天后一命呜呼。"蘑菇"说这六天兰尼诺爵士每时每刻都陪在床边，当陌客最终带走乔佛里爵士时，兰尼诺流下了悔恨的眼泪。

欢乐的庆典被悲剧和丑闻笼罩，韦赛里斯国王大为震怒，但据说阿莉森王

后相当满意，她旋即邀请克里斯顿·科尔爵士出任自己的私人护卫。现在每个人都发现了王后与公主的冰冷对峙，相关细节在自由贸易城邦的使节们寄回潘托斯、布拉佛斯和古瓦兰提斯的信件中屡见不鲜。

兰尼诺爵士婚后即刻返回潮头岛居住，许多人怀疑他和妻子有否圆房；公主留在宫中，继续被朋友和仰慕者们簇拥着——但克里斯顿·科尔爵士不在内，他已完全倒向王后的"绿党"，其从前的位置由高大可怕的"碎骨人"（按"蘑菇"的说法是"骨折人"）代替。哈尔温爵士就此成为"黑党"首脑，总是跟随雷妮拉参加宴席、舞会和狩猎。公主的丈夫对此没有异议，他宁肯舒舒服服留在高潮城，并很快在随从骑士中找到新宠——科尔·奎瑞爵士。

除开不得不共同出席的重要宫廷场合，公主夫妇一直两地分居。尤斯塔斯修士说他们最多只同床了十几回。"蘑菇"对此基本同意，但补充说同床的通常还包括科尔·奎瑞爵士——男人欢娱的场面让公主兴奋，于是两位爵士有时会邀请公主，三人一起交欢。值得注意的是，"蘑菇"的说法自相矛盾，因他在《证词》的其他地方又声称公主厌恶丈夫的同性癖好，晚上去哈尔温·斯壮爵士怀中寻找慰藉。

无论真相为何，公主很快宣布有了身孕。征服一百一十四年年末，雷妮拉产下一个健康的大男婴，那男孩生有棕发、棕眼与狮子鼻（兰尼诺爵士从瓦雷利亚先祖那里继承了鹰钩鼻、银白色头发和紫色眼瞳）。兰尼诺希望把孩子命名为乔佛里，却遭父亲科利斯伯爵驳回，孩子最终取了一个传统的瓦列利安家族名字：杰卡里斯（朋友和家人亲切地呼为"小杰"）。

宫中尚在庆祝公主的孩子出世，她的继母阿莉森王后也告临盆。这次王后为韦赛里斯国王添了第三子戴伦……戴伦的发色与瞳色跟小杰完全不同，体现了真龙血脉的风采。遵照韦赛里斯的指示，杰卡里斯·瓦列利安和戴伦·坦格利安断奶前将由同一个奶妈喂养，据说国王让他们做乳奶兄弟的目的是为了让他们将来能互助友爱……如果他的确作此打算，那真可谓天不遂人愿。

一年后，即征服一百一十五年，一桩不幸改变了王国的命运：符石城的"青铜婊子"雷娅·罗伊斯伯爵夫人鹰狩时坠马，在石头上砸破了脑袋。她躺了九天才有力气起身……但刚下床就不行了，不出一小时便呜呼哀哉。一只渡鸦被及时地送往风息堡告哀，拜拉席恩公爵又立刻派信使乘船前往血石岛，戴蒙王子仍在那里跟三城同盟会及其多恩盟友打仗，保卫自己的小王国。他得报后马上飞赴谷地"安葬爱妻"，实际是想染指对方的领地、城堡和收入，但他没能得逞，符石城传给了雷娅伯爵夫人的侄子。戴蒙为此向鹰巢城投诉，结果不仅遭到冰冷的回绝，简妮公爵夫人还警告说他在谷地不受欢迎。

戴蒙王子飞返石阶列岛的途中停留潮头岛，礼节性地拜访从前的合作伙伴"海蛇"及其妻雷妮丝公主——高潮城乃是七大王国境内少数几处不会将王弟拒之门外的地方。他在这次拜访中盯上了科利斯伯爵的女儿兰娜尔。她此时年届二十二岁，苗条高挑，优雅迷人，瀑布般的银金色卷发直落腰际，并且还是处女（连"蘑菇"也惊叹于她的美貌，在笔下形容她"几乎和她弟弟一样俊俏"）。兰娜尔十二岁那年与布拉佛斯海王的儿子订过婚……但海王在他们成婚前离世，留下的儿子品行愚劣、饱食终日，把父亲的权势和财富挥霍一空后来潮头岛投靠。科利斯伯爵找不到完美的借口摆脱这个败家子，但也不愿履行婚约，于是婚期再三推迟。

歌手们要我们相信，戴蒙王子对兰娜尔一见钟情，老于世故的旁观者则认为王子不过把她当作东山再起的捷径。戴蒙曾被视为哥哥的继承人，如今已远远落在继承顺位末尾，遭到"绿党"和"黑党"的共同轻视……然而瓦列利安家族的势力足以与两党争锋，于是厌倦了石阶列岛又摆脱掉"青铜婊子"的戴蒙·坦格利安请求科利斯伯爵把女儿嫁给他。

流亡的布拉佛斯未婚夫是个障碍，不过戴蒙料理他没花多少工夫——他当面狠狠嘲笑那个青年，迫使对方不得不提出用决斗来捍卫名誉。手持"暗黑姐妹"的王子不费吹灰之力解决了对手，半月后如愿娶得兰娜尔·瓦列利安小姐，同时放弃了贫瘠的石阶列岛王国（后有五人相继成为"狭海之王"，直到这个野蛮的佣兵"王国"最终覆灭，其短暂而血腥的历史画下句点）。

戴蒙王子心知王兄不会乐意这桩婚事，谨慎起见，新婚夫妇即刻远离维斯特洛，骑龙飞往狭海对岸。有人说他们去了瓦雷利亚，挑战冒烟废墟中徘徊不散的诅咒，搜寻古自由堡垒的龙王们留下的秘密。"蘑菇"在《证词》里将这种说法当了真，但我们有足够证据证明实情远没有这么浪漫。戴蒙王子和兰娜尔夫人首先飞赴潘托斯，并得到那座城市的亲王的款待，因潘托斯人忌惮南方三城同盟会日益增长的实力，将戴蒙视为对付"三女儿"的有力盟友。夫妇俩随后从潘托斯出发，穿过争议之地去了古瓦兰提斯，并在那里得到类似的热烈欢迎。接下来他们沿洛恩河上溯，造访科霍尔和诺佛斯，但在远离维斯特洛和强大的三城同盟会的地方，当地权贵的招待就逊色多了。不过无论在哪里，都有大批群众出来观睹瓦格哈尔与科拉克休的风采。

兰娜尔夫人有孕在身时，两位驭龙者重返潘托斯。他们从此不再飞行，而是客居于某位潘托斯总督的城外大宅，直到孩子出世。

在维斯特洛，雷妮拉公主亦于征服一百一十五年末产下次子，命名为路斯里斯（昵称"小路"）。据尤斯塔斯修士记载，雷妮拉生产时兰尼诺爵士和哈尔温爵士都陪在床边，而跟哥哥小杰相似，小路也生着棕眼和满头棕发，与坦格利安王族的银金发色全无关联。不过小路是个活泼的大婴儿，韦赛里斯国王见了很喜欢——王后当然不以为然。"继续努力，"根据"蘑菇"的《证词》，阿莉森王后如此嘱咐兰尼诺爵士，"你迟早会留下像你模样的种。"

"绿党"与"黑党"的罅隙越来越深，终于发展到王后和公主水火不相容的地步。小路出生之后，阿莉森王后继续坐镇君临红堡，公主则大多时间带着一众侍女、弄臣"蘑菇"和代理骑士哈尔温·斯壮爵士待在龙石岛，据说其夫兰尼诺爵士会"频繁"造访。

征服一百一十六年，兰娜尔夫人在自由贸易城邦潘托斯生下一对孪生女，这是戴蒙·坦格利安的头两个嫡生孩子。戴蒙王子把她们命名为贝妮拉（尊荣王子的父亲贝尔隆）和雷妮亚（尊荣兰娜尔的母亲雷妮丝），两个孩子生来瘦小多病，但体貌精致，有银白色头发和紫色眼瞳。待到孩子们年满半岁，身体也强健些了，母亲便带她们航向潮头岛，戴蒙引领两条巨龙飞在前方。他从高潮城送渡鸦去君临报信，告知王兄其侄女出生的情形，并请求带孩子们入宫接受王室祝福。首相和御前会议极力反对，韦赛里斯国王却予以恩准，因他仍爱着记忆中年少时相伴的弟弟。"戴蒙现在做了父亲，"他告诉梅罗斯大学士，"他会成熟的。"这是贝尔隆·坦格利安的血脉的二度和解。

征服一百一十七年，雷妮拉公主在龙石岛产下第三子，兰尼诺爵士终于得到命名机会，他如愿以偿地将孩子按死去的密友乔佛里·隆莫斯爵士命名为乔佛里·瓦列利安。乔佛里跟两个哥哥一样又大又健康，气色红润，棕发棕眼，生了一副宫廷人士眼里的"平庸相貌"。谣言再度传开，"绿党"信誓旦旦地认定雷妮拉诸子与其夫兰尼诺无关，乃是她的代理骑士哈尔温·斯壮的种。"蘑菇"在《证词》中便是这样大肆宣扬，梅罗斯大学士也暗示过这点，但尤斯塔斯修士列举了谣言，又一一否定。

无论真相为何，韦赛里斯国王仍然希望女儿继承铁王座，其后是女儿生下的外孙们，这是他不变的心愿。遵照国王谕令，三个瓦列利安男孩的摇篮里都放了一颗龙蛋。对雷妮拉诸子的血统持怀疑论者窃窃私语说龙蛋不会孵化，结果三条幼龙依次孵出，疑惑不攻自破。三条幼龙分别被命名为沃马克斯、阿拉克斯和泰雷克休。尤斯塔斯修士告诉我们，国王在铁王座上理事时曾将小杰抱在膝上，说过这样的话："有朝一日这是你的座位，孩子。"

生产给公主的身体带来了负面影响，因怀孕增加的体重始终没能完全消减，到第三个孩子出世时，她已变得腰粗体胖，虽然不过二十岁，少女时代的美却已褪去。"蘑菇"说这更加深了雷妮拉对继母阿莉森王后的怨恨，后者的年纪是她的一倍半，但依然苗条优雅。

智者们常说，父罪子偿，若以此类推，母亲犯下的罪恶亦是如此。阿莉森王后与雷妮拉公主之间深重的敌意传给了下一代，于是王后的三个儿子——伊耿王子、伊蒙德王子和戴伦王子——与三个瓦列利安表亲同样成为死敌，而仇恨根源是前者认定后者偷走了自己与生俱来的铁王座继承权。纵然六个男孩通常一同参加宴会、舞会和节庆活动，有时还在校场上由同一位教头教授武艺，或由同一名学士指导学习，但这些半强制的撮合手段非但没能让他们亲密无间，结果倒适得其反。

雷妮拉公主跟继母阿莉森王后势同水火，跟大姑兰娜尔夫人却越来越要好。潮头岛与龙石岛相隔不远，戴蒙和兰娜尔经常拜访公主，公主也频繁回访。他们三人多次一道骑龙翱翔，这期间公主的母龙叙拉克斯数度产蛋。征服一百一十八年，得到韦赛里斯国王的祝福后，雷妮拉宣布她的长子、次子与戴蒙王子和兰娜尔夫人的孪生女订婚，当时杰卡里斯四岁，路斯里斯三岁，两个女孩两岁。征服一百一十九年，兰娜尔再度怀孕，雷妮拉在她临产时飞到潮头岛照看。

被诅咒的征服一百二十年——"红色春天之年"——开年的第三日，公主守在大姑的产床边。兰娜尔·瓦列利安努力了一天一夜，被折磨得苍白虚弱的她终于产下戴蒙梦寐以求的儿子——但那孩子扭曲畸形，不出一小时就死了，做母亲的也没多活几时。艰难的生产耗尽了兰娜尔夫人的元气，孩子的不幸更让她悲恸难抑，她成了产褥热的牺牲品。

尽管潮头岛的年轻学士全力施救，兰娜尔的状况却持续恶化，戴蒙王子飞去龙石岛接来雷妮拉公主的学士——年纪更大、经验更丰富、并以医术闻名的格拉底斯。可叹学士到得太晚，兰娜尔夫人高烧三日后与世长辞，年仅二十七岁。据说她弥留之际回光返照，从病床上起身推开一旁祈祷的修女们，挣扎着走出房间，想要骑上瓦格哈尔再飞一次，无奈在塔楼阶梯之间突然倒下，就此香消玉殒。戴蒙王子亲自抱她回房……"蘑菇"说雷妮拉公主陪王子在兰娜尔夫人的遗体边守灵，并且安慰了悲痛欲绝的王子。

兰娜尔夫人逝世是征服一百二十年的第一场悲剧，但远非最后一场。长久以来在七大王国徘徊不散的紧张气氛和相互猜忌终于在本年引发恶果，带给许多人难以言喻的伤悲和撕心裂肺的痛苦……最痛不欲生的莫过于"海蛇"科利斯·瓦列利安伯爵与他高贵的夫人"无冕女王"雷妮丝公主。

"潮汛之主"和他的夫人还在哀悼爱女，陌客又带走他们的儿子：雷妮拉公主的丈夫（及她三个儿子的法定父亲）兰尼诺·瓦列利安爵士在香料镇市集上遇害。他是被伙伴科尔·奎瑞爵士捅死的，瓦列利安伯爵赶来收敛儿子的尸体时，市集上的商人们作证说两人动手前曾大声争吵。科尔爵士事后逃之夭夭，沿途伤了许多试图阻止他的人。有人说海上有艘船等着他。无论如何，科尔爵士从此销声匿迹。

谋杀的真相至今成谜。梅罗斯国师将此简单记录为争吵导致兰尼诺爵士被身边某位随从骑士杀死；尤斯塔斯修士提供了凶手的姓名，并宣称谋杀动机出于嫉妒，他说兰尼诺·瓦列利安已然厌倦科尔爵士的陪伴，另寻了一位年仅十六岁的英俊侍从作新欢；"蘑菇"一如既往发表黑暗的阴谋论，认定是戴蒙王子买通科尔·奎瑞来帮他除掉雷妮拉公主的丈夫，还安排船只助其逃亡，却在海上杀人灭口，割了科尔爵士的喉咙，将尸体丢进大海。科尔是个出身寒门的随从骑士，众人皆知他欲壑难填却钱包干瘪，故而嗜赌如命，这似能佐证弄臣的说法，但无论当时还是以后，人们都没找到丝毫证据。"海蛇"为能提供相关线索或替他杀掉科尔·奎瑞爵士的人悬赏一万金龙，最终也一无所获。

这仅是那个可怖年头的第二场悲剧。第三场悲剧发生于高潮城，就在兰尼诺爵士的葬礼之后——国王带着宫廷前往潮头岛出席火葬仪式，很多人是骑龙来的，加上原本岛上的龙，以至尤斯塔斯修士笔下形容潮头岛俨然是新瓦雷利亚。

六个男孩当时都在潮头岛。众所周知，小孩子下手不知轻重，悲剧正因此而生。

伊耿·坦格利安王子时年十三岁，海伦娜公主十一岁，伊蒙德王子十岁，戴伦王子六岁。伊耿和海伦娜都是驭龙者，海伦娜的坐骑母龙梦火曾为"残酷的"梅葛的"黑新娘"雷妮亚驾驭，她哥哥伊耿胯下则有年轻的阳炎，传说那是有史以来最华美的巨龙。甚至戴伦王子也有坐骑，那条漂亮的蓝色母龙名为特赛里恩，虽然他尚未骑上它。兄弟姐妹四人中唯独次子伊蒙德王子没有龙，国王意图补救这点，便提议葬礼结束后王室或可暂居龙石岛。龙山下应有许多龙蛋和幼龙，伊蒙德可自由挑选，"若那孩子够胆的话"。

如前所述，伊蒙德·坦格利安只有十岁，但他不缺胆气，被国王的话深深刺激的他等不及去龙石岛了。谁想要弱小的幼龙或是愚蠢的龙蛋呢？此时此刻，高潮城中就有一条符合他身份的巨龙：瓦格哈尔，当时全世界最年长最庞大也最可怕的龙。

即便对坦格利安家族的子孙而言，接触陌生的龙也有风险，尤其是一条刚刚失去骑手、素来脾气又坏的老龙。伊蒙德深知父母绝不会允许自己接近瓦格哈尔，更不用说尝试驾驭，于是他瞒天过海，在拂晓时分趁父母睡着偷溜下床，悄悄前往喂养和安置瓦格哈尔及其他巨龙的城堡外院。王子希望能神不知鬼不觉地骑上瓦格哈尔，可当他鬼鬼祟祟走到半途，却听见一个男孩的声音："你别碰它！"

出声的是他最小的异母外甥、三岁的乔佛里·瓦列利安。小乔习惯早起，此时也偷溜出卧室来看自己的幼龙泰雷克休。伊蒙德王子担心外甥惊动旁人，当即扇了他一耳光，叫嚷要他安静，又将他推倒在一摊龙粪里。小乔骂骂咧咧的当口，伊蒙德抓紧时间奔向瓦格哈尔，爬到它背上——后来他辩解说自己只想着抓住机会，以致忘却了被巨龙烧烤后吃掉的危险。

无论归结为胆气、疯狂、幸运、神意抑或龙的率性——毕竟，谁清楚龙的想法？——我们只知瓦格哈尔仰头咆哮，挺起身子，猛烈挣扎……随后挣脱锁链飞上云天。年纪轻轻的伊蒙德·坦格利安王子就这样成了驭龙者，他绕高潮城的塔楼盘旋两圈才下来。

当他落地时，雷妮拉诸子正等着他。

伊蒙德刚上天，乔佛里就跑去搬救兵，找到哥哥小杰和小路。三个瓦列利安王子的年龄较伊蒙德小——小杰六岁、小路五岁、小乔三岁——但毕竟人多势众，还从校场上拿来训练用的木剑。他们愤怒地一拥而上，伊蒙德也不甘示弱，他一拳打断小路的鼻子，又从小乔的手中扭下木剑，敲打小杰的后脑，疼得小杰双膝跪地。眼看三个瓦列利安小孩满脸是血、浑身是伤、连滚带爬地躲开，年长的王子嘲笑他们，叫他们"斯壮"。小杰已年长到能理解这种侮辱，于是又奋力扑向伊蒙德，结果被再度痛殴……然而前来救援的小路抽出小刀，不管不顾地照伊蒙德的脸砍去，竟划开了王子的右眼。待马童们将双方拉开，只见伊蒙德王子倒在地上翻滚哀号，痛苦万状，瓦格哈尔亦怒吼连连。

韦赛里斯国王试图解斗，他命令厮打过的男孩互相正式道歉，但两位心怀

怨恨的母亲对这样的空洞姿态并不满意。阿莉森王后要挖出路斯里斯·瓦列利安的一只眼睛来补偿伊蒙德；雷妮拉当然不予理会，反而坚持"严审"伊蒙德王子，直到查出他称她的孩子们为"斯壮"的由来——这等于指控他们是私生子，没有继承权……乃至她本人也犯下欺君叛国的大罪。在国王的责问下，伊蒙德王子吐露是哥哥伊耿告诉他的，伊耿王子则轻描淡写地答道："这事儿路人皆知，瞧瞧他们的模样不就清楚了吗？"

国王最终停止了追究，宣布再也不想听到相关话题。根据他的谕令，没有人需要挖出眼睛来补偿伊蒙德……但任何人——"无论男女老少，无论平民、贵族乃至王室成员"——再敢嘲笑他的孙子是"斯壮"，就要用火红的钳子拔舌。国王又命王后与公主互相亲吻，交换爱与亲情的誓言，但女人间虚伪的笑容和空洞的辞藻骗得了国王，唬不了旁人。至于少年伊蒙德王子，他后来夸口说在那天以一只眼睛的代价换得一条龙，十分值当。

为免冲突激化，也为了一劳永逸地终结"无耻的谣言和卑鄙的诽谤"，韦赛里斯国王又下达一道谕令，命阿莉森王后及其诸子随他回君临，雷妮拉公主及其诸子留在龙石岛，轻易不得外出，且今后改由御林铁卫伊利克·卡盖尔爵士担任公主的私人护卫，"碎骨人"则被遣返赫伦堡。

尤斯塔斯修士写道，这道谕令可谓两头不讨好；"蘑菇"的说法稍有不同，他认为至少有一人相当满意——龙石岛和潮头岛相隔不远，如此一来，戴蒙·坦格利安就有大把机会在国王不知情的情形下安慰侄女雷妮拉公主。

尽管韦赛里斯一世的统治还要延续九年，但我们可以毫不夸张地说，"血龙狂舞"那早已播下的血腥种子在征服一百二十年终于破土而出。

下一场悲剧降临在斯壮家。国王之手暨赫伦堡伯爵莱昂诺·斯壮陪同其被遣返的长子继承人哈尔温·斯壮爵士，返回那座半废墟状态的湖畔巨城。但抵达后不久，他们就寝的塔楼发生火灾，结果父子俩、三名随从和十多个仆人被烧死。起火原因没有查明。有人简单地认为属于意外事故；其他人窃窃私语说"黑心"赫伦的城堡遭到诅咒，拥有它的人不会有好下场；另一些人怀疑是故意纵火——"蘑菇"暗示是"海蛇"所为，意在报复给儿子戴绿帽的元凶；尤斯塔斯修士的推测似乎更可信，他说戴蒙王子有意除去雷妮拉公主的近宠，以为自己的再婚计划铺平道路；更有观点认定幕后黑手乃"弯足"拉里斯·斯壮，他除去父兄以便继承赫伦堡。

最让人不安的观点令人惊讶地来源于梅罗斯国师，他推断策划者或为国王本人。如若韦赛里斯内心深处相信关于雷妮拉诸子身世的谣言，便有动机除掉玷污女儿的人，以防其泄密。无论究是何人所为，莱昂诺·斯壮可谓不幸，谁也没料到首相会陪儿子回家。

斯壮伯爵长年担任国王之手，韦赛里斯十分倚重其力量和建言。国王当时四十三岁，发福的身体不但失去了年轻时的活力，还饱受痛风、关节痛、背痛和胸闷的困扰，尤其胸闷来去无常，常使他面红耳赤、呼吸困难。治理天下的浩繁重任需要国王指派一位强有力的首相来分担，他短暂考虑过召唤雷妮拉公主，有谁比他指定将来要坐上铁王座的女儿更合适呢？但那意味着让公主带着孩子们返回君临，后党和公主党的冲突势不可免；他也考虑过弟弟戴蒙王子，直到想起对方从前在御前会议制造的不愉快；梅罗斯国师建议引入年轻的新鲜血液，为此作了许多推荐，然而国王最终仍从熟悉方便的角度出发，召回了王后的父亲奥托·海塔尔爵士。如前所述，奥托爵士出任过"人瑞王"和韦赛里斯两朝的国王之手。

奥托爵士刚到红堡复职，便传来雷妮拉公主再婚的消息。她改嫁给叔叔戴蒙·坦格利安，公主时年二十三岁，戴蒙王子三十九岁。

上至国王宫廷，下至庶民百姓，对此无不义愤填膺。戴蒙和雷妮拉丧偶均不满半年，国王怒气冲冲地声明，闪电般的再婚是对他们前夫前妻的侮辱。婚礼在龙石岛上毫无征兆地秘密举行，尤斯塔斯修士说雷妮拉心知父亲绝不会同意她的选择，故而匆匆制造既成事实；"蘑菇"提出不同的理由：雷妮拉又怀了孕，她不愿产下私生子。

被诅咒的征服一百二十年的末尾和开年时相同，伴随着女人的生产，但雷妮拉公主的结局好过兰娜尔夫人。新年到来前，她生下一个瘦小但健康的男孩，这个小王子肤色苍白，有暗紫色眼瞳和银白色头发，她命名为伊耿。戴蒙王子终于有了嫡生子……而且这孩子和他那三位异父哥哥不同，显然流着真龙血脉。

阿莉森王后在君临得知孩子被命名为伊耿后勃然大怒，她视之为对出自己身的伊耿的故意轻慢……根据《"蘑菇"的证词》，我们几乎可以肯定这正是公主的目的①。

表面上看，征服一百二十二年是坦格利安家族的另一个喜庆年岁。雷妮拉公主再度上了产床，为叔叔和丈夫戴蒙产下次子，并以父王之名命名为韦赛里斯。韦赛里斯比哥哥小伊耿及一干瓦列利安异父哥哥都要瘦弱安静，好在发育迅速……但不祥的是，放进他摇篮的龙蛋始终没有孵化。"绿党"视为恶兆，到处传扬。

当年晚些时候，君临又迎来一场婚礼。韦赛里斯国王遵照家族的古老传统，让儿子大伊耿和女儿海伦娜成婚。尤斯塔斯修士告诉我们，年方十五的新郎生活懒散，性格阴沉，但胃口很大，常在餐桌上暴饮暴食，痛饮麦酒和烈性葡萄酒，又对任何伸手可及的女仆动手动脚。新娘是新郎的妹妹，年仅十三岁，略显体胖，她虽不及大多数坦格利安族人那么美貌出众，但性情和蔼开朗，讨人喜欢，大家都认为她能做个好母亲。

她很快就做了母亲，也果然十分称职。不到一年后，即征服一百二十三年，十四岁的海伦娜公主产下一对双胞胎，她把男孩命名为杰赫里斯，女孩命名为杰赫妮拉。"绿党"在宫中兴奋地宣布，现在伊耿王子也有了继承人。两个孩子的摇篮里各放进一颗龙蛋，两颗蛋均很快孵化。然而这对双胞胎的成长亦非一帆风顺，杰赫妮拉太过娇小，发育缓慢，她不哭不笑，简直不像个婴儿；弟弟杰赫里斯虽然较丰满也较有活力，却与坦格利安族人的完美血统相悖——他左手有六指，两脚也各有六趾。

成家立业丝毫不能遏止大伊耿王子的肉欲，假如"蘑菇"的说法可信，他在嫡生双胞胎出世的当年便添了两个野种——他跟一个在丝绸街被他拍下初夜的女孩生下私生子，又跟母亲的女仆生下私生女。征服一百二十七年，海伦娜公主产下大伊耿的嫡生次子，那孩子被命名为梅拉尔，也得到一颗龙蛋。

阿莉森王后的其他孩子也纷纷长大。伊蒙德王子尽管失去一只眼睛，却在克里斯顿·科尔爵士的调教下练成一手炉火纯青的凶狠剑术，他依旧狂暴任性，脾气急躁而不知宽容；最小的戴伦王子在王后诸子中最富人望，他素来谦恭有礼，聪明伶俐，外貌也在兄弟三人中拔尖。征服一百二十六年年满十二岁

---

① 往后，我们将把阿莉森王后的儿子称为大伊耿，雷妮拉公主的儿子称为小伊耿，以为区分。

后，戴伦便被送往旧镇担任海塔尔伯爵的侍酒兼侍从。

同年，黑水湾对面的"海蛇"突发高烧，卧床不起。学士们聚在病床边照料，而继承问题摆在眼前——若科利斯伯爵有个三长两短，谁该继位为"潮汛之主"和潮头岛的主人呢？伯爵的两个嫡生子女已于六年前亡故，其领地与头衔按律应传给长孙杰卡里斯……考虑到小杰将来要继自己登上铁王座，雷妮拉公主敦促前公公立她的次子路斯里斯为继承人。然而科利斯伯爵还有六个侄子，其中最年长的魏蒙德·瓦列利安爵士抗议说爵位理应传给他……依据是雷妮拉的三个儿子皆为哈尔温·斯壮的私生子。公主对这等指控毫不手软，立刻让戴蒙王子抓来魏蒙德爵士斩首，尸体拿去喂她的坐骑叙拉克斯。

但这不足以平息争议。魏蒙德爵士的五个堂弟带着爵士的妻儿逃到君临，随后还向国王夫妇请愿，提出继承权问题，并呼吁他们主持正义。此时的韦赛里斯国王已极度发胖，平素脸颊通红，几乎没力气登上铁王座前的阶梯。他面无表情地听完，然后下令将这五人尽数拔舌。"我警告过你们，"犯人被拖走时国王宣称，"我不想再听这类诽谤。"

然而国王走下铁王座时绊了一下，他下意识地伸手去扶，结果左手被王座上一柄突出的锯状利刃割伤，伤口深可见骨。梅罗斯国师以煮沸葡萄酒清洗，又用疗伤药膏浸泡的亚麻布条包扎，却无济于事，国王很快发起高烧，许多人开始为其性命担忧。雷妮拉公主带着自己的医师格拉底斯学士从龙石岛赶来方才扭转局势，为保王性命，学士当机立断切除了他的两根手指。

饱受折磨的韦赛里斯国王很快重新出现在世人面前，继续掌权。为庆祝国王康复，征服一百二十七年新年举行了盛大宴会，公主和王后同时接到命令，必须带着所有孩子出席。为表亲善，两个女人互换服色，又反复承诺友爱和谐，国王对此非常满意。戴蒙王子向奥托·海塔尔爵士敬酒，感谢御前首相为国为民尽职尽责，奥托爵士当即还礼，他高度赞扬了王子的勇气。阿莉森和雷妮拉的孩子们彼此亲吻，同桌用餐——至少宫廷编年史如此记载。

但入夜后，待到韦赛里斯国王离席（国王的身体并未复原，容易疲惫），气氛骤然大变。"蘑菇"告诉我们，独眼伊蒙德起身为瓦列利安外甥们祝酒，嘲弄地说起自己有多羡慕对方的棕发棕眼……以及强壮体魄。"我从未见过像我亲爱的外甥那般强壮的少年，"他以此作结，"让我们为这三个'如斯强壮'

的好孩子干杯吧！"弄臣还提到，随后杰卡里斯邀请大伊耿的妻子海伦娜跳舞，大伊耿视为侮辱，两位王子恶言相向后差点动手，所幸被御林铁卫阻止。韦赛里斯国王对此是否知情不得而知，但我们知道雷妮拉公主次日黎明就带着儿子们返回龙石岛居住。

失去两根手指的韦赛里斯一世国王再也没坐上铁王座，他甚至不愿踏入王座厅，宁可在书房处理政务——后来是在卧室——身边带着一群学士和修士，以及唯一还能逗笑他的忠实弄臣"蘑菇"（当然，这点是"蘑菇"自己说的）。

不久后的夜里，宫中又有不幸，梅罗斯国师在攀登蜿蜒的螺旋梯时瘫倒去世。梅罗斯一直是御前会议里的公允声音，在"黑党"与"绿党"的争执中永远呼吁冷静和妥协。国王失望地发现，这位被他称为"忠实朋友"的大学士的过世，立刻引发了两党的新一轮竞争。

雷妮拉公主想让在龙石岛长期服务的格拉底斯学士递补梅罗斯的国师之位，她申辩说当初韦赛里斯在铁王座上伤到手掌，全凭格拉底斯的高超医术方能活命；阿莉森王后却指责公主和她的学士毫无必要地将国王弄成了残废，她说若非他们"搅和"，梅罗斯肯定能同时保住国王的手指和性命。至于国师人选，王后力促国王任命在参天塔服务的阿方多学士。韦赛里斯被双方搞得烦不胜烦，结果谁也没要，他提醒公主与王后决定权在旧镇学城，而非王室。最终，枢机会经过讨论，将职位颈链给了会中成员欧维尔博士。

欧维尔国师进宫任职后，经他照料的韦赛里斯国王恢复了一些元气。尤斯塔斯修士告诉我们这是祈祷之功，但大多数人相信欧维尔的药水药酒比梅罗斯惯用的水蛭疗法更有效。可惜好景不长，痛风、胸闷和气喘依然深深困扰着韦赛里斯。随着健康状况持续恶化，韦赛里斯国王在统治末年越来越多地把国家大事交给首相与御前会议处理。

在征服一百二十九年的剧变发生前，我们有理由理清当时御前会议的成员，这些人即将成为事件的中心人物。

国王之手为奥托·海塔尔爵士，他也是王后的父亲和旧镇伯爵的叔叔；欧维尔大学士新近加入重臣行列，照理对"黑党"和"绿党"并无偏向；御林铁卫队长克里斯顿·科尔爵士是铁杆"绿党"，为雷妮拉的死敌；财政大臣林曼·毕斯柏里伯爵在重臣中最年长，他从"人瑞王"的时代以来几乎无间断地出任这一职位；海军上将和海政大臣泰兰·兰尼斯特爵士在重臣中最年轻，他是凯岩城杰森公爵的弟弟；御前审问长和情报总管为拉里斯·斯壮伯爵，他统治着赫伦堡；法务大臣为贾斯皮·威尔德伯爵，他被百姓称作"铁棍"（尤斯塔斯修士说威尔德伯爵以执法铁面无私赢得外号，"蘑菇"却说这得益于伯爵的男根强健，他一共有二十九个孩子，为此累死了四任妻子）。

当七国子民用篝火、宴席和狂欢来庆祝伊耿征服后第一百二十九年的新年时，韦赛里斯·坦格利安一世国王已极为虚弱，胸闷严重到令他爬不上阶梯的程度，他便坐在椅子里由仆人们抬着穿行红堡。当年二月，国王彻底陷入厌食，只能在病榻上发布谕令……那还得是他有几分力气的时候，其他时间他把权柄完全交给御前首相奥托·海塔尔爵士。

与此同时，雷妮拉公主又有了孩子，她在龙石岛怀孕待产，同样卧床

不起。

征服一百二十九年三月三日，海伦娜公主带着她的三个孩子来国王的卧室请安。杰赫里斯和杰赫妮拉这对双胞胎已有六岁，他们的弟弟梅拉尔二岁。国王从指头上除下一枚珍珠戒指给婴儿玩耍，然后给双胞胎讲述他们的高祖父、同样名为杰赫里斯的"人瑞王"骑着巨龙，飞往北方绝境长城抵抗野人、巨人和狼灵大军的故事。这个故事孩子们听过十几遍了，但还是听得津津有味。讲完后，国王声称自己疲惫又胸闷，便打发走孩子们。安达尔人、洛伊拿人和先民的国王、七国之君暨全境守护者、坦格利安家族的韦赛里斯一世就这样阖上双眼，小憩休息。

他再未醒来，驾崩时五十二岁，统治大半个维斯特洛二十六年之久。

风暴随即来袭，"血龙狂舞"拉开帷幕。

巨龙之死

"黑党"与"绿党"

"血龙狂舞"这个花哨词藻,被用于指代征服一百二十九至一百三十一年间,坦格利安家族的两大支脉为争夺维斯特洛铁王座而同室操戈的野蛮内战。将血腥黑暗的乱世称为"舞",实在有些不伦不类,最初无疑源自歌手。"巨龙之死"或更恰当,但习俗、岁月和慕昆大学士的笔墨已在史书上刻下诗意的传承,我们也只能随之起舞。

韦赛里斯·坦格利安一世国王驾崩前后,两股主要势力觊觎着铁王座,其一围绕韦赛里斯的长女雷妮拉,她是国王头一次婚姻硕果仅存的后嗣;另一边则拥戴国王第二任妻子阿莉森的儿子伊耿,他亦为国王的长子。在这两股势力杀伐混战的腥风血雨中,又有篡夺者趁乱宣称王权,但他们无非是些跳梁小丑,粉墨登场两周或一月便旋起旋灭。

"血龙狂舞"将七大王国一分为二,领主、骑士和百姓都必须选择立场,并据此刀兵相向。坦格利安家族自身也分裂了,两位继承人的骨肉至亲都被卷入残酷的战争。长达两年之久的内战,让维斯特洛的各路诸侯,连同他们旗下的封臣、骑士和百姓都付出了惨重代价。待尘埃落定,坦格利安王朝虽得保全,其权势已大为衰减,世上仅存的龙族也所剩无几了。

"血龙狂舞"在七国历史中独一无二。在这场战乱里,虽然陆地仍是沙场争锋、血流成河,但相当一部分杀戮发生在水上,更有一部分前所未有地发生在……空中。在空中,巨龙用尖牙利爪及龙焰自相残杀。这场战乱也以诡计、暗杀和背叛闻名,这是一场阴影中的角逐,阴谋家们用刀子、谎言和毒药在议事厅、楼梯间和庭院里彼此算计。

征服一百二十九年三月三日,酝酿已久的冲突终于全面爆发。是日,久卧病床的韦赛里斯·坦格利安一世国王在卧室内小憩,却再未睁眼。届时,也就是国王惯饮一杯香料甜酒的时辰，他的遗体被一名男仆发现。男仆随即奔去下面一层的王后卧室，禀报阿莉森王后。

多年后追述此事的尤斯塔斯修士声称，男仆将噩耗径直带给王后——仅王后一人——没有惊动旁人。尤斯塔斯说这并非偶然，国王本已时日无多，阿莉森王后及"绿党"早已指示其身边所有的侍卫和仆人，一旦大变发生如何处置（侏儒"蘑菇"讲了一个更歹毒的故事，他说阿莉森王后往韦赛里斯国王的香料甜酒中下毒，送国王早日上路。但我们必须指出，国王驾崩当晚"蘑菇"不在君临，而在龙石岛侍奉雷妮拉公主）。

在御林铁卫队长克里斯顿·科尔爵士的陪同下，阿莉森王后即刻赶往国王卧室。国王驾崩一经确认，王后当即封锁现场并派人看守。发现遗体的男仆被拘押起来，以保万全。克里斯顿爵士赶回白剑塔，调遣铁卫兄弟们去召集御前重臣。是时为猫头鹰时。

从古至今，御林铁卫都由七位忠诚久经考验、武艺出类拔萃的誓言兄弟组成，这些骑士庄严立誓以生命来捍卫国王和王室。但韦赛里斯逝世时，君临城中只有五名白骑士：克里斯顿爵士本人、亚历克·卡盖尔爵士、瑞卡德·索恩爵士、史蒂芬·达克林爵士和维里·费尔爵士。伊利克·卡盖尔爵士（亚历克爵士的双胞胎兄弟）和洛伦特·马尔布兰爵士随雷妮拉公主远赴龙石岛，在他们的誓言兄弟连夜唤醒御前重臣那晚，对都城事变一无所知。

御前会议就在梅葛楼中王后的房间召开。关于当晚重臣们的言行有许多记载，其中最详尽最权威者莫过于慕昆大学士的《"血龙狂舞"真史》。尽管慕昆的巨著落笔于一代人以后，但他综合运用了许多材料，包括学士们的编年史、各种回忆录、事务官们的记录以及对一百四十七位幸存的当事人的采访，而在宫廷内幕方面，他主要倚仗欧维尔大学士临刑前的供述。欧维尔大学士与"蘑菇"和尤斯塔斯修士不同——后两者的视角总是受限于谣言、传闻或被修饰加工过的故事——他是御前会议的成员，亲身参与了各种重大决策……当然，我们也应清醒地看到，欧维尔写下供词时正竭尽所能为自己开脱，企图洗却一切罪名，因此慕昆的《真史》不可避免地美化了前任。

国王的遗体在楼上渐渐冷去，聚集在楼下阿莉森王后房间的有如下人等：王后本人；国王之手奥托·海塔尔爵士，他是王后的父亲；御林铁卫队长克里斯顿·科尔爵士；欧维尔大学士；八十岁的财政大臣林曼·毕斯柏里伯爵；海政大臣泰兰·兰尼斯特爵士，他是凯岩城公爵的弟弟；情报总管拉里斯·斯壮，外号"弯足"，赫伦堡伯爵；法务大臣"铁棍"贾斯皮·威尔德伯爵。慕昆大学士在《真史》中将这些人组成的会议称为"绿党会议"。

欧维尔大学士率先发言，他回顾了国王丧葬理应履行的礼仪和规矩："我们应召唤尤斯塔斯修士前来主持临终祈祷，为先王的英灵做最后祈福，并立即安排渡鸦去龙石岛，通报雷妮拉公主她父王不幸驾崩的消息。我斗胆建议，告哀书信可否由仁慈的王后陛下亲自执笔，用真挚的悼念来宽慰公主的悲痛？国王驾崩照例要鸣丧钟昭告民众，这也得有人着手去办，此外毫无疑问，我们必须着手准备雷妮拉女王的加冕——"

奥托·海塔尔爵士打断他。"这些都言之尚早，"首相宣称，"大位归属才是当务之急。"身为国王之手，他有权代国王发言，国王缺席时甚至可以坐上铁王座。韦赛里斯给了岳父统治七国的权柄，而"直到我们的新国王加冕"，奥托都不打算让位。

"直到我们的新女王加冕，"有人纠正。根据慕昆大学士的记载，出声的是欧维尔，但他战战兢兢，不敢大声说话；"蘑菇"和尤斯塔斯修士则坚称出声的是毕斯柏里伯爵，并且"就像黄蜂一样尖锐"。

"新国王。"阿莉森王后寸步不让，"铁王座依律应由先王的嫡长子继承。"

慕昆大学士告诉我们，御前会议的讨论持续到凌晨，"蘑菇"和尤斯塔斯修士的描述与之相仿，但特别指出只有毕斯柏里伯爵为雷妮拉公主据理力争。老人在韦赛里斯朝的大部分时间出任财政大臣，还曾为韦赛里斯的祖父"人瑞王"杰赫里斯服务。他罗列事实提醒御前会议：雷妮拉较其弟年长，自身的坦格利安血统也更纯正；先王钦定她为王储，还多次拒绝阿莉森王后及"绿党"变更继承顺位的恳请；数百位领主和有产骑士已于征服一百零五年在公主驾前举行过效忠仪式，发下神圣的誓言维护她的权利（《真史》将老大臣的许多话安置在欧维尔大学士口中说出，但这与随后的事态发展矛盾，不足采信）。

这些话都被当作耳旁风。泰兰爵士指出发誓维护雷妮拉公主权利的领主多已不在人世。"二十四年了，"他说，"我自己就没发过誓，我那时还是个孩子。"法务大臣"铁棍"引用征服一百零一年大议会的先例，以及征服九十二年"人瑞王"立贝尔隆为王太子、放弃雷妮丝公主的故事，又长篇大论地论述"征服者"伊耿及其姐妹的情形，还有嫡子的权利永远高于女儿的神圣的安达尔传统。奥托爵士提醒大家，雷妮拉的丈夫乃是戴蒙王子，"他这个人的本性我们都很清楚，千万别心存幻想，倘若雷妮拉坐上铁王座，当家的就是'跳蚤窝之主'，一位跟梅葛一样残酷无情的王夫。最先掉脑袋的无疑是我，接下来就轮到我女儿，也即你们的王后。"

阿莉森王后出言附和。"他们同样不会放过我的孩子们。"她声称，"伊耿和他的两个弟弟是国王的嫡子，对铁王座的权利比她那一窝私生子正当得多。戴蒙肯定会找借口把他们统统害死，甚至连海伦娜公主和她的小宝贝们也难逃此劫。别忘了，一个斯壮弄瞎过伊蒙德的眼睛。没错，当时那斯壮还小，但他显然继承了父亲的血脉，而且野种生来就是怪物。"

克里斯顿·科尔爵士进一步挑明：若让公主继位，杰卡里斯·瓦列利安将来可能称王。"七神在上，我们不能让野种坐上铁王座，"他谈及雷妮拉公主放荡的私生活及其丈夫的恶名，"他们会把红堡变成妓院，届时没有哪家女眷能保平安，甚至家里的男孩……我们都知道兰尼诺是何德行。"

根据记录，拉里斯·斯壮伯爵在整场讨论中几乎一言不发。当然这也是常态，这位情报总管只在必要时才巧舌如簧，其他时间跟守财奴一样惜字如金，光听不说。

"改变继承安排，势必引发内战。"根据《真史》记载，欧维尔大学士曾警告御前会议，"公主不可能乖乖从命，况且她有龙。"

"她还有朋友，"毕斯柏里伯爵宣称，"那些有荣誉感的人，那些没有遗忘对公主殿下及其父王发下的誓言的人。我老了，但没有老到坐视你等谋权篡位的地步。"说完他立刻起身。

随后发生的事，我们手头的材料又有分歧。根据欧维尔大学士的供词，毕斯柏里伯爵刚走到门边，奥托·海塔尔爵士便喝令将他逮捕下狱，后来老人在黑牢中等待审判时死于风寒。

尤斯塔斯修士的版本与此大相径庭。在修士笔下，克里斯顿·科尔爵士把毕斯柏里伯爵按回座位，用匕首割了伯爵的喉咙；"蘑菇"同样认定克里斯顿爵士应为伯爵的死负责，但他说爵士抓住老大臣的后衣领，将其抛出窗外，老人的身躯插在楼下干涸护城河中的铁刺上，流尽了鲜血。

不过以上三人在这点上保持一致："血龙狂舞"的第一滴血属于林曼·毕斯柏里伯爵，七大王国的财政大臣和国库总管。

毕斯柏里伯爵之死结束了一切争论，下面的议题是如何为新国王加冕（大家一致同意此事务必火速完成），并列出潜在的盟友与敌人，以防雷妮拉公主拒绝接受伊耿国王登基的既成事实。公主被先王禁足于龙石岛，且临近分娩，阿莉森王后的"绿党"可谓占尽天时，因雷妮拉一天不知父亲死讯，就一天不能做出反应。"也许那贱货会在临盆时呜呼哀哉。"据说（据"蘑菇"所说）阿莉森王后曾如此评论。

那一夜没有渡鸦飞出，也没有丧钟敲响，知道国王死讯的仆人纷纷被打入地牢。克里斯顿·科尔爵士受命捉拿宫中所有"黑党"——那些可能倒向雷妮拉公主的领主和骑士。"不得滥用武力，除非遭遇抵抗。"奥托·海塔尔爵士下令，"只要肯向伊耿国王屈膝效忠，我们便秋毫无犯。"

"不肯从命的呢？"欧维尔国师问。

"叛徒，""铁棍"声明，"杀无赦。"

这时情报总管拉里斯·斯壮作了唯一一句表态。"为免祸起萧墙，"他说，"我们先来宣誓。""弯足"取出匕首，划破掌心。"彼此发下血誓，"他催促道，"亲如兄弟，至死方休。"于是密谋者们依次用匕首划破掌心，互相握手，誓为兄弟。只有阿莉森王后没参与，因她是女人。

天空已然破晓，王后赶紧派出御林铁卫，去将长子伊耿和次子伊蒙德带来御前会议（她性情较温和的幼子戴伦身处旧镇，担任海塔尔伯爵的侍从）。

十九岁的独眼王子伊蒙德正在兵器库穿戴板甲锁甲，准备去城堡庭院晨练。"伊耿是国王了吗？"他问维里·费尔爵士，"还是说我们得下跪亲吻那老贱货的小穴啊？"御林铁卫找到海伦娜公主时，公主正跟孩子们一起共进早餐……当问起她的哥哥和丈夫伊耿王子的去向，她只说："你知道，他不在我床上，不信尽可以翻开毯子搜。"

慕昆的《真史》含糊其辞地提及伊耿王子当时在"寻欢"，《"蘑菇"的证词》则说克里斯顿爵士在跳蚤窝的斗鼠坑里找到这位即将称王的年轻人——伊耿喝得烂醉如泥，脱得一丝不挂，两个磨尖牙齿的流浪儿在他面前彼此撕咬，以博取他的欢心，同时一个年纪不超过十二岁的小丫头把他的男根含在嘴里……"蘑菇"毕竟是"蘑菇"，我们最好把这幅不堪入目的画面留给他，转而考察尤斯塔斯修士的说法。

修士同样声称伊耿王子正与情妇鬼混，但他说对方乃是养尊处优的富商之女。王子起初拒绝参与母亲的密谋。"老姐才是继承人，我不是，"修士如此记叙王子的反应，"什么样的弟弟会窃取老姐的权利啊？"直到克里斯顿爵士让他相信公主戴上王冠后肯定会处决他和他的弟弟们，他才动摇了。"只要有一位血统纯正的坦格利安王子在世，斯壮们就坐不上铁王座，"科尔解释，"雷妮拉想让她的野种继位，非要你们的脑袋不可。"脾性温和的修士声称，只是出于这个无可争辩的论点，伊耿方才接受御前会议献上的王冠。

红堡派出御林铁卫四处搜寻阿莉森王后诸子的同时，也派使者召来都城守备队队长及各小队长（守备队总计有七名小队长，每人负责一道城门）。经仔细盘问，五名小队长被认定倾向于伊耿王子，剩下的两人连同守备队队长则划归不可信任的行列，统统戴上镣铐收押。"忠诚的五人"中最令人敬畏的罗斯·拉盖特爵士被提拔为金袍军的新任队长。拉盖特壮得像头牛，身高将近七尺，传说曾一拳打死过一匹战马。不过奥托爵士天性谨慎，他又指定儿子加尔温·海塔尔爵士（王后的弟弟）为拉盖特的副手，并嘱其留意拉盖特的一举一动，严防对方有任何不轨。

泰兰·兰尼斯特爵士被任命为财政大臣，取代毕斯柏里伯爵，他立刻接管了国库。经他的筹划，国库的金子分成四份，一份委托布拉佛斯铁金库妥善保管，另一份在严密看护下送到凯岩城，第三份运往旧镇，剩下的财富被用来收买人心，以及必要时招募佣兵。至于泰兰爵士空出的海政大臣之位，奥托爵士将目光投向铁群岛，派渡鸦去找"红海怪"道尔顿·葛雷乔伊——胆大嗜血、年方十六岁的派克岛掠夺者之首——邀请对方前来统辖王国海军，并加入御前会议，前提自是宣誓效忠。

第二天就这样过去，第三天亦是如此。这期间没有一位修士或静默姐妹被召到正在发胀腐烂的韦赛里斯国王床边，也没有丧钟敲响。渡鸦纷纷起飞，却没去龙石岛，而是去了旧镇、凯岩城、奔流城、高庭及其他许多阿莉森王后认为有理由同情她儿子的领主和骑士们那里。

与征服一百零一年大议会相关的编年史被翻出来仔细研究，"绿党"记下哪些领主曾为韦赛里斯说话，哪些领主又支持过雷妮丝、兰娜尔和兰尼诺。尽管当年支持父系血统继承的贵族跟支持母系血统继承的贵族之比高达二十比一，但异议者毕竟存在，内战一旦爆发，这些家族最可能倒向雷妮拉。奥托爵士判断，公主将得到"海蛇"及其舰队，外加东海岸其他领主——最可能的是巴尔艾蒙家族、马赛家族、赛提加家族和克莱勃家族，甚至包括塔斯岛的"暮之星"——的支持，但除开瓦列利安家族，这些人的势力不值一哂。北方人更值得担心，临冬城的史塔克家族及其封臣荒冢屯的达斯丁家族、白港的曼德勒家族都在赫伦堡为雷妮丝说过话。艾林家族也靠不住，因鹰巢城正由一位女人——"谷地处女"简妮公爵夫人——当家，剥夺雷妮拉的继承权可能危及她自己的统治。

最大的危险被认为来自风息堡，拜拉席恩家族向来坚定地支持雷妮丝公主一系。虽然老公爵博蒙德已殁，他儿子博洛斯却更好斗，而风暴地诸侯唯其马首是瞻。"务须让此人率风暴地归顺朝廷。"阿莉森王后宣称，她专门安排次子去风息堡。

飞向风息堡的并非渡鸦，而是瓦格哈尔，维斯特洛当时最大、最老的龙。伊蒙德·坦格利安王子骑在龙背上，失去的眼睛用蓝宝石代替。"你的任务是向拜拉席恩大人的女儿们求婚，"出发前，王子的外公奥托爵士吩咐，"四位女儿中任一位都行。达成这门亲事，博洛斯大人便会把风暴地带给你哥哥，倘若你失败——"

"我不会失败。"伊蒙德王子不假思索地回答，"伊耿会得到风息堡，我会得到那女孩。"

伊蒙德王子离开时，国王卧室散发的尸臭已弥漫到整个梅葛楼，宫廷内外流传着各种各样夸张的故事和谣言。红堡地牢关押的疑似不忠者之多，以至引起总主教的疑惑，专程从旧镇繁星圣堂发信过问。奥托·海塔尔爵士是个一板一眼的首相，凡事务求按部就班，但阿莉森太后知道时不我待，伊耿王子也厌倦了保密。"我到底是不是国王啊？"他质问母亲，"如果我是国王，就给我戴上王冠。"

征服一百二十九年三月十日，丧钟终于敲响，宣告一个朝代的终结。直到此时，欧维尔大学士才获准向全国各地送去渡鸦，几百只黑鸟一起上天，将伊耿继位的消息带到王国最偏远的角落。静默姐妹被召来料理国王的遗体，以备火化，使者们骑着白马在君临的街道上奔驰高喊："韦赛里斯国王驾崩，伊耿国王万岁！"据慕昆记载，有人听到这消息时泪流满面，也有人欢呼喝彩，但大多数平民只是在路旁沉默地观望，神情迷惑而又紧张，偶尔还有人叫嚷："女王万岁！"

加冕式的筹备工作紧锣密鼓地进行。龙穴被选为举办地，那宏伟穹顶下的石凳至少可容纳八千人，而厚墙、坚顶和青铜大门是很好的防御工事，足以防止叛徒前来捣乱。

在加冕日，克里斯顿·科尔爵士将"征服者"伊耿的红宝石瓦雷利亚钢王冠戴在韦赛里斯国王与阿莉森王后的长子额上，宣布其为坦格利安家族的伊耿二世，安达尔人、洛伊拿人和先民的国王，七国统治者暨全境守护者。备受平

民景仰的国王生母阿莉森除下后冠，戴在女儿——伊耿的妹妹和妻子——海伦娜额上。母亲亲吻过女儿的双颊后，跪下低头口称："王后陛下。"

有多少人实际观睹了伊耿二世的加冕式，一直没有定论。慕昆大学士根据欧维尔的供词，报道有超过十万平民涌入龙穴，他们的欢呼声之大，乃至厚墙都在颤抖；"蘑菇"却说石凳只坐满了一半。由于旧镇的总主教年纪大了身子也太虚，无法前来君临，为伊耿国王额头涂抹圣油、并以七神之名施予祝福的职责遂落在尤斯塔斯修士身上。

少数眼尖的观礼者或许会发现，新王御前只剩四名白骑士，而非之前的五名。这是因为伊耿二世在加冕式前夜遭遇了第一次背叛——御林铁卫史蒂芬·达克林爵士带着自己的侍从、两名事务官和四个守卫偷溜出城，借助夜色掩护，自一扇侧门来到海边，乘上去龙石岛的小渔船。他们偷走了一顶镶嵌着七颗不同颜色宝石的黄金王冠，那本属韦赛里斯国王所有，"人瑞王"杰赫里斯也戴过。伊耿王子决定戴上与自己同名的"征服者"伊耿的红宝石瓦雷利亚钢王冠时，阿莉森太后下令封存韦赛里斯的王冠，执行使命的事务官却将它盗去。

加冕式结束后，残缺不全的御林铁卫护送伊耿骑上巨龙——这条华美的巨兽一身闪亮的金色鳞片，翼膜为淡粉色，宛如璀璨黎明，故得名"阳炎"。据慕昆大学士记载，伊耿二世绕都城飞了三圈才庄严地降落在红堡内，随后由亚历克·卡盖尔爵士引领进入灯火通明的王座厅，当着上千领主与骑士的面登上铁王座，一时欢声雷动。

但龙石岛听不到一声欢呼，海龙塔的厅堂和楼道回荡着从雷妮拉·坦格利安的房间传出的凄厉尖叫。公主临盆辛苦了三天。孩子本该下月出世，但君临传来的消息让公主陷入狂怒，以致早产，腹中婴儿似乎也与母亲感同身受，挣命要来人间发泄怒火。

公主生产时一直在恶毒诅咒，召唤诸神的怒火惩罚她同父异母的弟弟们及他们的母亲——也就是当朝太后阿莉森。她历数在处死他们之前所要施加的酷刑，而根据"蘑菇"的说法，她也诅咒腹中的孩子。"快出来！"公主尖叫着用指甲抓挠大肚子，格拉底斯学士和产婆急忙把她死死按住。"你这怪物，怪物！出来，出来，快出来！"

她好不容易生下的女孩确实是个怪物：一个扭曲畸形的死婴，心脏处是个大洞，还生了一条带鳞片的短尾巴——至少"蘑菇"这么说。这位侏儒告诉我们，将可怕的小东西抱到庭院里火化的正是他。生产次日，靠罂粟花奶镇痛后，雷妮拉公主将死婴取名为维桑尼亚。"她是我唯一的女儿，却被他们害死。他们偷走我的王冠，谋杀我的女儿，他们会为此付出代价。"

"血龙狂舞"的大幕徐徐拉开，公主召来一干亲信。《真史》将龙石岛的重臣会议称为"黑党会议"，有别于君临的"绿党会议"。会议自然由雷妮拉主持，她的叔叔及丈夫戴蒙王子、还有她最信任的顾问格拉底斯学士坐在她左右两边，她的三个未成年的儿子（小杰此时十四岁、小路十三岁，乔佛里十一岁）也一并参加，列席的还包括两名御林铁卫：伊利克·卡盖尔爵士（亚历克爵士的双胞胎兄弟）和西境人洛伦特·马尔布兰爵士。

龙石岛守军包括三十名骑士、一百名十字弓手和三百名步兵，对防守一座如此坚固的要塞来说是绰绰有余了。"用来征服却远远不够。"戴蒙王子酸溜溜地断言。

十几位附属龙石岛的小领主——他们都是龙石岛的直属封臣或直属封臣下的次级封臣——同样列席了黑党会议，包括蟹岛的赛提加伯爵、鸦栖堡的斯汤顿伯爵、石舞城的马赛伯爵、尖角的巴尔艾蒙伯爵和暮谷镇的达克林伯爵，最有实力者莫过于潮头岛的科利斯·瓦列利安。然而"海蛇"老矣，他不乏讽刺地形容自己苟延性命，"就像落水海员紧抓沉船木板不放，唯愿七神让我完成这最后一战"。科利斯带来五十五岁的妻子雷妮丝公主，公主的脸庞日渐消瘦、轮廓日渐突出，黑发里缀满了白丝，但性格仍跟二十多岁时一样无惧无畏——蘑菇称她"无冕女王"（他还说"韦赛里斯有的她哪样没有？那根小香肠吗？那就能让人称王？要是那样的话，还不如让咱'蘑菇'登基，咱的香肠可比韦赛里斯粗两倍咧。"）。

"黑党会议"的成员自诩"忠诚派"，但他们很清楚自己已被伊耿二世国王视为叛徒。他们个个都收到君临的召唤，要他们前往红堡向新君主宣誓效忠，而他们的军队相加甚至不及海塔尔一家。伊耿的"绿党"还有多项重大优势：旧镇、君临和兰尼斯港是全国最大最富裕的城市，三地均在"绿党"掌中；王权象征尽属伊耿——他坐上了铁王座，占据了红堡，头戴"征服者"的王冠，手执"征服者"的宝剑，且在万众瞩目下由教会的代表涂抹过圣油，学城推选的欧维尔大学士在他的御前会议服务，御林铁卫队长亲手将王冠戴上他高贵的头颅；况且他是男的，单这一条在很多人眼里就足以证明他是正统国王，而他的异母姐姐大逆不道。

与之相比，雷妮拉的筹码少之又少：首先，一些老贵族可能还记得她受封龙石岛公主、并被指定为王储那日对她发下的忠诚誓言。当年的她也曾广受贵族和平民爱戴，被誉为"王国之光"，众多年轻领主和高贵骑士追求过她的信物……然而时过境迁，她早已身为人妇，体态也因六度生产变得臃肿衰老，现下有多少人会为她揭竿而起，委实难以估料；其次，尽管她同父异母的弟弟洗劫了他们父亲的国库，公主仍能支配瓦列利安家族的财富，"海蛇"的舰队也让她拥有制海权；第三，她在石阶列岛久经沙场的丈夫戴蒙王子，比她所有的敌人加起来的战场经验还丰富；最后也最关键的是，雷妮拉有龙。

"伊耿也有。"格拉底斯学士指出。

"我们的龙更多，""无冕女王"雷妮丝公主说，她是当世最年长的驭龙者，"而且更大更强壮——除了比不上瓦格哈尔。龙石岛毕竟是巨龙的最佳繁衍地。"她在会上一一列举双方拥有的龙：伊耿国王的阳炎漂亮归漂亮，但嫌年轻；独眼伊蒙德的瓦格哈尔作为前朝维桑尼亚王后的坐骑，乃是最大威胁；海伦娜王后的母龙梦火曾载着"人瑞王"的姐姐雷妮亚翱翔云天；戴伦王子的母龙特赛里恩双翼深蓝，爪子、头冠和肚腹上的鳞片亮如铜箔。"他们只有这四条龙能上阵。"雷妮丝总结。海伦娜王后的双胞胎虽也有龙，但那两条龙刚刚孵化；篡夺者的小儿子梅拉尔只有一颗龙蛋。

与之相对，戴蒙王子的科拉克休和雷妮拉公主的叙拉克斯都是凶猛的巨兽，科拉克休尤为强悍，因其在石阶列岛经受过血与火的洗礼；雷妮拉与兰尼诺·瓦列利安的三个儿子也是驭龙者，他们驾驭的沃马克斯、阿拉克斯和泰雷克休非常健壮，且每年都在长大；小伊耿——雷妮拉公主与戴蒙王子的两个儿子中的长子——拥有小龙暴云，但还没到骑龙的年纪，他弟弟韦赛里斯无论走到哪里都带着自己的龙蛋；雷妮丝自己的坐骑母龙"红女王"梅丽亚斯性情愈发懒散了，但一旦投入战斗，其实力依然不容小觑；戴蒙王子与兰娜尔·瓦列利安生下的双胞胎也是潜在战力：贝妮拉有一条淡绿色的苗条小龙月舞，它很快就会长到能承载女孩的地步……她妹妹雷妮亚的龙蛋虽孵出个怪物，数小时就死了，但叙拉克斯最近又下了一窝蛋，其中一颗给了雷妮亚。据说女孩天天抱着龙蛋睡，祈祷能孵出跟姐姐的一样漂亮的龙。

另有六条龙筑巢在城堡后方龙山的冒烟洞穴，包括"善良王后"亚莉珊的老坐骑银翼；兰尼诺·瓦列利安爵士引以为豪的灰白色巨兽海烟；杰赫里斯国王死后便无人驾驭的老龙沃米索尔。这三条龙之外，火山背后还有三条从未被当时或之前的人类驾驭的野龙，百姓管它们叫偷羊贼、灰影和贪食者。"找人骑上银翼、沃米索尔和海烟，我们就是以九对四。驯服那帮野种，我们就有十二条龙——还不算暴云。"雷妮丝公主指出，"胜利唾手可得。"

赛提加伯爵和斯汤顿伯爵极为赞同，他们迫不及待地表示"征服者"伊耿及其姐妹已经证明骑士和军队无法对抗血与火。赛提加伯爵甚至怂恿公主立刻飞往君临，将都城化为灰烬。"这对我们有什么好处，大人？""海蛇"质问，"我们要去当家做主，不能把那儿烧成白地。"

"不会到那地步。"赛提加伯爵坚持,"篡夺者别无选择,只能与我们空战。我们的九条龙无疑能轻松压倒他们的四条龙。"

"代价呢?"雷妮拉公主反问,"我提醒你,其中三条龙上可是骑着我的儿子们。而且这不是九对四,我短时间内都没力气上天,更何况谁来驾驭银翼、沃米索尔和海烟?你吗,大人?我不认为你能做到。现在是五比四,而对手有瓦格哈尔,我们不占优。"

出乎众人意料,戴蒙王子同意妻子的观点。"在石阶列岛,我的敌人都学会一旦瞥见科拉克休的翅膀或听见它的吼声,就立刻逃跑躲藏起来……但这是因为他们没有龙。人类要当屠龙者难于登天,可龙杀得了龙——而且确实杀过,随便找一位研究瓦雷利亚史的学士就能知悉。因此,除非万不得已,我不会拿我们的龙去跟篡夺者的龙硬拼,我有更好的方式利用它们。"王子在"黑党会议"上讲述了自己的战略:雷妮拉必须举行加冕式来回应伊耿的加冕式,仪式完成后就派渡鸦敦促七国诸侯亮明旗帜,效忠正统女王。

"拿起刀剑之前,先用言辞来进行战争。"王子宣称,他说成败关键在于争取各地领主,在于人心向背,尤其是那些坐拥大批封臣的公爵们。篡夺者伊耿业已赢得凯岩城兰尼斯特家族的效忠,而高庭的提利尔公爵不过是襁褓里的婴儿,他摄政的母亲多半会容忍河湾地领主倒向高庭旗下骄横跋扈的海塔尔家……但王国其他各大诸侯尚未表明态度。

"风息堡会支持我们。"雷妮丝公主断定。她母亲出自拜拉席恩家族,而已故的老博蒙德公爵一直是坚定的"黑党"。

戴蒙王子认为"谷地处女"也可能让鹰巢城加入"黑党"。他还预测伊耿会寻求派克岛的支持,毕竟只有铁群岛的海军能与瓦列利安家族一争雄长。但铁民以善变著称,而道尔顿·葛雷乔伊嗜血好战,时机成熟时不难说服他倒向公主。

与会者公认,遥远的北境在内战中并不重要,等史塔克家族齐集封臣、挥师南下,战争可能早已结束。根据这样的判定,他们把争取重点放在名义上归奔流城徒利家族节制的河间诸侯,这些领主出了名的自行其是、内讧不休。"我们在河间地是有朋友的,"王子说,"但并非所有人都敢贸然亮出自己的颜色。因此,我们需要一个大陆上的根据地,一个能够集结人马又足以抵御篡夺者的据点。"他在桌上展开地图。"这里，赫伦堡。"

开战方略就此确定。戴蒙王子骑科拉克休去夺取赫伦堡，雷妮拉公主坐镇龙石岛恢复体力，瓦列利安家族的舰队从潮头岛和龙石岛出发，封锁喉道，阻止一应船只出入黑水湾。"我们的兵力拿不下君临，"戴蒙王子说，"敌人也没法夺取龙石岛。但伊耿是个小毛头，容易上火，也许可诱他出击。"舰队由"海蛇"亲自指挥，雷妮丝公主骑乘梅丽亚斯在天上保护，以防对方的巨龙来袭。渡鸦被派往奔流城、鹰巢城、派克岛和风息堡争取支持。

公主的长子杰卡里斯坐不住了。"该由我们去送信，"他说，"龙比乌鸦更有说服力。"弟弟路斯里斯在旁帮腔，他说自己和小杰都是男人，至少差不多是了。"叔叔管我们叫斯壮，说我们是野种，但等诸侯看到我们骑着龙，就会知道那统统是谎言。只有坦格利安才能骑龙。"连小乔佛里也提出要骑泰雷克休跟哥哥们一道出击（"蘑菇"说"海蛇"听了他们的发言不禁发起牢骚，声明这三个孩子都是瓦列利安家的人，但他出言纠正时嘴角含笑，语气也充满自豪）。

雷妮拉公主坚决不许十一岁的小乔出击，不过杰卡里斯已满十四岁，路斯里斯也十三岁了，他们都是勇敢而英俊的孩子，武艺精湛且有多年侍从经验。"你们要去，只能作为信使，不是作为骑士，"她嘱咐儿子们，"绝对禁止战斗。"两个孩子把手按在《七星圣典》上庄严立誓，公主方才同意让他们出任信使。她决定让年长的小杰承担较远较危险的任务，先飞到鹰巢城与谷地的女主人谈判，再去白港赢得曼德勒伯爵支持，最后在临冬城会晤史塔克公爵；小路的旅途较短也较安全，他将飞往风息堡，预计会在那里受到博洛斯·拜拉席恩的热烈欢迎。

简朴的加冕式旋即于次日举行。从伊耿那边反正过来的御林铁卫史蒂芬·达克林爵士为龙石岛添了不少喜色，尤其是他和他的"忠诚派"同伴（奥托爵士怒斥为"变色龙"，为捉拿他们许下重赏）偷来"和解者"杰赫里斯国王的王冠。三百双眼睛见证了戴蒙·坦格利安王子将杰赫里斯的王冠戴在妻子头顶，宣布她为坦格利安家族的雷妮拉女王一世，安达尔人、洛伊拿人和先民的女王。王子自封全境守护者，雷妮拉指定长子杰卡里斯为龙石岛亲王和铁王座继承人。

女王登基后的第一道手谕便是昭告天下奥托·海塔尔爵士和阿莉森太后均为千古逆贼。"至于我同父异母的弟弟们和我的好妹妹海伦娜，"女王宣布，"他们都受了奸人蒙蔽。只要肯来龙石岛屈膝认错，恳求原谅，我很乐意饶恕他们，让他们重新做人。因他们都是我的至亲，而弑亲乃天地间最大的罪行。"

第二天，雷妮拉加冕的消息传到红堡，伊耿二世暴跳如雷。"我的异母姐姐和叔叔是在谋权叛国，"这个年轻人宣称，"我要剥夺他们的权利，我要逮捕并处决他们。"

"绿党会议"更冷静的成员建议先礼后兵。"必须让公主殿下认清形势。"欧维尔大学士说，"弟弟不宜对姐姐宣战，让我去那边友好协商解决。"

伊耿对此嗤之以鼻。根据尤斯塔斯修士的说法，他甚至指控大学士不忠，威胁将其丢进黑牢，"跟你的黑党朋友们团聚"。但太后和王后——伊耿的母亲阿莉森和妻子海伦娜——都站出来为欧维尔说话，好斗的伊耿勉强让步。于是欧维尔大学士打着和平旗帜横渡黑水湾，随从包括御林铁卫亚历克·卡盖尔爵士、金袍军副队长加尔温·海塔尔爵士以及二十名文书和修士（尤斯塔斯修士也在其列）。

慕昆在《真史》中宣称，伊耿二世的条件颇为宽大：只要公主尊他为王，在铁王座前宣誓效忠，就承认她对龙石岛的所有权，并答应在她去世后将该岛和岛上城堡传给她儿子杰卡里斯；她的次子路斯里斯将被承认为潮头岛的合法继承人，得以继承瓦列利安家族的领地和产业；她与戴蒙王子的两个儿子，即小伊耿和韦赛里斯，将在宫中获得荣誉位置，前者成为大伊耿的侍从，后者成为大伊耿的侍酒；随她阴谋反叛正统国王的领主和骑士们既往不咎。

雷妮拉面无表情、一言不发地听完条件后，开口询问欧维尔还记不记得她父王韦赛里斯。

"当然记得，殿下。"大学士回答。

"或许你能告诉我他立谁为王储和继承人？"头戴王冠的雷妮拉质问。

"您，殿下。"欧维尔回答。

雷妮拉点头，"你刚才承认了我才是正统女王。你为何还要为我同父异母的弟弟、为那个篡夺者服务？"

慕昆说欧维尔对此作了周全详尽的说明，着意引述了安达尔人的律法和一

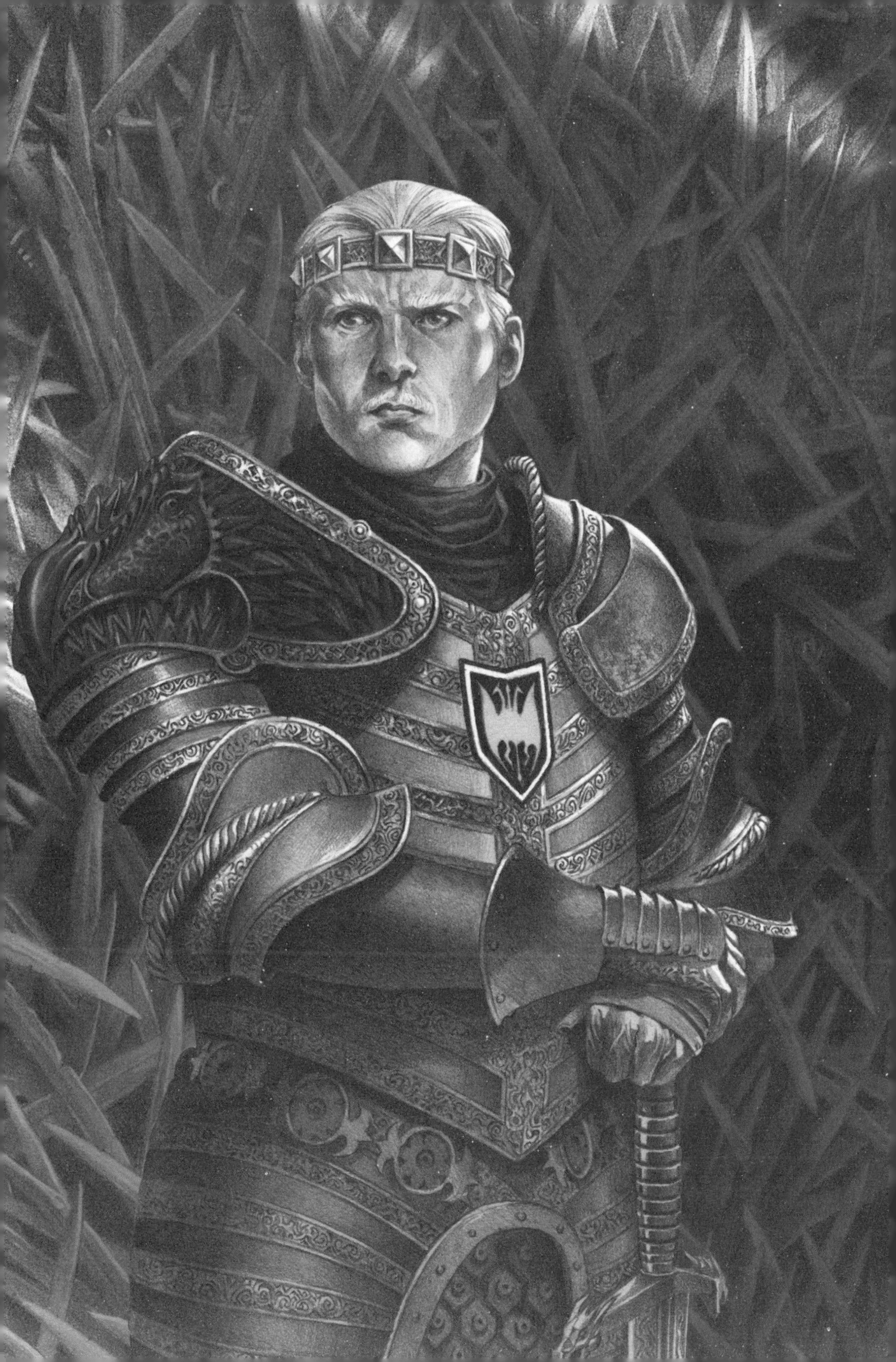

百零一年大议会的先例；"蘑菇"则说他张口结舌，还尿了裤子。无论哪种说法是真的，大学士的回答都没能让雷妮拉女王满意。

"大学士理应通晓法律，并为之服务。"她斥责欧维尔，"你不配做大学士，你玷污了你佩戴的颈链，让它蒙羞。"雷妮拉身边的骑士不顾欧维尔虚弱的抗议，从他脖子上除下职位颈链，还强迫他双膝下跪。雷妮拉女王把颈链给了自己的亲信格拉底斯学士。"他才是王国和法律的忠贞仆人。"然后她遣走欧维尔及其使团，"告诉我同父异母的弟弟，不献出铁王座，我就要他项上人头。"

"血龙狂舞"过去很久以后，有位歌手——塔斯岛的卢琛——写了一首名为《再见吧兄弟》的挽歌，并传唱至今。相传这首歌描绘的便是亚历克·卡盖尔爵士与孪生弟弟伊利克·卡盖尔爵士最后的团聚，亚历克爵士此后便随欧维尔的使团登船返回君临。亚历克爵士宣誓效忠伊耿，伊利克爵士却效忠于雷妮拉，在歌谣中，兄弟俩先是规劝对方改换门庭，此举无望后，他们动人地交换了友爱的宣告，最终忍痛分离，心知下次见面就是敌人。或许龙石岛上的确发生了这场感天动地的告别，但很可惜，我们手头所有的史料均未提及。

伊耿二世时年二十二岁，易怒而不易恕，雷妮拉的拒绝让他怒火中烧。"我想保全她的荣誉，那贱货居然啐我的脸，"他叫嚷，"她只能自食其果。"

王国迅速迈向战争。

巨龙之死

以子偿子

伊耿在龙穴中加冕为国王，雷妮拉在龙石岛加冕为女王。由于调解无效，"血龙狂舞"势在难免。

"海蛇"的舰队从潮头岛的船壳镇和香料镇出发，封锁喉道，切断了君临与外界的贸易往来。不久后，杰卡里斯·瓦列利安骑沃马克斯北上，他弟弟路斯里斯骑阿拉克斯南下，戴蒙王子骑科拉克休直奔三叉戟河流域。

我们先来叙述赫伦堡这头的情况。

赫伦王劳民伤财修筑的巨城固然多半化为废墟，但城堡外墙依旧耸立，坚固程度在河间地的要塞中首屈一指……无奈"龙王"伊耿早已证明其对空袭无能为力。此时赫伦堡伯爵拉里斯·斯壮在君临参政，城中兵丁稀少，年迈的代理城主西蒙·斯壮爵士（他是已故莱昂诺伯爵的叔叔，现任拉里斯伯爵的叔祖）无意重蹈"黑心"赫伦的覆辙，当科拉克休落在焚王塔顶时，他立刻降旗投降。戴蒙王子闪电般的一击不仅拿下城堡，还得到斯壮家族不菲的家财及十多名重要人质，包括西蒙爵士及其孙子们。

城中平民自然也成了俘虏，其中有个奶妈名为亚丽·河文，她将成为未来的重要人物。

这女人是何来历？慕昆说她是个涉足药剂与法术的女佣，尤斯塔斯修士说她是个森林女巫，"蘑菇"干脆声称她是个黑心肠的魔女，平素用处女血洗澡以永葆青春……无论如何，姓氏暗示她出自私生，但我们对其父母所知甚少。慕昆和尤斯塔斯相信她是莱昂诺·斯壮伯爵年轻时所生，如此一来，她就成了"碎骨人"哈尔温和"弯足"拉里斯同父异母的姐妹；"蘑菇"则认定她年龄极大，他说她不但做过哈尔温和拉里斯的奶妈，甚至可能在整整一代人以前做过他们父亲的奶妈。

尽管亚丽·河文此前产下的儿女没一个存活，但从她的乳房流出的奶汁源源不断，哺育了赫伦堡中其他女人的无数孩子。莫非她真是与魔鬼交配的女巫，用死产婴儿来换取禁断的知识？又或她像尤斯塔斯判断的那样，只是一介愚昧淫妇？她是否频频用药剂和毒药来束缚男人的身体与灵魂？

我们可以断定，"血龙狂舞"时代的亚丽·河文至少有四十岁。显然，"蘑菇"认为她更老，同时他与尤斯塔斯、慕昆都相信其外表比实际年龄年轻。至于这是体质原因，还是修习黑暗伎俩的结果，那就无从得知了。不过无论她的妖术有多厉害，戴蒙·坦格利安似乎不受影响，因王子据守赫伦堡期间几乎没有这位"魔女"的事迹。

"黑心"赫伦的著名居城陡然间兵不血刃地开城投降，这不但是雷妮拉女王与"黑党"的重大胜利，也令人信服地展现了戴蒙王子的军事头脑与"血虫"科拉克休的实力。雷妮拉女王就此于维斯特洛大陆的腹心地带得到一座雄伟要塞，可用于集结追随者……事实证明，她在三河流域拥有许多追随者，一旦戴蒙王子发出召唤，河间地人便起而响应。无论骑士、士兵还是卑微的农夫，他们大都还记得先王宠爱的"王国之光"，怀念着她少女时代沿三叉戟河巡游时的微笑与风采。数以百计，随后是数以千计的河间地人束好剑带、穿上锁甲，或抓起草叉、锄头和简易木盾，蜂拥前往赫伦堡，为韦赛里斯的宝贝女儿而战。

三河领主患得患失的成分更多，起初并不愿贸然响应，但大势所趋，他们很快也接连倒向雷妮拉女王。佛利斯特·佛雷爵士从李河城赶来助阵，他正是当年向雷妮拉求婚的"傻瓜佛雷"，现已成长为威风凛凛的骑士。山姆威尔·布莱伍德伯爵在鸦树城升起雷妮拉的旗号，他从前输掉了争夺她信物的决斗（赢家阿摩斯·布雷肯爵士反而追随父亲，率领布雷肯家族倒向伊耿）。此外，女泉镇的慕顿家族、红粉城的派柏家族、哈罗威镇的鲁特家族、戴瑞城的戴瑞家族、海疆城的梅利斯特家族和旅息城的凡斯家族（亚兰城的凡斯家族与之不同，他们支持年轻的国王）也宣布支持雷妮拉。红粉城的老伯爵培提尔·派柏道出了很多人的心声："我曾以宝剑向她宣誓。如今我老了，但没老到遗忘誓言的地步，而且剑仍在我手中。"

至于总督三叉戟河流域的葛拉佛·徒利公爵，他在征服一百零一年大议会上为韦赛里斯王子撑腰时就是个老人了,二十余年后的现在更是每况愈下,但顽固程度不减反增。葛拉佛公爵毫不动摇地认定男性继承权优先,奔流城必须为年轻的伊耿国王而战——但老人的信念未能传达出去,因他早已卧床不起,奔流城的学士说他随时可能过世。"我们家族不能给您陪葬。"他的孙子艾尔蒙·徒利爵士宣布。艾尔蒙爵士对自己的儿子们指出,奔流城无法抵御龙焰,而内战双方都有龙。于是无论葛拉佛公爵在病床上如何暴跳如雷、大声呵斥,艾尔蒙爵士只管紧闭城门,坚守城池,保境安民。

这些事发生的同时,东方的形势也有变化,杰卡里斯·瓦列利安骑年轻的沃马克斯造访艾林谷,为母亲争取艾林家族。简妮·艾林公爵夫人外号"谷地处女",时年三十五岁,比杰卡里斯大出二十一岁。她从未结婚,自三岁时父亲和兄长们被山中的石鸦部杀害后一直统治谷地。

"蘑菇"告诉我们,这位著名的处女实则是个阅男无数的高级荡妇,她把杰卡里斯王子的到来视为满足淫欲的绝好机会,提出只要王子能用舌头让她高潮,她就令谷地支持雷妮拉;尤斯塔斯修士重复了一则广泛流传的谣言,声称简妮·艾林更喜欢与女人亲密,但后来他又对此予以否定。关于简妮公爵夫人,我们很庆幸能有慕昆大学士的《真史》作为参考,只有他始终关注着鹰巢城长厅之中的谈判进程,而非闺阁内的风流韵事。

"我的亲戚曾三度犯上作乱。"据《真史》记载,简妮公爵夫人对杰卡里斯王子说了这番话。"我的堂亲阿诺德爵士常说女人太软弱,不适合统治——他被我打入天牢,假设你有兴趣知道的话。说实话,你们那位戴蒙王子狠狠地亏待了他的第一任妻子……不过,尽管我不敢恭维你母亲对男人的口味,我依旧承认她是我们合法的女王,也与我血脉相连,毕竟她母亲出自艾林家族。在这个男人的世界,我们女人必须互相帮助,谷地和谷地骑士将支持女王陛下的事业……只要她答应我一项请求。"王子追问是何请求,公爵夫人续道,"龙。我不怕敌人的军队,从古至今,数不清的对手在血门前撞得头破血流,而众所周知,鹰巢城是攻不破的。但看看你自己吧,你从天而降,正如'征服战争'期间维桑尼亚王后所做的那样,我对此无能为力。我讨厌无能为力的感觉,请派驭龙者来鹰巢城协防。"

王子答应了这个条件,于是简妮公爵夫人在他面前下跪,还命臣属也跪下抽出宝剑宣誓效忠。

杰卡里斯完成笼络鹰巢城的任务后，向北飞过五指半岛和咬人湾。途中他在姐妹屯短暂停留，接受波内尔伯爵和桑德兰侯爵的致意，他们亦代表三姐妹群岛誓言效命。然后他飞到白港，戴斯蒙·曼德勒伯爵在人鱼宫接见他。

王子遇上了更精明的谈判对手。"白港并非不同情您母亲的境遇。"曼德勒伯爵宣称，"我族的祖先也曾遭遇迫害，被夺去与生俱来的权利，只能远走他乡，来到冰冷的北方海岸。前朝'人瑞王'造访白港时曾提及我族遭遇的不公，并承诺予以补偿。为此，陛下特意把维桑瑞拉公主许配给我的曾祖父，希望借此让两大家族合而为一，无奈公主意外身亡，承诺未曾履行。"

杰卡里斯王子明白对方的言外之意。他离开前签下一份正式文件，许诺一旦战争结束，就让弟弟乔佛里迎娶曼德勒伯爵的小女儿。

最后，沃马克斯载杰卡里斯·瓦列利安来到临冬城，与令人生畏的青年公爵克雷根·史塔克交涉。

克雷根·史塔克日后会被称作"北境老人"，但征服一百二十九年杰卡里斯王子造访临冬城时他只有二十一岁。他的父亲瑞肯公爵于征服一百二十一年去世后，他十三岁就成了临冬城之主。在他的少年时代，叔叔本纳德曾以摄政的身份执掌北境。征服一百二十四年克雷根年满十六岁后，叔叔仍不想放权，于是两人的关系迅速恶化，小公爵对叔叔的种种掣肘深为不满。征服一百二十六年，他起兵发难，囚禁了本纳德及其三个儿子，夺回北境的权柄。不久后，他迎娶打小亲近的伙伴艾娜·诺瑞伯爵夫人，不幸夫人在征服一百二十八年为他生下长子继承人时亡故，克雷根将这个孩子命名为瑞肯，以纪念父亲。

龙石岛亲王赶到临冬城时正值深秋，路上积雪深厚，冷风从北方呼啸而至，史塔克公爵忙于应付即将来临的寒冬，但还是热情欢迎了杰卡里斯。据说冰雪和寒潮使得沃马克斯脾气暴躁，因此王子没在北境多作逗留，然而他身处临冬城的短短时日却留下许多传奇故事。

慕昆的《真史》说克雷根与杰卡里斯一见如故，公爵从小王子身上看到了自己十年前过世的弟弟的影子。他们一起喝酒、一起打猎、一起练剑，还歃血为盟结为异姓兄弟。这似乎比尤斯塔斯修士的说法可信，修士竟称王子将主要精力放在规劝史塔克公爵放弃伪神、改信七神。

《"蘑菇"的证词》一如既往地包含了史家们忽略或摈弃的情节。童贞少女萨拉·雪诺（"蘑菇"称为"小狼女"）在侏儒的口述中粉墨登场，她是已故瑞肯·史塔克公爵的私生女，杰卡里斯王子对她一见钟情，乃至某晚与之偷情。克雷根公爵得知客人开了自己私生姐妹的苞后怒不可遏，全凭萨拉·雪诺苦苦求情，吐露王子答应娶她为妻方才息怒。王子与私生女随后在临冬城神木林的心树下海誓山盟，萨拉用毛皮裹住自己，踏过洁白无瑕的雪地，在旧神看顾下与杰卡里斯真正结合。

这无疑是个迷人的故事，但跟"蘑菇"讲述的其他许多逸闻一样，其中有多少真实成分？还是泰半出自弄臣的妄想？我们深表怀疑。要知道，杰卡里斯·瓦列利安四岁起就跟表妹贝妮拉（当时二岁）订了婚，而就已知的人物个性判断，杰卡里斯王子不至于为维护一个不洗澡的北方野丫头（还出自私生）可疑的名誉，就打破神圣的誓约。即便真有萨拉·雪诺其人，即便龙石岛亲王与她有过风月云雨，那对古往今来的王子们来说也不过是稀松平常之事，断不可能因此结婚。

（"蘑菇"还说沃马克斯在临冬城留下一窝龙蛋，这同样荒谬可笑。的确，龙的性别几乎无从判断，但我们没找到其他任何材料提及沃马克斯下过哪怕一颗龙蛋，因此唯一的合理解释是它为雄龙。巴斯修士说龙"像火一样变化多端"，可根据需要改变性别，这种滑稽透顶的猜想不值得认真对待）

无论过程如何，克雷根·史塔克与杰卡里斯·瓦列利安最终达成一致，签署了被慕昆大学士的《真史》称为"冰与火的盟约"的协议。协议照例以婚约底定：克雷根公爵的儿子瑞肯当时一岁，杰卡里斯王子未婚无子，但等他母亲坐上铁王座，他想必会生下孩子作为继承人。根据协议条款，王子的第一个女儿年满七岁时将被送到北境，由临冬城收养，成年后与克雷根公爵的继承人结婚。

龙石岛亲王重新翱翔于秋日清冷的天空，他为母亲赢得了三位强大盟友及其属下的大批封臣。虽然离十五岁命名日纪念尚有半年之久，但杰卡里斯王子证明了自己不愧为堂堂男子汉和铁王座继承人。

若他弟弟"较短也较安全"的旅途也能这么顺遂，许多流血和悲哀本来可以避免。

我们手头所有的资料都认为，路斯里斯·瓦列利安在风息堡的横祸是场意外。"血龙狂舞"第一阶段的战争主要依靠鹅毛笔和渡鸦来进行，以威胁、承诺、谕令和劝诱作为手段。"绿党会议"谋害毕斯柏里伯爵之事并未传扬出去，大众相信伯爵只是人身自由受限。宫中一些熟悉的老面孔消失了，但他们的脑袋并没被挂上城门示众，许多人依然认为继承问题有望和平解决。

然而陌客自有安排，一定是他可怕的巨手干涉，才让两个王子在风息堡相遇。阿拉克斯拼命赶在聚集的风暴之前，载路斯里斯·瓦列利安平安降落于城堡庭院，不曾想伊蒙德·坦格利安早已来到，此刻就在城中。

博洛斯·拜拉席恩的性情与其父迥异。"博蒙德公爵是不可动摇的巍巍顽石，"尤斯塔斯修士如此形容，"博洛斯公爵是率性而为的肆虐狂风。"伊蒙德王子出发时并不确定自己会在风息堡得到礼遇，但公爵用宴席、狩猎和比武会招待他。

博洛斯公爵的意图非常明显。"我有四个女儿，"他告诉王子，"挑一个你喜欢的。卡珊德拉最大，也会最先来潮，不过弗洛丽斯最漂亮。若你想娶个聪明老婆，那就挑马丽丝。"

公爵告诉伊蒙德，他对雷妮拉把拜拉席恩家族的支持当作理所当然一事早就心存不满。"没错，雷妮丝公主是我们家的亲戚，我素未谋面的姑妈嫁给了她的爹，但那两个人早就死了，而雷妮拉……她又不是雷妮丝，跟我们家没有血缘关系，对吧？"公爵进一步声明自己对女性不存偏见，他很爱女儿们，将她们视为掌上明珠……但若能有一个儿子，啊……倘若诸神赐他一个儿子，他一定会把风息堡传给这个小儿子，而非其姐姐们，"铁王座又干吗要例外？"他只盼尽快达成与王室的联姻……待雷妮拉发觉自己失去了风息堡，一定会顺势屈服，他甚至乐意出面敦促……对了，向兄弟低头，这才像话……公爵的女儿们时常也会以女孩的方式争吵打闹，但最终一定会在公爵的威严之下言归于好……

伊蒙德王子最终选了哪个女儿，我们不得而知（"蘑菇"说他依次亲吻四个女孩，"品尝她们唇上的花蜜"），但可以确定不是马丽丝。慕昆说在路斯里斯·瓦列利安抵达的早晨，王子和公爵正为婚期和嫁妆讨价还价。瓦格哈尔率先察觉路斯里斯的到来，这条母龙陡然苏醒，发出一声让杜伦的堡垒的根基也为之摇撼的咆哮,在城堡厚重的外墙上巡逻的卫兵都吓得立刻抓紧长矛。据说阿拉克斯也因这声龙吼而战栗,小路不得不奋力挥鞭才勉强让它降落。

"蘑菇"试图让我们相信,当路斯里斯紧攥母亲的信跳下龙背时,东方雷光闪闪,天空大雨倾盆。路斯里斯一定清楚瓦格哈尔在场的含义,他在圆厅当着博洛斯公爵、公爵的四个女儿、公爵的修士、公爵的学士、四十名骑士及众多卫兵和仆人的面与伊蒙德·坦格利安对峙时,必然有了相当的思想准备。

关于会面详情,我们不打算依赖慕昆大学士、"蘑菇"或尤斯塔斯修士的描述,因他们都不在风息堡,而在场的目击证人却有很多,对此的记述相当清晰。我们将转而引用这些人留下的第一手材料(见证这场会面的包括拜伦·史文爵士,他是多恩边疆地石盔城伯爵的次子,将来在"血龙狂舞"的战火中还会带来一段小插曲)。

"瞧这可怜虫,大人,"伊蒙德王子叫道,"杂种小路·斯壮。"他又冲小路说。"你湿透了,杂种。雨淋的,还是吓尿了裤子?"

路斯里斯·瓦列利安不理他,直接跟拜拉席恩公爵对话:"博洛斯大人,我从我母亲——即女王陛下——那里带来一封信函。"

"他是指龙石岛的贱货。"伊蒙德王子快步上前,要从路斯里斯手中夺信。博洛斯公爵大喝一声,命骑士们分开两位王子。一名骑士将雷妮拉的信呈上高台,公爵端坐于风暴王古老的王座之中。

没人清楚博洛斯·拜拉席恩的真实感受,各方记述存在巨大差异。有人说公爵涨红了脸,尴尬万分,活像被妻子抓奸在床;又有人声称公爵相当享受,因伊耿和雷妮拉都来求助,大大满足了他的虚荣心。"蘑菇"(他并不在场)说公爵喝得醉醺醺的,尤斯塔斯修士(他也不在场)说公爵满怀恐惧。

但各方对博洛斯公爵此后的言行描述一致。公爵不识字,便把信递给学士,学士起开蜂蜡,附在公爵耳边低声念诵。公爵边听边皱眉,他捻捻胡须,注视着路斯里斯·瓦列利安。"小子,若我遂你妈的愿,你娶我哪个姑娘?"他指着四个女孩,"选一个吧。"

路斯里斯王子脸红了。"大人,恐怕我无法谈婚论嫁,"他答道,"我跟表妹雷妮亚已有婚约。"

"果然。"博洛斯公爵说,"那就滚回去,小子,告诉你的贱货母亲,风息堡公爵不是她呼来唤去的一条狗。"路斯里斯王子就这样被赶出了圆厅。

但伊蒙德王子抽剑叫道："站住，斯壮！你没还当年欠我的债！"他一把扯下眼罩，丢到地上，露出眼窝里的蓝宝石。"你不是跟当初一样带着刀子吗？用它挖出眼睛，我就放过你。一只眼睛就够，我不要利息！"

路斯里斯王子记起对母亲的承诺。"我不跟你打。我只作为信使而来。"

"你是个叛徒和胆小鬼，"伊蒙德王子回应，"不挖眼睛我就要你项上人头，斯壮。"

此话让博洛斯公爵局促不安。"你们的恩怨不能在这里解决，"他咕哝道，"他作为信使而来，不能在我屋檐下流血。"公爵的卫兵隔开两位王子，护送路斯里斯·瓦列利安走出圆厅，回到城堡庭院。阿拉克斯在大雨中蜷缩着等待小路。

若非公爵的女儿马丽丝从中作梗，事情本该到此为止。身为博洛斯的次女，她在四个女孩中容貌最差，对伊蒙德看不上自己心怀怨恨。"殿下，您失去的是眼睛还是蛋蛋呀？"马丽丝用甜如蜂蜜的声音询问王子，"我真庆幸您挑的不是我，我想要一位健全的夫君。"

伊蒙德·坦格利安气歪了嘴，他立刻转向博洛斯公爵，要求对方准他出击。风息堡公爵耸耸肩，答道："只要不在我屋檐下，你想干什么尽可自便。"公爵吩咐骑士们让开，伊蒙德王子立刻冲向大门。

门外风暴肆虐，雷声滚滚，大雨下得人眼难睁，粗大的蓝白色闪电时而将天地照得仿若白昼。这种天气哪怕龙也不适合飞行，当伊蒙德王子骑瓦格哈尔追来时，阿拉克斯正在空中竭力稳住身形。若是风和日丽，路斯里斯王子兴许能摆脱追击，因阿拉克斯更年轻更迅捷……可惜根据"蘑菇"的说法，天空"就像伊蒙德王子的心那么黑"。两条龙最终在破船湾上空相遇。城墙上的目击者远远看到火球喷吐，听到一声刺破雷霆的尖叫，两条巨兽便缠在一起，雷电在它们周围闪烁。瓦格哈尔的体型足有对手五倍，经验上更占有压倒性优势，如果云中发生过战斗，也必定极为短暂。

阿拉克斯被撕裂了，它坠入海湾，饱经风暴抽打的汹汹汪洋立时将之吞没。三天后，龙头和龙颈被冲到风息堡下的悬崖，喂饱了螃蟹与海鸥。"蘑菇"说路斯里斯王子的尸体也被冲上岸，随后伊蒙德王子挖出仇人的两只眼

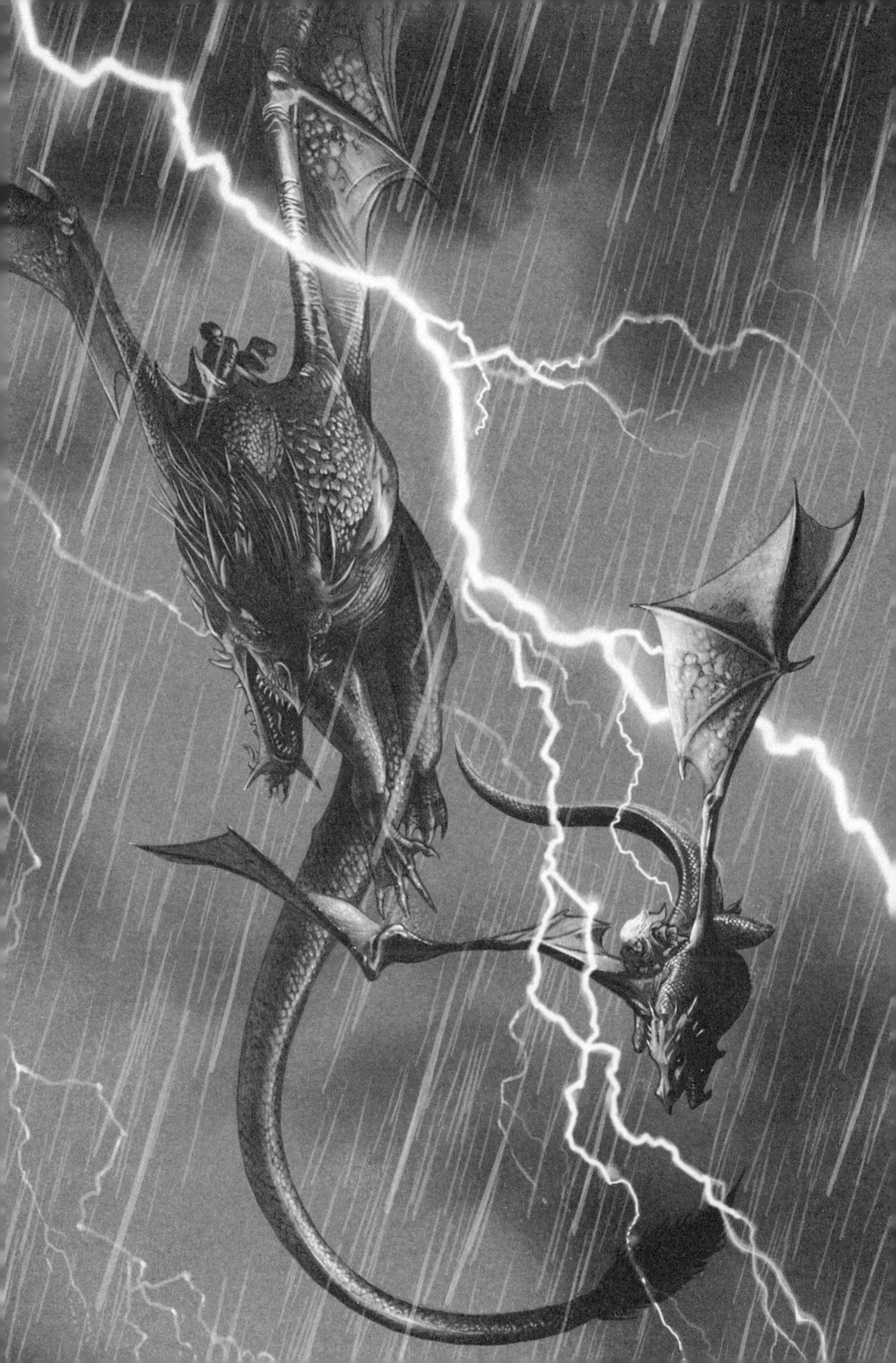

睛，用海草装饰着送给马丽丝小姐——这似乎过于夸张；又有人说瓦格哈尔将阿拉克斯背上的路斯里斯一口咬住，吞下肚去；更有少数人相信王子躲过巨龙陨落的灾祸，拼命游到岸边，却已忘却前尘往事，余生做了一介淳朴渔民。

《真史》记载了所有这些传说……并统统斥为无稽之谈。慕昆认定路斯里斯·瓦列利安与坐骑一起亡故，这无疑是最合理的结论。小王子年仅十三岁，其遗体从未被发现，而他的不幸过世终结了渡鸦、信使和婚约的战争，血与火的战事随之而来。

伊蒙德·坦格利安——他从此被敌人称为"弑亲者"伊蒙德——很快回到君临，他此行既为哥哥伊耿赢得了风息堡的支持，也招来了雷妮拉女王的无尽恨意。若他自诩将得到英雄般的欢迎，无疑会大失所望。阿莉森王后得知儿子的所作所为后，吓得脸色苍白，流着泪说"但愿圣母慈悲"。奥托爵士也很不满意，据说他斥责外孙道："你只失去了一只眼睛，怎能盲目到这等程度？"但伊耿二世国王没有长辈们的重重顾虑，他用盛大的宴席来为伊蒙德王子接风洗尘，在席间宣布弟弟"不愧为真龙血脉"，还说弟弟"开了个好头"。

在龙石岛，雷妮拉女王得知小路的死讯后崩溃了。小路的弟弟乔佛里（小杰此时仍在北境谈判）发下可怕的复仇毒誓，要让伊蒙德王子和博洛斯公爵付出代价——只是由于"海蛇"和雷妮丝公主拼命阻止，男孩才没立刻骑龙出击（"蘑菇"说自己在阻止男孩一事上也发挥了重要作用）。"黑党会议"讨论如何反击时，赫伦堡来了一只渡鸦。"以眼还眼，以子偿子，"戴蒙王子写道，"路斯里斯的大仇必报。"

我们不应忘记，戴蒙·坦格利安年轻时混迹于跳蚤窝，号称"首都亲王"，其音容笑貌为扒手、妓女和赌徒们所熟知。如今王子在君临的贫民窟仍有许多朋友，更有不少金袍子乐于追随他。而连伊耿国王、奥托首相和阿莉森太后都不清楚的是，他在宫中亦有盟友，甚至就在"绿党会议"之内……这次他选择了一位中间人，一位他完全信任的特殊朋友，一位熟悉红堡阴影下泛滥的酒肆与斗鼠坑的程度跟戴蒙当年不相上下、可轻松行走于都城的暗影间的苍白陌客。王子通过秘密方式联络此人，准备实施可怕的复仇。

戴蒙王子的中间人在跳蚤窝的低等妓院间找到合适人选：其一是都城守备队高大粗鲁的前军士，因醉酒发怒打死一名妓女而被金袍军除名；另一个是红堡的捕鼠人。两人的真名均已失传，仅以"鲜血"与"奶酪"被世人铭记（准确地说，是被永远唾骂）。

蘑菇告诉我们，"奶酪对红堡的结构了若指掌，比对自己那话儿的形状还熟悉"，这应是真的，捕鼠人想必跟他猎捕的老鼠一样精通"残酷的"梅葛留下的密门暗道。通过某条被遗忘的密道，"奶酪"避开卫兵，把"鲜血"带进城堡中心。有人说他们的目标是国王本人，但伊耿无论到哪里都有御林铁卫守护，而就连"奶酪"也不知道有什么办法可以不通过架在干涸护城河及锋利铁刺上的吊桥，直接潜入梅葛楼。

首相塔防备略松，两人从墙中密道越过了把守塔门的矛兵。他们对奥托爵士的住处不感兴趣，溜进的是下面一层他女儿的房间。韦赛里斯国王驾崩后，阿莉森太后便搬来这里居住，把梅葛楼让给儿子伊耿及其王后。"奶酪"一进房就把太后捆绑、塞嘴，"鲜血"则勒死了太后的贴身女伴。然后他们静静等待，他们知道每晚临睡前海伦娜王后都会带孩子们来给母亲请安。

那日黄昏，对危险一无所知的王后来到首相塔，身边带着三个孩子：六岁的杰赫里斯和杰赫妮拉，两岁的梅拉尔。海伦娜进房时牵着小儿子的手，出声呼唤母亲。"鲜血"立刻关门，杀了陪同的卫兵，"奶酪"则一把夺过梅拉尔。"出声都得死。""鲜血"警告王后。

据说海伦娜王后当时仍保持着镇静。"你们是谁？"她质问两个歹徒。

"收债人。""奶酪"说，"以眼还眼，以子偿子。咱们很公平，只要您一个儿子，指天发誓绝不多伤人命，连一根毫毛也不碰。您愿牺牲哪个儿子，陛下？"

海伦娜王后明白状况后，立刻哀求对方杀她来偿命。"妻子不等于儿子，""鲜血"说，"必须是个男孩。""奶酪"警告王后要迅速拿定主意，若是"鲜血"等得不耐烦，没准会强暴她的宝贝女儿。"挑一个呗，"他说，"您是不是非逼咱们全宰了？"跪在地上痛哭流涕的海伦娜最终挑了小儿子梅拉尔，也许以为孩子太小不懂事，也许是因为大儿子杰赫里斯身为伊耿国王的继承人，关系着铁王座的命脉。"听到没，小子？""奶酪"附在梅拉尔耳边低语，"你妈要你死咧。"说完他冲"鲜血"咧嘴一笑，高大的剑士便利落地砍下杰赫里斯王子的头。王后厉声尖叫。

奇特的是，捕鼠人和屠夫遵守诺言，没再加害海伦娜王后及其剩下的孩子，只提着小王子的脑袋逃了。警告与叫喊迅速响彻红堡，无奈"奶酪"通晓卫兵们一无所知的秘道，因此两个杀人犯安然逃脱。两天后，"鲜血"离开君临时在诸神门被捕，他的鞍袋里藏着杰赫里斯王子的头。经过严刑拷打，他吐露自己打算赶往赫伦堡，收取戴蒙王子的赏金。他还描述了雇他的妓女的形象：一个操外邦口音的老女人，浑身用斗篷和兜帽遮掩，皮肤极为苍白，其他妓女管她叫"小梅"。

长达十三天的审讯折磨后，"鲜血"才最终死去。阿莉森王后严令"弯足"拉里斯问出"鲜血"的真名，誓要用其妻儿老小的血来"沐浴"，但没人知道拉里斯是否完成了任务。罗斯·拉盖特爵士率金袍军把丝绸街翻个底朝天，扒光了君临城中每一个妓女，但既没找到"奶酪"，也没发现"白蛆"。伊耿二世国王在悲愤与狂怒中下令捉拿全城的捕鼠人，统统吊死（后来奥托·海塔尔爵士在红堡里引入了一百只猫来抓老鼠）。

在那个命运的黄昏，海伦娜王后虽被"鲜血"与"奶酪"饶过一命，但很难说她活了下来。事后她不吃饭、不洗澡、不出门，更不愿看到剩下的儿子梅拉尔，因她曾指名他去死。国王别无他法，只能带走男孩，交给阿莉森太后视如己出般养育。

伊耿和王后就此分居，随着时间推移，海伦娜王后的疯病越来越严重，国王却只能发火、酗酒，酒醒后继续发火。

巨龙之死

红龙与金龙

路斯里斯·瓦列利安在风暴地不幸亡故,杰赫里斯王子在红堡当着母亲的面被谋杀,这两桩惨案让"血龙狂舞"迅速升温,进入新阶段。"黑党"与"绿党"开始高喊复仇,叫嚷血债血偿。王国各地的领主们纷纷召集封臣,各路大军随即集结出发。

在河间地,布莱伍德家族的军队打着雷妮拉的旗帜①离开鸦树厅,攻入布雷肯家族的领地,到处焚烧作物、驱赶牛羊、洗劫村落、捣毁圣堂(布莱伍德家族是极少数在颈泽以南仍信奉旧神的家族)。

布雷肯家族也集结起强大的部队,赶去对方领地报复,不料于一座临河的老磨坊边扎营时遭遇山姆威尔·布莱伍德伯爵的突袭。磨坊在持续数小时的激战中起火燃烧,双方就着通红的火光作殊死拼斗。指挥石篱城部队的阿摩斯·布雷肯爵士在一对一决斗中砍杀了老对手布莱伍德伯爵,随后却有一支鱼梁木箭不偏不倚地深深射入他的头盔眼缝,当即要了他的命——据说那支箭乃布莱伍德伯爵十六岁的妹妹亚莉珊所射。亚莉珊日后得名"黑亚莉",她为兄报仇是确有其事还是家族传说的渲染,就不得而知了。

这场大战史称"火磨坊之战",双方除开各折首领,还损失了其他许多头面人物……最终布雷肯家族的队伍崩溃了,残部在阿摩斯爵士同父异母的私生兄弟雷拉顿·河文爵士带领下撤回自家领地,却惊讶地发现石篱城已被乘虚夺取——戴蒙王子骑着科拉克休,率领一支由戴瑞家族、鲁特家族、派柏家族和佛雷家族的部众组成的大军攻占了布雷肯家族的根据地,后者已将泰半力量用

---

① 注:争夺铁王座的两股势力最初都打着坦格利安家族黑底红色的三头火龙旗,但到征服一百二十九年底,伊耿与雷妮拉不约而同地在旗号上做出变化,以区分敌我。伊耿将旗帜上的龙由红色变为金色,代表自己的坐骑阳炎耀眼的金色鳞片;雷妮拉将旗帜四等分,加上艾林家族和瓦列利安家族的纹章,以尊崇生母和第一任丈夫。

于出击。亨佛利·布雷肯伯爵、伯爵剩下的孩子们，外加他的第三任妻子及平民出身的情妇全成了俘虏。雷拉顿爵士不愿亲属们受苦，随即也投降屈服。布雷肯家族就这样被彻底打败，势力大为缩减，伊耿国王在河间地的其他支持者丧失了信心，纷纷放下武器。

在这些灾祸发生时，"绿党会议"并未虚度光阴，事实上，奥托·海塔尔爵士可谓日理万机，他不但要争取各路诸侯的支持，还在加紧招募佣兵，充实君临城防，并着力寻找外援。欧维尔大学士的和谈使命失败后，首相更是加倍努力，接连派渡鸦去临冬城、鹰巢城、奔流城、白港、海鸥镇、苦桥、仙女城及其他数十座城堡。使者们连夜骑行，去召都城附近的领主入宫，向伊耿国王当面输诚效忠。奥托爵士甚至联络了多恩人，因多恩领当权的科奥伦·马泰尔亲王当年曾在石阶列岛对抗戴蒙王子。不过科奥伦亲王回绝了首相的邀约。"多恩曾与龙共舞，"他在回复中写道，"我宁愿与蝎同眠。"

尽管奥托爵士办事勤勉，却逐渐失去了伊耿国王的信任，后者错将他的谋划当作迟钝，将他的谨慎视为懦弱。据尤斯塔斯修士记载，伊耿曾有一回闯入首相塔，发现奥托爵士仍在写信，便将墨水瓶打翻在外公的膝盖上，叫道："王座是靠剑而不是靠笔来赢得的，我们要泼洒的是鲜血而非墨水。"

慕昆告诉我们，伊耿国王被戴蒙王子拿下赫伦堡的消息深深震撼。此前，伊耿二世深信异母姐姐是螳臂当车，赫伦堡的沦陷是他首度感受到威胁，随后"火磨坊之战"和石篱城的败报更是雪上加霜，令他意识到自己的地位并没有看上去那么稳固。河湾地的渡鸦带来的消息加深了他的恐惧："绿党"自以为在此根基最牢固，的确，海塔尔家族和旧镇始终支持伊耿国王，青亭岛也立场坚定……但南境其他许多领主却宣布为雷妮拉而战，包括三塔堡的科托因伯爵、高地城的穆伦道尔伯爵、角陵的塔利伯爵、金树城的罗宛伯爵和灰盾岛的格林伯爵。

最大张旗鼓的无过于阿兰·毕斯柏里爵士，身为林曼伯爵的继承人，他强烈要求国王立刻释放自己的祖父——外界多以为前财政大臣仍被关在地牢。眼见麾下诸侯纷纷亮出叛旗，高庭提利尔公爵的代理城主、总管和出任摄政的母亲顿时没了胆气，决定放弃对伊耿国王的支持，转而恪守中立。尤斯塔斯说伊耿国王开始通过酗酒来压抑恐惧，奥托爵士则写信给侄子蒙德·海塔尔伯爵，请求对方运用旧镇的武力镇压河湾地来势汹汹的动乱。

南境风波未平，其他打击又接踵而至：谷地、白港和临冬城纷纷响应女王，布莱伍德伯爵等一干河间地领主涌向赫伦堡与戴蒙王子汇合。"海蛇"的舰队封锁了黑水湾，商人们每天早朝都来跟伊耿国王抱怨。伊耿二世束手无策，只能借酒浇愁。"做点什么啊。"他命令奥托爵士。

首相向国王保证早有安排，假以时日必能粉碎瓦列利安家族的封锁。雷妮拉的支柱之一是她丈夫戴蒙王子，但王子也是她最大的弱点：他在浪荡生涯中制造的敌人远多于赢得的朋友。奥托·海塔尔爵士本人便是王子的宿敌，现在他联系上狭海对岸王子的另一死敌——"三女儿的王国"。

仅凭自身力量，王家舰队不可能挑战扼住喉道的"海蛇"，而派克岛的道尔顿·葛雷乔伊至今也未响应伊耿国王开出的条件，率领铁群岛的舰队赶来支援。不过，泰洛西、里斯与密尔的联合舰队大大优于瓦列利安家族的实力，于是奥托爵士给三城同盟会的总督们去信，承诺只要对方清除喉道的敌舰，重新打开海上通道，就给予君临城的独占贸易权。不但如此，他还答应割让石阶列岛给"三女儿的王国"，尽管铁王座从未伸张过对那片群岛的主权。

但三城同盟会向来行动迟缓，因这个三头政治的"王国"没有真正的国王，重大决策得由至高议会作出。至高议会由三十三位总督组成，每座城邦推举十一位，而每位总督都想展示自己的远见卓识和崇高地位，都想为自己的城邦攫取好处。五十年后写下关于"三女儿的王国"的权威史籍的葛雷顿国师将其形容为"三十三匹马拉的车，每匹马都想把车拉向自己的方向"。无论多么紧迫的议题，无论战、和还是结盟，都必须经过无比冗长的讨论……而奥托爵士的信使抵达时，至高议会甚至处于休会时期。

年轻的国王再也等不下去了，他受够了外公的拖延。虽然母后阿莉森竭力为奥托爵士辩护，伊耿二世仍不予理会。他把奥托爵士召到王座厅，亲手扯下对方的职位颈链，丢给克里斯顿·科尔爵士。"我的新首相是个铁腕人物，"他吹嘘，"我们受够了纸上谈兵。"

克里斯顿爵士立刻证明了国王的评价。"您不该像乞丐求人施舍般恳求臣下支持。"他告诉伊耿，"您是维斯特洛唯一的正统国王，抗命者皆为叛徒。该让他们知道叛国的代价了。"

最先付出代价的是红堡地牢里关押的那些贵族，他们曾宣誓捍卫雷妮拉公主的权利，且至今不愿改弦易辙。他们被一个个拖到城堡庭院，御前执法官提着斧头等在那里。新任首相给了每人最后一次反正的机会，但只有布特威尔伯爵、史铎克渥斯伯爵和罗斯比伯爵屈服，哈佛伯爵、玛瑞魏斯伯爵、哈特伯爵、布克勒伯爵、卡斯威男爵和费尔伯爵夫人重视誓言胜过生命，结果均被斩首，死的还有八名有产骑士，四十个仆人和随从。他们的头被插在七座城门顶端的枪上示众。

伊耿国王企图直取龙石岛，以报复"鲜血"和"奶酪"谋害王位继承人的血案。他打算亲自骑金龙阳炎从天而降，抓住或杀死异母姐姐及其一干"野种"。"绿党会议"费尽九牛二虎之力方才劝住他。克里斯顿·科尔爵士另有一计，他说犯上作乱的公主用无耻手段谋害杰赫里斯王子，正该以彼之道还治彼身。"我们会让她尝到自己酿下的苦果。"爵士向伊耿国王保证。御林铁卫队长想到的复仇工具是自己的誓言兄弟——亚历克·卡盖尔爵士。

亚历克爵士对坦格利安家族的古老要塞非常熟悉，他在韦赛里斯国王统治时期曾多次造访那里。如今黑水湾中尚有许多渔船活动，岛民仰赖捕鱼维生，将爵士送往城堡下的渔村想必并不困难。从渔村出发，亚历克爵士可自行接近女王，因他和孪生兄弟伊利克爵士长得一模一样，"蘑菇"和尤斯塔斯修士都说连他们的铁卫兄弟也分辨不出。只消穿上白袍白甲，亚历克爵士便能在龙石岛自由活动，卫兵会把他误认作伊利克爵士，克里斯顿·科尔正是看中了这点。

尤斯塔斯修士告诉我们，亚历克爵士并非心甘情愿领受这个任务，饱受困扰的骑士在出航前夜造访过红堡圣堂，祈求天上圣母的宽恕。但身为御林铁卫的一员，他发誓服从国王和铁卫队长，为了荣誉别无选择，只能披上满是盐斑的渔民衣衫前往龙石岛。

关于亚历克爵士此行的目标至今存在争议。慕昆大学士说他受命加害雷妮拉，要用利落的一击来终结叛乱；"蘑菇"却说他的猎物是雷妮拉的孩子们，伊耿二世希望用两个"野种外甥"——杰卡里斯·"斯壮"和乔佛里·"斯壮"——来补偿自己被谋害的儿子。

亚历克爵士登陆时顺风顺水，穿好白袍白甲后也顺利地伪装成孪生弟弟，混入城堡,一切正如克里斯顿·科尔的预料……直到在城堡中心,当亚历克爵士前往王家居所时,诸神让他与伊利克爵士相遇,对方立刻认出了他。

歌手们声称,伊利克爵士拔剑时说道:"我爱你,哥哥。"

亚历克爵士的回答是:"我也爱你。"并同时拔出佩剑。

慕昆大学士声称这对孪生兄弟苦斗了近一个钟头,金铁交击声惊动了雷妮拉的半个宫廷,但旁观者只能目瞪口呆地看着这场决斗,没人分得清哪个是哥哥哪个是弟弟。亚历克爵士和伊利克爵士最终都给对方留下致命伤,他们泪流满面地死在彼此怀中。

"蘑菇"却把他们的决斗形容得短促、野蛮和丑陋。根据弄臣的说法,他们实际上只打了几回合,也并未倾诉爱意,反倒大声呵斥对方为叛徒。伊利克爵士站在螺旋梯上,位置占优,因此抢先给予亚历克爵士致命伤——那是一记毫不留情的下斩,几乎将哥哥的持剑手自肩部整个砍断——但亚历克爵士倒下的同时抓住加害者的白袍,奋力拖到身边,并用匕首狠狠捅进其肚腹。亚历克爵士在卫兵赶到前就死了,伊利克爵士多撑了四天,然而腹部恐怖的伤口令他惨叫不断,他弥留之际一直在恶声恶语地诅咒孪生哥哥。

显而易见,歌手和说书人倾向于传颂慕昆笔下的故事,至于学士和严肃的学者相信哪种说法,就要自行判断了。尤斯塔斯修士只简单地提到卡盖尔双胞胎互斗身亡。

在君临,伊耿国王的情报总管"弯足"拉里斯·斯壮列出了前往龙石岛参加雷妮拉女王的加冕式、并加入"黑党会议"的贵族名单。赛提加伯爵和瓦列利安伯爵的根据地在岛上,伊耿二世的海军力量不足,对之鞭长莫及,但那些大陆上的"黑党"领主要遭殃了。

克里斯顿爵士率领一百名骑士、五百名王室亲兵和一千五百名雇佣兵浩浩荡荡从君临出发。大军最先抵达罗斯比城和史铎克渥斯堡,这两地领主刚刚收回对雷妮拉的支持,现在克里斯顿爵士要求他们征发部属加入国王军,以此表忠。

扩充后的国王军奇袭拿下有城墙保护的港口市镇暮谷镇。镇子遭到洗劫,港内船只付之一炬,冈梭尔·达克林伯爵被斩首,其随从骑士和守城兵丁必须在宣誓为伊耿国王效命和追随主人去死这两者间择其一——绝大多数人选了前者。

克里斯顿爵士的下一目标是鸦栖堡，预先得报的斯汤顿伯爵闭门死守，眼睁睁看着自家的田园、树林和村庄纷纷被焚，牛羊和百姓遭到屠戮。当城堡中的粮食逐渐耗尽时，他派一只渡鸦去龙石岛求援。

渡鸦抵达时，雷妮拉及其"黑党"正在哀悼伊利克爵士，并讨论如何回击"篡夺者伊耿"的又一次挑衅。女王虽然愤恨这次针对她本人（或是她的儿子们）的刺杀，对攻打君临却依旧下不了决心。慕昆（我们有必要再次提醒，大学士是在若干年后追述女王的想法）说她害怕承担弑亲罪过，她想到当年"残酷的"梅葛杀害侄儿伊耿而遭诅咒，乃至在偷来的王座上流干了血；尤斯塔斯修士表示雷妮拉"从母亲的角度出发"，不愿让剩下的儿子们再去冒险；至于唯一旁观过"黑党会议"的"蘑菇"，他坚称雷妮拉因次子路斯里斯的离世而过度悲伤，以至缺席会议，将权柄交给"海蛇"及其夫人雷妮丝公主。

在这件事上，我们认为"蘑菇"的说法更可信，因斯汤顿伯爵的求援信送出九天后，海上传来皮翼鼓动声，巨龙梅丽亚斯飞赴鸦栖堡。这条母龙全身猩红鳞甲，因而得到"红女王"的外号，它的翼膜是粉色，头冠、角和爪子则如亮铜。"无冕女王"雷妮丝·坦格利安身着阳光下耀眼的铜铁甲胄，傲然骑在巨龙背上。

克里斯顿·科尔爵士不为所动，这位伊耿的新首相早有安排。战鼓敲出指令，弓箭手迅速上前，长弓和十字弓射出漫天飞箭，蝎子弩也射出曾在多恩领击落米拉西斯的长铁矢。梅丽亚斯身中二十几箭，但这些伤只让它怒火更盛。它扫过大地，左右喷火，将马上的骑士活活烤死，马毛、马皮和马鞍同时着火燃烧。步兵丢下长矛四散逃窜，有人想用盾牌作掩护，但无论橡木还是钢铁都无法承受魔龙的吐息。克里斯顿爵士骑在白马上，透过浓烟与烈焰大喊："瞄准骑手！"梅丽亚斯应声咆哮，鼻孔生烟，一匹战马在它牙齿间踢打挣扎，旋即被火焰吞噬。

就在这时，传来了针锋相对的咆哮，另有两条有翼巨兽出现——国王骑金龙阳炎，王弟伊蒙德骑瓦格哈尔。原来这是克里斯顿·科尔爵士设下的圈套，而雷妮丝吞下了诱饵。陷阱正在合拢。

雷妮丝公主没有临阵退缩。她发出一声欢悦的呐喊，挥鞭驱策梅丽亚斯正面迎战。若跟瓦格哈尔单打独斗,"红女王"或有几成胜算,因它老奸巨猾,经验极为丰富。但瓦格哈尔与阳炎联手,结局早已注定。三条巨龙在一千尺的上空作殊死拼斗,团团火球凌空炸裂绽放,绚烂得足以让目击者事后发誓说天空中有无数个太阳。梅丽亚斯的红爪子一度扼住阳炎的金脖子,但瓦格哈尔随即从上方扑下,三条巨兽撞成一团,朝地面旋转坠落。它们落地时动静之大,乃至让半里格外鸦栖堡的城垛纷纷崩塌。

靠近巨兽的那些人已无法为后人述说战况,远处的人则碍于浓烟与烈焰,根本看不清此后的发展。数小时后大火熄灭,灰烬堆中只有瓦格哈尔站了起来,它没什么大碍。梅丽亚斯死了,它落地时就摔得伤筋动骨,在地上又被敌人撕成碎片。华美的金色巨兽阳炎被撕掉半条翅膀,而它背上的王者不仅多根肋骨折断、骨盆摔碎,还烧伤了半边身体,左臂的伤情尤为严重——龙焰如此炽烈,乃至盔甲活生生融进血肉,难分难解。

后来,人们在梅丽亚斯的尸骸旁找到一具疑似雷妮丝·坦格利安的尸体,但已烧焦到不堪辨认,因此无法确定。伊蒙·坦格利安王子和乔斯琳·拜拉席恩小姐的爱女,科利斯·瓦列利安伯爵忠实的妻子,兰尼诺·瓦列利安和兰娜尔·瓦列利安的母亲,杰卡里斯·瓦列利安、路斯里斯·瓦列利安、乔佛里·瓦列利安、贝妮拉·坦格利安和雷妮亚·坦格利安的祖母,"无冕女王"雷妮丝就这样离开了人世。她活得英勇无畏,死在血与火之中,时年五十五岁。

那日还有八百名骑士、侍从和普通士兵丧生。不久后,死亡名单上又添了一百人——伊蒙德王子和克里斯顿·科尔爵士联手拿下鸦栖堡,将守军就地处决。斯汤顿伯爵的首级被带回君临,挂上旧城门……但真正让都城百姓陷入沉默的,乃是用马车拖过街巷展览的梅丽亚斯的龙头。尤斯塔斯修士告诉我们,好几千人因此被吓得逃出都城,直到阿莉森太后命令将城门统统紧闭上闩。

伊耿二世国王没死,只是烧伤如此痛苦,有人说他反而祷告求死。他被一顶封闭轿子抬回君临以隐瞒伤情,当年余下的时间卧床不起。修士们为他日夜祈祷,学士们带来药剂和罂粟花奶……但伊耿九成时间都在睡,醒来也只勉强吃点东西又继续睡去,除开母后阿莉森和御前首相克里斯顿·科尔爵士,谁也不敢来打扰他。海伦娜王后从不过问,她完全迷失在自己的悲伤和疯狂里。

国王的坐骑阳炎太大也太沉,无法凭残翼上天,只能留在鸦栖堡附近的原

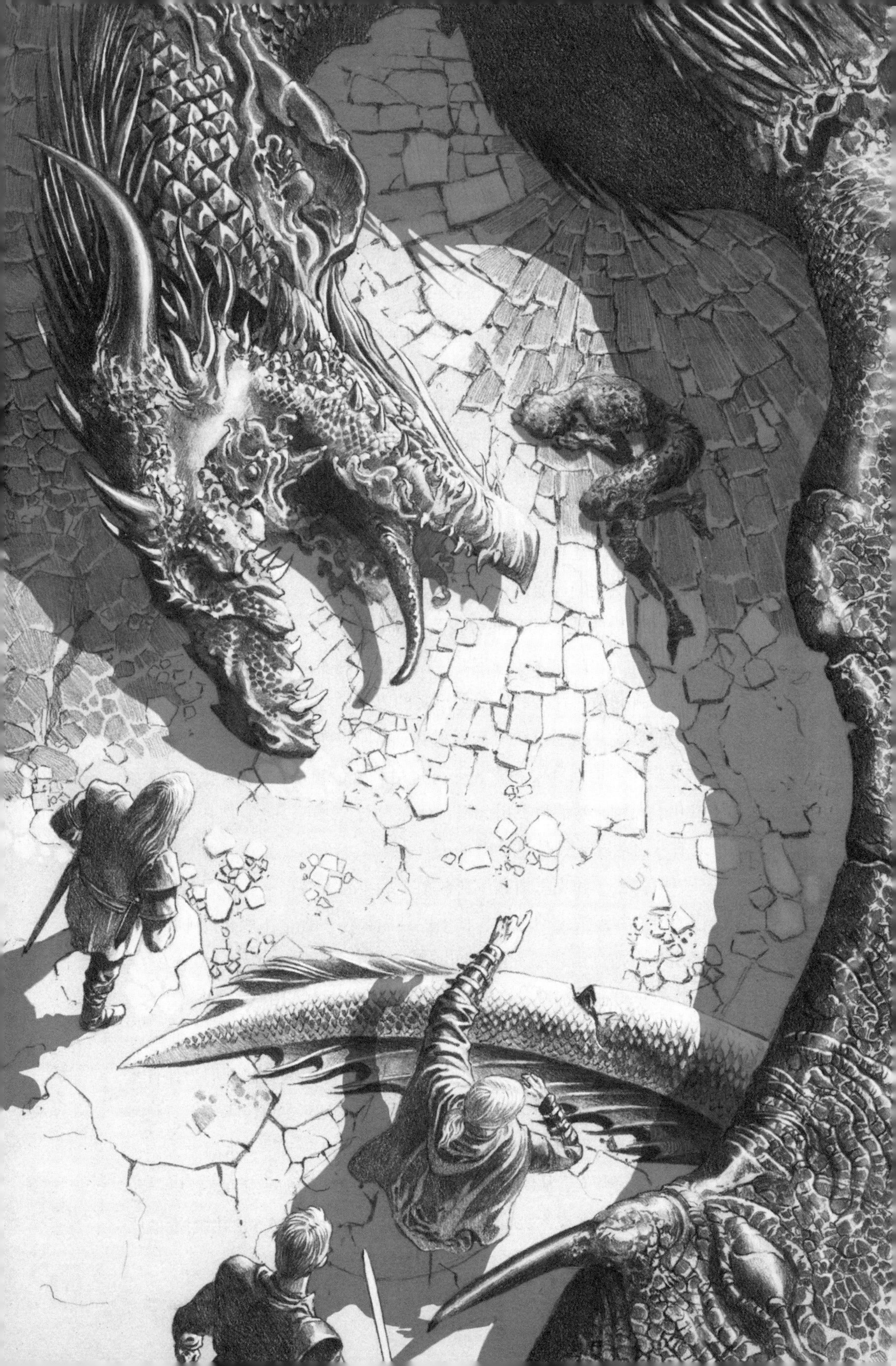

野。它在灰烬堆中蠕来蠕去，活像一条巨大的金色火蚯蚓。它起初靠战场上烧焦的尸体为生，尸体吃完后，克里斯顿爵士留下的看守为它送来小牛和绵羊。

"你必须支撑王国，直到你哥哥有力气重新戴上王冠。"国王之手告诉伊蒙德王子——据尤斯塔斯修士的记载，克里斯顿爵士无需重复第二遍，弑亲者独眼伊蒙德便径直戴上了"征服者"伊耿的红宝石瓦雷利亚钢王冠。"王冠戴在我头上似乎更合适。"王子宣称。好歹伊蒙德并未称王，只是自封全境守护者和摄政王太弟，克里斯顿·科尔爵士继续出任国王之手。

与此同时，杰卡里斯·瓦列利安的北方之行开花结果，各路人马在白港、临冬城、荒冢屯、姐妹屯、海鸥镇和月门堡集结起来。克里斯顿爵士警告新上台的摄政王太弟，若是放任这些军队与赫伦堡戴蒙王子旗下的河间诸侯汇合，便是君临城的高墙厚垒也阻挡不住。

南方传来的也都是坏消息。蒙德·海塔尔伯爵应叔叔之请，带着一千名骑士、一千名弓箭手、三千名步兵和数千佣兵、自由骑手、营妓及随营流民从旧镇出发，路上却苦于阿兰·毕斯柏里爵士和阿兰·塔利伯爵的袭扰。两个阿兰的军队虽远少于海塔尔伯爵，但他们不分昼夜地发动偷袭，践踏海塔尔军的营帐，猎杀海塔尔军的斥候，并在海塔尔军的行军路线上到处放火。在更往南的地方，科托因伯爵自三塔堡出发攻击海塔尔军的辎重队。海塔尔伯爵还接到许多不祥的报告，说有一支兵力与他不相上下的军队正沿曼德河南下，带兵的是金树城伯爵撒迪厄斯·罗宛。蒙德伯爵据此认定，没有君临的支援，他寸步难行了。"我们需要龙。"他写信要求。

伊蒙德对自己的战技和坐骑瓦格哈尔的实力有绝对信心，他很乐意主动出击。"龙石岛的贱货没几分斤两，"他说，"河湾地罗宛那帮叛贼也不在话下，威胁仅在我叔叔。戴蒙一死，替我老姐撑腰的蠢货们就会灰溜溜地卷旗收伞、俯首称臣。"

在黑水湾以东，雷妮拉女王的日子并不好过。这个饱受怀孕、分娩和死产折磨的女人，又遭遇儿子路斯里斯惨死这一沉重打击。当雷妮丝公主的死讯传到龙石岛，雷妮拉女王和瓦列利安伯爵发生了激烈争吵，后者将妻子的死完全归咎于前者。"本该你去！""海蛇"冲她大叫大嚷，"斯汤顿向你求救，你却甩给我夫人来回应，还拒绝让你的儿子们同行！"众人皆知，小杰和小乔都无比渴望骑上坐骑，与雷妮丝公主一道赴援鸦栖堡。

"只有我能安慰陛下失落的心。"蘑菇在《证词》中声称，"在那段暗无天日的时期，我是陛下唯一的顾问。放下弄臣的权杖，脱去小丑的尖顶帽，我奉献出全部的智慧与同情。王公老爷们都被蒙在鼓里，浑不知他们的主子其实是个小丑，一个穿杂色衣的隐身国王。"

侏儒夸下海口，但各家编年史均没有类似记载，我们也相信这并非事实。雷妮拉女王并不孤单，她还有四个被她形容为"我的力量和慰藉"的儿子。尽管与戴蒙王子所生的小伊耿和韦赛里斯当年分别只有九岁和七岁，乔佛里王子十一岁……但龙石岛亲王杰卡里斯即将度过第十五个命名日纪念了。

征服一百二十九年末，站出来迎接挑战的是小杰。小杰十分在意自己对"谷地处女"许下的承诺，便命乔佛里王子骑泰雷克休飞往海鸥镇。慕昆大学士认为小杰此举主要是想让弟弟远离战斗，无论如何，小乔非常不满，因他渴望在战场上证明自己。最后兄长只能拿出保卫谷地、抵御伊耿国王的巨龙做挡箭牌，弟弟才勉强动身。戴蒙王子与兰娜尔·瓦列利安所生的雷妮拉（当时十三岁）被指派与乔佛里同行。雷妮拉出生在潘托斯，又称潘托斯的雷妮拉。她并非驭龙者，她的龙蛋几年前孵出一个怪物，但这回她带着三颗龙蛋去谷地，夜夜祈祷它们孵化。

雷妮亚的双胞胎姐姐贝妮拉留守龙石岛。早已与杰卡里斯王子订婚的她拒绝离开，坚持要骑龙与未婚夫并肩上阵——尽管月舞还太小，根本无法载她上天。照贝妮拉的意思，婚礼应立刻举办，但她未能如愿。慕昆说王子想等战争结束再结婚，"蘑菇"则声称杰卡里斯已与临冬城神秘的私生女萨拉·雪诺发下婚誓，没法再结了。

龙石岛亲王还要保障两个异父弟弟小伊耿和韦赛里斯的安全。两人的父亲戴蒙王子造访自由贸易城邦潘托斯期间交游广泛，所以杰卡里斯越过狭海与潘托斯亲王联络，对方答应收养这两个孩子，直到雷妮拉夺得铁王座。征服一百二十九年末，两位小王子登上平底船"形骸放浪号"——伊耿带着小龙暴云，韦赛里斯带着一颗龙蛋——航向厄斯索斯大陆。"海蛇"派出七艘战舰护航，以确保他们平安抵达潘托斯。

此后不久，杰卡里斯王子任命"潮汛之主"为女王之手，以此安抚了对方。他和科利斯伯爵一道策划夺取君临。

受伤的阳炎无法飞离鸦栖堡,戴伦王子的特赛里恩远在旧镇,君临城防只剩两条龙……而梦火的骑手海伦娜王后终日在黑暗中哭泣,显然不构成威胁。唯一的对头是瓦格哈尔,虽然在世的龙族没有哪一条的体格或凶猛程度能与之匹敌,但小杰有理由相信,沃米索尔、叙拉克斯和科拉克休同时杀到君临足以制服"老婊子"。

"蘑菇"却没这么肯定。"三条龙的确比一条龙多,"侏儒声称自己如此劝诫龙石岛亲王,"但四条又比三条多,六条又比四条多,这事傻子都知道。"小杰指出暴云从未载人上天,月舞不过是条小龙,乔佛里王子的泰雷克休身处谷地,哪来的六条龙?侏儒听了笑道:"到被单下面和柴火堆里找呗,到你们坦格利安族人撒下宝贵的银色种子的地方。"

自伊纳尔·坦格利安率龙群离开瓦雷利亚来到龙石岛,坦格利安家族已在此统治了二百多年。照习俗他们是兄妹通婚、族内通婚,但年轻人血气方刚,时常也与臣民的女儿(乃至妻子)云雨偷情。这些臣民主要是龙山下几个渔村的百姓,有的在岛上耕田,有的在海中捕鱼。事实上,直到杰赫里斯国王废除初夜权,这项古老的权利一直在龙石岛上盛行不悖,甚至比大陆上任何地方都恶劣——"善良王后"亚莉珊听了想必会大惊失色。

诚如亚莉珊王后在"女庭"中了解的那样,七国民众至为怨恨初夜权,然而龙石岛居民认为大陆人不解风情。坦格利安家族在他们眼中近乎于神,龙石岛上,新婚之夜得到坦格利安家族"祝福"的新娘是众人艳羡的对象,由此诞生的孩子地位也更高。龙石岛主为庆祝孩子诞生,往往会慷慨地赠予礼物,包括金子、丝绸和土地等,这些幸福的私生子被认为是"龙的种子",久而久之简称"龙种"。初夜权废止后,有的坦格利安族人仍会调戏旅店主之女或渔夫的老婆,因此龙种和龙种的后代在龙石岛上依旧昌盛。

杰卡里斯王子接受弄臣的意见,决定征求更多驭龙者来驾驭岛上无主的巨龙。他立誓不问出身,只要能驭龙就赐予土地和财富,并封为骑士,其子嗣也能当贵族,女儿则嫁给领主。驭龙者本人享有与龙石岛亲王并肩作战、打败篡夺者伊耿·坦格利安二世及其身边奸邪宵小的荣誉。

响应王子召唤的并非都是"龙种",很多人连一滴龙血都没有。二十多名女王的随从骑士站了出来,包括女王铁卫队长史蒂芬·达克林爵士,此外还有若干侍从、帮厨小弟、水手、士兵、戏子,甚至有两个女仆。慕昆将这些人尝试驭龙的壮举和悲剧统称为"大播种"(慕昆将计划归功于杰卡里斯,而非"蘑菇"),其他人则乐意称之为"血色播种"。

无数跃跃欲试的驭龙候选者中,最离奇的无过于"蘑菇"本人,他在《证词》里花去很长篇幅描述自己如何尝试驯服老龙银翼,因他认定银翼是无主的巨龙中脾气最温和的。放眼侏儒讲述的所有故事,这个抓龙的逸闻也算得上颇为精彩。最终他套着灯笼裤的屁股着了火,逼得他跑过龙石岛庭院,一头栽进水井,差点又把自己淹死。这些经历固然基本出自虚构,好歹为严酷的"大播种"平添了几分滑稽色彩。

龙不是马,不易接受人类,而且发怒或感受到威胁时极具攻击性。根据慕昆《真史》的统计,"大播种"共导致十六人丧命,近五十人烧伤或致残。史蒂芬·达克林试图骑上海烟时被活活烧死,葛曼·马赛伯爵接近沃米索尔途中落得同样下场。一个叫银丹尼斯的人——自称是"残酷的"梅葛的私生子的后代,并因而继承了梅葛的头发和眼睛——被偷羊贼撕下一条胳膊,他的儿子们试图给他包扎,不料贪食者从天而降,赶走偷羊贼,将父子一起吞下肚。

六条龙中,海烟、沃米索尔和银翼曾被驯服,对人类的容忍程度更高。一般而论,被驾驭过的龙,更可能接受新骑手。最终,"人瑞王"的坐骑沃米索尔对铁匠的私生子——名为"铁锤"修夫或"硬汉"修夫的高大男人——低下高贵的龙颈,而名为"白发"乌尔夫(因为苍白的头发)或"醉鬼"乌尔夫(因为嗜酒如命)的士兵骑上了银翼,即"善良王后"亚莉珊的爱骑。

至于兰尼诺·瓦列利安的坐骑海烟,它接受了一个十五岁的私生男孩,船壳镇的亚当。史家们至今仍在争论这孩子的身世。

亚当与小他一岁的弟弟埃林同为美貌的玛尔达所生。玛尔达原是船工师傅的小女儿,她经常在父亲的船厂出没,人称"鼠儿",因她"小巧、敏捷又爱调皮捣蛋"。征服一百一十四年她生下亚当时只有十六岁,征服一百一十五年生下埃林时尚未年满十八。这两个船壳镇的私生子跟母亲一样小巧、敏捷,他们不但生了银发紫眼,还很快证明自己"血液中流淌着海盐"——他们从小在外公的船厂长大,不到八岁就以跑腿小弟的身份出海。亚当十岁(埃林九岁)

那年，他们的母亲继承了外公去世留下的船厂，随后将之变卖，换得一艘平底商船。她自任船长，将那艘船命名为"鼠儿号"。事实证明，船壳镇的玛尔达是个精明的商人和大胆的船长，她这一艘船到征服一百三十年发展成了七艘船，而她的两个私生子总在船上工作。

只消看上一眼，谁都不会怀疑亚当和埃林的"龙种"身份，但做母亲的一直顽固地拒绝透露他们的生父。直到杰卡里斯王子征召民间驭龙者，玛尔达才最终打破沉默，声称两个孩子都是已故兰尼诺·瓦列利安爵士的私生子。

毫无疑问，两个孩子和兰尼诺爵士长得很像，后者也的确经常造访船壳镇的船厂。但龙石岛和潮头岛的人士有理由怀疑玛尔达的说法，众人皆知兰尼诺·瓦列利安对女人毫无兴趣。不过，没人敢公开反驳……因将她的两个孩子带到杰卡里斯王子面前参加"大播种"的，正是兰尼诺的父亲科利斯伯爵。"海蛇"年事已高，他的两个嫡生孩子都死了，又在继承问题上经历了侄子和堂亲的背叛，此刻似乎急于接受凭空出现的孙子。船壳镇的亚当成功驾驭了兰尼诺的坐骑海烟，更为母亲的话增添了分量。

不足为奇的是，慕昆大学士和尤斯塔斯修士正式认可了亚当和埃林的谱系……只有"蘑菇"一如既往地提出异议，他的《证词》提供了另一种可能性：两只"小老鼠"并非"海蛇"儿子的种，而是出自"海蛇"本人。弄臣振振有词地指出，科利斯伯爵的性向正常，与兰尼诺爵士截然不同，而船壳镇的船厂就像他的第二个家，他比儿子去得更频繁。弄臣还提到伯爵的妻子雷妮丝公主怀有坦格利安族人标志性的火爆脾气，断不会接受夫君跟年纪只有她一半、还出自船工之家的平民女孩留下私生子。所以埃林出生后，伯爵只能审慎地终结与"鼠儿"的"船厂风流"，命对方保护两个孩子远离宫廷。直等到雷妮丝公主过世，科利斯伯爵才敢让自己的私生子登场。

必须承认，在这件事上，侏儒的说法比学士和修士的版本更合理。雷妮拉女王身边的许多臣属想必也有同样的怀疑，但他们都三缄其口。船壳镇的亚当证明自己之后不久，科利斯伯爵甚至出面恳请雷妮拉女王消除这孩子及其弟弟的血统污点。他的积极呼吁加上杰卡里斯王子的声援，最终让女王妥协了，船壳镇的私生子"龙种"亚当就这样成了亚当·瓦列利安，潮头岛的继承人。

"血色播种"并未就此结束，接下来还有更多人尝试，带来更多死亡，并最终为七大王国引发深远的后果。

驯服龙石岛上三条野龙的难度很大，它们从未被人类驾驭，但驭龙候选者还是将目标对准了它们。偷羊贼是一条奇丑无比的"棕色烂泥龙"，孵化于"人瑞王"年轻时代，平日活跃在潮头岛至文德河之间。它喜食羊肉，经常自空中扑进牧羊人的羊群，但很少伤害牧羊人——除非对方干涉它抓羊——倒是吃了不少牧羊犬。

灰影居住在龙山东坡高处的冒烟洞穴里，性喜食鱼，常低飞于狭海，伺机捕捉水中猎物。它是一头色如晨雾的淡灰白色巨兽，出了名的怕生，可以一连几年不现人世。

最大最老的野龙是贪食者，得名于它曾享用同类的死尸，还会飞到龙石岛上同类的巢穴里吞噬龙蛋和新生小龙。它全身炭黑，有一对惨绿色的眼睛，有的百姓说它早在坦格利安家族到来前就在龙石岛筑巢定居（慕昆大学士和尤斯塔斯修士认为这是无稽之谈，我们赞同他们的看法）。多年来，人们尝试驯服

它有十来次，却只在它的巢穴旁留下累累白骨。

这回没有一个"龙种"蠢到去打扰贪食者（敢于尝试的人也铁定无法回来报告）。有人寻过灰影，却根本找不到，因灰影向来擅于躲藏。偷羊贼倒常跟人照面，但它满怀恶意又脾气暴躁，结果比三条"城里的龙"加起来杀的"龙种"还多。试图驯服它的人包括（寻找灰影未果后）船壳镇的埃林，然而偷羊贼反抗激烈，埃林从龙穴中踉跄退出时斗篷着了火，全靠他哥哥的迅速反应才留得性命——亚当指示海烟赶走野龙，用自己的斗篷为弟弟灭火。埃林·瓦列利安将终身带着背上和双腿的烧伤，但能保命已感庆幸，毕竟众多想骑上偷羊贼的"龙种"和寻龙者都葬身龙腹了。

最终却是一位十六岁的"棕色小丫头"凭耐心和机智驯服了这条"烂泥龙"。她每天早上都给龙送来一只刚宰好的绵羊，直到偷羊贼对她抱有期待，并终于接受了她。慕昆称这名出人意料的驭龙者为荨麻，"蘑菇"则说她是码头边的妓女的私生野种，唤作阿妮。我们得知她有黑发、棕眼和棕肤，体型消瘦，满嘴粗话但无所畏惧……她也是巨龙偷羊贼的第一位和唯一一位骑手。

付出巨大的伤亡和代价、留下众多寡妇和众多将带着烧伤度过一生的残废之后，杰卡里斯王子终于如愿以偿地找到四名新的驭龙者。征服一百二十九年年尾，王子决定空袭君临，时间就定在翌年第一个满月日。

然而人算不如天算，正当小杰定计出动时，新的威胁自东方出现。奥托·海塔尔的谋划终于开花结果，三城同盟会的至高议会在泰洛西开会商议后，决定接受结盟条件，于是九十艘战舰打着"三女儿"的旗帜，自石阶列岛浩浩荡荡直扑喉道而来……由于诸神作弄，载有两位坦格利安王子的潘托斯平底船"形骸放浪号"竟直入虎口，遭遇了这支舰队。

结果显而易见，护卫舰要么沉没要么被俘，"形骸放浪号"也没能逃出生天。伊耿王子拼死趴在小龙暴云的脖子上，逃到龙石岛报信。"蘑菇"告诉我们，男孩吓得面无人色，浑身抖得像风中树叶，尿流了一身。他才九岁，此前从未上过天……今后也没机会上天了，因暴云逃离"形骸放浪号"时身负重伤，不但肚皮被射成了筛子，还教一支蝎子弩的铁矢刺穿颈项。它降落后不出一小时就死了，临死前一直嘶嘶惨叫，全身伤口涌出滚烫的黑血和烟雾。

伊耿的弟弟韦赛里斯王子无法脱逃，但他是个聪明孩子，藏起龙蛋后换上满是盐斑的破衣服，装作船上的跑腿小弟。直到某个真正的跑腿小弟背叛他，他才做了俘虏。慕昆说，他最初被一位泰洛西船长得到，但很快舰队司令里斯的沙拉克·洛哈便将他据为己有。

这位来自里斯的舰队司令兵分两路攻入喉道，一路走龙石岛以南，一路走龙石岛以北，势若铁钳。伊耿征服后第一百三十年一月五日凌晨，沙拉克以朝阳为掩护，气势汹汹地扑来，战斗随即打响。借助初升的太阳，三城同盟会打了瓦列利安伯爵手下许多划桨战舰一个措手不及，他们撞击了一些船，又凭绳索和抓钩蜂拥登上另一些船。他们并未对龙石岛用兵，而将目标定为潮头岛，不但在香料镇卸下大批部队，还朝镇内港口放出火船，焚烧出港迎击的船只。到上午晚些时候，香料镇已是烈火熊熊，密尔和泰洛西的部队正在撞击高潮城的城门。

当杰卡里斯王子骑在沃马克斯背上，向里斯划桨战舰的战列俯冲时，迎接他的是雨点般的长矛和箭矢。三城同盟会的水手曾在石阶列岛对付过戴蒙王子的坐骑，没人能质疑他们的勇气，他们此番已做好与龙焰抗衡的一切准备。"专心杀掉骑手，龙自会飞走。"船长和军官们叮嘱水手。一艘船着火了，紧接着又是一艘，但自由贸易城邦的水手没有退缩……直至他们听到一声错愕至极的惊叫，抬头看见更多有翼巨兽从龙山上起飞，直扑而来。

对付一条龙是一回事，对付五条龙是另一回事。当银翼、偷羊贼、海烟和沃米索尔开始俯冲时，三城同盟会的船员失去了勇气。战列瓦解了，划桨战舰一艘接一艘地调头逃跑。俯冲的巨龙势若闪电，喷出蓝色、橙色、红色和金色的火球，一个比一个明亮耀眼。战船纷纷被炸成碎片或被烈焰吞噬，尖叫的船员跳进大海，却难逃火焚厄运。洋面上升起无数高高的黑烟柱，三城同盟会似乎一败涂地……大势已去……

……但这时，低飞的沃马克斯却一头扎进了大海。

巨龙坠落的过程和原因众说纷纭。有人说某位十字弓手射出的箭矢洞穿了龙的一只眼睛，但此说殊为可疑，因其与从前米拉西斯在多恩的结局过于相似；又有说某艘密尔划桨战舰的瞭望手趁沃马克斯高速掠过时抛出铁锚挂住巨龙，锚钩正好卡在两块鳞片之间，并因龙过快的速度而深嵌进去。接着那水手把铁链绑到主桅上，船的自重和沃马克斯扇动翅膀的力量结合，便在龙腹上开了一道参差不齐的大口子。

无论如何，巨龙愤怒的尖叫一度盖过战斗的喧嚣，远至香料镇都能听到。它在飞行途中陡然坠落，浑身冒烟地掉在海里，不停地挥爪乱抓。幸存者说它试图浮起来，却一头撞进一艘燃烧的划桨战舰。木材四分五裂，主桅即刻折断，挣扎的巨龙被船上绳索缠住，没能脱身。战舰倾覆时，沃马克斯也被拖进海底。

据说杰卡里斯·瓦列利安跳下巨龙，抓住一片冒烟的漂浮物，但没撑多久，因为最近的密尔船上的十字弓手朝他射击。王子中了一箭又一箭，赶来对付他的密尔人越来越多，最后有一箭射穿脖子，他就这样葬身大海。

喉道之战在龙石岛南北的洋面上同时展开，持续入夜，至今仍是史上最血腥的海战。从石阶列岛出发时，三城同盟会舰队司令沙拉克·洛哈麾下的密尔、里斯和泰洛西联合舰队共有九十艘战舰，战后他只带回二十八艘伤痕累累的船，其中二十五艘属于里斯。毫不奇怪地，密尔和泰洛西的寡妇们愤怒地指责舰队司令有意保存实力，让别人去送死——激烈的争吵直接导致两年后三城同盟会解体，三座城邦反目成仇，随即开始"女儿们的战争"，不过相关事件不在本书的叙述范围之内。

来犯之敌放过了龙石岛，无疑是认为坦格利安家族的古老要塞过于坚固，但他们在潮头岛大肆掠杀。香料镇遭到野蛮洗劫，街道堆满男女老少的尸体，留给海鸥、老鼠和食腐乌鸦享用，房屋则统统被焚。这个镇子再也没有重建。高潮城也付之一炬，"海蛇"从东方带回的财宝都教烈焰吞噬，他的仆人们试图逃出火海却被纷纷砍倒。瓦列利安家族的舰队折损了近三分之一，数千人阵亡，但所有损失都不及龙石岛亲王和铁王座继承人杰卡里斯·瓦列利安之死带来的打击沉重。

雷妮拉最小的儿子亦不知所终。由于战斗极度混乱，幸存者搞不清当时韦赛里斯王子究竟在哪艘船上，不过双方都认定他死了，要么淹死、要么烧死，甚至被直接杀害。至于韦赛里斯那个侥幸逃命的哥哥小伊耿，他此后完全失去了笑容，他永远也无法原谅自己跳上暴云、把弟弟抛弃给敌人的做法。

史籍所载，当人们祝贺"海蛇"的伟大胜利时，老人答道："如果这算是胜利，我祈祷不要再赢了。"

但"蘑菇"告诉我们,当晚的确有两人在龙石岛城下烟雾缭绕的旅店饮酒庆祝:驭龙者"铁锤"修夫和"白发"乌尔夫,他们白天曾骑沃米索尔和银翼参战。"我们铁定能当上骑士,千真万确。"修夫宣称。乌尔夫听了哈哈大笑:"去他妈的骑士,我们要当领主。"

小女孩荨麻没参与庆祝,尽管她和他们一起骑龙上了战场,俯冲、喷吐、杀戮,战斗得非常勇敢,但回到龙石岛时她那张被浓烟熏黑的面孔上却可见道道泪痕。至于亚当·瓦列利安——船壳镇的亚当——战后他主动找到"海蛇",两人有过什么交流,就连"蘑菇"也不忍在《证词》中讲述。

半个月后,在河湾地,蒙德·海塔尔发现自己腹背受敌。金树城伯爵撒迪厄斯·罗宛和苦桥的私生子汤姆·佛花自东北率一支铁甲骑士军团浩荡而来,同时阿兰·毕斯柏里爵士、阿兰·塔利伯爵和欧文·科托因伯爵合兵一处,切断了他向旧镇的退路。两路敌人在蜜酒河岸包围了海塔尔伯爵,前后夹击之下,眼看海塔尔军阵线崩溃,战败就在眼前……但一道阴影掠过战场上空,头顶传来的恐怖咆哮盖过了金铁交击的喧嚣。

龙。

"蓝女王"特赛里恩,深蓝色与黄铜色相间的龙,阿莉森太后的幼子戴伦·坦格利安骑在它背上。戴伦年方十五岁,他就是从前做过杰卡里斯王子的乳奶兄弟的那个性格温和、说话轻柔的孩子,眼下身为蒙德伯爵的侍从。

戴伦王子骑龙赶到扭转了战局,现在轮到蒙德伯爵的部队怒吼着反攻,而女王一派丢盔弃甲了。当日战毕,罗宛伯爵率残部退回北方,汤姆·佛花和许多人一起被杀死或烧死在芦苇丛中,两个阿兰都做了俘虏,科托因伯爵则伤在"无畏的"琼恩·罗克顿爵士手中的黑剑"孤儿制造者"之下,命不久矣。入夜后,野狼和乌鸦于死尸间展开盛宴,蒙德·海塔尔伯爵则用野牛肉和烈性葡萄酒款待戴伦王子,并以传奇的瓦雷利亚钢剑"警觉"赐封王子为骑士,称他"大胆"戴伦爵士。王子谦虚地表示:"大人您实在过誉,胜利属于特赛里恩。"

蜜酒河之战惨败的消息传到龙石岛,"黑党会议"一片愁云惨淡。巴尔艾蒙伯爵甚至提出适时向伊耿二世屈膝,却被雷妮拉严词拒绝。人类的心最是奇妙,女人的心思更如那海底之针,难以参透。雷妮拉·坦格利安为一个儿子的死而崩溃,却从另一个儿子的死讯中找回力量。小杰之死令她坚强起来,焚尽了她心头的恐惧，只余怒火与仇恨。雷妮拉女王仍比她同父异母的弟弟拥有更多的龙，她决定不惜一切代价运用它们。她告诉"黑党会议"，她誓将血与火带给伊耿和伊耿的同党，要么把他拉下铁王座，要么战斗到死。

黑水湾对面，代替卧床不起的兄长伊耿统治的伊蒙德·坦格利安也立下同等的决心。独眼伊蒙德素来轻视异母姐姐雷妮拉，他把在赫伦堡囤积重兵的叔叔戴蒙王子当成真正的对手。他召集"绿党会议"和王领封臣，宣布要出击讨伐叔叔，并严惩反叛的河间诸侯。

王子计划以东西对进、两面夹攻的方式，迫使河间诸侯首尾不得兼顾。杰森·兰尼斯特已在西境的丘陵地集结起一支大军，包括一千名铁甲骑士和七千名弓箭手及步兵。王子要他居高临下杀入河间地，强渡红叉河，将铁与火带到三河领主的地盘；克里斯顿·科尔爵士则自君临率军出发，伊蒙德本人骑瓦格哈尔在空中掩护。两路大军于赫伦堡汇合，一举粉碎被夹在中间的"三河叛逆"。如果叔叔戴蒙敢出城应战——想必是会的——瓦格哈尔会好好教训科拉克休，届时伊蒙德王子将带着戴蒙王子的首级凯旋返回君临。

"绿党会议"并非一致赞同王子贸然出击的做法。御前首相克里斯顿·科尔爵士及财政大臣泰兰·兰尼斯特爵士是支持的，但欧维尔大学士建议先送信去风息堡，等拜拉席恩家族的勤王军赶到再一起出动。"铁棍"贾斯皮·威尔德伯爵则认为应召唤南方的海塔尔伯爵和戴伦王子，理由是"两条龙比一条龙好使"。太后也倾向谨慎，规劝儿子等王兄伊耿及其坐骑金龙阳炎恢复，好有个照应。

但伊蒙德王子不容拖延。他声称自己无需兄弟们支援，也无需他们的龙。伊耿伤得太重，戴伦又年纪轻轻，没错，科拉克休是条庞然巨物，它强悍、狡猾、身经百战……但瓦格哈尔比它资格更老，性情更凶猛，体型更是它的两倍。据尤斯塔斯修士记载，弑亲者伊蒙德认定这是属于他一人的胜利，他不想跟兄弟们——不想跟任何人——分享荣耀。

没人能反驳他，直到伊耿二世离开床榻、重掌权柄，朝中事务都由摄政王伊蒙德主宰。王子说干就干，半个月后便亲率四千国王军从诸神门出征。"此行赶到赫伦堡需要十六天，"他临行前说，"十七天后，我们将在'黑心'赫伦的大厅欢宴，欣赏我叔叔插在枪上的首级。"千里之外的凯岩城公爵杰森·兰尼斯特也遵伊蒙德之命，统领大军自西方丘陵倾巢出动，直捣红叉河，攻向河间地的腹心。三河领主们得报后不得不纷纷调转矛头，前去应付这一威胁。

年长又经验丰富的戴蒙·坦格利安当然不可能坐以待毙，即便他拥有固若金汤的赫伦堡。前已述及，王子在君临有不少朋友，侄子还没动身，其作战计划已传入他耳中。史籍所载，戴蒙王子得知伊蒙德和克里斯顿·科尔爵士一道离开君临时，不由得笑道："机会终于来了。"这是他等待已久的时机，赫伦堡扭曲的塔楼立即飞出大批渡鸦。

杰森·兰尼斯特公爵行至红叉河畔，对上红粉城的老伯爵培提尔·派柏与旅息城伯爵崔斯坦·凡斯。西境人数量占优，但河间地人拥有地利。兰尼斯特军发起三次强渡，三次都被驱赶回来，在最后那次失败的尝试中，一名白发苍苍的侍从——长叶的佩特——给杰森公爵留下了致命伤（随后培提尔伯爵亲自赐封佩特为骑士，称他"长叶的屠狮者"）。不过兰尼斯特军的第四次进攻夺占了渡口，凡斯伯爵死在接替杰森公爵指挥的阿德里安·塔贝克爵士手中——塔贝克精选了一百名骑士，脱下沉重的铠甲，从上游悄悄游过河，自后方突袭凡斯伯爵的阵线。河间诸侯被打得狼狈逃窜，西境人遂大举涌入河间地。

但垂死的杰森公爵及获胜的西境人一无所知的是，铁群岛的长船舰队正在派克岛大王道尔顿·葛雷乔伊的亲自指挥下扑向西境。内战开始以来，双方都在拉拢"红海怪"，此刻他作出了选择。乔安娜夫人立刻紧闭城门，铁民虽奈何不了凯岩城，却夺取了港口内四分之三的船只，击沉了其他的船，然后涌过城墙洗劫兰尼斯港，掠走不计其数的财物和超过六百名妇女或少女，包括杰森公爵最宠爱的情妇和他的几名私生女。

几乎与此同时，女泉镇伯爵维里斯·慕顿率一百名骑士启程，中途与蟹爪半岛半野蛮的克莱勃家族和布伦家族，以及蟹岛的赛提加家族汇合，快马加鞭穿过连绵的松林和迷雾笼罩的山丘，赶到鸦栖堡，出其不意地制服了守军。夺回城堡后，慕顿伯爵选出好手来到城西灰烬覆盖的战场，意图了结金龙阳炎。

这些立志要当屠龙者的勇士轻而易举赶走了首相留下来喂养、服侍和保护巨龙的小股部队，但阳炎远比他们想象的强大。不错，龙在地上非常笨拙，伤残的翅膀让巨大的金龙无法起飞，但屠龙者们若以为它奄奄一息就大错特错了——它只是在睡，并立刻被金戈铁马声惊醒，第一杆戳中它的长矛更让它陷入狂怒。阳炎浑身沾满滑溜的泥泞和无数绵羊骨头，它像蛇一样在地上滚来绕去、甩动尾巴，一边拼命想起飞，一边朝屠龙者喷吐金色龙焰。它飞起来三次，又掉下去三次。慕顿的部下拿着剑、矛和斧头一涌而上，给巨龙留下多处重伤……但每一击似乎都让它更愤怒。最终人类丢下六十具尸体溃逃了。

女泉镇伯爵维里斯·慕顿也在战死者之列，半个月后他的弟弟曼佛利找到他的尸体，融化的盔甲里只剩一团爬满蛆虫的焦黑血肉。但继位的曼佛利伯爵在几十位勇士的遗体、一百具烧焦肿胀的马尸以及厚厚的灰烬堆间没找到伊耿国王的坐骑。阳炎消失得无影无踪。龙在地上爬行不可能没有痕迹，因此它是飞走的……但飞去了哪里？没人说得清。

这些事发生时，戴蒙·坦格利安王子骑上科拉克休，朝南疾飞，取道神眼湖西岸，远远避开克里斯顿爵士的进军路线。越过黑水河后，他掉头向东，顺流直下君临。在龙石岛，雷妮拉·坦格利安也披上闪亮的黑鳞甲，骑上叙拉克斯，迎着暴风雨穿越黑水湾。雷妮拉与王夫最终在都城上空相会，盘旋于伊耿高丘之上。

城内顿时陷入混乱，老百姓意识到他们恐惧已久的打击随时可能降临。伊蒙德王子和克里斯顿爵士为夺回赫伦堡削弱了君临的守备……更要命的是弑亲者骑走了巨兽瓦格哈尔，城内只剩梦火和几条没长成的小龙，根本无法对抗女王——小龙载不了人，而梦火的骑手海伦娜王后早已精神崩溃。也就是说，都城君临等于是一座没有龙的城市。

这回又有成千上万的平民拖子携财往乡间逃难，也有人在自家房屋下拼命挖洞，以为靠那些潮湿黑暗的地洞就能躲过焚城之劫（慕昆大学士说这是君临城中诸多秘密通道和隐藏地窖的最初由来）。跳蚤窝发生暴动。当"海蛇"的舰队的风帆出现在黑水湾东面、直取河口而来时，城里每座圣堂警钟齐鸣。暴民涌上大街小巷，肆意抢劫，在金袍子恢复秩序前有好几十人丧生。

由于摄政王和国王之手均不在城内，烧伤的伊耿国王又因罂粟花奶而卧床不起，城防事务遂落到太后头上。阿莉森太后担起责任，她下令关闭城堡和城市的大门，将金袍子派上城墙守卫，又派快马去寻伊蒙德王子，催他赶紧回来。

她命欧维尔国师派渡鸦召唤"所有忠诚的领主"，要他们火速赶来勤王，保卫正统君主。欧维尔匆匆回房执行命令，却有四名金袍子在那里等他，其中一人堵住他的嘴，另外三人殴打他，然后他们把他捆绑起来，脑袋罩上口袋，扔进黑牢。

阿莉森太后的信使也没出得了城，在城门口就被金袍子纷纷拿下。如前所述，七道城门都刻意挑选了忠于伊耿国王的小队长，但太后有所不知，当科拉克休飞临红堡那一刻，这七人就统统被囚禁乃至杀掉了……都城守备队的官兵仍然爱戴老长官戴蒙·坦格利安，那位旧时与他们厮混的"首都亲王"。

太后的弟弟加尔温·海塔尔爵士是金袍军副队长，他冲到马厩，试图跑出去报警，却被及时擒获、缴械，拖到队长罗斯·拉盖特面前。海塔尔痛骂上司是变色龙,罗斯爵士回以微笑。"咱这身袍子是戴蒙给的,"他说,"里外都是金色。"说完他一剑捅进加尔温爵士肚里,吩咐大开城门,迎接从"海蛇"的船上蜂拥而入的人马。

拥有高墙厚垒的君临城就这样在一天之内沦陷。临河门边发生了短暂的血战,十三名海塔尔家族的骑士率一百名步兵驱走了那里的金袍子,在内外夹击的情形下坚守了近八小时,但他们的英勇于事无补,因雷妮拉的士兵自其他六道城门长驱直入。单单抬头看见空中雷妮拉女王的龙群,伊耿国王的支持者便没了士气,他们躲的躲、逃的逃,还有的屈膝投降。

巨龙一条接一条降落。偷羊贼落在维桑尼亚丘陵顶,银翼和沃米索尔落在雷妮丝丘陵的龙穴外,戴蒙王子一直绕红堡塔楼盘旋,良久方才让科拉克休落在城堡外庭,等确定对方不会做出非分之举,他又示意妻子雷妮拉女王驾驭叙拉克斯降落。亚当·瓦列利安滞留空中,驱策海烟绕城墙巡视,巨龙宽阔皮翼的拍打声警告着下面的所有人,任何反抗都将迎来龙焰的审判。

阿莉森太后明白抵抗已是徒劳,便和父亲奥托·海塔尔爵士、泰兰·兰尼斯特爵士及"铁棍"贾斯皮·威尔德伯爵(拉里斯·斯壮伯爵不在其列,情报总管适时失踪了)一起走出梅葛楼。见证这一幕的尤斯塔斯修士说,太后试图跟继女谈判。"让我们依'人瑞王'之先例,召开大议会,"太后提出,"让全国诸侯来决定王位归属。"雷妮拉女王轻蔑地拒绝。"你把我当'蘑菇'吗?"她反问,"你我都清楚开会是什么结果。"她要继母选择:投降还是被烧死。

阿莉森太后低头认输,献出城堡钥匙,并命麾下骑士和士兵全都放下武器。"都城是你的了,公主,"据说她声称,"但别太得意。山中无老虎,猴子称大王,吾儿伊蒙德不久会带着血与火杀回来。"

雷妮拉的人在上锁的卧室里找到她死敌的妻子,也就是疯王后海伦娜……但撞开国王的房间,只发现"空空如也的床铺和满满当当的夜壶"。伊耿二世逃了,逃掉的还包括他的儿女——六岁的杰赫妮拉公主和两岁的梅拉尔王子——以及御林铁卫瑞卡德·索恩爵士和维里·费尔爵士。他们的去向似乎连太后都不清楚,罗斯·拉盖特则发誓没人从城门离开。

但跑得了国王,跑不了铁王座。雷妮拉女王迫不及待要登上父王韦赛里斯、"人瑞王"杰赫里斯、梅葛国王、伊尼斯国王和开国君主"龙王"伊耿的

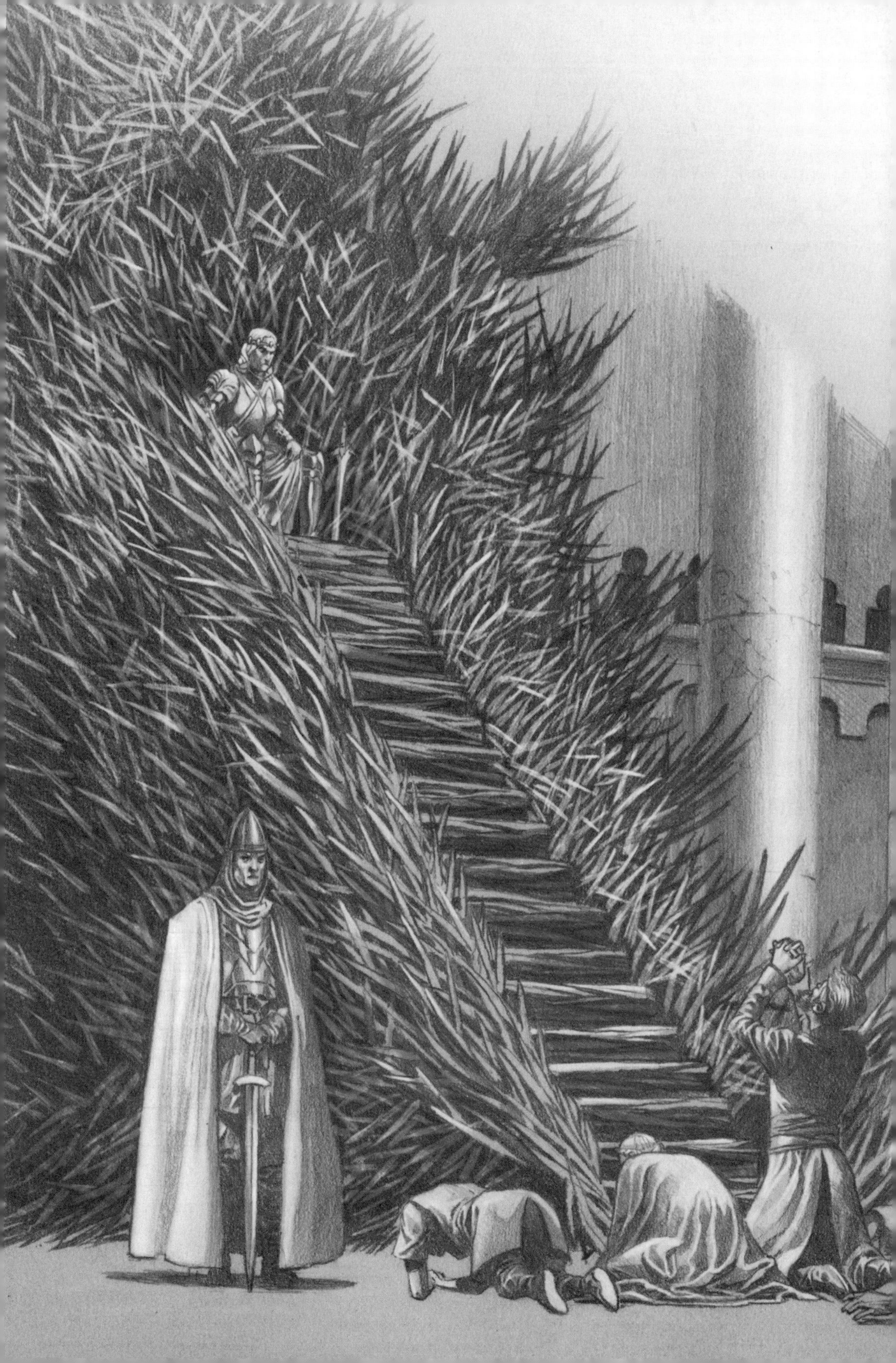

宝座，所以王座厅当晚灯火通明，女王踏上铁阶，仍然甲胄在身，神情肃穆。她高高在上地落座后，红堡的男男女女被带到她面前屈膝臣服、恳求赦免，发誓将生命、长剑和荣誉都奉献给她——他们的正统女王。

尤斯塔斯修士说，效忠仪式持续竟夜，待雷妮拉·坦格利安终于起身走下铁王座，上午也过去了一半。"王夫戴蒙王子护送新登基的女王走出大厅时，人们发现她的双腿和左手掌有多处割伤。"尤斯塔斯写道，"血点从她身上洒下，边走边滴。明眼人对此面面相觑，虽然没人敢把话说出口：铁王座拒绝了她，她的统治注定不会长久。"

巨龙之死

雷妮拉的胜利

君临业已落入雷妮拉·坦格利安及其龙群的掌握,被蒙在鼓里的伊蒙德王子和克里斯顿·科尔爵士还在继续朝赫伦堡挺进,兰尼斯特军在阿德里安·塔贝克爵士的带领下也忠实地从东方赶来配合。

西境人在橡果厅短暂遇阻。乔赛斯·斯莫伍德伯爵率众出城迎敌,与派柏伯爵的败军合兵一处,然而派柏在随后的战斗中丧命("蘑菇"说老伯爵看见自己最宠爱的孙子的人头被敌人挑在枪上,心脏病突发而死),斯莫伍德也被逼回城堡。三天后又一场战斗爆发,这回河间地人团结在一位名叫"铜分"哈利爵士的雇佣骑士周围,这位出人意料的英雄在战斗中阵亡,却也杀了阿德里安·塔贝克爵士。兰尼斯特军再次取胜,他们大肆屠戮溃逃的河间地人,但继续向赫伦堡进军时,主帅成了年迈的亨佛利·莱佛德伯爵。伯爵因多处负伤,只能坐在轿子里指挥。

莱佛德伯爵万万没想到自己即将面临的严峻考验:一支多达二千人的生力军正从北方迅速逼近。这支军队打着雷妮拉女王的四分旗帜,全是凶悍的北方人,领军者为荒冢屯伯爵罗德瑞克·达斯丁。罗德瑞克年过古稀,因而得到"老朽"的外号,他的部下也皆为发须斑白的老人,穿着老旧的锁甲和褴褛的皮衣,但个个经验丰富,且都有马,自称"冬狼"。"我们去为龙女王献身。"当沙比瑟·佛雷夫人骑出孪河城迎接他们时,罗德瑞克伯爵如此宣称。

泥泞的道路和倾盆大雨减缓了伊蒙德王子的进军速度,因所部多为步兵,还拖着长长的辎重车队。克里斯顿爵士指挥的前锋部队在神眼湖畔赢下一场短促而激烈的战斗,他打败了奥斯德·渥德爵士、戴瑞伯爵和鲁特伯爵的联军,但此外再未接敌。经过整整十九天行军,国王军终于抵达赫伦堡……却发现城门大开,戴蒙王子及其集结的军队不知所终。

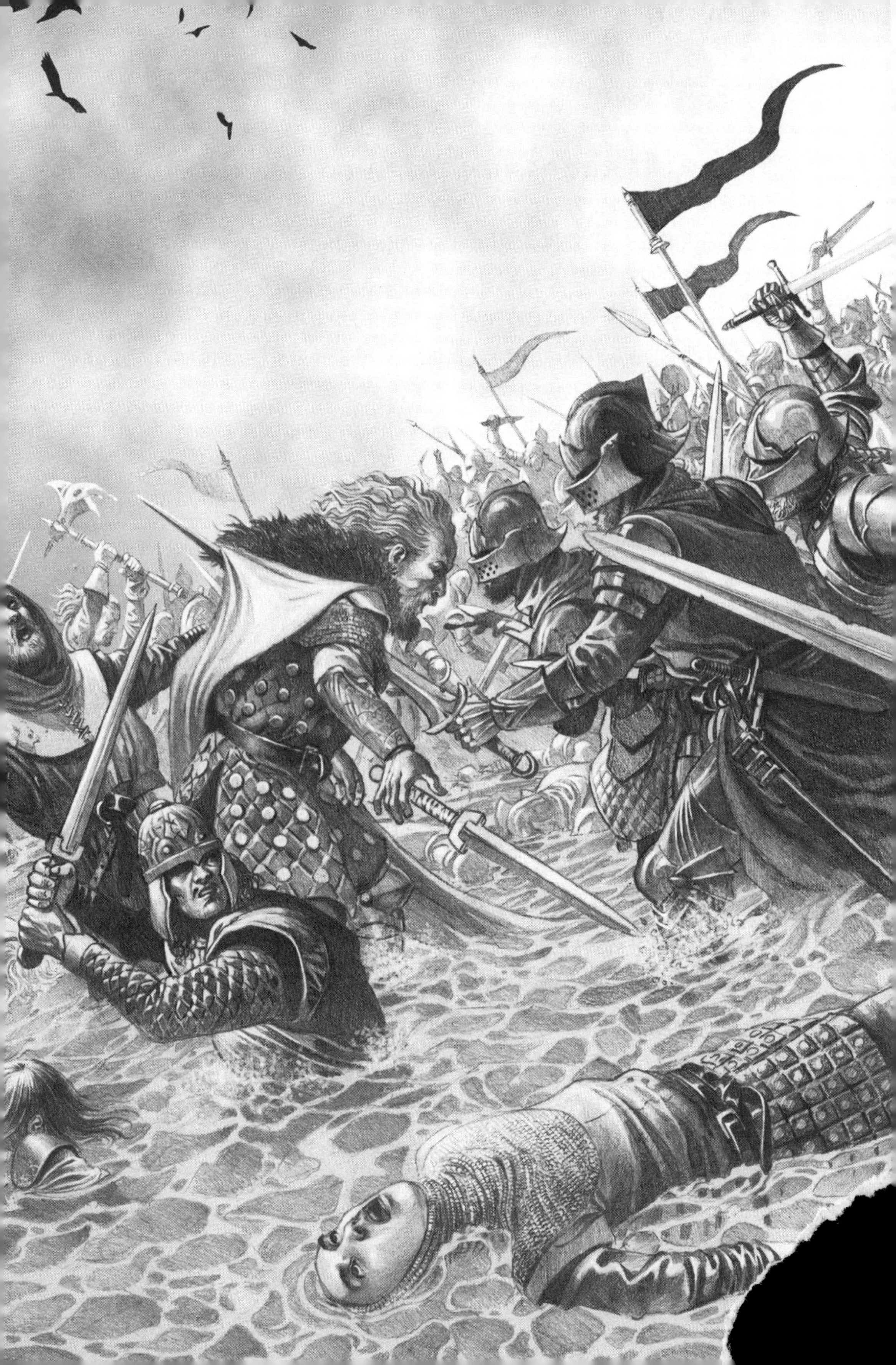

尔，但国王军缺乏食物和草料，人、马都因饥饿和疾病而不断减员。站在高耸的城墙上极目远眺，所见均是大片焦土和被焚毁的村庄，而派往远处的搜掠队全都一去不回。克里斯顿爵士力促南下，因南境对伊耿的支持最坚定，王子却拒绝接受，他说："懦夫才在叛徒面前逃跑。"失去君临和铁王座让他怒气难消，当"喂鱼大战"的消息传到赫伦堡，全境守护者几乎掐死送信的侍从，多亏床伴亚丽·河文劝阻，那孩子才保住性命。伊蒙德王子想立刻反攻君临，他坚信女王麾下的龙都不是瓦格哈尔的对手。

克里斯顿爵士斥为愚行。"傻子才以一对六，王子殿下。"他叫道。他再次建议向南开拔，与海塔尔伯爵的军队汇合，与伊蒙德的弟弟戴伦及其坐骑特塞里恩联手。根据收到的消息，伊耿国王并没落在雷妮拉女王手里，假以时日，他想必能重新骑上阳炎，兄弟三人一起出动。或许他们在都城的朋友还能找机会救出海伦娜王后，让梦火参战。四条龙——其中一条是瓦格哈尔——有机会打败六条龙。

然而伊蒙德王子顽固地拒绝考虑"懦夫的选择"。身为哥哥的摄政，他本可命令御前首相服从，但他没这么做。慕昆说这是出于他对年长的克里斯顿爵士的尊重，"蘑菇"则说亚丽·河文用爱情药水和春药来煽动两个男人的情欲，两人因争相讨好这位奶妈而交恶。尤斯塔斯修士部分印证了侏儒的说法，但只提到伊蒙德为这名河间女子痴迷，完全无法离开她。

无论原因究竟为何，克里斯顿爵士和伊蒙德王子最终决定分道扬镳。科尔率国王军南下去寻蒙德·海塔尔和戴伦王子，摄政王太弟留在河间地以自己的方式进行战争，用龙焰从空中打击叛徒。伊蒙德认为，"贱货女王"迟早会派一两条龙来阻止他，届时瓦格哈尔就能大显身手。"她一次不敢派出所有的龙，"王子宣称，"那样君临会门户洞开。她也不敢拿叙拉克斯或她仅剩的一个能上天的宝贝儿子冒险。雷妮拉坐上了铁王座，但依旧是个娘们儿，娘们儿的心都很脆弱，当妈的尤甚。"

拥王者和弑亲者就这样走向各自的结局。

在红堡，雷妮拉·坦格利安女王开始论功行赏，并严惩支持过她同父异母弟弟的叛徒。金袍军的队长罗斯·拉盖特爵士被赐封为贵族领主；洛伦特·马尔布兰爵士被任命为女王铁卫队长，并受命寻找六位合适的同僚；欧维尔大学尤斯塔斯修士将导致雷妮拉倒台的第一根稻草归结为"猪头旅店惨案"。这家旅店位于曼德河北岸的苦桥镇，离镇子因之得名的那座老石桥不远。

蒙德·海塔尔正在围困苦桥镇西南约三十里格处的长桌厅，镇内挤满了在南境大军的兵锋前逃难的难民。新近守寡的卡斯威夫人——她的夫君不久前因拒绝背叛雷妮拉而被伊耿二世在君临斩首示众——关闭城堡大门，拒绝收容任何人，包括领主和骑士。残人们的夜间篝火透过大河南岸的树丛处处可见，镇里的圣堂塞满了数百位伤员。每座旅店都客满，连最脏最臭堪称猪圈的猪头旅店也不例外，因此当一个背负男孩、手拄拐杖的北方旅人索要房间时，店家理所当然地拒绝了……但旅人旋即从钱包中摸出一枚银鹿币，店家便改口允他和他儿子在马厩睡，前提是地方得自己打扫。旅人同意了条件，他放下包裹与斗篷，拿起铁锹和铁钯清理马厩。

众所周知，店家、房东这号人最为贪得无厌，猪头旅店的老板更是号称"黄油蛋糕"本的无赖。他盯上旅人的钱包，认定能搞出更多银鹿币，于是故意邀请辛苦打扫的旅人去喝一杯麦酒。旅人同意后随"黄油蛋糕"来到大堂，浑不知对方已指示马房小弟"淘气包"（其人的真名不得而知）去翻他的包裹。"淘气包"在包裹里没找到钱，却发现了远为稀罕之物——雪缎镶边的上等白羊毛厚披风，裹着一颗带银色涡旋的淡绿色龙蛋。原来旅人的"儿子"实乃梅拉尔·坦格利安，伊耿二世国王的幼子，旅人的真实身份则是御林铁卫瑞卡德·索恩爵士，他是小王子的保护者和私人护卫。

"黄油蛋糕"搬起石头砸了自己的脚。当"淘气包"抓着披风和龙蛋冲进大堂，大叫大嚷自己的发现时，旅人立刻用酒杯砸向店家的脸，随即抽出长剑把"黄油蛋糕"自颈部到胯下劈为两半。大堂里的部分客人见状也抽出了长剑和匕首，但他们都不是骑士，拦不住瑞卡德爵士。爵士放弃了披风和龙蛋，抄起"儿子"跑回马厩，胡乱偷了匹马便朝老石桥没命地奔去，试图逃到曼德河南岸。他自君临长途跋涉而来，当时一定知道自己离长桌厅下的海塔尔军大营只有三十里格远了。

但对他来说，三十里格就等于三万里格，因曼德河上的桥梁已被封锁，苦桥支持的是雷妮拉女王。警告和呼喊从旅店蔓延开去，越来越多的人骑马追向瑞卡德·索恩，边跑边叫："杀人了！叛国贼杀人了！"

桥边守卫听到喊叫，喝令瑞卡德爵士停步，爵士却试图把他们撞翻。一名守卫抓住缰绳，他挥剑就将那人的胳膊齐肩砍下，闷头继续往前冲。可惜桥南也有守卫，他们已经结成防线，随后两边的守卫同时向桥中央压迫。守卫们抖擞精神，齐声呐喊，挥舞长剑战斧，并用长矛戳刺。索恩只能驱使偷来的坐骑原地打转，他进退失据，脱身不得。梅拉尔王子紧抓着他，尖叫连连。

最后了结索恩的是十字弓。一支飞矢扎进胳膊，另一支飞矢射穿咽喉，瑞卡德爵士滚落马鞍，唇边汩汩冒血。他没能清晰地说出半句遗言，就这样死在桥上，遗体兀自抓着誓言守护的小王子不放，直到一个外号"摔桶"的洗衣妇将哭泣的孩子狠命拽出。

骑士死了，暴民夺得王子，却不知该如何处理这份珍贵的战利品。不少人想起雷妮拉女王曾为搜寻梅拉尔立下重赏，但君临毕竟相隔遥远，而海塔尔军离此仅三十里格，或许海塔尔伯爵给的钱还会更多。有人询问领赏是否死活不论，听了这话，"摔桶"不由分说地把梅拉尔抱得更紧，叫嚷谁也不准伤害她的新儿子（"蘑菇"将洗衣妇形容为半痴半疯、足足三十石重的怪物，外号得自于一手在河里摔洗衣服的绝活）。"淘气包"突然挤出人群，这个浑身上下沾满主人鲜血的马房小弟，声称王子理应归他所有，因为是他找到了龙蛋。接下来射死瑞卡德·索恩爵士的十字弓手也来索要王子。暴民们就这样围着骑士的尸体争吵叫骂、推来挤去。

桥上的人实在太多，关于梅拉尔·坦格利安的结局也就有了千奇百怪的说法。"蘑菇"声称"摔桶"把男孩抱得太紧，以至折断孩子的脊梁，就这样生生害死了他；尤斯塔斯修士根本没提及这个洗衣妇，却说镇内的屠夫用切肉刀把男孩剁成六块，分给六个争夺者；慕昆大学士的《真史》记叙暴民们扯住男孩的四肢将他撕裂，但未录得抢到尸块的那些人的名字。

我们确知的是，等卡斯威夫人带着骑士驱散暴民，王子早已一命呜呼。"蘑菇"告诉我们，夫人看见男孩的尸体（或尸块）时脸色煞白，她说："诸神会为此诅咒我们所有人。"她下令把马房小弟"淘气包"和洗衣妇"摔桶"吊死在老石桥的中央桥拱上，同时被吊死的还有瑞卡德爵士偷走的马匹的主人（夫人错误地认定此人协助爵士逃跑）。根据夫人的指示，瑞卡德爵士的遗体用白袍包裹收敛后和梅拉尔王子的人头一起交回君临，龙蛋则被送去长桌厅下的

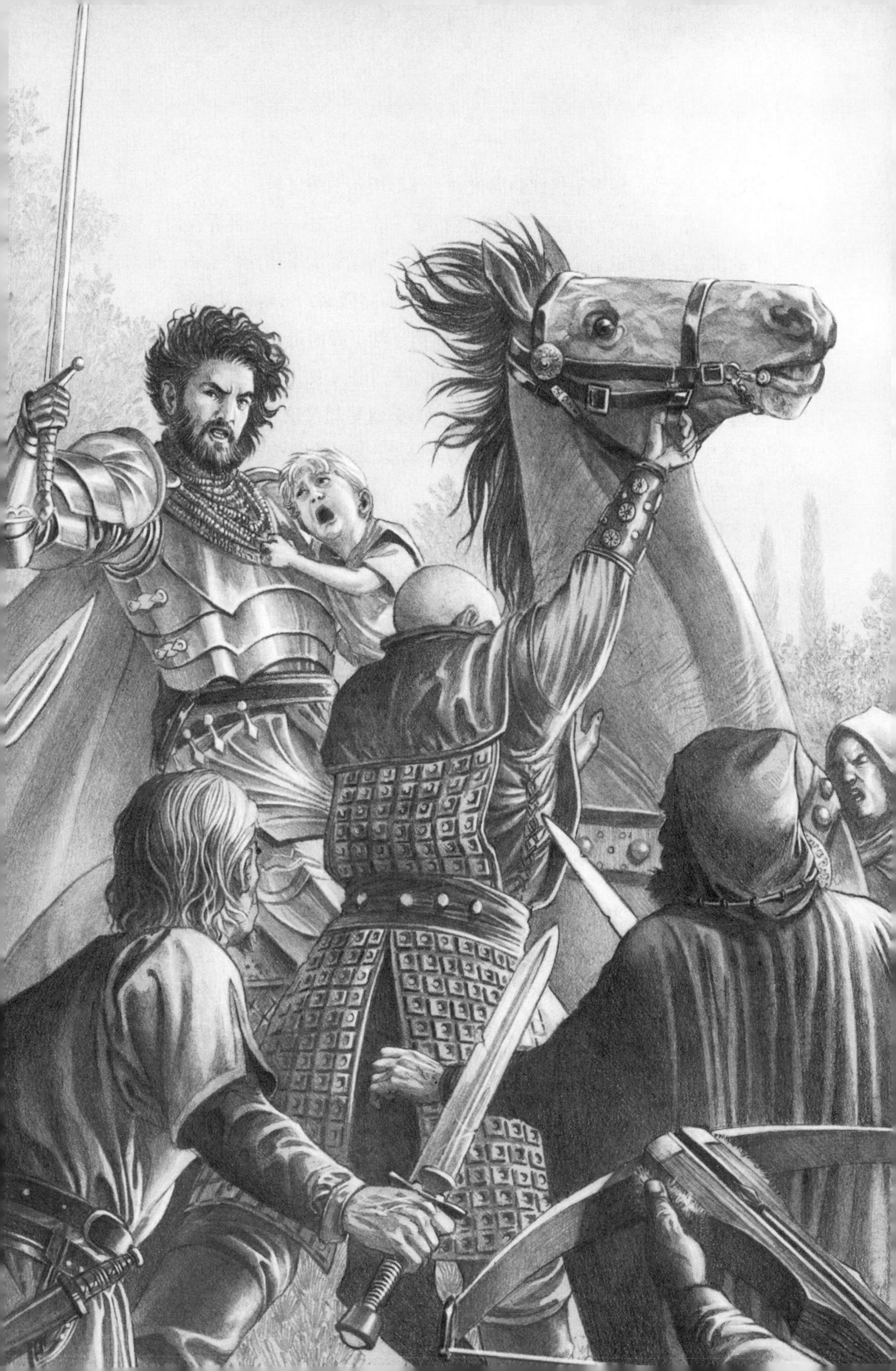

海塔尔军大营。她希望借此两面讨好，让海塔尔伯爵息怒。

"蘑菇"——他是真心爱戴雷妮拉女王的人士之一——告诉我们，铁王座上的雷妮拉看到被呈来的小脑袋，当即伤心挥泪；尤斯塔斯修士——他对雷妮拉女王没什么好感——却说女王见了人头面露微笑，吩咐将其烧掉，"他毕竟是龙之血脉"。男孩的死讯并未公开，消息却不胫而走，传遍都城。很快又有一则谣言闹得沸沸扬扬，说是雷妮拉女王把小王子的人头装在夜壶里，盛给其母海伦娜王后。这显然是无稽之谈，街头巷尾却议论纷纷，"蘑菇"归咎于"弯足"暗中使坏，"精通情报收集的人显然也精于散播假消息"。

都城之外，七大王国的战事继续发展。道尔顿·葛雷乔伊攻陷仙女城，粉碎了仙女岛上最后的抵抗，这位"红海怪"将法曼伯爵的四个女儿纳为"盐妾"，还把伯爵的第五个女儿（"不好看的一个"）送给弟弟维隆。法曼伯爵及其诸子被凯岩城用等重的白银赎走。在河湾地，玛瑞魏斯夫人最终献出了长桌厅，蒙德·海塔尔伯爵信守承诺没加害夫人及夫人的亲属，但征用城堡中所有的钱财和粮食，以供养手下数千名官兵，随后他拔营向苦桥进发。

海塔尔伯爵来到苦桥时，卡斯威夫人登上城头，要求得到与玛瑞魏斯夫人对等的待遇。伯爵让戴伦王子代他回答，戴伦高喊："你将得到与我侄子梅拉尔对等的待遇，不多也不少。"随后卡斯威夫人眼睁睁看着苦桥镇遭遇浩劫——巨龙首先烧掉猪头旅店，随后镇内的其他旅店、公会大厅、仓库和民居，无论奢华还是简陋，也统统没能逃过复仇的龙焰，连里面躺着数百位伤员的圣堂也被点着了。整个苦桥镇只有那座老石桥逃过一劫，全赖其为大军的必经之路。镇民若想逃跑或反抗则被就地正法，或赶进河里溺毙。

卡斯威夫人全程目睹惨祸，下令开城投降。"天下没有哪座城堡挡得住巨龙。"她对卫兵们解释。海塔尔伯爵骑向城门，只见夫人高高地站在城门楼上，脖子套着绞索。"请对我的孩子们慈悲为怀，大人。"夫人哀求，随即跳下城墙。也许她的自我牺牲感动了蒙德伯爵，后来他放过了夫人年幼的儿子们和唯一的女儿，只用铁链锁拿解送旧镇——但守城卫兵就没这么好运了，他们被一个不留地处死。

在河间地，克里斯顿·科尔爵士放弃赫伦堡，沿神眼湖西岸一路南下，身后尚有约三千六百名官兵（战死、疾病和逃亡削弱了这支从君临出发的军队)。伊蒙德王子此前已骑瓦格哈尔离开。

三天后,这座空城被沙比瑟夫人占领,但夫人在城中只找到奶妈(及传说中的女巫)亚丽·河文。亚丽在伊蒙德王子驻留赫伦堡期间与他多次同床,如今声称怀了他的孩子。"我肚内有了龙的私生子,"亚丽赤身裸体地站在神木林中,一只手抚摸着胀大的肚子,"我能感觉到他的火焰舔舐我的子宫。"

伊蒙德·坦格利安燃起的火焰远不只在女人肚内的一星半点,独眼王子不再拘泥于城堡,也不再需要为军队提供掩护,他可以随心所欲地飞。这是"征服者"伊耿及其姐妹的战争方式,以龙焰为武器。瓦格哈尔从秋日的天空中一次又一次地扑杀下来,烧毁河间诸侯的田园、村庄和城堡。戴瑞家族首先领教王子的怒意,其领内丰收的庄稼片片起火,收割的人们若不夺路逃窜,就得陷入火海。戴瑞城也被一场火风暴吞噬,戴瑞夫人和她较小的孩子们躲在主堡地窖中得以逃生,但她的夫君、家族继承人、连同四十多名誓言骑士和弓箭手都战死城头。三天后,哈罗威伯爵的小镇也变成冒烟废墟,然后是领主坊、黑皮扣村、皮扣村、黏土池村、野猪渡、蜘蛛林……瓦格哈尔的怒火依次降临,半个河间地熊熊燃烧。

克里斯顿·科尔爵士也领教到火的滋味。他带领人马向南穿越河间地,前后却都升起滚滚烟柱,进军路线上的每个村庄都被烧毁后放弃。国王军在死去的森林里跋涉——那些树几天前还很茂盛,如今却被河间诸侯统统点燃。他路过的每条小溪、每个池塘和每口水井都塞满死物,肿胀腐臭的死马、死牛和死人漂在水上。他的斥候发现一处极怪诞的布景:披盔戴甲、衣衫褴褛的尸体坐在树下,举办毛骨悚然的盛宴。那些都是"喂鱼大战"的死者,一顶顶生锈头盔下露出微笑的骷髅,绿色烂肉从骨头上片片剥落。

离开赫伦堡四天后,国王军开始遇袭。弓箭手藏身林间,用长弓射杀斥候和掉队士兵。死人逐渐增加,掉队者再也没能跟上;逃兵逐渐增加,许多人丢掉盾牌和长矛消失在森林里,乃至倒戈加入敌方。交榆村的公用地上,第二场骷髅的盛宴等着国王军。克里斯顿爵士的斥候已见过这番场景,这回只顾苦着脸催马快跑,全没在意那些腐烂的死者……结果尸体一跃而起,瞬间扑杀了十几个骑兵,他们才如梦方醒。原来这是凡斯伯爵属下一名密尔佣兵的诡计,他从前是个戏子,人称黑托蒙布。

所有这些还仅为前奏，意在为三河诸侯赢得集结兵力的时间。待克里斯顿爵士终于离开湖岸，从内陆向黑水河进发时，他发现敌人等在一道多石的山脊上：三百名骑马的铁甲骑士，三百名长弓手，三千名普通弓箭手，三千名手持长矛、衣衫褴褛的河间地人，还有好几百名挥舞斧头、大槌、带刺钉头锤和古老铁剑的北方人。他们头顶高高飘扬着雷妮拉女王的旗帜。

"他们都是谁啊？"一名侍从问。对方除了雷妮拉的旗帜，没打出任何纹章。

"陌客。"克里斯顿·科尔爵士回答。他知道敌人皆为生力军，补给充足，马匹健壮，装备占优，更兼有地利；与之相对，他的部队疲劳多病，士气低迷。

于是伊耿国王的御前首相打着和平旗帜前去谈判。对方有三人骑下山脊来见他，为首者是穿着凹痕累累的板甲和锁甲的加尔巴德·格雷爵士，此外有杀死杰森·兰尼斯特公爵的"屠狮者"长叶的佩特和在"喂鱼大战"留下多处伤疤的"老朽"罗德瑞克。

"如果我降旗投降，能保证我们的人身安全吗？"克里斯顿爵士询问三名对手。

"我曾对死者立誓，"加尔巴德爵士回答，"保证用叛徒的尸骨为他们建一座圣堂。你瞧，我收集的骨头还不够……"

克里斯顿爵士道："如果开战，你们也会伤亡惨重。"

北方人罗德瑞克·达斯丁听了哈哈大笑。"我们就是为这个来的。凛冬将至，我们不得不离开，而没有什么死法比握剑战死更光荣。"

克里斯顿爵士抽出长剑。"那就来吧。就我们四个，在这里分出胜负，你们三个对我一个，如何？"

"屠狮者"却说："我觉得六对一更合适。"他话音未落，山脊上的红罗柏·河文和其他两名弓箭手就拉开长弓，以迅雷不及掩耳之势射中科尔的肚腹、胸口和脖子。"不会有歌谣赞颂你临死前的英勇，拥王者，"长叶的佩特对首相的尸体宣布，"你是个双手沾满无辜者鲜血的恶棍。"

随后的战斗成了"血龙狂舞"中著名的一边倒屠杀。罗德瑞克·达斯丁伯爵将战号举到嘴边，直接吹响冲锋号，女王的人马便尖叫着、迫不及待地杀下山脊，当先的是骑北方长毛马的"冬狼军"和骑南方铁甲战马的骑士。由于克里斯顿爵士已被乱箭射死，随他自赫伦堡一路南下的官兵霎时崩溃，他们一哄而散，丢盔弃甲，夺路逃命，尾随而至的敌人将他们成片成片地砍翻。据说战后加尔巴德爵士评论道："这不是打仗，而是屠宰。""蘑菇"得知战斗经过后称之为"屠夫的舞会"——该名称沿用至今。

与这场战斗差不多同时，"血龙狂舞"中一桩奇案发生了。根据维斯特洛流传已久的传奇故事，英雄纪元时有位名叫萨文的英雄，他躲在打磨得如镜子般光亮的盾牌后面去杀恶龙乌拉克斯。龙只在盾上看见自己的倒影，于是放任英雄一步步接近，直到被其一矛戳进眼睛。萨文因此壮举得名"镜盾"。石盔城伯爵的次子拜伦·史文爵士无疑十分憧憬这个故事，他也提起长矛和镀银钢盾，只带一名侍从就去屠龙。

关于他要杀哪条龙，我们手头的材料记载不一。慕昆说史文的目标是瓦格哈尔，意图终结伊蒙德王子对河间地的袭击……但我们不要忘记，慕昆的叙述往往受限于欧维尔大学士的视角，而此事发生时，欧维尔还在牢中；"蘑菇"说拜伦爵士接近的是雷妮拉的坐骑叙拉克斯，弄臣倒正在红堡内随侍雷妮拉；尤斯塔斯修士在自己撰写的史书中完全没提到这件事，但成书若干年后，他在一封信里说屠龙者要对付阳炎……这几乎可以肯定是误解，因阳炎当时下落不明。无论目标为何，三份材料都说曾为"镜盾"萨文赢得不朽声名的招数带给拜伦·史文爵士以灭顶之灾，巨龙——不管哪条龙——在骑士接近时就醒了，随即喷吐烈焰融化了那面镜盾，也烤熟了盾后蹲伏的屠龙者。拜伦爵士惨叫着死去。

征服一百三十年初，旧镇学城放出三百只白鸦宣告冬天的到来，然而"蘑菇"和尤斯塔斯修士都说对雷妮拉·坦格利安女王而言，那时正值炎炎夏日。虽然君临人怨声载道，但都城和王座在她掌控之中。狭海对岸的三城同盟会开始分裂，制海权重归瓦列利安家族。大雪封锁了明月山脉的山路，"谷地处女"依然信守诺言，从海路调兵加入女王的队伍。曼德勒伯爵也派儿子梅迪瑞克和托伦带领舰队自白港运兵来援。从各方面讲，雷妮拉女王的力量都在增长，伊耿国王的权势则在衰退。

可只要敌人没倒下，战争就没有结束。拥王者克里斯顿·科尔爵士虽已丧命，他所拥立的伊耿二世国王及其女杰赫妮拉依然逍遥法外。"弯足"拉里斯·斯壮——"绿党会议"最高深莫测、最精明狡诈的成员——也无迹可寻。雷妮拉女王的死对头博洛斯·拜拉席恩公爵依然控制着风息堡。兰尼斯特家族也继续与雷妮拉为敌，不过杰森公爵新逝，西境骑士又遭惨败，多年累积的精英在"喂鱼大战"中死的死逃的逃，再加上"红海怪"盘踞仙女岛、骚扰西海岸，凯岩城由是元气大伤。

伊蒙德王子成了三叉戟河上空的死神，一次次从天而降，向河间地洒下火雨和死亡。他一击得手便立刻转移，隔天又在五十里格外出现。瓦格哈尔的龙焰将老柳村和白柳村化为灰烬，将小羊厅烧成焦黑石堆。在美瑞唐谷，三十人和三百只羊被烧死。接着弑亲者又出其不意地重返赫伦堡，烧光了城里的木建筑，六名骑士和四十多名步兵为对付他的龙而阵亡，沙比瑟夫人躲进厕所方才逃过一劫。事后不久，夫人便逃回了李河城……而她的战利品，众人口中的女巫亚丽·河文，回到了伊蒙德王子身边。这些袭击的消息传扬开去，领主们惶惶不可终日，唯恐成为下一个受害者。女泉镇的慕顿伯爵、暮谷镇的达克林夫人和鸦树厅的布莱伍德伯爵都向女王紧急求助，恳求女王派遣巨龙来保护他们的领地。

然而对雷妮拉的统治威胁最大的并非独眼伊蒙德，而是伊蒙德的弟弟"大胆"戴伦王子及蒙德·海塔尔伯爵麾下的南境大军。

海塔尔军渡过曼德河后，正缓缓逼近君临，沿途粉碎雷妮拉的支持者设置的一切阻碍，并裹挟每一位领主加入进军。戴伦王子骑特赛里恩飞在大军前方，提供了堪称无价的侦察情报，将敌人一举一动都通报蒙德伯爵。许多时候，只消瞥见"蓝女王"双翼的阴影，女王的人马就不战自溃了。慕昆大学士告诉我们，这支北上的军队人数已超二万，近十分之一是马上骑士。

雷妮拉的女王之手科利斯·瓦列利安老伯爵审视过所有威胁后，建议谈和。他力促雷妮拉赦免拜拉席恩公爵、海塔尔伯爵和兰尼斯特家族，只要对方屈膝臣服，宣誓效忠，并给铁王座送来人质。"海蛇"还建议把阿莉森太后和海伦娜王后送去教会，让她们在祈祷和冥思中度过余生，海伦娜的女儿杰赫妮拉则由他收养，长成以后嫁给小伊耿王子，以联合坦格利安家族的两大支脉。"那我同父异母的弟弟们呢？""海蛇"娓娓道来时，雷妮拉质问，"篡夺者伊耿和弑亲者伊蒙德怎么办？这两个窃取我王位、害死我儿子的仇人，你要我也饶恕吗？"

"饶他们一命，送他们去长城。"科利斯伯爵回答，"让他们披上黑衣，从此受到守夜人军团牢不可破的神圣誓言约束。"

"誓言对背誓者有何用？"雷妮拉女王不依不饶，"他们窃取我王位时誓言一文不值。"

戴蒙王子赞同女王的看法，他认定饶恕乱臣贼子只会种下新一轮叛乱的祸根。"把叛徒的人头插上国王门，天下自然太平。"伊耿二世躲得了一时，躲不了一世，"无非缩在哪座山头底下。"他们可以先着手消灭伊蒙德和戴伦。兰尼斯特家族和拜拉席恩家族也要摧毁，其领地和城堡赐予忠臣。王子提议把风息堡封给乌尔夫·白发，凯岩城封给修夫·铁锤……这令"海蛇"又惊又怒。"残酷地摧毁两个如此古老高贵的家族，单单这桩暴行就会逼反维斯特洛一半的领主。"科利斯伯爵断言。

王夫和首相出现了尖锐对立，只能由雷妮拉女王来加以裁决。雷妮拉选择折中路线，她答应派使者去风息堡和凯岩城，提出"慷慨的条件"和王家赦免……前提是先消灭篡夺者那两个与她为敌的弟弟。"擒贼先擒王，其他人都好说。我要宰了他们的龙，将龙头挂在王座厅，让后来人明白犯上作乱的代价。"

君临守备自然不能放松，雷妮拉女王及叙拉克斯将坐镇于此，她儿子伊耿和乔佛里也得待在她身边，以防万一。乔佛里快满十三岁了，急于证明自己，但母亲告诉他泰雷克休对保护红堡、防范敌袭意义重大，男孩便郑重承诺会履行职责。"海蛇"的继承人亚当·瓦列利安和他的龙海烟也留在都城。三条龙应能确保君临安全无虞了，其他的龙可投入战斗。

骑科拉克休的戴蒙王子和骑偷羊贼的女孩荨麻一起前往三河流域，受命搜寻并了结伊蒙德王子和瓦格哈尔；"醉鬼"乌尔夫·白发和"硬汉"修夫·铁锤飞往君临西南五十里格开外的腾石镇，那是海塔尔伯爵进军都城的最后一道屏障。两人将协助镇子与城堡的守备，伺机干掉戴伦王子和特赛里恩——科利斯伯爵提出或可留小王子一命，以为人质，但雷妮拉女王寸步不让。"他不会永远是个孩子。等他长大，我的儿子们迟早会遭他报复。"

风声很快传到阿莉森太后耳中，太后慌了神，她为儿子们的命运忧心忡忡，乃至跑到铁王座前双膝下跪，向继女求和。镣铐缠身的太后这回的提案是划疆而治：雷妮拉占有君临、王领、北境、艾林谷、三河流域和铁群岛；伊耿二世统治风暴地、西境和河湾地，以旧镇为首都。

雷妮拉对此不屑一顾。"你的儿子们若肯守本分，本可在我的朝廷中坐享荣华富贵。"她宣称，"然而他们居然妄想偷走我与生俱来的权利，还冷血地害死我两个亲爱的宝贝。"

"那不过是两个私生子，他们的不幸也是战争中难免的损伤。"阿莉森辩解。"我的两个孙子才称得上无辜受害、飞来横祸。你还要多少牺牲品，才能满足复仇欲呢？"

太后的话等于为雷妮拉的怒气火上浇油。"我不想再听无耻的谎言，"她发出严正警告，"再敢提及血统问题，我就拔掉你的舌头。"——至少，在尤斯塔斯修士的记述里雷妮拉是这么说的，慕昆《真史》中的描写也与之仿佛。

"蘑菇"的说法则不同,他说雷妮拉当即下令拔掉继母的舌头,而非仅仅发出威胁。侏儒又说,"白蛆"小梅夫人及时劝阻了雷妮拉,但提出更为残忍的替代方案:伊耿国王的妻子和母亲将戴着镣铐被赶进高级妓院,供任何出得起价的男人享用,阿莉森太后一次值一枚金龙币,海伦娜王后一次值三枚金龙币,因后者更年轻漂亮。虽然这堪称天价,"蘑菇"却说许多君临人自觉占了便宜,不肯错过千载难逢的与王族亲热的机会。"让她们一直服务,直到怀上孩子,""蘑菇"声称小梅夫人如此建议,"既然她们张嘴就提私生子,让她们各自怀上一个好了。"

的确,男性的欲望和女性的残酷往往会以耸人听闻的方式表现出来,但我们在此事上仍难以取信"蘑菇"。毫无疑问,相关故事曾在君临的酒肆和食堂间广泛流传,但源头很可能来自复辟后的伊耿二世国王,他当时急于开脱自己残忍的报复行为。我们还必须牢记,侏儒是在多年以后追述,完全可能出现记忆偏差。无论如何,让我们把"妓院双后"的故事抛诸脑后,继续叙述其他事件吧……科拉克休和偷羊贼去了北方,沃米索尔和银翼去了南方。

雄浑澎湃的曼德河的源头附近有一座繁荣市集,名为腾石镇。此地也是傅德利家族的根据地,俯瞰镇子的城堡小而坚固,但城堡中仅有四十名守卫,幸亏另有几千军队从下游的苦桥、长桌厅和更往南的地方聚集而来,河间诸侯的抵达更令女王军士气大增——这些人新近获得"屠夫的舞会"这场大捷,他们由加尔巴德·格雷爵士和"长叶的屠狮者"带领,用长矛挑着克里斯顿·科尔爵士的项上人头,军中还有红罗柏·河文及其麾下的弓箭手,"冬狼军"的残部,外加黑水河两岸新加入的二十来位有产骑士和小领主——其中小有名气者包括尤尔村的莫斯兰德、中间屯的加里克·霍述爵士、"无畏的"梅瑞尔爵士和欧瓦·博莱利男爵。

据《真史》统计,当时雷妮拉女王旗下的腾石镇守军总计接近九千人,其他编年史家的数据在六千至一万二千人之间,但无论哪种说法,女王军的人数均远逊于海塔尔伯爵的军队。正因如此,巨龙沃米索尔和银翼及其骑手的到来才得到了人们如此热烈的欢迎。

谁知祸由此生。

关于"腾石镇叛变"的过程、时间和原由素有争议,真相也许早已湮没。

可以确认的是，那些赶在海塔尔伯爵到来前涌进镇里的难民，很多实际上是海塔尔军的内应，他们有意制造混乱。而在河间地人南下时加入的黑水河诸贵族中，至少有两位——欧瓦·博莱利男爵和罗杰·克恩爵士——确然是伊耿国王的秘密支持者。但若非乌尔夫爵士和修夫爵士突然倒戈，这些人本不可能造成大麻烦。

迄今为止，我们对这两个驭龙者的认知主要来自"蘑菇"，而"蘑菇"总是不厌其烦地渲染他们的品行如何低下。他说前者是个无可救药的酒鬼，后者是个粗暴蛮横的莽夫，两人都很懦弱，刚看到海塔尔军绵延数里的行军纵队、看到敌人的矛尖在阳光下闪烁，就决定改换门庭。但我们知道，两人此前在潮头岛附近的海战面对枪林箭雨并未退缩，就此看来，或许让他们踌躇的是要与特赛里恩交手，毕竟喉道之战中所有的龙都在他们这边……不过这又有一点说不通：沃米索尔与银翼都比戴伦王子的坐骑成熟和庞大得多，打起来当然不会落于下风。

有人推测，白发和铁锤倒戈的主因是贪婪而非懦弱，他们毫无荣誉感，一味渴求财富和权力。喉道之战和夺回君临后，他们被正式册封为骑士……却欲壑难填，压根瞧不起雷妮拉女王赐予的小片土地。前已述及，罗斯比伯爵和史铎克渥斯伯爵被处死后，有人提议让白发和铁锤通过联姻继承其领地和城堡，最终雷妮拉女王却把继承权给了两位伯爵的幼子；随后风息堡和凯岩城也曾短暂出现在两人眼前，直到被"不知感恩的"雷妮拉再度收回。

合理的结论是，他们指望助伊耿二世夺回铁王座后得到重赏。我们甚至不能排除这种可能性，即"弯足"拉里斯伯爵或其派出的间谍曾对两人许下相关承诺，当然，我们拿不出真凭实据。

总之，由于"两大叛徒"（所有历史书都这样唾弃他们）不识读写，难以确证动机，但腾石镇之战的过程本身较为清晰。在加尔巴德·格雷爵士的指挥下，六千名女王军的战士于镇外列阵迎击海塔尔军。他们英勇战斗了一阵，不过蒙德伯爵的弓箭手逐渐削弱了女王军，他派出重骑兵冲锋更是大获全胜。女王军向镇墙溃逃，红罗柏·河文及其麾下弓箭手就站在墙上，用长弓掩护溃退的部队。

待大部分败军退进镇子后，"老朽"罗德揪准机会率"冬狼军"打开一道边门,发出恐怖的北方战吼,插入追兵左翼。随后的混战中,北方人硬是从十倍于己的敌军中杀出一条血路,直取在伊耿国王的金龙旗及旧镇的烽火白塔旗下的蒙德·海塔尔伯爵。

正如歌手们传唱的那样,罗德瑞克伯爵战得兴起,虽然浑身浴血,盾牌和头盔都四分五裂,但杀红眼的他浑无知觉。眼见形势危急,蒙德伯爵的堂亲布林东·海塔尔爵士挺身阻挡北方人,他提起长斧一击猛砍,齐肩卸下了"老朽"持盾的左臂……但狂暴之中的荒冢屯领主没有倒下,他临死前接连击毙布林东爵士和蒙德伯爵。海塔尔的旗帜倒下了,镇民们欢呼雀跃,认为这是战争的转折点。连特赛里恩的出现也没让他们惊慌,他们知道己方有两条龙……但沃米索尔和银翼飞上天后却转而朝腾石镇喷出烈焰,喝彩顿时变成惨叫。

慕昆大学士写道,这是"怒火燎原"的缩小重演。

腾石镇整个烧起来了:店铺、民房、圣堂、百姓……着火的守卫跳下城门楼和墙垛,浑身浴火的平民在街巷中尖叫乱窜,犹如无数人体火炬。在镇外,

戴伦王子驱策特赛里恩从天空中俯冲而来，长夜的佩特被甩下坐骑、惨遭践踏，加尔巴德·格雷爵士则被十字弓射中，随即教龙焰吞噬；在镇内，"两大叛徒"放纵龙焰洗涤全镇，从镇子一头扫到另一头。

罗杰·克恩爵士及其手下露出了本色，他们砍翻把守镇门的守卫，开门迎接海塔尔军；城堡内的欧瓦·博莱利男爵也有样学样，他挺起长矛捅进了"无畏的"梅瑞尔爵士的后背。

随之而来的野蛮洗劫在维斯特洛的全部历史上也屈指可数。曾为贸易中心的腾石镇灰飞烟灭，数千人被烧死，另有数千人试图游过河却被淹死，而这些人某种意义上还是幸运儿，因幸存者的遭遇惨不忍睹。傅德利伯爵的部属弃械投降，却被捆起来一一斩首。逃过火焚之厄的女镇民遭到轮奸，八九岁女童都不能幸免，老人和男孩全被杀掉，巨龙用焦黑冒烟的尸体大快朵颐。腾石镇再也没能恢复过往的荣光，傅德利家族后来尝试在废墟上重建"新镇"，但规模还不到从前的十分之一，因百姓普遍认为这里有鬼魂作祟。

腾石镇以北一百六十里格的地方，巨龙也翱翔在三叉戟河上空。戴蒙·坦格利安和棕肤女孩荨麻反复搜寻独眼伊蒙德，却一无所获。应曼佛利·慕顿伯爵之请——伯爵怕瓦格哈尔怕得要命——他们以女泉镇为基地展开行动，然而伊蒙德根本没光顾女泉镇，他袭击了明月山脉脚下丘陵间的石首镇、绿叉河畔的甜柳村和红叉河畔的激舞村，又将射程桥、老渡口、老妪坊和贝彻斯特修女院化为灰烬，而且总能在对头赶到现场前远走高飞。瓦格哈尔从不逗留，幸存者也不能就它的去向达成一致意见。

每天早上，科拉克休和偷羊贼都会飞离女泉镇，爬上河间地的高空，绕着越来越大的圈子展开搜索……每天黄昏也都会满心挫败地返回。《女泉镇编年史》告诉我们，慕顿伯爵慢慢有了些底气，乃至建议两位驭龙者分头行动，好让搜索效率倍增。戴蒙王子拒绝了，他提醒伯爵，瓦格哈尔是"征服者"伊耿及其姐妹带来维斯特洛的三条龙中仅存的一条，它虽比一个世纪前动作迟缓了，但体型已接近当年的"黑死神"贝勒里恩，其龙焰足可熔化石头。科拉克休或偷羊贼单打独斗都非它对手，联合起来才有机会，所以王子日日夜夜把女孩荨麻带在身边，无论在天上还是城堡里。

他这么做仅是出于对瓦格哈尔实力的担心吗？"蘑菇"不这么认为，根据他的口述，戴蒙·坦格利安已然爱上这位棕肤的私生女孩，以至跟她上床。

侏儒的证言有几分可信？荨麻此时顶多十七岁，而戴蒙·坦格利安四十九岁，但我们不可忽视小处女在老男人眼中的魅力。我们知道，戴蒙·坦格利安作为王夫对雷妮拉女王并不忠实，连向来清心寡欲的尤斯塔斯修士也多次提及他在朝中执政时夜间造访梅莎丽亚夫人，与之交欢……据称还得到雷妮拉的首肯。此外，戴蒙王子年轻时号称"跳蚤窝之主"，君临城的每家妓院都与他相熟，由于他出了名地偏好给处女开苞，老鸨们总把最年轻、最美貌、最纯真的少女留给他。

荨麻确实年轻，这点无可争议（当然，她没有王子从前开苞的某些少女那么年轻），但是否仍为处女就另当别论了。她在香料镇和船壳镇的街巷间长大，无母无家也身无分文，多半在初潮到来后不久就失去了贞操（甚至可能在此之前……），只为换取半个铜角或一点面包。她用来引诱偷羊贼就范的那些绵羊……若她不肯为牧羊人掀起裙子，又怎能得到呢？她的容貌也不出彩，慕昆在《真史》中形容（当然，慕昆没见过她）她是"骑着瘦骨嶙峋的棕色烂泥龙的瘦骨嶙峋的棕色小丫头"，尤斯塔斯修士则说她牙齿弯曲，鼻子曾因偷窃被割开，留下醒目的伤疤。这样看来，她完全不配成为王子的情妇。

《"蘑菇"的证词》却坚称两人的忘年情是事实，这种说法并得到慕顿伯爵的学士留下的《女泉镇编年史》的佐证……诺伦学士说"王子和他那个私生女孩"每天都共进早餐和晚餐，睡在相邻的卧室。他描述王子"就像父亲痛爱女儿一样痛爱那个棕肤丫头"，教她"日常礼仪"，让她学会如何穿衣、如何端坐、如何梳头。王子送给女孩的礼物包括"一把象牙梳、一面镀银梳妆镜、一顶绸缎镶边的棕色天鹅绒厚披风和一双如黄油般柔软的皮革骑靴"。诺伦更提及王子指导女孩洗浴之道，为他们准备洗澡水的女仆目睹两人经常同盆共浴，"他替她搓背，为她洗去发际间的龙臭味，两人就跟命名日时那样一丝不挂"。

尽管学士并未明言戴蒙·坦格利安与私生女孩有过肌肤之亲，但考虑到此后的事件，我们必须假定"蘑菇"在此事上是大体可信的。无论如何，不管两个驭龙者如何消磨夜晚，他们把白昼的时光都用在天空中巡逻，徒劳无功地搜寻伊蒙德王子和瓦格哈尔。

我们将暂时中断对他们的叙述，将目光转向黑水湾以东。

大约在这个时候，饱受摧残的平底商船纳西里亚号勉强驶入龙石岛港口进行维修和补给。水手们说，纳西里亚号自潘托斯返回古瓦兰提斯途中被风暴吹离航线……这在狭海本来稀松平常，但瓦兰提斯人的故事不止如此：纳西里亚号西行时，巨大的龙山笼罩在前，就着山后沉落的夕阳……水手们目睹两条巨龙在空中格斗，咆哮声在冒烟火山东坡的黑色峭壁上回荡。这故事在海边每个旅店、酒馆和妓院反复传扬，添油加醋，直至龙石岛上无人不知。

在古瓦兰提斯人眼中，龙是奇迹，双龙决斗的场面将令纳西里亚号的船员终生难忘；龙石岛居民对此则已见惯不怪……但水手的故事毕竟引发了兴趣，一些本地渔民次日一早便划船环行龙石岛，在龙山脚下找到一具焦黑破烂的龙尸。从双翼和鳞片的颜色判断，此龙乃是灰影，它被撕成两半，很多部位还教对手吞吃了。

劳勃·坎斯爵士——他性格温和、大腹便便，乃是雷妮拉离开时任命的龙石岛代理城主——接获报告后，认定是贪食者所为。大部分人表示认同，众所周知，贪食者有攻击体型较小的同类的前科，尽管它很少做得如此野蛮。部分渔民害怕贪食者肆虐，联名要坎斯爵士派骑士去巢穴结果它，但代理城主拒绝了。"我们不打扰贪食者，贪食者就不会打扰我们。"他解释道。为确保不出乱子，他禁止渔民去龙山东面腐烂的龙尸附近打鱼。

他的命令没能满足岛上受他监护、精力旺盛的贝妮拉·坦格利安的好奇心。贝妮拉是戴蒙王子与第二任妻子兰娜尔·瓦列利安的女儿，时年十四岁，她长成了任性的野丫头，与其说是初潮刚至的贵族少女，倒不如说更像男孩，真可谓有其父必有其女。她身材瘦小却胆大包天，热爱舞蹈、鹰狩和骑马，身为一介女流，她童年时代常因与侍从们在庭院中摔跤而受罚，近来她发现与他们玩亲吻游戏更有趣。雷妮拉女王的宫廷搬去君临后不久（她把贝妮拉留在龙石岛），贝妮拉就被逮到容许某个厨房小弟将手伸进她的上衣里头。劳勃爵士大为光火，当即要砍厨房小弟犯错的手——亏得贝妮拉眼泪汪汪地说情，那孩子最终才逃过一劫。

"她太喜欢与男孩厮混，"事后，代理城主给贝妮拉的父亲戴蒙王子写信报告，"您必须让她尽快结婚，否则她迟早会把贞操献给某个完全不合适的人。"对贝妮拉来说，也许唯一能盖过男孩的是对飞翔的兴趣。虽然离首度骑月舞上天还不满半年，但她天天飞行，不仅飞遍了龙石岛的每个角落，甚至还渡海飞往潮头岛。

酷爱冒险的贝妮拉自告奋勇地向劳勃爵士提议，自称能揭开龙山背后的真相，又说自己不怕贪食者，因为月舞年轻敏捷，可以轻松躲开任何攻击。然而代理城主不愿冒任何风险，严令守卫不得让她离开城堡——结果愤怒的少女当晚就被逮到违抗城主的安排，此后便被禁闭在卧室。

劳勃爵士的决定固然情有可原，事后观之却极为不幸，因贝妮拉若骑龙前去侦察，必可发现当时绕行岛屿、违规前往事发地的那艘渔船。船上载有老渔民"乱胡子"汤姆、他儿子"夹舌头"汤姆和他们的两个"表亲"，其中包括马斯森·维水爵士——这两人据说是因潮头岛香料镇被毁的缘故前来投奔。"夹舌头"汤姆捕鱼技术拙劣，喝酒却是一把好手，他花了很长时间与瓦兰提斯水手们畅饮，打听他们对巨龙的描述。"灰龙和金龙，鳞片在阳光下闪闪发亮。"一位水手形容……听了这话，两位汤姆决定打破劳勃爵士的禁令，把"表亲"们送到腐烂龙尸所在的石头海滩，寻找屠龙真凶。

与此同时，腾石镇之战及叛变发生的消息传到黑水湾西岸的君临。相传阿莉森太后听了哈哈大笑。"自食其果。"她总结道。铁王座上的雷妮拉女王面色惨白，差点晕厥，她下令将各城门封闭上闩，不准任何人出入君临。"我决不给变色龙机会，让他们引狼入室。"她吼道。蒙德伯爵的军队不日就将杀到，龙背上的叛徒或许到得更早。

乔佛里王子却燃起战意。"让他们来吧，"男孩满脸通红地吹嘘，话语中洋溢着年轻人的傲气和为兄弟们复仇的渴望，"让我和泰雷克休上天迎战。"

母亲大吃一惊。"绝对不行，"雷妮拉严辞拒绝，"你太小，还不能打仗。"但她允许男孩留在"黑党会议"中讨论如何迎敌。

君临城总计有六条龙，但只有一条在红堡，即女王的坐骑母龙叙拉克斯。城堡外庭有个马厩专门清出来给它，这条龙被沉重的锁链束缚在地，锁链长度允许它从马厩走到外庭，然而没有骑手的话无法起飞。叙拉克斯早已习惯圈养，它向来吃得很好，好多年不曾自己捕猎。

其他五条龙住在龙穴，"残酷的"梅葛建造那栋庞大的建筑正为此目的。宏伟的穹顶下，雷妮丝丘陵的山体中一共挖出四十个巨大地窖，彼此相连成环。地窖两端均设有厚重大门，内门朝向中央沙坑，外门通往山坡。科拉克休、沃米索尔、银翼和偷羊贼出征前都曾在这里栖息，现在的五条龙则是乔佛里王子的泰雷克休、亚当·瓦列利安灰白色的海烟、小龙莫古尔和斯里科斯——分别属于杰赫妮拉公主（在逃）及其孪生兄弟杰赫里斯（已殁）——还有海伦娜王后的爱骑梦火。按长久以来的传统，龙穴至少要保留一位驭龙者，以免都城遇袭时猝不及防。鉴于雷妮拉女王总把儿子们带在身边，这项任务只能落到亚当·瓦列利安身上。

但"黑党会议"的成员开始怀疑亚当爵士的忠诚。乌尔夫·白发和修夫·铁锤叛逃敌营……其他"龙种"会不会有样学样？船壳镇的亚当和女孩荨麻跟他们有何区别？野种怎能信任？

巴提摩斯·赛提加伯爵力持此论。"野种天生反复无常，"他说，"这是血统决定的。嫡生子有多忠诚，私生子就有多狡诈。"他督促雷妮拉女王立即逮捕两名私生驭龙者，赶在他们骑龙投敌之前。其他人纷纷附和，包括都城守备队队长罗斯·拉盖特爵士和女王铁卫队长洛伦特·马尔布兰爵士，连两个白港人——凶猛的梅迪瑞克·曼德勒爵士及其精明肥胖的弟弟托伦爵士——也规劝女王多个心眼。"最好不要心存侥幸，"托伦爵士道，"再有两条龙倒戈，大局便无可挽回。"

只有科利斯伯爵和格拉底斯国师为"龙种"辩护。大学士指出，荨麻和亚当爵士迄今未有丝毫叛迹，明智的做法是在作出决定前进行审慎的调查；"海蛇"走得更远，他宣称亚当爵士及其弟埃林都是"真正的瓦列利安"，是潮头岛当之无愧的继承人。至于那女孩，她也许又脏又丑，但曾在喉道之战英勇奋战。

"'两大叛徒'不也是？"赛提加伯爵反驳。

首相的激烈抗议和大学士的冷静呼吁最终都被置之不理，因女王的恐惧和怀疑此刻达到了顶峰。"由于承受过太多、太频繁的背叛，她总把他人往坏处设想。"尤斯塔斯修士写道，"不忠成了家常便饭，她认为任何人都值得怀疑，即便是她曾经深爱的人。"

实情也许正如尤斯塔斯修士所言，但无论如何，雷妮拉女王并未立刻行动，还是先找来梅莎丽亚——那个里斯妓女和舞者成了事实上的情报总管，她的皮肤苍白如牛奶，身穿一袭血红丝绸镶边的黑天鹅绒兜帽长袍。她来到"黑党会议"，谦卑地低下头，倾听雷妮拉对亚当爵士和荨麻的忠诚的疑问。听完之后，"白蛆"抬起双眼，用柔和的语气答道："那女孩已经背叛了您，女王陛下。此时此刻，她正与您夫君同床共枕，不久就会怀上他的野种。"

据尤斯塔斯修士的记载，雷妮拉女王听了这话怒不可遏。她用寒冷如冰的口气命令罗斯·拉盖特爵士带二十名金袍军前往龙穴捉拿亚当·瓦列利安爵士。"严加审问，务必探明他的底细。"至于女孩荨麻，雷妮拉宣布："她是个卑贱之人，身上带着巫术的臭味，我的王子不可能跟这等下作的东西同床。只消看看她的模样，谁都知道她没有一滴龙血，她想必是用魔法来束缚巨龙和我夫君。"既然戴蒙王子成了女孩的魔法的奴隶，那也不可信任，雷妮拉女王当即向女泉镇传令——只传给慕顿伯爵——"立刻动手，无论在餐桌边还是床榻上，砍下那贱人的脑袋，好让我的王子重获自由。"

就这样，背叛引发背叛，带来雷妮拉的毁灭。罗斯·拉盖特爵士带着金袍军和女王的拘捕状骑上雷妮丝丘陵时，龙穴大门突然打开，海烟鼻孔生烟，展开淡灰色的双翼飞上天空，扬长而去——有人及时警告了亚当·瓦列利安爵士。愤怒的罗斯爵士破口大骂，他直奔红堡，闯进首相塔，用那双长满老茧的巨手一把抓起科利斯老伯爵，指控对方叛国。老人未予否认，随即遭到殴打，然后被捆绑扔进黑牢，等待审判和处决，这期间他始终一言不发。

雷妮拉女王的怀疑也落到格拉底斯国师头上，因其曾跟"海蛇"联名为"龙种"辩护。格拉底斯否认自己参与过科利斯伯爵的任何叛国行为，雷妮拉念其长年忠诚服务，并未将其打入地牢，只是逐出"黑党会议"，送回龙石岛。"我相信你不会当面对我撒谎，"她告诉格拉底斯，"但我不能把无法完全信任的人留在身边。看到你，我就会想起你为那个野丫头求情的样子。"

腾石镇屠杀的消息已然传遍都城……引发了大恐慌。人们奔走相告，说君临将是下一个屠场，在巨龙的决斗中，都城定会被烧成白地。成百上千的恐慌百姓涌向城门，却被金袍军拦了回来。无奈之下，许多人藏身地窖深处，以求逃过即将来临的火风暴，其他人则用祈祷、饮酒或女色来麻醉自己。入夜后，城里每座旅店、妓院和圣堂都挤满男男女女，有的人是来寻求慰藉，有的人则是渴望逃避。可怕的谣言在这些地方进一步发酵。

就在这压抑的关口，一位行脚兄弟于鞋匠广场粉墨登场，并迅速崛起。他穿着破破烂烂的刚毛衬衫和粗纺马裤，双脚赤裸，脖子上用皮绳挂着行乞用的碗。他又脏又臭，不知多长时间未曾洗浴，而且很可能做过小偷，因他没有右手，胳膊末端用褴褛的皮革胡乱扎紧。慕昆大学士猜测他是穷人集会的成员，星辰武士团虽然大半个世纪前就被解散，仍有余党游荡在七大王国的乡野间。尽管我们无法确知他的来历，连他的真名也早已消失在历史的迷雾中，但那些听众——以及记录下他斑斑劣迹的史家们——称他"牧羊人"。"蘑菇"则说他是"牧羊尸"，侏儒坚称此人皮肤惨白、臭气熏天，好比刚爬出坟墓的尸体。

这个独臂"牧羊人"宛若恶灵附身，大肆蛊惑人心。他当着听众们的面，预言雷妮拉女王的末日和毁灭。他不知疲倦又无所畏惧，从晚上一直讲到第二天中午，鞋匠广场始终回荡着他愤怒的声音。

"牧羊人"声称龙并非自然生物，而是瓦雷利亚人用堕落的巫术自七层地狱的深渊中召唤的魔鬼。"在那个邪恶又污秽的地方，兄弟与姐妹通婚，母亲和儿子同床。那里的男人骑着魔鬼上战场，女人则为野狗张开双腿。"坦格利安家族侥幸逃离天罚，远渡重洋来到龙石岛，但"诸神不容蔑视"，因此第二次"末日浩劫"已迫在眉睫。"牧羊人"铿锵有力地高呼："必须推翻虚伪的国王和淫乱的女王，结束所有胡作非为，消灭他们胯下的魔鬼！"支持坦格利安家族的人也要统统杀掉，只有清除了君临城里的恶龙和恶龙的主人，维斯特洛才能免遭瓦雷利亚的下场。

　　他的听众每小时都在增加，从最初的十几人，二十人，一百人……到黎明时分，广场已涌入数千百姓，他们互相推挤，争抢着倾听布道。许多人持有火把，因此当晚"牧羊人"就在层层火光映照中继续布道。试图阻止他的人遭到毒打，甚至有四十名挺起长矛前来清理广场的金袍子也被赶走了。

　　君临西南六十里格处的腾石镇是另一种乱局。君临城因这里的军队而陷入恐慌，恐慌的源头却在踌躇不前。伊耿国王一派失去领袖后，出现了争斗、分裂与猜忌。蒙德·海塔尔和他的堂亲、旧镇最杰出的骑士布林东爵士一同丧命，其长子莱昂诺远在千里之外的参天塔，况且还是个毛头小子。虽然蒙德伯爵称戴伦·坦格利安为"大胆"戴伦，对王子在战场上的勇气褒赞有加，王子毕竟也未成年，而他身为阿莉森太后诸子中的幼子，打小成长在兄长们的阴影之下，更习惯服从命令而非下达命令。军中最资深的海塔尔家成员为霍巴特爵士，他也是蒙德伯爵的堂亲，但迄今伯爵只让他负责辎重队。霍巴特·海塔尔"肥胖与迟缓的程度相当"，活了六十岁没一件功业，现在出于跟阿莉森太后的血缘关系，却要统御南境大军。

　　乌尔温·培克伯爵、"无畏的"琼恩·罗克顿爵士和欧瓦·博莱利男爵也想成为统帅。培克伯爵出自声名赫赫又源远流长的战士家族，麾下有一百名骑士和九百名步兵；琼恩·罗克顿的坏脾气跟他持有的黑剑一样闻名，那柄瓦雷利亚钢剑名为"孤儿制造者"；叛徒欧瓦·博莱利男爵认定腾石镇之战获胜全赖自己的妙计，攻打君临的使命因而非他莫属。不过这三人都没有足够的力量和威望来约束沉溺于杀戮和贪欲之中的官兵，当他们为职位和战利品争吵不休时，他们的部下自由自在地加入了抢掠、强暴和破坏的大狂欢。

这些日子的恐怖事件层出不穷、不胜枚举。事实上，翻遍七大王国的历史，叛变之后对腾石镇的洗劫，其持续时间和残暴程度也屈指可数。由于没有一位强有力的领袖来加以管制，好人最终也变成了野兽。一队队醉醺醺的士卒在街上游荡，随意抢劫民居和商铺，任何人敢于阻止便是死路一条。镇里的女人都成了猎物，包括老妪和女童。富人被拷打致死，逼问金子和宝石的秘藏地。婴儿被从母亲怀里抢走，插在矛尖上炫耀。神圣的修女被扒光衣服，满街追逐强奸——这并非个别士兵所为，而是上百人一起——连静默姐妹也遭侵犯。就连死者亦无法置身事外：那些荣誉下葬的人，他们的棺材被起出来掠夺，遗体残骸则留给野狗和食腐乌鸦。

尤斯塔斯修士和慕昆大学士都说戴伦王子于心不忍，遂命霍巴特·海塔尔爵士出手制止，但这位爵士一如既往地办事不力。下等人的天性本以尊长为榜样，而试图继承蒙德伯爵地位的贵族个个成了贪婪、骄纵和杀戮欲的俘虏，爵士却束手无策。"无畏的"琼恩·罗克顿看上美貌的莎丽丝·傅德利夫人，她是腾石镇伯爵的妻子，却被他当成"战争奖品"收归己有。伯爵前来抗议，琼恩爵士二话不说便用"孤儿制造者"将其劈作两半，而后撕开痛哭的莎丽丝夫人的裙服时还夸口"我的剑也能制造寡妇"。两天后，培克伯爵和博莱利男爵在作战会议上爆发激烈争执，以致培克抽出匕首，捅进博莱利的眼睛，大叫"一日变色龙，永为变色龙！"戴伦王子和霍巴特爵士面面相觑，吓得心惊胆战。

然而"两大叛徒"——出身贫贱的驭龙者修夫·铁锤和乌尔夫·白发——的罪行又犹有过之。乌尔夫爵士常喝得酩酊大醉，"蘑菇"说他"从头到脚沉溺于酒色"，每晚要给三个处女开苞，而谁敢惹他他就拿谁去喂龙。雷妮拉女王赐予的骑士身份已远远不够，戴蒙王子逾制封赏的苦桥伯爵也不在眼中，欲壑难填的白发盯上高庭：他声称提利尔家族既在"血龙狂舞"中保持中立，便可视为叛徒。

但与另一条变色龙修夫·铁锤相比，乌尔夫爵士的野心又相形见绌了。作为铁匠之子，修夫身高马大、胳膊强壮，据说能空手掰弯钢条。他对战争几乎一窍不通，但体格和力量令人望而生畏，手中战锤舞得虎虎生风、杀气凌人。他胯下的沃米索尔曾是"人瑞王"的坐骑，如今在维斯特洛的龙族里，只有瓦格哈尔比之更老更大。

基于上述原因,"铁锤大人"(修夫如此自称)梦想称王。"能当国王干吗当领主?"他对投靠他的人说。仿佛与之相应,一则古老的预言在军营里不胫而走:"战锤毙真龙,新王因而生,万人莫可挡。"这则预言的最初源头不得而知(肯定不是铁锤自己编的,因他不识读写),但短短数日便传遍腾石镇内外。

"两大叛徒"都不急于协助戴伦王子反攻君临。南境大军的确兵多将广,还有三条巨龙压阵,但雷妮拉女王也有三条龙(他们以为如此),等戴蒙王子和荨麻回来就是五条。培克伯爵建议原地休整,等拜拉席恩公爵率军从风息堡赶来汇合;霍巴特爵士希望退回河湾地,以补充迅速消耗的补给。无人过问的事实是,大军每天都像朝露蒸发一般缩减,越来越多的兵士悄悄逃走,带着丰厚的战利品回家忙收成去了。

往北一百多里格,在一座俯瞰螃蟹湾的城堡里,另一位领主亦如坐针毡。雷妮拉女王自君临送信给女泉镇伯爵曼佛利·慕顿,要他献上私生女荨麻的人头。女孩被控犯下欺君叛国的大罪,雷妮拉非要她命不可。"但不许伤害我的夫君戴蒙·坦格利安王子,"雷妮拉女王特意申明,"事后送他回来,我们正需要他。"

《女泉镇编年史》的撰写者诺伦学士说慕顿伯爵读过来信震惊得哑然失声,连喝三杯葡萄酒才勉强恢复镇静。伯爵随即招来他的守卫队长、他的弟弟还有他的代理骑士"灰铁"佛罗理安爵士,他让学士也留下,然后宣读了信件,并征询意见。

"此事不难。"守卫队长说,"虽然王子睡在她身边,但毕竟是老了。若他插手干涉,三个人应能制服,六个人则万无一失。大人要今晚动手吗?"

"六个人也好六十人也罢,他可是戴蒙·坦格利安。"慕顿伯爵的弟弟反对。"更明智的办法是在他今晚的酒里混入安眠药,等他醒来木已成舟。"

"那女孩再怎么说也还是个孩子,"满头灰发的老骑士佛罗理安叹道,他为人素来正直,"'人瑞王'绝不会做这等事,任何有荣誉感的人都不会这么做。"

"这毕竟是个艰难的时代,"慕顿伯爵说,"女王陛下要我作出艰难的抉择。那女孩是我屋檐下的客人,若我遵令行事,女泉镇必将永世遭到诅咒;若我违令不依，我们又会被视为叛徒，难逃焚城之厄。"

他弟弟回应道："其实无论我们怎么选，都难逃火焚厄运。王子对那棕肤女孩怀有超乎寻常的感情，而他的龙就在左近。最好两个一起杀，以绝后患。"

"但女王禁止伤害他，"慕顿伯爵提醒对方，"况且背后下手谋杀两个客人等于双倍罪孽，我受的诅咒也会加倍。"他长叹一声。"我真希望自己没读过这封信。"

诺伦学士此时开口："也许您确实没读过。"

此后的讨论《女泉镇编年史》失载，我们也不得而知，但书中详述了当晚二十二岁的年轻学士如何找到共进晚餐的戴蒙王子和女孩荨麻，并出示雷妮拉女王的信。"他们被一整天徒劳无功的搜索累得精疲力尽，我进门时正在分享煮牛肉和甜菜组成的简单晚餐，并轻声对话，内容我没听清。王子礼貌地问候我，但读过我带来的信件后他眼中失去了所有光彩，浑身笼上一层深深的伤悲，活像已不堪重负。女孩问他信中写了什么，他答道：'女王的言辞，婊子的手段。'随后他拔剑而起，询问慕顿伯爵是否在门外埋伏了士兵，正待捉拿他们。'我是孤身前来，'我告诉他，不只如此，我还进一步谎称无论伯爵大人还是女泉镇的其他人士都还不知信中内容。'请原谅，王子殿下，'最后我说，'我打破了自己的学士誓言。'戴蒙王子听罢收剑道：'你是个不称职的学士，却是个好人。'他要我快走，并下令：'天亮前切勿泄露此事，无论对伯爵，还是对你爱戴的其他人。'"

没人知道王子和私生女孩如何在慕顿伯爵的屋檐下度过这最后一夜。破晓时分，两人并肩来到庭院，戴蒙王子最后一次扶荨麻骑上偷羊贼。荨麻起飞前总会给偷羊贼喂食——龙吃饱了更容易听骑手使唤——那天早上她带来女泉镇属地里最大的一头黑公羊，亲手割开它的喉咙。据诺伦学士记载，当她骑上巨龙时，皮革骑靴上全是血，"而她脸上全是泪"。老男人和少女没说一句道别话，偷羊贼便鼓动棕色皮翼，升上微明的天空。科拉克休仰头长啸相应，震碎了琼琪塔所有的窗户。荨麻高飞到镇子上空，随后转向螃蟹湾，消失于晨雾之中，从此没在君临的宫廷、也没在任何城堡现身。

戴蒙·坦格利安回到城堡和慕顿伯爵用过早餐。"这将是我们最后一次见面，"他告诉伯爵，"多谢款待。请你在领内放出消息，就说我去了赫伦堡，若我侄儿伊蒙德有种挑战我,我会在那里与他一对一决斗。"

戴蒙王子最后一次飞出女泉镇。诺伦学士在他走后找到领主:"请您扯下我的颈链,把我捆起来解送女王。当我警告叛徒、让她逃跑时,我也成了叛徒。"

慕顿伯爵不允。"你留着颈链吧,"伯爵说,"这里不止你一个叛徒。"当晚,女泉镇各门降下雷妮拉女王的四分旗帜,升起伊耿二世的金龙旗。

但戴蒙王子降落在赫伦堡、重新占据该地时,那里的焦黑塔楼和废弃堡垒上没有任何旗帜。城堡幽深的地窖和酒窖里住了些难民,不过科拉克休的皮翼声把他们全吓跑了。戴蒙·坦格利安于赫伦王的居城大得出奇的厅堂里独自徘徊,唯有巨龙与他为伴。每晚黄昏,王子都会用剑在神木林的心树上刻日子,至今我们还能在鱼梁木上看见十三道又黑又深的印记,仿佛早已淤结的伤痕,但自戴蒙之后的每一位赫伦堡领主都说它们会在春天重新流血。

王子守候的第十四天,一道比乌云更黑的阴影掠过城堡,吓跑了神木林中所有的鸟儿,热浪卷起庭院里层层落叶。瓦格哈尔终于驾到,独眼王子伊蒙德·坦格利安骑在它背上,身着一袭金缕镶嵌、漆黑如夜的盔甲。

他并非只身前来,亚丽·河文也在巨龙背上,一头乌黑长发风中飘荡,她怀了孩子。伊蒙德王子绕赫伦堡的五座高塔足足飞了两圈才将瓦格哈尔降在外庭,与科拉克休保持一百码距离。两条龙恶狠狠地彼此瞪视,科拉克休展翼嘶吼,火苗在它齿间闪动。

王子从瓦格哈尔背上扶下情妇,转身面对叔叔:"阿叔,听说你在找我们。"

"我只找你一人。"戴蒙回答,"谁告诉你我在这里?"

"多亏我的夫人。"伊蒙德解释,"她能从漆黑的乌云间看到你,从黄昏的山涧里看到你,从晚餐的篝火中看到你。我的亚丽,她能从火焰中看到很多东西,而你独自前来,实在太蠢了。"

"若非如此,你不可能现身。"戴蒙说。

"好吧,我来了,你也一样。你活得太久了,阿叔。"

"至少这点我同意。"戴蒙回答。老王子随即让科拉克休低下脖子,他僵硬地爬了上去。小王子吻过女人,轻身跃上瓦格哈尔,小心系牢腰带和鞍配间的四条短铁链。戴蒙没系自己的铁链。科拉克休又嘶叫一声,更朝空中喷出龙焰,瓦格哈尔回以咆哮。紧接着两条巨龙不约而同地腾空而起。

戴蒙王子驾驭科拉克休迅速爬升,他用钢头鞭抽打巨龙,直至消失在云端。瓦格哈尔更老也更大,速度撑不上对手,动作也嫌笨拙,于是它缓缓爬升,在神眼湖上兜出越来越大的圈子。天色已晚,日近沉没,波澜不惊的湖面宛如一大片打平的铜箔。母龙边飞边吼,努力搜寻科拉克休,而亚丽·河文在焚王塔顶观睹这场旷世难逢的决斗。

攻击突然发生,势若万钧雷霆。科拉克休发出一声方圆十几里都能听见的刺耳尖叫,借助最后的夕阳光辉,狠狠扑向伊蒙德王子的盲侧。"血虫"爆发出惊人的力量,跟老龙撞作一团,展开缠斗,神眼湖上顿时咆哮连连。它们是血色天空中两个巨大黑影,龙焰如此明亮,以至下方观望的渔民害怕云层也会起火燃烧。须臾之后,纠缠在一起的两条龙一同坠向湖面。科拉克休死死咬住瓦格哈尔的脖子,它的黑牙深陷进老龙的血肉;瓦格哈尔的爪子则扯开了"血虫"的肚皮,牙齿撕裂其一边翅膀。但科拉克休越咬越紧、越咬越深,它们以惊人的速度坠落。

传说就在此时,戴蒙·坦格利安王子跨过鞍带,手握维桑尼亚王后的佩剑"暗黑姐妹",飞跃到另一条龙背上。独眼伊蒙德慌了神,仓促间解不开捆住自己的铁链。戴蒙一把掀开侄儿的头盔,挺剑刺进那只盲眼,出手之狠,乃至剑尖穿出后颈。半响后,两条巨龙坠入湖中,掀起的滔天水柱相传可与焚王塔媲美。

目击的渔民说,人或龙都不可能从如此剧烈的撞击中生还。事实确实如此。科拉克休勉强爬回陆地,它已被开膛破肚,还失去一边翅膀,浑身沾满的湖水正不住蒸发。"血虫"为上岸耗尽了最后一丝元气,最终倒在赫伦堡城墙下。瓦格哈尔沉进湖底,从它脖子的伤口流出的热血让它的安息地点沸腾不息。"血龙狂舞"的若干年后,人们找到龙尸,伊蒙德王子披着盔甲的尸骨还绑在它背上,"暗黑姐妹"刺进眼窝里直没到柄。

戴蒙王子无疑也送了命。他的遗体从未被发现,但神眼湖有些奇怪的涡流,也有饥饿的鱼群,所以这不奇怪。歌手们说老王子死里逃生,找到小女孩荨麻,从此双宿双飞,不问世事。这些歌谣很美,但不可能是史实,就连"蘑

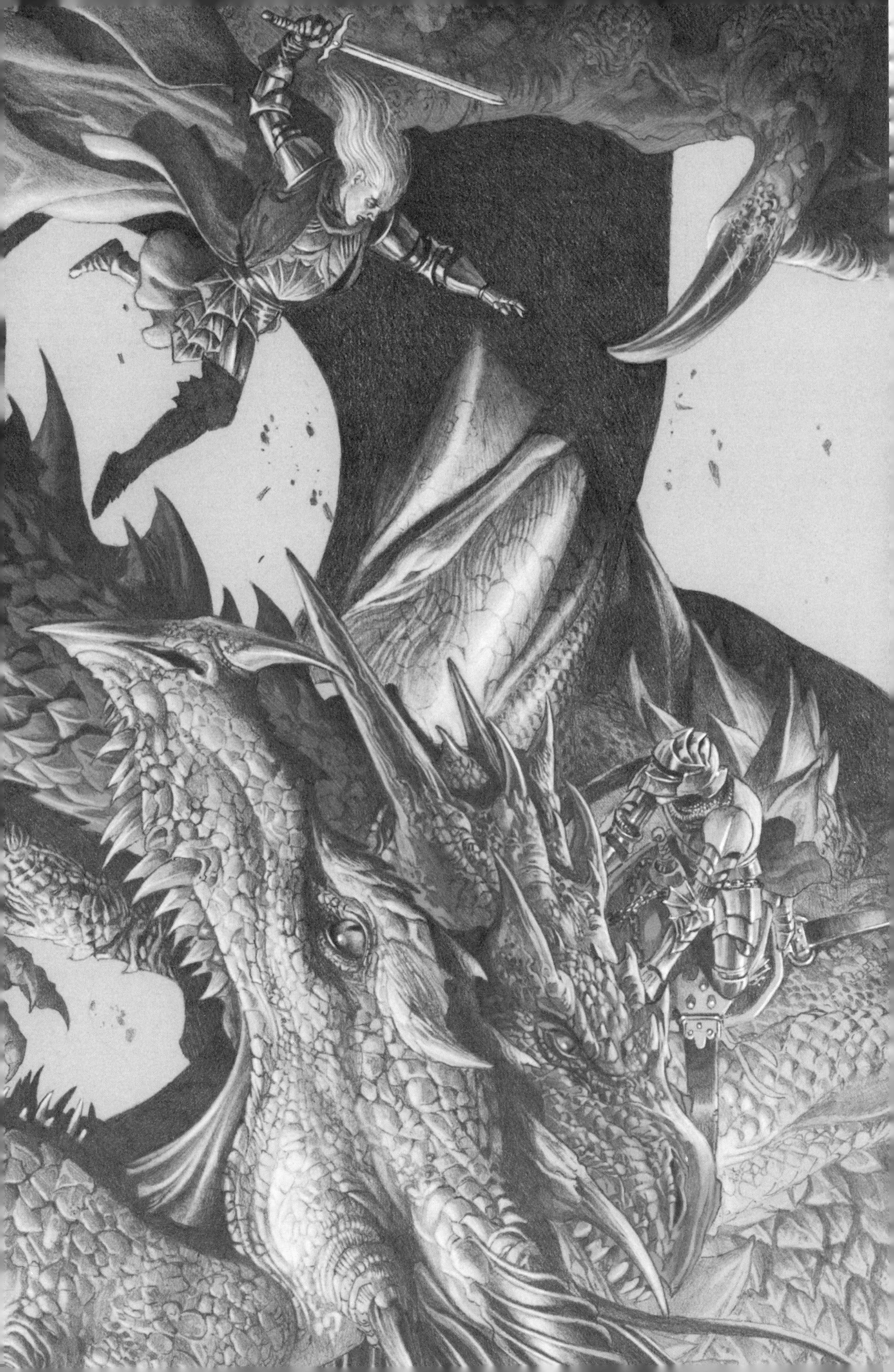

菇"也不相信的谣传,我们当然不予采纳。

　　神眼湖上的血龙狂舞发生于征服一百三十年五月二十二日。戴蒙·坦格利安时年四十九岁,伊蒙德王子刚满二十岁。瓦格哈尔,坦格利安家族自"黑死神"贝勒里恩之后最大的龙,一共活了一百八十一年。夜色与阴影吞没了"黑心"赫伦被诅咒的都城,唯一自伊耿征服时代存活下来的生物停止了呼吸。戴蒙王子的最后一战只有很少的目击者,这个故事许久才传扬开去。

巨龙之死

雷妮拉的失败

　　君临的雷妮拉女王被越来越多的背叛所孤立。嫌疑人亚当·瓦列利安在受审前逃之夭夭，"白蛆"轻言细语地指控这正好证明其罪行，赛提加伯爵应和她的意见，并顺势提出对所有非婚生子女征收新税。他说此举不但可以充实国库，还能顺势阻止数以千计不道德的私生野种的诞生。

　　然而雷妮拉已无暇顾及财政问题，抓捕亚当·瓦列利安不但让她失去一条龙及其骑手，也失去了御前首相……以及护送她从龙石岛前来夺取铁王座的一半多军队——那些都是瓦列利安家族的人马。得知科利斯伯爵被关进红堡地牢，数以百计的士兵弃职逃亡，有些人去鞋匠广场加入"牧羊人"身边聚集的群众，另一些人溜出侧门乃至翻越城墙，径直返回潮头岛，剩下的官兵也都不值得信任了——"海蛇"驾前的两位誓言骑士丹尼斯·伍德怀特爵士和"真实的"托龙爵士策划杀入地牢解救主君，但计划被与托龙爵士同床的妓女泄露给小梅夫人，结果两人双双就擒，判处绞刑。

　　那日日出时分，两位忠诚的骑士被吊死在红堡城墙上，他们挣扎踢打良久方才断气。日落后不久，宫中又传来一起悲剧：海伦娜·坦格利安，伊耿二世国王的妹妹和妻子，七大王国的王后，三个孩子的母亲，从梅葛楼上自己的房间跳窗自尽，尸体插在干涸护城河中森然林立的铁刺上。海伦娜香消玉殒时年仅二十一岁。

　　王后已做了半年俘虏，为何偏挑在那天夜里自尽？"蘑菇"认定海伦娜在被当作妓女卖身的日夜里怀上了孩子，这种解释源自他那个荒唐可笑的"妓院双后"的故事，根本是无稽之谈；慕昆大学士相信托龙爵士和丹尼斯爵士的遭遇让她作出绝望之举，可年轻的王后与这两人素不相识，且没有任何证据证明她目睹过两人的绞刑；尤斯塔斯修士声称"白蛆"梅莎丽亚夫人当晚找到海伦娜，告诉她他儿子梅拉尔的结局，并详细形容其可怕的死法——不过这么做除了纯粹的恶意，又能达到什么目的？真教人百思不得其解。

学士们至今仍为王后的死因疑惑不已……但在那个命运的夜晚，一则阴暗可怖的谣言却在君临的大街小巷、旅店、妓院、食堂乃至圣堂流传开去：海伦娜王后是被蓄意谋害，跟她的两个儿子一样。人们窃窃私语，说是戴伦王子即将带领龙群杀到，用血与火终结雷妮拉女王的统治，满怀妒意的雷妮拉不想让同父异母的妹妹活着看笑话，便指示罗斯·拉盖特爵士用那双长满老茧的巨手抓住海伦娜，扔出窗户，将其插死在铁刺上。

有识之士不禁要问，如此歹毒的诽谤最初从何而生（我们几乎可以确定这是彻头彻尾的诽谤）？慕昆大学士归咎于"牧羊人"，数以千计的百姓正在广场上听他控诉雷妮拉女王和坦格利安家族的罪行。不过他究竟是谎言的源头，还是仅仅顺势利用人们口耳相传的说法？至少"蘑菇"认为是后者，侏儒声称如此下作的伎俩只可能出自拉里斯·斯壮……"弯足"从未离开君临（后来的事实证明了这点），他躲在阴影中，从事地下工作。

海伦娜之死有谋杀的可能吗？我们认为纵然有此可能……雷妮拉女王也基本可以排除嫌疑。海伦娜·坦格利安早已是个废人，对雷妮拉不构成威胁，我们手头所有的材料也没谈到两人之间存在特别的恩怨。如果雷妮拉想把谁扔出窗外，那也该针对阿莉森太后。更重要的是，我们有充足的证据表明，罗斯·拉盖特爵士——谣传替雷妮拉动手的人——在海伦娜王后过世时正与三百名金袍子一起，于诸神门内的都城守备队西营用餐。

但时人对此并不知情或并不关心，没过多久，一半的君临百姓都在争先恐后地转述海伦娜王后被"谋杀"的谣言。谣言传播速度之快，确凿无疑地表明了老百姓有多痛恨他们爱戴过的雷妮拉女王。海伦娜也曾广受爱戴，而大家没有忘记"鲜血"与"奶酪"对杰赫里斯王子的暴行，以及梅拉尔王子在苦桥的遭遇。

事实上，海伦娜死得非常干脆，铁刺穿喉，没发出一点声音，或许也算是慈悲和解脱吧。她断气那一刻，她的坐骑梦火在城市对面的雷妮丝丘陵突然起身咆哮，震撼了整个龙穴，还扯断两条束缚它的铁链。阿莉森太后得知女儿的死讯后撕烂衣服，对死敌雷妮拉发出最恶毒的诅咒。

血腥的大暴动当晚在君临爆发。

暴动最初源于跳蚤窝的巷弄之间，数百名心怀怨恨又担惊受怕的醉酒男女涌出酒肆、斗鼠坑和食堂，引发了骚乱，并很快蔓延全城。人们高呼为横死的王子及其母亲主持公道，马车和手推车被掀翻，商铺被洗劫，住宅被抢掠后烧掉，维护秩序的金袍子遭到袭击和殴打。无论贵族平民，暴徒一视同仁，他们朝领主抛掷垃圾，把骑士拖下马。三个醉酒的马夫想强暴妲尔娜·戴丁斯小姐，她的兄弟戴佛斯试图保护她却被一刀捅进眼窝。困在城里上不了船的水手攻击了临河门，跟守门的金袍军大战一场，罗斯·拉盖特爵士率四百名长矛兵赶到方才驱散暴徒。此时半边城门已碎，一百人丧命或奄奄一息，其中四分之一是都城守备队的成员。

但没人赶来营救巴提摩斯·赛提加伯爵，伯爵带围墙的宅院中只有六名卫兵和一些匆匆武装起来的仆人。暴民蜂拥翻越围墙时，这些三心二意的防御者便弃械而逃，甚至顺势加入对方。年仅十五岁的阿梭尔·赛提加手握长剑、英勇地站在前门抵抗，短暂挡住了号叫的暴民……无奈一位背信弃义的小女仆引对方从后门进入，这个英勇的男孩后背被长矛刺穿，当即殒命。巴提摩斯伯爵本人一路杀到马厩，却发现所有马匹不是被宰杀就是被偷走了。暴民擒获这位广遭唾弃的财政大臣后，将他捆在柱子上狠狠折磨，直到他说出自己所有的财宝贮藏地点。随后一个名为渥特的皮革匠宣布伯爵没有如实缴纳"下体税"，必须剁下男根作为给国库的补偿。

鞋匠广场成了暴乱策源地，"牧羊人"义愤填膺地宣告末日已临，一如他之前的预言。他呼唤诸神降下神怒来惩罚"那个在铁王座上流血的怪物女王，她那对婊子的嘴唇沾满了异母妹妹的鲜血"。一位修女号啕大哭，恳求他拯救都城，"牧羊人"回答："只有圣母的慈悲能拯救苍生，但你们用骄傲、欲望和贪婪赶走了圣母。现在陌客来了，他骑着漆黑的骏马，双眼犹如烧炭！他手执惩罚的火焰之鞭，正赶来清除这个穷凶极恶的魔鬼们盘踞的深坑，并顺势除掉所有的魔鬼信徒！听啊！你们还没听到烧红的铁蹄的敲打声吗？他来了！他来了！"

暴民随他狂喊："他来了！他来了！"上千根火把为整个广场笼罩上一层朦胧的黄光——但他们的叫嚷并未持续多久，因为夜色中的确清晰地传来了铁蹄敲打鹅卵石的整齐声音。"来的不止一位陌客，而是有整整五百名之多。""蘑菇"在《证词》中如此叙述。

都城守备队决意夺回广场。他们集结了五百精锐，个个身穿黑锁甲，头戴钢盔，披着金色披风，装备了短剑、长矛和短刺棍。金袍军在广场南边列队，长矛和盾牌组成一面整齐的墙，骑在铁甲战马上的罗斯·拉盖特爵士手握长剑趋前指挥。这位英武的队长甫一现身，就吓得数以百计的暴民退进狭窄的巷弄和背街，罗斯爵士下令金袍军前进时又有几百人逃散。

但还有约一万人留下来。人群如此密集，以至许多想逃的人根本寸步难移，只是身不由己地被推来推去，甚至遭到践踏。另一些人手挽着手涌向前，高呼口号和诅咒，迎向应着战鼓的节奏缓缓推进的长矛阵。"该死的蠢货，快让开。"罗斯爵士冲"牧羊人"的"羔羊"咆哮，"快回家。没人会伤害你们。快回家！我们只抓'牧羊人'！"

有人说最先倒下的是个面包师，当长矛刺穿胸膛、染红围裙时，这人发出震惊的咕哝声；又有人说先死的是个小女孩，她被罗斯爵士的战马活活踩死。无论如何，人群中飞出石子，打中一个长矛兵的额头，然后叫喊和咒骂声越来越大，竿子、石块和夜壶从周围屋顶倾泻而下，广场对面甚至有个弓箭手拉弓射击。有人拿火炬捅了一个金袍子，后者的金袍立刻燃烧起来。

鞋匠广场彼端，"牧羊人"在支持者簇拥下匆匆离场。"拦住他！"罗斯爵士大叫，"抓住他！拦住他！"他催马前进，挥剑在人群中清开道路，金袍军紧紧跟随，他们丢下长矛，操起剑和棍。"牧羊人"的支持者被这番阵仗吓慌了神，尖叫着逃命，不时有人摔倒，但广场上更多的人拿出小刀、匕首、槌子、木棍、残破的长矛和生锈的铁剑等五花八门的武器自卫。

金袍军都是年富力强的高个，纪律严明又装备精良，于是盾墙稳步推进了二十多码。他们从群众中砍出一条血路，留下一地尸体和无数垂死的伤员。但他们毕竟只有五百人，而"牧羊人"有上万听众。一名士兵倒下了，然后又有一名……突然间暴民就冲进了队列的缝隙。"牧羊人"的"羔羊"尖声咒骂着，用小刀、石头乃至牙齿疯狂攻击，一举淹没了都城守备队。他们从侧面、从后方、从各个方向冲来，屋顶和阳台更是砖瓦乱飞。

冲突演变成混战，混战演变成屠杀。金袍军被重重包围、四面压迫，武器

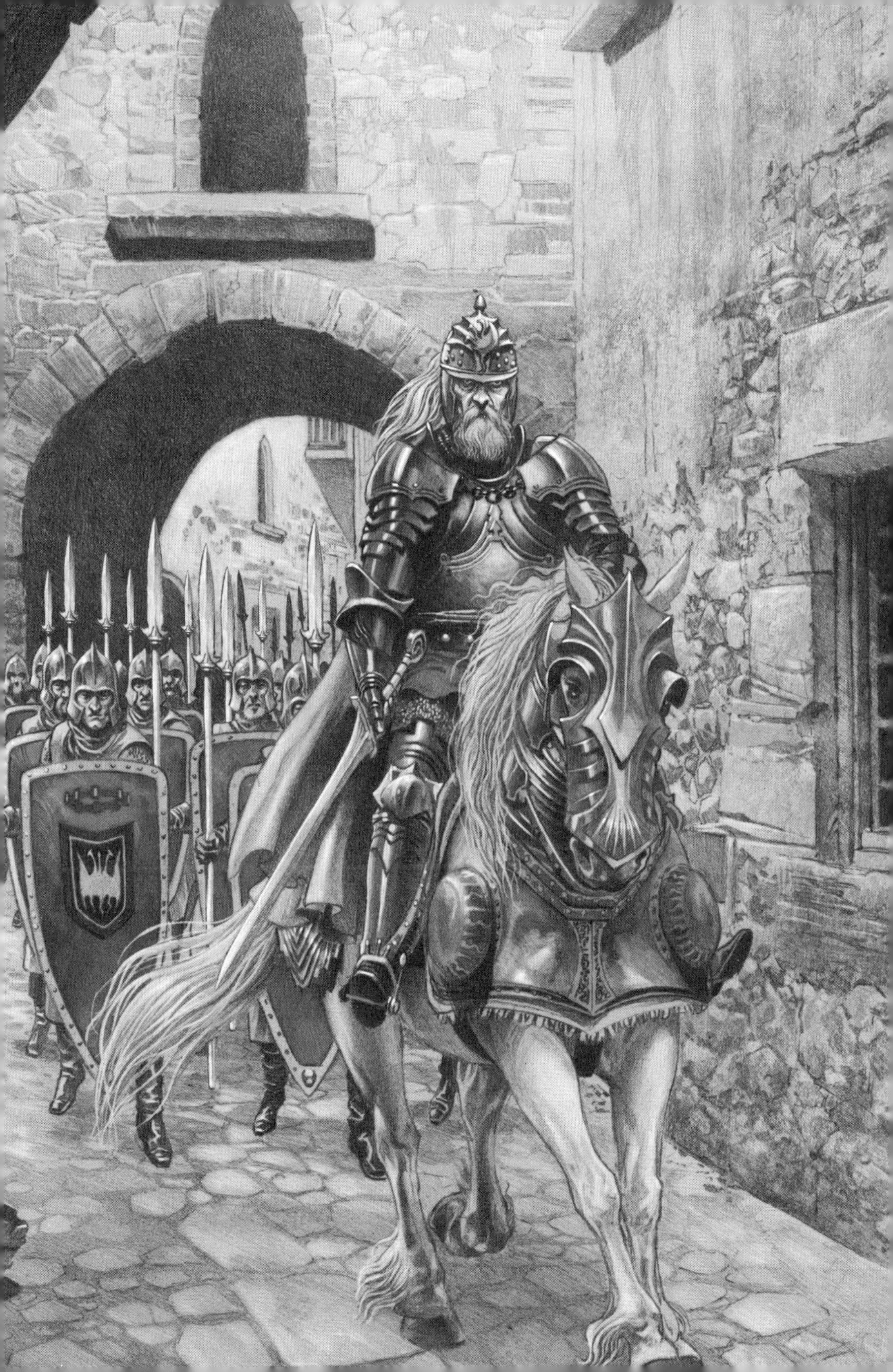

根本施展不开，许多人死在自己人剑下，其他人则被暴民撕成碎片、被踢死或踩死、被锄头和屠夫的砍刀大卸八块。强如罗斯·拉盖特爵士也未能幸免，他的长剑被夺走，人被拖下马鞍，肚子连中几刀，还有人拿鹅卵石砸他，直至将他的脑袋和头盔砸成一团浆糊。次日运尸车来收尸时，人们凭尸体的个头方才辨认出他。

这下暴动一发不可收拾，它持续整夜，席卷大半个都城。尤斯塔斯修士告诉我们，"牧羊人"陡然成了半个君临的主人，其他地方则出现了一些奇特的"国王"和"领主"，他们彼此还争斗不休。皮革匠渥特有数以百计的拥趸，他骑着白马在大街上奔驰，一边挥舞赛提加伯爵血淋淋的首级和命根子，一边宣布废除一切税收。在丝绸街的妓院，妓女们拥立了自己的国王——淡色头发的四岁男童盖蒙，谣传他是失踪的伊耿二世国王的私生子。一个名叫"跳蚤"佩金爵士的雇佣骑士也不甘示弱，他为自己的侍从崔斯丹加冕，声称这位十六岁少年乃先王韦赛里斯的私生子。由于任何骑士都能赐封骑士，佩金爵士便赐予每一个投到崔斯丹的破烂旗帜下的佣兵、扒手和屠夫小弟以骑士身份，很快就有成百上千的男人小孩涌来供他驱使。

到黎明时分，城内火光四起。鞋匠广场铺满尸体。一群群无法无天的暴徒在跳蚤窝游荡，随意闯进商铺民舍，用脏兮兮的手虐待每一个老实人。剩余的金袍军撤回军营，把街道让给阴沟骑士、戏子国王和疯狂先知。暴民中最可憎者好比蟑螂，晚上狂喝乱饮、烧杀抢掠，白天躲进地洞和酒窖里呼呼大睡，瓜分抢来的财物，洗去满手血腥。旧城门和巨龙门的金袍军在他们的队长巴隆·拜奇爵士和"兔唇"加尔斯爵士统领下出击，于正午前勉强恢复了雷妮丝丘陵以北和以东街道的秩序，梅迪瑞克·曼德勒爵士率一百名白港人镇压了伊耿高丘东北直到钢铁门的区域。

但君临的其他街区依然一片混乱。托伦·曼德勒爵士率北方人沿钩巷出动，却发现渔民广场和临河道上全是佩金爵士的"阴沟骑士"，崔斯丹"国王"的破烂旗帜高挂临河门，而城门楼上吊着该门小队长及其手下三名军士的尸体——守卫"烂泥门"的"泥腿子"集体投靠了佩金爵士。托伦爵士失去四分之一的人马方才杀回红堡……但比起洛伦特·马尔布兰爵士，他已算走运。女王铁卫队长洛伦特爵士率一百名骑士和步兵去跳蚤窝平叛，结果只有十六人回来，洛伦特爵士本人不在其列。

到这日黄昏，雷妮拉·坦格利安已然山穷水尽，统治摇摇欲坠。"当人们把洛伦特爵士以身殉职的消息带给女王陛下时，她泪流满面，""蘑菇"在《证词》中作证，"但女泉镇叛变、私生女孩荨麻逃之夭夭、她深爱的王夫背叛她的消息又令她怒发冲冠。梅莎丽亚夫人发出警告，说即将来临的夜晚将比昨晚更可怕，这让陛下颤抖不已。早上还有一百位大人到王座厅上朝，随后这些人一个个溜之大吉，最后她身边只剩下两个儿子和我。'我最亲爱的蘑菇啊，'陛下对我说，'每个人都跟你一样忠义就好了。我真想任命你为我的女王之手。'我回答说我宁可做她的王夫。陛下听过莞尔一笑，没有什么能比她的笑声更甜美，更让人愉快的了。"

慕昆的《真史》丝毫没提到雷妮拉甜美的笑声，反而形容其心情从愤怒跌落到绝望，又从绝望中生出怒火，她把铁王座抓得太紧，乃至日落时两手全是血。她任命小队长巴隆·拜奇爵士为新的都城守备队队长，派许多渡鸦去临冬城和鹰巢城求援，又颁发谕令剥夺女泉镇慕顿家族的所有财产和爵位，指名年轻的葛兰登·戈德爵士做女王铁卫队长（戈德才二十岁，当上白骑士不满一月。他在这天早前的跳蚤窝之战中证明了自己，抢回洛伦特爵士的尸体，不让暴民玷污）。

关于雷妮拉在君临的末日，尤斯塔斯修士和慕昆大学士都未提及"蘑菇"，他们大书特书的是雷妮拉的儿子。永远待在母亲身边的小伊耿依旧沉默，但十三岁的乔佛里王子穿上侍从的盔甲，恳求母亲让他去龙穴骑上泰雷克休。"我想学哥哥们的榜样为您而战，妈妈，我想证明自己跟他们一样勇敢。"但他的决心只让雷妮拉更固执。"他们很勇敢，结果都死了。他们都死了，我可爱的孩子们。"雷妮拉女王再次重申，不准王子离开城堡半步。

日落以后，君临的害虫们终于爬出斗鼠坑、地洞和地窖，声势比昨晚更大。

在维桑尼亚丘陵，妓女们联合起来，宣布将为任何愿意凭剑立誓效忠"淡发"盖蒙（他在市井粗话中遂被称作"婊子王"）的男人免费服务；在临河门，佩金爵士用偷来的食物款待麾下的"阴沟骑士"，带领他们在河边肆意疯抢，码头、仓库和未出海的船只全不放过；皮革匠渥特引着一帮号叫的匪徒扑向诸神门——君临虽有高墙厚垒,却只能抵御外敌,无法防备内患。诸神门的守备尤其薄弱,该门的小队长和三分之一的士兵昨晚随罗斯·拉盖特爵士战死在鞋匠广场,余部亦颇多伤员,结果城门迅速沦陷。渥特的匪帮涌入郊外,跟随赛提加伯爵的腐烂头颅在国王大道上狂奔……至于目标何在,渥特自己也不清楚。

诸神门失守一小时后,国王门和雄狮门也告沦陷,戍守前者的金袍军一哄而散,戍守后者的"雄狮"们干脆加入暴动。现在,君临的七道城门里已有四道为雷妮拉的敌人敞开。

但对雷妮拉女王来说,致命的威胁不在城外。夜幕降临时,"牧羊人"再次来到鞋匠广场布道。据记载,昨晚战斗遗留的满地尸体被剥光衣服,搜去钱币和财物(有的士兵也被剁下人头)后,白天已经清走,现在独臂的疯先知又开始疯狂诅咒红堡里的"邪恶女王",上百个插在长矛和削尖木棍上的脑袋为他壮胆。尤斯塔斯修士说暴民不仅人数比昨晚翻倍,狂躁恐慌的程度更犹有过之。"牧羊人"的"羔羊"跟他们痛恨的雷妮拉女王一起恐惧地抬头望天,生怕伊耿国王的龙群会在当晚飞到,后头跟着一支大军。他们已不指望雷妮拉能保护他们,转而从"牧羊人"那里寻找救赎。

先知尖叫着回应他们。"等巨龙到来,你们的血肉会起泡、燃烧、化为灰烬;你们的老婆会穿着烈火编织的裙服边跳边叫,在火焰中露出淫秽的裸体;你们的小孩会哭到眼珠融化,如肉冻般滚下脸颊,他们粉嫩的肌肤也会焦黑爆裂,与骨头分家。陌客来了,他来了!他来了!他来惩罚我们的罪恶。祈祷无法平息他的怒火,正如眼泪不能浇灭龙焰,只有血!你的血,我的血,它们的血!"他举起残废的右臂,指向身后的雷妮丝丘陵,指向繁星下黑漆漆的龙穴。"魔鬼在山上!它们居住在这里!血与火,火与血!这里成了它们的城市,你们要想夺回家园,就必须宰了它们!要想洗清罪孽,必须沐浴龙血!唯有龙血,方可熄灭地狱之火!"

几万个嗓子同声号叫:"宰了它们!宰了它们!"牧羊人的"羔羊"像一头长了几万条腿的巨兽,推挤着,耸动着,挥舞着火把、长剑、小刀和更简陋的武器,涌过君临的大街小巷,直扑龙穴。途中有些清醒过来的人悄悄离开了,但每有一个人离开,就有三个或更多的人加入屠龙者的队伍,于是来到雷妮丝丘陵的暴民总数又翻了倍。

"蘑菇"正在伊耿高丘的梅葛楼顶上，与雷妮拉女王、她的两个儿子及其他廷臣一起，俯瞰暴民扑向龙穴。那是个漆黑的夜晚，阴云密布，但暴民点起的火把之多，弄臣形容"宛如天上繁星同时砸向了龙穴"。

接获"牧羊人"号召群众攻打雷妮丝丘陵的急报后，雷妮拉已派飞骑去找旧城门的巴隆爵士和巨龙门的加尔斯爵士，要他们立刻前去镇压"羔羊"，逮捕"牧羊人"，保护王家龙群的安全……但都城如此混乱，谁也不清楚信使能否赶到。即便命令传达下去，忠诚的金袍军也所剩无几，决计无法驱散暴徒。"陛下还不如让他们挡住黑水河水。""蘑菇"评论道。眼见形势危急，乔佛里王子恳求母亲让他率龙石岛和白港的骑士出动，女王再次拒绝。"若他们拿下那座山，接下来就轮到这座山了，"她说，"我们需要留下每一柄剑来保卫红堡。"

"他们会杀龙！"乔佛里王子痛苦万分地说。

"或者被龙杀，"做母亲的不为所动，"就让他们领教龙焰的厉害，王国不少这几只害虫。"

"妈妈，要是他们杀了泰雷克休呢？"王子担忧地追问。

雷妮拉女王不信。"他们不过是乌合之众，这帮醉鬼、白痴和阴沟鼠，很快就会被龙焰吓跑。"

"蘑菇"有话要说："他们或许是醉鬼，但喝醉了就天不怕地不怕；他们或许是白痴，但白痴也杀得了国王；他们或许是阴沟鼠，但一千只老鼠能扳倒大熊——我在跳蚤窝见过一次。"

雷妮拉女王听了这话并未莞尔一笑，而是严令弄臣闭嘴，否则就拔掉舌头。说完她回身面向城垛，不再关注周围动向，因此只有"蘑菇"一人发现乔佛里王子闷闷不乐地离开（如果《证词》的说法可信）……由于雷妮拉严令他闭嘴，他便没有报告。

楼顶众人直至听见叙拉克斯的咆哮方才察觉王子的举动。"不，"人们听见雷妮拉大喊，"我不许你去，不许你去！"就在她叫嚷时，她的龙从院子里腾空而起，在城垛上停了半晌便一头扎进夜色。女王的儿子紧紧趴在龙背上，一手握着长剑。"追上他！"女王嘶声大喊，"你们都追上去。所有人，包括孩子，都上马,快上马!追上他!把他带回来,把他带回来,他不懂!我的儿啊,我的心肝,我的儿啊……"

一共有七位勇士响应号召,骑出红堡,冲进混乱的都城。慕昆说他们都是忠于职守的荣誉楷模,誓死达成雷妮拉女王的嘱托;尤斯塔斯修士试图让我们相信,他们都被真挚的母爱所打动;"蘑菇"却把他们形容为呆子和财迷,一心贪图重赏,"完全没意识到是去送死"——我们认为,这三种说法或能分别解释各人的动机。

修士、学士和弄臣在著名的"七武士"的姓名和身份上并无分歧:梅迪瑞克·曼德勒爵士,他是白港的继承人;拉尔斯·兰斯代尔爵士和哈罗德·达克爵士,他们是女王铁卫;芦苇村的哈慕爵士,外号"铁肠";盖尔斯·伊伦伍德爵士,他是来自多恩的流亡骑士;威廉·罗伊斯爵士,他持有著名的瓦雷利亚钢宝剑"悲叹";葛兰登·戈德爵士,他是新任女王铁卫队长。此外,还有六名侍从、八个金袍子和二十来个士兵跟着骑马冲了出去,但这些人的名字已不可考。

赞美"七武士"的歌谣可谓车载斗量,描写他们如何在城中奋战的故事数不胜数。歌谣中的君临城在他们周围熊熊燃烧,跳蚤窝的巷道血流成河——这些事或许有真实元素,但本书限于篇幅,不再一一剖析。歌谣同样赞颂了乔佛里王子最后的飞行,但"蘑菇"对此的评价是歌手们在粪坑里也能找到荣耀。我们认为至少在这点上,弄臣说了一句大实话,尽管王子的勇气毋庸置疑,其行为无疑是彻头彻尾的愚蠢。

我们并不理解龙与驭龙者之间的神秘纽带,若干世纪以来,许多有识之士钻研过这个课题,却没能得出合理结论。但我们知道,龙和马不同,龙排斥人类的驾驭。叙拉克斯是女王的坐骑,这条黄色大母龙从未被别人骑过,尽管它熟悉乔佛里王子的模样和气味,也不反抗王子摆弄它身上的铁链,但它并不想让王子骑。王子为赶时间,匆忙爬上叙拉克斯,既没上鞍配又没拿鞭子。我们推测他或许是想驾驭叙拉克斯参战,更可能是打算飞过都城前往龙穴,去解救自己的泰雷克休及其他龙族。

乔佛里没能飞到雷妮丝丘陵。叙拉克斯升空后在他身下拼命扭动,决意掀开陌生骑手。"牧羊人"那些浑身浴血的"羔羊"更从下方如雨点般掷来或射

出石块、长矛和箭矢，这让巨龙更加疯狂。几经挣扎之后，乔佛里王子终于滑脱龙背，栽向二百尺下的跳蚤窝。

在某个五条小巷交汇的路口附近，坠落的王子迎来血腥的结局。他砸在陡峭的斜屋顶上，伴着一大堆破瓦片滚了四十尺才落地。据说他当时摔折了背，小刀般的碎瓦扎得他浑身是伤，而脱手的剑刺穿了肚子。跳蚤窝至今还流传着蜡烛匠之女罗宾的故事，传说这姑娘把遍体鳞伤的王子抱在怀中，给予他临终安慰，但这故事传奇色彩太浓，不大可能是真的。在故事里，乔佛里用尽最后一口气说道："……母……原谅我"，没人清楚他指的是雷妮拉女王，还是在向天上圣母做最后祈祷。

乔佛里·瓦列利安，龙石岛亲王和铁王座继承人，雷妮拉女王与兰尼诺·瓦列利安的最后一个儿子——或是她与哈尔温·斯壮爵士的最后一个私生子，取决于你相信哪个版本——就这样离开了人世。

暴民很快蜂拥而来掠夺尸体。他们驱走蜡烛匠之女罗宾——如果真有此人的话——脱下王子的皮靴，抽走插在王子肚内的长剑，又剥掉王子那一身血淋淋的上等衣服。最凶暴的街头混混甚至对王子的遗体动粗，他们把王子的双手都砍了下来，以争夺手上的戒指，王子的右足也被齐踝剁掉……一个屠夫学徒即将锯下王子的脑袋时，"七武士"终于杀到。于是在臭气熏天的跳蚤窝深处，在泥与血之中，争夺乔佛里王子遗体的战斗打响了。

"七武士"最终以三人丧命的代价赢得胜利，抢回王子遗体（但那只脚没能抢到）。多恩人盖尔斯·伊伦伍德爵士被暴民从马鞍上拽下、乱棍打死；威廉·罗伊斯爵士死在一个从屋顶跳到他后背的家伙手上（他的著名佩剑"悲叹"被抢走，从此失踪）；葛兰登·戈德爵士的遭遇最惨，先是有人用火把从后面捅他，点燃了长长的白袍，由于火势凶猛，受惊的坐骑将他掀了下去，暴民随即一拥而上，把他剁成肉泥。葛兰登爵士牺牲时年仅二十岁，成为女王铁卫队长尚不满一日。

跳蚤窝里的血战发生时，雷妮丝丘陵顶上的龙穴也爆发了激战。

"蘑菇"说得没错，饥饿的鼠群的确能吞噬公牛、狗熊和狮子，只要数量足够庞大。不管巨兽杀死多少老鼠，总会有更多老鼠扑上它的大腿、肚子和背脊乱咬乱窜。那晚的情形正是如此，在"牧羊人"的煽动下，海潮般的人形老鼠拿着长矛、长斧、刺棍、长弓、十字弓及其他好几十种武器前仆后继地蜂拥而上。

巨龙门的金袍军遵照女王命令，离开兵营前来保护山丘，可惜他们始终无法冲开暴民，最后只能放弃；派往旧城门的信使未能抵达。龙穴本身也有卫士，即骄傲的龙卫，但其总人数只有七十七名，当晚执勤的还不满五十人。他们挥舞长剑英勇抵抗，杀了许多暴民，但毕竟众寡悬殊，没坚持多久便全线崩溃。"牧羊人"的"羔羊"砸开诸多小门（高耸的大门由青铜和钢铁打造，他们奈何不得，但龙穴还有二十来道小门）或从窗户爬了进去。

也许暴民指望趁巨龙沉睡时动手，但门外如此喧哗，不可能有这样的机会。幸存者们声称当时空中回荡着嘶吼与尖叫，弥漫着浓浓的血味，在粗糙的撞锤和数不清的斧头的攻击下，橡木和钢铁的门扉粉碎了。"很难想象如此多的人急于走进自己的火葬堆，"慕昆大学士写道，"这只能归结为疯狂。"龙穴里共有四条龙，当攻击者涌进中央沙地时，这四条龙均早已醒转，且满腔怒火。

关于那晚在龙穴巨大穹顶下的死亡人数，众多编年史的说法莫衷一是，有说二百人，有说二千人。而每死一个，又有十倍于此的人留下烧伤。龙被困在龙穴的墙壁和穹顶间，受沉重的铁链束缚，既不能飞走，也无法躲避攻击或从天上扑杀敌人，只能用角、爪子和牙齿就地自卫，像跳蚤窝斗鼠坑里的公牛一样转来转去……然而它们比公牛多出一件大杀器：龙焰。"龙穴很快变成烈火炼狱，着火的人惨叫着跌跌撞撞冲出浓烟，他们的血肉从烧黑的骨头上脱落。"尤斯塔斯修士在笔下形容，"但每退出去一人，又递补上十人，个个高呼屠龙。于是巨龙一条接一条被杀掉了。"

首先丧命的是斯里科斯，这条母龙死在一个叫"伐木工"哈布的樵夫手中。那樵夫跳到它背上，双腿锁住龙脖，任它咆哮挣扎，只管斧劈龙头。哈布始终没被龙甩下来，这期间他一共劈下七斧，每劈一斧就喊出七神之一的名字。第七斧——陌客之斧——杀死了龙，那一斧劈开鳞甲和头骨，直陷进脑浆……至少尤斯塔斯修士如此记述。

根据记载，莫古尔死于"燃烧骑士"之手。那个身披重甲的高大壮汉手握长矛，迎着龙焰冲锋。他用矛尖反复刺向巨兽的眼睛，不顾龙焰融化了他的全身板甲，烧焦了里面的血肉。

据说乔佛里王子的坐骑泰雷克休退回巢穴，在那里烧死了无数屠龙者，乃至入口完全被尸体阻塞，无法通过。但前已述及，这些给龙居住的人造洞穴都有两道门，一道面朝中央沙地，一道通向山坡。据说"牧羊人"亲自为追随者指明"后门"，数百名号叫的暴民就这样拿着剑、矛和斧冲进烟火之中。泰雷克休转身迎敌，却被铁链限制，最后把自己缠住了。有六个人（包括一个女人）自称杀了这条龙（泰雷克休和它的骑手一样，遗体遭到玷污。"牧羊人"的追随者割下它翅膀的翼膜，撕成参差不齐的破片，作为斗篷披在身上）。

困于龙穴的最后一条龙最棘手。传说梦火得知海伦娜王后的死讯就挣脱了两条铁链，而当暴民涌来时，这条母龙把所有铁链都弄断了。它将铁链基座从墙中连根拔出，凭借尖牙利爪杀进蜂拥而入的人群，无情地撕裂暴徒，喷出恐怖的龙焰。眼见对手源源不断，它又展翼起飞，绕着龙穴的巨大穹顶盘旋，不时俯冲攻击。可以确认，泰雷克休、斯科里斯和莫古尔各自不过杀了数十人，顶多以百为单位计算，而梦火造成的伤亡比它们加起来还多。

龙焰吓跑了数以百计的暴民……却又有不计其数的醉鬼、疯子或自以为战士附体的狂徒冲进龙穴，继续攻击。哪怕巨龙盘旋于穹顶最高处，也完全处于弓箭和十字弓的射程内，无论它如何躲避，箭矢都如雨而至，而在这样的距离，少数箭矢甚至能穿透它的鳞片。它若下降，暴民就群起攻之，把它逼回空中。巨龙两次飞向龙穴的青铜大门，无奈大门紧闭上闩，还有大批手持长矛的暴民把守。

无路可逃的梦火只能专心致志地攻击折磨它的人类，直到中央沙地铺满烧焦的尸体，弥漫的浓烟中充斥着烤熟血肉味。长矛和箭矢依旧不断飞来，后来有支十字弓矢射中龙的眼睛，半瞎的梦火被全身十余处伤势逼疯了，它猛地展开双翼，拼尽全力直直地撞向高大的穹顶，做最后一次绝望的突围。穹顶已被接连不断的龙焰火球烤得摇摇欲坠，在这拼死一击之下立时开裂，几秒钟后半个天花板坍塌下来，无数吨碎石和瓦砾掩埋了巨龙和屠龙者。

龙穴就这样被攻克。暴民以高昂的代价杀掉了坦格利安家族的四条龙，但"牧羊人"尚未敢言胜，因女王的坐骑依然翱翔于天……当龙穴大战的幸存者们带着烧伤、浑身是血、跌跌跄跄走出冒烟废墟时，叙拉克斯从天而降。

"蘑菇"与雷妮拉女王一起在梅葛楼顶见证了叙拉克斯的决死反击。"一千个嗓门同时发出的尖叫和哀号应和着巨龙的咆哮，在都城的夜空中回荡。"弄臣作证道，"雷妮丝丘陵顶端的龙穴戴上了一顶金黄火焰王冠，璀璨的光辉仿如初升的太阳，女王陛下不住发抖，满脸都是泪水。回想我这一生，也未见过如此恐怖、又如此辉煌的场面。"

侏儒告诉我们，龙穴暴动期间，许多与雷妮拉女王同在梅葛楼顶的人逃了。他们害怕大火很快会蔓延全城，连伊耿高丘上的红堡也无法幸免；也有人跑去城堡圣堂祈求七神解救。雷妮拉本人则紧紧搂住她最后剩下的儿子小伊耿，将他的头深埋在自己胸口，始终没有松手……直到叙拉克斯陨落的恐怖瞬间。

叙拉克斯没有铁链束缚也没有骑手驾驭，它能轻松逃离这场混乱，整片天空都归它所有。它既能返回红堡，也可离开都城飞往龙石岛。是喧嚣和火焰把它吸引到雷妮丝丘陵的吗？是垂死同类的咆哮与惨叫？还是烤熟血肉的味道？

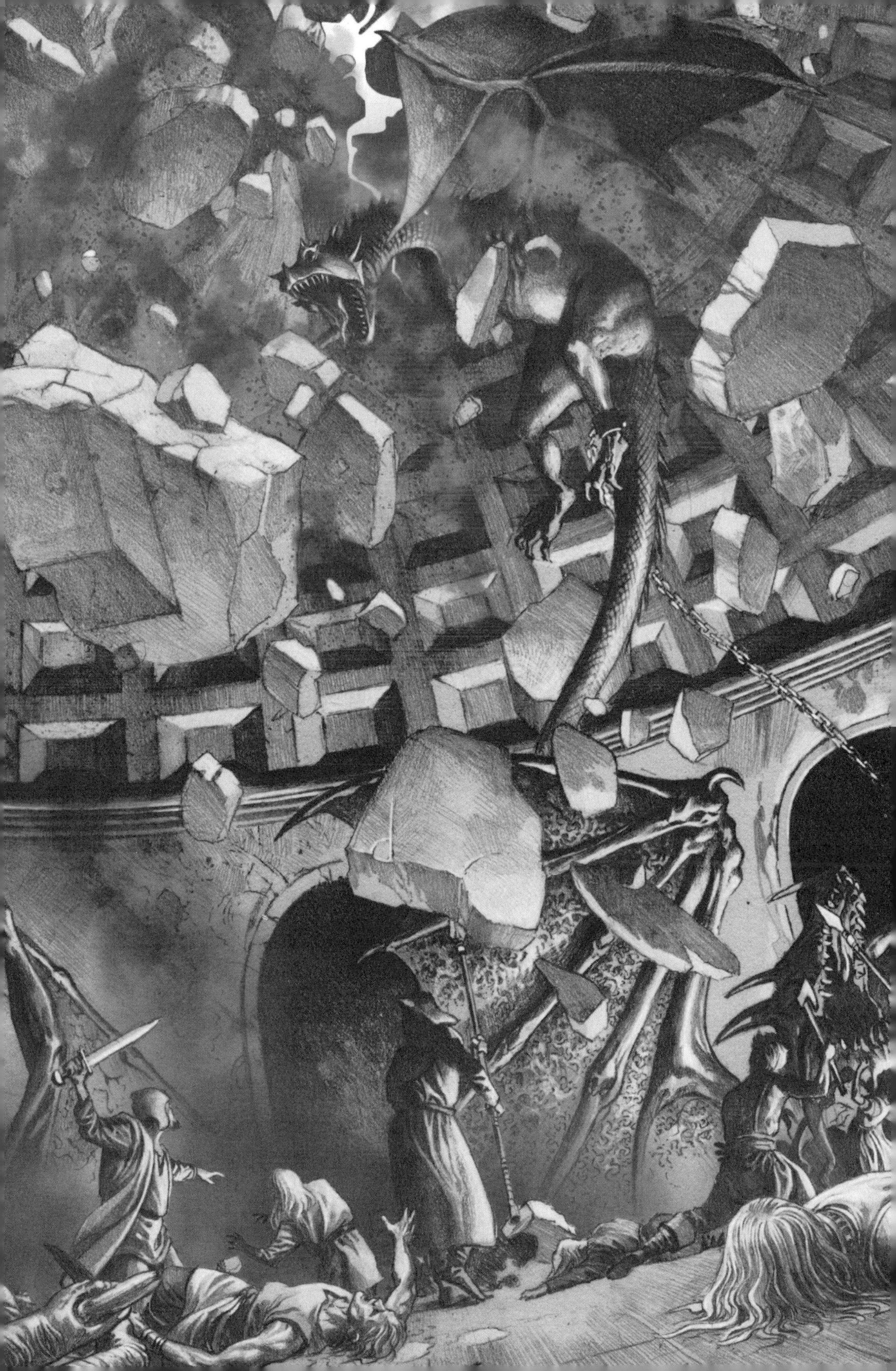

我们不得而知，我们只知道叙拉克斯冲进暴民中间，用爪牙凶猛地攻击，又吞噬了好几十人。但它本可从空中倾泻龙焰，那样没人能伤它。无论如何，历史不能假设，我们只是如实遵循"蘑菇"、尤斯塔斯和慕昆大学士的记载。

事实上，关于雷妮拉坐骑的死因有诸多说法。慕昆认定是"伐木工"哈布用他的斧头干的，这几乎可以肯定为讹传，除非你愿意相信同一晚同一人能用同一种方法连杀两条龙；有人提到一个无名的矛兵，"一个浴血的巨人"，他从龙穴破碎的穹顶跳到了龙背上；还有人提及名为沃里克·惠顿的骑士，说他用得到的瓦雷利亚钢剑（相传正是罗伊斯爵士的佩剑"悲叹"）砍下叙拉克斯的一边翅膀；一个名叫豆子的十字弓手后来自称杀了这条龙，并在许多酒肆旅店中大肆宣扬，直至惹恼某位雷妮拉女王的忠臣，丢掉舌头。

真相也许永远无法厘清，大概上述人士（除开不太可能参与的哈布）都在叙拉克斯之死中扮演了自己的角色……不过君临流传最广的谣言竟把屠龙的荣耀给了"牧羊人"。在那个可笑的故事里，所有人都在夺路逃命，唯独独手先知毫无畏惧地面对暴虐的巨兽。他呼唤七神显灵，战士果然现身，其身躯高达三十尺，并用烟雾生成了一把挥击后凝成钢铁的黑剑，以此砍下叙拉克斯的龙头。尤斯塔斯修士记述那段黑暗岁月时引用了这个故事，无数歌手便照本宣科地传扬开去。

"蘑菇"告诉我们，同时失去坐骑和爱子令雷妮拉·坦格利安心灰意冷，她由弄臣陪伴着回房，而她剩下的顾问们紧急磋商后路。所有人一致认为，君临守不住了，必须早作打算。经多方规劝，雷妮拉女王勉强同意于次日凌晨动身。烂泥门在暴民手中，沿河停泊的所有船只不是被烧毁就是被弄沉，雷妮拉和她的一小股追随者只能从巨龙门悄然离开，沿海岸北上暮谷镇。随雷妮拉出走的有曼德勒兄弟、四名幸存的女王铁卫、巴隆·拜奇爵士及二十名金袍子、四名女伴、还有她最后一个儿子小伊耿。

"蘑菇"、小梅夫人、尤斯塔斯修士和其他廷臣留了下来。巨龙门的金袍军小队长"兔唇"加尔斯爵士受命负责红堡防务，事实证明此人完全不称职。雷妮拉出走不到半天，"跳蚤"佩金爵士就带着他的"阴沟骑士"来到城堡大门前，要求开城。纵然城内卫兵的人数与对手有一比十的差距，但未始不可一战，加尔斯爵士却当即下令降下雷妮拉的旗帜，宁愿将所有人交到暴民手中，企望对方大发慈悲。

"跳蚤"没有丝毫仁慈,"兔唇"加尔斯和其他二十位忠于雷妮拉的骑士立刻被拖到他面前斩首(包括"七武士"之一的"铁肠"哈慕爵士)。来自里斯的梅莎丽亚夫人,君临事实上的情报总管,并未因身为女性就被放过——她试图逃跑时就擒,被判处剥光衣服鞭打游街,从红堡一直走到诸神门。佩金爵士承诺,只要她抵达城门时没死,就放她自由离开。结果"白蛆"挣扎着走到半途便惨死在鹅卵石地上,背部苍白的皮肤几乎不剩一寸完好。

尤斯塔斯修士也为自己的性命担忧。"我大难不死,全赖圣母慈悲。"他写道,但真正的原因更可能是佩金爵士不愿开罪教会。"跳蚤"还释放了城堡地牢里的所有囚犯,包括欧维尔大学士和"海蛇"科利斯·瓦列利安伯爵,这两人获释次日便见证了佩金爵士那个瘦长的侍从崔斯丹登上铁王座。出自海塔尔家族的阿莉森太后也被放了出来。佩金爵士的部下甚至在黑牢里找到伊耿国王的财政大臣泰兰·兰尼斯特爵士,泰兰爵士还活着……但雷妮拉的审问官弄瞎了他,又拔掉他的手指甲和脚指甲,削去他的两边耳朵,甚至剁下了他的男根。

伊耿国王的情报总管——"弯足"拉里斯·斯壮——出足了风头。这位赫伦堡伯爵安然无恙地离开藏身处,犹如从坟墓中爬出的死而复生者。他就像从未离开过红堡大厅一样,不但得到"跳蚤"佩金爵士的热情欢迎,还在"国王"身边享有荣誉的高位。

雷妮拉女王的仓皇逃离并未给君临带来和平。"三个国王统治了这座城市,各自占据一座山丘。他们不但没有保护那些不幸的臣民,还造成一切律法和正义的毁灭。"《真史》如此形容这段时期"没有谁的家室能安全无忧,没有哪个少女不受到威胁。"这种无序的混乱足足持续了一个多月。

后世的学士和学者多半遵循慕昆的提法,把这段时期称作"三王之月"(也有学者称为"疯狂之月"),其实这从字面上讲并不准确,因"牧羊人"从未称王,仅仅自称七神的儿子。然而毋庸置疑,他掌控着在龙穴废墟周围活动的数以万计的追随者。

五颗龙头被插在竿子上展示,"牧羊人"每晚都会在这些竿子中间布道。由于巨龙已死,末日的威胁不再严峻,先知便将矛头转向贵族和富人。他声称只有穷人和无产者能去诸神的厅堂，领主、骑士和富商则会因骄傲和贪婪被打入地狱。"扔掉丝绸锦缎，用粗布袍裹身。"他呼吁信徒们，"甩开脚上的鞋，用你们被天父创造时的本相，赤足丈量大地。"数以千计的人响应他，但也有数以千计的人因此弃他而去，总体来看，听他布道的人每晚都在减少。

姐妹街的另一头，私生子"淡发"盖蒙的奇异王国也在维桑尼亚丘陵顶上兴旺发达。这个年仅四岁的幼儿国王的"廷臣"为妓女、戏子和小偷，"军队"则是街头混混、佣兵和酒鬼。他把妓院"甜吻之屋"当作王宫，发出一道接一道耸人听闻的谕令：男女今后拥有同等继承权；饥荒时要救济穷人面包和啤酒；领主有义务供养替他打仗而致残的伤员；殴打妻子的丈夫必须挨打，无论妻子有何过错……若"蘑菇"所言非虚，这些谕令几乎都是幼儿国王的生母埃西的情人——多恩妓女沙维妮亚·沙德——的杰作。

佩金爵士安排坐上铁王座的崔斯丹"国王"也在伊耿高丘大肆颁布谕令，这些谕令的侧重点与来自维桑尼亚丘陵的指示完全不同。侍从国王逐步废除了雷妮拉女王不得人心的税项，并把国库的钱财散发给部下。此后，他更进一步宣布免除所有债务，并将六十名"阴沟骑士"提拔为贵族。为回应盖蒙"国王"救济饿殍的法令，崔斯丹"国王"赐予穷苦人在御林捕猎穴兔、野兔和鹿的权利（但马鹿和野猪不在其列）。在此期间，"跳蚤"佩金爵士又将许多残存的金袍军招募到崔斯丹旗下，以此武力夺得巨龙门、国王门和雄狮门——这样他就控制了都城七道城门中的四道，以及城墙上一多半的防御塔楼。

雷妮拉女王刚离开时，都城的三个"国王"里"牧羊人"的实力远超另外两人，而后其追随者每晚递减。"大众似乎正从噩梦中醒来，"尤斯塔斯修士写道，"犹如彻夜酗酒狂欢的罪人迎来冰冷清冽的黎明。他们满怀羞愧地走开，不敢看彼此的脸，一心只想遗忘罪孽。"虽然龙族遭到屠灭、君主狼狈逃离，百姓们恐惧或饥饿时仍不由自主地望向红堡，于是雷妮丝丘陵的"牧羊人"权势衰退，而伊耿高丘的崔斯丹·"真火"（他给自己取了这样的姓）蒸蒸日上。

君临陷入混乱时，腾石镇也发生了翻天覆地的变化。暴动的消息传到戴伦王子军中，许多年轻贵族便要立刻进军，一举夺占都城，尤以琼恩·罗克顿爵士、罗杰·克恩爵士和乌尔温·培克伯爵最为急迫……但霍巴特·海塔尔爵士依然态度保守，而"两大叛徒"拒绝参与任何行动，除非他们的要求得到满足。前已述及,"醉鬼"乌尔夫索要雄伟的高庭及其所有领地税赋,"硬汉"修夫则一心想得到王冠。

姗姗来迟的伊蒙德·坦格利安命丧赫伦堡的消息加剧了腾石镇的乱局。自君临沦陷以来,伊耿二世国王杳无音讯,很多人担心他早已被异母姐姐雷妮拉秘密处死,对方只是隐藏了尸首以免遭弑亲指控。现在伊耿的弟弟伊蒙德也撒手人寰,"绿党"一时间群龙无首。继承顺位的下一位是戴伦王子,培克伯爵呼吁立刻拥立王子为龙石岛亲王,其他相信伊耿二世业已驾崩的领主更想让戴伦直接称王。

"两大叛徒"也乐意拥王……但不是拥立戴伦·坦格利安。"我们需要一位强者,小屁孩不顶用,""硬汉"修夫宣布,"王座舍我其谁?""无畏的"琼恩·罗克顿质问他有何权利称王,修夫答道:"与'征服者'相同的权利。老子胯下有龙。"瓦格哈尔死后,维斯特洛最大最老的龙就是沃米索尔,"人瑞王"曾经的坐骑,现属于私生子"硬汉"修夫·铁锤。沃米索尔的体型三倍于戴伦王子的母龙特赛里恩,谁都能看出孰强孰弱。

出身低贱的铁锤怀有的僭越野心固然可鄙,但无可否认他具备一些坦格利安血统,还在战场上证明了自己,且对前来投靠的人十分慷慨,因而他像尸体招揽苍蝇一样吸引到众多追随者。自然,那些都是为非作歹的恶棍:佣兵、强盗骑士,还有跟他一样血统不纯或身世不明者,只为打仗而打仗,一心渴望打家劫舍、奸淫妇女。他们中的许多人听过锤子砸死真龙的预言,认定"硬汉"修夫必将出人头地。

旧镇与河湾地的众多贵族却被叛徒的傲慢大大激怒,最怒不可遏的莫过于戴伦·坦格利安王子,他气得将一杯葡萄酒当众泼到修夫·铁锤脸上。白发见了耸耸肩,只当是浪费好酒,铁锤则叫嚣道:"大人说话插什么嘴!臭屁小孩屁股没挨够,回头老子帮你补上。""两大叛徒"说完就走,回去自行筹备给铁锤加冕。第二天,修夫便戴上一顶黑铁王冠,把戴伦王子和那些高贵的领主骑士们气个半死。

那些愤愤不平的骑士中的一员——罗杰·克恩爵士——勇敢地打掉了铁锤头顶的王冠。"王冠不能让你成王,"他说,"你该把蹄铁戴头上,打铁的。"尽管他的行为值得赞赏,却有些有勇无谋,因这是"铁锤大人"无法容忍的侮辱。这个铁匠私生子一声喝令，手下就将罗杰爵士按翻在地，然后他亲手把整整三块马蹄铁钉到骑士头上。克恩的朋友出手干涉，双方拔刀相向，死了三个人，伤了十几个。

这件事让忠于戴伦王子的诸侯再无法忍受了。乌尔温·培克伯爵和半心半意参与的霍巴特·海塔尔爵士把其他十一位领主及有产骑士秘密召集到腾石镇一家旅店的地窖，商讨如何制服傲慢的私生驭龙者。密谋人士公认除掉白发不难，因其时常喝得烂醉，战技也不十分高超；铁锤却不同，他日日夜夜被那些马屁精、营妓和极力献媚的佣兵包围着。培克伯爵指出，只杀白发毫无意义，"硬汉"修夫不仅该杀，且要先杀。但说得容易做起来难，在旅店的"血蒺藜"招牌下，领主们争论了很久都没个头绪。

"人可以杀，"霍巴特·海塔尔爵士问，"龙怎么办？"由于君临大乱，泰勒·诺科斯爵士觉得单凭特赛里恩一条龙就能完成光复大业。培克伯爵依然认为加上沃米索尔和银翼更保险。马柯·安布罗斯建议先攻下都城，再伺机做掉白发和铁锤，里查德·罗登却不齿这种卸磨杀驴的行为："若要与他们并肩作战，就不能背后捅刀，出卖战友的行为太无耻。"最后是"无畏的"琼恩·罗克顿结束了争论。"我们现在就动手，"他说，"宰了那两个杂种，再选最勇敢的人去骑龙。"地窖里没人怀疑罗克顿指的是他自己。

戴伦王子没有与会，但"蒺藜"（密谋者后来得到的绰号）们起事前还是想到王子的首肯与祝福。他们派果酒厅伯爵欧文·佛索威连夜唤醒王子，带到地窖来汇报计划。当乌尔温·培克伯爵要王子签署处决"硬汉"修夫·铁锤爵士和"醉鬼"乌尔夫·白发爵士的令状时，天性温和的戴伦没有丝毫犹豫，急不可耐地盖上了蜡印。

密谋是人类的天赋，但实施前最好认真祈祷，因为任何计划在天上诸神的旨意面前都渺小无力。两天后——即"蒺藜"们预订起事那一天——夜半未明的腾石镇突然被尖叫和呐喊声唤醒。镇墙外的军营熊熊燃烧，一队队铁甲骑士从北方和西方同时杀到，大肆屠杀熟睡的士兵。箭雨倾泻而至，一条凶猛的巨龙急速俯冲，带来毁灭。

第二次腾石镇之战打响了。

这条龙乃是海烟，它的骑手亚当·瓦列利安爵士一心要证明并非所有私生子都是变色龙。有什么比夺回腾石镇、洗刷"两大叛徒"的劣迹更合适呢？歌手们说亚当爵士逃离君临后飞往神眼湖，降落在神圣的千面屿，寻求"绿人"指引，但作为学者，我们必须从确定的事实出发。我们知道的是亚当爵士飞得又快又远，他一一造访仍效忠雷妮拉女王的河间地大小领主，最终拼凑出一支军队。

过去一年里，三河流域经历大战小战无数，几乎没有哪个城堡或村庄不曾流血……但亚当·瓦列利安凭借永不放弃的精神、坚持到底的决心和如簧巧舌——加上河间诸侯对腾石镇悲剧的憎恶——取得了成功，他奔袭腾石镇时身后有近四千人马。

十二岁的鸦树厅伯爵班吉寇·布莱伍德来了，李河城的寡妇沙比瑟夫人也来了（她还带来娘家瓦尔平家族的父亲和兄弟们），此外还有斯坦顿·派柏伯爵、乔赛斯·斯莫伍德伯爵、戴里克·戴瑞伯爵和莱昂诺·戴丁斯男爵，这些家族都在秋天的战事中蒙受过重大损失，今番又搜刮领内的老人和少年，组成新的军队。旅息城年轻的雨果·凡斯伯爵也带来三百人马，外加黑托蒙布麾下的密尔佣兵。

最引人注目的是徒利家族终于举兵参战。海烟降落在奔流城这件事，终于打动了谨慎的艾尔蒙·徒利爵士，他为雷妮拉女王召集封臣，彻底违抗了卧床不起的祖父葛拉佛·徒利公爵。"任谁院子里有条龙，都有助于打消顾虑。"据说艾尔蒙爵士吐露道。

腾石镇外驻扎的大军远超来犯之敌，但他们驻扎得太久，变得纪律涣散（慕昆大学士说酗酒成了这支军队的顽疾，此外，军营中也开始流行疫病）。深孚众望的蒙德·海塔尔伯爵战死沙场，试图取而代之的诸侯各怀鬼胎，专注于内讧以至忽略了真正的对手，结果亚当爵士的夜袭令他们完全措手不及。这支名义上归属戴伦王子的军队甚至不清楚战斗已经爆发、敌人近在眼前，他们跌跌撞撞爬出帐篷、慌慌张张跨上坐骑、急急忙忙穿戴盔甲或是哆哆嗦嗦扣牢剑带时，被一个接一个地砍倒。

巨龙造成巨大的破坏。海烟一次次俯冲、喷火，很快有上百顶帐篷被点燃，包括霍巴特·海塔尔爵士、乌尔温·培克伯爵和戴伦王子等人华丽的丝绸大帐。腾石镇也未幸免，第一次大战中幸存的商铺、住宅和圣堂这回没能逃过龙焰。

袭击发生时，戴伦·坦格利安在大帐内安寝；"醉鬼"乌尔夫灌了一肚子酒，人事不省地躺在腾石镇内被他霸占的旅馆"下流獾"；"硬汉"修夫在城堡里，跟一个前次大战阵亡的骑士的遗孀上床。他们的三条巨龙则待在镇外军营周边的原野上。

人们试图唤醒烂醉如泥的乌尔夫，却未能成功，私生子可耻地滚到桌子底下，鼾声如雷地睡过了整场战斗。修夫倒是立刻清醒过来，他衣服没穿好就冲下台阶，来到城堡庭院叫嚷要锤子、盔甲和马，打算奔去驾驭沃米索尔。虽然海烟点燃了马厩，他的手下还是立刻跑开执行命令。

琼恩·罗克顿爵士也在院子里。前已述及，他抢占了傅德利伯爵的夫人和卧室，而撞见"硬汉"修夫被他视为绝佳机会。"向您致哀，铁锤大人，"他说。

铁锤转身怒视骑士。"为何？"他问。

"因为您不幸战死。"话音未落，"无畏的"琼恩便抽出"孤儿制造者"，狠狠捅进铁锤的肚子，接着把私生子从肚子到咽喉劈为两半。

十几个"硬汉"修夫的手下就在附近，见证了私生子遇害这一幕。瓦雷利亚钢剑再强也无法以一敌十，"无畏的"琼恩·罗克顿战死前杀了三个人。据说他战败的原因是在修夫流出的肠子上踩滑了，但这种说法因果报应味太浓，颇值得怀疑。

关于戴伦·坦格利安王子之死有三种说法：广为流传的版本是王子睡衣着火，慌乱中跑出大帐，恰好被密尔佣兵黑托蒙布的带刺流星锤劈面砸中。最欣赏这个版本的莫过于黑托蒙布本人，后来他到处传扬；第二种说法与之类似，不同点在王子死于剑下而非死在流星锤下，杀他的也非黑托蒙布，而是一个甚至不清楚王子身份的无名士兵；最后一种说法称那勇敢的男孩"大胆"戴伦没来得及跑出来，就被燃烧垮塌的丝帐压住，慕昆的《真史》是这么记载的，我们也倾向于采信[①]。

[①] 注：无论死因为何，韦赛里斯一世国王与阿莉森王后所生的幼子戴伦·坦格利安毋庸置疑地阵亡于第二次腾石镇之战。在伊耿三世统治时期反复登场的那些"戴伦王子"，早已被证明都是冒牌货。

亚当·瓦列利安在天上目睹敌军溃败，但没法知晓敌人的驭龙者已三去其二，他无疑只看见了敌人的三条龙。这些龙没有锁链束缚，平素在镇墙外自由飞行和狩猎。银翼和沃米索尔喜欢相互偎依着待在腾石镇以南的平原，特赛里恩则吃睡都在镇西戴伦王子的营地旁，离戴伦的大帐不到一百码。

龙是血与火的生物，周围的战斗喧嚣把它们都吵醒了。据说一名十字弓手射了银翼一矢，又有四十多名骑士骑马围拢沃米索尔，手执剑、枪和斧，想趁巨兽半睡半醒没来得及升空之际迅速解决——他们为自己的愚行付出了生命的代价。战场的另一边，特赛里恩迅速上天，尖叫着喷吐烈焰，亚当·瓦列利安遂调转海烟去对付这条母龙。

龙鳞基本（但不完全）不受火焰影响，能很好地保护脆弱的血肉和组织。龙的年纪越大，鳞片也就越厚越硬，防护性更佳（与之相对，它们喷出的龙焰也变得更为炽烈霸道。小龙喷火只能点燃稻草，贝勒里恩或瓦格哈尔全盛时期的龙焰可以融化钢铁和岩石）。因此两条龙肉搏时，一般会放弃龙焰，转用其他武器：长如剑、沉暗似钢、锋利堪比剃刀的爪子；能咬穿骑士的铁板甲的牙齿；长鞭似的尾巴，一击可粉碎马车，打断战马的脊梁，把人甩到五十尺上空。

但特赛里恩和海烟进行的不是这种决斗。

伊耿二世国王和他异母姐姐雷妮拉的纷争史称"血龙狂舞"，但只有腾石镇上空这两条龙，才真正当得起"狂舞"二字。特赛里恩和海烟都很年轻，在空中比前辈们灵巧得多。它俩一次又一次地相互扑击，又总能在千钧一发之际漂亮闪开。它们宛如高飞的雄鹰，又似矫健的猎鹰，它们盘旋、撕咬、长啸、喷吐，但从未贴身。"蓝女王"曾短暂消失在云团中，片刻后从背后杀向海烟，喷出的深蓝色火焰烧着了对手的尾巴，海烟也不甘示弱，它原地绕圈翻个跟斗，片刻前还在对手下方，霎时间已扭身来到对手后面。两条龙就这样绕圈比试，越升越高，吸引了成百上千人在腾石镇的屋顶上观看。事后有人说，特赛里恩和海烟更像是在跳交配舞，而非赌上性命的决斗。也许确实如此。

但华丽的舞蹈因沃米索尔而中止。

这条青铜色巨龙活了快一百年，体型等于两条年轻的龙相加，现在它展开棕褐色巨翼，愤怒地爬上天空。鲜血从它浑身十几处伤口挥洒蒸发，它没有骑手，所以也不分敌我，将怒火肆意发泄在任何敢对它出手的人类身上，左右扭头狂喷龙焰。一名骑士夺路逃窜，却被它张口咬住，只剩马匹继续奔逃。派柏伯爵和戴丁斯男爵并排坐在小山丘上，结果两人连同身边的侍从、仆人和护卫们一起被"青铜之怒"烧死。

见此惨状，海烟转身扑向沃米索尔。

沙场上的四条龙中，只有海烟有骑手驾驭。亚当·瓦列利安爵士此行意在摧毁"两大叛徒"和他们的龙，以证明自己的忠诚。眼下正有一条龙在疯狂攻击他带来的人马，他一定感到责无旁贷、必须阻止，虽然他心知肚明海烟并非老龙的对手。

这并非舞蹈，而是死斗。当海烟从天而降、狠狠撞来时，沃米索尔离地不过二十尺，这一下把尖叫着的它按进了泥土中。大人小孩都吓得撒腿就跑——没来得及跑的压成了肉酱——两条龙滚在地上疯狂撕咬，尾巴抽打，翅膀挥击。它们缠得难解难分，谁也无法抽身。班吉寇·布莱伍德骑马在五十码外观望，这位伯爵多年以后对慕昆大学士回忆说，沃米索尔的体格和力量都远胜海烟，他确信银灰色的巨龙会被撕碎……没料到特赛里恩突然出手。

谁能明白巨龙的心？"蓝女王"是出于单纯的嗜血欲望？还是说这条母龙想帮助同伴？如果想帮，它要帮谁？有人宣称龙与骑手的羁绊之深，以至巨兽分享了主人的爱憎。但特赛里恩的主人会以谁为友、以谁为敌呢？一条没有骑手的龙真的分得清吗？

我们不得而知，但所有历史书都说，三条巨龙在第二次腾石镇之战的泥泞、热血和烟雾中殊死缠斗。先死的是海烟，沃米索尔咬住它的脖子，扯下了它的头。青铜色巨龙衔着战利品想起飞，残破的双翼却难以支撑，它挣扎了一会儿也倒地死掉了。"蓝女王"特赛里恩撑到黄昏，它飞起来三次，又掉下去三次，似乎愈发疼痛难忍，因此布莱伍德伯爵招来麾下最好的长弓手比利·伯莱利，让他站在一百码外（垂死巨龙的龙焰喷吐范围外）朝那条无助的龙的眼睛射了三箭。

那时，战斗也结束了。虽然河间诸侯以不到一百人的代价杀了一千多名旧镇和河湾地的战士，但第二次腾石镇之战很难说是大获全胜，因他们未能拿下镇子。腾石镇的镇墙完好无损，国王的人马退进镇内闭门死守，雷妮拉的支持

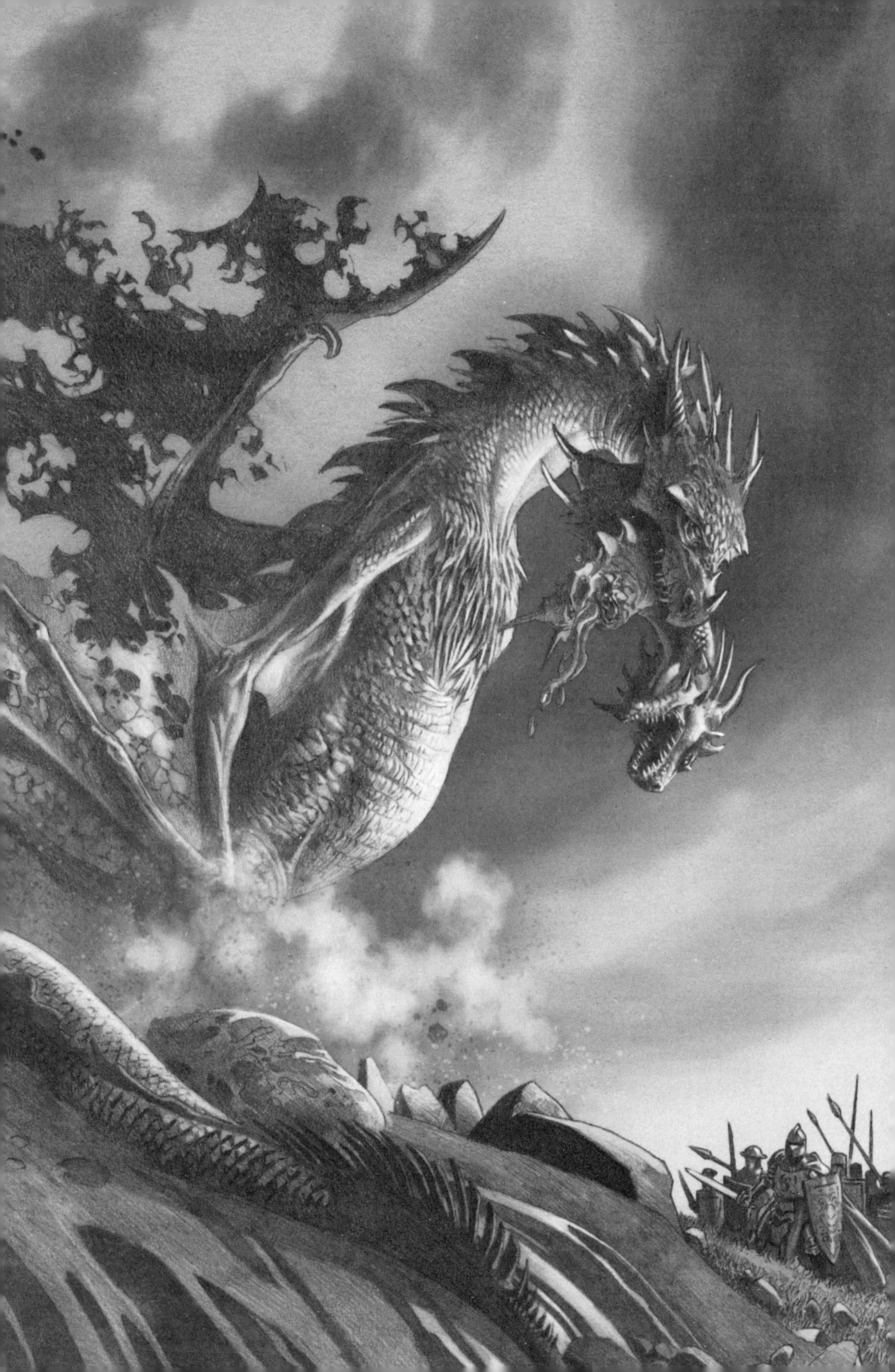

者既无攻城器械又没了龙，莫可奈何。好歹他们给乱糟糟的南境大军造成了极大损失——他们烧光军营，焚毁或夺取了几乎所有马车、草料和补给，带走对手四分之三的战马，还干掉了王子和两条龙。

月亮升起时，河间诸侯退回丘陵地带，把战场留给食腐乌鸦。他们中的一员——少年班吉寇·布莱伍德——带走了亚当·瓦列利安爵士残破的遗体，这是在海烟的尸体旁找到的。亚当爵士此后埋骨鸦树厅八年，直到征服一百三十八年，他的弟弟埃林将遗骨迎回潮头岛，葬于兄弟两人的出生地船壳镇。亚当爵士的墓碑上只用花体字刻了一个词：忠诚。周围装饰着一只海马和一只老鼠。

第二天清晨，腾石镇的征服者们站在镇墙上，发现对手走得一干二净。镇外尸横遍野，其中包括三具龙尸。只有一条龙活下来，那便是"善良王后"亚莉珊的老坐骑银翼。混战爆发后，这条龙兀自高飞，在战场上空盘旋了好多个钟头，借着下面燃烧的焰火鼓起的热风滑翔，入夜后才降落在死去的同伴身边。后世歌手说它用鼻子三次拱起沃米索尔的翅膀，似乎想让同伴重新起飞，但这不太可能是真的。我们确切地知道，太阳升起时，它一边无精打采地拍打双翼掠过战场，一边享用烤熟的人、马和牛。

十三位"蒺藜"当场死了八位，包括欧文·佛索威伯爵、马柯·安布罗斯和"无畏的"琼恩·罗克顿。里查德·罗登脖子中了一箭，隔天也死了。密谋者只剩下四位，为首的是霍巴特·海塔尔爵士和乌尔温·培克伯爵。"硬汉"修夫怀着国王梦一命呜呼，但另一个叛徒还在。乌尔夫·白发从宿醉中醒来，发觉自己成了最后的驭龙者，拥有最后一条龙。

"铁锤没了，你家小子也没了，"据说他告诉培克伯爵，"你们只剩下我。"培克伯爵问他意欲何为，白发回答："进军呗，就依你们。你们得到都城，我得到该死的王座，双赢，如何？"

隔天早上，霍巴特·海塔尔爵士前来拜访乌尔夫，商讨攻打君临的事宜。他带来两桶美酒作礼物：一桶多恩红酒，一桶青亭岛的金色葡萄酒。"醉鬼"乌尔夫固然什么酒都喝，但甜味的葡萄酒是他的软肋，因此毫无疑问，霍巴特爵士是打算让乌尔夫痛饮金色葡萄酒，自己喝酸味的红酒。然而海塔尔的态度——为他们服务的侍从事后作证，爵士汗流浃背又舌头打结，还过分热心地劝酒——让白发起疑。白发警惕地下令把多恩红酒留待日后享用，坚持要霍巴特爵士和他一起喝青亭岛的金色葡萄酒。

霍巴特·海塔尔爵士没在史书上留下什么功业，但死得其所。他拒绝背叛同谋的"蒺藜"，让侍从满上酒杯，一饮而尽后又叫满上。"醉鬼"乌尔夫见状不疑，任着酒性一气连饮三杯，随即沉沉睡去。酒中下了慢性毒，乌尔夫再没醒来。霍巴特爵士赶紧起身想吐出酒液，却也为时已晚，他的心脏在一小时内停止了跳动。"无人惧怕霍巴特爵士的剑术，""蘑菇"如此评价他，"但他的酒杯却比瓦雷利亚钢剑更致命。"

乌尔温·培克伯爵悬赏一千金龙币给任何能驾驭银翼的贵族骑士，最终有三名骑士出来应征。结果头一位掉了条胳膊，第二位被活活烧死，第三位决定重新考虑。此时，培克的军队——戴伦王子和蒙德·海塔尔伯爵从旧镇一路裹挟而来的大军的残部——已然四分五裂，逃兵几十人一股地抱团、背着能带走的财物逃离腾石镇。乌尔温伯爵最后只能认输，他召来领主和军官们，宣布撤退。

就这样，被指控为叛徒的亚当·瓦列利安——船壳镇的亚当——献出生命从雷妮拉女王的敌人手中拯救了君临。但雷妮拉并不清楚其英勇事迹，她自君临的逃亡旅程狼狈不堪。罗斯比城闭门不纳，因在城中发号施令的少女怨恨雷妮拉将继承权给了她的弟弟；史铎克渥斯堡少主的代理城主接纳了雷妮拉，但只准她待一夜。"你的敌人迟早会找上门，"他警告雷妮拉女王，"而我无力抵御。"离开史铎克渥斯堡后的路上，半数金袍子逃散，某晚露宿时队伍甚至遭遇残人袭击，虽然骑士们拼死赶走打劫者，巴隆·拜奇爵士却被一箭射死，女王铁卫的年轻骑士莱昂诺·本特利爵士则挨了一记足以将他头盔砸扁的重击——翌日他说着疯话死去，雷妮拉女王继续朝暮谷镇进发。

达克林家族曾是雷妮拉最忠实的支持者之一，并为此付出惨痛代价。冈梭尔伯爵及其叔史蒂芬爵士丧命，暮谷镇惨遭克里斯顿·科尔爵士洗劫，故而冈梭尔伯爵的遗孀并不欢迎雷妮拉。只由于哈罗德·达克爵士苦苦恳求，梅内狄斯夫人方才允她进城（达克是达克林家族的远亲，哈罗德爵士曾为已故史蒂芬爵士的侍从），条件自是尽快离开。

雷妮拉住进俯瞰码头的褐堡，暂时得到安身之所后，便命达克林夫人的学士替她送信给龙石岛的格拉底斯大学士，要对方立刻派船来载她回家。暮谷镇的编年史说学士先后送出三只渡鸦……但数日过去，船只杳无踪影，龙石岛的格拉底斯也没回信。这让雷妮拉非常愤怒，她不由得再次怀疑对方的忠诚。

其实，雷妮拉女王并未完全失败。克雷根·史塔克从临冬城送信过来，保证将尽快挥师南下，但他同时也提醒雷妮拉，史塔克家族集结封臣的进度颇受限制，"我的封土过于辽阔，而凛冬将至。我们首先必须完成最后一次收获，否则到了冰天雪地的日子，人们会挨饿"。他承诺将为雷妮拉带来一万北境军队，"比'冬狼军'更年轻凶猛"。"谷地处女"同样承诺赴援……但大雪封闭了山路，夫人自己也得离开鹰巢城，住进山脚下的冬季驻地明月堡，因而谷地骑士只能走海路。简妮公爵夫人在信中称，只要瓦列利安家族肯派船只来海鸥镇接送，她的援兵立刻就能赶赴暮谷镇救驾；如若不能，她只好从布拉佛斯和潘托斯雇船，而这样的话，她需要雷妮拉的资助。

可雷妮拉女王既没船也没钱——把科利斯伯爵关进地牢使她失去了舰队，仓促逃命离开君临令她几乎身无分文。被绝望和恐惧笼罩的雷妮拉，只好每天在褐堡的城墙上以泪洗面。她的灰发迅速增多，容颜愈发憔悴，她睡不着也吃不下，而且没法和伊耿王子分开。那是她唯一剩下的儿子，她必须日日夜夜带在身边，他就像她"小小的苍白倒影"。

不久后，梅内狄斯夫人向雷妮拉摊牌，宣布后者已不受欢迎。为登上布拉佛斯商船"瓦尔兰德号"，雷妮拉被迫卖掉王冠。哈罗德·达克爵士劝她去谷地艾林公爵夫人处避难，梅迪瑞克·曼德勒爵士及其弟托伦爵士邀她一道返回白港，但她统统拒绝了，笃定主意要返回龙石岛。她告诉剩下的忠臣，她的目标是找到龙蛋、孵出另一条龙，否则一切就都完了。

返回龙石岛途中，劲风曾将"瓦尔兰德号"送到潮头岛附近，让雷妮拉心惊胆战。布拉佛斯商船与"海蛇"的舰队三次擦身而过，她都不敢现身。终于，"瓦尔兰德号"趁晚潮驶入龙山下的港口，雷妮拉在暮谷镇已预先放出一只渡鸦宣告自己的回归，眼下她发现码头边有支卫队等着她、她儿子伊耿、几个女伴及三名女王铁卫——这是她仅剩的队伍（从君临随她出奔的金袍军全部留在了暮谷镇，而曼德勒兄弟没随她下船，"瓦尔兰德号"的下一站即是白港）。

雷妮拉一行上岸时天空下着雨，港口几乎空无一人，连码头边那些妓院也黑漆漆的、了无生气。但雷妮拉·坦格利安并未起疑，她被淋成了落汤鸡，垂头丧气，经受连番背叛的她只想尽快返回居城，以为自己和儿子在这里就能平安无事，却不曾想将遭遇最后也是最残忍的背叛。

四十人的卫队由阿尔佛雷德·布鲁姆爵士指挥，他是雷妮拉进攻君临时专门留下的骑士之一，事实上也是龙石岛最资深的骑士，自"人瑞王"时代起就在此服役。然而正因这种资历，阿尔佛雷德爵士曾指望雷妮拉启程夺取铁王座时任命他为代理城主……据"蘑菇"吐露，这位爵士向来不苟言笑、性情乖僻，很难让人亲近和信任，所以女王才选了和善的劳勃·坎斯爵士。

雷妮拉问起劳勃爵士为何不来接驾，阿尔佛雷德爵士回禀说陛下可在城堡前见到"我们的胖朋友"。于是雷妮拉随他来到城下……发现坎斯爵士烧得不堪辨认的尸体高挂在城门楼的垛口外，旁边还有龙石岛的总管、教头和守卫队长的尸体，全凭那巨胖的体型才能区分出劳勃爵士。死无全尸的格拉底斯大士也在那上面，他只剩头颅和上半身，肋部以下全没了，肚肠悬垂在撕裂的肚腹外，犹如无数条烧焦的黑蛇。

雷妮拉看见这五具尸体，脸上血色全无，倒是小王子伊耿率先反应过来。"妈妈，快跑！"男孩大叫。

但一切都迟了，阿尔佛雷德的部下已经动手。哈罗德·达克爵士尚未拔出剑，脑袋就教斧头劈开，阿德里安·雷德佛爵士也被一柄长矛从背后贯穿，只有拉尔斯·兰斯代尔爵士行动迅速，来得及保护雷妮拉，但他丧命前只杀了两个敌人。女王铁卫就此全军覆没。伊耿王子去捡哈罗德爵士的长剑，阿尔佛雷德爵士轻描淡写地将剑踢开。

雷妮拉女王、伊耿王子和女伴们在长矛胁迫下走进城门，来到城堡庭院。多年以后，"蘑菇"浓墨重彩地写道，他们在这里见到了"一个死人和一条垂死的龙"。

阳炎的鳞片在阳光下仍如金箔般闪耀，但它瘫在瓦雷利亚人烧熔的黑石庭院里，任谁都能看出这条维斯特洛的天空中有史以来最华美的生物业已残破不堪。它曾被梅丽亚斯撕掉的那边翅膀愈合后支成奇怪的角度，而它背上又添了许多伤口，身体一动就会冒烟流血。雷妮拉一行被领到面前时，它起初还蜷缩成球，随即苏醒过来，抬起脑袋，露出脖子上大块血肉遭同类撕咬留下的伤痕。它肚子上的好些鳞片也为伤疤代替，而它右眼是个洞，其中满是浓浓黑血。

人们也许会问——正如雷妮拉疑惑的那样——这一切如何可能？

很多雷妮拉没弄清的事，现在已大白于天下，这主要应归功慕昆大学士。他的《真史》本着欧维尔大学士的叙述，为我们还原了伊耿二世占据龙石岛的前因后果。

当初女王的龙群刚在君临上空现身，"弯足"拉里斯·斯壮伯爵便一力促成国王、王子和公主的逃亡。他们没通过城门，那太显眼，拉里斯伯爵带国王一行走的是"残酷的"梅葛修建的密道，这些密道只为他所知。

拉里斯伯爵还让王室分开行动，以免被一网打尽。瑞卡德·索恩爵士负责把两岁小王子梅拉尔带给海塔尔伯爵；甜美单纯的六岁公主杰赫妮拉交给维里·费尔爵士，爵士发誓将公主平安带到风息堡。两位爵士都不清楚对方的目的地，即便被俘也不可能泄密。

只有拉里斯本人知道伊耿国王的去向。伊耿脱去华服，披上满是盐斑的渔夫斗篷，藏身于一艘小渔船的鳕鱼堆里，由前往龙石岛投奔亲戚的私生子骑士马斯森爵士照顾。"弯足"有理由相信，雷妮拉得知国王失踪会大肆搜捕……但小渔船来无影去无踪，况且谁会想到伊耿竟藏身姐姐的大本营附近、就在龙石岛城堡的阴影下呢？据慕昆所言，斯壮伯爵曾亲口向欧维尔大学士解释这些打算。

伊耿本来会一直安全地躲藏下去，以葡萄酒麻醉痛苦，用厚斗篷遮掩烧伤——如果阳炎没飞来龙石岛的话。如许多前人一样，我们也曾追问，它干吗要回龙石岛？这条遍体鳞伤的龙，拖着半愈合的伤残翅膀，是在原始本能的驱动下回到出生地，那个它孵化出世的冒烟火山？还是说它隔着千山万水和惊涛骇浪，依然能感应到伊耿国王，一心要与骑手会合？尤斯塔斯修士甚至设想阳炎是在回应伊耿绝望的召唤。但话说回来，谁明白巨龙的心？

自维里斯·慕顿伯爵在鸦栖堡外遍地灰烬和骨骸的战场对它发动失败的攻击，阳炎在史书上失踪了半年多（克莱勃家族和布伦家族的厅堂流传的故事声称，那条龙在蟹爪半岛幽暗的松林和洞穴里躲藏过一段时间）。它的翅膀终于愈合到能支撑它飞翔的程度，但长得颇为丑陋，且十分脆弱，因此阳炎飞不高也飞不久，即便短程飞行也得付出巨大艰辛。弄臣"蘑菇"残酷地评价说，绝大多数巨龙如老鹰那样在天上肆意翱翔，只有阳炎"像一只会喷火的金鸡，从一座山头跳到另一座山头"。

但这只"会喷火的金鸡"毕竟越过了黑水湾……"纳西里亚号"的水手目睹的攻击灰影的龙正是阳炎。劳勃·坎斯爵士认定是贪食者所为……但"夹舌头"汤姆，一个总是听得多说得少的口吃者，用麦酒灌醉那帮瓦兰提斯水手，记下了对方多次提到的金色龙鳞。汤姆非常清楚，贪食者的鳞片黑如煤炭，所以"夹舌头"汤姆和"乱胡子"汤姆带上"表亲"们（汤姆家真正的亲戚当然只有马斯森爵士，他是"乱胡子"汤姆的妹妹和开她苞的骑士的私生子）坐上小船去寻杀死灰影的真凶。

烧伤的国王就这样和残废的巨龙汇合，彼此找到了新的目标。他们住在龙山人迹罕至的东坡上一个隐秘巢穴，每天早晨都会飞上天，这是自鸦栖堡以来巨龙与骑手的首度合作。与此同时，伊耿让两个汤姆和私生子马斯森·维水返回岛的另一边，找人帮助夺取城堡。

即便在龙石岛，这个雷妮拉女王长久以来的居城和封地，也有许多人因各种理由心怀不满。有人怨怪雷妮拉让他们在"大播种"或喉道之战中失去父兄子嗣，也有人渴望升官发财，还有人只是单纯地认为儿子的权利比女儿优先，便乐意支持伊耿。

女王把麾下精锐统统带去了君临。龙石岛有"海蛇"的舰队和瓦雷利亚人建筑的高墙保护，似乎无懈可击，所以她只留下很少的卫戍部队，且基本是些无用之人：灰胡子老头和乳臭未干的男孩，行动迟缓的、智力愚钝的、身带残疾的、刚刚伤愈的、忠诚堪虞的、被指为懦夫的等等。雷妮拉让劳勃·坎斯爵士指挥他们，劳勃从前的确有能力，无奈现下又老又肥。

坎斯对雷妮拉女王的忠诚世所公认，但他麾下某些因一点旧怨乃至幻想出来的由头而心存芥蒂的部属就不同了。尤其是阿尔佛雷德·布鲁姆爵士，他为着伊耿二世许诺的重登王位后的领主之位及相应的土地和金钱，迫不及待背叛了雷妮拉。长期服役的资历让他对岛上虚实了若指掌，他知道哪些守卫可以收买或争取，哪些必须干掉或囚禁起来。

事变发生时,龙石岛不到一小时就告沦陷。布鲁姆串通人手在鬼时打开一道边门,悄悄放入马斯森·维水爵士、"夹舌头"汤姆等人,一队人去占领军械库,另一队人去制服剩下的那些忠诚卫兵以及城堡教头。马斯森爵士偷袭了鸦巢下居住的格拉底斯大学士,因此没有渡鸦送出消息。阿尔佛雷德爵士亲自带人撞开代理城主的房间,逮住了措手不及的劳勃·坎斯爵士。坎斯慌忙起床时被布鲁姆一矛捅进那苍白的大肚皮,据了解这两人的"蘑菇"说,阿尔佛雷德爵士平素便十分厌恶和怨恨劳勃爵士,故而下此毒手。这种说法大抵是可信的,因那一矛力道之狠,乃至把劳勃爵士捅个对穿,矛尖穿过羽毛床和稻草垫,直插入地板。

叛徒们只有一处失算:"夹舌头"汤姆等人撞开贝妮拉的卧室,满以为可活捉对方,小女孩却从窗口溜了。贝妮拉急急忙忙在屋顶和墙壁上攀爬,最后跳进庭院。叛徒们已派人看守圈养巨龙的马厩,但贝妮拉从小在龙石岛长大,知道人所不知的出入口。待追兵赶到,她不但松开了月舞的锁链,还装上了鞍配。

当伊耿二世国王骑着阳炎飞过龙山的冒烟山口,满以为自己人完全控制了城堡,杀光或俘虏了雷妮拉的人,他可以耀武扬威地降落时,却对上贝妮拉·坦格利安——她是戴蒙王子和兰娜尔夫人的女儿,跟父亲一样英勇无畏。

月舞只是一条淡绿色小母龙,角、头冠和翼骨为珍珠色。除开宽阔的双翼,它不比一匹战马大,体重甚或更轻。但它非常敏捷,高大的阳炎则受累于残破的翅膀和灰影造成的新伤。

两条龙在黎明前的黑暗中相遇,两团阴影用火焰点亮了夜空。月舞躲开阳炎的喷吐,又躲开它的牙齿和爪子,绕到背后从上方攻击,在体型硕大的阳炎背上开了一道长长的冒烟伤口,旋即又抓向阳炎伤残的翅膀。地上庭院里的围观者说阳炎摇摇欲坠,拼命浮空,而月舞转了个弯发起新一轮攻击,一边喷出烈焰。阳炎回以一大团熔炉般的金色龙焰,明亮得像第二个太阳。这一击不幸命中月舞的双眼,小龙很可能当时就瞎了,但它没有放弃,而是伸开爪子和双翼,猛地撞向阳炎。它们一同坠落时,月舞反复攻击阳炎的脖子,撕咬下一口口血肉,而年长的龙将爪子深深插入小龙腹中。失明的月舞被烟火围绕,浑身浴血,它绝望地鼓动翅膀想摆脱对手的纠缠,却只能稍稍减缓坠落的势头。

两条龙砸在院子坚硬的石地上,继续搏杀,围观者手忙脚乱地逃散。在地上，阳炎的体格和重量完全压倒了月舞的敏捷，绿龙很快一命呜呼。金龙尖叫着宣告胜利，但它想站起来时却瘫倒在地，热血从全身伤口汩汩流出。

伊耿国王离地尚有二十尺便跳下鞍配，结果摔断了双腿，贝妮拉没有离开月舞。后来，当绿龙经历垂死的痉挛时，浑身遍布烧伤和战伤的女孩用尽最后一丝力气解开铁链，爬到旁边。阿尔佛雷德·布鲁姆拔剑想要了结她，但马斯森·维水一把夺下剑，"夹舌头"汤姆冲过来抱她去找学士。

伊耿二世就这样以可怕的代价夺得坦格利安家族的古老要塞。阳炎从此再没能飞离地面，它瘫在自己坠落的庭院里，先吃月舞的尸体，后来吃守卫为它宰杀的绵羊。伊耿二世的余生也将在剧痛中度过……而他出于自尊，拒绝了格拉底斯大学士提供的罂粟花奶。"我不能再自甘堕落。"他说，"我也没那么傻，会饮下老姐的走狗为我调制的药剂。"

伊耿国王命人用雷妮拉从欧维尔大学士脖子上扯下、赠予格拉底斯的那条颈链来勒死格拉底斯。这并非凭下坠之力折断脖子的利落绞刑，而是缓慢痛苦的绞杀，雷妮拉任命的大学士一直在奋力踢打挣扎，而行刑人在他垂死边缘三度受命松手，等他喘了口气又继续用刑。大学士死后更被开膛破肚，挂在阳炎面前，任巨龙享用他的双腿和内脏——伊耿国王指示把他身体的其他部分保留下来，好让他"迎接我亲爱的老姐"。

伊耿躺在石鼓楼大厅，包扎固定好两条断腿之后不久，雷妮拉女王从暮谷镇放出的第一只渡鸦就到了。后来伊耿得知异母姐姐要乘"瓦尔兰德号"返回龙石岛，便命阿尔佛雷德·布鲁姆爵士做好"热烈欢迎"她回家的准备。

龙石岛事变的来龙去脉现已公诸于世，但雷妮拉当时一无所知，于是直接掉进同父异母弟弟的陷阱。

尤斯塔斯修士（我们必须再度提醒读者，修士对雷妮拉无甚好感）说雷妮拉目睹金龙阳炎的惨状后哈哈大笑。"谁干的？"她问，"我们必须好好感谢他。""蘑菇"（我们同样必须提醒读者，弄臣爱戴着雷妮拉女王）的说法完全不同，他声称雷妮拉感叹道："它怎么会落到这步田地？"

修士和弄臣接下来的记述是相同的，他们都说伊耿国王从阳台上打招呼："老姐别来无恙。"他无法走动，甚至站不起身，乃是坐在椅子上抬出来的。鸦栖堡之战摔碎愈合的骨盆让他变得伛偻扭曲，一度英俊的脸庞因喝多了罂粟花奶而显虚胖，烧伤覆盖着半边身体。不过雷妮拉一眼就认出了同父异母的弟弟，"亲爱的老弟，我真希望你死了。"

"我怎能比你先死？"伊耿答道，"你是姐姐。"

"我很荣幸你还记得这点。"雷妮拉答道，"看来我们是你的俘虏了……但你别嚣张，我的忠臣很快会救出我。"

"如果他们去七层地狱救你的话，也许吧。"国王说话时，他的手下把雷妮拉和她儿子扯开。有的记录说捉住她胳膊的是阿尔佛雷德·布鲁姆爵士，另一些人认定是两个汤姆——老爹"乱胡子"和儿子"夹舌头"——所为。身披白袍的马斯森·维水爵士在场旁观，他已因之前的英勇表现被伊耿国王任命为御林铁卫。

我们清楚地知道，无论维水还是在场的其他骑士、领主，谁都没有出言劝阻伊耿二世拿他的异母姐姐喂龙。据说阳炎一开始对这祭品毫无兴趣，直到布鲁姆用匕首戳雷妮拉的乳房，以血味唤醒巨龙。巨龙嗅了嗅雷妮拉，陡然喷出一口龙焰将她吞没，动作之快，竟点燃了匆忙跳开的阿尔佛雷德爵士的披风。雷妮拉·坦格利安只来得及仰头向天，尖叫着发出对同父异母弟弟的最后一次诅咒……旋即被阳炎咬住，撕下手臂和肩膀。

尤斯塔斯修士告诉我们，金龙用六口吞食了女王，只余左腿胫骨以下的部分，"留给陌客"。传说雷妮拉身边最年轻温柔的女伴伊莲达·马赛目睹这一幕时挖出了自己的双眼，而雷妮拉的儿子小伊耿惊惧万分，竟吓痴了，一根毫毛也动弹不得。雷妮拉·坦格利安，"王国之光"，曾君临维斯特洛半年的君主，就这样越过了泪珠织成的帷幕。她死在伊耿征服后第一百三十年的十月二十二日，时年三十三岁。

阿尔佛雷德·布鲁姆爵士劝伊耿国王连王子一起杀，但伊耿拒绝了，他明白异母姐姐在全国各地还有不少支持者，想重登铁王座就必须应付他们，而这十岁男孩正是极有价值的人质。伊耿王子虽逃过一劫，手腕、脚踝和脖子却都被戴上镣铐，打入龙石岛的地牢，雷妮拉女王的几名贵族女伴则关进海龙塔的房间，以备索取赎金。

"今后不必再躲躲藏藏。"伊耿二世宣布，"快快放出渡鸦，让全天下知道篡夺者已死，正统国王即将归来，坐上他父王的王座了。"

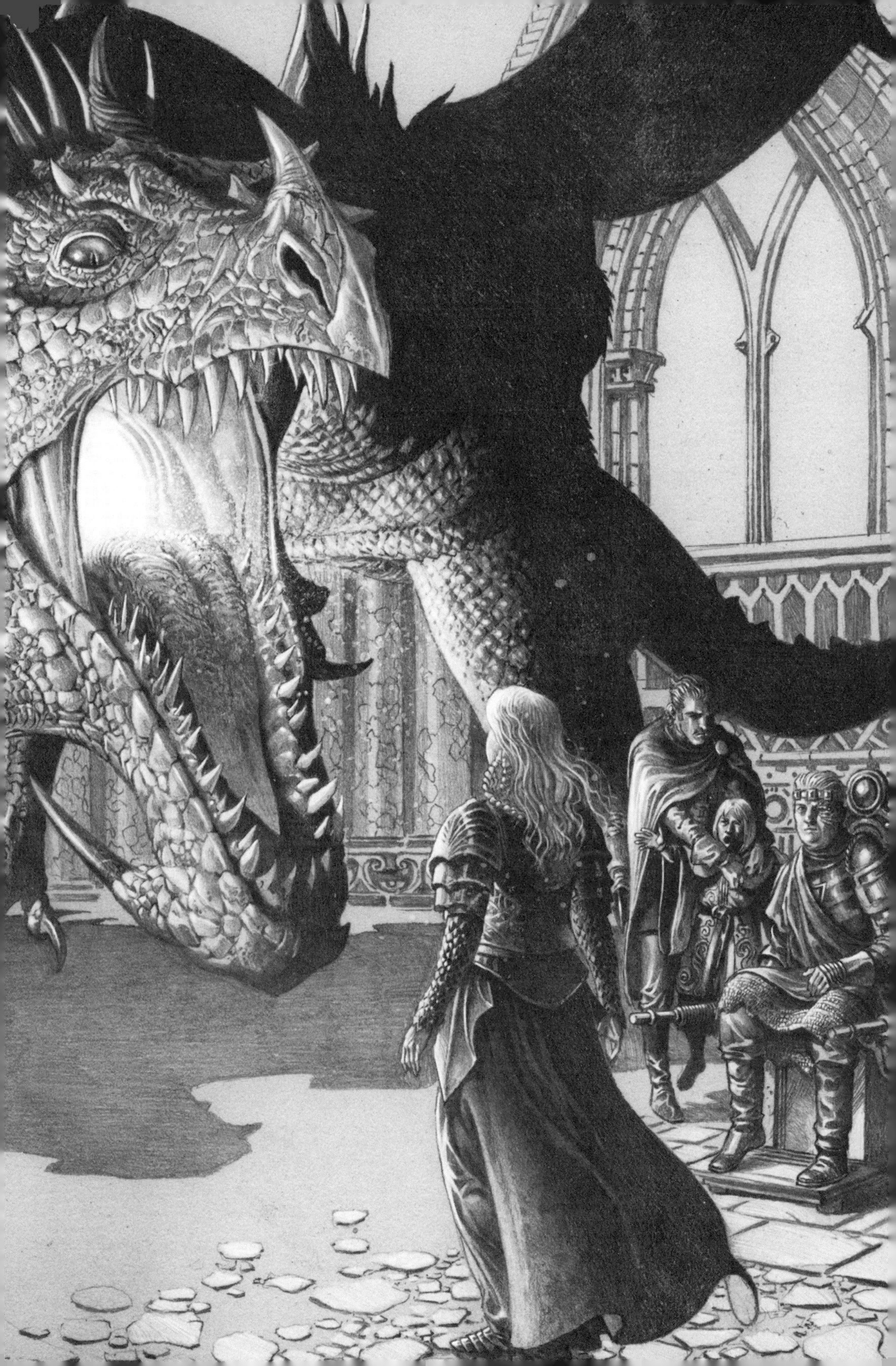

巨龙之死

伊耿二世国王短暂而苦涩的统治

伊耿二世国王让阳炎吞食了异母姐姐，在龙石岛上发出胜利宣告，声称"正统国王"即将归来夺回王座。

但这位"正统国王"马上发现，此事说起来容易做起来难。他等了两个月才得以离岛。

龙石岛和君临之间横亘着潮头岛、黑水湾和数十艘四处巡逻的瓦列利安家族的战舰。眼下"海蛇"成为盘踞君临的崔斯丹·真火的"贵宾"，亚当爵士战死在腾石镇，瓦列利安家族的舰队遂由亚当的弟弟埃林执掌。埃林是船工之女"鼠儿"的小儿子，年仅十五岁……他是敌是友？他的哥哥虽为雷妮拉战死，但雷妮拉也曾将他们的祖父打入地牢，况且说到底，雷妮拉已不在人世。伊耿二世接连派渡鸦去潮头岛，承诺赦免瓦列利安家族的一切罪过，只要船壳镇的埃林肯来龙石岛觐见，并输诚效忠……不过埃林回应以前，伊耿二世都不敢冒险乘船离开，以防在海上被俘。

另一方面，伊耿也有逗留的理由。异母姐姐死后的那段日子，他一心指望阳炎能再度康复，重新上天。无奈巨龙却越来越虚弱，脖子上的伤口很快溃烂，就连呼出的烟雾都带着臭味，最后它什么也吃不下了。

征服一百三十年十二月九日，华美的金龙阳炎、伊耿国王的骄傲死于它坠落的龙石岛城堡外庭。国王痛哭流涕，下令把地牢中的堂妹贝妮拉带来，要她为阳炎偿命，但女孩被按上断头台时国王又改了主意，因学士提醒他贝妮拉的母亲出自瓦列利安家族，乃是"海蛇"的亲女儿。伊耿改送一只渡鸦去潮头岛威胁：船壳镇的埃林若不在半月之内现身向君主效忠，他的表妹贝妮拉就会人头落地。

在黑水湾西岸，"三王之月"因一支逼近都城的大军而突然结束。此前半年多时间，君临人一直恐惧蒙德·海塔尔伯爵兵临城下……最终杀到的却非取道苦桥、腾石镇一路而来的旧镇军队，而是沿国王大道北上的风息堡军团。博洛斯·拜拉席恩得知雷妮拉的死讯后，扔下新近怀孕的妻子和四个女儿，亲率六百名骑士和四千名步兵穿过御林、兼程赶到。

拜拉席恩公爵的前锋部队出现在黑水河对岸，"牧羊人"便号召追随者前去阻止敌人渡河，但只有数百人倾听了乞丐先知的命令——遵令出发的人就更少——跟从前动辄几万人供他驱使不可同日而语。在伊耿高丘，被拥立的侍从崔斯丹·真火"国王"与拉里斯·斯壮、"跳蚤"佩金爵士一起登城巡视，看着远方席卷而来的风暴地人。"我们无力抵挡这支大军，陛下，"拉里斯伯爵告诉男孩，"但或许言语能为刀剑所不能为。请派我去谈判。""弯足"就这样被派过黑水河，打着和平旗帜，在欧维尔大学士和阿莉森太后的陪同下与对方谈判。

风息堡公爵在设于御林边缘的大帐中接见他们，他的部下忙着砍伐森林、制造木筏。阿莉森太后欣慰地得知孙女杰赫妮拉——她儿子伊耿和女儿海伦娜唯一幸存的孩子——此前被御林铁卫维里·费尔爵士安全送抵风息堡，不由喜极而泣。

随后，博洛斯公爵、拉里斯伯爵和阿莉森太后围绕背叛的条件和相应的婚约展开讨价还价，并最终达成一致，欧维尔大学士是见证人。"弯足"承诺将让佩金爵士及其属下的"阴沟骑士"加入风暴地勤王军的行列，帮助伊耿二世国王复辟，条件是只惩罚篡夺者崔斯丹一人，饶恕其他人叛国、背叛、抢劫、谋杀、强奸等所有罪过；阿莉森太后答应让儿子伊耿国王迎娶博洛斯公爵的大女儿卡珊德拉小姐，使其成为新的王后，公爵的另一个女儿弗洛丽斯小姐则许配给拉里斯·斯壮。

瓦列利安家族的舰队是个难题。"必须拉拢'海蛇'。"据说拜拉席恩公爵声明，"老东西或许也想讨个年轻老婆，我还有两个女儿闺中待嫁。"

"他是个十恶不赦的叛徒，"阿莉森太后反对，"要不是他，雷妮拉绝不可能夺占君临。我儿子不会原谅他，他非死不可。"

"他反正命不久矣。"拉里斯·斯壮伯爵劝道，"不如暂时和解，利用他发挥余热。等尘埃落定，我们不再需要瓦列利安家族的时候，再算旧账不迟。"

可耻的安排就此确立。和谈代表们返回君临,风暴地大军随即横渡黑水河,没遇到任何阻碍。博洛斯公爵发现城墙无人驻守,城门大开,街道和广场上唯有尸体。他带着贴身护卫和掌旗官登上伊耿高丘,红堡的城门楼即刻降下侍从崔斯丹的破烂旗帜,重新升起伊耿二世国王的金龙旗。阿莉森太后与"跳蚤"佩金爵士联袂出来迎接。

"篡夺者何在?"博洛斯公爵在外庭下马时追问。

"业已锁拿下狱。"佩金爵士回答。

博洛斯·拜拉席恩公爵在与多恩人无数的边境冲突中早已千锤百炼——他刚剿灭另一位"秃鹰王"——进入君临后,立刻着手恢复秩序。参加完红堡举行的简短庆祝,他第二天就带兵赶往维桑尼亚丘陵清除"婊子王"盖蒙。铁甲骑士分作数队,从三个方向登上丘陵,整齐的马队轻而易举地驱散了幼儿国王身边的街头混混、佣兵和醉鬼。这个孩子两天前刚庆祝自己的第五个命名日,此时被戴上镣铐、扔到马背上押入红堡,一路哭哭啼啼。他的母亲徒步行在后面,紧抓着多恩女人沙维妮亚·沙德的手,两人身后又跟了许多妓女、巫婆、扒手、小偷和酒徒,他们都是"淡发"盖蒙的"廷臣"。

次日夜里,"牧羊人"的好日子也到头了。这个先知得知昨天维桑尼亚丘陵上妓女及她们拥立的幼儿国王的下场,便召唤"赤足大军"赶来龙穴,用"铁与血"捍卫雷妮丝丘陵。但"牧羊人"的声望今非昔比,只有不到三百人响应他,其中许多人又在博洛斯公爵进攻时落荒而逃。公爵带领风暴地骑士从西面登上山丘,佩金爵士带领"阴沟骑士"从跳蚤窝出发,走的是较陡峭的南坡。两支部队迅速粉碎了虚弱的防线,杀进龙穴废墟,在早已腐烂的巨龙头骨堆中找到了先知。"牧羊人"身边围着一圈火炬,仍在高声宣扬毁灭和末日,他看到战马上的博洛斯,便举起断臂诅咒公爵:"今年我们将在地狱里重逢!"公爵像拿下"淡发"盖蒙一样生擒了这个乞丐先知,用铁链锁拿押回红堡。

君临城总算恢复了一定的秩序。阿莉森太后以其长子、"我们真正的国王伊耿二世"之名宣布宵禁,天黑后上街即属非法。都城守备队在"跳蚤"佩金爵士的掌控下重组,受命监督禁令的实施,博洛斯公爵的风暴地军团则负责城防。从三座山丘推翻的三个伪王均被打入地牢,等候真正的国王回归后进行审判——然而伊耿二世能否回归,依旧取决于潮头岛的瓦列利安家族是否合作。

阿莉森太后和拉里斯·斯壮伯爵在红堡与"海蛇"私下谈判，答应只要对方肯对伊耿二世屈膝臣服，承认伊耿为七国之君，并让潮头岛的军队和舰船支持伊耿，就给予对方行动自由，赦免一应罪过，甚至恢复其在御前会议的席位。出人意料的是，老伯爵拒绝了这些条件。"我的膝盖又老又硬，不易弯曲。"科利斯伯爵答道，他提出自己的要求：第一，不但要公开赦免他，还要赦免所有曾为雷妮拉女王而战的人；第二，小伊耿必须与杰赫妮拉公主结婚，两人同时成为伊耿二世国王的继承人。"国家出现了严重分裂，"海蛇"说，"我们有责任弥合裂痕。"至于他自己，他对拜拉席恩公爵的几个女儿都不感兴趣，但要求立刻释放贝妮拉。

慕昆告诉我们，阿莉森对瓦列利安伯爵的"狂妄"大为光火，尤其对方要求把雷妮拉的儿子小伊耿立为她的儿子大伊耿的继承人。在"血龙狂舞"中，她失去了三个中的两个儿子和唯一的女儿，无法忍受死敌的儿子竟能活下来坐享其成。恼怒的太后提醒"海蛇"，她曾两度向雷妮拉伸出和谈之手，却遭到轻蔑的回绝。眼见太后与瓦列利安伯爵的意见出现严重分歧，"弯足"拉里斯伯爵适时居中调解……他悄悄提醒太后他们在拜拉席恩公爵的大帐中达成的除掉"海蛇"的办法，规劝她暂时作出让步。

于是第二天，"海蛇"科利斯·瓦列利安伯爵来到坐在铁王座的下级台阶、替代儿子伊耿国王临朝听政的阿莉森太后面前下跪，宣布自己和瓦列利安家族对伊耿国王誓言效忠。在诸神和世人的目睹下，太后赦免了他和他的家族，并恢复他御前重臣的席位，使他重新成为海军上将和海政大臣。渡鸦被派往潮头岛和龙石岛通报这场和解——这真是再及时不过了，哪怕晚到一天，年轻的埃林·瓦列利安就要纠集舰队扑向龙石岛，而伊耿二世国王正准备把堂妹贝妮拉再次送上断头台。

征服一百三十年年尾，伊耿二世国王终于启程返回君临，随行有马斯森·维水爵士、阿尔佛雷德·布鲁姆爵士、两个汤姆和贝妮拉·坦格利安（仍然戴着镣铐，以防她攻击国王）。国王一行登上老旧的平底商船"鼠儿号"——其船长和船主为船壳镇的玛尔达——由十二艘瓦列利安家族的划桨战舰护送。如果"蘑菇"的说法可信，这艘船是埃林亲自为国王挑选的。"埃林大人本可让国王风风光光地登上'伊斯恩伯爵之荣耀号'或'早潮号'，哪怕'香料镇姑娘号'也好,却故施折辱,让他像老鼠一样鬼鬼祟祟地回去。"侏儒评论,"埃林大人打小就很骄傲,而他一点也不喜欢这位国王。"

国王的回归远谈不上凯旋。他由一顶封闭轿子抬进临河门,登上伊耿高丘的红堡,一路几乎鸦雀无声,只见空荡荡的街道、荒废的住宅和惨遭掠夺的商铺。这位复辟的君主登不上铁王座陡峭狭窄的台阶,只能坐在台阶下的木雕软垫座椅里执政,还得用毯子遮掩扭曲不堪的双腿。

国王忍受着剧痛,但好歹没缩回卧室,用梦酒或罂粟花奶麻醉自己。他立刻主持审判在"疯狂之月"祸乱君临的三个"蜉蝣国王"。侍从崔斯丹首先直面伊耿的怒火,并以叛国罪判处死刑。这男孩不乏勇气,被拖进王座厅时态度还十分强硬,直到发现"跳蚤"佩金爵士站在国王身边——"蘑菇"作证说,男孩虽大受打击,但并未高喊冤枉或恳求饶恕,只求在死前被正式承认为骑士。伊耿国王答应了他,随后马斯森·维水爵士(马斯森也是私生子,所以领受任务)赐封男孩为崔斯丹·火焰爵士(男孩自称的"真火"姓氏被认定有辱王权),阿尔佛雷德·布鲁姆爵士用"征服者"伊耿的"黑火"剑砍下了男孩的头。

"婊子王"盖蒙的命运要好一些。由于他年纪过小,刚满五岁,伊耿饶他一命,收养在宫中。不过他的母亲埃西——她曾在儿子短暂的统治时期自封为埃西林夫人——经严刑拷打后吐露,"淡发"盖蒙并非如她宣称的那样是伊耿国王的种,而是她与里斯贸易划桨船上某个银发水手的后代。埃西和多恩妓女沙维妮亚·沙德身份低贱,没资格享受"黑火"剑处刑的待遇,国王把她俩吊死在红堡城墙上,连同其他二十七个盖蒙"国王"的"廷臣"——一帮倒霉的小偷、酒徒、戏子、乞丐、妓女和皮条客。

伊耿二世国王最后处理"牧羊人"。被带到铁王座前受审的先知拒绝认罪或忏悔,反倒用断臂指着国王大喊:"今年我们将在地狱里重逢!"——跟他就擒时对博洛斯·拜拉席恩叫嚷的诅咒一模一样。由于这种冒犯,伊耿命人用烧红的铁钳拔掉了"牧羊人"的舌头,判决用火刑来惩罚他和他那帮"罪大恶极的狂徒"。

征服一百三十年的最后一日,二百四十一名"赤足羔羊"——"牧羊人"最狂热最忠实的追随者——全身淋上沥青,用铁链锁缚在宽敞的鹅卵石街道沿途的杆子上，自鞋匠广场往东向上一直排列到龙穴。当全城的圣堂钟声敲响，宣告旧年结束、新年到来之际，伊耿二世国王乘轿子巡视了这条街道（这里从前叫山丘街，此后被称为"牧羊人路"），骑士们骑行随侍在轿子两旁，用火炬依次点燃被缚的"羔羊"。国王最终登上雷妮丝丘陵顶端，"牧羊人"就被绑在那里的五颗巨龙头骨中间。在两名御林铁卫的合力搀扶下，伊耿国王从软垫上起身，颤巍巍地来到锁缚先知的木杆旁，亲手烧死了对方。

伊耿征服后第一百三十一年就这样来临，阿莉森太后战胜了一生的对手，尽管她自己几乎什么也没做。"雷妮拉绝非女王。"国王宣布，今后所有编年史和宫廷实录都只准将他的异母姐姐呼为"公主"，而称他的母亲阿莉森、以及亡妻与妹妹海伦娜为"母仪天下的王后"。

"篡夺者雷妮拉殒命，她的龙群灰飞烟灭，蜉蝣国王们纷纷伏法，但王国并未恢复和平。"尤斯塔斯修士在伊耿国王复辟后不久无奈地写道。由于异母姐姐已死，其唯一的儿子又被扣在君临，伊耿二世本以为敌对势力会自动归顺……假设他听从瓦列利安伯爵的谏言，赦免所有曾支持雷妮拉的领主与骑士，这并非没有可能。

但国王无意宽恕曾跟他作对的人。在母后阿莉森的怂恿下，伊耿二世决心报复背叛和废黜过他的贵族。他首先从王领开刀，派身边的亲随和博洛斯·拜拉席恩的风暴地军团一起去镇压罗斯比城、史铎克渥斯堡、暮谷镇及其他城堡村庄。尽管当地贵族立刻表示臣服，他们的总管和代理城主迅速降下雷妮拉的四分旗帜，升起伊耿的金龙旗，他们仍不免被一个个地锁拿解送君临，押到国王面前宣誓效忠。而唯有付出沉重的罚金，并给王室提供合适的人质之后，伊耿才放他们离开。

这项举措可谓极不得人心，大大坚定了雷妮拉女王从前的支持者跟国王斗争到底的信念。君临很快接报，北境大军正在临冬城、荒冢屯和白港集结。在河间地，卧床不起的老葛拉佛·徒利公爵终于逝世（"蘑菇"说老公爵得知自家军队在第二次腾石镇之战中攻击正统国王，气得当场中风），其孙艾尔蒙继位成为奔流城的主人。艾尔蒙深恐徒利家族落得罗斯比家族、史铎克渥斯家族和达克林家族的下场，上台后大举召唤三河诸侯，响应号召的包括：鸦树厅的班吉寇·布莱伍德，这个十三岁男孩已是经验丰富的战士；班吉寇凶悍而年轻的姑妈"黑亚莉",她手下有三百名弓箭手;在李河城主政、无情又贪婪的沙比瑟·佛雷夫人;旅息城的雨果·凡斯伯爵;海疆城的乔拉·梅利斯特伯爵;戴瑞城的罗兰德·戴瑞伯爵;甚至石篱城的亨佛利·布雷肯伯爵,也代表之前支持伊耿国王的布雷肯家族前往奔流城汇合。

谷地传来的消息更为沉重。简妮·艾林公爵夫人集结起一千五百名骑士和八千名步兵,并派使者前往布拉佛斯联络船只,准备从海路扑向君临。谷地军中还有一条小龙,它属于贝妮拉的妹妹雷妮亚·坦格利安。雷妮亚去谷地时携带的龙蛋孵出了这条黑色角冠的淡粉色小龙,她命名为黎明。

黎明还需数年方能载人上战场,但它的诞生已给"绿党会议"带来莫大震撼。阿莉森王后指出,假若叛军有龙,国王方面反而没有,百姓就会倒向对方。"我也需要一条龙。"伊耿二世得知消息后坚称。

可放眼维斯特洛全境,除开雷妮亚的小龙,此时只剩下三条龙:偷羊贼随女孩荨麻失踪,普遍认为它藏身于蟹爪半岛或明月山脉;贪食者依旧肆虐于龙山东坡;银翼最后一次出现在世人面前是离开腾石镇的废墟飞往河湾地,据说它此后在红湖中央一个崎岖的小岛上筑巢。

博洛斯·拜拉席恩指出,亚莉珊王后的银色母龙接受过第二位骑手,"为何不能接受第三位?骑上它,您的王位便稳固无虞。"可伊耿二世不能走路,连起身都困难,如何骑上巨龙?他也无法承受前往红湖的长途旅行,何况这一路还有因战乱滋生的无数叛匪和残人。

银翼显然不现实。"我不要这条龙,"国王宣称,"我要一条崭新的阳炎,比我失去的阳炎更骄傲强悍。"他派渡鸦去龙石岛征发坦格利安家族保存的龙蛋,那些蛋素来被严加看管,储藏在地穴和地窖里,时间长了,有的甚至变成了化石。龙石岛的学士甄选出七颗(以荣耀七神)在他看来最有希望的龙蛋送来君临,伊耿国王把这些蛋放在卧室,无奈最终没有一颗孵化。"蘑菇"说国王坐在"一颗紫金相间的大蛋"上一天一夜,满心希望能有成果,然而那颗蛋"仍像一坨紫金相间的大便"。

欧维尔大学士此前已经获释,再次戴上职位颈链,他为我们留下了这段短暂而纷乱的复辟时期"绿党会议"的详情记录。红堡弥漫着恐惧和怀疑,这本该是团结一心、共渡难关的时刻,伊耿二世身边的臣属却同床异梦、犹豫不决，对即将来临的风暴反应迟缓。

"海蛇"力主和解、大赦和停战，博洛斯·拜拉席恩却视为软弱，他对国王和"绿党会议"宣布要在战场上粉碎叛党。而为达此目的，他需要援军，因此要求凯岩城和旧镇立刻重新整军备战。

盲眼的财政大臣泰兰·兰尼斯特爵士提出亲自前往里斯或泰洛西，招募当地的一个或多个自由佣兵团（伊耿二世并不缺钱，因泰兰爵士在雷妮拉女王夺得都城和国库之前，事先将王室四分之三的财富安全转移到凯岩城、旧镇和布拉佛斯的铁金库）。

瓦列利安伯爵认为招兵买马是远水不解近渴。"形势十万火急，何来这等余暇？旧镇和凯岩城由孩子当家，他们不会赴援，而眼下最好的佣兵团都跟里斯、密尔或泰洛西签了合同。就算泰兰爵士能把他们挖走，也为时已晚。没错，我的舰队可以阻止艾林家族，但谁来对付北方人和三河诸侯？他们正在进军！因此我们必须妥协。陛下应赦免对方的叛逆和其他罪行，立雷妮拉所生之伊耿为继承人，并让他立刻与杰赫妮拉公主结婚。这是唯一的办法。"

老人的警告被当作耳旁风。阿莉森太后曾勉强同意把孙女许配给雷妮拉的儿子，但那并未征求国王同意，而伊耿二世另有打算。他希望立刻与卡珊德拉·拜拉席恩成婚，"她会给我强壮的儿子，成为铁王座的有力继承人"，如此一来，他的女儿自无需嫁给小伊耿王子，以免产生的后代打乱继承顺位。"那家伙要么披上黑衣，余生在长城度过，"国王宣布，"要么剁下男根，作为侍奉我的太监。他自己选，反正不留后嗣，我老姐的谱系必须就此断绝。"

在泰兰·兰尼斯特爵士看来，即便这样的选择也太仁慈，他提议立刻处决小伊耿王子。"那孩子的存在本身即是对王室的最大威胁，"兰尼斯特爵士争辩道，"砍下他的脑袋，叛党就失去了起兵理由，将无人可以拥戴。他死得越快，叛乱平息得越快。"

国王的打算和财政大臣的提议让年迈的"海蛇"又惊又怒，以至在朝堂上"大发雷霆"。他厉声指责国王和重臣们是"蠢货、骗子和背誓者"，说完拂袖而去。

博洛斯·拜拉席恩征求国王的允许，想要亲自去取"海蛇"的项上人头，伊耿二世正待同意，拉里斯·斯壮伯爵却发言阻止。他提醒与会众人，"海

蛇"的继承人——年轻的埃林·瓦列利安——盘踞在潮头岛，他们鞭长莫及。

"杀死老蛇，小蛇必会反抗，""弯足"告诫，"我们将失去所有那些快捷又漂亮的战船。"他的想法跟拜拉席恩公爵相反，他建议国王立刻与科利斯伯爵和解，确保瓦列利安家族的忠诚。"请答应他的婚约提案，指名小伊耿为您的继承人，陛下。"他规劝国王，"婚约不等于成婚，王子不等于国王。随便翻翻历史，就知道有多少继承人没能活到登上王位。待叛党俯首、您时来运转之时，我们再回头对付潮头岛。现在不能闹翻，我们必须争取时间，请对他好言相劝。"

慕昆根据欧维尔大学士的回忆记录了"弯足"的这番话，而尤斯塔斯修士和弄臣"蘑菇"都未出席"绿党会议"。不过"蘑菇"对拉里斯伯爵有如下评价："'弯足'是不是世上最狡猾的人呢？噢，他可以做一个完美的弄臣，他唇边的话语就像蜂窝流出的蜜糖，再找不到如此甜美的毒药。"

对历史研究者而言，"弯足"拉里斯·斯壮至今仍是难解之谜，我们也不打算在此深究。他真正的效忠对象是谁？他有何目标？"血龙狂舞"时期，拉里斯·斯壮游走于各大派系之间,他曾销声匿迹,而后又大摇大摆地安然现身。他说了多少真话,多少谎言?他做的事呢?他是个随波逐流的机会主义者,还是志存高远的宏图设计师?这些问题一直有人追问,答案却不明朗,因斯壮家族最后的成员非常擅于保密。

但我们确切地知道,他为人虽寡言、神秘,必要时却可表现得和蔼而有说服力。他的提案动摇了国王和"绿党会议"的既定方针。当阿莉森太后为难地表示经过那天撕破脸皮的争吵,势难挽回科利斯伯爵时,他让太后放心:"只管交给我去办,陛下,我保证伯爵大人会聆听我的请求。"

斯壮伯爵的确做到了这点。散会后,"弯足"径直找到"海蛇",瞒着众人吐露国王表面上同意他的一切要求,但只等战争结束便要谋害他。老人气得怒发冲冠,拔剑而起要去拼命,拉里斯又微笑着软语安抚。"我有个更好的办法。""弯足"耐心解释……他就这样编织出欺骗和背叛的罗网,让困在网上的人彼此争斗。

伊耿二世对待宫廷内部的复杂阴谋,就像处理外界各方势力的压迫一样迟钝,很大程度上这是出于健康原因。鸦栖堡的烧伤覆盖了半边身子,"蘑菇"声称这还令他阳痿不举;龙石岛那一跳导致右腿两处骨折,左腿更是粉碎性骨折,他只能坐轿四处出行。据欧维尔国师的记载,国王的右腿愈合得很好,但左腿状况不佳,那条腿肌腱萎缩、膝盖僵硬,直瘦得皮包骨头,扭曲不堪的程度甚至让欧维尔认为还不如截掉的好。不过国王拒绝截肢,宁愿忍受不适,到最后时日,他甚至做到了能借助拐杖帮助、拖着左腿行进。

在生命的最后半年,伊耿一直强忍痛楚,唯一的乐趣似乎来自对未来婚姻的憧憬。据"蘑菇"所言,连身为弄臣之首的他精心设计的闹剧也无法提振国王的精神……然而"陛下不时会为我的俏皮话露出微笑,也喜欢把我带在身边,让我替他穿衣、为他打气"。侏儒透露,国王由于烧伤失去了性能力,但性冲动依旧强烈,他时常坐在帷幕后观赏亲信宠臣与女仆或宫廷仕女交欢。据说承担这一可鄙任务的多是"乱胡子"汤姆,有时也会挑某个随从骑士,甚至有三回"蘑菇"当了主角。弄臣声称国王每次观赏完总会流下羞愧的泪水,随即召来尤斯塔斯修士告解(尤斯塔斯修士关于伊耿最后时日的叙述中完全没提及此事)。

伊耿二世还下令清理和重建龙穴，为弟弟伊蒙德和戴伦树立两尊巨型雕像（根据他的谕令，这两尊雕像要比布拉佛斯的泰坦巨人像更高大，周身覆以金叶）。他公开主持仪式，焚毁"蜉蝣国王"崔斯丹·真火和盖蒙颁布的一系列谕令和告示。

然而陷阱正在合拢，敌人从四面八方进逼。临冬城公爵克雷根·史塔克率领大军越过颈泽（尤斯塔斯修士说那是"整整两万披着褴褛兽皮、号叫不休的蛮子"。慕昆的《真史》将北境军队的人数下降到八千人）；"谷地处女"的部队也终于自海鸥镇出发，人数达一万之多，指挥官是里奥恩·科布瑞伯爵及其弟科恩·科布瑞爵士，后者持有著名的瓦雷利亚钢宝剑"空寂女士"。

最迫切的威胁来自三河诸侯。艾尔蒙·徒利在奔流城召集封臣，最终集结起近六千人的军队，可惜这位新任徒利公爵率军出征后不久即因饮用变质的水而逝世，当权仅四十九天便把权柄留给了长子克米特·徒利爵士。克米特是个野性而鲁莽的青年，一心想证明自己的勇武，他即位时离君临尚有六日行程，随即催促部队沿国王大道继续开进。博洛斯·拜拉席恩公爵出兵抵御，其麾下除了直属的风暴地军团，还有史铎克渥斯堡、罗斯比城、哈佛城和暮谷镇征发的新兵，以及从跳蚤窝匆匆搜罗的二千人，但这些人素质堪忧，也仅装备着长矛和铁盔帽。

两军在离君临两日行程的地方相遇，该处的国王大道夹在树林和一座矮丘之间。连日来大雨倾盆，以致草场湿润，土地泥泞松软。博洛斯公爵自信满满，因斥候告诉他河间地人的首领不是小孩就是女人。时近黄昏他才发现敌军，却下令立刻进攻……不顾河间地人已在大道上组织起坚实的盾墙防线，又在他右边的山丘布置下无数弓箭手。博洛斯公爵亲自率队冲锋，他让麾下骑士结成锲形阵，势若雷霆地冲向敌阵中央奔流城的红蓝波纹银色鳟鱼旗和已故雷妮拉女王的四分旗，风暴地的步兵则高举伊耿国王的金龙旗跟随推进。

学城将此役定名为"国王大道之战"，参战者则称之为"泥巴混战"。无论叫什么，这场"血龙狂舞"的最后会战产生了压倒性的战果。布置在山丘上的长弓将随博洛斯公爵冲锋的骑士们的战马成片成片射翻，以至冲到盾墙前的还不到一半，而这些散乱不堪地抵达的骑士还得拼命控制坐骑、以防其在泥泞中打滑。锲形阵解体了，风暴地人顽强地用枪、剑和长斧发起进攻，固然给河间地人造成了损失,但没能突破阵线,无论何处出现缺口,对方的后备部队都会立刻上前填补。博洛斯公爵的步兵随即加入攻击,受到压迫的盾墙有了松动后退的迹象,似乎危在旦夕……但这时大道左边的树林传来呐喊和尖叫,数百名早已埋伏好的河间地人在奔放的男孩班吉寇·布莱伍德——班吉寇于此役赢得"嗜血"班的称号,此后漫长的人生中世人都如此尊称他——的带领下掩杀而至。

博洛斯公爵骑马拼杀在第一线,当他发现战事不利,便命身边侍从吹响战号,敦促后备部队上前增援。但罗斯比城、史铎克渥斯堡和哈佛城的人马听到号声却扔下国王的金龙旗,按兵不动,自君临匆忙招募的乌合之众作鸟兽散,暮谷镇的骑士甚至倒戈相向,从后方杀向风暴地军团。不过半晌之间,混战就变成溃败,伊耿国王的最后一支陆军就此覆灭。

博洛斯·拜拉席恩坚持奋战。他先在马上作战,胯下战马被"黑亚莉"及其麾下弓箭手射死后又徒步抵抗,亲手击毙了不计其数的步兵、十几名骑士,以及梅利斯特伯爵和戴瑞伯爵。等对上克米特·徒利公爵,博洛斯公爵已是强弩之末,他头顶毫无保护(之前他扯下了被打凹的头盔),浑身二十多处伤口汨汨流血,连站都站不稳。"投降吧,大人,"奔流城的主人奉劝风息堡的主人,"今天的胜利属于我们。"拜拉席恩公爵回以诅咒,大喊着"我宁愿在地狱里跳舞,也不会戴上你的镣铐",发起冲锋……旋即被克米特公爵手中流星锤的带刺铁球猛然击中,链球在他脸上砸出一片血肉、骨头和脑浆混合的可怖血雾。风息堡公爵倒在国王大道边的烂泥地里,手中紧握长剑①。

败报送抵红堡,"绿党会议"手忙脚乱。"海蛇"的警告如今统统变成现实:凯岩城、高庭和旧镇迟迟不肯响应国王的求援,不断找借口搪塞。兰尼斯特家族忙于应付"红海怪";海塔尔家族损失了太多人马,且找不到合适的人带兵;提利尔公爵尚幼,其母在信中声称麾下封臣忠诚堪忧,"而我一介女流,无法带兵打仗"。泰兰·兰尼斯特爵士、马斯森·维水爵士和朱利安·沃姆伍德爵士已启程前往狭海对岸的潘托斯、泰洛西和密尔招募佣兵,此时并无

---

①注:也许是七神怜悯,博洛斯公爵战死七天后,他的妻子终于在风息堡诞下他渴盼已久的儿子和继承人。公爵曾留下指示,若生的是男孩就命名为伊耿,以表对当今国王的敬意。但得知夫君沙场殒命的噩耗,拜拉席恩夫人却违背指示,转将儿子命名为奥莱瓦。

成果。

朝中众人心知肚明，伊耿二世国王等于赤手空拳地面对来势汹汹的敌军。"嗜血"班、克米特·徒利、沙比瑟·佛雷等均非易与之辈，他们得胜后士气高涨，即将兵临城下，而克雷根·史塔克公爵的北境大军不过就落后数日行程。布拉佛斯舰队运载的艾林军队业已离开海鸥镇，驶向喉道，国王只能指望年轻的埃林·瓦列利安……但说到底，潮头岛的忠诚是靠不住的。

"陛下，"残缺不全的"绿党会议"召开后，"海蛇"禀告，"您必须投降。都城经不起另一场劫难，为黎民百姓计，为自身安全计，请您让位伊耿王子。他会允您披上黑衣，余生保持荣誉在长城度过。"

"他会吗？"伊耿国王询问，"蘑菇"说国王语带希望。

太后却不抱丝毫希望。"你把他母亲扔去喂龙，"她提醒儿子，"他亲眼所见。"

国王绝望地看向自己的母亲。"那你要我怎么做？"

"你有人质。"太后回答，"割下那男孩的一只耳朵，送给徒利公爵。警告他每前进一里，你就会割下男孩的另一个器官，直到他停止。"

"高明，"伊耿二世赞叹，"实在高明。我们就这么做。"他招来在龙石岛上令他十分满意的阿尔佛雷德·布鲁姆爵士。"照太后的吩咐办。"骑士领命离开后，国王又转向科利斯·瓦列利安。"敦促你的野种英勇作战、不可懈怠，大人，如果他让我失望，如果布拉佛斯舰队越过喉道，你亲爱的贝妮拉也会失去点什么。"

"海蛇"没有恳求，也没有诅咒或威胁，他只僵硬地一点头便起身告辞。"蘑菇"说他出门时与"弯足"交换了眼神，但"蘑菇"并不在场，而老到的科利斯·瓦列利安似乎不可能在计划实施的关键时刻如此轻率。

伊耿国王已经穷途末路，只有他自己还处于幻想之中。拜拉席恩公爵在国王大道惨败的消息一传开，国王身边的密谋者们就立刻将秘密制订的计划付诸实施。

阿尔佛雷德·布鲁姆爵士踏上通往梅葛楼的吊桥——伊耿王子被软禁在楼内——"跳蚤"佩金爵士及其属下六名"阴沟骑士"拦住去路。"以国王之名，给我让开。"布鲁姆喝令。

"抱歉，我们有了新国王。"佩金爵士答道。他一只手搭住阿尔佛雷德爵士的肩膀……随即猛然推去，猝不及防的阿尔佛雷德爵士一个踉跄摔下吊桥，插在护城河中的铁刺上，挣扎扭动了两天方才断气。

"弯足"拉里斯伯爵的手下业已救出贝妮拉·坦格利安，将其转移到安全的地方。"夹舌头"汤姆离开马厩进入城堡庭院时遭遇突袭，当场授首。"他死得跟他说话一样含糊糊。""蘑菇"评价道。"夹舌头"的父亲"乱胡子"汤姆不在红堡，他在鳗鱼巷某家旅店就擒时辩称自己只是"普通渔夫，不过来讨杯麦酒喝"，密谋者便将他淹死在麦酒桶里。

密谋计划实施得如此巧妙、迅速和干净，以至君临的老百姓对红堡事变几乎一无所知。即便在红堡内部，也没有谁发出警报，目标人士都被悄悄处死，其余的宫廷成员没受打扰和波及，完全蒙在鼓里。尤斯塔斯修士说密谋者一共杀了二十四人，慕昆的《真史》则说是二十一人。"蘑菇"自称目睹了密谋者杀害国王的试毒者——名为尤米特的超大号胖子——还说自己也差点送命，只好钻进一桶面粉中，直到第二天夜里才敢现身，那时"我从头到脚裹满面粉，发现我的女仆把我认作还魂的幽灵"（这几乎不可信。密谋者为何要对付一个弄臣？）。

阿莉森太后登上螺旋梯回房时就擒，俘虏她的人外衣上绣有瓦列利安家族的海马纹章。他们杀了太后的两名卫士，但没伤害太后本人及其身边的女伴。阿莉森又一次被戴上镣铐、打入地牢，等候新君主发落……而这次，她还失去了最后一个儿子。

"绿党会议"散会后，伊耿二世国王由两名强壮的侍从抬进庭院。轿子照例在院子里等待，国王萎缩的左腿即便借助拐杖支撑，也无法上下楼梯。负责指挥卫队的御林铁卫盖尔斯·贝格莱佛爵士事后作证说国王被搀扶上轿时显得异常疲惫，"脸色灰败苍白，皮肤耷拉松垮"。他没回房，反要盖尔斯爵士带他去城堡圣堂。"也许他意识到劫数难逃，"尤斯塔斯修士写道，"想为曾经犯下的罪行做最后忏悔。"

冷风吹拂，起轿后国王便拉下轿帘御寒。轿内照例为他备下一壶青亭岛的红葡萄甜酒，这是伊耿的最爱，他这回也品尝了一小杯。

盖尔斯爵士等人未觉有异，直至抵达圣堂，轿帘却迟迟没掀开。"我们到了，陛下。"骑士向内报告。没有回答，一片沉默。盖尔斯·贝格莱佛爵士又问了第二遍，第三遍……他终于动手掀开轿帘，发现国王死在软垫上。"除开满嘴鲜血，"骑士回忆，"陛下就像是睡着了。"

无论在学士们的圈子，还是老百姓酒余饭后的闲聊中，大家至今还在争论伊耿二世被下了什么毒，下毒的又是谁（有人坚称只可能是盖尔斯爵士，但对其他人而言，御林铁卫谋害誓言毕生守护的国王委实无法想象。更可能的嫌疑人是国王的试毒者尤米特，即"蘑菇"声称自己亲眼目睹遇害的那位）。尽管这两个问题始终存在疑点，但那壶青亭岛红酒的幕后黑手为拉里斯·斯壮却是确凿无疑。

坦格利安家族的伊耿二世就这样驾崩，他是韦赛里斯·坦格利安一世国王和出自海塔尔家族的阿莉森王后的长子，其统治时期短暂而苦涩。伊耿二世享年二十四岁，称王仅两年。

两天后，徒利公爵的前锋部队来到君临城下，科利斯·瓦列利安带着忧郁的伊耿王子出去迎接。"旧王已崩，""海蛇"严肃地宣布，"新王万岁。"

在黑水湾对面的喉道，里奥恩·科布瑞伯爵站在布拉佛斯平底船的船头，目睹眼前的瓦列利安战舰阵列降下伊耿二世的金龙旗，升起伊耿一世的红龙旗——在"血龙狂舞"爆发之前，所有的坦格利安君王都沿用了这面旗帜。

内战结束了（尽管随之而来的和平并不平静），接下来是忧郁的伊耿·坦格利安三世国王的统治时期。

余 波

"狼时"

七国民间甚少怀念伊耿·坦格利安三世国王，偶尔提起时会称他"倒霉的"伊耿、"忧郁的"伊耿或"龙祸"（这是最常用的称呼），这些外号都相当贴切，而在伊耿的大半个统治期为他效力的慕昆大学士更恰如其分地称他为"残破国王"。放眼迄今为止所有的铁王座主人，他或许也是最难捉摸的一位。这位神秘莫测的君主说得少做得更少，毕生沉浸于悲伤与哀愁。

伊耿是雷妮拉·坦格利安的第四子，也是她与叔叔及第二任丈夫戴蒙·坦格利安王子所生的长子。他于征服一百三十一年登上铁王座，统治了二十六年，征服一百五十七年因肺痨驾崩。他娶过两任妻子，诞下五个孩子（二子三女），却似乎从未享受夫妇之乐或天伦之乐，几乎没有"喜悦"这种感情。他既不打猎亦不鹰狩，骑马只为代步；他滴酒不沾，对美食无感，乃至用餐也要提醒；他允许举办比武大会，但从不观赛更不参赛；他身为至尊却衣着简朴，通常一身黑衣——而且人尽皆知，他始终在符合国王身份的天鹅绒和绸缎服装内套着一件粗毛衬衣。

征服一百三十一年，伊耿开启自己的朝代时不过是个十岁男孩，离长大亲政还有好些年。据说他的身高在同龄人中较为突出，并且"银色的头发浅淡似白，紫色的眼瞳幽深近黑"。"蘑菇"声称伊耿小时候就很少微笑，遑论开怀大笑，他虽举止有礼、行为端庄，内心的阴霾却仿佛徘徊不去。

这位少年国王的统治之始堪称多灾多难。河间诸侯在国王大道之战中粉碎了伊耿二世的最后一支陆军，随后进逼君临，准备再战，却发现科利斯·瓦列利安伯爵和伊耿王子骑马出城，举着和平旗帜迎接他们。"旧王已崩，新王万岁。"科利斯伯爵宣告完毕后拱手让出都城，恳请对手慈悲为怀。

从古至今，河间地领主素以各行其是著称。奔流城公爵克米特·徒利作为

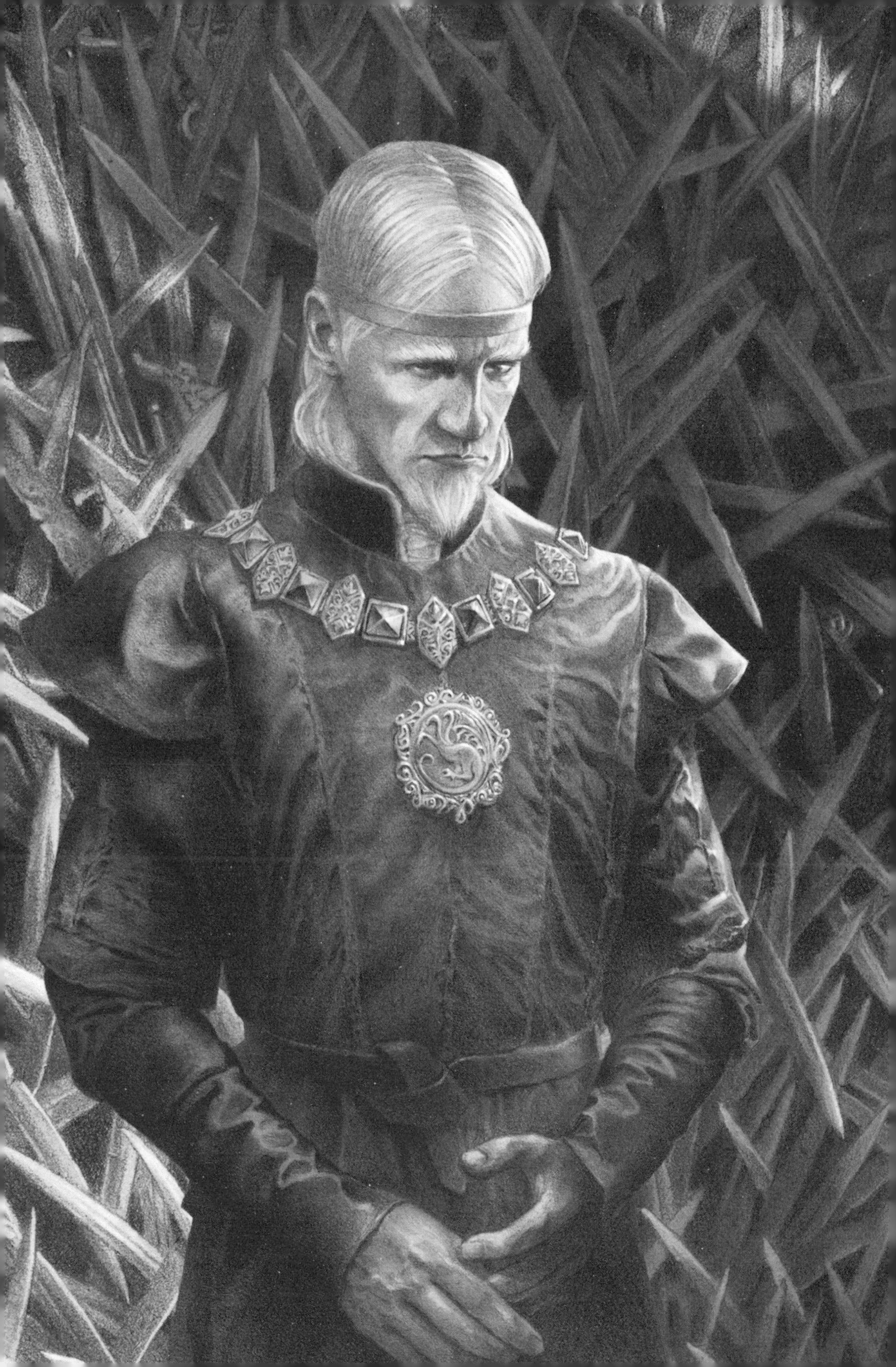

封君，也是大军名义上的统帅……但这位公爵年仅十九岁，按北方人的话说"嫩得像夏天的青草"。他弟弟奥斯卡在"泥巴混战"中杀了三个人，当场受封为骑士，然而其人比克米特更青涩，还带有次子的通病：过于敏感和骄傲。

徒利家族在维斯特洛各大诸侯中堪称弱势，纵然"征服者"伊耿给予他们总督三叉戟河流域的权力，他们的许多方面却比不过属下封臣。布雷肯家族、布莱伍德家族、凡斯家族和李河城新近崛起的佛雷家族领地更为广阔，兵力更加充实；海疆城梅利斯特家族血统更为高贵；女泉镇慕顿家族财力更为丰厚；就连满目疮痍、传言被诅咒笼罩的赫伦堡，也比奔流城更显威严，并且还大上十倍。徒利家族的历史平庸无奇，上两任家主的表现亦颇让人失望……好在如今时来运转，诸神赐予徒利家族年轻一代绝好的表现机会，这一对骄傲的青年——统帅克米特和战士奥斯卡——决心证明自己。

随他们从三河流域一路杀到君临城下的，还有更年轻的鸦树城伯爵班吉寇·布莱伍德。他被手下唤作"嗜血"班，其实只有十三岁，这个年纪的贵族男孩通常还在担任侍从，负责照料坐骑和清洗盔甲。然而班吉寇的父亲山姆威尔·布莱伍德伯爵于"火磨坊之战"中被阿摩斯·布雷肯爵士杀死，领主的重任遂过早地落在他肩上，而他年纪虽小，却拒绝让长者代劳。众所周知，班吉寇曾为"喂鱼大战"的尸堆而挥泪哭泣，但他并未就此退缩，倒是毫不畏惧地参与随后的一系列战斗。他的部下干掉了克里斯顿·科尔派出的搜掠队，最终将其逼出赫伦堡；他在第二次腾石镇之战指挥中军；他在"泥巴混战"中领军埋伏在侧翼的树林，适时发起扭转战局的突袭，击败拜拉席恩公爵的风暴地军团。据说当年的班吉寇伯爵穿上朝服完全是小孩模样，虽然身高还算突出，但体格单薄又容易脸红，举止腼腆拘束，可是披上盔甲的"嗜血"班立刻判若两人，十三岁的他拥有比绝大多数人一生更丰富的战斗经验。

科利斯·瓦列利安在诸神门外迎接的河间地大军中不乏比"嗜血"班和徒利兄弟更年长、更出名、更聪明的领主与骑士，但这三个年轻人因"泥巴混战"的决定性胜利脱颖而出，成为令人信服的领袖。战场上患难与共的经历又使他们结成生死之交，以至被手下统称为"小子们"。

他们的支持者中有两个杰出的女人：其一是亚莉珊·布莱伍德，人称"黑亚莉"，乃已故山姆威尔·布莱伍德伯爵的妹妹，"嗜血"班的姑姑；另一位是沙比瑟·佛雷，她是李河城佛利斯特·佛雷侯爵的遗孀，伯爵继承人的母亲，"蘑菇"形容她是"面容瘦削、牙尖嘴利、脾气暴躁的瓦尔平老太婆，喜欢骑马胜过跳舞，喜欢锁甲胜过丝衣，男人是她刀下鬼，女人她才亲亲嘴"。

"小子们"久仰科利斯·瓦列利安伯爵的赫赫威名，但未见其人。来君临的路上，他们以为得在围困和强攻之间作出选择，没料到胜利唾手可得，不禁惊喜交加……更让他们喜出望外的是伊耿二世的死讯（但班吉寇·布莱伍德和他的姑姑对伊耿的死法颇有微辞，因毒药是懦夫的武器，不够荣誉），欢快的呐喊此起彼伏，三河诸侯及其盟友一个接一个地向伊耿王子下跪臣服，尊其为七国之君。

河间地大军随后进入都城，一路上老百姓在屋顶和阳台大声喝彩，漂亮的姑娘不时冲上来为救星们献上香吻（就跟演戏一样，"蘑菇"暗示这些都是拉里斯·斯壮的安排）。金袍子夹道而立，在"小子们"骑行经过时垂矛致敬。"小子们"进入红堡后，发现已故国王停灵于铁王座下，阿莉森太后扶棺哭泣，伊耿二世剩余的廷臣和亲信也都集合于此，包括"弯足"拉里斯·斯壮、欧维尔大学士、"跳蚤"佩金爵士、"蘑菇"、尤斯塔斯修士、盖尔斯·贝格莱佛爵士等五名御林铁卫，外加一些小领主和亲随骑士。欧维尔代表大家发言，将三河诸侯捧为解放者。

王领其他地方和狭海沿岸的旧王支持者也纷纷归顺。布拉佛斯船队将艾林公爵夫人一半的谷地军队运到暮谷镇，该部由里奥恩·科布瑞伯爵指挥，另一半军队在里奥恩的弟弟科恩·科布瑞爵士率领下于女泉镇登陆。两座城镇皆以盛宴和鲜花来迎接艾林大军。史铎克沃斯堡和罗斯比城也无血开城，当地贵族忙不迭地降下伊耿二世的金龙旗，升起伊耿三世的红龙旗。龙石岛守军较为顽固，他们关闭城门，发誓斗争到底，然而负隅顽抗三天两夜后，城堡的马夫、厨子等一干仆人在第三天夜里拿起武器攻击旧王的支持者，趁其熟睡杀了许多，余众统统戴上镣铐交给年轻的埃林·瓦列利安发落。

据尤斯塔斯修士记述，整个君临陷入"奇怪的狂欢"，蘑菇则轻描淡写地说"半座都城的人都醉了"。伊耿二世国王的遗体被匆匆火化，人们希望他统治期间的仇恨与灾祸能随之消弭。成千上万的百姓登上伊耿高丘，倾听伊耿王子发表和平即将到来的宣言。人们计划为这个男孩举办盛大奢靡的加冕式，同时筹备的还有他与杰赫妮拉公主的婚礼。大群渡鸦自红堡飞向旧镇、河湾地、凯岩城和风息堡,征召被毒死的国王剩下的支持者前来都城,向新君主输诚效忠,为此特意颁发了安全通行证,并承诺完全赦免。王国的新贵们只在如何处置阿莉森太后的问题上存在分歧,其他方面基本一致,政务井井有条……但这种友好合作的局面只维持了不到半个月。

慕昆大学士的《真史》称这段日子为"虚假的黎明",它无疑令人兴奋,却也极为短暂……狂欢在克雷根·史塔克公爵率北境大军抵达时戛然而止,各项欢快的庆祝计划均告破产。临冬城公爵当时二十三岁,年纪只比鸦树城伯爵和奔流城公爵稍大……但任何看见他们比肩而立的人都会意识到史塔克是成年人,"小子们"还只是孩子。"蘑菇"说史塔克公爵的气场令"小子们"相形见绌,"'临冬城之狼'一进门,'嗜血'班便会意识到自己年仅十三岁,徒利公爵和他弟弟则变得心浮气躁、语无伦次,脸色跟头发一样红"。

君临为河间地人奉上美食、鲜花和荣耀,北方人却没得到这等待遇,原因是多方面的。首先,北境军队过于庞大,人数大概是"小子们"带领的河间地军队的两倍,而且名声不佳。"蘑菇"说北方人个个身穿锁甲衫,外披毛茸茸的兽皮斗篷,面容被纠结的胡子遮掩,他们大摇大摆进城的样子活像一只只套上盔甲的熊。君临人对北方人的旧有印象大都来自梅迪瑞克·曼德勒爵士及其弟托伦爵士,这两个小伙子彬彬有礼、言语得体、打扮合适,不但待人接物持重端庄,而且虔信七神。与之相对——根据尤斯塔斯修士不无惊恐的记录——临冬城的部众甚至缺乏对真神最基本的尊重。他们蔑视七神,忽略节庆日,嘲讽圣典,轻率地对待修士修女,只顾礼拜树木。

两年前,克雷根·史塔克曾对杰卡里斯王子许下承诺,如今他要履行诺言,尽管小杰及其母均已亡故。"北境永不遗忘。"伊耿王子、科利斯伯爵和"小子们"欢迎他时,他如此宣称。

"您来晚了,大人,""海蛇"告诉他,"战争已经结束,旧王业已驾崩。"据见证这场会面的尤斯塔斯修士记载,临冬城公爵"用冬日风暴般冰冷的灰色双眸紧盯着苍老的'潮汛之主',开口问道:'我想知道,旧王驾崩是何人所为,战争结束又是何人认定?'从他的话语中,我们很快明白了一个悲惨的事实,即这帮野蛮人对鲜血和战争的渴望尚未得到满足。"

虔诚的修士说得没错。克雷根公爵声称战争因别人而起，将由他终结。为此他要继续南下，扫荡所有曾拥立伊耿二世坐上铁王座、并为之而战的"绿党"余孽。他计划先平定风息堡，然后穿越河湾地拿下旧镇，消灭海塔尔家族之后，再带着北方的狼群沿落日之海北进，叩开凯岩城的大门。

"大胆的计划，"欧维尔国师听完后谨慎地表示，"蘑菇"则称为"疯狂"，但又补了一句，"'龙王'伊耿声称要征服全维斯特洛时，人们也说他疯了"。克米特·徒利指出风息堡、旧镇和凯岩城都跟史塔克家族的临冬城一样坚固（可能更为坚固），难以攻克（或许根本攻不下），班吉寇·布莱伍德也附和道："您会折损半数人马，史塔克大人。"

"临冬城之狼"用灰色的眼眸盯着"嗜血"班："他们随我出发那天就已经死了，孩子。"

跟之前的"冬狼军"一样，绝大多数随克雷根·史塔克南下的北方人不指望再见到故乡。颈泽以北已是积雪深厚、冷风呼啸，放眼北境各地的城堡村庄，人们不分高低贵贱，都在刻着人脸的心树前祈祷冬天尽快结束。然而吃饭的嘴越少，就越容易熬过黑暗的日子，因此北境一项历史悠久的传统是老人、幼子、未婚者、无后者、无家可归者及其他无法供养的人在初雪降临时就得离家出走，好让亲族更有机会看见下一个春天。对这支冬天的大军来说，胜利尚属其次，他们参军是为了光荣、冒险和劫掠，最重要的是死得其所。

与前朝相似，这回又轮到"潮汛之主"科利斯·瓦列利安来力主和解、大赦和停战。"杀戮已经够多了，"老人说，"雷妮拉和伊耿均已亡故，他们的纷争也该随之而去。您言及攻打风息堡、旧镇和凯岩城，大人，但这三地的主人都在内战中战死，顶替的是儿童、乃至母亲怀中的稚子，对我们毫无威胁。只要保证其体面和荣誉，他们必会臣服。"

史塔克公爵也跟前朝的伊耿二世国王和阿莉森太后一样对此无动于衷。"儿童迟早会长大成人，"他回应道，"稚子将从母乳中汲取母亲的仇恨。除恶务尽，否则二十年后，当现在的婴儿拿起父亲的宝剑来秋后算账时，我们之中还没进坟墓的人定会悔不当初。"

瓦列利安伯爵同样寸步不让。"伊耿国王也这么说过，他覆亡的原因正在于此。当初他若肯听从我们的谏言，向敌人提出停战与赦免，今日或许还能同堂议事。"

"大人你就为这个毒死了他，对吗？"临冬城公爵反诘道。克雷根·史塔克与"海蛇"本无私人恩怨，但他知道科利斯伯爵曾任雷妮拉的女王之手，后因叛国嫌疑被捕入狱，又经伊耿二世释放，并在其御前会议中任职……而从结果看，这导致伊耿被毒杀。"难怪你外号'海蛇'。"史塔克公爵厉声道，"你滑不留手，左右逢源，哦，还生了长牙和毒液。伊耿固然背誓、弑亲、篡夺王位，但他终究是你的国王。他不肯听从你懦弱的建议，你就以懦夫手段除去了他，使用卑鄙下流的毒药……你必须为此付出代价。"

话音刚落，史塔克的部下便扑进议事厅，解除了门边卫兵的武装，将上年纪的"海蛇"从椅子上揪起来，拖进地牢。随后下狱的还有"弯足"拉里斯·斯壮、欧维尔国师、"跳蚤"佩金爵士、尤斯塔斯修士及其他五十来个史塔克无法信任的贵族和仆从。"我本打算钻回面粉桶里，"蘑菇声称，"幸亏我个子小，冰原狼没注意到。"

克雷根公爵的怒火甚至波及他名义上的盟友"小子们"。"你们是三岁小儿，都被鲜花、盛宴和漂亮话蒙蔽了吗？"史塔克质问，"谁说战争结束了？'弯足'还是'海蛇'？为什么？因为他们希望它结束？还是因为你们在泥巴地里打赢的小胜仗？战争只在一方屈膝的时候才算结束。旧镇投降了吗？凯岩城归还王室的金子了吗？你们说要让王子迎娶国王的女儿，可那个女儿远在风息堡，你们鞭长莫及。身为伊耿二世的继承人，她只要一日不回都城，婚约一日没得到履行，不就随时可能被拜拉席恩的寡妇加冕、拥为女王吗？"

徒利公爵坚称风暴地人已被彻底打败、无力再战，克雷根公爵又指出伊耿二世曾派三名特使渡过狭海，"其中任何一人明天就可能带着成千上万佣兵回来"。北方人还提醒大家，雷妮拉女王夺取君临后自诩胜券在握，结果轰然倒台；伊耿二世把姐姐喂龙后也以为江山稳固，现而今雷妮拉的支持者却拿下都城，"伊耿成了灰"。

"小子们"辩不过史塔克公爵，他们唯唯诺诺地让步，同意加入讨伐风息堡的大军。慕昆说他们是被"临冬城之狼"说服自愿参与的。"他们很享受胜利的滋味，渴求更多荣耀，"慕昆在《真史》中写道，"而年轻人梦寐以求的那种名声只能从战场上获取。"蘑菇的看法比较冷淡，他认为几个年轻领主纯粹是被克雷根·史塔克唬住了。

无论原因为何，结果是史塔克公爵主导了局面。"都城被那个北方人控制，他随心所欲地行事，"尤斯塔斯修士说，"而他为此甚至没费一刀一箭。无论国王的支持者还是女王的支持者，无论风暴地人还是海马家族的部属，无论河间诸侯还是'阴沟骑士'，无论贵族、平民抑或士兵，他都面不改色地使唤，仿佛他们生来就该为他效力。"

整整六天里，君临剑拔弩张地行走于战争边缘。在跳蚤窝的食堂与酒肆，人们为"弯足"、"海蛇"、"跳蚤"和太后的脑袋还能保几天下注。城里流言不断，有人说史塔克公爵打算把伊耿王子劫回临冬城，让他和自己的某个女儿结婚（这显然是胡扯，克雷根·史塔克公爵当时还没有嫡生女儿），又有人说史塔克公爵企图谋害王子，自己迎娶杰赫妮拉公主，从而登上铁王座。修士们宣扬北方人会烧光城中的圣堂，强迫大众回归旧神信仰。更有谣传临冬城公爵有个野人妻子，他会把跟他作对的人扔进狼坑，观赏他们如何被狼群吞噬。

狂欢氛围消失无踪，恐惧重新笼罩大街小巷。一个来自贫民窟的男人自称"牧羊人"转世，宣布诸神将消灭不信神的北方佬，虽然其外貌跟从前的"牧羊人"毫不相像（首先他双手健全），仍有数百人聚来听讲。徒利公爵的手下和史塔克公爵的手下为一个妓女爆发争吵，以致双方的亲朋好友展开血腥斗殴，丝绸街上一家妓院因此被烧毁。贵族于平民区出没也不再安全，史塔克公爵的封臣霍伍德伯爵的小儿子与两名同伴在跳蚤窝寻欢作乐后失踪，若"蘑菇"的说法可信，他们的最终归属大概是化作褐汤。

不久又有消息传来，里奥恩·科布瑞业已离开女泉镇朝君临进发，随行有慕顿伯爵、布伦伯爵和雷纳佛·克莱勃爵士。科恩·科布瑞爵士也同时离开暮谷镇去与哥哥会师，随行有克莱蒙特·赛提加——已故老巴提摩斯伯爵的儿子与继承人——和鸦栖堡的寡妇斯汤顿夫人。在龙石岛，年轻的埃林·瓦列利安要求释放科利斯伯爵（这是真的），并威胁若老人有个闪失，他将率舰队攻打君临（半真半假）；又有人说"谷地处女"已从海鸥镇启航，随行有雷妮亚·坦格利安和她的龙（这也是真的）；更有谣传兰尼斯特家族和海塔尔家族已再度起兵，马斯森·维水爵士亦带着从里斯和古瓦兰提斯招募的一万佣兵登陆（这是彻头彻尾的谎话）。

大军开进，磨刀霍霍，克雷根·史塔克公爵坐镇红堡，一边计划根除残余的"绿党"，一边调查伊耿二世遇害真相。伊耿王子被禁足于梅葛楼，身边只有"淡发"盖蒙做伴。王子质问为何限制其人身自由，史塔克公爵回禀是为他的安全着想。"君临是个毒蛇窝，"公爵解释，"朝中不乏骗子、变色龙乃至下毒者，他们为保住权力，害你就跟害你舅舅一样连眼睛都不眨。"当伊耿抗议说科利斯伯爵、拉里斯伯爵和佩金爵士都是朋友时，公爵答道对国王来说，虚伪的朋友比敌人更危险，"海蛇"、"弯足"和"跳蚤"救他只为利用他，试图以他之名统治维斯特洛。

站在百年之后回顾过往，我们自然知道"血龙狂舞"已然结束，但时人被内战黑暗而凶险的余波裹挟，前途仍一片迷茫。尤斯塔斯修士和欧维尔大学士均因于地牢（欧维尔就是从这时开始写下供词，那些文本为慕昆流传后世的《真史》奠定了基础），只有"蘑菇"能为我们提供宫廷实录和王家谕令之外的线索。"各大家族差点就要再打上两年，"弄臣在《证词》中声称，"全靠女人

带来和平。'黑亚莉'、'谷地处女'、'三寡妇'和'龙家双胞胎',多亏了她们,流血纷争才能就此终结。她们用的不是刀剑或毒药,而是渡鸦、言语和亲吻。"

科利斯·瓦列利安伯爵于"虚假的黎明"中随风散播的种子迅速生根发芽,结出甜美果实。渡鸦一只接一只返回君临,带来对老人的和解条件的答复。

凯岩城最先回信。战死的杰森·兰尼斯特公爵留下六个孩子,其中五个女儿,唯一的儿子罗利恩仅有四岁,西境的权柄因此落在公爵的遗孀乔安娜夫人和她父亲峭岩城伯爵罗兰德·维斯特林肩上。"红海怪"的长船依然在沿海肆虐,兰尼斯特家族的首要任务是保卫凯切镇,夺回仙女岛,无暇参与铁王座的竞争。乔安娜夫人一口答应"海蛇"开出的条件,承诺会亲往君临,参加新国王的加冕式并宣誓效忠,还送两个女儿到红堡做新王后的女伴(也是忠诚的担保)。她还提出,只要王室赦免泰兰·兰尼斯特爵士,便归还泰兰爵士送往西境保管的财产,而她唯一的请求是铁王座下达明确指示,"命令葛雷乔伊大王滚回自己的岛屿,把仙女岛交还其合法领主,释放所有被掳走的女人,至少是其中的贵族女性"。

另一方面,国王大道之战的幸存者终于回到风息堡。他们或孤身一人,或三两结伴,风餐露宿,遍体鳞伤,在长途跋涉中历尽艰辛,博洛斯·拜拉席恩公爵的遗孀埃琳娜夫人只消瞥上一眼,就明白他们斗志尽失。当然,她也不想让刚降生的幼子奥莱瓦涉险,她怀中这个小公爵乃是拜拉席恩家族的未来。据说埃琳娜夫人的长女卡珊德拉小姐听说自己没法成为王后时泣不成声,纵然如此,夫人还是爽快地答应了"海蛇"的条件。她在信中说自己尚未从分娩中复元,不克前来都城,但会派父亲代为出席加冕式,并宣誓效忠,另送出三个女儿作人质。维里·费尔爵士也将带着他"珍贵的责任"返回君临,那便是八岁的杰赫妮拉公主,伊耿二世仅剩的孩子和伊耿三世的未婚妻。

最后回复的是旧镇。海塔尔家族作为伊耿二世最富有、或许也最强大的盟友,随时可能从旧镇的街道间迅速纠集一支新军,而他们不但自身拥有舰队,近亲青亭岛的雷德温家族也能提供数量可观的战舰。此外,四分之一的国库黄金藏在参天塔下的幽深地窖里,这些金子可用于收买盟友或招募佣兵。总而言之，旧镇具备重启战端的潜力，一切只看海塔尔家族的意愿。

蒙德伯爵的结发妻数年前死于生产，"血龙狂舞"爆发时他刚刚续弦。伯爵在腾石镇阵亡后，其领地和头衔传给长子莱昂诺，其人年方十五岁，离成人尚有一年。伯爵的次子马丁在青亭岛雷德温伯爵身边担任侍从，第三子被高庭收养，目前是提利尔公爵的伙伴和其母的侍酒。三个男孩都是蒙德伯爵初次婚姻的产物。据说学士把瓦列利安伯爵的信件送来时，年轻气盛的莱昂诺·海塔尔伯爵一把抢过文件，撕得粉碎，发誓要用"海蛇"的鲜血来回复。

但他父亲的妙龄遗孀另有打算。萨曼莎夫人是角陵城的唐纳德·塔利伯爵与金树城的简妮·罗宛小姐结婚生下的女儿，父母两家都曾在"血龙狂舞"中为雷妮拉而战。萨曼莎意志坚强、脾气火爆、雷厉风行又十分漂亮，她不想放弃自己旧镇夫人和参天塔女主人的地位。莱昂诺只比她小两岁，（据"蘑菇"说）自她来旧镇嫁给他父亲，他便为她痴迷。那时的山姆夫人（人们这样昵称她）拒绝男孩逾矩的追求，如今她却态度软化，不但放任被他引诱，事后甚至同意改嫁给他……只要他肯退出战争，"若再丧夫，我肯定会伤心死的"。

"蘑菇"声称，面对"入土的冰冷亡父和怀中的温香软玉，少年伯爵表现出豪门世族少有的理智。他放弃荣誉，选择爱情"。莱昂诺·海塔尔妥协了，他答应科利斯伯爵提出的所有条件，包括归还王室的黄金（这可把堂亲米斯·海塔尔爵士气坏了，此人盗取了大笔国库财产，但此事并非本书重点，略过不表）。随后少年伯爵宣布有意迎娶父亲的遗孀，而此事引发了大骚动，时任总主教以此为乱伦，坚决不允。但这不足以拆散这对年轻爱侣，既然没法结婚，参天塔伯爵暨旧镇的保护者便将山姆夫人作为情妇留在身边十三年，期间诞下六个孩子，直到新任总主教接掌繁星圣堂，推翻前任的裁决，让两人终成眷属。[1]

在君临，克雷根·史塔克公爵发现"三寡妇"彻底打乱了他的战争计划。"还有更温柔的异议声，持续回荡在红堡的厅堂。"蘑菇形容。"谷地处女"已

---

[1] 应当注意，这是"蘑菇"的说法，而慕昆的《真史》对莱昂诺伯爵改弦易辙的原因另有解释：海塔尔家族固然富有强大，但仍是效忠提利尔家族的封臣，伯爵的三弟盖蒙便在高庭做侍酒。提利尔家族于"血龙狂舞"中保持中立（借口是公爵尚在襁褓），胜负已分后却决意阻止莱昂诺伯爵私自募兵重启战端，并用他弟弟的性命作威胁……诚如智者所言，每个养子都是人质。至少慕昆大学士如此认定。

带着养女雷妮亚·坦格利安小姐自海鸥镇抵达君临，雷妮亚的肩上站着一条幼龙。君临的百姓不到一年前才将龙族屠灭殆尽，见到新近诞生的幼龙却欢天喜地。雷妮亚和她姐姐贝妮拉一夜之间成为大众宠儿，史塔克公爵不但无法像软禁伊耿王子那样软禁她俩，他很快发现自己也没法影响对方。双胞胎姐妹要求面见"我们亲爱的弟弟"，艾林公爵夫人从旁帮腔，"临冬城之狼"只好让步（蘑菇说他"很不情愿"）。①

"虚假的黎明"来了又去，"狼时"（这是慕昆大学士起的称谓）也已接近尾声，都城和时局渐渐脱离了克雷根·史塔克的掌握。里奥恩·科布瑞伯爵和他弟弟抵达君临、加入执政会议后，持续发声支持艾林公爵夫人和"小子们"，"临冬城之狼"发觉自己总是站在盟友们的对立面。放眼七国上下，的确有个别领主顽固地拒绝降下伊耿二世的金龙旗，但其力量无足轻重，聚集在君临的权贵们一致认同——除开克雷根公爵——"血龙狂舞"已经结束，应该达成和解，让国家走上正轨。

但有一点克雷根公爵异常坚持：惩罚弑君团伙。伊耿二世固然不配为王，谋害他的人却依旧犯了叛国大罪，必须付出代价。他对此事极为执着，疾言厉色的态度压倒了众人。"此事就由你全权负责，史塔克。"克米特·徒利说，"我不想参与，但也不想被人指责奔流城阻碍正义。"

领主无权处死其他领主，史塔克公爵首先需要由伊耿王子任命为国王之手，方能以国王之名行使权力。伊耿王子照办后，克雷根独力完成审判，其他人袖手旁观。他没坐上铁王座，而是在台阶下摆了张朴素的长木凳，涉嫌参与毒杀伊耿二世国王的囚犯依次被带到他面前。

头一个带上来的是尤斯塔斯修士，他也最先被释放，因为没有半点罪证。欧维尔大学士就没这么幸运了，他曾在拷问下招供把毒药提供给"弯足"。"大人，我不知道他要那个做什么。"欧维尔坚称。

"你也没追问。"史塔克公爵回答，"你不想知道。"他将大学士视为同谋，判处死刑。

盖尔斯·贝格莱佛爵士同样被判处死刑，理由是毒药即便非经他之手下进

---

① 但见面后的进展未如双胞胎姐妹所愿。王子一见到雷妮亚的幼龙"黎明"就脸色惨白，命令看管他的北方卫兵"赶走那扭曲的怪物，休让它在我眼前出现"。

酒里，那也是他失察或默许。"国王遭遇谋害，铁卫不该苟活。"史塔克宣称。伊耿国王驾崩时红堡内还有贝格莱佛爵士的四名誓言兄弟，他们也都被定为死罪，尽管没有他们参与密谋的证据（不在城中的维里·费尔爵士和马斯森·维水爵士被认定是清白的）。

另有二十二个次要人物被认定与毒杀伊耿国王一案有牵连，统统判处死刑。首先是国王的轿夫们、国王的传令官、王家酒窖的看护以及负责随时为国王斟满酒壶的仆人。其次轮到杀害国王的试毒者尤米特（"蘑菇"亲自作证）、杀害"夹舌头"汤姆并将其父"乱胡子"汤姆淹死在麦酒桶里的凶手。这些人大都是"阴沟骑士"、佣兵、无主的士兵和街头混混，由"跳蚤"佩金爵士在动乱期间授予可疑的骑士身份。他们无一例外地申辩自己全听佩金爵士吩咐。

"跳蚤"本人的罪行无可辩驳。"一日变色龙，终身变色龙。"克雷根公爵宣布，"你背叛正统女王，参与将其驱逐出城、并最终导致其驾崩的暴乱，随后你扶植自己的侍从取而代之，又为保命抛弃了他。你这种人是王国的祸害。"佩金爵士坚称这些罪行已得到赦免，公爵回答："我没有赦免你。"

在螺旋梯上俘虏太后的人外衣上绣有瓦列利安家族的海马纹章，救出贝妮拉·坦格利安的人则为拉里斯·斯壮伯爵效力。前者杀了两名卫士，因此定为死罪，但贝妮拉苦苦哀求公爵饶恕救走她的恩人，尽管这些人同样杀了布置在她房间门外的国王手下。"人们说得没错，真龙的眼泪也无法融化克雷根·史塔克那颗冰冻的心。""蘑菇"告诉我们，"但当贝妮拉小姐挥舞着长剑，宣称谁敢伤害她的恩人，她就剁下谁的手时，'临冬城之狼'也不禁莞尔，随即表示既然小姐如此坚持，就留着那些狗吧。"

最后面对"狼之审判"（慕昆的《真史》如此称呼）的是密谋集团的两大核心人物：赫伦堡伯爵"弯足"拉里斯·斯壮和"潮汛之主"、潮头岛伯爵、"海蛇"科利斯·瓦列利安。

瓦列利安伯爵对罪行供认不讳。"我所做的都是为了王国的利益。"老人坦承，"再来一次，我还会这么做。必须了结这场疯狂。"斯壮伯爵就没这么直率了。欧维尔国师证实伯爵从他那里得到毒药，"跳蚤"佩金爵士发誓自己一直听命于"弯足"，唯其马首是瞻，而拉里斯本人对这些指控既不承认，亦不否认。史塔克公爵询问他是否有自辩之词,他只道:"狼何时会被言辞打动?"于是,尚未加冕的伊耿王子的首相克雷根·史塔克公爵宣布瓦列利安伯爵和斯壮伯爵犯有谋杀、弑君和叛国的重罪,将被明正典刑。

拉里斯·斯壮一直独来独往、我行我素,行事反复无常,他被定罪后顿时陷入孤立无援的境地,没人为他说话。科利斯·瓦列利安就完全不同了。老"海蛇"的朋友和仰慕者大有人在,哪怕"血龙狂舞"中的对头此刻也伸出援手……有些人无疑是出于对老人的敬爱,另一些人则是忌惮伯爵年轻的继承人埃林,担心他看到深爱的祖父(或父亲)被处死会做出极端反应。由于史塔克公爵立场坚定,人们只好转而恳求未来的国王、现今的伊耿王子。最显赫的两个请愿者便是伊耿的异母姐姐贝妮拉和雷妮亚,她们提醒王子,若非科利斯伯爵及时干涉,他会失去一只耳朵,甚至更多。"言语就像风,"《"蘑菇"的证词》中写道,"但强风能刮倒橡树,佳人的耳语可以改变王国的命运。"伊耿不仅同意赦免"海蛇",乃至打算再予录用,恢复其重臣职位,并平反名誉。

但王子只有十岁,尚未涂抹圣油、加冕为王,其谕令没有法律效力。即便登基以后,在十六岁以前,他也必须遵从摄政或摄政会议的方针。史塔克公爵完全可以无视王子的要求,径行处决科利斯·瓦列利安,但最终他没这么做,个中原因一直令当时和后世的学者们好奇。尤斯塔斯修士认为"当晚仁慈的圣母感化了他",可克雷根公爵根本不信七神。尤斯塔斯还说北方人不愿激怒埃林·瓦列利安,畏惧其海上力量,这同样与我们所知的公爵个性不符——他不但不担心挑起新一轮战争,事实上,他正主动寻衅开战。

对"临冬城之狼"出人意料地大发慈悲,"蘑菇"的解释更合情理:他并非屈就王子,也不是慑于瓦列利安家族的舰队,更未被双胞胎姐妹的哀求打动,一切只因布莱伍德家族的亚莉珊小姐。

"那妞儿又瘦又高,"侏儒写道,"就像条鞭子,平坦的胸部跟男孩没差,但双腿修长、胳膊强壮,一头浓密的黑色卷发松开能垂至腰际。""黑亚莉"打猎、驯马和射箭的本领举世无双,身上没有一丝女性的柔弱。许多人把她视为沙比瑟·佛雷的同类,两人的确成双入对,行军途中还共睡一个帐篷。然而到君临之后,她陪同年轻的侄子班吉寇进出宫廷和执政会议时遇见了克雷根·史塔克,立刻对这个严厉的北方人心生好感。

当了三年鳏夫的克雷根公爵也喜欢她，尽管"黑亚莉"并非男人们钟爱的那种"爱与美的皇后"，她的无畏无惧、顽强难驯和犀利言辞却挑动了临冬城公爵的心弦，两人很快变得亲密起来。"她闻起来不像花儿，却有烧木头的味道。"史塔克对自己最好的朋友赛文伯爵如此评论。

因此当亚莉珊小姐请求公爵承认王子的谕令时，他认真地予以考虑。"这是为什么？"据说史塔克公爵听完她的请求后询问。

"为了国家。"她答道。

"叛徒死了对国家更好。"他说。

"为了王子殿下的荣誉。"她转变角度。

"王子还是个孩子，他不该介入这种事。要知道，玷污他荣誉的正是瓦列利安伯爵，从今往后人们都会指指点点，说他靠谋杀才得到王权。"

"为了和平。"亚莉珊小姐又说，"为了拯救那些会死于埃林·瓦列利安的报复的人。"

"那种死法也不赖。凛冬已至，小姐。"

"那就为了我，""黑亚莉"最后摊牌，"我只要你答应我这件事。你肯这么做，我就知道你不仅强壮，而且理智，不仅凶悍，而且仁慈。答应我这件事，你想要什么，我都会同意。"

"蘑菇"说克雷根公爵听罢此言皱起眉头。"若我要你的处子之身呢，小姐？"

"我给不了没有的东西。"她答道，"我十三岁时就因骑马开了苞。"

"有人肯定会说，你把理应留予未来丈夫的礼物送给了一匹马。"

"白痴才这么说。""黑亚莉"道，"那是一匹优秀的牝马，比我见到的大部分丈夫强多了。"

这话逗得克雷根公爵放声大笑。"我会记住你的评论，小姐。好吧，我答应你。"

"你想要什么？"她问。

"我想要你，一生一世。"临冬城公爵严肃地说，"我想要牵你的手，跟你结婚。"

"一只手换一颗脑袋。""黑亚莉"咧嘴笑了……"蘑菇"告诉我们，她一

开始就作此打算。"成交。"事情决定下来。

行刑的清晨灰暗潮湿，死刑犯们身披镣铐，从地牢带到红堡外院，然后按跪在地，伊耿王子和群臣到场旁观。

尤斯塔斯修士带领这些将死之人祈祷、恳求圣母眷顾他们的灵魂时，雨下了起来。"好大的雨，尤斯塔斯又念叨个没完，我们都担心这群囚犯没等砍头就先淹死了。""蘑菇"形容。待祷告终于结束，克雷根·史塔克公爵抽出他的家族引以为傲的瓦雷利亚钢巨剑"寒冰"——根据北方的野蛮传统，判决死刑的人必须亲自动手，鲜血只沾染他一人。

不论剑子手身份高低，那个倾盆大雨的早上工作量惊人，没料到一个完美的借口却让克雷根·史塔克无从下手——犯人们抽签决定谁先受死，抽出的是"跳蚤"佩金爵士，克雷根公爵问这个油嘴滑舌的流氓有何遗言，佩金爵士宣称自己愿意披上黑衣。南方领主不见得会接受这个借口，但史塔克家族来自北境，素来重视守夜人的需求。

克雷根公爵令人拽起"跳蚤",其他犯人看到活路,忙不迭地跟进。"所有人都在大喊大叫,"蘑菇声称,"就像一帮醉汉异口同声地嚷嚷一首忘了词的歌。""阴沟骑士"、士兵、轿夫、仆人、传令官、酒窖看守,还有四名御林铁卫,他们都突然涌现出保卫长城的强烈渴望,连欧维尔大学士也加入了这场绝望的大合唱——他最终也被饶过,因守夜人军团不只需要刀剑,也需要羽笔。

那天只有两人实际受刑。一个是御林铁卫盖尔斯·贝格莱佛爵士。盖尔斯爵士拒绝像誓言兄弟们那样披上黑衣。"史塔克大人,你说得没错。"他留下这样的遗言,"国王遭遇谋害,铁卫不该苟活。"克雷根公爵轻松一挥"寒冰",砍下他的头颅。

接下来(也是最后一个)死的是拉里斯·斯壮伯爵。被问及是否要披上黑衣时,他答道:"不用了,大人,如您允许,我宁可去暖和一些的地狱……但我确实有一个请求——等我死后,请用您的巨剑砍下我那条弯足。我拖着它走了一辈子,至少让我死后得到解脱。"史塔克公爵答应了他。

最后一个斯壮就这样死去,这个骄傲而古老的家族随之消逝。拉里斯伯爵

的遗体交给静默姐妹,数年后终得安息于赫伦堡……除开那条弯足。史塔克公爵下令把它单独埋进乞丐的坟地,但它在入土之前不翼而飞。"蘑菇"说有人偷走它,卖给巫师用于施咒(围绕乔佛里王子在跳蚤窝丢失的右足也有相似传闻,其可信度颇值得怀疑,除非我们愿意相信人腿全都带有法力)。

拉里斯·斯壮伯爵和盖尔斯·贝格莱佛爵士的首级被插在红堡大门两边,其他犯人押解回牢,等待发配长城。伊耿·坦格利安二世国王苦涩的统治终于画上句号。

行刑次日,克雷根·坦格利安便将职位项链交还尚未加冕的伊耿王子,就此结束了首相生涯。他若恋栈不去,完全可以任职数年,乃至于伊耿成人前一直把控摄政大权,但他对南方毫无兴趣。"北境正在飘雪,"他宣称,"临冬城才是我的归宿。"

摄政时期

"兜帽首相"

克雷根·史塔克卸任国王之手,宣布回归临冬城,但离开南方前,他还要解决一个棘手难题。

公爵南下时声势浩大,军中多为北境的富余人口,这些人如若回去,只会让故土的亲族受苦,乃至造成饥荒。传说("蘑菇"也这么说)提出解决方案的是亚莉珊小姐,她提醒史塔克公爵,三河流域如今遍地寡妇,许多女人只能拖带幼儿过活,她们的丈夫因被领主征发而战死沙场。凛冬已至,许多人家亟需强壮的脊梁和有力的臂膀。

国王大婚后,超过一千名北方人随"黑亚莉"及其侄子班吉寇伯爵来到河间地。"一个寡妇一匹狼,""蘑菇"戏言,"冬天给她暖床,开春啃她骨渣。"鸦树厅、奔流城、石堂镇、李河城和美人集都举办了所谓"寡妇市场",促成数百对婚姻,不愿娶亲的北方人也投靠河间地大小诸侯麾下,成为守卫或士兵。尽管最终产生了一小撮为非作歹的不法之徒,但亚莉珊小姐的方案整体上大获成功。北方移民不仅增强了接纳他们的河间领主的实力——尤以徒利家族和布莱伍德家族为最——且在颈泽以南复兴并传播了旧神信仰。

另一些北方人选择去狭海对岸谋生致富。史塔克公爵卸任国王之手数日后,伊耿二世派往里斯招募佣兵的马斯森·维水爵士两手空空地回来了,他欣然接受赦免,报称三城同盟会业已瓦解,"三女儿"在开战边缘加紧招募佣兵团,出价令他望而生畏。克雷根公爵的许多部下认为这是个好机会,与其回到冰天雪地的北境忍受冻馁之苦,不如去赚取狭海对岸的黄金。这些人组成两个佣兵团:一个是狼群团,由人称"疯哈尔"的哈里斯·霍伍德与菲林特之指的私生子提蒙特·雪诺指挥,它完全由北方人组成;另一个是破风团,由奥斯卡·徒利爵士出资并领导,成员来自维斯特洛各地。

冒险者们准备离开君临时，从维斯特洛各地赶来参加加冕式和婚礼的人纷纷抵达君临。乔安娜·兰尼斯特夫人和她父亲峭岩城伯爵罗兰德·维斯特林自西境而来，莱昂诺·海塔尔伯爵和他父亲的遗孀、强势的萨曼莎夫人带着四十名海塔尔家族的亲属自南境而来——伯爵与继母虽无法正式结婚，但这段感情已人尽皆知，总主教视为惊天丑闻，拒绝与他们同行，他在雷德温伯爵、科托因伯爵和毕斯伯里伯爵的陪同下晚三天抵达。

博洛斯公爵的遗孀埃琳娜夫人陪伴襁褓中的婴儿奥莱瓦留在风息堡，她派女儿卡珊德拉、艾莲和弗洛丽斯作为拜拉席恩家族的代表（尤斯塔斯修士告诉我们，四女儿马丽丝当时已加入静默姐妹。"蘑菇"在《证词》中说她是被母亲拔掉舌头后加入的，这个令人作呕的细节不太可靠。它源于民众长久以来的迷信，即静默姐妹没有舌头，事实上让姐妹们保持沉默的是虔诚的信仰，而非烧红的铁钳），而她的父亲、边疆地总帅暨夜歌城伯爵罗伊斯·卡伦负责护送三个外孙女，并留在君临充当她们的保护者。

埃林·瓦列利安从潮头岛乘船而来，曼德勒兄弟带着一百名蓝绿披风的骑士自白港回归，连狭海对岸的布拉佛斯、潘托斯、"三女儿"和古瓦兰提斯也遣使观礼。盛夏群岛的代表是三名高挑的黑肤王子，他们的羽毛斗篷华美无比、世所罕见。君临的旅店与马厩很快人满为患，找不到住处的人在城墙外搭起临时的帐篷城市。"蘑菇"描述了大众如何酗酒寻欢、放纵淫乱，尤斯塔斯修士却说人们专心祈祷、禁食和行善。总而言之，旅店老板赚得盆满钵满、乐不可支，同样开心的还有跳蚤窝的低等娼妇和丝绸街的高级妓女，唯有平民百姓抱怨与日俱增的嘈杂与臭气。

随着大婚之日的临近，君临城的各方势力心不甘情不愿地结成了脆弱的联盟，许多人一年前还在刀兵相向，如今却要并肩挤在食堂酒肆之中。"如果只有鲜血能洗掉鲜血，君临城随处可见没洗干净的人。""蘑菇"形容。好歹街头巷尾的争斗远低于预期，总计只有三人被杀，领主们或许终于厌倦了战争。

由于龙穴泰半损毁，伊耿与杰赫妮拉的婚礼遂放在维桑尼亚丘陵顶端露天举行，层层升高的观礼台搭建起来，供贵族男女安坐并尽览典礼。据尤斯塔斯修士记载，婚礼当天气温不高，好在阳光灿烂。时值伊耿征服后第一百三十一年七月七日，在这个献给诸神的神圣纪念日，旧镇的总主教亲自主持仪式，宣布雷妮拉女王与其叔戴蒙王子的长子小伊耿王子，同伊耿二世国王与其妹海伦娜王后的女儿杰赫妮拉成婚，就此融合坦格利安家族的两大支脉，结束长达两年的厮杀与争夺，百姓为此爆发惊天动地的欢呼。伊耿和杰赫妮拉随后乘敞篷轿子前往红堡，又有数万人挤在街道旁热情喝彩。在红堡，王子戴上一顶样式朴素未加装饰的金环王冠，宣布成为伊耿·坦格利安三世，安达尔人、罗伊拿人和先民的国王，七国统治者。他亲自为小王后戴上后冠。

新国王是个不苟言笑但仪表堂堂的男孩，他的脸庞和体型堪称俊朗，又生有银白色头发和紫色眼瞳。王后亦十分俏丽。自伊耿二世在龙穴加冕以来，这场婚礼堪称七大王国的头等盛会。只可惜没有巨龙参与，国王无法威风凛凛地绕城飞行，也无法庄严尊贵地降落在城堡庭院，更眼尖的观礼者还会发现前朝太后不见踪影，身为杰赫妮拉的祖母，阿莉森·海塔尔本当出席。

年仅十岁的君主的首要任务是任命自己的保护者，以及在亲政前代行摄政的人选。韦赛里斯国王时代的御林铁卫仅剩维里·费尔爵士一人，他被任命为白骑士的队长，马斯森·维水爵士为副手。鉴于这两人均是"绿党"，出缺的御林铁卫便自"黑党"补选。刚从密尔回归的泰兰·兰尼斯特爵士被任命为国王之手，里奥恩·科布瑞伯爵成为全境守护者，两人分属"绿党"和"黑党"。在他们之上是摄政会议，其成员包括艾林谷公爵夫人简妮·艾林、潮头岛伯爵科利斯·瓦列利安、峭岩城伯爵罗兰德·维斯特林、夜歌城伯爵罗伊斯·卡伦、女泉镇伯爵曼佛利·慕顿、白港的托伦·曼德勒爵士以及学城新近派来顶替欧维尔大学士的慕昆大学士。

（根据可靠记录，克雷根·史塔克公爵曾受邀加入摄政团，但他拒绝了。被拒之门外的显要人物则包括克米特·徒利、乌尔温·培克、沙比瑟·佛雷、撒迪厄斯·罗宛、莱昂诺·海塔尔、乔安娜·兰尼斯特和班吉寇·布莱伍德，但尤斯塔斯修士坚称只有培克伯爵对没能入围心存怨恨。）

尤斯塔斯修士由衷地称赞摄政会议是"六名强健男儿和一位睿智女士，七人统治世间，宛如天堂的七神照看万物"。蘑菇却不以为然。"明明只要一个人就好，"他说，"可怜的国王真不知该如何应付。"虽然弄臣言论悲观，多数旁观者还是认定伊耿三世国王的统治有个充满希望的开端。

征服一百三十一年剩下的日子以离别为主旋律，维斯特洛的各大诸侯陆续离开君临、返回故乡。先走的是"三寡妇"中的乔安娜夫人，她洒泪挥别留在君临陪伴国王夫妇（并充当人质）的女儿和亲属；加冕式半个月后，克雷根·史塔克也率大幅缩水的部队踏上国王大道；又过了三天，布莱伍德伯爵和亚莉珊小姐亦带着史塔克公爵留下的一千多名北方人，启程回归鸦树厅；莱昂诺伯爵和他的情妇山姆夫人带领海塔尔族人南返旧镇，罗宛伯爵、毕斯伯里伯爵、科托因伯爵、塔利伯爵和雷德温伯爵护送总主教另行一拨，前往同个目的地；克米特·徒利公爵携一干亲随骑士回到奔流城，他弟弟奥斯卡爵士则率领破风团赶赴泰洛西和争议之地。

有一人没按计划离开。梅迪里克·曼德勒爵士答应用座舰——划桨战船"北星号"——捎带发配长城的犯人，他们抵达白港后再转陆路去黑城堡。然而"北星号"出发的早晨点数囚犯时少了一人——前任大学士欧维尔似乎临时改变心意，他贿赂狱卒松开镣铐，换上乞丐的破烂衣服，消失在都城的妓女区。梅迪里克爵士不愿耽搁，便判处私放欧维尔的狱卒顶替其位置，"北星号"照常出海。

尤斯塔斯修士告诉我们，征服一百三十一年底的君临和王领笼罩于"灰色的安宁"之中。伊耿三世必要时才坐上铁王座，其他时间很少露面，保卫王国的担子遂落在全境守护者里奥恩·科布瑞肩上，枯燥乏味的日常政务则由盲眼首相泰兰·兰尼斯特打理。泰兰爵士曾和已故的双胞胎哥哥杰森公爵一样身材高挑、满头金发、风流倜傥，今被雷妮拉的审问官折磨得不成人形，屡次吓晕刚进宫的女士。为杜绝这种事再度发生，首相决定在正式场合以丝绸兜帽遮面，然而似乎适得其反地让他显得更邪恶恐怖了。君临的百姓没过多久就传言红堡出了个可怕的蒙面巫师。

不过泰兰爵士的头脑依然敏捷。有人以为经受过严刑拷打的他会变得心胸狭窄，乃至蓄意报复，实情截然相反。这位首相自称罹患古怪的失忆症，记不清从前谁是"黑党"谁是"绿党"，并对折磨过他的雷妮拉女王的儿子鞠躬尽瘁。国王之手和全境守护者从法理上讲平起平坐，但泰兰爵士很快就盖过了里奥恩·科布瑞，后者被"蘑菇"形容为"脖子粗壮，脑袋空荡，放屁响亮"。首相和守护者又需对摄政团负责，但日子一天天过去，摄政会议召开得越来越少，目不视物但不知疲倦的兜帽首相泰兰·兰尼斯特的权威则越来越大。

泰兰爵士面临的挑战极为艰巨。冬季早已降临维斯特洛，它不但还将持续四个年头，且在七大王国漫长的历史里也算得上特别寒冷严酷。王国的贸易因"血龙狂舞"降至冰点，无数村庄、市镇和城堡受损乃至毁灭，盗匪和残人到处拦路抢劫或啸聚山林。

迫在眉睫的问题是处置拒不承认新国王的前朝太后。最后一个儿子也遭毒杀让阿莉森变得心如铁石，尽管摄政团的成员都不想处决她——有人出于怜悯同情，有人担心重燃战火——但也不能容许她像过去那样参与宫廷活动，唯恐她厉声诅咒国王，或从没留神的守卫身上夺过匕首。人们甚至不放心让她与小王后接触，之前她得到允许和女儿一同进餐，便在席间怂恿对方割熟睡的王夫的喉咙，吓得小王后放声尖叫。泰兰爵士别无选择，只能把太后禁闭于梅葛楼中的房间，用相对温和的方式关押。

首相着手恢复王国的贸易，并重兴土木。他废止了雷妮拉女王和赛提加伯爵制定的税收政策，以此赢得贵族和百姓的赞赏；他收回王室财产，又从中拿出一百万枚金龙币，借贷给在"血龙狂舞"中城堡被毁的领主（很多领主凭这笔钱东山再起，铁王座和布拉佛斯的铁金库却因此互生嫌隙）；他还下令在君临、兰尼斯港和海鸥镇各建一座加固的巨型粮仓，并出资贮满仓储（这道谕令让小麦、大麦和玉米的价格飞涨，有余粮可售的市镇和领主眉开眼笑，旅店和食堂的老板，以及食不果腹的穷苦人家则大为不满）。

首相叫停了伊耿二世为伊蒙德王子和戴伦王子树立两尊巨型雕像的工程（两位王子的头部已经雕好），派出数百名石匠、木匠和建筑工人去重建龙穴；他又令人加固君临各道城门，使其不仅能抵御外敌，亦能防备内患；他还宣布启用国库资金建造五十艘崭新的划桨战舰，当摄政会议质询此事的合理性时，他回禀这是给造船厂提供工作机会，并提防"三女儿"进犯都城……但很多人私下怀疑，泰兰爵士的真实目的是减少王室对潮头岛瓦列利安家族的依赖。

当然，造船之事也与西境的战火息息相关。伊耿三世登基标志着"血龙狂舞"大体落下帷幕，但王国全境并非处处迎来和平，尤其西境在少年国王登基后的三年一直烽烟不断，凯岩城的乔安娜夫人代表儿子罗利恩公爵顽强抗击道尔顿·葛雷乔伊的铁民（这场斗争的细节与本书主旨无关，若想深入了解，可参阅曼卡斯特博士所著《海魔：群岛淹神子民的历史》一书的相关章节）。尽管"黑党"在"血龙狂舞"时期将"红海怪"视为得力盟友，但和平到来后，人们发现铁民根本不在乎"黑党"与"绿党"。

道尔顿·葛雷乔伊虽未敢自命铁群岛之王，却长年无视铁王座的谕令……或许是欺负国王年幼，首相又是个兰尼斯特。葛雷乔伊收到停止劫掠的指示，暴行却一如既往，针对归还掳走的女人，他声称"只有淹神能拆散铁种和他的'盐妾'"，至于说把仙女岛交还其合法领主，他答道："如果他们能从海底再起，我们很乐意物归原主。"

乔安娜·兰尼斯特试图重建舰队，反攻铁民，"红海怪"却突袭船厂，将船只付之一炬，又顺便掳走一百名妇女。首相愤怒谴责这场袭击，道尔顿大王回复说："西境女人根本瞧不上懦弱的狮子，她们更喜欢勇敢的铁种，所以才纷纷跳进海里，乞求我们带她们上船。"

狭海对岸的局势也在迅速升温。喉道之战惨败的三城同盟会舰队司令里斯人沙拉克·洛哈遇害，这成为"三女儿"互相开战的导火索，尽情释放出泰洛西、里斯和密尔之间的新仇旧恨。今天人们普遍认为沙拉克之死只是私人恩怨，自负的海军上将因争夺交际花"黑天鹅"而被情敌害死，但在当时这被视为政治谋杀，嫌疑对象是密尔。里斯和密尔开战后，泰洛西趁机对石阶列岛出手。

为确保制胜，泰洛西大君派出行事浮夸的雷查里诺·雷恩登将军，此人曾率三城同盟会的军队对抗戴蒙·坦格利安。雷查里诺迅速夺占石阶列岛，将当时的狭海之王处死……然后竟给自己加冕，背叛了大君和母邦。混乱的四方战争因此爆发，阻隔了狭海南端的航路，君临、暮谷镇、女泉镇和海鸥镇与东方的贸易被迫中断。潘托斯、布拉佛斯和罗拉斯也大受影响，它们派使节来君临，希望与铁王座结成大联盟，对付雷查里诺和争执不休的"三女儿"。泰兰爵士慷慨地款待使节，却拒绝了提议。"维斯特洛不能卷入自由贸易城邦永无休止的纷争，那将铸成大错。"他告诉摄政会议。

时运多艰的征服一百三十一年就这样走向尾声，七大王国的东西海岸仍旧战火纷飞，临冬城和北境风雪肆虐，君临的气氛相当晦暗。都城百姓对婚礼之后便不见人影的少年国王和小王后感到幻灭，关于"兜帽首相"的谣言不胫而走。金袍子逮捕"牧羊人转世"，拔掉了他的舌头，然而他后继有人，街头巷尾继续热衷于宣讲国王之手如何修习禁断的知识，啜饮婴孩鲜血，还是个"对诸神和世人隐藏真面目的怪物"。

红堡内部对国王夫妇亦颇有微词，这桩王室联姻打一开始就麻烦不断。新郎和新娘都是孩子——伊耿三世十一岁，杰赫妮拉才八岁——婚后几无交流，只在寥寥可数的正式场合相见，其中小王后又更为自闭，她极不愿离开房间。"两个孩子都残破不堪。"慕昆大学士在给枢机会的信中写道。小王后亲眼目睹"鲜血"和"奶酪"杀害她的孪生哥哥，少年国王则一连失去四位兄弟，还目睹母亲被舅舅拿去喂龙。"他们失去了童年，"慕昆写道，"他们没有欢乐，不爱笑也不爱玩耍。女孩晚上会尿床，被人指正时哭得撕心裂肺，贴身侍女都说她虽已满八岁，行为却像四岁婴孩。大婚之日若非我提前一晚在她的牛奶里加入甜睡花，她肯定会在典礼中途崩溃。"

关于国王，大学士的记述则是："伊耿不仅对妻子兴趣缺缺，也毫不在意其他女孩。他不尚武，回避骑马、狩猎和长枪比试，亦不热衷阅读、跳舞和唱歌之类雅兴。他的心智似无大碍，只是从不主动开口，即便被人搭话，也总是短促含糊地回应，仿佛交谈十分痛苦。他只有私生子'淡发'戴蒙这一个朋友。他晚上睡不踏实，常于狼时站在窗前凝视星空，但我呈上林曼博士的《天空王国》时，他又兴味阑珊。他很少微笑，更不会开怀大笑，也不曾展现愤怒或恐惧，除非涉及龙——一提起龙，他就会陷入罕见的暴怒。欧维尔常用冷静和城府来形容陛下，我不以为然，我认为这个孩子的内心已经死去，他就像徘徊于红堡厅堂的鬼魂。兄弟们，我必须坦白，我为我们的国王和王国深感忧虑。"

他的忧虑很快应验。征服一百三十一年固然命运多舛，接下来两年更是灾祸频频。

第一个凶兆是前任大学士欧维尔再次被捕。他此前寄身丝绸街坡道尽头名为"圣母楼"的妓院，剃光胡须头发，摘去职位颈链，化名"鸥韦尔"，靠打扫擦洗和检查嫖客有无痘疹谋生，还给圣母楼的"女儿们"调配月茶及艾菊和薄荷油的混合药剂，用于打胎。"鸥韦尔"的生活原本风平浪静，他自己却耐不住寂寞，开始教"圣母楼"的年轻妓女认字。他的一个女学生向金袍军的军士显摆学到的技能，以至对方起疑，将老人带去审问，立时真相大白。

守夜人逃兵是死罪。尽管欧维尔尚未念出黑衣人的誓词，但在世人眼中已构成背誓，而这次他不可能再用发配长城来保命了。摄政会议一致认可，史塔克公爵最初宣判的死刑必须执行。泰兰爵士并未反对，但指出御前执法官一职出缺，而他双眼已盲，无法行刑。以此为借口，首相将欧维尔囚禁在塔楼房间（知情者都说那里宽敞明亮，过于舒适），"直至找到合适的刽子手"。尤斯塔斯修士和"蘑菇"对此心照不宣：泰兰和欧维尔曾在伊耿二世的"绿党会议"共事，旧时的情谊和同病相怜的经历显然影响了首相的判断。他甚至为前任大学士提供羽毛笔、墨水和羊皮纸，让其继续书写供词。欧维尔此后近两年都投身于这份工作，详细记录韦赛里斯一世和伊耿二世两朝的史实，为继任者勒成《真史》提供了宝贵的原始材料。

　　此事发生不过半月，君临接获报告，明月山脉的野蛮人大举侵入艾林谷，到处烧杀抢掠，简妮·艾林公爵夫人不得不离开宫廷，乘船返回海鸥镇，守护领地和人民。多恩边疆地也有异动。十七岁的亚历姗卓拉·马泰尔公主在阳戟城上台，她狂妄地自诩为"娜梅利亚再世"，而赤红山脉以南的年轻贵族个个渴求她的芳心。为应对突然增多的掠袭，卡伦伯爵亦匆忙离开君临，返回边疆地的夜歌城组织防御。七位摄政就这样只余五人，主轴显然是财力、经验和人脉都远迈同僚的"海蛇"，他也是少年国王唯一信赖的臣属。

　　正因如此，"潮汐之主"科利斯·瓦列利安攀登红堡的螺旋梯时突然衰竭，带给王国巨大的打击。时为征服一百三十二年三月六日，慕昆大学士赶来救助但为时已晚，"海蛇"就此过世，享年七十九岁。他辅佐了四位国王和一位女王，也曾航向世界的尽头，为瓦列利安家族带来空前绝后的财富和权势；他与本该成为女王的公主结合，生下两位驭龙者；他打造出繁荣的城镇和威武的舰队，在战争时期英勇无畏，在和平年代睿智贤明。他是七大王国不世出的英杰，而他的离去给纷扰不休的国家留下一个难以弥合的缺口。

　　科利斯伯爵的遗体陈列于铁王座下凭吊七日，随后由"美人鱼之吻号"运回潮头岛，船壳镇的玛尔达是船长，她儿子埃林在船上扶棺。回到岛上，他们找来老朽破旧的"海蛇号"，让它再次下海，拖拽到龙石岛以东的深水区，让科利斯·瓦列利安乘坐赖以成名的座舰葬身大海。据说船体下沉时，贪食者掠过天空，张开硕大的黑色双翼，向"海蛇"最后致敬（相当感人的情节，但很

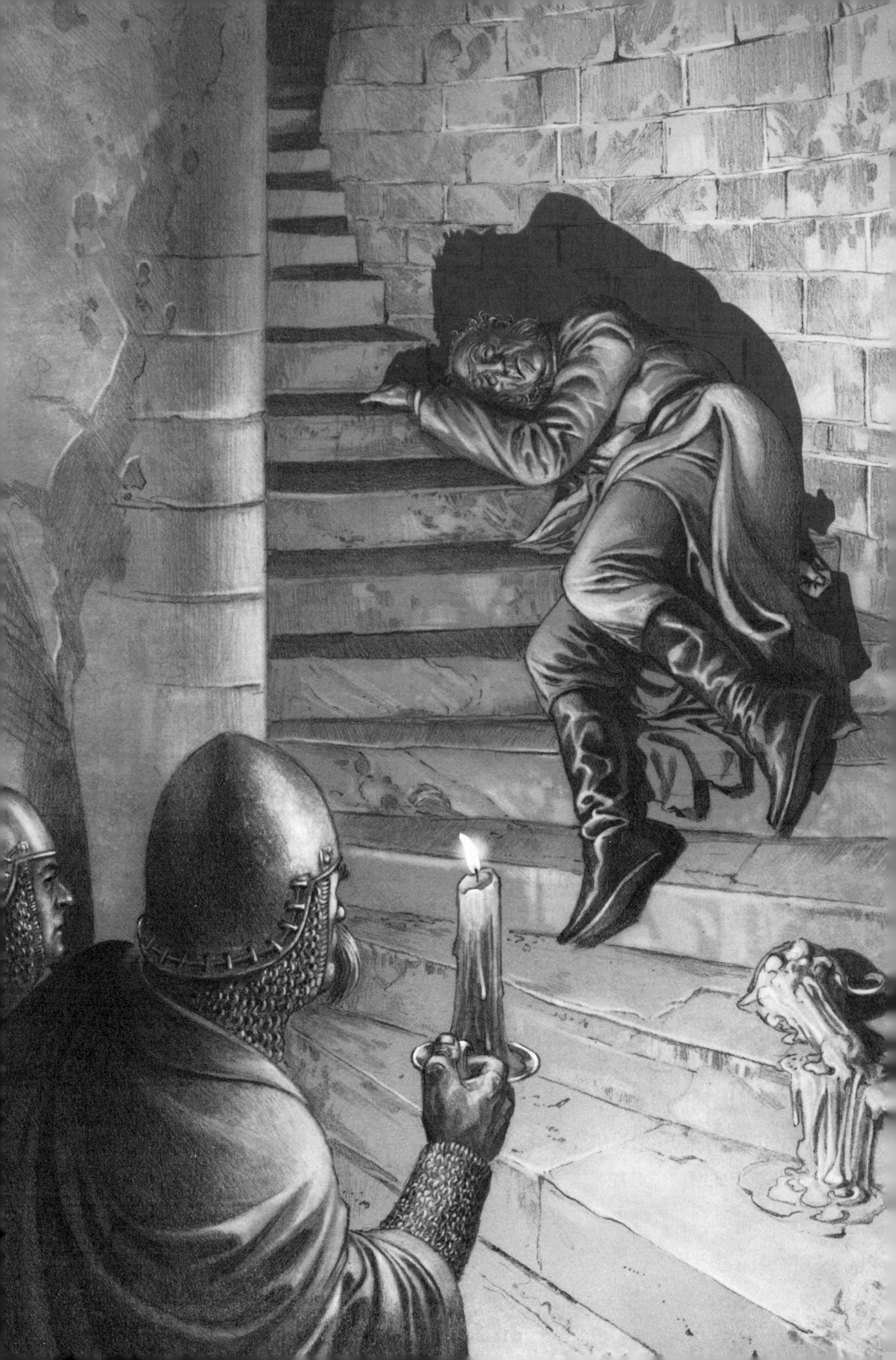

可能出于后人杜撰。就我们对贪食者的了解,比起敬礼,他更可能扑来吞吃尸体)。

　　船壳镇的私生子埃林早已成为埃林·瓦列利安,他是"海蛇"指定的继承人,但其权利并非毫无争议。前已述及,在韦赛里斯国王统治时期,科利斯伯爵的侄子魏蒙德·瓦列利安爵士自称是潮头岛真正的继承人,虽然他因此被斩首,但留下了妻儿。魏蒙德爵士的父亲为"海蛇"的二弟,而"海蛇"的三弟生下的五个儿子也都想得到继承权,他们前往病入沉疴的韦赛里斯御前申诉,却犯了大忌,因这等于质疑国王外孙们的血统。韦赛里斯拔掉他们的舌头以示惩戒,但留下了他们的脑袋。"沉默五人"中有三个于"血龙狂舞"中效忠伊耿二世对抗雷妮拉而死……剩下的两个又伙同魏蒙德爵士的儿子们,再次声称他们比"船壳镇老鼠的野种"权利优先。

　　魏蒙德爵士的儿子戴米昂和戴伦把诉求带到君临的御前会议,但当他们发现首相和摄政团对此均不认同,便明智地接受裁决,与埃林伯爵和解。伯爵回赠以潮头岛上的大片土地,条件是他们为他的舰队贡献船只。两个沉默的叔叔选了另一条路,"蘑菇"说"他们无法开口表达诉求,只能靠手中家伙争辩"。可高潮城的卫兵们忠于"海蛇"的遗愿及其指定的年轻继承人,刺杀计划宣告破产,马伦丁爵士在行动中丧命,他的兄弟雷霍伽爵士被俘并判处死刑,后以披上黑衣保命。

　　"鼠儿"的私生子埃林·瓦列利安正式成为"潮汛之主"和潮头岛伯爵。他即位后立刻赶往君临,企图继承"海蛇"的摄政之位(埃林伯爵年纪轻轻,却不乏野心)。首相感谢他的热情,然后打发他回家……这是合乎情理的抉择,毕竟征服一百三十二年的埃林·瓦列利安只有十六岁,更何况科利斯伯爵的席位业已递补给年长也更有资历的星梭城、杜斯顿伯里和白园城伯爵乌尔温·培克。

　　征服一百三十二年,泰兰爵士在继承问题上有个远比潮头岛棘手的难关。科利斯伯爵固然年事已高、身体虚弱,但其猝不及防的离世方式却是个严肃的警告:凡人皆有一死。伊耿三世国王年纪轻轻又身体健康,但战争、疾病、意外……世事无常,若他遭遇不幸,谁来继位?

　　"若他没有继承人就驾崩,我们即便不愿老调重弹,恐怕也只能再次随之起舞。"曼佛利·慕顿伯爵提醒其他摄政。杰赫妮拉王后的权利跟国王相当——在某些人心目中甚至更高——但所有人都同意，将这个可爱、单纯、饱受惊吓的女孩送上铁王座是疯狂之举。而若追问伊耿国王有何打算，他会推出自己的侍酒"淡发"盖蒙，解释说这孩子"当过国王"。摄政团当然无法接受。

人们只能寄希望于国王同父异母的双胞胎姐姐，即戴蒙王子与其第二任妻子兰娜尔·瓦列利安小姐所生的贝妮拉·坦格利安和雷妮亚·坦格利安。两个女孩年方十六岁，身材高挑苗条，还有一头银发，深得民众喜爱。由于伊耿国王在加冕式后便深居简出，小王后甚至不愿离开房间，过去一年的大部分外事活动遂由雷妮亚或贝妮拉出面，包括骑马打猎鹰狩，周济穷人，陪同首相接见使节和领主，主持少之又少的宴会和假面剧（直到那时，还未举办过正式的宫廷舞会）。简而言之，外界能接触的坦格利安族人便是这对双胞胎。

但在她俩当中，摄政会议也存在分歧。里奥恩·科布瑞声称："雷妮亚小姐能成为伟大的女王。"泰兰爵士却指出贝妮拉先出娘胎。

"贝妮拉太任性。"托伦·曼德勒爵士反驳，"她连自己都打理不好，谈何打理国家？"

维里斯·费尔爵士附和托伦爵士："只能是雷妮亚。她有龙，而她姐姐没有。"

慕顿伯爵说："可贝妮拉曾驭龙上天，雷妮亚只有一条刚孵化的幼龙。"

罗兰德·维斯特林对此的回应是："很多人并未忘记，正是贝妮拉的龙将先王打成重伤，拥她登基等于揭开伤疤。"

慕昆大学士打断争论："诸位，这些都不重要。她们是女性，血的教训还不够深刻吗？我们必须遵循征服一百零一年大议会确立的先例：男性的继承权优先于女性。"

泰兰爵士追问："敢问男性继承人在哪里，师傅？他们好像被杀光了。"

慕昆无言以对，只说会继续研究。

王位继承的重大议题悬而未决，但这并未冷却求婚者、马屁精、新朋旧识和趋炎附势之辈巴结双胞胎姐妹的热情。姐妹俩对此的态度大相径庭：雷妮亚乐于成为宫廷瞩目的焦点，贝妮拉却相当厌恶无孔不入的谄媚，每每嘲弄或羞辱那些飞蛾扑火一般的男人。

这对双胞胎打小形影不离、难分彼此，但被"血龙狂舞"拆散后，不同的经历却将她们塑造成不同的样子。雷妮亚在谷地成为简妮公爵夫人的养女，生活舒适优渥，她有众多为她梳洗打理的女仆，为她作词颂美的歌手，以及佩戴她的信物上场比拼的骑士。回到君临也同样如此，数十位英勇的贵族少爷明争暗斗、只求博她一笑，画师们千方百计谋得替她绘像的机会，城里最优秀的裁缝也以能给她制衣为荣。而且她无论去哪儿，幼龙"黎明"都像围巾一样挂在肩头。

贝妮拉在龙石岛就没这么安逸了，最后甚至以血与火的搏杀作结，她来到君临宫廷时堪称王国上下最胆大妄为的少女。雷妮亚窈窕优雅，贝妮拉瘦削敏捷，雷妮亚喜欢跳舞，贝妮拉喜欢骑马……和飞翔，但自从没了龙，她无法上天。她把银发剪得跟男孩一样短，以免骑行时甩到脸上，又总爱撇下女伴，独自去街上冒险。她会参与姐妹街的酒后赛马和黑水河的月下夜泳（河里湍急的涡流淹死过许多游泳健将），会跟金袍子在营房喝酒，甚至跑到跳蚤窝的斗鼠坑去赌钱（钱没了还赌过衣服）。有次她一连消失了三天，事后拒绝吐露去处。

贝妮拉的交友口味更令人不敢恭维，她像收容流浪狗一样把三教九流带回红堡，坚持要给他们安排工作，甚至带在身边。她这些来路不明的宠物包括一个年轻英俊的杂耍艺人、一个肌肉令她羡慕的铁匠学徒、一个模样让她同情的无腿乞丐、一个被她当成真正巫师的三脚猫魔术师、一个侍奉雇佣骑士的平庸侍从，甚至有一对妓院的双胞胎姐妹，"小雷，她们多像你和我啊"。她还带回过一整个戏班。负责指导她信仰、管束她行为的阿马利斯修女束手无策，尤斯塔斯修士也拿她的野路子没辙，只能告诉国王之手："这孩子必须立刻结婚，我担心她做出有辱坦格利安家门楣的事，令她的弟弟、我们的国王陛下蒙羞。"

泰兰爵士理解修士的用心……却不敢贸然行事。贝妮拉不乏追求者，她年轻漂亮又健康富有，出身极为高贵，七大王国的大小领主莫不乐意娶她为妻。然而结婚对象稍有不慎即会造成严重后果，因贝妮拉的丈夫离王权近在咫尺，此人若是心狠手辣、惟利是图或野心勃勃之辈，只怕给王国带来无尽的战争与灾厄。摄政会议考虑过大约二十个人选，包括徒利公爵、布莱伍德伯爵和海塔尔伯爵（他仍属未婚，只是收了继母作情妇），甚至有一些出格的目标，如道尔顿·葛雷乔伊（"红海怪"自吹"盐妾"无数，但未有"岩妻"）、多恩领执政公主的弟弟奎尔和泰洛西强盗将军雷查里诺·雷恩登。这些人选皆因种种缘由遭到否决。

国王之手和摄政会议最终决定把贝妮拉许配给金树城伯爵撒迪厄斯·罗宛，这无疑是出于慎重。罗宛的第二任妻子去年已过世，他正寻找合适的童贞少女续弦，而他的生育能力毋庸置疑——他跟结发妻有两个儿子，跟第二任有五个。由于罗宛没有女儿，贝妮拉将成为金树城无可争议的女主人，并照顾伯爵留在家中的四个较小的儿子。事实上，令罗宛伯爵脱颖而出的重要一点即他的后代全为男性，将来他若能和贝妮拉也生个儿子，伊耿三世的后继就有了确保。

撒迪厄斯·罗宛的性格直率爽朗、乐观豁达，备受爱戴与尊敬。他是爱护妻子的好丈夫、言传身教的好父亲。他曾在"血龙狂舞"中为雷妮拉女王起兵，以能干和善战闻名。他骄傲而不自负，公正而不狭隘。他对朋友忠诚，对信仰忠贞，却不过分虔诚，也没有逾越的野心。如若贝妮拉继承铁王座，罗宛伯爵将是完美的王夫，他想必一方面会竭尽全力辅佐她，另一方面不会妄图支配她或篡夺权柄。据尤斯塔斯修士记述，摄政会议对深思熟虑后的结果非常满意。

但贝妮拉·坦格利安不高兴。"罗宛伯爵大我四十岁，脑袋秃得跟石头一样，肚子都比我重。"据说她这样顶撞首相，还补充道，"我睡过他两个儿子。一个是老大，还有个应该是老三。但不是同时，那太不体面。"此话真假难辨，贝妮拉有时喜欢故意挑衅——若这次她有意如此，显然把首相气得够呛。泰兰爵士将她送回房间，门口布下守卫，宣布她在摄政会议商议妥当前不得离开。

可是次日泰兰爵士就惊恐地发现贝妮拉不知怎地溜出了城堡（后来查明她翻出窗户，跟一个洗衣妇交换衣服，大摇大摆地走出正门），当众人慌乱失措时，她早已雇了个渔民，横渡黑水湾去往潮头岛。她在岛上对表哥"潮汛之主"大倒苦水。半个月后，埃林·瓦列利安就与贝妮拉·坦格利安在龙石岛的圣堂结婚了，新娘十六岁，新郎即将年满十七岁。

暴怒的摄政团敦促泰兰爵士向总主教请求废止这桩婚事，爵士却意外地妥协了。他对外放风说这是国王和朝廷赐婚，因他相信与贝妮拉选择的夫婿相比，她的激烈反抗势必造成真正的丑闻。"那男孩的血统同样高贵，"他安抚众位摄政，"而我坚信他会跟他哥哥一样忠诚。"尊严受损的撒迪厄斯·罗宛得到的补偿是与弗洛丽斯·拜拉席恩订婚。弗洛丽斯是芳龄十四岁的童贞少女，被公认为博洛斯公爵四个女儿（外号"四风暴"）中最漂亮的，而且与外号相反，她非常甜美可人，只是有点轻佻——不过时间证明，真正掀起风暴的婚姻是在龙石岛缔结的那场，弗洛丽斯两年后便死于生产。

对首相和摄政会议来说，贝妮拉·坦格利安夜逃黑水湾的行为证实了所有疑惑。"这女孩正如我们担心的那样野性难驯、荒唐无状。"维里·费尔爵士痛心疾首地说，"如今她还跟科利斯伯爵那个暴发户野种勾搭在一起。蛇与鼠的后代……怎配成为王夫？"摄政们一致同意贝妮拉·坦格利安不能作为伊耿国王的继承人。"必须选择雷妮亚小姐，"慕顿总结道，"只要她同意成婚。"

泰兰爵士这次坚持让女孩也参加讨论，结果证明，雷妮亚的姐姐有多任性，她本人就有多乖巧。她表示会接受国王和摄政会议指名的对象，不过"如果对方没老到不能生育，也没胖到会把我压死在床上，我会更开心。只要他善良、温柔又高贵，我一定会爱上他"。首相询问她在众多追求她的领主和骑士中是否有所倾向，她坦承自己"特别中意"科恩·科布瑞爵士，她在谷地做艾林公爵夫人的养女期间同他相知相识。

科恩爵士远非理想人选，因他身为次子，还跟前妻留下两个女儿，况且他虽比罗宛伯爵年轻，但当年也有三十二岁，早已是成熟男人。不过，科布瑞家族古老尊贵，科恩爵士更不负家族名声，故得先父赐予瓦雷利亚钢族剑"空寂女士"。此外，他哥哥里奥恩是全境守护者——仅凭这点，摄政们就很难反对。两人的婚事就此决定下来，仅仅经过半个月订婚便仓促举办了婚礼（首相希望订婚期能长一些，但摄政团认为雷妮亚越快结婚越稳妥，以防她的姐姐抢先怀孕）。

征服一百三十二年结婚的名门仕女不止这对双胞胎。当年晚些时候，鸦树厅伯爵班吉寇·布莱伍德率队沿国王大道北上临冬城，参加姑姑亚莉珊与克雷根·史塔克公爵的婚礼。寒冬紧紧攫住北境，旅程比平时多花了两倍时间，队伍在咆哮肆虐的暴风雪中失去半数坐骑，又三度遭遇土匪团伙，装有大半食物和所有结婚礼物的马车被抢走。好歹婚礼据说颇为隆重，"黑亚莉"与"临冬城之狼"于冰雪包裹的心树前许下誓言,之后的婚宴上,克雷根公爵的前妻艾娜夫人留下的四岁儿子瑞肯为继母献唱。

风息堡的寡妇埃琳娜·拜拉席恩夫人亦于本年再婚。博洛斯公爵过世,奥莱瓦又在襁褓,多恩人对风暴地掠袭日紧,御林的强盗亦十分棘手,夫人需要男人强有力的臂膀来维护和平。她选了鹰巢城伯爵的次子史蒂芬·克林顿爵士,爵士比埃琳娜夫人小二十岁,但随博洛斯公爵讨伐"秃鹰王"曾立下战功,相传样貌也极英俊。

在这些婚姻达成的同时,战火依旧燃烧不息。"红海怪"及铁民继续在落日之海沿岸烧杀抢掠,泰洛西、密尔、里斯以及布拉佛斯、潘托斯与罗拉斯结成的三头同盟在石阶列岛和争议之地混战。雷查里诺·雷恩登的强盗王国阻塞了狭海南端的航路,君临城、暮谷镇、女泉镇和海鸥镇的贸易大幅萎缩,商贩们天天吵着要见国王……但国王拒绝接见他们,或是无法接见他们——不同的编年史说法不一。北方出现饥荒的征兆,克雷根·史塔克和北境领主们眼看粮食储备日胺月减。守夜人军团苦苦支撑,奋力抵挡愈发频密的野人突袭。

本年年末,一场可怕的疫病席卷三姐妹群岛,史称"冬季大风寒"。姐妹屯的半数人口因此丧命,幸存的一半人坚信疫病是被一艘伊班捕鲸船带来,群情激奋之下杀了所有能找到的伊班水手,烧光了他们的船,但于事无补。疫病很快越过咬人湾传入白港,修士的祈祷和学士的药剂在那里也不起作用,病逝者数以千计,包括戴斯蒙·曼德勒伯爵和伯爵杰出的继承人、北境最优秀的骑士梅迪瑞克爵士(他只比父亲多撑了四天)。鉴于梅迪瑞克爵士无后,爵位只能由弟弟托伦爵士继承,而这造成不幸的连环影响,托伦被迫脱离摄政会议回去安定白港,七位摄政锐减到四位。

"血龙狂舞"中有太多贵族领主殒命,这个冬天也被学城恰如其分地称为"寡妇之冬",因七大王国的历史上空前绝后地有如此众多的女人掌权。她们顶替死去的丈夫、兄弟和父亲,以尚在襁褓、嗷嗷待哺的幼儿之名发号施令,相关事迹被阿拜隆博士收录于鸿篇巨著《女权时代:余波中的贵妇们》。不过阿拜隆记录了数百位寡妇,本书篇幅所限,只能扼要叙述征服一百三十二年年末至一百三十三年年初四个耀眼的女人,无论其影响好坏。

首当其冲的是凯岩城的寡妇乔安娜夫人,她代幼子罗利恩公爵领导兰尼斯特家族。夫人多次向从前的小叔子、现今伊耿三世的首相泰兰爵士求援，要对方阻止掠夺者，却毫无成效。为保护子民，乔安娜夫人不得不穿上男人的锁甲，领导兰尼斯港和凯岩城抗敌。歌谣传唱她在凯切镇的镇墙下手刃十几个铁民，虽然这多半出自歌手醉酒后的杜撰（乔安娜上战场时高举战旗，而非手握长剑），但她的勇气的确鼓舞了西境人，他们一鼓作气赶跑掠夺者、拯救凯切镇，还杀掉了"红海怪"最喜欢的叔叔。

腾石镇的寡妇莎丽丝·傅德利夫人致力于重建饱经蹂躏的城镇，并因此声名鹊起。她同样以幼儿的名义统治（第二次腾石镇之战半年后，她生下一个健壮的黑发男孩，宣称这是亡夫的遗腹子和继承人，其实更可能是"无畏的"琼恩·罗克顿的后代）。莎丽丝夫人拆除了被烧得只剩空壳的店铺和房屋，修整镇墙，埋葬死者，在军营旧址种植小麦、大麦和芜菁。她甚至让人把海烟和沃米索尔的头颅清洗干净，挂在城镇广场展览，让旅行者付费参观（远看付一枚铜分币，触碰付一枚铜星币）。

在旧镇，总主教和蒙德伯爵的遗孀山姆夫人继续对峙。夫人不肯按总主教的指令断绝与继子的不伦之恋、并发誓成为静默姐妹以赎前罪，怒不可遏的总主教据此宣判她是个不知廉耻的通奸荡妇，除非公开忏悔并请求饶恕，否则禁止踏足繁星圣堂。然而山姆夫人趁总主教主持祈祷时骑着战马闯入圣堂，总主教质问她意欲何为，她回答说他不准她"踏足"圣堂，却没禁止她的马。随后她命令骑士们关闭圣堂大门，既然不准她踏足，那谁都别想进来。总主教气得浑身发抖、大呼小叫，疯狂地诅咒这个"骑马的娼妓"，但最终只能妥协。

第四位值得关注的女人（如前所述，这将是我们谈论的最后一位寡妇）盘踞于神眼湖畔废墟般的巨城，即塔楼扭曲、堡垒破落的赫伦堡。自戴蒙·坦格利安和侄子伊蒙德那场决战之后，"黑心"赫伦受诅咒的家堡已被世人遗忘，成了土匪、强盗骑士和残人的巢穴，他们以高墙为掩护，伺机劫掠旅人、渔民和农夫。这里的匪帮一年前人数还不多，但近来声势渐涨，传说其首领是一个女术士——一个拥有可怕魔力的巫女王。流言传到君临，泰兰爵士认为应该夺回城堡，他把任务交给御林铁卫雷吉斯·格罗夫斯爵士，并拨予五十名经验丰富的老兵。征讨队抵达戴瑞城后，达蒙·戴瑞爵士又带着数量相当的人马加入，雷吉斯爵士便轻率地认定这足以对付那群鸠占鹊巢的强盗了。

然而他来到赫伦堡下,只见城门紧闭,城上站了数百名严阵以待的敌人——这里至少有六百游民,三分之一是青壮男性。雷吉斯爵士要求与首领对话,一个带着孩子的女人出来见他。原来赫伦堡的"巫女王"乃是亚丽·河文,这个出身低微的奶妈最初被伊蒙德·坦格利安王子俘虏,后来做了他的情妇,现在自称其未亡人。她告诉御林铁卫,她生下的男孩是伊蒙德的后代。

"他还有个野种?"雷吉斯爵士问道。

"他的嫡子和继承人,"亚丽·河文不甘示弱,"维斯特洛的正统国王。"她命令骑士"向国王下跪",并宣誓效忠。

雷吉斯爵士哈哈大笑。"我不会向野种下跪,更别说是弑亲者和奶牛的下贱崽子。"

后续发展略有争议……有人说亚丽·河文不过抬起一只手,雷吉斯爵士就惨叫着捂住脑袋,然后那颗头炸开了,鲜血和脑浆四处飞溅;又有人坚称寡妇的手势是个信号,城垛边一名弓箭手突施冷箭,射中雷吉斯爵士的眼睛;"蘑菇"(他在几百里外的君临)推测城上有个擅长投石索的高手,软铅球若用绳子蓄够力道,足以造成类似爆炸的效果,让格罗夫斯的手下误认为是巫术。

不管怎样,雷吉斯·格罗夫斯爵士暴毙,赫伦堡的各道城门突然打开,成群结队的骑马匪徒呐喊着杀来。随后的恶战中,国王的征讨队大败亏输,达蒙·戴瑞爵士凭借精壮的坐骑、上等的盔甲和良好的训练方才逃生,却也被巫女王的部下彻夜追赶,狼狈不堪。一百人的征讨队最终只有三十二人回到戴瑞城。

次日,第三十三名幸存者在城下现身——他和另外十二人一起被俘,敌人强迫他见证同伴们被轮流折磨至死,然后放他回来传达警告。"我替她带话,"他喘着粗气说,"但你们听了不能笑。寡妇已对我施加诅咒,若有人听了我的话发笑,我就得死。"达蒙爵士再三保证没人会嘲笑他,他才继续开口,"她说我们若不肯屈膝称臣,便不许再来,胆敢靠近城墙者必死无疑。石墙之中蕴含着魔力,寡妇唤醒了它们。七神在上,她还有龙。我看见了。"

传信人已不可考,同样名字佚失的还有戴瑞伯爵那个忍不住发笑的手下。前者惊恐万状地盯着后者,随即捂住喉咙,猛烈吸气。他无法呼吸,片刻后窒息而死,据说皮肤上有女人的手指印,仿佛巫女王在光天化日之下掐死了他。

御林铁卫以身殉职令泰兰爵士深感不安，乌尔温·培克则驳斥了达蒙·戴瑞爵士关于巫术和龙的陈述，认定雷吉斯·格罗夫斯一行仅是败给了强盗。其他摄政同意这个结论。在"和平的"征服一百三十二年年尾，摄政会议决定派遣更强大的征讨队清剿赫伦堡，但泰兰爵士还没来得及组织队伍，甚至尚未敲定雷吉斯爵士御林铁卫之职的接替人选，远比巫女王可怕的威胁便降临在都城……

征服一百三十三年一月三日，君临首度出现冬季大风寒的病例。

无论风寒是否像"姐妹男"认为的那样源于伊班岛的黑暗森林，经由捕鲸船带到维斯特洛，它的确会在港口间不断传播扩散。白港、海鸥镇、女泉镇、暮谷镇……据说布拉佛斯也惨遭荼毒。风寒的最初症状是脸色发红，很多人误以为是冬季接触室外冷空气后的潮红，但紧接着就会发烧，一开始并不严重，体温却持续上升。放血无用，大蒜无用，各种药剂、膏药和药酒也不见效。将病患浸入装满雪或冰水的澡盆能延缓体温攀升，但为此呕心沥血的学士们很快发现，这并不能阻止病情发展。染病次日，病患开始激烈地打摆子，不住抱怨寒冷，但他们的身体实际上滚烫无比。第三天，病患开始语无伦次，汗中带血。第四天，病患会死去……或者会退烧，并逐渐康复。冬季大风寒的存活率仅为四分之一，席卷七大王国的瘟疫中能与之相提并论的，唯有杰赫里斯一世时代的颤抖症。

在君临，致命的脸红症状最先出现在黑水河边讨生活的水手、船夫、鱼贩、码头工人、搬运工及低等娼妇身上。大部分人在意识到自己染病之前，就把瘟疫散播到了城里各个角落，富贵穷苦皆无幸免。消息传进宫中，慕昆国师亲往会诊，以确证病患感染的是冬季大风寒，而非其他较轻的病症——与四十例高烧的妓女和码头工人的近距离接触让他打消了所有怀疑。为免自身成为传染源，国师并未返回城堡，转派助理学士十万火急地通报国王之手。泰兰爵士立刻行动，下令金袍军封锁都城，在风寒销声匿迹前严禁出入。他还指示给红堡大门紧闭上闩，以防危及国王和宫廷。

可惜城门、守卫和高墙挡不住冬季大风寒，瘟疫在向南传播的过程中虽势头稍减，仍于数日内感染了几万君临人。四分之三的病患死去，慕昆大学士属于幸运的四分之一，他得以康复……御林铁卫队长维里·费尔爵士却被病魔夺走。全境守护者里奥恩·科布瑞伯爵染病后退回房间，想用香料热葡萄酒对抗，结果连同情妇和许多仆人一起丧命。杰赫妮拉的两名侍女发热身亡，小王后本人倒安然无恙。都城守备队队长病逝，继任者亦于九天后步其后尘。摄政团也未能幸免，维斯特林伯爵和慕顿伯爵双双倒下，曼佛利·慕顿最终烧退得活，身体状况却大不如前，年岁较长的罗兰德·维斯特林不幸逝世。

只有一个人的死似乎称得上解脱。出自海塔尔家族的阿莉森太后乃韦赛里斯一世国王的续弦妻，伊耿王子、伊蒙德王子、戴伦王子和海伦娜公主的母亲。她在维斯特林伯爵病逝的当晚也离开了人世，临死前曾向修女忏悔罪孽。所有的儿女均先她而去，而过去的一年她被囚禁起来，只能见到身边的修女、送饭的侍女和门口的守卫。她能得到书本和针线，但守卫们说，她很少阅读或操持女红，大部分时间用于哭泣，有一天甚至撕碎了所有衣服。去年年底至今，她更开始自言自语，并对绿色产生了深深的厌恶。

太后弥留之际回光返照。"我想见儿子们，"她对修女说，"还有宝贝女儿海伦娜，哦……还有杰赫里斯陛下。我想给他读书，就像小时候那样。他总夸我嗓音甜美。"（奇特的是，阿莉森太后在生命尽头不断说起"人瑞王"，却只字未提丈夫韦赛里斯国王）。那晚下着雨，陌客在狼时带走了她。

尤斯塔斯修士忠实记录了辞世者们的情状，尤其在意留下诸位领主和贵妇感人肺腑的遗言；"蘑菇"同样列举了诸多死者，却更乐意呈现生者的愚蠢，譬如某位样貌平平的侍从想跟漂亮的童贞侍女上床，就说自己已出现脸色发红的症状，"我还没尝过做爱的滋味，四天后就要死了"。侍女心一软便从了他，他又用这个大获成功的计谋睡了六个女孩……直到女孩们发觉他没死，开始互相印证怀疑——顺带一提，"蘑菇"将自己没死归功于喝酒。"喝得昏天黑地，不知道自己病没病，而不知道的事害不了自己，这连傻子都知道。"

这段黑暗的日子也短暂涌现出两位出人意表的英雄。其一是欧维尔，由于许多战斗在第一线的学士染病过世，人们放他出来参与救治。高龄、长期禁闭和朝不保夕的忧虑心情让他变得骨瘦如柴，他的药剂和疗法也不比其他学士更有效，但他不知疲倦地帮助病患，并想方设法缓解逝者的痛苦。

更让人意外的是少年国王。他不顾御林铁卫们的惊惶反应，天天探访病患，时常一坐就是几个钟头，有时还握住他们的手，或用湿冷的布条冷敷他们的额头。国王很少开口，他只是安静地陪伴，倾听病患讲述生平，请求宽恕或吹嘘功绩、美德和子孙。他探访的人大部分还是死了，但痊愈者无一不将生还归功于国王的"治疗之手"。

即便国王的碰触真如百姓们相信的那样具有神奇疗效，它并未在最需要的时刻发挥作用。伊耿三世最后探访的是泰兰·兰尼斯特爵士。都城被恐怖笼罩时，泰兰爵士在首相塔里夜以继日地寻找对抗陌客的办法，眼盲身残的他时常累到虚脱，但并未生病……然而残酷无情的命运终究没有放过他，在冬季大风寒的高峰过去、几乎不再有新病例出现的一个早晨，泰兰爵士吩咐仆人关窗。"好冷。"他说……可壁炉里火烧得正旺，窗户也是关着的。

首相的病情发作极快，风寒只用两天（而非寻常的四天）就带走了他。他侍奉的少年国王与尤斯塔斯修士一起在病床边陪伴。伊耿始终紧握着他的手，直到他与世长辞。

泰兰·兰尼斯特爵士从未得到世人爱戴。雷妮拉女王死后，他规劝伊耿二

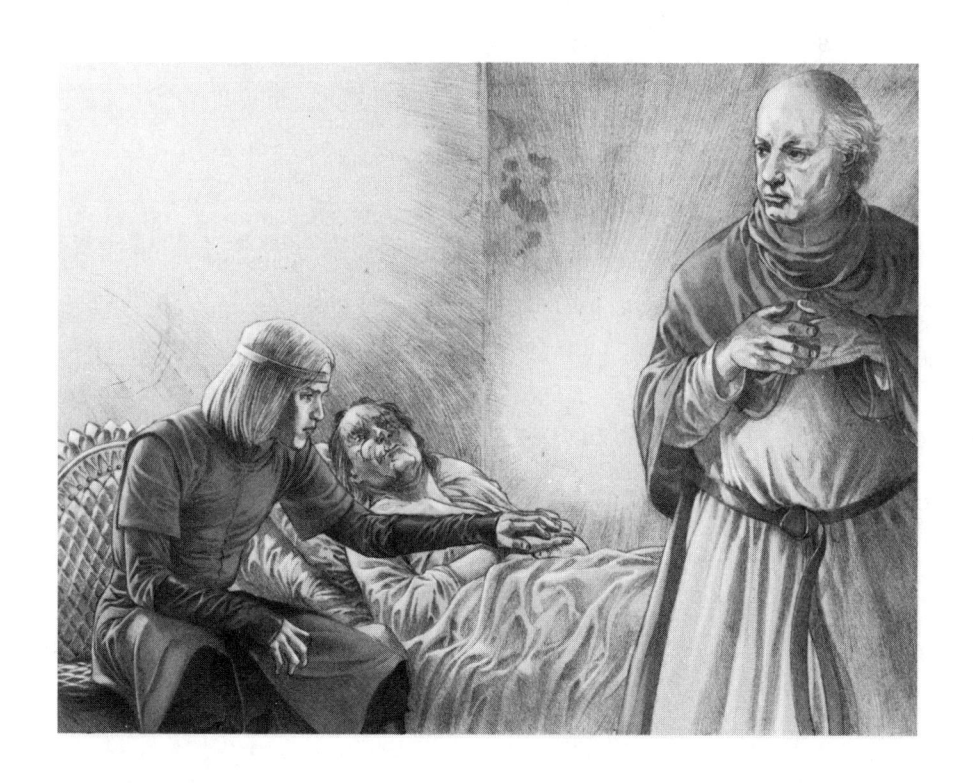

世处死她的儿子小伊耿，"黑党"人士因而憎恶他；伊耿二世死后，他继续为伊耿三世效力，"绿党"人士又对此耿耿于怀。他跟双胞胎哥哥杰森的出生仅毫厘之差，便与公爵的高位和凯岩城的黄金无缘，必须靠自己打拼。他没有结婚，亦无子嗣，去世时只有寥寥可数的几个人为他哀悼。他用丝绸兜帽遮掩惨遭损毁的面容，以免他人不适，却被形容为邪恶恐怖的巫师。

许多人严斥他的懦弱，因他不愿让维斯特洛卷入"女儿们的战争"，也只用言辞来谴责肆虐西海岸的葛雷乔伊大王。这就好比他出任伊耿二世的财政大臣时，曾将国库四分之三的黄金运出君临，这份审慎与精明为将来雷妮拉女王的倒台和丧命埋下伏笔，却让他自己付出双眼、双耳和健康的代价。

无论如何，我们必须承认，泰兰·兰尼斯斯爵士出任雷妮拉之子伊耿三世的首相期间尽忠职守、不辱使命。

摄政时期

战争、和平与"奶牛展"

伊耿三世国王是个不满十三岁的孩子，但他在泰兰·兰尼斯特爵士过世后展现出超越年龄的成熟。他没让御林铁卫副队长马斯森·维水爵士接替维里·费尔爵士，而将白袍赐予罗宾·马赛爵士和劳勃·达克林爵士，并任命马赛为队长。鉴于慕昆大学士滞留城中照看冬季大风寒的病患，国王又让前任大学士欧维尔写信召唤撒迪厄斯·罗宛伯爵。"我将任命罗宛伯爵为国王之手。泰兰爵士对他评价很高，甚至打算把我姐姐嫁给他，他一定值得信任。"他还希望贝妮拉回宫。"埃林伯爵可以学他祖父，成为我的海军上将。"一心指望赦免的欧维尔立刻放出渡鸦。

但伊耿国王并未征求摄政会议的意见，而君临现在只剩三位摄政：培克伯爵、慕顿伯爵以及劳勃·达克林爵士下令打开红堡大门后匆匆赶回的慕昆大学士。曼佛利·慕顿卧床不起，尚未从病后虚弱中恢复，他要求推迟会议，待谷地的简妮·艾林公爵夫人和多恩边疆地的罗伊斯·卡伦伯爵回归再作计议。他的同僚不这样想，培克伯爵坚称摄政离开都城等于弃职。在大学士的支持下（慕昆后来为自己的默许懊悔不已），乌尔温·培克否决了所有任命和安排，理由是国王只有十二岁，不具备决断事务的能力。

马斯森·维水当上御林铁卫队长，达克林和马赛则被迫脱下白袍，以便马斯森爵士选择中意的骑士。欧维尔大学士重新收押，等候处决。为不冒犯罗宛伯爵，摄政会议为他保留了席位，并任命其为裁判法官和法务大臣，埃林·瓦列利安却没得到这等待遇——当然，让一个血统不纯的小青年出任海军上将原本不太可能。国王之手和全境守护者的职位之前分属两人，现在合二为一，并自然而然地落到乌尔温·培克头上。

"蘑菇"说伊耿三世国王闷闷不乐地接受了摄政会议的决定，只对罢免马赛和达克林提出抗议。"御林铁卫是终身职。"小国王坚称，培克伯爵回答："他们被正确任命的时候才是，陛下。"而根据尤斯塔斯修士的记述，国王"客客气气"地遵从，并感谢培克伯爵的智慧，"伯爵大人考虑周全，而我尚未成年，多有受教"。伊耿的真实感受我们不得而知，他并未对外吐露，只是重新变得沉默顺从。

伊耿三世国王在成年前几乎不再参与王国政治，仅在培克伯爵呈交的文件上签名盖章。他会在某些正式场合坐上铁王座，或出面招待外邦使节，此外便深居简出，几乎不曾离开红堡。

继续叙述之前，我们或许应该先来考察乌尔温·培克的性情，毕竟他在接下来一年多时间里身兼首席摄政、全境守护者和国王之手三职，等于是王国的实际统治者。

培克家族是河湾地最古老的世家之一，历史可上溯到英雄纪元和先民时代，涌现过许多为后人称颂的传奇人物，诸如"碎盾者"厄拉松爵士、"抄写员"马林伯爵、"金碗"厄玛伯爵夫人、"围城者"布拉奎爵士、大小艾迪森伯爵以及"复仇者"埃默里克伯爵。河湾王国曾是维斯特洛最富有强大的国度，而培克家族屡屡在高庭辅政。后来曼德勒家族的声望与权势日隆，洛里玛·培克伯爵出头挫败他们，将之驱逐到北境，心怀感激的佩尔森·园丁三世国王遂将曼德勒家族从前的家堡杜斯顿伯里及其附属领地赠予洛里玛伯爵，还让儿子加尔温迎娶伯爵的女儿，使她最终成为青手旗下第七位来自培克家族的河湾地王后。无数世纪以来，除开与王室联姻，培克家族的女人还曾嫁入雷德温家族、罗宛家族、科托因家族、奥克赫特家族、奥斯格雷家族、佛罗伦家族，甚至海塔尔家族。

巨龙的到来终结了一切。"怒火燎原"一役中丧命的不但有孟恩国王和他的四个儿子，也有并肩作战的阿曼·培克伯爵及其诸子。园丁家族灰飞烟灭，"征服者"伊耿将高庭及河湾地的统治大权交给从前的王家总管提利尔一族。提利尔家族与培克家族没有血缘联系，感情疏远，于是骄傲的培克家族逐渐衰落，虽然征服战争结束一个多世纪后他们仍坐拥三座家堡，领地、人口和收入也有相当分量，但在高庭属下的众多封臣中不再卓尔不群了。

乌尔温·培克决心力挽狂澜，重铸家族辉煌。他与征服一百零一年大议会站在多数派一边的父亲一样，坚信女人不能统治男人，因此在"血龙狂舞"中成为坚定的"绿党"，亲率一千名官兵为伊耿二世而战。蒙德·海塔尔丧命腾石镇后，乌尔温认为大军统帅非他莫属，无奈军中的头面人物各怀鬼胎。难以释怀的他借机杀了变色龙欧瓦·博莱利男爵，又密谋搞垮私生驭龙者修夫·铁锤和乌尔夫·白发。作为"蒺藜"的首脑（虽然该组织鲜有人知）——且是仅存的三人之一——乌尔温伯爵在腾石镇证明了自己宁做鸡头不为牛后的信念，而今他要在君临故伎重演。

培克伯爵把马斯森·维水爵士提拔为御林铁卫队长，并诱导对方任用两个培克家族的成员为铁卫：伯爵的侄子，星梭城的阿摩里·培克爵士；伯爵的私生兄弟默文·佛花爵士。卢卡斯·雷古德爵士成了新的都城守备队队长，其父为死在腾石镇的"蒺藜"之一，金袍军在冬季大风寒和"疯狂之月"中严重减员，伯爵便让五百名手下直接补缺。

这位新首相天性多疑，在腾石镇目睹（及参与）的种种是非让他坚信只要给对手半点可乘之机，就会万劫不复。出于对自身安全的担心，他总带着由十名死忠的佣兵（忠于他付的大笔黄金）组成的私人卫队，这些佣兵不久便被戏称为伯爵的"指头"。瓦兰提斯冒险者泰斯里奥是卫队长，其脸庞和后背有奴兵的虎纹刺青。人们当面奉承他为"猛虎"泰斯里奥，令他十分受用，然而背地里却用"蘑菇"发明的讽刺外号称他"拇指"泰斯里奥。

确保个人安危无虞后，新首相着手安插亲信、家属和朋友进宫，替换他认为不可靠的男男女女。他让孀居的姨妈克拉丽斯·奥斯格雷掌管杰赫妮拉王后的亲随，监督一应侍女和仆人；他让星梭城教头加雷斯·朗爵士成为红堡教头，教导伊耿国王骑士之道；另外两名幸存的"蒺藜"——圣厅伯爵乔治·格雷佛德和瑞斯利林地的骑士维克多·瑞斯利爵士——分别出任御前审问长和御前执法官。

新首相甚至遣散了尤斯塔斯修士，让更年轻的伯纳德修士负责宫廷的宗教事务，做少年国王的信仰和道德导师。伯纳德亦为首相的亲族，出自其曾祖父的妹妹一脉。尤斯塔斯修士被解职后离开君临，回到故乡石堂镇，余生致力于完成巨著（尽管有些枯燥）《韦赛里斯一世国王的统治及随后的"血龙狂舞"》。可叹继任的伯纳德修士专心致志地谱写圣歌，疏于记录宫廷流言，他

的作品对后世的历史研究者和学者无甚价值（更可叹的是，圣歌的爱好者对他的作品同样弃如草履）。

少年国王对这些改变相当不满，首要就是身边的御林铁卫。他不喜欢也不信任两个新人，亦从未忘记马斯森·维水爵士在他母亲遇害时袖手旁观。他更厌恶首相的"十指"，尤其是傲慢无礼、满嘴脏话的卫队长"拇指"泰斯里奥，而他的厌恶很快化作憎恨，因这个瓦兰提斯人为买马发生的争执，动手杀了伊耿希望任命为御林铁卫队长的年轻骑士罗宾·马赛爵士。

国王对新任教头也迅速产生了同等的憎恨。加雷斯·朗爵士剑术精湛，教学方式却过于严苛，在星梭城就以对受训男孩的残酷而恶名昭著。达不到要求的学生往往数日不得睡觉，或泡进冰桶，或剃光头发，挨打更是家常便饭。加雷斯爵士在新岗位上无法运用这些手段，不管伊耿如何态度消极，对剑术和战斗如何了无兴趣，他都不能侵犯国王的御体。事实上，只要加尔斯爵士提高音量或用语刻薄，国王便会当即扔下长剑和盾牌，转身离开。

然而伊耿似乎只有六岁的侍酒兼试毒者"淡发"盖蒙这一个朋友。加雷斯爵士注意到盖蒙不但跟国王共同用餐，还常陪国王去校场练习。盖蒙只是妓女的私生子，地位无足重轻，所以培克伯爵一口答应加雷斯爵士的请求，让盖蒙担任国王的替身儿童。从此以后，伊耿的任何错误、懒惰或违抗都会导致朋友受罚。盖蒙的血泪比加雷斯·朗的任何斥责都有效，国王的进步有目共睹，但他对老师的怨愤也在日积月累。

眼盲身残的泰兰·兰尼斯特跟伊耿交流时总是礼敬有加、语气温和，以引导而非命令为主旨；乌尔温·培克则过于严厉，用语唐突又粗暴。他对少年国王缺乏耐心，"蘑菇"形容他"仅当对方是一个内向男孩，而非自己扶持的君主"。他不让伊耿三世参政议政，眼见其重新变得安静、孤僻和郁郁寡欢，更乐得予以忽视，只在必不可缺的正式场合才搬出来应酬。

在外界看来，泰兰·兰尼斯特爵士是个软弱无能的首相和邪恶恐怖、诡计多端的巫师。乌尔温·培克伯爵入主首相塔后，决心展现自己的力量和公正。"我这个首相不盲也不瘸，永远以真面目示人，"他对国王和宫廷宣布，"我的宝剑时刻做好了准备。"他说着从剑鞘中抽出长剑，高高举起让众人瞻仰。大厅内顿时响起窃窃私语，因这并非普通刀剑，而是瓦雷利亚钢剑"孤儿制造者"，从前为"无畏的"琼恩·罗克顿所有，自他在腾石镇被修夫·铁锤的手下杀害后便下落不明。

根据修士们的说法，天父节是审判的吉日。新首相宣布将在征服一百三十三年的这一天对已宣判的犯人处刑。此时城市监狱已快被挤爆，红堡地牢也人满为患。培克伯爵清空监牢，把囚犯驱赶或拖拽到红堡大门前的广场，成千上万君临人涌来围观。阴郁的少年国王和严肃的国王之手站在城垛边俯瞰广场，御前执法官主持行刑———一柄剑显然不够用，"拇指"泰斯里奥和其他"指头"也来协助。

"首相要是把苍蝇街的屠夫都找来，手脚还能麻利点儿。""蘑菇"点评，"反正都是剁肉切肉。"四十个窃贼被砍手；八个强奸犯被阉割，然后脖子挂上自己的老二，赤身裸体走到河边，乘船前往长城；一个布道者（疑似穷人集会成员）公开宣扬冬季大风寒是七神对坦格利安家族乱伦行为的惩罚，他被拔掉舌头；两个妓女将痘疹传染给数十名男性，她们以不便描述的方式被处剜刑；六个偷主人财物的仆人被割开鼻子；另一个仆人在墙上打洞，偷窥主人的女儿们的裸体，他被挖去那只冒犯的眼睛。

接着处理杀人犯,一共七人。其中有个旅店老板,他从"人瑞王"时期就开始作案,专挑无亲无故的顾客谋财害命。其他杀人犯直接处以绞刑,黑店老板则先被砍下双手,当面焚烧,然后用绳子慢慢吊起来,在他挣扎之际开膛破肚。

最后登场的是头等要犯,这也是围观群众期待已久的保留节目。被砍头的有三人:一是"牧羊人转世";另一个是受控将冬季大风寒自姐妹屯带到君临的潘托斯商船船长;最后还有前任大学士欧维尔,叛国罪犯和守夜人逃兵。御前执法官维克托·瑞斯利爵士亲自行刑,用斧头取下潘托斯人和假先知的首级,考虑到欧维尔大学士年事已高、出身高贵且为王室长期效力,便用剑送他最后一程。

"天父节就这样结束,大门前的民众散去,国王之手心满意足。"次日将启程前往石堂镇的尤斯塔斯修士写道,"我唯愿描述百姓们如何回家禁食祈祷、祈求宽恕,可惜真相大相径庭。鲜血令他们兴奋,城里的酒馆、酒肆和妓院……这些罪恶的巢穴霎时爆满。人类的天性就是如此顽劣。""蘑菇"以自己的方式说了同样的话,"每当我看到有人被处死,都想开怀畅饮、睡个小妞,以提醒自己活着是多么美妙。"

伊耿三世国王站在城门楼的垛口边观看天父节的行刑,他未发一言,也没从血腥的现场转开视线。"国王就像蜡像。"尤斯塔斯修士记录道。慕昆大学士也印证了这点,"陛下尽职尽责地全程旁观,但心思根本不在这里。有些囚犯向城墙上绝望地哀号求饶,他仿佛视而不见、听而不闻。毋庸置疑,这是首相设下的宴席,也只有首相自己得到享受。"

到这年年中,新首相已牢牢掌控了红堡、都城和国王。百姓集体失声,风寒销声匿迹,杰赫妮拉王后幽居卧室,伊耿国王早晨下场训练、晚间彻夜观星。然而君临之外,过去两年滋扰王国的事端仍在发酵、变本加厉。贸易几近消弭,西境烽烟不断,北方陷入饥荒和瘟疫,南疆的多恩人日益猖獗。培克伯爵审视情势后,认为铁王座当下必须展示武力。

泰兰爵士委托建造的十艘大型战舰已竣工八艘,首相决定动手打开狭海的航路。他指派另一位叔叔杰德慕·培克爵士统领王家舰队。杰德慕战斗经验丰富,以擅用的武器得了个"巨斧"的外号,可他勇则勇矣,却对航海一窍不通。首相只能招募声名狼藉的雇佣船长奈德·宾（因浓密的黑胡须又被称为"黑豆"）担任"巨斧"的副手，提供一应海事建议。

杰德慕爵士和"黑豆"启航时，石阶列岛的形势可谓一团乱麻。雷查里诺·雷恩登的船只已基本被母邦扫清，但他仍盘踞于列岛中最大的血石岛及其他一些小岛。泰洛西大君在清剿战争即将大获全胜的当口遭遇里斯和密尔的联合打击（这两个城邦见势不妙，赶紧停战结盟），被迫召回船只和士兵。布拉佛斯、潘托斯与罗拉斯的三头同盟因罗拉斯人的退出而失去一头，现今潘托斯佣兵占领了石阶列岛其余各岛，布拉佛斯舰队控制着岛屿间的水域。

乌尔温伯爵非常清楚，维斯特洛无法与布拉佛斯在海上争锋。他宣称自己的目标是终结雷查里诺·雷恩登及其海盗王国，并在血石岛驻军，以确保狭海航路畅通。王家舰队现有八艘新战舰和二十艘舰龄较长的平底船和划桨船，不足以完成任务，因此首相去信潮头岛，指示"潮汛之主"埃林·瓦列利安"集结你祖父的舰队，移交我的好叔父杰德慕指挥，让他打通海路。"

年轻的埃林伯爵早有出兵之意，"海蛇"在世时亦有相关打算，但他对这封信的措辞大为光火，"舰队是我的，何况贝妮拉的猴子都比那个杰德慕更适合指挥。"不过他依令行事，带着六十艘划桨战舰、三十艘长船和超过一百艘大大小小的平底船与驶出君临的王家舰队汇合。庞大的联合舰队通过喉道时，杰德慕爵士让"黑豆"携带接管瓦列利安分舰队的授权信，登上埃林伯爵的座舰"雷妮丝女王号"，声称"他丰富的海上经验能让舰队受益"。埃林伯爵当即把人赶了回去。"我真想吊死他，"他回信给杰德慕爵士，"但我不愿为一颗黑豆浪费上好的麻绳。"

冬季的狭海北风强劲，舰队南下极为顺畅。在塔斯岛外，"暮之星"布戴米尔伯爵又带来十二艘长船，但伯爵的消息就没那么鼓舞人心了：布拉佛斯海王、泰洛西大君及雷查里诺·雷恩登已达成协议，他们将共同统治石阶列岛，只让布拉佛斯和泰洛西许可的船只通过。"那潘托斯呢？"埃林伯爵不禁问道。

"它被抛弃了。""暮之星"回答，"馅饼分成三份比四份划算。"

"巨斧"杰德慕（他在航行途中剧烈晕船，水手们改叫他"呕人"杰德慕）认为应先知会国王之手，听其定夺。鉴于"暮之星"已派渡鸦去君临报信，杰德慕便令舰队停留塔斯岛，不得轻举妄动。"这会让我们失去突袭雷查里诺的机会。"埃林·瓦列利安相当不满,杰德慕爵士却固执己见,两人不欢而散。

次日太阳升起时,"黑豆"叫醒杰德慕爵士,告知"潮汛之主"已带着瓦列利安分舰队趁夜出走。"巨斧"杰德慕嗤之以鼻,"我敢打赌,那小子是夹着尾巴缩回潮头岛了。"奈德·宾也这样认为,他管埃林伯爵叫"吓破胆的小鬼"。

他们大错特错。埃林伯爵没有北归,而是直扑南方。三日后,当"巨斧"杰德慕及王家舰队仍滞留于塔斯岛沿岸等候回复时,战斗在石阶列岛的礁石、海蚀柱和蜿蜒水道间打响。埃林伯爵进攻令布拉佛斯人措手不及,他们的海军元帅和四十名船长正在血石岛与雷查里诺·雷恩登及泰洛西使团觥筹交错,结果半数布拉佛斯船于锚地和码头被俘、被焚或沉没,其他的也在扬帆逃窜途中遭遇相似命运。

战斗并非没有流血。四百支桨的布拉佛斯巨型帆船"大挑战号"杀出六艘较小的瓦列利安战舰的包围,抵达开阔海域,却迎头对上埃林伯爵的座舰。布拉佛斯人发觉时为时已晚,他们拼命调头迎击,无奈巨舰笨拙又迟缓,而"雷妮丝女王号"的桨手齐心协力、速度飞快。

一位目击者事后写道,"雷妮丝女王号"的船首"如一只硕大的橡木拳"狠狠砸进布拉佛斯巨舰的侧舷,粉碎了无数船桨,撕裂了甲板和船壳,倾覆了高耸的桅杆。巨型帆船几乎当即折为两截,埃林伯爵旋即吩咐桨手倒划,海水涌入"大挑战号"的大裂口,致其迅速沉没,"同时沉没的还有海王的骄傲"。

埃林·瓦列利安大获全胜。他在石阶列岛仅仅失去三艘船(不幸的是其中包括堂亲戴伦的"真心号",戴伦本人亦随座舰沉没),却击沉超过三十艘船,俘虏六艘划桨战舰和十一艘平底船,掳走八十九名人质,得到大量食物、酒水、武器、钱币,甚至有一头预定送入海王百兽园的大象。"潮汛之主"还收获了将伴随一生的光辉绰号:"橡木拳"。当他乘坐"雷妮丝女王号"驶入黑水河口、骑着海王的大象穿过临河门时,欣喜的民众接踵摩肩,他们站在街边歇斯底里地呼喊英雄的名字,只求被看上一眼。伊耿三世国王亲自在红堡大门前迎接。

但"橡木拳"埃林进入红堡后气氛大变,少年国王并未在王座厅现身,取而代之坐上铁王座的是乌尔温·培克伯爵,他怒冲冲地俯视着年轻的英雄,"你这白痴,没脑子的蠢货。我恨不得砍你的头。"

首相的暴怒情有可原。虽然民众为"橡木拳"欢呼雀跃,年轻人勇敢而鲁莽的出击却置王国于危险境地——他的确俘获了二十艘布拉佛斯船和一头大象,但没有夺占血石岛或石阶列岛的其他岛屿,因用于陆战的骑士和士兵在王家舰队那些体积更大的船上,被他丢弃于塔斯岛。培克伯爵的目标是摧毁雷查里诺·雷恩登的海盗王国,这一战反倒巩固了雷查里诺的地位,同时招惹了自由贸易城邦中最富有、最强大、最令首相忌惮的布拉佛斯。"这就是你干的好事,大人,"培克怒吼,"你带来了战争。"

"我还带来了大象。"埃林伯爵无礼地回答,"拜托,请别忘了那头大象,首相阁下。"

"蘑菇"告诉我们,他的俏皮话让培克伯爵的手下忍不住窃笑,但伯爵本

人没笑。"他不是那种会自嘲的人，"侏儒解释，"更不喜欢被人嘲笑。"

但其他人害怕乌尔温伯爵，"橡木拳"埃林却有恃无恐。他固然才刚成年，还是个私生子，却娶了国王的异母姐姐，继承了瓦列利安家族的力量和财富，又深得民心。乌尔温·培克无论拿什么头衔都压不住这位石阶列岛的英雄，更不敢贸然加害。

"年轻人往往以为自己永生不死，"慕昆大学士在《真史》中写道，"他们品尝到胜利的美酒后更会如此确信，然而这份自信将让他们踏入年长者用经验编织的陷阱。埃林伯爵笑对首相的指责，但很快他就会了解首相的赏赐有多凶险。"

慕昆所言非虚。埃林伯爵凯旋返回君临后的第七天，红堡举行盛大的庆典，伊耿三世国王坐上铁王座，整个宫廷和半座都城的人都来见证。御林铁卫队长马斯森·维水爵士册封埃林为骑士，首席摄政暨国王之手乌尔温·培克为他挂上海军上将的职位金链，又赠送"雷妮丝女王号"的银质模型，以纪念其伟大胜利。国王亲自垂询他是否愿意加入御前会议效力，出任海政大臣，埃林伯爵恭谨领命。

"首相就这样扼住了他的喉咙。""蘑菇"形容，"话出自伊耿，传达的却是乌尔温的意思。"少年国王声称，忠实的西境子民久受铁群岛掠夺者之苦，新任海军上将不是给落日之海带去和平的最佳人选吗？骄傲鲁莽的青年"橡木拳"埃林无话可说，只能答应率领舰队绕过维斯特洛大陆南端，前去收复仙女岛，并终结尔顿·葛雷乔伊大王及铁民的劫掠。

这是一石二鸟之计，因这段航程至为凶险，瓦列利安舰队很可能损失惨重：石阶列岛遍布敌人，他们绝不会再给埃林伯爵可乘之机；列岛过后是荒芜的多恩海岸，数百里内没有安全港湾；待伯爵最终来到落日之海，"红海怪"的长船想必好整以暇等候多时……

若铁民获胜，瓦列利安家族的权势将一落千丈，培克伯爵再不用忍受年轻的"橡木拳"的挑战；若埃林伯爵获胜，仙女岛物归原主，西境战火平息，伊耿三世国王和他的新首相在七国诸侯眼中的威信必将大大上升。

"潮汛之主"将大象献给伊耿三世国王，旋即离开君临，返回船壳镇召集舰队，为漫长的航程准备补给。他跟妻子贝妮拉夫人道别时，后者送了他一个吻和怀孕的消息。"叫他科利斯，以纪念我的祖父。"埃林伯爵告诉贝妮拉，"他说不定会坐上铁王座。"贝妮拉闻言大笑："我要叫她兰娜尔，以纪念我的母亲。她说不定会驾驭巨龙。"

前已述及，科利斯·瓦列利安著名的九次大航海都在"海蛇号"上完成。"橡木拳"埃林伯爵的六次大航海用的却是六艘不同的船，他称为"我的夫人们"。这次环绕多恩领前往兰尼斯港的航海，他的座舰乃是在石阶列岛俘获的两百支桨的布拉佛斯划桨战舰，他用年轻妻子的名字命名为"贝妮拉夫人号"。

许多聪明人认为培克伯爵在与布拉佛斯开战边缘竟将手头主要的海上力量派去维斯特洛另一边，实在有些不伦不类。杰德慕·培克爵士和王家舰队业已受命自塔斯岛北返喉道，把守黑水湾入口，以防布拉佛斯伺机报复君临，但狭海沿岸的其他港口和城市依旧毫无防备。首相不得不派遣同僚曼佛利·慕顿伯爵前往"秘之城"与海王谈判，并归还大象。慕顿带去六位贵族领主，六十名骑士、护卫、仆人、书记和修士，六位歌手……以及"蘑菇"——他似乎是躲在酒桶里去的，为了逃离阴森肃穆的红堡，找个"人们还懂得欢笑的地方"。

布拉佛斯人素来务实，这座由逃亡奴隶建立的城邦礼拜上千个伪神，真正的信仰却是金子。在"百岛"，利益向来高于尊严。慕顿伯爵一行入城时便对"泰坦巨人"叹为观止，还被对方带去参观传说中的兵工厂，见证一天造出一艘战舰的奇观。海王故意向慕顿伯爵夸耀："你们那个娃娃上将偷走和弄沉的船，我们都补上了。"

海王一方面大肆展示实力，另一方面又宣称爱好和平。当他与慕顿伯爵就和平条款讨价还价时，佛拉德伯爵和克雷西伯爵花去大把资金贿赂城市的看匙人、总督、牧师和商业巨子。最终，布拉佛斯得到巨额赔偿后原谅了瓦列利安伯爵"无端的野蛮侵犯"，并同意解除和泰洛西的联盟，与雷查里诺·雷恩登断绝关系，将石阶列岛归还铁王座（列岛实际操于雷恩登和潘托斯人之手，海王做的是无本买卖，这就是布拉佛斯人的风格）。

这趟布拉佛斯之行还留下诸多别有风味的插曲。佛拉德伯爵迷上一位布拉佛斯交际花，宁愿留在她身边，不肯返回维斯特洛；赫尔曼·罗林佛德爵士死于和一名布拉佛斯刺客的决斗，对方仅是对他上衣的颜色不满；"蘑菇"断言丹尼斯·哈特爵士雇佣神秘的无面者去解决在君临的对手；至于弄臣本人，他完美地取悦了海王，因此收到一份慷慨的邀约。"我承认自己动心了。在维斯特洛，我的才华浪费在永远不会笑的国王身上，而布拉佛斯人人喜欢我……但恐怕是太喜欢了。每个交际花都想要我，早晚会有哪个刺客嫉妒我那话儿的尺寸，用又小又尖的肉叉子捅我。我最好还是溜回红堡，继续装傻充愣。"

慕顿伯爵带着苛刻的和平协议回到君临，海王索要的赔款掏空了国库。为满足布拉佛斯，培克伯爵倒得向铁金库借钱，而为平衡收支，他又不得不恢复某些昔日由赛提加伯爵制定、后被泰兰·兰尼斯特爵士废除的税项，领主和商人对此均十分恼怒，这也继续降低了伯爵在百姓中的口碑。

七大王国在本年下半段的运势也不见好转。雷妮亚夫人怀上科恩·科布瑞爵士的孩子本是一桩振奋宫廷的好事，但夫人一个月后即告流产，欢欣迅速转为忧伤；饥荒在北境蔓延，冬季大风寒袭击荒冢屯，该疫病从未如此深入内陆；掠袭者"残忍的"西拉斯率三千名野人越过长城，消灭了王后门的黑衣兄弟，杀入"赠地"。克雷根·史塔克公爵自临冬城出发，途中与深林堡的葛洛佛家族，山区的菲林特氏族和诺瑞氏族，以及一百名守夜人游骑兵汇合，围剿并杀光了这批野人；一千里格外的南方，史蒂芬·克林顿爵士亦在狂风肆虐的边疆地追剿一小队多恩掠袭者，但他无视危险，追得太远太急，结果中了独臂的怀兰·韦尔的埋伏，埃琳娜夫人只能再度守寡。

在西境，乔安娜·兰尼斯特夫人赢得凯切镇之战后，试图乘胜打击"红海怪"。她在宴火城下悄悄拼凑出一支渔船和平底船组成的破烂舰队，载上一百名骑士和三千名士兵，打算趁夜渡海，从铁民手中夺回仙女岛。根据计划，兰尼斯特军将神不知鬼不觉地在仙女岛南端登陆，不料有人走漏风声，渡海后等待他们的是长船舰队。指挥这次惨烈行动的普莱斯特伯爵、塔贝克伯爵和埃欧文·兰尼斯特爵士全部殒命，三颗首级被道尔顿·葛雷乔伊送回凯岩城。"红海怪"宣称这是"为我叔叔偿命，虽然那家伙是个饭桶加酒鬼，铁种们巴不得早点摆脱他"。

不过外界的桩桩不幸比起宫廷和国王的飞来横祸，又只能说是小巫见大巫。征服一百三十三年九月二十二日，七大王国的王后、伊耿二世国王仅剩的后嗣杰赫妮拉·坦格利安离世，年仅十岁。小王后同母后海伦娜一样落下梅葛楼的窗户，插在干涸护城河中森然林立的铁刺上。铁刺穿透胸膛和肚腹，她痛苦挣扎了半小时才被救下来，即刻香消玉殒。

　　君临人以独有的夸张方式表达如潮哀思。杰赫妮拉是个饱受惊吓的孩子，自戴上后冠之日起就躲在红堡内不肯见人，但都城百姓记得她大婚时的模样，那个小女孩看起来如此勇敢美丽。于是他们放声哭泣、肆意号啕，他们撕碎衣衫，涌入圣堂、酒馆和妓院，去寻求任何能寻到的慰藉。很快流言四起，人们如同当初海伦娜王后离世时那样反复追问：小王后真的是自杀吗？即便在红堡，各种怀疑也层出不穷。

　　杰赫妮拉是个孤独的孩子，总是哭哭啼啼，还有些头脑简单，她只乐意待在房间，由女伴、侍女、猫咪和娃娃陪伴。她怎会疯狂或悲伤到跳出窗外、落在那些可怖的铁刺上？有人说雷妮亚夫人流产让她难过到轻生，有人更刻薄地推测这是出于对贝妮拉夫人腹中胎儿的嫉妒，另有流言声称"这都怪国王。她全心全意爱着他，他却不理不睬也不在乎她，甚至不让她进他的房间"。

　　当然，更多人相信杰赫妮拉并非自杀。"她是被害死的，"他们悄悄谈论，"跟她母亲一样。"假若如此，谁是凶手？

　　可疑的嫌犯很多。按传统，王后的房间门口始终有一名御林铁卫执勤，此人可轻易溜进去，将小王后扔出窗户……那么，指使御林铁卫的会是国王吗？有人说伊耿受够了爱哭的杰赫妮拉，想要换个妻子，也有人说他与杀母仇人不共戴天，誓要让对方断子绝孙。由于伊耿阴沉忧郁，从不表露内心，"残酷的"梅葛的掌故遂被翻了出来，并广为流传。

　　还有人归咎小王后的女伴卡珊德拉·拜拉席恩小姐。卡珊德拉小姐是"四风暴"中的大姐，在伊耿二世国王最后的时日里与之有过婚约（她此前也很可能跟伊耿的弟弟独眼伊蒙德订过婚）。一些人怀疑两度失望让她心怀怨怼，她曾是风息堡的继承人，今沦为君临的弃子，便将一腔愤恨发泄到智力低弱、爱哭鼻子的小王后身上。

　　小王后的一位贴身侍女亦受到怀疑，她被发现偷了王后的两个娃娃和一条珍珠项链；另有一位跑腿小弟去年曾把汤洒到小王后身上，因此遭受责打，如今也成了嫌犯。御前审问长亲自审问，最终宣判他们无罪（但男孩已被拷打致死，女孩此后因偷窃失去一只手）。侍奉七神的神圣仆从亦成了怀疑对象，风闻城里有个修女说过小王后不该生育，因弱智的母亲会生下弱智的儿子，金袍子便抓走她,丢进地牢。

悲伤令人疯狂,事后看来,我们可以公正地断定,上述人等皆与小王后的惨死无涉。若杰赫妮拉·坦格利安果真遭遇谋害(没有真凭实据能证明这一点),罪魁祸首只有一种可能:首席摄政、全境守护者暨国王之手,星梭城、杜斯顿伯里和白园城伯爵乌尔温·培克。

培克伯爵跟前任一样格外关注继承人问题。伊耿三世未有子嗣,也没有在世的同宗兄弟(至少已知情况如此),而明眼人都能看出,他将来也不太可能和小王后诞下继承人。两个异母姐姐与他血缘最近,但培克伯爵曾浴血奋战阻止女人登上铁王座,不会坐视这种事发生。倘若双胞胎姐妹生下儿子,那男孩将立刻在继承顺位上排到前列……如今雷妮亚夫人怀孕后流产,可潮头岛的贝妮拉夫人腹中的胎儿正日渐成形,乌尔温·培克伯爵绝对无法忍受把王位留给"荡妇和野种的小崽子"。

只要国王生下后代,便能避免伯爵眼中最糟糕的情形……如此则必须除掉杰赫妮拉,让国王再婚。培克伯爵肯定不会亲自动手,小王后离世时他有完美的不在场证明……但当晚在王后房间门口执勤的御林铁卫乃是他的私生兄弟默文·佛花。

默文爵士听命于首相?这很有可能,尤其考虑到本书随后的章节将要讲述的事件。默文是个私生子,在世人的风评中,他作为御林铁卫虽称不上勇气过人,但较为尽责。他不是比武冠军,也没有英雄光环,好在经验丰富、剑术高明,并且唯命是从。可人类并非总能表里如一,君临的宫廷人士就是典型,熟识默文·佛花的人清楚他的另一面。"蘑菇"提及爵士不当值时好酒,他俩正是酒友,而爵士虽发誓守节,但在白剑塔外很少独睡。他其貌不扬,粗犷的气质却足以倾倒某些洗衣妇和女仆,他醉酒后甚至吹嘘自己睡过贵妇。跟许多私生子一样,他血气方刚,脾气暴躁,总是杯弓蛇影,自觉被人轻视。

但上述这些缺点并不能证明佛花会堕落到把熟睡的孩子从床上拖起、残忍地扔出窗外,连向来不惮以最大恶意度人的"蘑菇"也不认为他能如此冷血。弄臣相信默文爵士可用枕头闷死王后……随后他又提出另一种更阴险也更现实的可能:将王后推出窗外的并非默文爵士本人,他只把杀手放了进去,那很可能是他认识的人……比如"拇指"泰斯里奥,或其他"指头"。只要对方声称奉首相之命，默文爵士便没过问其对小王后有否不利。

侏儒的说法亦为猜测，杰赫妮拉·坦格利安之死的真相也许永远不得而知。她可能仅因一时脾气发作便自我了断，但若真为他杀，根据种种迹象，乌尔温·培克伯爵难逃干系。不过既然无凭无据，培克伯爵自不会受到指责……假设他没有此后的举动。

小王后火化后的第七日，乌尔温伯爵偕慕昆国师、伯纳德修士和御林铁卫队长马斯森·维水觐见悲伤的国王，告知对方应脱下漆黑的丧服，"为王国利益"再婚，而新王后人选已定。

乌尔温·培克结婚三次，生下七个孩子，但只有一个尚在人世。他的头生子于襁褓中夭折，他跟第二任妻子生的两个女儿也是如此。他的第三个女儿早早出嫁，随即以十二岁之龄分娩并不幸身亡。他把次子送给青亭岛收养，担任雷德温伯爵的侍酒和侍从，却也在十二岁那年遭遇船难溺亡。作为继承人的提图斯爵士是乌尔温唯一长大成人的儿子，他在蜜酒河一战表现突出，被"无畏的"琼恩·罗克顿封为骑士，却在六天后外出侦察时遭遇残人团伙，于毫无意义的冲突中阵亡。首相只剩下女儿蜜莉儿。

蜜莉儿·培克将成为伊耿三世的新王后，首相声称她是上上之选。蜜莉儿与国王同龄，"秀丽可人，性情端庄"，她出自王国最高贵的家族，从小由修女悉心教导读写算数，而其母上丰饶多产，国王将来不愁没有强壮的儿子。

"如果我不喜欢她呢？"伊耿国王问。

"您无需喜欢她。"培克伯爵答道，"您只需娶她、睡她，让她怀上儿子。"这句粗鲁的答复后，他又说抛出那个可耻的比喻，"陛下也不爱吃芜菁，但厨子呈上您还得吃，不是吗？"

伊耿国王阴郁地点点头……但这段对话被传了出去——这种事人们总是乐此不疲——倒霉的蜜莉儿小姐立刻被七国上下冠以"芜菁小姐"的称号。

然而她没能成为"芜菁王后"。

乌尔温·培克这次过于逾越。撒迪厄斯·罗宛和曼佛利·慕顿愤恨培克伯爵把他们蒙在鼓里，如此大事本应由摄政团共同商定；艾林公爵夫人从谷地发出措辞严厉的警告；克米特·徒利称订婚为"独断专行"；班吉寇·布莱伍德质疑此事过于仓促，他认为至少应给伊耿半年时间哀悼小王后；临冬城的克雷根·史塔克送来一封短信，申明北境不支持首相策划的婚配。连慕昆大学士都犹豫起来。"蜜莉儿小姐确实讨人喜欢，她肯定也能成为优秀的王后。"他对首相说，"但我们行事务须尽善尽美、考虑周全。大人，我有幸与您同堂共事，深知您将陛下视如己出般疼爱，为了陛下和王国的利益殚精竭虑，但外人或许会觉得您选择自己的女儿是出于私心……为了权力或培克家族的荣耀。"

"蘑菇"在此事上亦有精辟见解，他认为有的门扉不能轻易开启，"你永远不知道会引发什么后果"。培克为自己的女儿打开了王后之门，但各路诸侯亦有女儿（以及姐妹、侄女、外甥女，甚至守寡的母亲或未婚的姑姑），他们都想钻进这扇门，争先恐后地宣称自己的血脉比"芫菁小姐"更优秀高贵。

本书的篇幅不足以罗列所有自告奋勇的贵族，我们只能扼要叙述头面人物。凯岩城的乔安娜·兰尼斯特暂时放下与铁民的战争，她在给首相的亲笔信中指出自己的女儿瑟蕾拉和提莎拉都是出身高贵的童贞少女，也都到了适婚年纪；两度守寡的风息堡夫人埃琳娜·拜拉席恩举荐自己同样身处君临的两个女儿卡珊德拉和艾莲，她在信中声称卡珊德拉曾与伊耿二世订婚，"早已做好为国王服务的准备"；白港的托伦伯爵送来一只渡鸦，提起龙和人鱼"被残酷的命运中断"的婚约，他恳请伊耿国王迎娶曼德勒家的女人，将一切带回正轨；腾石镇的寡妇莎丽斯·傅德利胆大包天地推荐自己。

最出格的信件来自生性叛逆的旧镇夫人萨曼莎·海塔尔。她宣称自己的妹妹珊莎菈（夫人和妹妹均出自塔利家族）"身强体健，活力无限，论读书胜过学城一半的学士"，小姑蓓珊妮（出自海塔尔家族）"貌美如花，肤若凝脂，秀发光泽，千娇百媚"，唯一的缺点是"说实话，她为人懒惰还有点蠢，但有些男人就喜欢这种老婆"。为弥补缺陷，她提议伊耿国王两个都娶，"一个用来并肩统治，就像亚莉珊王后辅佐杰赫里斯国王，另一个用来上床产子"。假设国王"因种种原因"认为这两人"不够理想"，山姆夫人还贴心地附上三十一位来自海塔尔家族、雷德温家族、塔利家族、安布罗斯家族、佛罗伦家族、科伯家族、科托因家族、毕斯柏里家族、瓦尔纳家族和格林家族的适龄处女，以供备选（"蘑菇"说夫人在信末更用调侃的口吻写道："假若陛下乐意，我还认识不少俊俏小伙，但他们恐怕无法传宗接代。"不过没有一本编年史提及这段寡廉鲜耻的附言，夫人的来信原件也已遗失）。

局势已然失控，乌尔温伯爵不得不重新考虑。他仍想让女儿蜜莉儿嫁给国王，但必须设法安抚那些他在意的领主。迫于形势，他坐上铁王座公开宣布："为臣民福祉计，尽管无人能替代敬爱的杰赫妮拉王后在陛下心中的地位，陛下亦必须续弦。各位贵人踊跃提供了诸多值得这份荣耀的候选，她们无疑都是王国最美丽的花朵。然而陛下的真命之女当如亚莉珊之于杰赫里斯，琼琪之于佛罗理安。她不但要与他同床共枕、生儿育女，还要替他分担重任、疏难排解，并同他白头偕老。这样的女子只由陛下的慧眼金睛亲自择选。我们将在少女节举办一场自韦赛里斯国王时代以来最盛大的舞会，遍邀七大王国全境的少女在陛下面前尽情表现，让陛下选出最合适的配偶和爱侣。"

首相的宣言引发轰动，兴奋情绪不但笼罩了宫廷和都城，还迅速向全国扩散。从多恩边疆地直到长城，慈爱的父亲和自豪的母亲看着待嫁的女儿，都觉得这便是国王的真命之女。维斯特洛所有的贵族小姐都开始精心打扮、缝制衣服、梳理头发，满脑子想着："我为什么不行？我也可能成为王后。"

然而乌尔温伯爵在坐上铁王座发表宣言以前，早早派了渡鸦去星梭城，召女儿蜜莉儿赶来君临。离少女节尚有近三个月，伯爵打算让她提前入宫接触国王，最好彼此暗生情愫，舞会之夜获选就十拿九稳了。

上述安排人尽皆知，另有许多来自流言……据说乌尔温·培克在等候女儿入宫期间用尽阴谋诡计，对自认较有威胁的竞争对手施以迫害、污蔑、引诱或诽谤。卡珊德拉·拜拉席恩将小王后推出窗外的谣言卷土重来，其他少女真真假假的不端行为也成了宫廷的日常谈资。伊莎贝尔·斯汤顿的酒癖被四处传扬，埃萝·马赛的失贞被添油加醋，有人声称萝莎蒙·戴瑞用束胸衣隐藏六个乳头（据说这是因为她母亲跟狗生下了她），又有人指控莱拉·哈佛出于嫉妒闷死了尚在襁褓的弟弟。更夸张的故事针对"三简妮"（简妮·斯莫伍德、简妮·慕顿和简妮·玛瑞魏斯），说她们喜欢变装为侍从，跑到丝绸街的妓院，像男孩那样亲吻和爱抚那里的娼妓。

所有故事都传进了国王耳中，其中不乏"蘑菇"所为——弄臣承认在伊耿三世御前抹黑那些少女收取"丰厚的报酬"。自杰赫妮拉王后去世，侏儒便常在御前侍奉，他的笑话虽无法驱散国王的阴霾，却能逗笑"淡发"盖蒙，所以国王每每为朋友传唤他。蘑菇在《证词》中说，"拇指"泰斯里奥让他选择

"要银子还是要钢铁",他"迫于无奈,只好请对方收回匕首,然后接过鼓鼓囊囊的一袋银币"。

根据流言,乌尔温伯爵为赢得这场争夺国王欢心的秘密战争,使出的手段远不止言辞。舞会对外宣布后没多久,人们便在提莎拉·兰尼斯特的床上逮到一名马童,尽管提莎拉小姐坚称这小子是擅自爬窗的陌生人,慕昆大学士的检查却表明她已非完璧;露辛达·庞洛斯在离城堡不到半日行程的黑水湾畔鹰狩时遭遇强盗,猎鹰被杀、坐骑被抢,一个强盗捉住她,另一人割开了她的鼻子;菲莱雅·史铎克渥斯小姐是个活泼漂亮的八岁女孩,过去偶尔会陪小王后玩娃娃,如今在螺旋梯上失足摔折了一条腿;布克勒夫人和她仅有的两个女儿横渡黑水湾时翻船淹死。人们开始谈论"少女节的诅咒",而那些深悉权谋运作的人看出背后隐形的手,管住了舌头。

首相及手下应为桩桩不幸和惨剧负责吗?无论如何,这对最终结果影响甚微。自杰赫里斯国王驾崩,君临便没举办过舞会,而这次舞会的性质又是独一无二的。在比武大会上,娇美的少女及尊荣的贵妇为"爱与美的皇后"的头衔争得头破血流,得到的荣耀还只能持续一晚,这次若被伊耿国王选中却可终身母仪维斯特洛。眼见天南海北的贵族都不辞辛劳地来到君临,培克伯爵赶紧宣布只有三十岁以下的贵族处女方有资格参选,意图限制人数。饶是如此,少女节当天仍有超过一千名符合条件的女子涌进红堡,首相根本无力阻止。这其中甚至有狭海对岸的参选人——潘托斯亲王送来一个女儿,泰洛西大君送来一个妹妹,密尔乃至古瓦兰提斯的古老世家也纷纷让女儿乘船前来(可惜没有一个瓦兰提斯女孩平安抵达,她们半路都教蛇蜥群岛的海盗掳走了)。

"妞儿们一个比一个漂亮。""蘑菇"在《证词》中说,"她们身披绫罗绸缎,佩戴珍珠玛瑙,艳光四射、婀娜多姿,在通往王座厅的路上留下无数靓丽倩影。此情此景堪称世间至美,当然,她们要是不穿衣服就更动人了。"(确实有人出于种种考虑这么干,那便是里斯的总督之女弥玛多拉·海恩。她穿了一件跟眼瞳相配的蓝绿色透明丝袍,里面只有一条镶嵌珠宝的腰带。她的出现立刻让城堡庭院陷入骚动,但御林铁卫拦住她,要求换上得体的衣服方能进入。)

少女们无疑做着与国王共舞的美梦,幻想运用聪明才智或觥筹交错时的挑逗眼神来俘获国王。她们进门后才发现这里并未安排舞蹈、美酒甚至交流,诶谐还是驽钝都一视同仁。这已不是通常意义的舞会，伊耿三世国王端坐在铁王座上，身穿黑衣，头戴金冠，喉头挂着金链，等待女孩们排好队一个个走到面前。传令官通报参选人的姓名和家世后，女孩便行个屈膝礼，国王则冲她点点头，然后就轮到下一个女孩。"第十个女孩走来时，国王肯定忘了前五个。""蘑菇"说，"做父亲的大可把她们塞回队伍后面再排一轮，脑子灵光的家伙多半这么干过。"

少数勇敢的参选人壮起胆子对国王献殷勤，试图加深印象。艾莲·拜拉席恩问国王是否喜欢她的衣服（她姐姐后来宣扬她问的是："您喜欢我的胸吗？"这当然是无稽之谈）；阿莱莎·罗伊斯对国王倾诉她如何千里迢迢从符石城赶来见他；帕特丽夏·雷德温的表达能力更胜一筹，她说自己的队伍从青亭岛奔赴君临途中三次打退强盗。"我射中了一个人，"她自豪地宣称，"我射中了他的屁股。"；七岁的安雅·韦瑟瓦斯小姐告诉国王，她最钟爱的坐骑叫"叮当蹄"，又问国王有没有好马（乌尔温伯爵不耐烦地代伊耿回答："陛下有一百匹马。"）；还有些人称赞王都、红堡和国王的打扮，恐怖堡的少女芭芭·波顿甚至提出要求："就算您要送我回去，陛下，也请让我带上大批食物。北境的积雪很深，您的子民正在挨饿。"

最大胆的莫过于沙石城的多恩女人莫丽亚·科格尔，她行礼后笑着说："陛下，您为何不下来吻我？"伊耿没有回答，事实上，他没答复任何人。他对每位发言的少女都只点点头，表示听到了，然后马斯森爵士和御林铁卫便送她们离开。

音乐整晚在大厅内演奏，却被橐橐的脚步声、嗡嗡的议论声及不时飘来的轻柔哭声所淹没。红堡王座厅十分宏伟，放眼全维斯特洛，除开"黑心"赫伦的厅堂，无一能与之相提并论。但当时它容纳了超过一千位参选人，每位又都带来父母、兄弟、护卫和仆人，霎时挤得水泄不通。厅外冬风肆虐，厅内酷热难耐。传令官一直扯着嗓子通报参选人的姓名和家世，以致失声换人。四名满怀期待的少女当场晕倒，被抬出去的还有十二个母亲、好几个父亲和一个修士。一名肥胖的领主摔倒后病发身亡。

"蘑菇"后来管这场舞会叫"少女节奶牛展"，之前摩拳擦掌、兴奋难耐的歌手们此刻都没了灵感。随着时间流逝，女人们眼花缭乱地不断经过，国王变得越来越不耐烦。"这都是首相的安排。""蘑菇"吐露,"乌尔温伯爵有理由相信,陛下每一次烦躁的皱眉、每一次焦虑的挪动和每一次疲惫的点头,都会增加'芜菁小姐'中选的概率。"

蜜莉儿·培克一个月前抵达君临,她父亲确保她每天都会见到国王。她有棕色的眼睛和头发,一张宽脸长着雀斑,牙齿也有些不齐,这让她笑起来稍带害羞。而她年方十四岁,实际上比伊耿大一岁。"她不是很美,""蘑菇"承认,"胜在清新活泼,举止可爱,惹人喜欢。陛下似乎并不排斥她。"根据侏儒的计算,少女节前的半个月,乌尔温伯爵安排蜜莉儿小姐跟国王共进了六次晚餐。"蘑菇"被召去在这些冗长尴尬的宴席上表演,他回忆说伊耿国王用餐时没怎么开口,但"似乎跟'芜菁小姐'在一起比跟杰赫妮拉王后在一起舒服……即便没到舒服的程度,至少没表示反感。舞会前三天,他把一个曾属于小王后的娃娃送给了她。'给,'他把娃娃塞给她,'你拿着。'这或许不是纯真少女梦想听到的情话,但蜜莉儿欣然收下礼物,当作受宠的证明,她父亲更是心花怒放。"

蜜莉儿小姐像抱婴儿一样抱着那个娃娃出现在舞会上。她不是最先出场的(这份殊荣属于潘托斯亲王的女儿),也不是最后一个(最后出场的是乳头岛一位有产骑士的女儿亨丽埃塔·伍德哈尔)。经由父亲的精心安排,她在舞会头一个小时的末尾觐见国王,这个排位既不用承受假公济私的指责,又避免在国王精力涣散时遭到忽视。国王不仅破天荒地开口招呼蜜莉儿小姐,"我很高兴你能来,小姐。"还补了一句,"我也很高兴你喜欢那个娃娃。"首相自然备受鼓舞,觉得苦心经营的一切即将开花结果。

但他高兴得太早了,他此前费尽心机阻止国王的两个异母姐姐染指铁王座,报应终于来临。突如其来的喇叭声宣告贝妮拉·瓦列利安和雷妮亚·科布瑞的到来时,王座厅内只剩十几名少女尚未上前觐见,人群稀疏了许多。大门徐徐开启,戴蒙王子的双胞胎女儿在寒风裹挟下骑了进来。贝妮拉夫人挺着怀孕的大肚子,雷妮亚夫人则因流产颇为苍白瘦削,但两人的打扮完全一致、宛若镜影:她们都身穿柔软的黑天鹅绒裙服,喉头装饰着红宝石,背后飘飞的斗篷上绣有坦格利安家族的三头火龙。

双胞胎姐妹骑着炭黑色战马,并排踏入大厅。御林铁卫队长马斯森·维水爵士上前阻拦，要求她们下马，贝妮拉夫人扬起马鞭抽在他脸上。"我的弟弟国王陛下才有资格命令我。你算什么东西？"她们就这样骑到铁王座下才勒住缰绳，乌尔温伯爵上前喝问她们意欲何为，双胞胎姐妹亦当他是仆人一样不屑一顾。"弟弟，"雷妮亚夫人对伊耿说，"如蒙不弃，我们带来了您的新王后。"

她的夫君科恩·科布瑞爵士带着那个女孩上前，厅内众人不由得倒抽一口冷气。传令官用嘶哑的声音大喊："瓦列利安家族的戴安娜拉小姐。其父为已故的瓦列利安家族的戴伦大人，我们永远怀念他，其母为已故的黑泽尔夫人，出自哈特家族。她的监护人是贝妮拉·坦格利安夫人，以及海军上将、'潮汛之主'、潮头岛伯爵、'橡木拳'埃林·瓦列利安！"

戴安娜拉·瓦列利安是个孤儿，母亲被冬季大风寒带走，父亲戴伦随"真心号"沉没在石阶列岛。她的祖父魏蒙德爵士曾被雷妮拉女王砍头，但父亲戴伦与埃林伯爵和解，并为其战死。少女节这天站在国王面前的戴安娜拉身穿装点着密尔蕾丝和珍珠的洁白丝裙，一头长发在火光照耀下闪闪发亮，双颊亦因激动染上红晕。她才六岁，但美得令人窒息，同海马家族的诸多后代一样，古瓦雷利亚血统在她身上显露无遗——她的银发间杂着金丝，她的双眸湛蓝深邃宛若夏日大海，她的皮肤光滑白皙犹如冬季初雪。"她是如此光彩夺目，""蘑菇"形容，"当她微笑时，楼台上的歌手们都不由得情绪高涨，他们终于找到了一位值得歌唱的少女。"所有人都同意，戴安娜拉拥有最灿烂的笑颜，那笑容混合着甜美、勇气和调皮，教人不由得相信"这个聪明、可爱又快乐的小女孩，一定能扫除少年国王心头的阴霾"。

待伊耿三世对她回以微笑，并说："感谢你的到来，小姐，你让这里蓬荜生辉。"连乌尔温·培克伯爵也明白自己输掉了这场游戏。剩下几名少女匆匆走了个过场，国王想要赶紧结束的心情已难以掩饰，可怜的亨丽埃塔·伍德哈尔行屈膝礼时甚至哭了。她被带走后，伊耿国王立刻叫来年轻的侍酒"淡发"盖蒙，给予他宣布结果的荣誉。盖蒙兴奋地喊道："陛下将迎娶瓦列利安家族的戴安娜拉小姐！"

聪明反被聪明误，乌尔温·培克伯爵只得尽可能体面地接受国王的选择。但他在次日的摄政会议上大发雷霆，斥责"这个阴沉的孩子"选了六岁女孩做新娘，浑不顾婚姻的本意。瓦列利安女孩要多年以后才能跟他圆房，生下继承

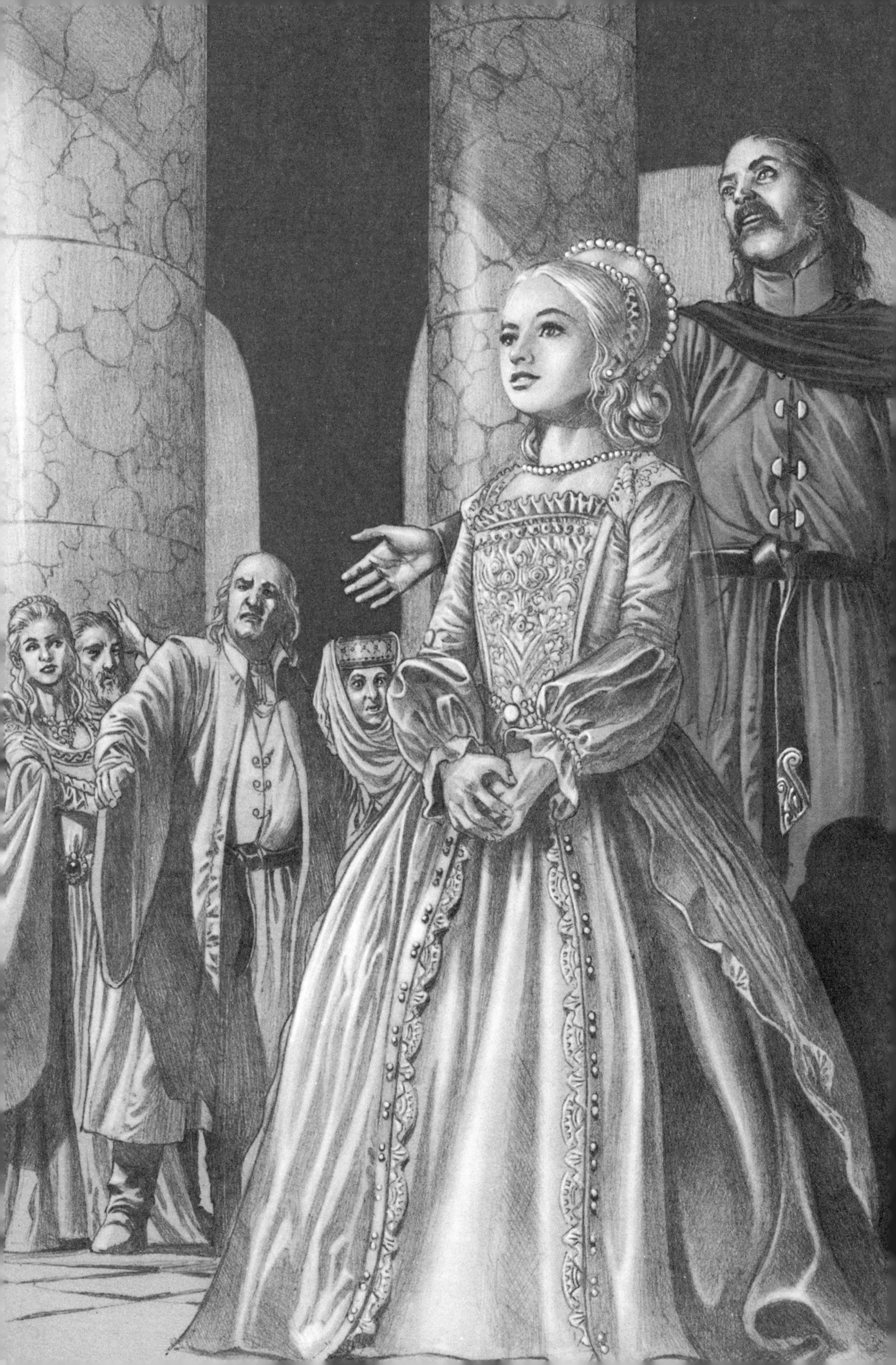

人还得更久，此前继承顺位的问题依旧无法解决。首相据此宣称，摄政团的作用在于避免国王因年幼无知干出蠢事，"比如这种蠢事"，为了王国利益，国王必须放弃自己的选择，迎娶"一位般配的适龄小姐"。

"你是指你女儿吗？"罗宛伯爵反问，"我不这么想。"其他摄政也不赞同首相的意见——这是御前会议头一次如此坚定地反对首相。婚约保留下来，第二天就对外公布，与此同时数以百计的失望少女鱼贯离开都城，踏上返乡之旅。

伊耿·坦格利安三世国王和戴安娜拉小姐的婚礼旋即于伊耿征服后第一百三十三年的最后一天举行。站在街边为这对王室新人欢呼的民众比伊耿迎娶杰赫妮拉时少了很多，主要是因为冬季大风寒带走了君临近五分之一的人口。不过那些顶风冒雪的观礼者很喜欢他们的新王后，为她开心挥舞的双手、红润的脸颊和略带羞怯的甜美笑容而着迷，骑马跟在王家轿辇后的贝妮拉夫人和雷妮亚夫人也受到同样热烈的欢迎。

只有极少数人注意到国王之手远远缀在后面，"脸黑得像死人"。

摄政时期

"橡木拳"埃林的大航海

花开两朵，各表一枝。让我们暂且离开君临，回翻日历，从头叙述贝妮拉夫人的夫君"橡木拳"埃林前往落日之海的伟大航行。

瓦列利安舰队绕行"维斯特洛的屁股"（埃林伯爵如是称呼）所经历的波折和取得的荣耀足以写成鸿篇巨著。在航行细节上，本达慕学士的《六次大航海："橡木拳"埃林的海上生涯》一书最为详实权威，另有两部关于埃林伯爵生平的通俗读物《坚如橡木》和《生为野种》更加多姿多彩、引人入胜，只是真实性存疑。前者为鲁赛尔·斯蒂尔曼爵士所著，他少年时代是"橡木拳"的侍从，后由其封为骑士，却在第五次大航海中失去一条腿；后者的作者是个仅以"露"之名传世的女人，她原本可能是个修女，后来可能成了伯爵的情妇之一。本书概述航行经过时会酌情引用这两部作品的材料。

"橡木拳"重返石阶列岛格外谨慎。鉴于自由贸易城邦的结盟关系变幻莫测、阴谋诡计层出不穷，他先让船只扮成渔船和商船前去摸清形势。根据回报，各岛的战事已基本平息，卷土重来的雷查里诺·雷恩登牢牢控制着血石岛及其以南的所有岛屿，而受雇于泰洛西大君的潘托斯佣兵占据了北边和东边的岛屿。岛屿间的水道多以木栅阻断，或被埃林伯爵上次击沉的船只堵塞，剩下的少数开放水域均由雷查里诺及其手下把控。埃林伯爵面临一个简单的选择：要么从"雷查里诺女王"（大君如此称呼他）的地盘杀出一条血路，要么跟他谈判。

通用语文献中对古怪而浮夸的冒险家雷查里诺·雷恩登的记载少之又少，但在自由贸易城邦诞生了两部研究其生平的专著，他的经历也为无数歌谣、诗篇和传奇小说提供了灵感。在他的故乡泰洛西，正派男女至今耻于提及他的姓名，窃贼、海盗、妓女和酒鬼之流却极度崇拜他。

他年轻时的事迹几乎无案可查，我们找到的资料也多为伪造或相互矛盾。据说他身高达六尺半，但双肩不齐，因此站立时会躬着背，走起路来摇摇摆摆。他能说十二种瓦雷利亚语变种，以此推断或是贵族出身，但另一方面他又以满嘴脏话闻名，似乎说明来自贫民窟。像许多泰洛西人一样，他喜欢给胡须和头发染色，最倾向紫色（这暗示他与布拉佛斯有渊源），大部分记载提到他蓄有挑染了橙色的紫色长卷发。他喜欢香气，沐浴时常添加薰衣草和蔷薇水。

雷查里诺的胃口与野心显然极大。他是老饕、酒鬼和战场上的恶魔。他能双手用剑，常持双剑战斗。他礼拜诸神——所有地方所有民族的神，战斗前他会扔骨头决定向哪个神献祭。虽然泰洛西是奴隶制城邦，他却憎恶奴隶主（可能因他本人是奴隶出身），他有钱时（他几度暴富又几度赤贫）会买下任何看得上眼的奴隶女孩，亲吻后放她们自由。他对手下非常慷慨，分配战利品通常只取最少的一份。在泰洛西，人们说他把大把金币扔给乞丐，而若谁称赞了他的某样东西，无论靴子、绿宝石戒指，乃至妻子，他都会将其送给对方。

雷查里诺·雷恩登有十二个妻子，他从不殴打她们，反倒有时命令她们打他。他喜欢小猫，但讨厌大猫；他喜欢孕妇，但讨厌孩子。他偶尔会穿上女人衣服，扮作妓女，却因身高、扭曲的脊背和紫色胡须而不像女人，更像个怪物。他时常在鏖战中放声大笑或高唱淫词荡曲。

雷查里诺·雷恩登无疑是个疯子，但手下爱戴他，乐意为他而战、为他而死，乃至一度拥他为王。

征服一百三十三年的石阶列岛，"雷查里诺女王"正值人生巅峰。埃林·瓦列利安固然可能突破列岛，但恐怕要牺牲半数舰队，而他打算保存每一分实力用于对付"红海怪"。他选择谈判而非开战，单独驾驶"贝妮拉夫人号"脱离舰队，升起和谈旗帜驶向血石岛，求讨雷查里诺让路。

他被雷查里诺在血石岛上杂乱无章的木头要塞扣留了大半个月，终得成功。由于主人像大海一样善变，伯爵说不清自己是俘虏还是客人。雷查里诺前一天还跟他称兄道弟，提议两人一起进攻泰洛西，第二天就扔骨头来决断要不要处死他。在雷查里诺的坚持下，两人在要塞后面的泥坑里摔跤，数百名海盗哄笑着围观。某日雷查里诺杀了一个被指为泰洛西探子的手下，把人头送给埃林伯爵作为友谊的象征，隔天却指责伯爵亦是大君雇佣的间谍——为自证清白，埃林伯爵不得不亲手格杀三名泰洛西囚犯，而当他这样做后，"女王"高兴得连夜送来两个妻子侍寝。"让她们怀上儿子，"雷查里诺下令，"我想要像你一样勇猛强壮的儿子。"我们手头的材料对埃林伯爵是否照办意见不一。

最终雷查里诺·雷恩登允许瓦列利安舰队通过，要价是三艘船，一张写在羊皮上、用鲜血签署的盟约，外加一个吻。"橡木拳"给了他三艘最不堪风浪的船，一张写在羊皮纸上、用学士的墨水签署的盟约，以及一个承诺——将来"女王"造访潮头岛，贝妮拉夫人会亲吻他。交易就这样达成，舰队顺利驶过石阶列岛。

然而考验才刚开始，下一关是多恩。多恩人理所当然地警惕着突然出现在阳戟城外海的瓦列利安舰队，好歹他们缺乏海上力量，宁愿将埃林伯爵当作路过的访客，而非对手。多恩领执政公主亚历姗卓拉·马泰尔在十多位她当前的宠儿和追求者的簇拥下出来见他，"娜梅利亚再世"刚刚度过第十八个命名日纪念，据说她对年轻、英俊又勇敢的海军上将一见钟情，迷上了这位打败布拉佛斯人的"石阶列岛英雄"。埃林伯爵请求补充淡水和食物，亚历姗卓拉公主索要的回报是亲密的私人服务。《生为野种》说伯爵满足了她，《坚如橡木》则称他不为所动。我们能确知的是，轻浮的多恩公主对埃林伯爵的青睐让当地贵族颇为不悦，还惹恼了弟弟奎尔和妹妹柯莱安妮。不管怎样，埃林伯爵得到了足够航行至旧镇与青亭岛的淡水和食物，以及标定多恩南海岸各处致命漩涡的海图。

饶是如此，埃林伯爵仍在多恩水域遭遇了此行的第一次损失。舰队途经盐海岸以西的旱地时被一场突如其来的风暴吹散，两艘船沉没。他们继续西行，一艘受损的划桨战舰于硫磺河口附近靠岸补水、修理，却在夜间遭强盗袭击，船员全部遇害，补给都被掠走。

但与抵达旧镇的成就相比，这些损失微不足道。参天塔的烽火指引"贝妮拉夫人号"及其他舰只自低语湾停靠入港。莱昂诺·海塔尔亲自迎接，欢迎远征军来到他的城市。埃林伯爵对山姆夫人礼敬有加，这让莱昂诺伯爵顿生好感，两个年轻人很快将"黑党"和"绿党"的瓜葛抛诸脑后，成为好友。莱昂诺伯爵承诺为舰队提供二十艘战舰，而他的朋友、青亭岛雷德温伯爵将提供三十艘。"橡木拳"的舰队霎时变得规模庞大、令人生畏。

埃林伯爵在低语湾停留了相当长一段时间，等待雷德温伯爵带来许诺的划桨战舰。他享受海塔尔家族的盛情款待，探索旧镇历史悠久的大街小巷，还专程拜访学城，连续数日埋首古老的海图，钻研关于战舰设计和海战战术的蒙尘已久的瓦雷利亚著述。他在繁星圣堂接受总主教的祝福，对方用圣油在他眉间画下七芒星，嘱托他把战士的怒火带给铁民和淹神。杰赫妮拉王后的死讯传来时，埃林伯爵正在旧镇，不日又收到国王与蜜莉儿·培克订婚的消息。埃林伯爵与莱昂诺伯爵及山姆夫人的关系当时已非常亲密，关于他是否参与炮制夫人那封臭名昭著的信件，人们莫衷一是，但众所周知他在参天塔的时日与潮头岛的夫人联络频繁……其内容则同样没有保存下来。

征服一百三十三年的"橡木拳"年纪尚轻，缺乏耐性，他最终决定径直启航，不再等待雷德温伯爵。瓦列利安舰队浩浩荡荡地扬起风帆、伸出船桨，鱼贯驶出低语湾，旧镇人涌上码头，为他们加油助威。两鬓斑白的"海狮"里奥·科托因爵士率领二十艘海塔尔家族的战舰紧随其后，他是一位经验丰富的老航海家。

黑冠城的扭曲塔楼和风蚀石墙高耸于波涛之上，海风令它们发出奇妙的声响，舰队绕过这片"歌壁"北上落日之海，沿河湾地的西海岸经半圆堡抵曼德河口。盾牌列岛也派战舰支援：灰盾岛和南盾岛各三艘，绿盾岛四艘，橡盾岛六艘。但舰队嗣后又遇风暴，一艘船沉没，三艘船受创无法前行。瓦列利安伯爵在秧鸡厅的外海重整舰队，城堡的女主人乘船出海见他，伯爵正是从她那里打听到少女节大舞会的确切安排。

　　仙女岛也收到舞会的消息，据说道尔顿·葛雷乔伊大王甚至开玩笑地提出送个妹妹去竞争后冠。"铁处女坐上铁王座，"他放言道，"不是再合适不过吗？"然而"红海怪"面临紧迫的威胁，早已知悉"橡木拳"埃林行踪的他不敢怠慢，在仙女岛南部水域集结起数百艘长船，还有一些船布置在宴火城、凯切镇和兰尼斯港的外海。"红海怪"叫嚣把"那个毛头小子"送进海底的淹神宫殿后，要顺着对方的来路南下，插旗盾牌列岛，洗劫旧镇和阳戟城，最终吞并潮头岛（葛雷乔伊比埃林大不了三岁，却一直管对手叫"毛头小子"）。他甚至大笑着对船长们吹嘘要纳贝妮拉夫人为"盐妾"，"我虽有二十二个盐妾，但没有一个银发妞儿。"

　　历史著作总是倾向于关注圣君贤相、王室家谱，以罗列显赫的领主、高贵的骑士、圣洁的修士和睿智的学士为己任，轻易忽略了芸芸众生。劳苦大众或许不够聪明睿智，亦不曾习得精湛武艺，但他们挺身而出时，往往能凭一己之力或只言片语改变王国的命运。征服一百三十三年，仙女岛就出现了这样一位命运之女。

　　道尔顿·葛雷乔伊大王确实有二十二个"盐妾"，其中四个来自派克岛——两个为他生了孩子——剩下的都是他在战争中掠夺的西境女子，包括已故法曼伯爵的四个女儿，凯切镇骑士的遗孀，甚至有一个兰尼斯特（兰尼斯港的兰尼斯特，并非凯岩城的兰尼斯特）。其他女孩为平民出身，出自渔民、商贩或士兵的家庭，道尔顿杀掉她们的父亲、兄弟、丈夫及其他男性保护者后看上了她们，便据为己有。有个女孩名为苔丝，我们唯一确知的只有名字……她是十三岁还是三十岁？漂亮还是平凡？寡妇还是处女？葛雷乔伊大王在哪里得到她，纳为"盐妾"又有多久？她憎恶他，把他当作仇人与暴徒，还是爱他爱到发狂，以致嫉火攻心？

我们无法确证，各方记录矛盾重重，苔丝注定成为历史书中永远的谜团。我们仅仅知道，在一个风雨交加的夜晚，道尔顿大王与苔丝于仙女城寻欢，窗外便是无数聚集的长船。道尔顿完事后睡着了，苔丝抽出他的匕首，横跨双耳割开了他的喉咙，随后赤裸着鲜血淋漓的身躯，跳窗投入汹涌的怒海。

派克岛的"红海怪"就这样在大战前夕丧命……不是死于敌人的剑下，而是被自己的匕首割喉，教身边的"盐妾"杀害。

他打下的基业随之消散。大王的死讯一传开，他召来迎战"橡木拳"埃林的长船舰队便土崩瓦解，船长们纷纷调头返乡。"红海怪"从未有过"岩妻"，继承顺位靠前的是派克岛上两个"盐妾"生的年纪尚幼的"盐子"，此外他还有三个姐妹及若干贪得无厌、野心勃勃的表亲。海石之位按律法应传给他最年长的"盐子"，但那名为托罗恩的男孩还不到六岁，且其母身为"盐妾"没有"岩妻"的摄政资格。夺路返回群岛的铁种船长们意识到，权力之争在所难免。

仙女岛的百姓和幸存的骑士趁乱发起武装暴动，那些被同胞抛下的铁民教起义者拖下床铺剁成肉酱，或在码头中了埋伏，聚集的长船则被放火点燃。短短三天之内，数百名掠夺者就与从前命丧他们之手的西境人一样，迎来残酷、血腥而突兀的结局。最后只有仙女城还在铁民手中，城堡守军多为"红海怪"的亲信和战友，在狡猾的艾利斯特·温奇和声若洪钟的巨人冈梭尔·古柏勒带领下顽强死守，直至冈梭尔因争执"红海怪"的"盐妾"——法曼伯爵之女莱莎——动手杀了艾利斯特。

待埃林·瓦列利安赶到、摩拳擦掌要从掠夺者手中拯救西境时，他发现敌人已不战自溃。仙女岛自由了，长船逃的逃烧的烧，胜利唾手可得。"贝妮拉夫人号"驶入兰尼斯港，城市钟声齐鸣，以表欢迎。数千人涌出城门，来到海滩欢呼雀跃。乔安娜夫人亲自走出凯岩城，向"橡木拳"献上纯金铸造的海马及其他各种表示兰尼斯特家族谢意的礼物。

庆祝持续多日，埃林伯爵急着补充补给，以踏上漫长的归乡旅程，西境人却不放他走。他们的舰队三度被毁，等"红海怪"的继承人确立——不管谁能胜出——铁民卷土重来，西境海防将不堪一击。乔安娜夫人提议顺势踏平铁群岛，她提供所需的士兵，瓦列利安伯爵只管将他们送到岛上。"我们要杀光那里的强盗，"夫人宣称，"把他们的妻儿卖给东方的奴隶贩子，让海鸥和螃蟹占领那堆毫无价值的礁石。"

"橡木拳"不愿参与夫人的行动,但为示好,他同意让"海狮"里奥·科托因率三分之一的舰队驻留兰尼斯港,直到兰尼斯特家族、法曼家族及其他西境领主重建足以抵御铁民的舰队。安排妥当后,他带领剩下的舰只扬帆启航,原路返回。

这趟返程无需赘述。埃林伯爵于曼德河口附近终于遇见急急北上的雷德温舰队,他在"贝妮拉夫人号"上招待了雷德温伯爵,随即携其南返,并应邀短暂做客青亭岛。埃林伯爵在旧镇待的时间更长,他与莱昂诺·海塔尔伯爵及山姆夫人重续旧谊,同学城的书记和学士们一道记录航行细节,参加七大公会会长的宴请,并再次接受总主教的祝福。离开旧镇后,他自西向东二度穿越干燥荒芜的多恩海岸,亚历姗卓拉公主见他回归阳戟城不由得心花怒放,缠着他讲述这次冒险的所有细节,让她的弟弟妹妹和追求者们更是急火攻心。

"橡木拳"从公主那里得知多恩领加入了"女儿们的战争",与泰洛西和里斯一同对付雷查里诺·雷恩登……就在阳戟城举办的少女节宴会上(同日,君临城的红堡有一千多名处女列队自伊耿三世面前走过),里斯使节德拉泽科·罗佳尔——他是母邦派驻亚历姗卓拉宫中的代表——与埃林伯爵接触,请求私下谈话。伯爵出于好奇答应了,两人走到院子里,德拉泽科靠得很近,近到"我以为他想吻我"。事实上对方只在海军上将耳边轻声说出了一个即将改变维斯特洛历史进程的秘密。埃林伯爵第二天就迫不及待地返回"贝妮拉夫人号",下令启航前往……里斯。

让我们姑且按下埃林伯爵前往自由贸易城邦的理由和经过,将目光转回君临。征服一百三十四年伊始,红堡喜气洋洋,充满希望。戴安娜拉王后的年纪比前王后还小,却远为开朗,她阳光的天性有助于驱除国王心中的阴霾……至少一段时间内如此。伊耿三世现身宫廷的次数显著增多,甚至有三回携小新娘离开红堡、参观都城(但他拒绝前往龙穴,雷妮亚夫人的小龙"黎明"已在那里筑巢)。国王对学业产生了兴趣,"蘑菇"也常被招来在晚宴上娱乐国王夫妇("就鄙人听来,王后的笑声有如甜美乐曲,甚至让国王学会了微笑。")。人缘奇差的红堡教头加雷斯·朗也发觉了变化。"我们不用再频繁责打野种了。"他报告首相,"幼主原不缺力量和速度,现在总算能掌握一点技巧。"

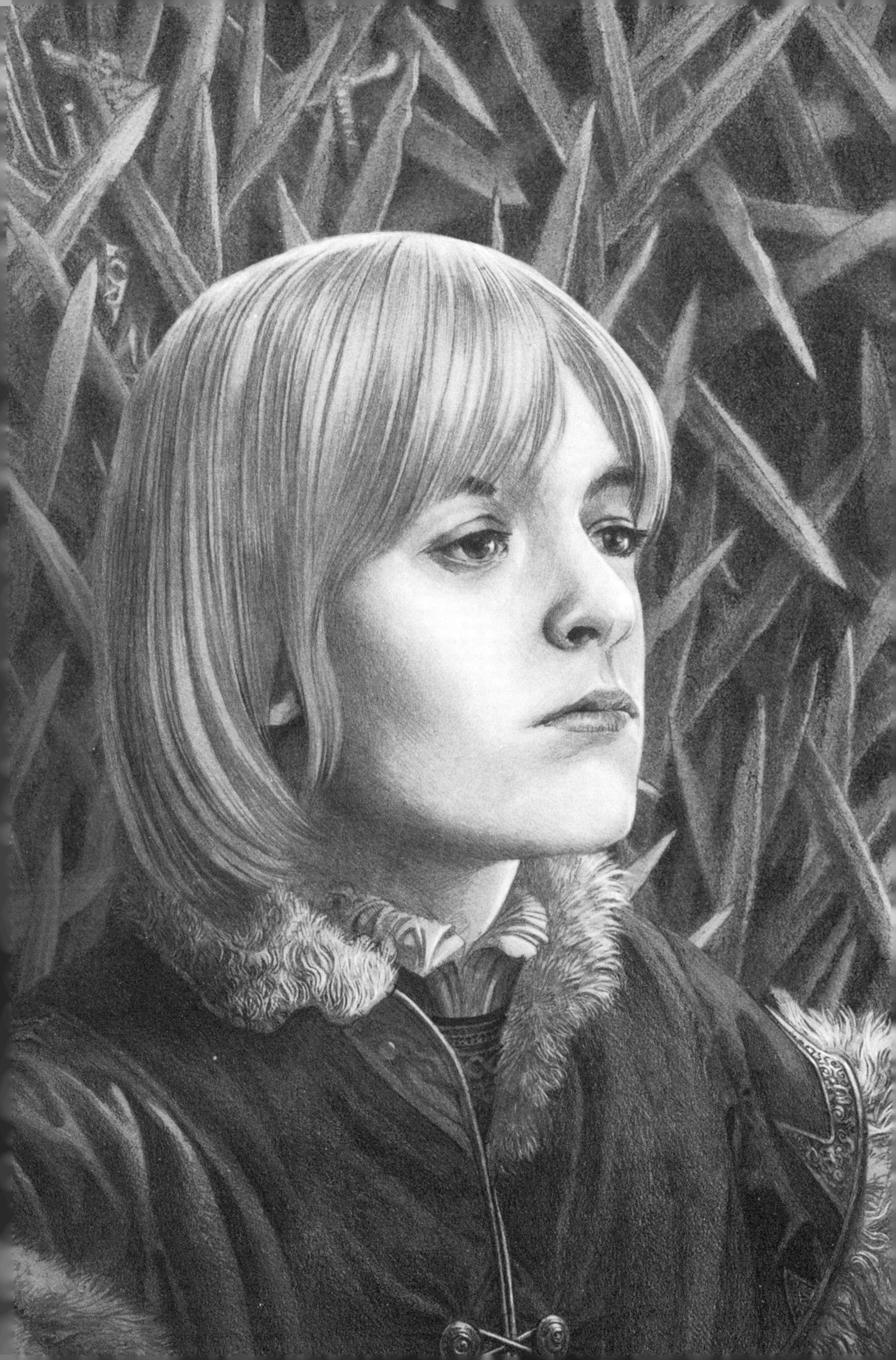

少年国王对外界新生的兴趣还拓展到王国政务，他开始列席摄政会议。虽然很少发言，但他的到场令慕昆国师欣慰，也让慕顿伯爵和罗宛伯爵倍感鼓舞。御林铁卫马斯森·维水爵士却似乎相当尴尬，培克伯爵更视为刁难。慕昆告诉我们，每当伊耿壮起胆子提问，首相就会怒冲冲地指责他浪费摄政会议的时间，或声明国家大事并非孩子所能理解。不出意外，国王没多久又像从前那样缺席了。

乌尔温·培克为人刻薄多疑，自尊心十分脆弱，征服一百三十四年是他最不愉快的一年。他以少女节舞会为耻，把国王选择戴安娜拉而拒绝他的女儿蜜莉儿当作冒犯。他素来厌恶贝妮拉夫人，如今也开始讨厌她的妹妹雷妮亚夫人，他相信这两人联手折辱他，很可能受了贝妮拉的丈夫、傲慢自大的"橡木拳"的指使。他告诉亲信，双胞胎姐妹打乱继承顺位蓄谋已久，如今奸计得逞，国王娶了六岁新娘，贝妮拉腹中的孩子将成为铁王座继承人。

"若她生下男孩，陛下肯定活不到生出后嗣。"培克当着"蘑菇"的面对马斯森·维水断言。没多久，贝妮拉·瓦列利安果真上了产床，生下一个健康女婴，她起名为兰娜尔，以纪念母亲。但这没让国王之手息怒太久，不到半月后，瓦列利安舰队的先头舰只驶入君临，带来一条模糊的消息："橡木拳"让他们先行回归，自去里斯求取"无价之宝"。

这话再度激发了培克伯爵的猜忌。"无价之宝"是什么？瓦列利安伯爵打算如何"求取"？他要动武？就像对布拉佛斯那样，突然攻击里斯？首相为独占权柄把年轻鲁莽的海军上将派到维斯特洛另一边，如今对方不但"盗世欺名"地回来了，或许还带着从里斯弄来的财宝（乌尔温·培克对金钱总是很敏感，他的领地多的是石头、土壤和骄傲，却没什么物产）。首相心知肚明，百姓视"橡木拳"为打败骄傲的布拉佛斯海王和派克岛"红海怪"的大英雄，他自己的声望无法与之相比。即便在红堡内，也有许多人希望摄政团把培克伯爵的首相职位转交埃林·瓦列利安。

众人为"橡木拳"的归来兴奋难耐，首相只能忍气吞声。当"贝妮拉夫人号"带着瓦列利安舰队的其余舰只自晨曦中现身于黑水湾时，君临钟声齐鸣，成千上万百姓挤上城墙，跟半年前的兰尼斯港人一样为英雄欢呼雀跃，还有更多人涌出临河门，站在岸边迎候。然而首相试图阻挠国王前去码头"向姐夫致谢",坚称君主出城不成体统,应等待海军上将前来红堡、在铁王座下觐见。

但跟此前让伊耿与蜜莉儿·培克订婚之事一样,乌尔温伯爵再度遭到摄政团的否决。他只能怏怏不乐地看着伊耿国王与戴安娜拉王后乘轿辇下了伊耿高丘,同行有抱着新生女婴的贝妮拉夫人,她妹妹雷妮亚夫人及其夫君科恩·科布瑞,慕昆大学士,伯纳德修士,摄政曼佛利·慕顿和撒迪厄斯·罗宛,御林铁卫的骑士们,以及其他许多激动的贵族。

史籍所载,那是个明媚而寒冷的清晨。"橡木拳"埃林伯爵当着数万人的面亲吻妻子,又从她手中第一次抱起女儿兰娜尔,在人群中高高举起,欢呼声响彻如雷。随后他把女儿放回妻子怀里,在国王夫妇面前单膝跪下。戴安娜拉王后脸上泛起美丽的红晕,她将一条镶有无数蓝宝石的沉重金链挂到他脖子上,略带结巴地说:"它就像、像您赢得胜利的大海一样湛蓝。"

伊耿三世国王示意海军上将起身。"好兄弟,我们很高兴看到你平安归来。"

"蘑菇"说"橡木拳"哈哈大笑着站定。"陛下,"他回复道,"蒙您把尊姐赐婚于我,我才有幸与您兄弟相称。虽然我永远不能成为您的亲兄弟,但我把他带回来了。"埃林伯爵说着摆了个华丽的手势,召唤他从里斯带回的"无价之宝"。一位皮肤白皙、美艳无双的年轻女人走下"贝妮拉夫人号",挽着一个衣着华丽、几与国王同龄的孩子,那孩子的面容被刺绣斗篷的硕大兜帽遮掩,看不真切。

乌尔温·培克伯爵再也按捺不住。"谁?"他冲上前质问,"你是谁?"男孩掀开兜帽,阳光洒在银金色的头发上,伊耿国王顿时热泪盈眶,他扑抢过去,紧紧抱住对方。原来"橡木拳"带回的"无价之宝"却是国王失踪已久的弟弟韦赛里斯·坦格利安,即雷妮拉女王和戴蒙王子的小儿子。人们以为他早已命丧喉道之战,将近五年杳无音信。

前已述及,征服一百二十九年时两个王子被送往潘托斯躲避战火,不料穿越狭海途中撞上三城同盟会的舰队。伊耿王子骑暴云逃走,韦赛里斯王子就擒。喉道之战随即打响,由于再没有小王子的消息,人们认定他死了,甚至搞不清他当时究竟在哪艘船上。

其实韦赛里斯·坦格利安并不在喉道之战的死者之列,舰队司令里斯人沙

拉克·洛哈将小王子据为己有，而里斯船在大战中保存了大部实力。不过战败让沙拉克颜面扫地，他很快陷入新老敌人的包围，个个欲除他而后快。急需金钱和盟友的他被迫将韦赛里斯卖给城里的总督班巴罗·巴赞恩，换取等重的黄金及提供支持的许诺。前已述及，声誉受损的舰队司令后因争夺交际花遇害，此事更成为"三女儿"之间撕破脸皮的导火线，新仇旧恨所引发的一系列谋杀最终导致开战。鉴于时局混乱，班巴罗总督决定谨慎地藏起战利品，以防被其他里斯总督或敌对城邦的人抢走。

　　韦赛里斯得到了优待，他虽不能走出班巴罗的宅邸，但拥有自己的套房，可与总督及其家人共同进餐，还有老师指导语言、文学、算数、历史和音乐，甚至有一名教头调教剑术——他很快在这方面脱颖而出。人们普遍认为（虽无法证实）班巴罗打算坐视"血龙狂舞"的成败，以决定是让韦赛里斯王子的母亲赎回他（如果雷妮拉获胜）还是将他的人头卖给他舅舅（如果伊耿二世获胜）。

但里斯参与"女儿们的战争"迭遭惨败,总督的计划也全部落空。征服一百三十二年,班巴罗·巴赞恩在争议之地率领一个自由佣兵团对抗泰洛西人时,佣兵们因拖欠工资哗变,并将他杀死。他死后被发现债台高筑,债主们接手了他的宅邸,将他的妻儿变卖为奴,而他的家具、衣服、书本和其他值钱家什,包括滞留府上的韦赛里斯,均落入另一位里斯总督立桑卓·罗佳尔之手。

立桑卓领导着一个财富与权势都极惊人的里斯银行和商业家族,其血统可上溯到"末日浩劫"前的瓦雷利亚。罗佳尔家族的诸多产业包括著名青楼"香水花园",据说立桑卓原打算让引人注目的男孩韦赛里斯成为交际花……直到这孩子亮明身份。总督得知手头握有王子,立刻改变计划,他不但没让王子去卖身,反将小女儿拉腊·罗佳尔小姐嫁给他——这就是后来维斯特洛历史上赫赫有名的"里斯的拉腊"。

在阳戟城,埃林·瓦列利安与德拉泽科·罗佳尔机缘巧合的相遇,促成了韦赛里斯王子和哥哥的重逢……但里斯人不可能把珍贵的战利品拱手送人,"橡木拳"必须前往里斯与立桑卓·罗佳尔谈判。"如果坐在谈判桌前的是埃林大人的母亲而非大人自己,王国付出的代价会小得多。""蘑菇"公允地评价。"橡木拳"根本不会讨价还价,他急于赎回王子,竟代表铁王座答应支付十万金龙币的高额赎金,承诺一百年内不对罗佳尔家族动武或损害其相关利益,此外还要向里斯的罗佳尔银行存入与在布拉佛斯铁金库相当的资金,让立桑卓的三个排行靠后的儿子成为贵族领主,最重要的一条……是以荣誉起誓,决不废除韦赛里斯·坦格利安与拉腊·罗佳尔的婚姻。埃林·瓦列利安伯爵接受了这些条件,并签名盖印。

韦赛里斯在"形骸放浪号"上被掳走时年仅七岁,征服一百三十四年回归时为十二岁,他的妻子拉腊小姐便是那位与他手挽手下船的貌美如花的年轻女人,时年十九岁。韦赛里斯虽比王兄小两岁,但某些方面更显成熟,因伊耿三世对前后两个王后均未表露半点情欲(针对戴安娜拉王后可以理解,毕竟她还是儿童),韦赛里斯却已圆了房——他在欢迎宴会上对慕昆大学士自豪地亲口承认。

慕昆告诉我们,弟弟奇迹般地死而复生让伊耿三世发生了显著变化。陛下对自己在喉道之战前丢下弟弟、骑龙逃离"形骸放浪号"一事始终耿耿于怀。

他当时虽只有九岁，但出自一个战士与英雄辈出的古老家族，从小耳濡目染先祖们大无畏的传奇，故事里的主人公绝不会苟且偷生、临阵脱逃。"残破国王"因此深受打击，打心底里觉得自己配不上铁王座。既然他没法拯救弟弟、母亲和小王后，使他们免于惨死，又怎配拯救王国？

韦赛里斯的归来不但解开了国王的心结，很大程度上也缓和了国王的孤独。伊耿小时候崇拜三个异父哥哥，但与他分享卧室，一同上课和玩耍的是韦赛里斯。"国王的一部分原随弟弟一起死在喉道，"慕昆大学士写道，"很明显，他偏爱'淡发'戴蒙是希望寻找去世小弟的替代品。现在真正的韦赛里斯回来了，伊耿又有了生气，重新变得完整。"韦赛里斯王子与伊耿国王又像小时候在龙石岛那样形影不离，"淡发"戴蒙则被遗忘在一旁，连戴安娜拉王后也遭冷落。

王子劫后余生还解决了继承问题。作为国王的亲弟弟，韦赛里斯是无可争议的第一顺位继承人，比双胞胎姐妹贝妮拉·瓦列利安和雷妮亚·科布瑞，以及她们生出的孩子更靠前。伊耿国王选六岁女孩续弦之事也不再值得忧心，因韦赛里斯王子是个活泼开朗的少年，极富魅力与活力，他虽不及哥哥高大、强壮和英俊，但见过他的人都认可他比哥哥聪明、风趣和外向……而他年轻漂亮的妻子业已成年、正值育龄，这足以抵消小王后的消极影响，只等"里斯的拉腊"给韦赛里斯生下孩子，王朝继承便高枕无忧。

基于上述缘由，国王、朝廷和都城沉浸在喜悦之中，埃林·瓦列利安伯爵也因赎回韦赛里斯的功劳而声誉更隆。只有国王之手不满意，他声明自己为国王的弟弟感到高兴，但不接受"橡木拳"答应的条件。乌尔温伯爵愤怒地指责年轻的海军上将无权签订"不平等条约"，摄政团和首相才能代表铁王座，而非"徒拥舰队的傻瓜"。

首相在摄政会议上大吵大闹，慕昆国师承认他的说法符合律法与传统……可国王和百姓不这样看，悍然撕毁埃林伯爵签订的条约更会造成极大难堪。其他摄政对此均表赞同，摄政会议经投票决定授予"橡木拳"新的荣誉，正式承认韦赛里斯王子与拉腊夫人的婚姻，分期十年向她父亲支付赎金，并从布拉佛斯取出大笔黄金存入里斯。

在乌尔温·培克伯爵眼中，这不啻于又一次奇耻大辱。在去年的"少女节奶牛展"上，国王刚刚拒绝他的女儿蜜莉儿，选择尚未成人的戴安娜拉，如今加上这件事，他的自尊心已无法承受。伯爵自以为可用辞去国王之手一职来要挟其他摄政，摄政会议却欣然同意，另行任命性格直率、为人诚恳、备受尊敬的撒迪厄斯·罗宛伯爵接替他。

乌尔温·培克负气返回星梭城，始终盘算着自己遭受的不公。他把姨妈克拉丽斯夫人，叔叔"巨斧"杰德慕·培克、加雷斯·朗、维克托·瑞斯利、卢卡斯·雷古德、乔治·格雷佛德、伯纳德修士等一干家属和亲信留在君临任职。他的私生兄弟默文·佛花爵士和侄子阿摩里·培克爵士亦继续随侍国王，毕竟御林铁卫是终身职。

乌尔温伯爵甚至把泰斯里奥和"指头"们留给了继任者，他告诉罗宛伯爵，既然国王有护卫，首相也应当有人保护。

"里斯之春"
与摄政时期的终结

本年余下的时间君临氛围祥和,唯有一桩憾事,便是女泉镇伯爵曼佛利·慕顿过世。作为首届摄政团的元老,他在冬季大风寒中病倒后一直抱恙,最终逝去也属意料之中。罗宛伯爵让雷妮亚夫人的夫君科恩·科布瑞爵士递补慕顿伯爵的摄政席位,雷妮亚的孪生姐姐贝妮拉夫人则与埃林伯爵及新生的女儿一起回到潮头岛。不久,韦赛里斯王子在宫中宣布拉腊夫人怀孕的好消息,君临一片欢腾。

然而放眼都城之外,征服一百三十四年的维斯特洛难称太平。颈泽以北依旧被寒冬冰冷的拳头攥紧。达斯丁伯爵紧闭荒冢屯,不让数百名饥肠辘辘的村民进入。白港的状况稍好,因南方的食物可自海路输入,不过价格之高,乃至正派男人把自己卖给海外的奴隶贩子,好让妻儿果腹,没良心的男人则变卖妻儿但求自己活命。临冬城下的避冬市镇亦沦落到屠狗宰马的地步。寒冷和饥饿让守夜人军团减员三分之一,当数以千计的野人沿长城东面结冻的大海向南进发时,又有数百名黑衣兄弟在迎击中牺牲。

在铁群岛,"红海怪"死后的权力之争愈演愈烈。道尔顿的三个姐妹和他们的男人控制住继承海石之位的男孩托罗恩·葛雷乔伊,杀了他母亲;道尔顿的表亲们与哈尔洛岛及黑潮岛的诸头领沆瀣一气,拥戴托罗恩的异母弟弟罗德利克;大威克岛人则聚在一个自命为"黑血国王"后代的篡夺者"盐山姆"麾下。

血腥的三方混战持续半年后,里奥·科托因爵士率舰队加入,他将数千名兰尼斯特士兵送上派克岛、大威克岛和哈尔洛岛。"橡木拳"拒绝参与兰尼斯特家族对铁民的报复,老迈的"海狮"却被乔安娜夫人的恳求打动……他动心的真实原因很可能是对方承诺若他为兰尼斯特小公爵并吞铁群岛,就下嫁给他。然而此事超出里奥爵士的能力，他最终在大威克岛的石丘间被亚瑟·古柏勒砍死，麾下四分之三的舰只被俘，或沉入群岛灰冷的汪洋。

乔安娜夫人未能如愿"杀光那里的强盗"，但无疑做到了"有债必偿"。数百艘长船和渔船、连同许多房屋和村庄皆被焚毁，曾蹂躏西境的铁种们的妻儿惨遭屠戮，死者还包括"红海怪"的九个表亲、两个姐妹及其丈夫，老威克岛的卓鼓头领和斯通浩斯头领，大威克岛的古柏勒头领，哈尔洛岛的沃马克头领和哈尔洛头领，君王港的波特利头领。兰尼斯特军更掳去无数储藏的粮食和咸鱼——不能带走的就地销毁——以致当年有数千铁民死于饥荒。托罗恩·葛雷乔伊的保护者拼死击退攻打派克城的兰尼斯特军队，使他保住了海石之位，他的异母弟弟罗德利克却被抓到凯岩城。乔安娜夫人将其阉割，充作儿子的弄臣。

征服一百三十四年底，维斯特洛东部上演了另一场继承之战。"谷地处女"简妮·艾林公爵夫人不堪肺部寒症，于海鸥镇港内多石岛屿上的马丽斯修女院病逝，她死在"亲爱的伙伴"詹丝茉·雷德佛怀中，享年四十岁。夫人临终前口述遗嘱，指定远房堂亲乔佛里·艾林爵士为继承人。乔佛里爵士过去十年间一直忠诚地担任血门骑士，保护谷地不受山地野人侵略。

然而乔佛里爵士与简妮公爵夫人只是第四代堂亲，论血缘亲疏远不如阿诺德·艾林爵士。后者曾两度尝试上位，第二次反乱失败后被长期关押于鹰巢城的天牢和月门堡的地牢，早已变得疯疯癫癫……但其子埃德锐克·艾林爵士精明狡猾且野心勃勃，现在他打出父亲的旗号，吸引了一众谷地诸侯，他们坚称长久以来的继承法统不能因"垂死妇人的心血来潮"就弃之不顾。

第三位继承权争夺者埃森巴·艾林来自庞大的艾林家族更远的分支——海鸥镇艾林家。该家族于杰赫里斯朝自立门户，并经商致富，此时以埃森巴·艾林为族长。人们常开玩笑说埃森巴纹章上的猎鹰是金子做的，他很快得了个"金鹰"的绰号。此次他以财力收买许多小领主，又从狭海对岸雇来佣兵和舰船。

罗宛伯爵想方设法匡扶国家。他命兰尼斯特军撤出铁群岛，向北境船运食物，又令艾林家族的几个继承人来君临向摄政会议陈情。这些努力几无效果，兰尼斯特家族和艾林家族无视命令，运到白港缓解饥荒的补给杯水车薪。撒迪厄斯·罗宛和他辅佐的少年国王受人爱戴，但缺乏威信，年终时，宫中开始悄悄议论王国的主宰并非摄政团，而是里斯的钱币兑换商。

朝廷和百姓仍偏爱国王的弟弟、聪明勇敢的男孩韦赛里斯，却与他的里斯妻子格格不入。拉腊·罗佳尔随丈夫住进红堡，内里仍把自己当做里斯贵妇。除开母语，她能流利地使用高等瓦雷利亚语及其在密尔、泰洛西和古瓦兰提斯的变种，独独不愿学习通用语，宁可依靠翻译。她的女伴和仆人都是里斯人，她的衣服全部出自里斯，连内衣也不例外——她父亲的船只每年三次送来里斯最近的流行服装。她甚至拥有从家乡带来的贴身卫队，里斯剑客们不分昼夜保护着她，卫队统领是她哥哥摩雷多和出自弥林竞技场、人称"影子"单朵轲的哑巴巨汉。

其实只要拉腊夫人不坚持异端信仰，宫廷和王国迟早会接受她其余的癖好。无奈她既不肯皈依七神，也无视北境的旧神，始终崇拜几个里斯神祇：六个乳房的猫女神潘忒拉、昼雄夜雌的晨昏之神永多拉、剑之神"苍白圣童"巴卡隆和"痛苦给予者"无面的萨戈。

拉腊夫人的女伴、仆人和护卫跟她一起定时礼拜这些奇特的古神，流言遂不胫而走。看见猫在她房间频繁进出，人们便说那些都是间谍，红堡内事无巨细都会轻柔地报告给她，甚至说拉腊本人能变成猫，穿行于都城的阴沟和房檐。这种无稽之谈一旦流行，紧接着便是阴险的中伤，譬如相传永多拉的侍僧能靠做爱来转变性别，有人便引申为拉腊夫人通过黄昏时的淫邪仪式化作男身，然后造访丝绸街的妓院，而每当有小孩失踪，无知民众立刻谈论起萨戈对鲜血的无尽渴求。

里斯的拉腊那三个随行而来的哥哥比她更不受待见。摩雷多统领妹妹的卫队，洛托在维桑尼亚丘陵设立了罗佳尔银行分部，最小的罗戈里奥则于临河门旁开了一家名为"美人鱼"的大型里斯青楼。他引进盛夏群岛的鹦鹉和索斯罗斯大陆的猴子，还网罗来一百名世界各地的女孩（和男孩），虽然"美人鱼"的要价是其他妓院的十倍以上，但不缺顾客，诸侯和商人都乐于谈论雕花彩绘大门后的美色与奇观……有人甚至说那里有一条货真价实的美人鱼（我们对"美人鱼"中种种香艳场面的了解几乎都来自"蘑菇"，在史料的著述者中，只有他自承多次造访那家妓院，在铺张浮华的房间里纵情享乐）。

在狭海彼岸，"女儿们的战争"终于结束。雷查里诺·雷恩登率残部南逃蛇蜥群岛，里斯、泰洛西和密尔瓜分了争议之地，多恩人则占据大半个石阶列岛——这一系列分配中，密尔损失最大，泰洛西大君和多恩公主获益最多。在里斯，许多古老的家族于战火中陨落，若干高贵的总督被推翻打倒，其他人顺势崛起攫取了权力，为首便是立桑卓·罗佳尔和他弟弟、多恩联盟的缔造者德拉泽科。德拉泽科与阳戟城、立桑卓与铁王座的紧密联系让罗佳尔家族跃居里斯的第一家族。

到征服一百三十四年底，许多人忧虑维斯特洛也即将落入罗佳尔家族之手。他们的骄傲、排场和权势成了君临人的日常谈资，他们一举一动都被视为别有所图——人们窃窃私语说洛托用黄金收买，罗戈里奥用肉体引诱，摩雷多用武力威胁，而这三兄弟不过是拉腊夫人的傀儡，她和古怪的里斯神祇在阴影中牵动线绳。少年国王、小王后与劫后余生的王子……他们只是孩子，不谙世事，而御林铁卫、金袍军乃至国王之手正被随意买卖。

正所谓众口铄金，谣言一如既往地用点滴真相混以大量恐惧与虚妄。里斯三兄弟的确骄傲、贪婪、野心勃勃，洛托和罗戈里奥利用银行与妓院来扩充势力的算盘也昭然若揭，但本质上，这跟伊耿三世朝中其他领主贵妇的作为相差无几，所有人都在用自己的方式谋求权力与财富。里斯人或许比竞争对手更成功（至少一段时间内），却也不过是权力游戏的玩家之一罢了。归根结底，如果拉腊夫人及其诸位兄长是维斯特洛人，他们可能因精明手腕得到敬仰和恭维，然而他们是外国人，血统、习俗和信仰让他们饱受怀疑与猜忌。

慕昆称这段岁月为"罗佳尔中兴"，但只有旧镇学城的学士和博士会使用该称谓，时人称其为"里斯之春"……春天终于到来，旧镇枢机会于征服一百三十五年初放出白鸦，宣告七大王国有史以来最漫长、残酷的冬季之一结束。

春天是代表希望、重生和复苏的季节，征服一百三十五年的春天亦不例外。铁群岛战火平息，临冬城的克雷根·史塔克公爵从布拉佛斯铁金库借得巨款，为饥民购买食物和种子。王国全境唯有谷地还在打仗，撒迪厄斯·罗宛伯爵对艾林家族的继承人们拒绝前来君临接受仲裁极为恼火，遂命同僚科恩·科布瑞爵士率一千名官兵前往海鸥镇主持公道、恢复和平。

君临迎来多年未见的繁荣，里斯的罗佳尔家族对此大有贡献。罗佳尔银行给予存款丰厚的回报,越来越多的领主将财产委托给他们。贸易重新兴盛,泰洛西、密尔、潘托斯、布拉佛斯和里斯的船只涌入黑水河旁的码头——尤以里斯船为最多——带来丝绸、香料、密尔蕾丝、魁尔斯美玉、索斯罗斯象牙等世界各地的奇珍异物和七大王国罕见的奢侈品。

各地港口也纷纷恢复生机,暮谷镇、女泉镇、海鸥镇和白港的贸易均有增长,南方的旧镇、乃至落日之海畔的兰尼斯港也分享了好处。潮头岛的船壳镇重焕生机,几十艘新船建成下水,"橡木拳"的母亲大肆扩张贸易船队,又着手营建俯瞰港口的华美豪宅——"蘑菇"叫它"鼠屋"。

狭海对岸的里斯亦在立桑卓·罗佳尔的"天鹅绒专政"下欣欣向荣。立桑卓得到终身第一总督的职衔,他弟弟德拉泽科与亚历姗卓拉·马泰尔公主结婚,成为多恩领的入赘亲王与石阶列岛伯爵。罗佳尔家族的权势至此达到顶峰,立桑卓·罗佳尔被颂扬为"伟大的"立桑卓。

征服一百三十五年三月又有两件振奋维斯特洛七大王国的喜事。三月三日,君临人醒来后目睹了"血龙狂舞"的黑暗岁月以来未曾见过的光景:巨龙飞翔在都城上空。十九岁的雷妮亚夫人首次骑"黎明"上天,尽管她这次绕城飞了一圈便返回龙穴,但此后每天她都大胆地飞得更远。

然而雷妮亚和"黎明"只在红堡降落了一次,韦赛里斯竭力劝说哥哥出门观睹姐姐飞翔的英姿,却没能成功(但戴安娜拉王后看到"黎明"十分高兴,甚至说自己也想要一条龙)。不久后,雷妮亚夫人骑上"黎明"掠过黑水湾去了龙石岛,她说"那里更欢迎龙族和驭龙者"。

雷妮亚首度上天不到半月后,里斯的拉腊产下韦赛里斯王子的长子,是时孩子的母亲二十岁,父亲十三岁。韦赛里斯以王兄之名给孩子命名为伊耿,并在摇篮里放入一颗龙蛋——这已成为坦格利安家族的孩子出世后的传统。伊耿在王家圣堂由伯纳德修士涂抹七种圣油,城市钟声齐鸣,庆祝他的诞生。全国各地的贺礼源源不断,但论出手阔绰均不及孩子的三个里斯舅舅。"伟大的"立桑卓更以外孙出世的名义,在里斯城举办了一整日的盛宴。

不幸的是,即便在这欢庆时分,谣言仍持续发酵。坦格利安家族的新生儿本由修士涂抹圣油,但很快有人说婴儿的母亲打算让那些怪异的神也来祝福他,君临的街头巷尾盛传里斯人在"美人鱼"举行淫荡的仪式,于梅葛楼操办鲜血祭典。这些胡言乱语原不值一哂，可国家和王室的运势没多久便急转直下，一连串前仆后继的灾难使得素来玩世不恭的"蘑菇"也开始怀疑七神心怀不忿，故意降罪坦格利安家族和七大王国。

第一件不祥之兆发生在潮头岛。放入兰娜尔·瓦列利安的摇篮的龙蛋孵化了，她父母的自豪和喜悦却迅速化为苦涩，因破壳而出的幼龙是个惨白如蛆的怪物，它没有翅膀，还瞎了眼睛，刚出世就咬向摇篮里的婴儿，从她胳膊上撕下血淋淋的肉块。兰娜尔厉声惨叫，"橡木拳"连忙把"龙"扯开，扔到地上砍成碎片。

怪龙的出生与畸变让伊耿国王心惊胆战，也导致他与弟弟的激烈争吵。韦赛里斯王子依旧带着自己的龙蛋——那颗蛋一直未有孵化迹象，但王子在流亡和被俘的日子始终把它带在身边，它对他意义重大——因此当伊耿下令在红堡内清除龙蛋时，他大发雷霆。国王的意志最终占到上风，龙蛋被送去龙石岛，而韦赛里斯足足一个月拒绝和哥哥讲话。

"蘑菇"说国王因与弟弟的争执而郁郁寡欢，接下来的事件更让他伤心失落。当时伊耿国王和戴安娜拉王后在书房安静地享用晚餐，他的朋友"淡发"盖蒙和侏儒"蘑菇"从旁助兴，演唱一首关于醉酒的狗熊的傻里傻气的歌。私生男孩唱歌时抱怨肚子绞痛。"快去请慕昆师傅。"国王命令"蘑菇"。但等弄臣请来慕昆，盖蒙已瘫倒在地，戴安娜拉王后也开始呻吟："我肚子也好痛。"

盖蒙不仅是伊耿国王的侍酒，也负责试毒，慕昆大学士很快看出他和小王后已身中剧毒。他忙让戴安娜拉服下强力泻药，王后能生还多半要归功于此，她整晚不住呕吐，痛到哀号打滚，第二天虚弱得没法下床，好歹毒素清除了。可惜慕昆来不及拯救"淡发"盖蒙，男孩毒发不到一小时就呜呼哀哉。

盖蒙出身妓院，曾在"疯狂之月"中短暂统治维桑尼亚丘陵，人称"婊子王"。他看着母亲被处死，之后成为伊耿三世的侍酒、替身儿童和朋友，过世时只有九岁。

慕昆大学士把剩下的晚餐喂给一笼老鼠，最终断定毒药下在苹果派的面皮之中，所幸国王不喜欢甜食（事实上，他没有特别喜欢的食物）。御林铁卫立刻赶往红堡厨房，抓来十几个厨师、烘焙师、帮厨和女仆，交御前审问长乔治·格雷佛德审问。经严刑拷打，有七人承认给国王下毒……但这些人供述不一，对毒药来源各执一词，亦无法准确说出毒药所下的菜品。罗宛伯爵只好郁闷地叫停审问，说这些供词"不配擦屁股"（毒案发生前，首相正因家庭悲剧而心情恶劣，他年轻的妻子弗洛丽斯夫人刚刚死于生产）。

尽管弟弟回归后，伊耿国王与侍酒"淡发"盖蒙的相处减少，他的去世仍让伊耿悲痛欲绝。此事唯一的好处是弥合了国王与弟弟韦赛里斯的裂痕，后者终于打破倔强的沉默，前去安慰悲伤的哥哥，并与其一起守候在王后的病床边。但这远远不够，伊耿又变得沉默寡言，旧日阴霾再度笼罩心间，他似乎对宫廷和王国完全失去了兴趣。

接下来的打击来自遥远的艾林谷。科恩·科布瑞爵士裁定简妮公爵夫人的遗嘱必须遵行，他宣布乔佛里·艾林爵士为合法的鹰巢城公爵，但其竞争者并不服气，他们拒绝臣服。科布瑞爵士由是关押了"金鹰"及其诸子，处决了埃德锐克·艾林，然而埃德锐克爵士发疯的父亲阿诺德爵士设法逃到符石城，他少年时代在那里当过侍从。符石城伯爵"青铜巨人"冈梭尔·罗伊斯上了年纪，却依旧固执而勇敢，科恩爵士前来索要阿诺德爵士时，冈梭尔伯爵披上祖传的青铜盔甲出城相见。两人的对话逐渐升级为诅咒和威胁，科布瑞抽出"空寂女士"——我们没法确知他是想攻击罗伊斯还是仅仅发出威胁——符石城上一名十字弓手便松开弩弦，飞矢正中科布瑞的胸膛。

谋杀摄政形同叛国，等于攻击国王，况且科布瑞爵士是强悍尚武的心宿城伯爵昆顿·科布瑞之叔和驭龙者雷妮亚夫人挚爱的丈夫，透过妻子的双胞胎姐姐贝妮拉夫人，他跟"橡木拳"埃林伯爵还是连襟。他的横死让谷地战火重燃，科布瑞家族、杭特家族、克雷因家族和雷德佛家族联手支持简妮公爵夫人选定的继承人乔佛里·艾林爵士，符石城的罗伊斯家族与"疯狂继承人"阿诺德爵士则纠集了坦帕顿家族、托勒特家族、寇瓦特家族和达顿家族，外加五指半岛、三姐妹群岛的领主。海鸥镇和格拉夫森家族继续拥戴被俘的"金鹰"。

君临很快做出反应。罗宛伯爵放出渡鸦下达最后通牒，严令"疯狂继承人"和"金鹰"的支持者立刻放下武器，以免引发"铁王座的制裁"。鉴于对方毫无回应，首相遂遵循"橡木拳"的建议，着手武力平叛。

明月山脉的山路在春季将恢复畅通，撒迪厄斯伯爵派长子劳勃·罗宛爵士率五千名官兵沿国王大道出发，女泉镇、戴瑞城和哈佛城征发兵丁沿途加入，大军渡过三叉戟河后，又与佛雷家族的六百人和班吉寇伯爵亲率的布莱伍德家族的一千人会合。讨伐军进入山区前总计多达九千人。

首相打算海陆并进，但弃用前首相的叔叔"巨斧"杰德慕·培克爵士统领的王家舰队，依赖瓦列利安家族的船只。"橡木拳"为此亲自出马，他的妻子贝妮拉夫人则前往龙石岛安慰新寡的双胞胎妹妹（顺便看住雷妮亚夫人，防止她骑"黎明"去复仇）。

至于舰队运载的陆军，罗宛伯爵任命拉腊夫人的哥哥摩雷多·罗佳尔为指挥官。摩雷多伯爵武艺精湛，高大威猛，有淡金色头发和夺人心魄的蓝眼睛，还佩戴着瓦雷利亚钢剑"真相"，他被理所当然地视为古瓦雷利亚战士的完美再现……但这个堪称万人敌的里斯人决非指挥官的最佳人选。摩雷多的两个弟弟洛托和罗戈里奥能熟练使用通用语，他本人却欠缺语言天赋，何况让外国人统帅维斯特洛骑士本身就值得商榷。对罗宛伯爵抱有敌意的宫廷人士——许多是乌尔温·培克提拔的人——立刻诟病说这证实了半年以来的传闻：撒迪厄斯·罗宛把自己卖给了"橡木拳"和罗佳尔家族。

倘若谷地战役顺遂，非议尚无大碍，可惜事与愿违。"橡木拳"轻而易举地扫除了"金鹰"的雇佣舰船，占领了海鸥镇港口，但讨伐军强攻镇墙时折损数百人，接下来的逐屋争夺中损失更三倍于此。摩雷多·罗佳尔的翻译死于巷战，导致里斯人和部队的沟通变得十分困难，上下交流不畅令军队指挥陷入混乱。

与此同时，在谷地另一端，劳勃·罗宛爵士发现山路远没有想象中畅通。高处的隘口积雪颇深，大军行进慢如龟速，辎重车队还遭到山区原住民的反复袭击（他们是几千年前被安达尔人逐出谷地的先民的后代）。"他们瘦得皮包骨头，手中只有石斧和木棒，"班·布莱伍德后来回忆，"但饥饿与绝望让他们浑不怕死，不管我们杀掉多少人都不退缩。"

寒冷、风雪和夜袭持续消耗着讨伐军，某晚劳勃爵士和手下挤在山峦之间的营火旁取暖时，又发生了一件不可思议的事：山路旁的斜坡上有个洞穴，十几个人爬去查看能否避风。洞口散落的骨头令人迟疑，但他们终究还是进去……惊动了一条龙。

喷涌的龙焰烧死十六人，烧伤六十多人，愤怒的棕色巨兽展开双翼，飞往群山深处，"背上趴着一个衣衫褴褛的女人"。这是维斯特洛史籍中最后一次出现偷羊贼及其骑手荨麻的记载……但山地野人嗣后又有"火女巫"的传说，相传她住在远离道路和村庄的隐秘山谷。民间说书人声称一个最野蛮的高山部落崇拜她，该部落的年轻人通过给她献礼来证明勇气，只有身带灼伤回来、表示自己去过了龙女的巢穴，才算完成成人礼。

遭遇巨龙远非大军碰上的最后一桩倒霉事，待他们抵达血门，已因野人、寒冷和饥饿减员三分之一，就连统帅劳勃·罗宛爵士也在山间行军时被原住民推下的如雨落石砸中，当场殉职。布莱伍德家族的"嗜血班"接掌指挥权，他还差半年才成年，但实战经验比年龄大三倍的长者更丰富。大军在谷地的门户血门得到食物、温暖和欢迎……然而简妮·艾林公爵夫人指定的继承人血门骑士乔佛里·艾林爵士一望即知，布莱伍德的部下历经长途行军已不堪作战，他们非但不能助他取胜，反而会成为包袱。

艾林谷战火熊熊，千里之外的南方又出了一件令"里斯之春"黯然失色的大事：身处里斯城的"伟大的"立桑卓·罗佳尔和身处阳戟城的德拉泽科·罗佳尔几乎同时过世。两人相隔狭海，却在同一天以可疑的方式死去。先是德拉泽科被一片培根噎死，而后立桑卓乘豪华游艇从"香水花园"回宫途中沉船溺亡。没有几个人认为这是不幸的巧合，大多数人从他们离世的方式和时机判断这是一场搞垮罗佳尔家族的阴谋。广泛流传的观点归咎于布拉佛斯的无面者，毕竟他们是全世界最神出鬼没的杀手。

就算是无面者下手，谁为幕后指使？布拉佛斯铁金库、泰洛西大君、雷查里诺·雷恩登及若干对"伟大的"立桑卓的"天鹅绒专政"不满的里斯富商和总督都有嫌疑，有人甚至猜测终身第一总督乃是被儿子谋害（他有六个嫡生子、三个嫡生女和十六个私生子女）。无论如何，即便真为谋杀，其手段也太过精妙，以致无法证实。

立桑卓统治里斯的职衔不能世袭，他被螃蟹啃咬的尸体尚未打捞出海，宿敌、故交和两面三刀的伪君子们已开始争夺他留下的权力真空。

里斯人习惯以计谋和毒药来进行战争，回避硬碰硬的厮杀。在这血腥的一年余下的时间，总督和富商们跳起奇妙的死亡之舞，往往半个月内便大起大落，并以灭亡划上句点。托雷罗·海恩在庆祝自己当选第一总督的宴会上，与妻子、情妇、几个女儿（包括在少女节舞会上身穿透明丝袍引起骚动的弥玛多拉·海恩）、兄弟姐妹和支持者们一起被毒死；萨维奥·潘达里斯离开贸易神庙时被人捅进眼睛，他弟弟佩雷罗·潘达里斯在青楼享受奴隶女孩的口活时教人勒死；行政长官莫里欧·达加雷昂被亲卫队杀害；潘忒拉女神的狂热崇拜者马特霍·奥提斯宠爱的影子山猫晚上莫名其妙地被放出笼子，咬死主人，还吞下了部分尸体。

立桑卓未能让子女继承官位，但把宫殿留给女儿莱莎娜，船队留给儿子德那科，"香水花园"留给儿子弗莱多，图书馆留给女儿玛拉娜。所有后代都分到罗佳尔银行的财富——私生子女的份额比嫡亲后代少一些——银行的实际掌控权则落入长子立桑罗之手……史家们公正地评价他"野心是父亲的两倍，能力却只有父亲的一半"。

立桑罗·罗佳尔妄图统治里斯，但他既不够狡猾，也没耐心像父亲立桑卓那样花费数十年时间慢慢积累财富和权势。眼见对头纷纷惨死，立桑罗首先向阿斯塔波的奴隶贩子购买一千名无垢者来自保。这些太监战士被认为是已知世界最精良的步兵，且受训后绝对服从，主人无需担心他们会反抗或背叛。

确保安全无虞后，立桑罗首先赢下行政长官的竞选，为此举办盛大的娱乐活动讨好平民，又以前所未见的巨款贿赂列位总督。这些花销掏空了个人积蓄，他开始挪用银行资金——他后来供认，当时的打算是以行政长官的身份挑起对泰洛西或密尔的短期战争，用胜利与征服的荣耀来巩固地位，进而当上第一总督。洗劫泰洛西或密尔还能弥补银行亏空，并让他成为里斯首富。

立桑罗愚不可及的计划迅速引发灾难性后果。相传布拉佛斯铁金库雇佣的眼线泄露了罗佳尔银行的秘密，这或许有些夸张，但无论谁是始作俑者，传言很快传遍里斯。总督和富商们赶来取出存款，起初只是几个人，随后越来越多，黄金倾泻流出立桑罗的地窖……不多久便化为涓涓细流。立桑罗知道大势已去，他在漆黑的深夜带着三个床奴、六个仆人和一百名无垢者，抛下妻女和宫殿逃离里斯。总督们自然警惕起来，立刻接管了罗佳尔银行，发现其中空空如也。

罗佳尔家族的陨落利落而残酷。立桑罗的弟妹们自辩与银行被掏空毫无瓜葛，但鲜有人相信他们的清白。德那科·罗佳尔见势不妙，搭乘麾下一艘划桨船逃向瓦兰提斯，玛拉娜·罗佳尔扮成男人，遁入永多拉神庙求得庇护。其他族人全被抓去受审，私生子女亦不得幸免。莱莎娜·罗佳尔抗议说"我不知情"，提加罗·莫拉库斯总督的回应是"你应当知情"，人群咆哮着赞同，毕竟半座城市因此倾家荡产。

罗佳尔银行倒闭不止损害了里斯人，消息传抵维斯特洛，领主和商人们顿时意识到委托给罗佳尔家族打理的钱财已然付诸流水。在海鸥镇，摩雷多·罗佳尔迅速把指挥权移交"橡木拳"埃林，乘船去了布拉佛斯；洛托·罗佳尔准备逃离君临时被卢卡斯·雷古德爵士率领的金袍军逮捕，其所有信件账簿，连同维桑尼亚丘陵上银行地窖中剩余的金银皆被没收；御林铁卫队长马斯森·维水爵士带着两名誓言兄弟和五十名卫兵闯进"美人鱼"，不顾体面地驱出妓院内的恩客（许多人依旧赤身裸体，"蘑菇"承认自己便遭了殃），当着大肆嘲讽的围观群众抓捕罗戈里奥伯爵。银行家和妓院老板被关入红堡的首相塔，他们是韦赛里斯王子的舅子，暂且免受黑牢之苦。

最初人们普遍认为这是首相的命令，眼下科恩爵士死在谷地，摄政只剩罗宛伯爵和慕昆国师。但误解只维持了几小时，罗宛伯爵当日黄昏也像罗佳尔兄弟一样被捕，指派保护他的"指头"们未作抵抗——默文·佛花爵士进入议事厅捉拿国王之手时，"猛虎"泰斯里奥命令部下让开——只有他的侍从英勇但徒劳地站了出来。"放过那孩子。"伯爵恳求。佛花没杀男孩……但割下一只耳朵，"给他留个教训，不得对御林铁卫亮家伙。"

因叛国罪嫌被捕的人不止于此，罗宛伯爵的三个堂亲与一个侄子，及他属下四十个马夫、仆人和骑士也遭拿获。事发突然，众人皆束手就擒。但阿摩里·培克爵士带着十几名士兵前往梅葛楼，却发现韦赛里斯·坦格利安手握战斧站在吊桥中央。"斧头很沉，王子又是个十三岁的纤瘦男孩。"弄臣"蘑菇"形容，"让人怀疑他举不举得起它，别说挥它了。"

"若想带走我夫人，爵士，请回吧。"小王子声明，"只要我一息尚存，你们休想过去。"

阿摩里爵士把他的威胁一笑置之。"尊夫人被指定受审，以查明她与其兄叛国罪行的关联。"他告诉王子。

"被谁指定？"王子质问。

"国王之手。"阿摩里爵士回答。

"罗宛伯爵?"韦赛里斯追问。

"罗宛伯爵已遭罢免。马斯森·维水爵士是新任国王之手。"

话音刚落,伊耿三世走出塔门,站到弟弟身边。"我是国王。"他提醒对面,"我从未任命马斯森爵士出任国王之手。"

"蘑菇"告诉我们,伊耿的干涉让阿摩里爵士吃了一惊,但他迟疑片刻后又开口道:"陛下,您还是孩子,忠诚的摄政团将在您成年以前替您决定任免。马斯森爵士是摄政会议的选择。"

"罗宛伯爵正是我的摄政。"国王咬住不放。

"不再是了。"阿摩里爵士说,"罗宛伯爵辜负您的信任,他的摄政资格业已撤销。"

"谁的命令?"伊耿质问。

"国王之手。"御林铁卫回答。

韦赛里斯王子哈哈大笑("蘑菇"沮丧的是,伊耿国王听到这话都不动容):"首相任命摄政,摄政任命首相,好个无聊的诡辩……但你不能过去,爵士,你不准碰我夫人。快滚吧,否则我保证,你们都会死在这里。"

阿摩里·培克的耐心到了尽头,他不能容许自己被十五岁和十三岁的男孩拦住,十五岁那个甚至手无寸铁。"够了。"他吩咐士兵们拉开国王和王子,"动作尽量轻柔,不得造成伤害。"

"别怪我没提醒你,爵士。"韦赛里斯王子发出最后的警告,他抡起斧头狠狠劈进吊桥的木板,然后退了回去,"谁敢越过那把斧头,杀无赦。"国王揽住弟弟的肩膀,把他带回安全的塔楼,一道阴影随即踏上吊桥。

"影子"单朵轲随拉腊夫人自里斯而来,乃是她父亲"伟大的"立桑卓的礼物。他黑肤黑发,高近七尺,常以黑丝巾蒙面,脸上细小褪色的伤疤纵横交错。他的嘴唇和舌头都被割掉,因此不但样貌骇人,也不能说话。据说他在弥林竞技场赢下一百场以命相搏的决斗,并啜饮敌人的鲜血,有回长剑断掉后甚至用牙撕开对手的喉咙,又说他在竞技场内不但杀过人,还仅凭沙土中摸到的石头击杀狮、熊、狼和长翼龙……当然,故事总是越传越离奇,我们无法确知有多少可信。

单朵轲不识读写，但"蘑菇"透露他喜欢音乐，常坐在拉腊夫人卧室的阴影中把弄一把金心木和乌木打造、几乎与他等高的奇特弦乐器，奏出动人而忧伤的乐曲。"夫人跟我们语言不通，我并非总能逗她开心，"弄臣承认，"只有'影子'的音乐每每让她落泪。说来奇怪，她更喜欢后者。"

面对阿摩里爵士手下来势汹汹、手持剑矛的士兵，"影子"单朵轲当晚在梅葛楼前演奏的是另一种乐曲，挑选的乐器为夜木与钢铁打造、覆以煮沸兽皮的巨大黑盾，以及龙骨把柄的巨弧弯刀，漆黑的刀刃被火把映出瓦雷利亚钢特有的波纹。他任凭敌人咆哮、咒骂和呐喊，只顾安静挥刀，像猫一般沉着地在人群中穿梭。弯刀低啸着忽左忽右、忽上忽下，切纸一般切开锁甲，刀刀见血。自称在楼顶全程见证的"蘑菇"坦言"这根本算不上战斗，倒像农夫割麦，一刀下去就有一株麦子倒下。唯独这些麦子是活人，倒下时会惨叫和诅咒。"阿摩里爵士的手下并不怯懦，有人拼命反扑，但"影子"始终脚步不乱，他精准地出盾格挡，顺势将对手推下吊桥，落向下方饥渴的铁刺。

阿摩里·培克是御林铁卫，至少他战死的方式不辱白骑士之名。他眼见三个手下死在桥上，另有两人插在下方的铁刺上扭动挣扎，便抽出长剑加入战团。"他在白袍下穿戴了白甲，""蘑菇"形容，"但面甲是打开的，也没带盾牌，单朵轲让他为这些疏忽付出了惨痛代价。"弄臣说"影子"在培克上场后开始舞蹈，每给阿摩里爵士留下一道新伤口，便转身杀掉一人，再回来继续对付白骑士。培克不屈不挠地迎战，在他遍体鳞伤、奄奄一息之际，诸神给了他一个稍纵即逝的机会：最后一名士兵临死前抓住单朵轲的弯刀，扯着它一起跌落吊桥，双膝跪地的阿摩里爵士挣扎着起身，鼓起残存的气力冲向赤手空拳的对手。

单朵轲眼疾手快地拔出韦赛里斯王子插在桥上的战斧，劈头砍去，把爵士的脑袋从盔冠到喉甲一分为二，滚落的尸体教铁刺插个正着。"影子"又将尸体和垂死的人全部踢进护城河，方才撤回梅葛楼。国王随即下令升起吊桥，放下铁闸，闩上大门。这座城中之城暂时安全了。

随后的僵局持续了十八天。

红堡其余部分落入马斯森·维水爵士及其统率的御林铁卫之手，君临市区则由卢卡斯·雷古德爵士的金袍军掌控。阿摩里爵士殒命次日的凌晨，两位爵士联袂来到梅葛楼前请国王移驾。"陛下误以为我们怀有恶意。"马斯森爵士命人打捞单朵轲踢下去的尸首,"我们只想保护陛下不受骗子和叛徒的伤害。阿摩里爵士是誓言效命的铁卫,早已将生死置之度外,他和我一样绝对忠诚,不该死在野兽手中。"

伊耿国王不为所动。"单朵轲不是野兽。"他站在垛口边答道,"他虽口不能言,但耳朵不聋,阿摩里爵士却对我的命令置若罔闻。我弟弟明确警告他不要越过那把斧头,若我记忆不差,服从乃是御林铁卫的天职。"

"御林铁卫的确发誓服从国王。"马斯森爵士回答,"等您长大成人,我和我的兄弟们乐意遵从您的任何指示,赴汤蹈火亦在所不辞。但您现在还是个孩子,誓言要求我们服从首相,首相代表国王行使权力。"

"撒迪厄斯伯爵是我的首相。"伊耿声明。

"撒迪厄斯伯爵将您的王国出卖给里斯人,必须接受惩罚。审判结束前,我是您的首相。"马斯森爵士抽出长剑,单膝跪地,"在诸神与世人见证下,我以我的长剑起誓,只要我在您身边,您绝不会受到伤害。"

铁卫队长若以为此举能打动国王,那就太天真了。"我母亲被龙吃掉时,你就在我身边,驻足观看。"伊耿回应,"如今你又打算看着他们害死我的弟媳,门都没有。"伊耿拂袖而去,之后一连三天,马斯森·维水说什么都没法哄他现身。

第四天,慕昆国师随马斯森爵士一起出现。"陛下,我恳求您,别再闹孩子脾气。请出塔吧,我们才好继续服侍您。"伊耿国王一言不发地俯视他,但他弟弟打破沉默,命大学士放出"一千只渡鸦",让王国上下知道国王被囚禁在自己的城堡。大学士无言以对,也没放出渡鸦。

此后数日,慕昆继续出面请愿,他向伊耿和韦赛里斯保证一切都是合法的;马斯森爵士的语气从恳请到威胁,最后谈起条件;伯纳德修士也被带来,他在楼前大声向老妪祈祷,求她指引国王回归理智之途。这些言语尽归徒劳,少年国王统统报以阴郁顽固的沉默,他很少开口,只有一次发了火,那便是教头加雷斯·朗爵士前来劝说的时候。"如果我不同意,你惩罚谁,爵士?"伊耿冲他大吼,"你尽管鞭挞可怜的盖蒙的尸骨吧,他再也流不出一滴血了。"

很多人对新首相及其盟友在拉锯中表现的克制啧啧称奇。马斯森爵士在红堡有好几百手下，卢卡斯·雷古德爵士的金袍军则超过两千人。梅葛楼虽然坚固，但守军严重不足，随拉腊夫人来维斯特洛的里斯护卫只剩"影子"单朵轲和另外六人，其余随她哥哥摩雷多去了谷地。梅葛楼关闭前，还有少数忠于罗宛伯爵的人逃入，但没有一个骑士、侍从或士兵，国王身边的扈从中也没有（严格来说，楼中有一名御林铁卫雷那德·雷斯金爵士。但自国王决定反抗那一刻起，雷那德爵士就被里斯人打伤、制服，囚禁起来）。"蘑菇"告诉我们，连戴安娜拉王后的女伴们都套上锁甲、拿起长矛，以虚张声势，但即便这花招能骗过马斯森爵士等人，也必不长久。

问题显而易见：马斯森·维水为何不攻打塔楼？他人手充沛，就算单朵轲和那几个里斯剑客武功高强，毕竟双拳难敌四手。然而马斯森首相始终隐忍不发，试图和平解决"禁城之围"（人们后来如此称呼这场对峙），哪怕动用武力更为高效。

有人说马斯森爵士的迟疑出于懦弱，他害怕面对里斯巨汉单朵轲的刀锋，这种可能性似乎不高；还有说法提到梅葛楼内扬言（某些人说开口威胁的是国王本人，某些人说是他弟弟）只要爵士露出进攻的苗头，就吊死被俘的御林铁卫……但"蘑菇"将此说斥为"一派胡

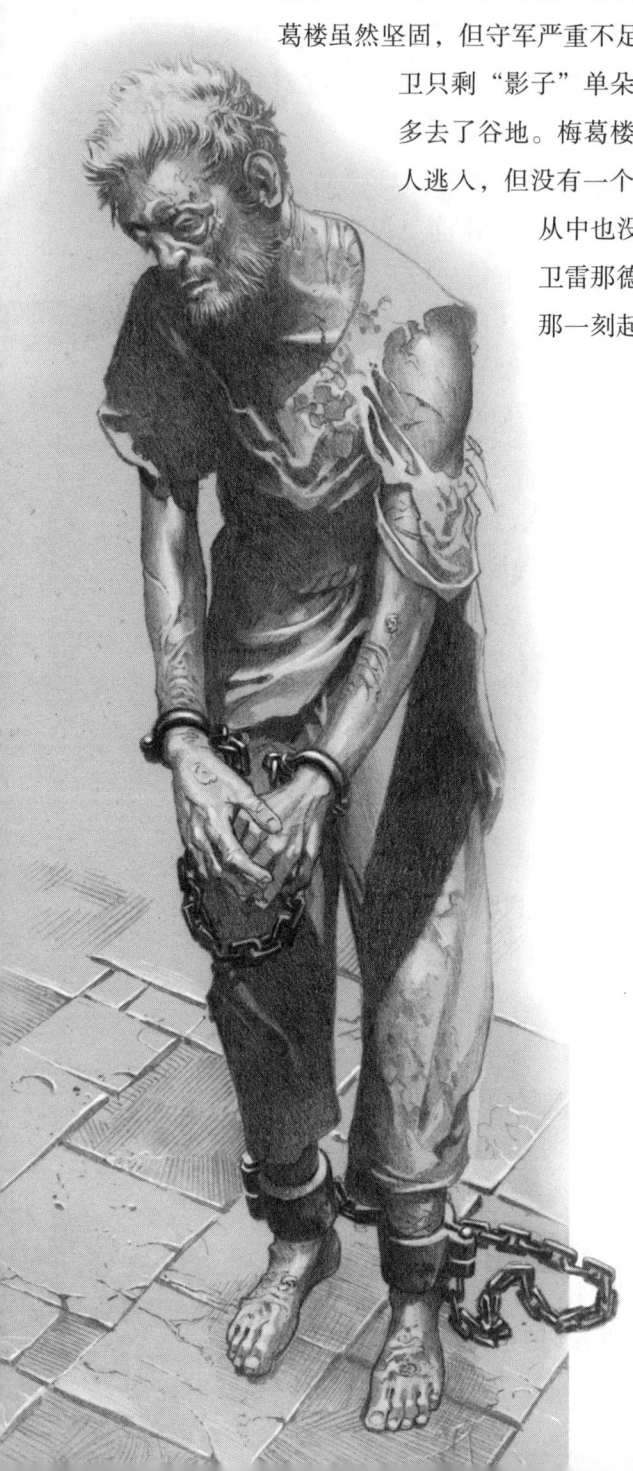

言"。

最合理的解释其实也最简单。大多数学者认同，马斯森·维水不是个伟大骑士，也谈不上为人正直，他是个赢下爵士头衔、并在伊耿二世御前谋得末位偏席的私生子。这本是他所能企求的最大荣耀，但他幸运地与龙石岛的渔民汤姆沾亲带故，故而在雷妮拉得势之日，拉里斯·斯壮置上百名更优秀的骑士于不顾，选中他偷运国王。随后几年，维水飞黄腾达，力压诸多出身高贵、声名远播的骑士成为御林铁卫队长，而当上国王之手后，直到伊耿三世成年，他的权力更凌驾海内诸侯……在这节骨眼上，他犹豫了，誓言的约束与残存的荣誉感让他无法下令攻击守护的君主，进而玷污身上的白袍。他回避云梯、抓钩等暴力手段，将希望寄托在说理上（也许还包括饥饿，毕竟楼内补给撑不了太久）。

"禁城之围"第十二天的早晨，镣铐加身的撒迪厄斯·罗宛被带来认罪。

伯纳德修士详述罗宛伯爵的罪状：他受贿后——贿赂包括黄金和女孩（"蘑菇"说那些是"美人鱼"的异国女孩，越年轻越好）——让摩雷多·罗佳尔去谷地剥夺阿诺德·艾林理应继承的遗产；他与"橡木拳"合谋扳倒前任国王之手乌尔温；他协助搬空里斯的罗佳尔银行，榨干了许多"善良、忠诚的维斯特洛贵族与商人"；他委派"显然无能"的儿子出任统帅，导致数千人葬身明月山脉。

最严重的指控是罗宛伯爵与罗佳尔三兄弟密谋毒害伊耿国王夫妇，拥戴韦赛里斯王子登基，立里斯的拉腊为后。"毒药名为'里斯之泪'，"伯纳德宣布，慕昆大学士证实了他的说法。"但七神有眼，陛下，"伯纳德总结，"罗宛伯爵的毒计只害死了您年轻的朋友盖蒙。"

修士洋洋洒洒说完后，马斯森·维水爵士又称："罗宛伯爵对所有罪行供认不讳。"他示意御前审问长乔治·格雷佛德带囚犯上前。罗宛伯爵戴着沉重的脚镣，满是青肿的脸几乎无法辨认。他起先纹丝不动，格雷佛德伯爵拿匕首尖捅他，他才用浑浊的声音开口："马斯森、爵士说、得没、错，陛下，我全、招了。洛托、答应事、成付我五、万金龙，等韦赛里斯得、到王位再、付五万。毒药是罗、戈里、奥给的。"他的话如此含混和不连贯，楼上的人都以为他喝多了，直到"蘑菇"发现他的牙齿已被拔光。

罗宛伯爵的供述让伊耿三世国王目瞪口呆，"蘑菇"说男孩杵在原地，脸上写满绝望，令人担心他要纵身跃向护城河里的铁刺，跟前王后重逢。

韦赛里斯王子不得不出言应对。"我的妻子拉腊夫人，"他朝下喊道，"她也参与阴谋了吗，伯爵？"

罗宛伯爵重重地点头。"是的。"

"我呢？"王子问。

"当然，您、也是。"伯爵茫然答道……这显然出乎马斯森·维水的意料，乔治·格雷佛德伯爵则是大惊失色。

"还有'淡发'盖蒙，我敢说，是他把毒药下进苹果派里。"韦赛里斯灵机一动地提示。

"殿、下说得、是。"撒迪厄斯·罗宛口齿不清地应承。

王子转向王兄，正色道："看来盖蒙的罪名跟我们一样……莫须有。"

侏儒"蘑菇"又向下喊："罗宛伯爵，是你毒死韦赛里斯国王的吗？"

前首相竟点头称是："是我，大人。我、认罪。"

国王的脸色变得严厉。"马斯森爵士，"他说，"此人是我忠诚的首相，并无叛国行径，真正的叛徒是将他屈打成招的凶犯。若你还爱戴你的国王，就请逮捕御前审问长……让我们知道你并非与之同流合污。"坚毅的声音响彻城堡内院，残破的男孩伊耿三世此时完美地展现了王者风范。

时至今日，一些人坚持认为马斯森·维水爵士只是个傀儡，这位诚实单纯的骑士被别有用心的人利用与欺骗；另一些人相信维水一开始就参与密谋，察觉到形势不妙才反戈一击。

不管真相为何，马斯森爵士服从国王的命令，命御林铁卫拿下御前审问长，拖进由其掌管的地牢。罗宛伯爵的镣铐被除去，他麾下的骑士、仆从也从地牢中释放，重见天日。

审问长根本无需拷问，只消看一眼刑具，他便吓得招出了同谋——已故的铁卫阿摩里·培克爵士和在世的铁卫默文·佛花爵士、"猛虎"泰斯里奥、伯纳德修士、加雷斯·朗爵士、维克多·瑞斯利爵士、都城守备队队长卢卡斯·雷古德爵士及七名城门小队长中的六名，甚至有王后的三个女伴。

有些嫌犯不肯就范。抓捕卢卡斯·雷古德时在诸神门爆发了短促而激烈的冲突，死了九人，包括雷古德自己；三名被供出的队长事先逃跑，还带走十多个手下；"猛虎"泰斯里奥也想开溜，却在临河门旁某家码头旅馆就擒，他正与伊班捕鲸船的船长就前往伊班港的费用讨价还价。

马斯森爵士亲自捉拿默文·佛花。"我跟他都是私生子出身，又同为誓言兄弟。"他对雷那德·雷斯金爵士解释。默文爵士听过指控后应道："看来您非收走我的武器不可。"他抽出长剑，剑柄朝外递给马斯森·维水。但马斯森爵士接剑时，默文爵士突然抓住其手腕，另一只手抽出匕首，狠狠捅进其腹部。不过默文也只逃到马厩，他给坐骑上鞍时惊动了一个醉酒的守卫和两个马童。他杀了这三人，发出的声响却引来更多对手，私生子骑士最终寡不敌众，身披被他玷污的白袍战死。

铁卫队长马斯森·维水爵士也没多活几时。人们在白剑塔找到倒在血泊中的马斯森爵士，赶紧带给大学士救治，无奈慕昆发现爵士受的是致命伤。他尽力缝合伤口，并提供了罂粟花奶，爵士旋即于当晚咽气。

格雷佛德伯爵供出的名单也包括马斯森爵士，并说这个"该死的变色龙"一开始就参与其中。马斯森爵士没机会自辩，其余密谋者则统统打入黑牢候审。有人抗议自己无辜受累，还有人跟马斯森爵士一样坚称是因相信撒迪厄斯·罗宛与里斯人勾结，才做出错事。少数几人态度顽固，最放肆的要数加雷斯·朗爵士，他大声叫嚣弱不禁风的伊耿三世连剑都握不住，不配坐上铁王座。伯纳德修士则从教会的角度出发，声言里斯人和他们的异端神灵不该出现在七大王国，他说起事目的仅是除掉拉腊夫人和她的兄弟们，让韦赛里斯恢复自由，迎娶般配的维斯特洛王妃。

招供最痛快的是"拇指"泰斯里奥，他直言是为黄金、女孩和报复——罗戈里奥·罗佳尔因他殴打"美人鱼"的妓女而禁止他光顾那家妓院，他对密谋者的要价便是接手"美人鱼"、并剁下罗戈里奥的老二，对方答应了他。审问官问起答应他的人是谁，泰斯里奥笑而不答……于是拷打加剧，他的笑容迅速扭曲，他惨叫连连地说出马斯森·维水的名字，经第二轮刑讯又供出乔治·格雷佛德，再来是默文·佛花。"蘑菇"告诉我们，"猛虎"在即将说出第四个名字、也就是真正主谋的当口，不堪折磨死掉了。

一个未被提及的名字如乌云笼罩在红堡上空。《"蘑菇"的证词》直白地讲出了时人的难言之隐：密谋集团势必有一个头脑，他在远处操控和指挥君临的爪牙。"蘑菇"以"幕后玩家"来形容此人。"格雷佛德残忍但不聪明，朗勇敢但不精细，瑞斯利好酒，伯纳德是个虔诚的糊涂蛋，'拇指'来自可恶的瓦兰提斯，比里斯人更惹人厌。女人不过是女人，而御林铁卫习惯听令、并非下令。卢卡斯·雷古德喜欢披着金袍四处招摇，不论喝酒、打架、滥交都是一把好手，却不擅长谋划。然而，这帮家伙都能追溯到……前任国王之手，星梭城、杜斯顿伯里和白园城伯爵乌尔温·培克。"

毫无疑问，逼宫的阴谋一经揭露，许多人抱有同样的怀疑。叛徒们多为前首相的亲属，没有血缘的也受过他提拔。培克策划阴谋亦有前科，他参与组织"蒺藜"，意图谋害两个私生驭龙者。但"禁城之围"期间，培克身处星梭城，被怀疑是他爪牙的人并未招出他的名字，所以其罪嫌至今无法确证。

红堡内的猜忌气氛如此浓厚，乃至伊耿三世在弟弟韦赛里斯揭穿罗宛伯爵"招供"的真相后，继续在梅葛楼待了六天，直到确认慕昆大学士放出大群渡鸦、召集四十位忠诚的诸侯前来君临，才令放下吊桥。楼内早已食物紧缺，戴安娜拉王后每晚哭着入睡，她的两名女伴饿得虚弱不堪，需要搀扶才能走过吊桥。

国王还朝时，格雷佛德伯爵供出的叛徒抓的抓逃的逃，马斯森·维水、默文·佛花和卢卡斯·雷古德一命呜呼，撒迪厄斯·罗宛再次入主首相塔……但他显然无法承担职责。地牢里的折磨摧毁了他，他往往片刻前还是精神矍铄的老样子，片刻后就不受控制地哭泣。机灵而刻薄的"蘑菇"作弄这位老人，用荒诞的指控来诱他说出滑稽的供词。"某晚，我让他供认自己是瓦雷利亚'末日浩劫'的元凶。"侏儒在《证词》中说，"满朝文武哄堂大笑。如今回想起来，我不禁自惭形秽。"

一个月后，罗宛伯爵的状况仍未好转，慕昆大学士敦促国王将其解职。伯爵在两个儿子的陪伴下动身返回家堡金树城，承诺身体好转即回君临效力，但他途中就去世了。当年剩下的时间，大学士身兼摄政与首相二职，毕竟王国需要秩序，而伊耿尚未成年。但慕昆自认是佩戴颈链、宣誓服务的学士，没资格审判那些高贵的领主和涂抹圣油的骑士，因此一干叛国罪犯都关在地牢，等候继任首相发落。

辞旧迎新之际，领主们响应国王送出的渡鸦的召唤，陆续来到君临。征服一百三十六年初聚集在君临的诸侯虽未正式组成大议会，但在七国历史上自征服一百零一年"人瑞王"于赫伦堡召开大议会以来，这是最大规模的领主集会。君临城再度人满为患，旅店老板、妓女和商人喜笑颜开。

大多数领主来自王领、河间地、风暴地……以及谷地。"橡木拳"和"嗜血班"最终降服了"金鹰"、"疯狂继承人"、"青铜巨人"及各派党羽，让他们屈膝臣服乔佛里·艾林，尊其为封君（"橡木拳"此次携冈梭尔·罗伊斯、昆顿·科布瑞、埃森巴·艾林和新任艾林公爵入朝）。乔安娜·兰尼斯特派一位表亲和三名封臣作西境的代表，托伦·曼德勒带着四十名骑士及亲属从白港扬帆南下，莱昂诺·海塔尔与山姆夫人自旧镇浩荡而来，但他们多达六百人的随从队伍与乌尔温·培克伯爵的部众相比又黯然失色，这位伯爵极夸张地征募了一千人马和五百名佣兵（"蘑菇"打趣道："他在怕什么呢？"）。

在空置的铁王座投下的硕大阴影中（伊耿国王有意缺席），领主们重新选拔在国王成年前辅政的摄政团，但持续半个多月的争执没带来丝毫进展。由于缺乏主导，部分贵族开始旧怨重提，揭开了"血龙狂舞"尚未痊愈的伤疤。大诸侯树敌众多，小领主又因贫穷或弱小遭到轻视。眼见会议越走越偏，慕昆大学士提议干脆抽签补选三名摄政，韦赛里斯王子表示赞同后，提案得以通过。最后成为摄政的是威廉·斯脱克皮、马柯·玛瑞魏斯和罗伦特·格兰德森，他们的家族均不突出，因此抽签不失为成功的折中方案。

国王之手的人选更重要，聚集在君临的领主们不愿留给新一届摄政团定夺。部分贵族——主要是河湾地人——力主让乌尔温·培克复职，然而该提议迅速遭到否决，因韦赛里斯王子宣称王兄希望任职者年富力强、"且不会在宫中安插叛徒"。埃林·瓦列利安的名字被提起，但普遍认为他太年轻，克米特·徒利和班吉寇·布莱伍德亦因同样的原因被排除。众人转而考虑北方的白港伯爵托伦·曼德勒……很多人不熟悉他，也因此他在颈泽以南没有敌人（乌尔温·培克可能除外，他的记忆源远流长）。

"行，我干。"托伦伯爵答应，"但要对付里斯小偷和他们的吸血银行，得有人帮我管账。""橡木拳"顺势举荐谷地"金鹰"埃森巴·艾林。此后为安抚培克伯爵一党，"巨斧"杰德慕·培克被提名海军上将和海政大臣（据说"橡木拳"对此暗笑多过愤怒，甚至宣布这是个好决定，只要"杰德慕爵士花钱造船，而我负责驾船。"），雷那德·雷斯金爵士成为御林铁卫队长，阿德里安·索恩爵士负责金袍军——索恩此前为雄狮门小队长，也是卢卡斯·雷古德麾下七名小队长中唯一没涉嫌阴谋的人。

诸事议定，只等伊耿三世国王盖章。他在次日上午毫无异议地办理了相关文件，旋即返回王家套房继续独处。

新首相马不停蹄地投身国务，首要任务就很棘手：主持审判毒杀"淡发"盖蒙及密谋反叛国王一案的罪犯，总计不少于四十二人，因格雷佛德伯爵的名单上的对象受刑后又供出更多名字。这其中十六人在逃、八人死亡，剩下十八个候审者里，审问官们已通过拷打让十三人认罪、承认多少参与了密谋，仍有五人坚称无罪，只因深信罗宛伯爵是叛徒、里斯人意图弑君，方才加入拯救国王的计划。

审判进行了三十三天。韦赛里斯王子全程出席，他的妻子拉腊夫人经常陪同——她日渐胀大的肚子怀着第二个孩子——他的长子伊耿则由奶妈抱在一旁。伊耿三世只出面过三回，分别是宣判加雷斯·朗、乔治·格雷佛德和伯纳德修士的时候，他对其他人毫无兴趣，从未过问他们的命运。戴安娜拉王后自始至终没有到场。

加雷斯爵士和格雷佛德伯爵被判处极刑，但都选择披上黑衣。根据曼德勒伯爵签署的谕令，他们将搭乘下一班前往白港的船，并从白港走到长城。总主教致信为伯纳德修士求饶，"让他用祈祷、冥想和善行来赎罪"。于是曼德勒没让伯纳德上断头台，但阉割了他，并判决他脖子挂上自己的老二，赤脚从君临走到旧镇。"他若能活下来，便听凭总主教大人发落。"首相的谕令以此结尾（伯纳德活了下来，成为一名抄写员，他发下静默誓言，余生都在繁星圣堂誊写宗教典籍）。

获罪的金袍子（不少人逃之夭夭）纷纷效法加雷斯爵士和格雷佛德伯爵，通过加入守夜人来保命，幸存的"指头"们也一样……除了前任御前执法官维克多·瑞斯利爵士，他以被涂抹圣油的骑士的身份要求比武审判，"我愿以身涉险，在诸神与世人的见证下，自明清白"。瑞斯利的主要控告者加雷斯·朗爵士遂被带回宫中，作为前者的对手。"你总这么蠢，维克多。"人们把长剑交还加雷斯爵士时，他告诉从前的同伙。前任教头干净利落地解决了前任执法官，转身微笑着看向王座厅彼端的其他罪犯，问道："还有谁？"

三名女犯的审判最让朝廷难堪，因她们出身高贵，皆是王后的女伴。露辛达·庞洛斯（她在少女节舞会前外出鹰狩时遇袭）承认想害死戴安娜拉，"若我鼻子完好无损，该是她服侍我，而非我服侍她。就因为她，现在没有男人要我"；卡珊德拉·拜拉席恩透露经常让默文·佛花爵士上自己的床，有时"如果他求我"，也容许"猛虎"泰斯里奥加入。威廉·斯脱克皮指出卡珊德拉小姐可能是密谋者许诺给瓦兰提斯人的一部分奖赏，她听了不禁泪流满面。

然而普鲁茜娅·霍格小姐的陈述比上述的爆炸性供词更让人扼腕。霍格小姐年仅十四岁，她是个楚楚可怜又有些单纯的小女孩，身材矮胖，姿色平庸，却被人诱导相信只要里斯的拉腊死去，她就能成为韦赛里斯王子的新娘。"他每次看到我都会微笑，"她告诉朝堂上的老爷们，"有回他在台阶上与我擦肩而过，肩膀扫到我的胸口。"

曼德勒伯爵、慕昆大学士及其他摄政仔细盘问这三个女人，很可能（"蘑菇"断言如此）是想套出迄今未被供出的第四个女人：乌尔温·培克伯爵守寡的姨妈克拉丽斯·奥斯格雷夫人。克拉丽斯夫人早先掌管杰赫妮拉王后的女伴、侍女和仆人，后又负责戴安娜拉王后的随从队伍，已认罪的密谋者多与之相熟（"蘑菇"声称她是乔治·格雷佛德的情人，说她能从拷问中达到高潮，因此常去地牢协助审问长）。若她被指认，顺藤摸瓜或能牵出乌尔温·培克。但盘问毫无结果，托伦伯爵直白地询问克拉丽斯夫人是否共谋，三个女犯都大摇其头。

尽管这三人罪证昭彰，但扮演的角色相对次要，再考虑到性别因素，曼德勒伯爵和摄政团决定从宽发落。露辛达·庞洛斯和普鲁茜娅·霍格被判刻鼻之刑，但只要献身教会，并坚守誓言，刑罚便不必执行。

卡珊德拉·拜拉席恩因高贵出身免于肉刑，她毕竟是已故博洛斯公爵的长女、当今奥莱瓦公爵的姐姐，又曾与伊耿二世国王订婚。她母亲埃琳娜夫人因身体原因未能出席审判，但派来儿子属下三位封臣作代言人，授意他们联合摄政格兰德森伯爵（其人的领地和城堡亦在风暴地）安排卡珊德拉小姐下嫁给一位地方骑士沃尔特·棕丘爵士，其人在风怒角拥有小片土地及一座"泥巴与树根"搭建的城堡。沃尔特爵士曾三度丧偶，有过十六个孩子，其中十三个在世。埃琳娜夫人认为，只要卡珊德拉小姐担起照顾这些孩子（及她与沃尔特爵士未来的子女）的责任，便不会有精力再作他想（的确如夫人所料）。

谋逆案完结，红堡地牢却仍未清空。拉腊夫人的哥哥洛托和罗戈里奥的命运悬而未决，他们虽与叛国、谋杀和密谋的重案无涉，但受控欺诈和偷窃。与里斯当地的情形相似，罗佳尔银行倒闭让数以千计的维斯特洛人蒙受巨大损失，曼德勒伯爵和慕昆大学士一致认为，尽管两兄弟是坦格利安家族的姻亲，但并非出身王族，领主称号也仅为虚衔，应该接受审判和惩罚。

自由贸易城邦里斯早已下手，罗佳尔银行倒闭不可挽回地拖垮了"伟大的"立桑卓手创的王朝。他留给女儿莱莎娜的宫殿被夺走，留给其他孩子的豪宅及家具同样如此。德那科·罗佳尔麾下庞大的贸易划桨船队中只有十分之一的船及时得知家族厄运、调头逃往瓦兰提斯，其他船只、货物连同罗佳尔家族的码头与仓库尽遭没收。莱莎娜·罗佳尔失去了所有黄金、珠宝和衣服，玛拉娜·罗佳尔失去了所有书籍，弗莱多·罗佳尔眼睁睁看着总督们夺走他急于出售的"香水花园"——他已卖掉所有奴隶，他的兄弟姐妹（无论嫡生还是私生）也纷纷变卖身边的奴隶。

但上述所得相加，仍不够抵偿银行十分之一的债务，于是罗佳尔家族的成员及其后代也被卖给奴隶贩子，弗莱多和莱莎娜的女儿们很快回到了幼时玩耍的"香水花园"，只是身份从主人变作床奴。

家族陨落的罪魁祸首立桑罗·罗佳尔也未能逃脱报应。他在洛恩河畔的维隆瑟斯镇等渡船时被抓获，忠诚的无垢者护卫在血腥的混战中拼杀至最后一人……可惜他身边只剩二十名无垢者（他逃出里斯时带了一百名，路上被迫卖掉大部），又在码头边被困，四面受敌。立桑罗就擒后被送往下游的瓦兰提斯，执政官企图以可观的价格将他卖给弟弟德那科，德那科拒绝报价，建议瓦兰提斯人把他卖回里斯。于是立桑罗·罗佳尔被锁链拴在瓦兰提斯奴隶船的桨位上，和奴隶们一起划回母邦。

在审判中，立桑罗被问及窃取黄金的用途，他哈哈大笑着指点列位总督，"我用来贿赂他，还有他，还有他，还有他……"他指出了十几个人才被堵住嘴，但这于事无补，受贿者跟其他人一起投票宣判他有罪（贿金当然没归还，众所周知，里斯总督重视钱财远超荣誉）。

根据判决，赤身裸体的立桑罗被铁链拴在贸易神庙前一根柱子上，所有因他破财的人均可上前鞭打，鞭数依损失而定。里斯人轮流上前——据记载，他的妹妹莱莎娜和弟弟弗莱多都挥了鞭子——看热闹的则开盘赌博他能坚持多久。立桑罗在鞭刑第一天的第七小时死去，骸骨在柱子上拴了三年，直到弟弟摩雷多将之取下，埋进家族墓穴。

毫无疑问，里斯人痛恨给他们造成财产损失的人，对此的惩罚远比七大王国严苛。罗佳尔银行倒闭害苦了不少维斯特洛领主与商贩，他们内心深处乐于对洛托和罗戈里奥施以同样的酷刑⋯⋯但即便最鄙夷罗佳尔兄弟的人，也无法证明他们知晓长兄在里斯的劣迹，或从长兄的行径中获利。

最终，银行家洛托只被判偷窃罪，罪状是拿走不属于自己的金银珠宝，却无法如数奉还。曼德勒伯爵让他选择披上黑衣还是跟普通窃贼一样砍掉右手。"赞美永多拉，我是左撇子。"洛托选择肉刑。他弟弟罗戈里奥没有罪证，曼德勒伯爵仍判处七下鞭打。"为什么？"罗戈里奥诧异地质问。

"因为你是个天杀的里斯人。"托伦·曼德勒答道。

判决执行后，兄弟俩都离开了君临。罗戈里奥关闭那座著名妓院，卖掉房子、地毯、窗帘、床铺等所有家当，以及鹦鹉和猴子，买来一艘大型平底船，取名为"美人鱼之女号"。他的青楼就此重生，成为海上的流动娱乐场所，多年来辗转狭海，为港口和渔村的居民提供香料葡萄酒、异国美食和肉体欢愉；失去右手的洛托被莱昂诺·海塔尔伯爵的情妇山姆夫人看上，带回旧镇。海塔尔家族一分钱都没委托给里斯人，因此仍富甲维斯特洛——可能仅次于凯岩城的兰尼斯特家族——山姆夫人想学习更好地运用这些财富，旧镇银行因而诞生，让海塔尔家族变得更加富有。

（审判进行时，随拉腊夫人来君临的三兄弟中的老大摩雷多·罗佳尔正在布拉佛斯与铁金库的看钥人们谈判。当年结束前，他带着布拉佛斯提供的大笔黄金前往泰洛西，雇佣船只和士兵，准备反攻里斯。那是另一个故事，不在我们当前的叙述范围内。）

审判罗佳尔兄弟期间，伊耿三世国王从未登上铁王座，但韦赛里斯王子每天都来，陪坐在夫人身旁。里斯的拉腊对首相的审判作何感想，不管"蘑菇"

还是宫廷实录都没法交代，唯一的记载是她听到托伦伯爵的判决后流下眼泪。

诸事完成，领主们陆续离开、返回家堡，君临在新一届摄政团和新首相的治理下恢复了平常的节奏……当然，操劳的主要是首相，"蘑菇"对此的评论是："诸神选择这三个摄政，证明诸神跟世人一样愚蠢。"他没说错，斯脱克皮伯爵爱好鹰狩，玛瑞魏斯伯爵热衷宴饮，格兰德森伯爵喜欢睡觉，而每个人都觉得另外两个同僚是傻瓜。好歹他们的怠政总算无伤大雅，因托伦·曼德勒忠实、能干，他虽言语粗鲁又暴饮暴食，但为人公正。伊耿国王的确不曾亲近他，但国王对任何人都缺乏信任感，过去一年的事端更是雪上加霜。托伦伯爵对国王也谈不上有多尊敬，他在写给留在白港的女儿的信中称国王为"那个内向男孩"。但曼德勒喜欢韦赛里斯王子，也很宠爱戴安娜拉王后。

北方人的摄政期为时不长，但颇有作为。在"金鹰"埃森巴·艾林的倾力协助下，曼德勒对税务进行大刀阔斧的改革，不但为王室带来更多收入，还接济了那些因罗佳尔银行蒙受损失的人；他与御林铁卫队长一起量才录用，授予艾德蒙·沃里克爵士、丹尼斯·怀特菲尔德爵士和阿拉莫尔·科伯爵士白袍，填补马斯森·维水、默文·佛花和阿摩里·培克的空缺；他正式废除"橡木拳"埃林为赎回韦赛里斯王子签署的条约，理由是这些文件的对象乃不复存在的罗佳尔家族，并非自由贸易城邦里斯。

加雷斯·朗爵士被发配长城后，红堡需要新教头，曼德勒伯爵提拔了优秀的年轻剑客卢卡斯·罗斯坦爵士，其人的祖父仅为一介雇佣骑士。卢卡斯爵士很快以耐心的教学态度赢得韦赛里斯王子的赞赏，连伊耿国王都勉强对他抱有敬意。曼德勒又任命慕昆国师举荐的罗利学士任御前审问长，这位朝气蓬勃的年轻人刚从旧镇学城来到君临，他师从于维斯特洛历史上最聪慧的医师桑德曼博士。"通晓如何缓解痛苦的人，定然知道如何加重痛苦。"慕昆告诉首相，"更重要的是，审问长应将拷问视为职责，而非乐趣。"

铁匠节前夜，里斯的拉腊为韦赛里斯王子诞下次子。韦赛里斯给这个精力旺盛的胖婴儿起名伊蒙，宫中欢宴庆祝，人们都为小王子的出世感到高兴……唯一例外或是新生儿一岁半的兄长伊耿，他竟用放在摇篮里的龙蛋砸向刚出生的弟弟。所幸伊蒙没受伤，他的嚎哭立刻引来拉腊夫人，她拿走长子的凶器，严加训斥。

不久后，闲不住的"橡木拳"埃林伯爵开始策划第二次大航海。瓦列利安家族曾将大笔黄金委托给洛托·罗佳尔，以致财富减半。为找回损失，埃林伯爵组建了一支庞大的商船队，安排十二艘划桨战舰护卫，计划取道潘托斯、泰洛西、里斯前往古瓦兰提斯，回程再拜访多恩。

据说埃林伯爵启航前与妻子大吵一架。贝妮拉夫人是真龙血脉，暴躁易怒，而她多次听闻夫君与多恩领的亚历姗卓拉公主的风流韵事。不过最终他们一如既往地和好了。舰队于本年年中出发，"橡木拳"这次的座舰是以母亲之名命名的划桨船"无畏的玛尔达夫人号"。贝妮拉夫人留在潮头岛，腹中怀了埃林伯爵的第二个孩子。

国王的第十六个命名日即将来临。鉴于王国太平无事、春暖花开，托伦·曼德勒伯爵决定让伊耿国王携戴安娜拉王后进行一场久违的王家巡游，以纪念成年。根据首相的设想，国王理应亲身体察治下的四方土地，向人民展示自己。伊耿高挑英俊，小王后甜美可爱——百姓们肯定会喜欢她，她能弥补严肃的国王所欠缺的个人魅力，这对王朝长治久安是件好事。

曼德勒伯爵的计划得到摄政会议的一致认可，他们开始策划持续整年的盛大巡游，安排国王前往那些从未有幸接驾的地方。伊耿预计将从君临走陆路造访暮谷镇和女泉镇，再乘船到达海鸥镇，参观艾林谷后回到海鸥镇，驶向北境，途中停留三姐妹群岛。

曼德勒伯爵承诺，白港将以前所未见的热情欢迎国王夫妇。巡游队伍随后继续北行至临冬城，甚至可以拜访长城，然后掉头南下，沿国王大道经颈泽抵达河间地，接受李河城的沙比瑟·佛雷夫人和鸦树厅的班吉寇伯爵的招待（当然，如果拜访了布莱伍德家族，势必要在布雷肯家族的石篱城待上同样长的时间）。巡游队伍在奔流城留宿几夜后，又将穿过山丘前往西境，凯岩城的乔安娜夫人等候已久。

离开凯岩城，巡游队伍再经滨海大道走访河湾地……高庭、金树城、古橡城……红湖有龙，伊耿不喜欢，但红湖很容易避开……前往乌尔温·培克的某座家堡有助于安抚前首相。在旧镇，总主教肯定乐意祝福国王夫妇，莱昂诺伯爵和山姆夫人也会抓住机会展现他们的城市远迈君临的繁华。"这将是王国一百年来最盛大的巡游。"慕昆国师报告国王，"陛下，万物之计在于春，这次出行标志着您统治的真正开端。从多恩边疆地到绝境长城，所有人都会知道您是他们的国王，戴安娜拉是他们的王后。"

托伦·曼德勒对此深表赞同。"让孩子走出这该死的城堡。"蘑菇"听见伯爵公然宣称，"他可以打猎、鹰狩、爬山，在白刃河钓钓鲑鱼，再看看巍峨的长城。他每晚都能享受盛宴，骨头上多长点肉对他有好处，或许他还会爱上北境浓稠得能用剑切开的上好麦酒。"

接下来的日子，筹备国王的命名日纪念及随后的巡游占用了首相与摄政团的全部精力。他们反复修改随行骑士和领主的名单，安排人手给马匹打上新蹄铁，盔甲全部擦亮，马车与轮宫得到修缮和粉刷，旗帜也大量缝制出来。数百只渡鸦在王国各地忙碌地来回，大凡维斯特洛的领主和有产骑士都渴望接待国王。雷妮亚夫人骑龙伴驾的建议被委婉拒绝，但她姐姐贝妮拉夫人宣称不管受邀与否都会随行。国王夫妇的服色也经过仔细考量，最后议定当戴安娜拉王后着绿色时，伊耿照常穿黑色，但小王后以坦格利安家族的红黑服饰打扮时，国王得披上绿斗篷——总之，黑色与绿色务须同时出现。

伊耿国王的命名日纪念到来时，王家巡游仍有局部行程待定。按计划，当晚王座厅会举办盛宴，古老的炼金术师公会承诺带来一场前所未见的焰火表演。

那天清晨，托伦伯爵正与摄政们争论是否该把腾石镇加入巡游路线，伊耿国王带着四名御林铁卫及丝巾蒙面、腰佩瓦雷利亚钢巨弧弯刀的"影子"单朵轲步入议事厅。凶恶的哑巴巨汉带给群臣巨大的压迫感，托伦·曼德勒一时语塞。

"曼德勒伯爵，"伊耿国王主动打破突如其来的寂静，"烦请告知我如今的年龄？"

"您今天年满十六岁，陛下。"曼德勒伯爵回答，"您业已成人，可以亲自统治七大王国。"

"很好。"伊耿国王说，"你占据了我的座椅。"

慕昆大学士多年后写道，国王冰冷的语气把所有人都吓了一跳。托伦·曼德勒惶惑而讶异地从座椅上挪开大腹便便的身躯，不安地看了"影子"单朵轲一眼。他为国王扶住椅子，一边解释："陛下，我们正讨论巡游——"

"不会有巡游。"国王落座后宣布,"我不想把一整年时间用来骑马,天天睡着陌生的床铺,与醉醺醺的领主虚与委蛇——他们中一半人为一丁点好处就会害我。谁若真想与我交流,可来铁王座下觐见。"

托伦·曼德勒不愿放弃。"陛下,"他陈情道,"巡游有助于赢得人民的爱戴。"

"我正要带给人民和平、食物和正义。如果这还不足以赢得爱戴,就让'蘑菇'去巡游吧,或者派只跳舞的熊。有人曾告诉我老百姓最喜欢跳舞的熊。你要叫停今晚的宴会,让领主们返回领地,把食物分给吃不饱的人。从今往后,填抱肚皮和跳舞的熊就是我的政策。"伊耿转向三名摄政,"斯脱克皮大人、格兰德森大人、玛瑞魏斯大人,多谢操劳。你们回吧,我不再需要摄政。"

"陛下还需要国王之手吗?"曼德勒伯爵问。

"国王之手应由国王挑选。"伊耿三世站起来,"你的服务诚然十分出色,正如你以前为我母亲服务那样。但你是诸侯们选的,也回白港去吧。"

"求之不得，陛下。"根据慕昆大学士后来的描述，曼德勒几乎是吼出这番话，"自从来到这座粪坑，我就没喝过一口正经麦酒。"他摘下职位项链，放到议事桌上。

不到半月后，曼德勒伯爵带着一小群誓言骑士和仆人登船返回白港……随行还有"蘑菇"。弄臣似乎喜欢上了大块头北方人，迫不及待地接受对方的邀约，离开阴沉肃穆、从无笑颜的国王。"我的本行是装傻充愣，却也没傻愣到永远待在傻瓜身边。"他如此说道。

侏儒最终比他抛下的国王活得更久，《证词》的后几册描绘了他此后多姿多彩的人生。他在白港待了一段时间，又旅居布拉佛斯的海王殿，他远航伊班港，又加入"口吃小姐号"的默剧表演团闯荡多年。这些经历别有风味，可惜与本书主旨无关……我们只能遗憾地告别侏儒及其标志性的毒舌。他的《证词》并非最可靠的史料，但他敢于道出旁人讳言的真相，语言通常也很有趣。

"蘑菇"告诉我们，曼德勒伯爵一行乘坐的平底船叫"快乐盐号"，但北航途中，船上没有快乐可言。托伦·曼德勒从未喜欢"那个内向男孩"——他给女儿的信中表达得非常直白——而他永远无法原谅国王粗暴地解除他的职务，突然"干掉"他精心策划的王家巡游。这让伯爵怀恨在心，视为奇耻大辱。

伊耿三世国王取回权柄的同时，便把一个鞠躬尽瘁、肝脑涂地的忠臣化为仇敌。

摄政时期以如此不谐的音符戛然而止，"残破国王"开始残破的统治。

附录

坦格利安王朝

自伊耿征服维斯特洛始

1-37	伊耿一世	"征服者""龙王"
37-42	伊尼斯一世	伊耿一世与雷妮丝之子
42-48	梅葛一世	"残酷的",伊尼斯一世与维桑尼亚之子
48-103	杰赫里斯一世	"人瑞王""和解者",伊尼斯之子
103-129	韦赛里斯一世	杰赫里斯之孙
129-131	伊耿二世	韦赛里斯的长子
		【伊耿二世的继承权为长他十岁的异母姐姐雷妮拉所阻,两人均死于后世歌手称为"血龙狂舞"的内战。】
131-157	伊耿三世	"龙祸",雷妮拉之子
		【坦格利安家族最后一条巨龙即死于伊耿三世统治时期。】
157-161	戴伦一世	"少龙主""少年王",伊耿三世长子
		【戴伦征服了多恩,但没能守住,且英年早逝。】
161-171	贝勒一世	"受神爱护的""受神祝福的",修士国王,伊耿三世次子

171-172	韦赛里斯二世	伊耿三世的弟弟
172-184	伊耿四世	"庸王",韦赛里斯二世长子【他的弟弟"龙骑士"伊蒙王子曾为他的配偶奈丽诗王后的代理骑士,相传亦是她的爱人。】
184-209	戴伦二世	"贤王",奈丽诗王后之子,父亲是伊耿或伊蒙未知【戴伦娶多恩公主弥丽亚为后,并最终将多恩领收入王国版图。】
209-221	伊里斯一世	戴伦二世的次子【没有后代】
221-233	梅卡一世	戴伦二世的四子
233-259	伊耿五世	"不该成王的王",梅卡的四子
259-262	杰赫里斯二世	伊耿五世的次子
262-283	伊里斯二世	"疯王",杰赫里斯二世的独子

伊里斯二世被推翻并遭杀害,他的继承人、雷加·坦格利安王太子亦被劳勃·拜拉席恩于三叉戟河边击杀,龙之王朝至此中断。

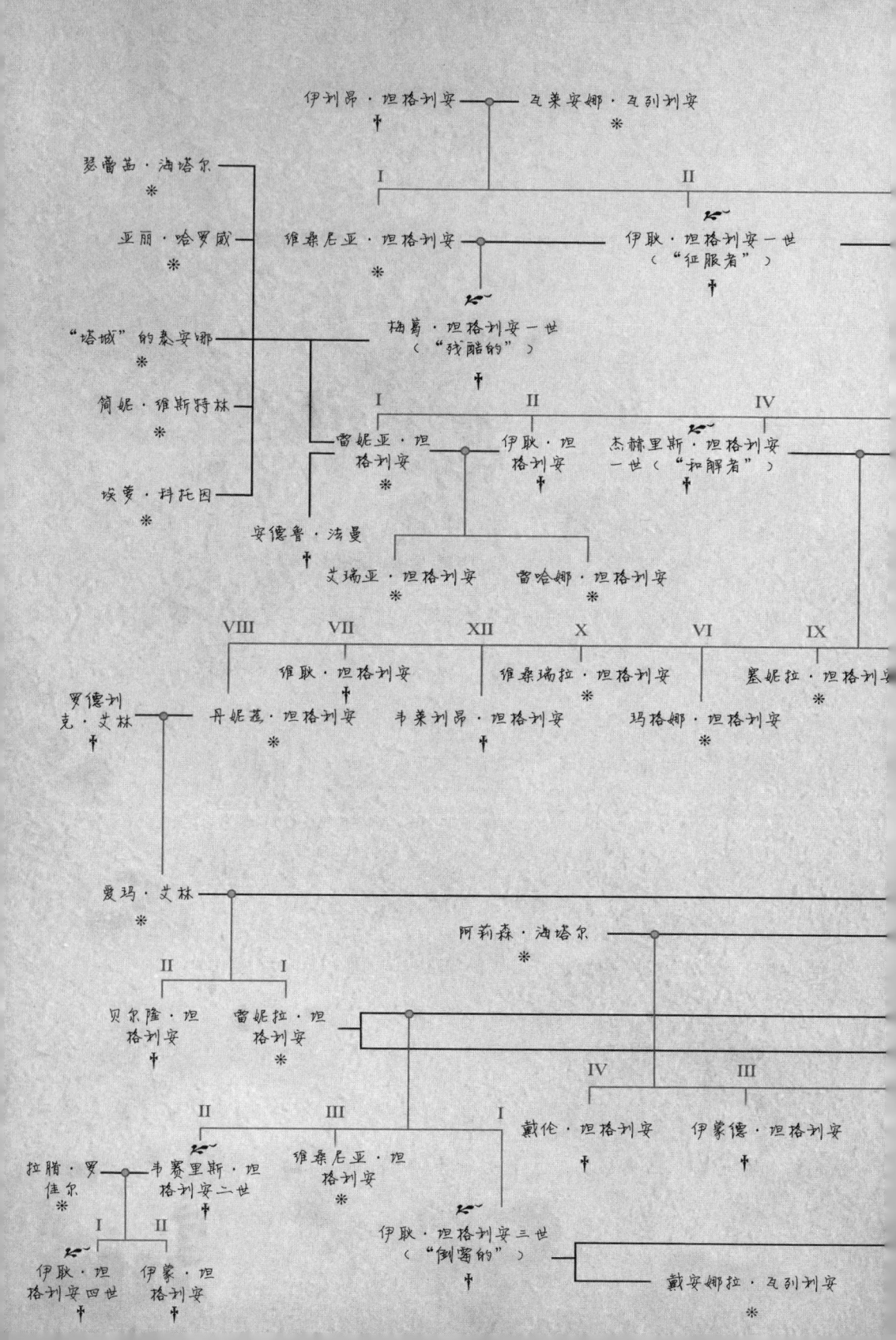

```
                                    伊利昂·坦格利安 ──●── 瓦莱安娜·瓦列利安
                                         †                    *
        薏蕾茜·海塔尔 ┐                  I                    II
              *       │
                      │
         亚丽·哈罗威 ─┼── 维桑尼亚·坦格利安 ──────●────── 伊耿·坦格利安一世
              *       │                                    ("征服者")
                      │                                         †
      "塔城"的泰安娜 ┐ │         梅葛·坦格利安一世
              *       │         ("残酷的")
                      │              †
       简妮·维斯特林 ─┤      I         II              IV
              *       │  ┌─────┬──────┬──────────────┬─────────┐
                      │  雷妮亚·坦  伊耿·坦  杰赫里斯·坦格利安
         埃萝·科托因 ┘  格利安 ●  格利安     一世("和解者")  ●
              *                │      †          †              │
                     安德鲁·法曼                                 │
                          †                                     │
                     艾瑞亚·坦格利安   雷哈娜·坦格利安

                VIII    VII      XII      X        VI      IX
              ┌──────┬──────┬────────┬────────┬────────┬──────┐
              │  维耿·坦格利安  维桑瑞拉·坦格利安   塞妮拉·坦格利安
              │       *              *                    *
    罗德利 │  丹妮莲·坦格利安   韦莱利昂·坦格利安   玛格娜·坦格利安
    克·艾林 ●         *                †                  *
       †

    爱玛·艾林 ──●──────────────────────────────────────
         *     │
               │                    阿莉森·海塔尔 ───────●─────────
            II   I                        *               │
          ┌───┬───┐                                       │
          贝尔隆·坦  雷妮拉·坦                             │
          格利安    格利安                   IV        III
             †       *              ┌──●──┬────────┬────────┐
                II      III     I   戴伦·坦格利安  伊蒙德·坦格利安
         ┌────┬────┬────┐                †              †
    拉腊·罗 ● 韦赛里斯·坦  维桑尼亚·坦
    佳尔     格利安二世   格利安
      *         †
       I     II                伊耿·坦格利安三世
     ┌──┬──┐                    ("倒霉的")         ●────────┐
    伊耿·坦 伊蒙·坦                  †                   戴安娜拉·瓦列利安
    格利安四世 格利安                                          *
       †      †
```

坦格利安世系

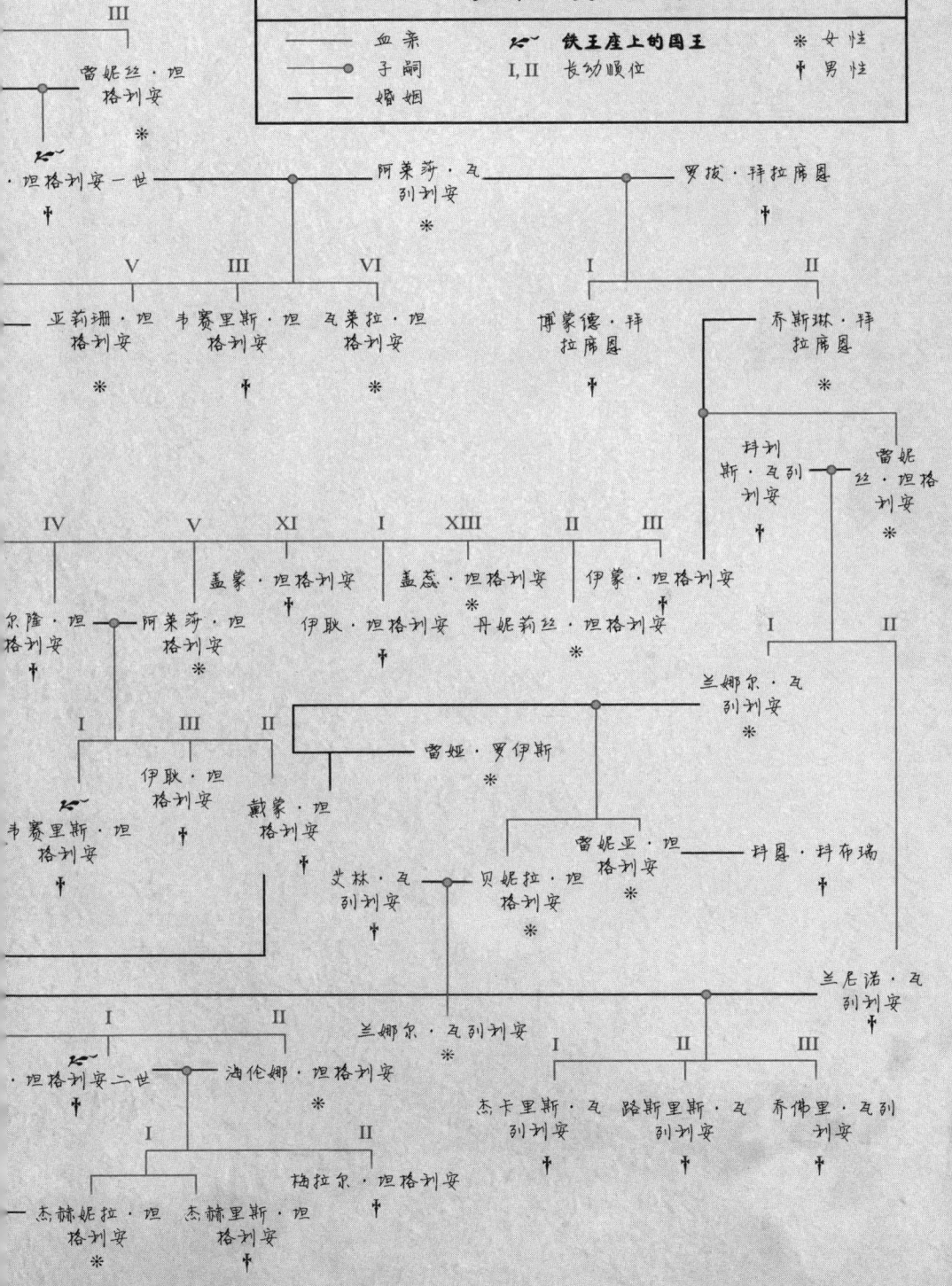

从伊耿征服到伊耿三世执政

─── 血亲	♛ 铁王座上的国王	✱ 女性
─●─ 子嗣	I, II 长幼顺位	✝ 男性
─── 婚姻		

III
— 当妮丝·坦格利安 ✱

♛ 坦格利安一世 ✝ —— 阿莱莎·瓦列利安 ✱ —— 罗拔·拜拉席恩 ✝

V — 亚莉珊·坦格利安 ✱
III — 韦赛里斯·坦格利安 ✝
VI — 瓦莱拉·坦格利安 ✱
I — 博蒙德·拜拉席恩 ✝
II — 乔斯琳·拜拉席恩 ✱

拜利斯·瓦列利安 —— 当妮丝·坦格利安 ✱

IV 尔隆·坦格利安 ✝
V 阿莱莎·坦格利安 ✱
XI 盖蒙·坦格利安 ✝
I 伊耿·坦格利安
XIII 盖蕊·坦格利安 丹妮莉丝·坦格利安
II 伊蒙·坦格利安 ✝
III I II

I 韦赛里斯·坦格利安 ✝
III 伊耿·坦格利安
II 戴蒙·坦格利安

兰娜尔·瓦列利安
当娅·罗伊斯 ✱

艾林·瓦列利安 —— 贝妮拉·坦格利安 ✱ 当妮亚·坦格利安 ✱ —— 拜恩·拜布瑞

兰尼诺·瓦列利安 ✝

I II
♛ 坦格利安二世 ✝ —— 海伦娜·坦格利安 ✱
兰娜尔·瓦列利安
I 杰卡里斯·瓦列利安 ✝
II 路斯里斯·瓦列利安 ✝
III 乔佛里·瓦列利安 ✝

I II
梅拉尔·坦格利安 ✝
杰赫妮拉·坦格利安 ✱ 杰赫里斯·坦格利安 ✝

乔治·R.R.马丁在《娱乐周刊》所做的《血与火·坦格利安王朝史》创作专访

马丁：首先我要澄清，《血与火·坦格利安王朝史》不是传统的小说，我不希望大家购买它的时候，以为在购买另一本《权力的游戏》或《魔龙的狂舞》。它是一部虚构历史，类似你们读过的关于某国的通史，其写作风格与小说有很大不同，而这是有意为之。打一开始我就决定这么创作，并贯彻始终，期望大家能从这个角度得到享受。我不希望误导读者以为这是另一本小说，实际上它包含了好几代人和一百五十年的历史，讲述了林林总总的角色出生、成长、死亡，再由后人继承的故事。

《娱乐周刊》：这的确是完全不同的形式，读者也需要适应，好在实际阅读之后，故事本身的灵气与魅力很快就显现了出来。在这里，我们首先想了解本书的创作背景。据我们所知，您一开始并未有相关的写作打算，乃是在2014年创作《冰与火之歌的世界》时才萌生的念头，是这样吗？

马丁：是这样没错。《冰与火之歌的世界》是一本厚重的设定集，全彩印刷，其文本意在充实《冰与火之歌》系列小说的背景。艾利奥·加西亚和琳达·安松森——我的朋友兼粉丝网站 westeros.org 的管理员——从所有已出版的书里摘出我写下的历史传说和历代国王的相关内容，我打算予以润饰并略加扩展，再补充一些存在于我脑海之中、但并未放进《冰与火之歌》系列小说的细节，作为该书的边框。正如同现实生活中，我们都知道米勒德·菲尔莫尔（Millard Fillmore）曾是美国总统，但很少提及他，【我在那本书中就是要完善这些设定】。最初计划的文本是五万单词，艾利奥和琳达整理完稿后达到了七万单词，那时我开始创作边框。你要知道，我真正投入某件事就很难停下，等我回过神,"边框"已多达三十万单词,还只写到伊耿三世。我的编辑说:"这违背了该书的宗旨,我们业已花去所有插图预算,不可能再为每一页新内容重新配图"。因此我们撤下这些边框,我打趣说这将成为我的《精灵宝钻》——《马丁宝钻》(the GRRM-arillion)——留待日后出版。《冰与火之歌的世界》的最终形态跟最初的设想差别不大……《血与火·坦格利安王朝史》则是我首次将当时写作的文字在未经删改的情形下呈现给大家。当然,我还添加了许多新内容。

《娱乐周刊》:您此前接受采访时提到非常有趣的一点,您说或许大多数作家会将这本书的尝试视为畏途,而您写作它也跟写作《凛冬的寒风》一样辛苦,但总体上看,您认为异常顺畅,对吗?

马丁:是的。部分原因在于这是一本线性发展的书,虽然内容涵盖将近一百五十年,但直截了当,只需写出第三十年发生了什么,第二十五年又发生了什么;而写作《凛冬的寒风》时,我仿佛在写十部不同的小说,还要细心编排时间线——这边是提利昂的遭遇,那边是丹妮的遭遇,互相如何交汇——那要复杂多了。在历史著作里,我只需用一个声音说话,那便是尖刻的老学究葛尔丹博士;而在《凛冬的寒风》中,我每次变换章节POV,就必须变换叙述者的声音,每个章节的风格和氛围各不相同,事发地点和出场角色也天差地远。

《娱乐周刊》:但我们发现,您在《血与火·坦格利安王朝史》中其实尝试过"变换声音",对吧?

马丁:没错没错……就好比当代历史学者描述南北战争,他们未曾亲身经历,只能根据回忆录和官方文件来了解当时发生的事,而那些材料往往互相矛盾。有鉴于此,我在本书中也乐得虚拟史料来源,尤其涉及【坦格利安家族的南北战争】"血龙狂舞"的始末时,我经常通过三种不同的方式讲述同一事件。这非常有趣,我希望读者也能感受到乐趣。

《娱乐周刊》：七大王国有丰富的历史值得书写，为何偏偏选中坦格利安家族？

马丁：因为他们跟维斯特洛的其他家族截然不同。他们是王族，又像古埃及人一样近亲结合，以保持血统纯正。他们还独一无二地拥有巨龙，一本写龙的书是不会错的。当然，我可以写一本关于高庭提利尔家族的书，但肯定没这么有趣……不过谁说得准呢？倘若我真的动笔，说不定能写出些很棒的故事，让它变得有趣。

《娱乐周刊》：本书有你特别喜欢的角色吗？

马丁：我喜欢灰色人物。戴蒙·坦格利安作为"血龙狂舞"的主角之一，曾多次更换阵营，便是一位典型的维斯特洛灰色人物。他既有不少大无畏的英勇行为，也不乏肮脏无耻的劣迹。他是个复杂的家伙，写起来很有意思。除此以外，还有我最终塑造完成的杰赫里斯和亚莉珊。我在《冰与火之歌的世界》中没怎么写他们，杰赫里斯统治了半个世纪，那是一段和平又繁荣的时期，我跳过了这段，因为和平和繁荣很无聊。但出版《血与火·坦格利安王朝史》时，我没法跳过去，只能将其补充完整。我为他们的统治时期创作了许多蛮有意思的故事，看来，和平也不一定无聊。

《娱乐周刊》：本书有没有包含《冰与火之歌》系列后续剧情的线索？

马丁：确实有一些重要细节，但我不会明说。读者必须自己寻找它们，然后分辨到底是线索还是烟雾弹。

《娱乐周刊》：维斯特洛的人命如此轻贱，很难不让我们感到恐怖和震惊。本书大概是我看过的书中死人最多的，鉴于其结构紧凑、内容涵盖之多，这是否会成为您笔下最残忍的一本书？

马丁：好吧，它的跨度毕竟有一百五十年……没人能活过一百五十年，所以死亡必然成为叙述中不可分割的一部分。话又说回来，每当有人评论我的书有多暴力，我都想反问，你们读过真实历史吗？要说有什么区别，我笔下的维斯特洛相比黑暗时代和中世纪堪称十分温和。在疾病与战争的笼罩下，整整一千年间，鲜少有人能平和、安全、波澜不惊地度过一生。常言道，历史是鲜血写就的，人类慢步蹒跚着走向更和平文明的世界，也许再过一千年，我们才能成功。

《娱乐周刊》：这本书讲述了《冰与火之歌》小说几百年前的事，那时的维斯特洛跟《权力的游戏》中的维斯特洛已有很大不同。我很好奇，HBO目前拍摄的前传发生在《权力的游戏》的一万年以前，如此巨大的时间跨度，维斯特洛会不会面目全非？[1]

马丁："一万年"的确曾在小说中提到，但不要忘记，学士也说过"不，不，没有一万年，只是五千年"。我一直想做大多数严肃奇幻回避的事，那便是反映现实。譬如《圣经》中某些人物活了几百年，有的学者依靠累加他们的寿命，来推算历史事件发生的时间。那会是真的吗？我不相信。如今我们可以依靠碳测定和考古学来得到更准确的日期，但维斯特洛没有这些条件，他们还停留在"祖父告诉我，祖父的祖父告诉祖父"的阶段。要我说的话，我认为HBO目前拍摄的前传发生的时间更接近五千年前。

此外你说得对，那时的维斯特洛面目全非，没有君临，没有铁王座，没有坦格利安——甚至连瓦雷利亚也尚未凭借巨龙兴起，伟大的帝国没有建立。我们面对的是迥异的上古世界，希望那能成为剧集的有趣之处。【制片人简·高德曼（Jane Goldaman）】极具天赋，她曾飞来圣达菲市，与我就她的想法讨论

---

[1] 注：讲述《冰与火之歌》系列五千至一万年以前的"长夜"时代的前传经长期筹备，于2019年上半年正式投入拍摄，并完成试映集，后因种种原因，于2019年11月被HBO正式取消，接替上马的是以《血与火·坦格利安王朝史》的内容为蓝本改编的《龙王家族》。马丁曾对前者寄予厚望，因此我们的采访中依旧收录了原文。

了一星期。她想探索小说中我尚未探索、仅留给读者些许暗示的领域。她的写作很有水准，我喜欢她的作品。

《娱乐周刊》：采访结束前，还想问一个本该一开始就提出的常规问题：《血与火·坦格利安王朝史》最让你兴奋的点在哪里？

马丁：这本书非常有趣，目前看来，读者阅读一本虚构历史而非小说——当然，并非人人愿意尝试——也能沉醉其中。但对我自己而言，最兴奋的是把它写完了。我知道很多人对我不满，因为《凛冬的寒风》尚未完结。我自己也很崩溃，我希望四年前就写完了它，我希望现在已经完成了，无奈事实上却没有。在灵魂的黑夜里，我头撞键盘，叫着"上帝啊，我是不是永远写不完了？电视剧已远远超出原著的进度，我被甩得越来越远。这到底是怎么回事？我必须写出来"。后来我收到《血与火·坦格利安王朝史》的样书，拿在手里觉得它真漂亮，道格·惠特利（Doug Wheatley）绘制的插图真精彩。我很久没有关于维斯特洛的作品出版了，这点我很清楚，有多清楚呢？就跟那些对我极为不满的核心粉丝一样清楚。这期间我出版过许多其他作品，七年里我并不是在放长假。我的《百变王牌》系列每六个月就要出一本，但它们跟《血与火·坦格利安王朝史》不同，并非全由我自己写作。因此，完成这样一本令我引以为傲、欣喜不已的书，很大程度上鼓舞了我的士气。

本文据《娱乐周刊》2018 年 11 月马丁出版《血与火·坦格利安王朝史》后所做的专访（记者 James Hibberd）进行翻译。

乔治·R.R.马丁年谱
（截止2019年）

（注：由于乔治·R.R.马丁不但自己写作了许多作品，还主持编辑了很多作品，为兹区
，本年谱中所有由乔治·R.R.马丁写作的中短篇故事或故事集前面都加上"原创"二字，
篇作品由于全为马丁创作，无需额外标注）

48年　　乔治·R.R.马丁于本年9月20日出生在美国新泽西州的贝约恩市。

53年　　乔治·R.R.马丁一家搬入政府兴建的廉租公寓，之前他们一直借宿于马丁的曾
　　　　外祖母家。马丁上小学以后，开始写作怪兽故事卖给公寓里的孩子们。

58年　　乔治·R.R.马丁初次接触科幻小说，他阅读的第一本科幻作品是美国作家海因
　　　　莱因的《穿上航天服去旅行》，此前他的主要读物是漫画。

63年　　乔治·R.R.马丁的文字第一次被公开发表，这是身为狂热漫迷的他给《神奇四
　　　　侠》漫画系列的投稿，内容是点评斯坦·李的创作。
　　　　乔治·R.R.马丁初次接触奇幻小说，罗伯特·E.霍华德的"蛮王柯南"系列打
　　　　动了他。

64年　　乔治·R.R.马丁接触了J·R.R.托尔金的《魔戒》，此书给予他日后创作重大影
　　　　响和启发。

65年　　乔治·R.R.马丁写作的故事被初次刊登在漫画同人志上，随后他在60年代的各
　　　　种漫画同人志上发表了许多故事。
　　　　乔治·R.R.马丁写作的故事获得漫画同人志颁发的最佳粉丝创作奖。
　　　　乔治·R.R.马丁真正接触到恐怖小说，打动他的作家是H.P.洛夫克拉夫特。

66年　　乔治·R.R.马丁高中毕业，同年第一次离开家乡，来到芝加哥，进入美国西北
　　　　大学新闻学院深造。

1968年　　乔治·R.R.马丁利用大学生活的空闲时间,开始大量创作科幻小说。

1970年　　乔治·R.R.马丁大学毕业,他选择留校一年,并于次年成为新闻学硕士。

1971年　　原创短篇科幻小说《英雄》发表在《银河》杂志当年的二月号上,这是马丁正式出道作。
　　　　　乔治·R.R.马丁拒服兵役前往越南,最终获得政府认可,作为交换需进行长两年的志愿服务,他在此期间兼职写作。

1975年　　原创中篇科幻小说《莱安娜之歌》获得雨果奖,这是乔治·R.R.马丁第一次得到大奖肯定。
　　　　　乔治·R.R.马丁与盖尔·伯恩里克结婚,这是他的第一次婚姻。
　　　　　乔治·R.R.马丁与帕里丝邂逅。

1976年　　原创中篇小说合集《莱安娜之歌》出版。
　　　　　乔治·R.R.马丁前往迪比克市的克拉克大学(Clarke College)任教,同时继续坚持写作。

1977年　　长篇科幻小说《光逝》出版,该书是乔治·R.R.马丁的第一本长篇小说。
　　　　　原创中篇小说合集《星与影之歌》出版。
　　　　　中篇小说合集《科幻小说的新声音·第一辑》(New Voices in Science Fiction)出版,这是乔治·R.R.马丁主持编辑的约翰·坎贝尔新人奖小说选,他从本年到1984年一共编辑出版了五辑。

1979年　　原创中篇科幻小说《沙王》同时获得雨果奖和星云奖,乔治·R.R.马丁是第一位达到如此成就的作家。
　　　　　原创短篇科幻小说《十字架与龙》获得雨果奖。
　　　　　乔治·R.R.马丁与盖尔·伯恩里克离婚。
　　　　　乔治·R.R.马丁搬到新墨西哥州的圣塔菲市,决心成为全职作家,迄今一直定居于此。

1981年 　　长篇科幻小说《风港》出版，该书为乔治·R.R.马丁与丽莎·图托合著。
　　　　　原创中篇小说合集《沙王》出版。
　　　　　帕里丝决定搬到圣塔菲市陪伴乔治·R.R.马丁。

1982年 　　长篇吸血鬼小说《热夜之梦》出版，该书是乔治·R.R.马丁除《冰与火之歌》系列外最成功的作品。

1983年 　　长篇小说《末日狂歌》出版，该书让乔治·R.R.马丁遭遇了商业惨败。
　　　　　原创中篇小说合集《死者们唱的歌》出版。
　　　　　中篇小说合集《科幻文学减肥书》（The Science Fiction Weight Loss Book）出版，这是乔治·R.R.马丁与艾萨克·阿西莫夫、马丁·格林伯格共同编辑的小说选。

1984年 　　《记住梅乐迪》被改编为单集电视剧，这是乔治·R.R.马丁的作品第一次搬上银屏。

1985年 　　原创中篇小说合集《夜行者》出版。
　　　　　长篇历史侦探小说《一片黑白红》因《末日狂歌》的商业惨败而流产，写成了一百多页后无疾而终。

1986年 　　长篇科幻小说《图夫航行记》出版，该书是乔治·R.R.马丁将之前发表的若干相关中篇小说连缀而成。
　　　　　中篇小说合集《黑暗视野·第三辑》出版，该书是乔治·R.R.马丁编辑的恐怖小说选。
　　　　　原创中篇小说《子女的肖像》获得星云奖。
　　　　　乔治·R.R.马丁与CBS电视台的电视剧《阴阳魔界》（Twilight Zone）签约成为剧本编审，开始长达十年的好莱坞生涯。

1987年 　　《百变王牌》系列问世，该系列是乔治·R.R.马丁自任主编并参与写作的美式超级英雄故事，源自作家间的桌面角色扮演游戏"跑团"经历。巴兰亭书社（Bantam Books）依次出版了该系列第一~第十二部长篇小说，直至1993年作中止。

原创中篇小说合集《子女的肖像》出版。

乔治·R.R.马丁成为电视剧《侠胆雄狮（Beauty and the Beast）》的编剧，在该剧组干了三年，地位逐步上升，最后当上联合出品人。

《夜行者》被改编为电影，这是乔治·R.R.马丁的作品第一次被改编为电影。

1988年	原创中篇恐怖小说《梨形男》获得第一届布洛姆·史铎克恐怖小说奖。
1989年	原创中篇小说《狼皮交易》获得世界奇幻奖。
1991年	乔治·R.R.马丁在好莱坞担任出品人之余，于这年夏天继续创作，开始写作是长篇科幻小说《阿瓦隆》（最终未完稿），此后转向写作《冰与火之歌》雏形。
1992年	乔治·R.R.马丁为哥伦比亚电影公司制作了科幻剧集《门》（Doorways）的试播集，但该剧最终于次年被裁，未能如期上映，这成为马丁重新转向文学作的主因。
1993年	《百变王牌》系列因版税问题转到巴恩书社（Baen Books）出版，但仅仅推出了第十三~第十五部长篇小说后便因商业原因，到1995年即告中止，《百变王牌》陷入停滞。 从本年开始，由于在好莱坞经受的挫折，乔治·R.R.马丁将精力更多地放在作《冰与火之歌》上。
1994年	乔治·R.R.马丁对出版社提交了《冰与火之歌》系列的两百页正文和两页的书大纲。
1995年	《沙王》被改编为电视电影。

6年　《权力的游戏》出版，这是《冰与火之歌》系列的第一卷。
乔治·R.R.马丁成为美国科幻与奇幻作家协会副主席（至1998年）。

7年　原创中篇小说《龙之血脉》获得雨果奖，该作是摘录《权力的游戏》中有关丹妮莉丝·坦格利安的章节连缀而成。

8年　《列王的纷争》出版，这是《冰与火之歌》系列的第二卷。

0年　《冰雨的风暴》出版，这是《冰与火之歌》系列的第三卷。
《百变王牌》系列终于找到新出版商IBOOKS，但依旧命运多舛，该出版社在2002年和2006年分别推出了该系列的第十六和第十七部长篇小说，随即破产。

1年　原创中篇小说合集《四分集》出版。
乔治·R.R.马丁对《冰与火之歌》系列的写作计划作出重大改变。原计划在第三卷《冰雨的风暴》后有五年的时间跳跃，时间跳跃后为"后三部曲"，其中第一部于2002年完成。但以此原则写作一年后乔治·R.R.马丁并不满意，遂决定添加全新的第四卷《群鸦的盛宴》，并取消时间跳跃。

3年　《梦歌——乔治·R.R.马丁作品回顾集》出版。

5年　《群鸦的盛宴》出版，这是《冰与火之歌》系列的第四卷，在该系列中首度登上《纽约时报》畅销书排行榜第一。为控制篇幅及赶上出版进度，该书是将当时写好的大量稿件按故事发生的地理位置进行分割后形成的，被划分在外的若干章节并入了此后的第五卷《魔龙的狂舞》。
乔治·R.R.马丁被美国《时代周刊》誉为"美国托尔金"。

7年　长篇科幻小说《猎人行》出版，该作为乔治·R.R.马丁与加德纳·多佐伊斯、丹尼尔·亚伯兰罕合著。
HBO买下《冰与火之歌》系列的影视改编权。

2008年　《百变王牌》系列被欧美最大的幻想文学出版商TOR出版社买下，TOR出
　　　　不但对该系列进行了大规模再版，并从2008年-2019年（截止目前）推出了
　　　　列的第十八~第二十七部长篇小说，另外发表了大批相关中短篇。
　　　　原创中篇小说双面书《星际女郎与密合体》出版。

2009年　中篇小说合集《濒死地球之歌》出版，该书由乔治·R.R.马丁和加德纳·
　　　　伊斯合作策划及编辑。

2010年　中篇小说合集《战士》和《爱与死之歌》出版，两书均由乔治·R.R.马丁禾
　　　　德纳·多佐伊斯合作策划及编辑。
　　　　HBO根据《冰与火之歌》系列改编的电视剧《权力的游戏》的试播集获得

2011年　《魔龙的狂舞》出版，这是《冰与火之歌》系列的第五卷，该书问世后立即
　　　　上《纽约时报》畅销书排行榜第一，并在榜单上连续停留了八十八个星期。
　　　　中篇小说合集《奇异的街道》出版，该书由乔治·R.R.马丁和加德纳·多
　　　　斯合作策划及编辑。
　　　　乔治·R.R.马丁被美国《时代周刊》评为当年度"世界上一百个最有影响
　　　　人物"。
　　　　乔治·R.R.马丁与帕里丝经历三十年的爱情长跑后最终结婚，这是他的第
　　　　婚姻。
　　　　HBO改编电视剧《权力的游戏》第一季上映，此后每年上映一季（除2018
　　　　年），直至2019年全剧终。马丁担任该剧集联合制片人，并写作了四集剧

2012年　《冰与火之歌官方地图集》出版。
　　　　乔治·R.R.马丁获得世界奇幻奖终身成就奖。

2013年　中篇小说合集《火星集》和《危险的女人》出版，两书均由乔治·R.R.马丁
　　　　加德纳·多佐伊斯合作策划及编辑。
　　　　乔治·R.R.马丁买下圣塔菲市当地的让·科托克电影院（Jean Cocteau Ciner
　　　　进行彻底翻新后投入运营，他历年来在这里接待了世界各地的无数同行和粉

4年	《冰与火之歌的世界》出版，该书是乔治·R.R.马丁与两位合作者共同写作的《冰与火之歌》系列的背景世界设定集。
中篇小说合集《法外之徒》出版，该书由乔治·R.R.马丁和加德纳·多佐伊斯合作策划及编辑。
5年	原创中篇小说合集《七王国的骑士》出版，该书集合了乔治·R.R.马丁此前写作的三篇带有《冰与火之歌》前传性质的中篇小说。
中篇小说合集《金星集》出版，该书由乔治·R.R.马丁和加德纳·多佐伊斯合作策划及编辑。
HBO改编电视剧《权力的游戏》第五季荣获艾美奖最佳剧集。
本年10月为乔治·R.R.马丁与出版社约定完成《冰与火之歌》系列第六卷《凛冬的寒风》的最后期限，但最终他未能完成。
6年	HBO改编电视剧《权力的游戏》第六季荣获艾美奖最佳剧集。
8年	《血与火·坦格利安王朝史》第一卷出版。
根据《夜行者》改编的电视剧集《夜行者》上映。
HBO改编电视剧《权力的游戏》第七季荣获艾美奖最佳剧集。
9年	乔治·R.R.马丁为FromSoftware的著名游戏设计师宫崎英高的新游戏《艾尔登之环》（Elden Ring）写作背景设定。
根据乔治·R.R.马丁1994年写作但并未投拍的剧本《星港》改编的同名图像小说出版。
乔治·R.R.马丁进入美国新泽西州名人堂。
HBO改编电视剧《权力的游戏》第八季荣获艾美奖最佳剧集。

插图作者介绍

  道格·惠特利是加拿大漫画家、插画家和概念设计师，曾为《星球大战》《异形二》《超人》《绿巨人浩克》和《蛮王柯南》等项目工作。他改编过《星球大战前传三：西斯复仇》的漫画版，也曾为《冰与火之歌的世界》绘制插图。